BASTEI
LÜBBE

Bisher sind im BASTEI-LÜBBE Taschenbuchprogramm von MICHAEL MOORCOCK nachstehende Bände erschienen:

Die Saga vom Runenstab
13 058 Der Herzog von Köln

Erekose-Zyklus
20 043 Die ewige Schlacht
20 044 Der Phönix im Obsidian
20 083 Das ewige Schwert

Corum-Zyklus
20 072 Das Buch Corum

Die Cornelius-Chroniken
22 034 Miss Brunners letztes Programm
22 036 Das Cornelius-Rezept
22 039 Ein Mord für England
22 041 Das Lachen des Harlekin
22 051 Entropie-Tango

28 117 Byzanz ist überall
(Paperback)

MICHAEL MOORCOCK

Der Weg nach Tanelorn

BASTEI LÜBBE

BASTEI-LÜBBE-TASCHENBUCH
Band 13 074

Deutsche Lizenzausgabe 1987
Bastei-Verlag Gustav H. Lübbe GmbH & Co., Bergisch Gladbach
Originaltitel: The Chronicles of Castle Brass
(Count Brass, The Champion of Garathorn, The Quest for Tanelorn)
Ins Deutsche übertragen von Lore Straßl
Titelillustration: Luis Royo
Umschlaggestaltung: Quadro-Grafik, Bensberg
Druck und Verarbeitung:
Clausen & Bosse, Leck
Printed in Western Germany
ISBN 3-404-13074-X

Der Preis dieses Bandes versteht sich einschließlich
der gesetzlichen Mehrwertsteuer.

Inhalt

Zweiter Band

Der Held von Garathorm

Erstes Buch: Aufbruch

Zweites Buch: Eine Heimkehr

Drittes Buch: Ein Abschied

Dritter Band

Die Suche nach Tanelorn

Erstes Buch: Welt im Wahnsinn – ein Held der Träume

Zweites Buch: Zwischen den Welten – unterwegs nach Tanelorn

Drittes Buch: In dem vieles Verschiedene sich als das gleiche herausstellt

Europa unter dem

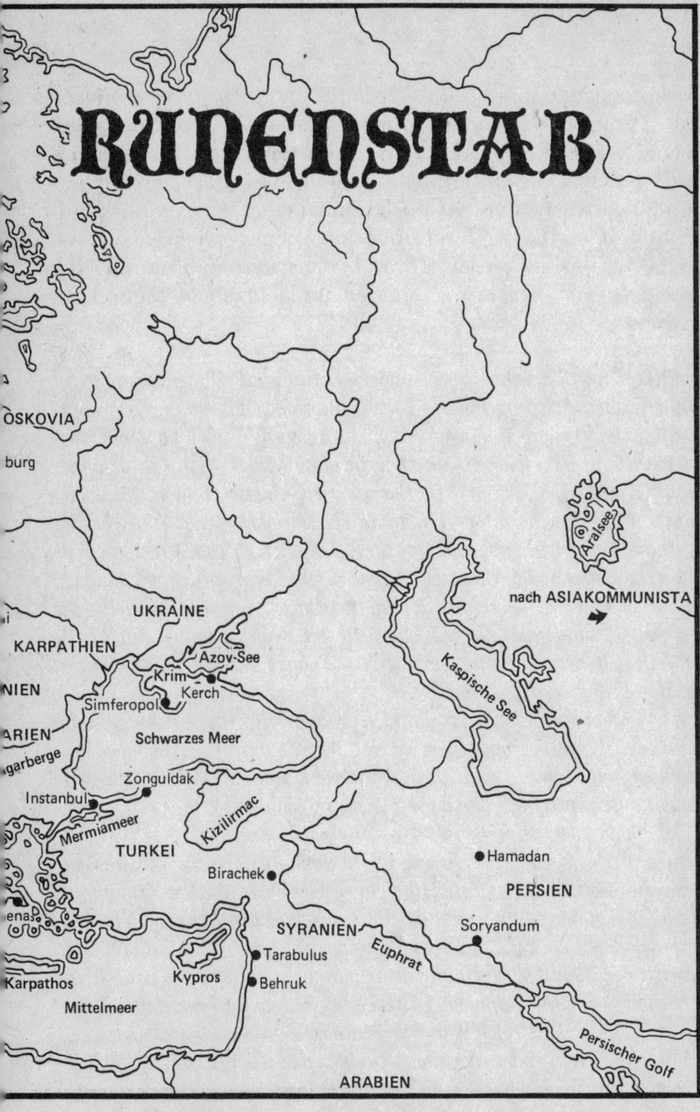
RUNENSTAB
UKRAINE
KARPATHIEN
Azov-See
Krim
Kerch
Simferopol
Schwarzes Meer
Zonguldak
Instanbul
Mermiameer
Kizilirmac
TURKEI
Birachek
SYRANIEN
Tarabulus
Behruk
Kypros
Karpathos
Mittelmeer
ARABIEN
Euphrat
Soryandum
Hamadan
PERSIEN
Persischer Golf
Kaspische See
Aralsee
nach ASIAKOMMUNISTA

Vorbemerkung

Der vorliegende Band schließt ziemlich nahtlos an die früherenen Abenteuer Dorian Falkenmonds an, die in dem Band ›Der Herzog von Köln‹ (Bastei-Lübbe Taschenbuch 13 058) geschildert werden. Da es schon eine Weile her ist, daß dieser Band erschienen ist, werfen wir noch einmal einen kurzen Blick auf die hohe Geschichte des Runenstabs, jenes geheimnisvollen Artefakts, das in dieser Chronik einer fernen Zukunft die Schicksale von Völkern, Nationen und einzelnen Menschen bestimmt:

»Taktiker und Krieger von wildem Mut und bemerkenswertem Können, ohne Achtung für das Leben, ihres oder das anderer, korrupt bis ins tiefste Innere und vom Wahnsinn geprägt, alles hassend, das nicht verderbt war wie sie; eine Macht ohne Moral – eine Kraft ohne Gerechtigkeit; das waren die Barone von Granbretanien, die das Banner ihres Reichskönigs Huon durch Europa trugen und diesen Kontinent an sich rissen, es weiterschleppten, nach Westen und Osten, zu anderen Kontinenten, die sie für sich beanspruchten. Und es schien, als wäre keine Kraft, natürlichen oder übernatürlichen Ursprungs, imstande, die tödliche Flut der Wahnsinnigen aufzuhalten. Mit kalter Verachtung verlangten sie ganze Nationen als Tribut – und der Tribut wurde bezahlt.

In all den unterdrückten Landen gab es nur noch wenige mit Hoffnung. Noch weniger wagten es, ihrer Hoffnung Ausdruck zu verleihen – und von diesen wenigen hatte kaum einer den Mut, den Namen auszusprechen, der diese Hoffnung symbolisierte.

Der Name war Burg Brass.

Burg Brass hatten die Armeen Granbretaniens nicht zu erobern vermocht, sie war ihnen mit Hilfe eines seltsamen uralten Kristallgeräts in eine andere Dimension der Erde ausgewichen, wo die Helden – Dorian Falkenmond, Graf Brass, Huillam d'Averc, Oladahn von den Bulgarbergen, und eine Handvoll kamarganischer Krieger vorerst in Sicherheit zu sein schienen. Doch die Magierwissenschaftler des Dunklen Imperiums blieben auf ihrer Spur.

Mit Hilfe des geheimnisvollen Runenstabs gelangte das legendäre

Schwert der Morgenröte in Dorian Falkenmonds Besitz, mit dessen magischer Kraft er eine Legion von barbarischen Kriegern aus einer fernen, primitiven Vergangenheit zu beschwören vermochte.

Mit dieser Legion der Morgenröte kehrten sie zurück nach Londra, um das Dunkle Imperium endgültig zu vernichten.

Es war eine gewaltige, epische Schlacht, und der Sieg wurde mit dem Blut vieler Helden bezahlt. Sie alle fielen – Graf Brass, Huillam d'Averc, Bowgentle, Oladahn . . .«

Seit der Schlacht von Londra sind nunmehr fünf Jahre vergangen, bis die Mächte des Dunklen Imperiums sich wieder zu regen beginnen und der Welt neues Unheil droht.

Mit dem vorliegenden Band wird der Zyklus um Dorian Falkenmond und Graf Brass abgeschlossen. Zugleich hat Michael Moorcock mit dem dritten und letzten Teil dieses Bandes, »Die Suche nach Tanelorn«, einen Schlüsselroman geschrieben, in dem er alle seine verschiedenen Fantasy-Zyklen und -Helden – Elric von Melnibone, Prinz Corum, Erekose u. a. – zu einem phantastischen Finale führt.

Helmut W. Pesch

Die Chronik von Burg Brass

Erster Band
Graf Brass

Und die Erde wurde alt, ihr Gesicht verlor an Ausdruckskraft. Sie schien launig und schrullig wie ein Mensch am Abend seines Lebens.

– Die hohe Geschichte des Runenstabs

Und als diese Periode ihr Ende gefunden hatte, folgte ihr eine neue. Eine mit denselben Helden, deren Erlebnisse vielleicht noch ungewöhnlicher und schrecklicher waren als die vergangenen. Und wieder war die Burg Brass in den Marschen der Kamarg der Ausgangspunkt und in mancher Weise der Mittelpunkt vieler dieser Ereignisse.

– Die Chronik von Burg Brass

ERSTES BUCH

Alte Freunde

1. Dorian Falkenmonds Heimsuchung

Ganze fünf Jahre hatten sie gebraucht, um die Kamarg wieder zu dem zu machen, was sie zuvor gewesen war. Nun nisteten die riesigen scharlachroten Flamingos wieder in ihren Marschen. Die wilden weißen Stiere fühlten sich in dem weiten Land wohl wie zuvor, und mit ihnen die gehörnten Rosse, die vor der Belagerung durch die bestialischen Armeen des Dunklen Imperiums hier in gewaltigen Herden umhergestreift waren. Und jeden einzelnen Tag dieser letzten fünf Jahre hatten sie benötigt, um die Wachtürme an den Grenzen neu zu erbauen oder wieder herzurichten, genau wie die Städte und die hehre Burg Brass in all ihrer trutzigen Schönheit. Vielleicht hatten sie in diesen fünf Jahren des Friedens die Mauern sogar noch fester, die Türme noch höher gebaut, als sie ursprünglich gewesen waren. Denn wie Dorian Falkenmond einst zu Königin Flana von Granbretanien sagte, die Welt war noch wild und wußte wenig von Gerechtigkeit.

Dorian Falkenmond, Herzog von Köln, und seine junge Frau Yisselda, des gefallenen Grafen Brass' Tochter, waren die einzigen Überlebenden jener Gruppe von Helden, die dem Runenstab gegen das Dunkle Imperium gedient und Granbretanien in der großen Schlacht von Londra besiegt hatten. Ihnen verdankte Königin Flana, die um ihre große Liebe trauerte, den Thron, von dem aus sie ihre grausame und dekadente Nation zurück zur Menschlichkeit und einem gesunden Leben führte.

Graf Brass war gefallen, als er die Barone Adaz Promp, Mygel Holst und Saka Gerden erschlagen hatte, die gleichzeitig auf ihn eingestürmt waren. Ehe er sich erneut ins Kampfgetümmel hatte stürzen können, war die Lanze eines Kriegers des Ziegenordens durch seine Brust gedrungen.

Oladahn von den Bulgarbergen, Tiermann und Falkenmonds

treu ergebener Freund, war von den Äxten eines ganzen Trupps Schweinekrieger zerstückelt worden.

Bowgentle, der so unkriegerische Philosoph unterlag den sich vereint auf ihn werfenden Leibern von zwölf Ziegen-, Schweine- und Hundekriegern, von denen einer ihm den Kopf vom Rumpf trennte.

Huillam d'Averc, der große Spötter, der Königin Flana liebte und von ihr wiedergeliebt wurde, hatte auf die ironischste Weise den Tod gefunden, als er in die Arme seiner Geliebten eilen wollte und einer ihrer Krieger ihn mit der Flammenlanze niedermachte, weil er an einen Angriff auf Flana glaubte.

Vier namhafte Helden waren gefallen. Doch außer ihnen hatten noch Tausende anderer, kaum weniger tapfer als sie, im Dienst des Runenstabs bei der Vernichtung der Tyrannei des Dunklen Imperiums ihr Leben gelassen, ohne daß ihre Namen in die Geschichte eingingen.

Und ein großer Bösewicht war nicht mehr. Baron Meliadus von Kroiden, der ehrgeizigste, zwielichtigste und schrecklichste aller Kriegslords von Granbretanien, hatte durch Falkenmonds Hand, von der Klinge des geheimnisvollen Schwertes der Morgenröte ins Herz getroffen, sein Leben ausgehaucht.

Und die in Ruinen liegende Welt schien erlöst zu sein.

Aber all das lag bereits fünf Jahre zurück. Viel war seither geschehen. Zwei Kinder wurden Falkenmond und seiner geliebten Frau, der Gräfin Brass, geboren. Der Älteste, Manfred, hatte rotes Haar und schien seines Großvaters Stimme, seine robuste Gesundheit und kräftige Statur geerbt zu haben. Das Mädchen, Yarmila, war mit ihrem goldgetönten Kupferhaar, ihrem sanften, aber unbeugsamen Willen und der bezaubernden Schönheit ganz wie ihre Mutter. Sie waren echte Brass und hatten wenig von den Herzogen von Köln an sich.

Außerhalb der Mauern von Burg Brass standen zur Erinnerung an ihre großen Taten, denen die Welt so viel verdankte, die Statuen der vier gefallenen Helden. Oft führte Dorian Falkenmond seine Kinder zu ihnen und erzählte ihnen von jenen, die sie darstellten, und von den Greueltaten des

Dunklen Imperiums, das sie besiegt hatten. Aufmerksam lauschten die Kinder ihm und konnten nie genug kriegen. Und immer wieder versicherte Manfred seinem Vater, daß er, wenn er erst groß war, mit seinen eigenen Heldentaten seinem Großvater, dem er so sehr ähnlich war, Ehre machen würde. Und jedesmal antwortete Falkenmond, wie sehr er hoffte, daß solche Heldentaten nicht mehr nötig seien, wenn Manfred erwachsen war. Sah er dann das enttäuschte Gesicht seines kleinen Sohnes, lachte er und meinte, daß es viele Arten von Helden gäbe. Und wenn Manfred die Weisheit und Diplomatie und den großen Gerechtigkeitssinn seines Großvaters geerbt hatte, würde er der größte und beste aller Helden werden – ein Mann der Gerechtigkeit und des Friedens. Das tröstete Manfred nur ein wenig, denn ein Friedensrichter birgt für einen Vierjährigen bei weitem nicht so viel Romantik wie ein Krieger.

Manchmal ritten Falkenmond und Yisselda mit den Kindern unter einem weiten Himmel voll sanfter Pastellfarben durch die wilden Marschen der Kamarg mit ihren blassen Rot- und Gelbtönen, dem Braun, Dunkelgrün und Orange des Schilfes, das sich in den Zeiten des Mistrals tief im Winde beugte. Scharen der weißen Stiere donnerten an ihnen vorbei, oder auch Herden der gehörnten Pferde. Hin und wieder stiegen Schwärme der riesigen scharlachroten Flamingos vor ihnen auf und flogen mit weiten Schwingen über die Köpfe der Menschen hinweg, die sie aufgescheucht hatten. Sie wußten nicht, daß sie ihr geschütztes Leben Dorian Falkenmond verdankten, der, wie Graf Brass vor ihm, dafür sorgte, daß niemand die wildlebenden Tiere der Kamarg tötete. Und nur einige von ihnen durften gezähmt werden, um als Reittiere auf dem Land und, im Fall der Flamingos, in der Luft zu dienen. Zu diesem Zweck waren die Wachtürme der Kamarg ursprünglich errichtet worden, und deshalb nannte man die Männer, die von dort aus nach dem Rechten sahen, auch Hüter. Doch nun dienten sie sowohl zum Schutz der Bevölkerung der Kamarg als auch der Tiere. Sie achteten auf jede Bedrohung von außerhalb (ein Kamarganer würde gar nicht auf den Gedanken kommen, die Tiere, derengleichen es sonst nirgendwo auf der Welt gab, zu töten oder ihnen sonst ein Leid anzutun). Die einzigen

Kreaturen, die gejagt werden durften, waren die Baragoons, die Marschbrabbler, Geschöpfe, die dereinst selbst Menschen gewesen waren, ehe sie durch Experimente in den Zauberlaboratorien des früheren, korrupten Lordhüters zu den grauenvollen Bestien gemacht wurden, die sie jetzt waren. Dieser Lordhüter wurde noch vor Graf Brass' Zeit von seinen eigenen Hütern in Stücke gerissen. Inzwischen gab es jedoch höchstens noch zwei oder drei Baragoons in den Marschen, die sich den Jägern hatten entziehen können. Plumpe Kreaturen waren es, acht Fuß hoch, fünf Fuß breit und grün wie Galle. Sie bewegten sich schlitternd auf dem Bauch und richteten sich gewöhnlich nur auf, um über ein Opfer herzufallen und es mit den stahlharten Klauen zu zerreißen. Yisselda und Falkenmond achteten darauf, jenen Marschen fernzubleiben, in denen die Baragoons noch hausen sollten.

Falkenmond liebte die Kamarg mehr als das Land seiner Väter im fernen Germania. Ja, er hatte sogar seinem Titel und Erbrecht auf die Ländereien entsagt, die nun von einem vom Volk gewählten Rat regiert wurden – wie so viele europäische Länder, die ihre Herrscher verloren und sich ebenfalls nach dem Untergang des Dunklen Imperiums zu einer neuen Staatsform, der Republik, entschlossen hatten.

Doch so sehr Falkenmond von den Menschen der Kamarg geliebt und geachtet wurde, war ihm doch bewußt, daß er nicht das Ansehen des alten Grafen Brass genoß. Wenn sie Rat brauchten, suchten die Kamarganer Gräfin Yisselda so häufig auf wie ihn, und sie blickten voll Erwartung auf den kleinen Manfred, denn sie sahen in ihm so etwas wie die Wiedergeburt ihres geliebten alten Lordhüters.

Ein anderer hätte das sicher übelgenommen, aber Falkenmond, der Graf Brass vielleicht noch mehr als sie geliebt hatte, nahm es hin, ohne sich gekränkt zu fühlen. Er hatte genug von Führerschaft und Heldentum. Er zog es vor, jetzt das Leben eines einfachen Landedelmanns zu führen. Die Leute sollten ihre eigenen Entscheidungen treffen, sich selbst regieren. Seine einzige Ambition war, seine Frau und seine Kinder glücklich zu sehen. Die Tage, da er die Geschichte gelenkt hatte, waren vorbei. Das einzige, was ihm geblieben war, um ihn an seinen

Kampf gegen Granbretanien zu erinnern, war die seltsam geformte Narbe in der Mitte seiner Stirn, wo einst das schreckliche Schwarze Juwel, der Gehirnfresser, von Baron Kalan von Vitall eingepflanzt worden war – damals, vor vielen Jahren, als er gegen seinen Willen ausgesucht wurde, dem Dunklen Imperium gegen Graf Brass zu dienen.

Jetzt gab es das Schwarze Juwel nicht mehr, genauso wenig wie Baron Kalan, der nach der Schlacht von Londra Selbstmord begangen hatte. Er war ein genialer Wissenschaftler gewesen, aber vielleicht der verruchteste aller Lords Granbretaniens. Er hatte geglaubt, es nicht ertragen zu können, unter der neuen und seiner Ansicht nach weichlichen Herrschaft Königin Flanas zu leben, die die erbliche Nachfolge des Reichskönigs Huon übernommen hatte. Huon war von Baron Meliadus in einem verzweifelten Versuch, die Macht an sich zu reißen, ermordet worden.

Falkenmond fragte sich manchmal, was aus Baron Kalan geworden wäre, und auch aus Taragorm, dem Herrn des Palasts der Zeit – er war in einer Explosion von Kalans teuflischen Waffen während der Schlacht von Londra getötet worden –, wenn sie die Schlacht überlebt hätten. Hätte man sie in Königin Flanas Dienste übernommen und ihre Genialität benutzen können, um die Welt, die sie zerstören halfen, wiederaufzubauen? Vermutlich nicht, dachte er. Sie waren beide vom Wahnsinn gezeichnet gewesen. Die abartige, grausame Philosophie, die Granbretanien dazu geführt hatte, die ganze Welt zu bekriegen – und fast zu erobern! – hatte ihre Charaktere geformt.

Nach ihrem Ausflug durch die Marschen ritt die Familie gemächlich durch Aigues-Mortes, der befestigten Hauptstadt der Kamarg, und schließlich hoch zur Burg Brass, die auf einem Hügel direkt in der Mitte der Stadt stand. Sie war aus demselben weißen Stein erbaut wie der Großteil der Häuser von Aigues-Mortes, und obgleich die Burg eine Mischung verschiedenster architektonischer Stile war, strömte sie eine wohltuende Harmonie aus. Über die Jahrhunderte hinweg hatte es immer wieder Renovierungen gegeben, Anbauten waren dazugefügt worden, manche Flügel waren je nach Laune eines ihrer Besitzer niedergerissen und neuerbaut worden. Die meisten der Fenster waren aus kunstvoll bemaltem Glas, ihre Form dagegen war nicht einheitlich, es gab runde, ovale, quadratische, rechteckige. An den überraschendsten Stellen des Bauwerks erhoben sich Türme und Türmchen, rund und vieleckig, ja sogar minarettähnlich. Und Dorian Falkenmond hatte, wie es in seiner Heimat üblich war, viele Fahnenstangen anbringen lassen, von denen bunte Flaggen und Banner wehten, einschließlich der Standarten des Grafen Brass und der Herzoge von Köln. Steinerne Basilisken starrten schützend von den verschiedenen Dachebenen, und der Stein so manchen Giebels war von Künstlerhand in der Form des einen oder anderen kamarganischen Wildtiers gehauen – und so blickten einen von oben herab Stiere, Flamingos, Einhörner und Marschbären an.

Wie in Graf Brass' Tagen erweckte die Burg den Eindruck von Kraft und Beschaulichkeit, ja Gemütlichkeit. Sie war nicht erbaut worden, um mit dem Geschmack oder der Macht ihrer Bewohner zu protzen. Sie war auch nicht als Bollwerk errichtet worden (obgleich sie sich als solches erwiesen hatte), noch waren bei ihren Renovierungen und Neuanbauten und ihrem Wiederaufbau ästhetische Überlegungen in Betracht gezogen worden. Sie war so gebaut worden, daß man sich darin wohl fühlen konnte und es an keiner Bequemlichkeit fehlte. Das war etwas, das beim Bau einer Burg wohl selten bedacht wurde. Auch die Terrassengärten rings um die Burgmauern trugen dazu bei, den Eindruck eines gemütlichen Heimes zu erhöhen. Hier in diesen Gärten wuchsen Nutz- und Zierpflanzen aller Arten, und sie versorgten nicht nur die Burgbewohner, sondern einen großen Teil der Stadt mit frischem Gemüse und Obst.

Nach ihrer Rückkehr in die Burg erwartete die Familie ein einfaches, aber geschmackvolles Mahl, das sie mit allen anwesenden Gefolgsleuten einnahm. Danach brachte Yisselda die Kinder ins Bett und erzählte ihnen eine Geschichte. Manchmal war es eine alte Legende über die Zeit vor dem Tragischen Jahrtausend, manchmal erfand sie selbst eine, und hin und wieder mußte sie auf Manfreds und Yarmilas Drängen

Dorian holen, damit er von einem oder mehreren seiner Abenteuer in fernen Ländern berichtete, als er dem Runenstab gedient hatte. Dann erzählte er ihnen, wie er den kleinen Oladahn kennengelernt hatte, dessen Körper und Gesicht dicht mit pelzähnlichem rötlichen Haar bedeckt war und der behauptete, von den Bergriesen abzustammen. Er erzählte ihnen auch von Amarekh jenseits der großen See im Norden und von der magischen Stadt Dnark, wo er zum erstenmal den Runenstab gesehen hatte. Zugegeben, Falkenmond mußte diese Geschichte ein wenig mildern, denn die Wahrheit war finsterer und schrecklicher, als selbst die meisten Erwachsenen sie ertragen konnten. Am liebsten aber sprach er von seinen toten Freunden, ihrer Tapferkeit, ihrem Edelmut, und hielt so die Erinnerung an Graf Brass, Bowgentle, d'Averc und Oladahn lebendig, deren Taten in ganz Europa bereits Legende waren.

Wenn die Geschichten erzählt waren und die Kinder schliefen, setzten Yisselda und Dorian sich in die bequemen Sessel zu beiden Seiten des offenen Kamins, über dem Graf Brass' Messingrüstung neben seinem Breitschwert hing. Dann unterhielten sie sich miteinander oder lasen.

Hin und wieder kam ein Brief von Königin Flana, in dem sie erzählte, welche Fortschritte ihre Politik bisher erzielt hatte. Londra, die auf irre Weise überdachte Stadt, hatte sie fast ganz abreißen und dafür schöne, freie Häuser zu beiden Seiten der Thayme erbauen lassen, deren Wasser nicht länger rot von Blut gefärbt war. Das Tragen von Masken hatte sie abgeschafft und verboten. Nach einer Weile hatten die Menschen von Granbretanien sich auch daran gewöhnt, ihre nackten Gesichter zu zeigen, obwohl natürlich einige sich damit nicht abfinden konnten und erst bestraft werden mußten, ehe auch sie sich fügten. Die Tierorden gab es ebenfalls nicht mehr. Königin Flana hatte die Menschen ermutigt, die engen, überfüllten Städte zu verlassen und sich ein neues Heim in den so gut wie verlassenen ländlichen Gegenden zu schaffen, wo es riesige Eichen-, Ulmen und Nadelwälder gab. Viele Jahrzehnte hatte Granbretanien von seinen Raubzügen gelebt, jetzt mußte es sich selbst ernähren. Deshalb wurden die Soldaten der ehemaligen Tierorden dazu abkommandiert, einen Teil der Wälder zu roden, Vieh zu züchten und Getreide anzubauen. In den einzelnen Gegenden wurden Räte ernannt, um die Interessen ihrer Gemeinden zu vertreten. Königin Flana hatte auch ein Parlament zusammengestellt, das sie beriet und ihr half, gerecht zu regieren. Es war erstaunlich, wie schnell aus einer kriegerischen Nation, einer Nation mit fast ausschließlich militärischem Kastengefüge, ein Staat von tüchtigen Landleuten wurde. Der Großteil des Volkes widmete sich erleichtert seinem neuen Leben, nachdem es ihm klargeworden war, daß es jetzt frei von jenem Wahnsinn war, der einst das ganze Land verseucht hatte – mit der Absicht, sich über die ganze Welt auszubreiten.

Und so vergingen die Tage auf Burg Brass, einer so friedlich wie der andere.

So wäre es auch weitergegangen (bis Manfred und Yarmila erwachsen waren, Falkenmond und Yisselda zufrieden alt wurden und schließlich glücklich im Bewußtsein starben, daß die Kamarg ungefährdet war und die Tage des Dunklen Imperiums nie wiederkämen), wenn sich nicht im Spätsommer des sechsten Jahres nach der Schlacht von Londra etwas Seltsames angebahnt hätte. Dorian Falkenmond mußte nämlich zu seiner Überraschung feststellen, daß die Menschen von Aigues-Mortes ihn in immer größerer Zahl mit merkwürdigen Blicken bedachten, wenn er sie auf der Straße grüßte. Manche blickten sofort zur Seite, und andere murmelten etwas Unfreundliches vor sich hin.

Wie früher Graf Brass nahm inzwischen auch Falkenmond regelmäßig an dem großen Erntedankfest am Ende eines langen, arbeitsamen Sommers teil. Zu diesem Anlaß wurde Aigues-Mortes großzügig mit Blumen, Bannern und Wimpeln geschmückt, die Bürger warfen sich in ihren besten Staat, junge weiße Stiere durften, wie es ihnen Spaß machte, ungehindert durch die Straßen tollen, und die Hüter von den Wachtürmen schlüpften in ihre auf Hochglanz polierten Rüstungen, warfen ihre Seidenumhänge darüber, nahmen ihre Flammenlanzen in die Hand und schwangen sich auf ihre Pferde, um sich vom Volk bewundern zu lassen. Es gab Stierkämpfe in der uralten

Arena am Rand der Stadt. Hier hatte Graf Brass dereinst das Leben des großen Matadors Mahtan Just gerettet, als er von einem mächtigen Bullen aufgespießt und fast getötet worden wäre. Graf Brass war in die Arena gesprungen und hatte das Tier mit bloßen Händen bezwungen. Der Jubel der Massen war unvorstellbar, denn Graf Brass war schon damals nicht mehr der Jüngste gewesen.

Doch jetzt wurde das Fest nicht allein mehr für die Kamarganer veranstaltet. Abgeordnete von überall in Europa kamen, um die Überlebenden der großen Schlacht von Londra zu ehren, und Königin Flana hatte bereits zweimal zu diesem Anlaß einen Besuch auf Burg Brass gemacht. In diesem Jahr war die Königin jedoch durch dringende Staatsaffären verhindert.

Falkenmond war sehr erfreut, daß Graf Brass' Traum von einem geeinten Europa sich offenbar zu verwirklichen begann. Die Kriege mit Granbretanien hatten geholfen, die alten Grenzen niederzureißen, und die Überlebenden hatten sich zusammengeschlossen. Europa bestand zwar immer noch aus Tausenden von kleinen Provinzen, jede unabhängig von den anderen, aber an vielen Projekten für das Allgemeinwohl arbeiteten sie gemeinsam.

Die Botschafter und Gesandten kamen aus Skandien, Muskovia, Arabien, den Ländern der Griechen und Bulgaren, aus Ukrania und Katalanien. In Kutschen, auf den Rücken edler Pferde reisten sie herbei, aber auch in Ornithoptern, die jenen der Granbretanier nachgebaut waren. Sie brachten Geschenke und hielten Ansprachen, und sie redeten von Dorian Falkenmond, als sei er ein Halbgott.

In den früheren Jahren hatten ihre Elogen die allgemeine begeisterte Zustimmung der Kamarganer gefunden. Aus irgendeinem, Falkenmond unerklärlichen Grund, bekamen sie jedoch heuer nicht den gleichen Applaus wie früher. Allerdings fiel dies nur wenigen auf, unter ihnen Falkenmond und Yisselda, die zutiefst erstaunt waren.

Die längste und überströmendste Rede in der alten Stierkampfarena kam von den Lippen Lonsons, dem Prinzen von Shkarlan, einem Vetter Königin Flanas und dem Abgesandten

Granbretaniens. Lonson war jung und ein enthusiastischer Anhänger der Politik der Königin. Er war kaum siebzehn gewesen, als die Schlacht von Londra seiner Nation die pervertierte Macht nahm, und so trug er Falkenmond nichts nach – im Gegenteil, er sah in ihm den Erlöser, der seinem Inselkönigreich Frieden und geistige Gesundung gebracht hatte. Prinz Lonson schwelgte in seiner Rede vor Bewunderung für den neuen Lordhüter der Kamarg. Er erinnerte an dessen Heldentaten in den unzähligen Schlachten, an seine großen Erfolge, an seine übermenschliche Selbstbeherrschung und Willensstärke, an seine Genialität in Strategie und Diplomatie, die auch von späteren Generationen nie vergessen werden würde, sagte der Prinz. Dorian Falkenmond hatte nicht nur das kontinentale Europa gerettet, sondern auch das Dunkle Imperium – vor sich selbst.

Dorian Falkenmond, der mit seinen ausländischen Gästen in der Herrscherloge saß, lauschte verlegen der Rede und hatte nur den einen Wunsch, Lonson würde endlich zum Ende kommen. Er trug die Paraderüstung, die so punkvoll wie unbequem war, und sein Nacken juckte entsetzlich. Aber es wäre doch zu unhöflich, den Helm während Prinz Lonsons Rede abzunehmen, um sich zu kratzen. Er betrachtete die Menge auf den Granitbänken und auch auf dem Boden in der Arena. Die meisten der Menschen lauschten sichtlich zustimmend, doch einige murmelten miteinander, andere machten finstere Gesichter. Ein alter Mann, ein ehemaliger Hüter, der in vielen Schlachten mit Graf Brass gekämpft hatte, spuckte sogar verächtlich in den Staub der Arena, als Prinz Lonson von Falkenmonds unerschütterlicher Treue seinen Kameraden gegenüber sprach.

Auch Yisselda sah es. Sie runzelte die Stirn und warf Falkenmond einen Blick zu, um festzustellen, ob er es auch bemerkt hatte. Ihre Augen trafen sich. Dorian Falkenmond zuckte die Schultern und lächelte ihr zu. Sie erwiderte sein Lächeln, aber ihre Stirn glättete sich nicht sofort.

Endlich war auch diese lange Rede vorbei. Es wurde viel geklatscht, und dann verließen die Menschen die Arena, damit der erste Stier hereingetrieben werden und der erste Toreador sein Glück versuchen konnte, sich die bunten Bänder an den Hörnern des Bullen zu holen – denn in der Kamarg bewiesen die Stierkämpfer nicht ihren Mut darin, daß sie die Tiere töteten. Die einzige Waffe gegen die schnaubenden Bullen war ihre Geschicklichkeit.

Als die Menge sich zurückgezogen hatte, blieb einer in der Arena – der alte Hüter. Falkenmond erinnerte sich jetzt an seinen Namen. Er hieß Czernik und war ein früherer Söldner aus Bulgarien, der sich Graf Brass angeschlossen und viele Feldzüge an seiner Seite mitgemacht hatte. Czerniks Gesicht war stark gerötet, als habe er zu tief in die Flasche geschaut, und sein Schritt war torkelnd, während er näher an Falkenmonds Loge herankam und mit dem Finger auf ihn deutete, ehe er nochmals in hohem Bogen vor ihm ausspuckte.

»Treue!« krächzte der Alte. »Ich weiß es besser! Ich weiß, wer Graf Brass gemordet – ihn an seine Feinde verraten hat! Feigling! Angeber! Falscher Held!«

Falkenmond erstarrte, als er das hörte. Wessen wollte der Alte ihn damit beschuldigen?

Ordnungshüter rannten hinaus und versuchten, Czernik so schnell wie möglich aus der Arena zu schaffen. Aber er wehrte sich mit Händen und Füßen.

»So versucht euer Herr die Wahrheit zu unterdrücken!« kreischte er. »Aber sie läßt sich nicht toschweigen! Er wurde angeklagt von dem einzigen, dessen Worten man Glauben schenken kann!«

Wäre nur Czernik es gewesen, der seine Feindseligkeit zeigte, hätte Falkenmond es als senile Phantastereien abgetan. Aber der alte Hüter war nicht der einzige. Er hatte lediglich ausgesprochen, was Falkenmond in mehr als einem Dutzend Gesichtern gelesen hatte – heute und schon in den vergangenen Tagen.

»Laßt ihn gewähren!« rief Falkenmond. Er erhob sich und lehnte sich über die Logenbrüstung. »Er soll sprechen.«

Einen Augenblick schwankten die Ordnungshüter, dann gaben sie den Greis frei. Czernik blieb am ganzen Leib zitternd stehen und funkelte Falkenmond böse an.

»Und jetzt möchte ich gern wissen, wessen du mich beschuldigst, Czernik. Sprich!«

Die Aufmerksamkeit aller hing nun an Falkenmond und dem Alten. Es herrschte eine unglaubliche Stille. Yisselda zupfte an dem Umhang, den ihr Mann über der Rüstung trug. »Hör nicht auf ihn, Dorian. Er ist betrunken. Er ist wahnsinnig!«

»Ich warte!« rief Falkenmond und blickte auf den plötzlich so schweigsamen Czernik.

Der Alte kratzte den Kopf unter dem schütteren grauen Haar. Er starrte in die Menge und murmelte etwas.

»Sprich deutlicher!« befahl Falkenmond. »Ich bin neugierig, was du zu sagen hast.«

»Ich nannte Euch einen Mörder! Und das seid Ihr auch!«

»Wer sagt, daß ich ein Mörder bin?«

Wieder war Czerniks Gemurmel nicht zu verstehen.

»Wer sagt das?«

»Der, den Ihr ermordet habt!« brüllte der Alte jetzt. »Der, den Ihr verraten habt!«

»Ein Toter? Wen habe ich verraten?«

»Den, den wir alle lieben! Dem ich durch hundert Provinzen folgte. Der, der mir zweimal das Leben rettete. Der, dem ich, ob tot oder lebendig, nie die Treue versagen würde.«

Yisselda flüsterte kopfschüttelnd: »Er kann niemand anderen als meinen Vater meinen . . .«

»Sprichst du von Graf Brass?« fragte Falkenmond.

»Von wem sonst?« rief Czernik herausfordernd. »Graf Brass, der vor vielen Jahren in die Kamarg kam und sie aus der Tyrannei befreite. Der gegen das Dunkle Imperium kämpfte und die ganze Welt gerettet hat! Seine Taten sind wohlbekannt. Was jedoch niemand wußte, ist, daß er in Londra von dem verraten wurde, der nicht nur nach seiner Tochter trachtete, sondern auch nach seiner Burg. Und um beides zu bekommen, tötete er ihn!«

»Du lügst«, sagte Falkenmond ruhig. »Wenn du jünger wärst, Czernik, würde ich verlangen, daß du mit dem Schwert für deine ehrenrührigen Worte einstehst. Wie kannst du nur solche Lügen glauben?«

»Viele glauben es, und es sind keine Lügen!« Czernik deutete auf die Menge. »Viele haben gehört, was ich hörte.«

»Wo hast du es denn gehört?« fragte nun Yisselda, die sich neben ihren Mann an die Brüstung gestellt hatte.

»Im Marschland vor der Stadt. Des Nachts. So manche, die wie ich von einer anderen Stadt heimeilten, hörten es ebenfalls.«

»Und aus wessen lügnerischem Mund?« Falkenmond zitterte jetzt vor Grimm. Er und Graf Brass hatten Seite an Seite gefochten, jeder war bereit gewesen, sein Leben für den anderen zu geben. Und jetzt erzählte man eine solch schreckliche Lüge – eine Lüge, die eine Beleidigung für Graf Brass' Andenken war. Und deshalb war der Grimm in Falkenmond aufgestiegen.

»Aus seinem eigenen! Aus Graf Brass' Mund.«

»Betrunkener Narr! Graf Brass ist tot. Das weißt doch auch du!«

»Das wohl – aber sein Geist ist in die Kamarg heimgekehrt. Er reitet auf seinem großen Schlachtroß in seiner Rüstung aus glänzendem Messing. Und sein Haar und sein Schnurrbart sind so rot wie Messing, und seine Augen leuchten wie Messing. Er ist dort draußen, verräterischer Falkenmond, in den Marschen. Er ist hinter Euch her. Und jenen, denen er begegnet, erzählt er, wie Ihr ihn im Stich gelassen habt, als seine Feinde ihn bedrängten, wie Ihr ihn in Londra habt sterben lassen.«

»Das ist eine Lüge!« schrie Yisselda. »Ich war ebenfalls dort. Ich kämpfte mit ihm in Londra. Nichts hätte meinen Vater retten können.«

»Und«, fuhr Czernik mit lauter, jetzt etwas ruhigerer Stimme fort, »ich hörte von Graf Brass, wie Ihr Euch mit Eurem Liebsten zusammentatet, um ihn zu betrügen.«

»Oh!« Yisselda preßte die Hände an die Ohren. »Wie gemein! Wie niederträchtig!«

»Schweig jetzt, Czernik!« warnte Falkenmond mit dumpfer Stimme. »Halte deine Zunge im Zaum, denn du gehst zu weit.«

»Er wartet in den Marschen und wird eines Nachts Rache an Euch nehmen, wenn Ihr es wagen solltet, die Mauern Aigues-Mortes' zu verlassen. Und jeder Geist ist noch viel mehr ein

Held, mehr ein Mann als Ihr. Verräter! Ja, ein Verräter, das seid Ihr! Erst dientet Ihr Köln, dann dem Imperium, dann wurdet Ihr ihm abtrünnig, bis Ihr ihm wieder im Komplott gegen Graf Brass beistandet, um es gleich darauf erneut zu verraten. Eure Geschichte allein ist Beweis genug, daß ich die Wahrheit spreche. Ich bin nicht vom Wahnsinn besessen, und betrunken bin ich auch nicht. Ich bin nicht der einzige, der gesehen und gehört hat, was ich sah und hörte.«

»Dann wurdest du betrogen«, sagte Yisselda fest.

»Ihr seid es, die betrogen wurde, Meine Lady!« knurrte Czernik.

Da kamen die Ordnungshüter herbei, und diesmal hielt Falkenmond sie nicht auf, als sie den alten Mann aus der Arena zerrten.

Der Rest der Festlichkeiten verlief in gedämpfter Stimmung. Falkenmonds Gäste waren durch den Vorfall in Verlegenheit gebracht worden und hielten es für besser, ihn schweigend zu ignorieren. Und die Menge zeigte kaum Interesse für die prächtigen Stiere und tapferen Toreadore, die sich so mutig und geschickt die bunten Bänder von den Hörnern der Bullen holten.

Danach folgte ein Bankett auf Burg Brass, zu dem außer den ausländischen Gästen alle bedeutenden Persönlichkeiten der Kamarg eingeladen waren. Bemerkenswert war, daß einige der letzteren nicht kamen. Falkenmond aß nur wenig, dafür trank er viel mehr als sonst. Er hatte verzweifelt versucht, die düstere Stimmung abzuschütteln, die ihn seit Czerniks Anklage erfüllte, aber es fiel ihm schwer, sich zu einem Lächeln zu zwingen, selbst als seine Kinder in die große Halle kamen, um ihn zu begrüßen und den Gästen vorgestellt zu werden. Jedes Wort kostete ihn Mühe, und auch zwischen seinen Gästen kamen kaum Gespräche auf. Viele der Botschafter suchten nach Entschuldigungen und zogen sich früh in ihre Gemächer zurück. So saßen bald nur noch Falkenmond und Yisselda in der großen Halle am Kopfende der Tafel und sahen zu, wie die Diener die Reste des Mahles abräumten.

»Was mag er nur gesehen haben?« fragte Yisselda schließlich, als auch der letzte Diener die Halle verlassen hatte. »Was kann er gehört haben, Dorian?«

Falkenmond zuckte die Schultern. »Er hat es uns ja deutlich genug gesagt – den Geist deines Vaters.«

»Ein Baragoon, der sich artikulierter als seine Artgenossen auszudrücken versteht?«

»Er hat deinen Vater beschrieben. Sein Pferd. Seine Rüstung. Sein Gesicht.«

»Aber Czernik war doch betrunken!«

»Er behauptete, auch andere hätten Graf Brass gesehen und die gleichen Anschuldigungen von seinen Lippen vernommen.«

»Dann kann es nur ein Komplott sein. Einer der Feinde – vielleicht ein Lord des Dunklen Imperiums, der überlebte und sich nun rächen will. Er hat sich als mein Vater maskiert.«

»Das wäre möglich«, murmelte Falkenmond. »Aber hätte nicht gerade Czernik eine solche Maskerade durchschaut? Er kannte Graf Brass viele Jahre und war ihm sehr nahe.«

»Ja, das stimmt«, mußte Yisselda zugeben.

Falkenmond erhob sich schwerfällig und schritt müde zum Kamin, über dem Graf Brass' Waffen und Rüstung hingen. Er blickte zu ihnen hoch und betastete sie. Dann schüttelte er den Kopf. »Ich muß mich selbst vergewissern, welcher Art dieser *Geist* ist. Weshalb sollte jemand versuchen, mich auf diese Weise schlechtzumachen? Wer könnte mein Feind sein?«

»Vielleicht Czernik selbst? Weil es ihm nicht gefällt, daß du nach Vaters Tod Herr der Burg bist?«

»Czernik ist alt – fast senil. Ein solch ausgeklügelter Betrug ist ihm nicht zuzutrauen. Das mag auch der Grund sein, weshalb er sich keine Gedanken darüber macht, daß Graf Brass in den Marschen gegen mich hetzt. Das ist nicht seine Art, und das müßte Czernik auch wissen. Graf Brass würde zur Burg kommen und mich offen zur Rede stellen oder zum Kampf fordern, wenn er wirklich etwas gegen mich hat.«

»Du redest ja, als glaubtest du Czernik tatsächlich!«

Falkenmond seufzte. »Ich muß mehr wissen. Ich muß mich in Ruhe mit Czernik unterhalten, genauere Einzelheiten erfahren . . .«

»Ich werde einen der Diener in die Stadt schicken, um ihn zu holen.«

»Nein, ich gehe selbst hinunter und suche ihn.«

»Bist du sicher . . .«

»Ich muß es tun.« Er küßte sie. »Ich werde diesem Alptraum ein Ende machen. Weshalb sollen wir uns von Phantomen quälen lassen, die wir nicht einmal selbst gesehen haben?«

Er warf sich einen dicken Umhang aus dunkelblauer Seide um und küßte Yisselda noch einmal, ehe er auf den Hof hinaustrat und sein gehörntes Roß zu satteln befahl. Wenige Minuten später ritt er aus der Burg und die Serpentinenstraße hinab zur Stadt. Wenige Lichter brannten in Aigues-Mortes, wenn man bedachte, daß heute ein Festtag war. Offenbar waren auch die Leute in der Stadt von der unerfreulichen Szene in der Arena betroffen, genau wie Falkenmond und seine Gäste. Ein Wind kam auf, als Falkenmond in die Stadt einritt, der rauhe Mistral der Kamarg, den die Menschen hier den Lebenswind nannten, weil er angeblich ihr Land während des Tragischen Jahrtausends gerettet hatte.

Wenn er Czernik überhaupt finden konnte, dann sicher am ehesten in einem der Weinhäuser im nördlichen Stadtviertel. Dorthin also ritt Falkenmond. Er überließ es dem Pferd, den Schritt zu wählen, denn tief innerlich schreckte er davor zurück, sich dieselben Lügen erneut anzuhören, diese Lügen, die ein schlimmes Bild auf alle warfen, selbst auf Graf Brass, den Czernik zu verehren behauptete.

Die alten Weinhäuser im Nordviertel waren hauptsächlich aus Holz und nur ihr Fundament aus dem weißen Stein der Kamarg. Das Holz hatte man in den verschiedensten Farben bemalt. Auf den Fassaden mancher der Weinhäuser waren sogar ganze Szenen abgebildet. Einige davon stellten Falkenmonds eigene Ruhmestaten dar, andere frühere Kämpfe Graf Brass', ehe er in die Kamarg kam, denn der alte Recke hatte in fast jeder Schlacht seiner Tage mitgefochten (und hatte manchmal sogar den Anlaß dazu gegeben). Viele der Weinhäuser hatten ihren Namen entsprechend gewählt und auch die vier Helden nicht vergessen, die dem Runenstab gedient hatten. Ein Weinhaus nannte sich *Magyarischer Feldzug*, ein anderes *Schlacht von Cannes*. Auf der anderen Straßenseite standen das *Fort von Balancia, Die neun Aufrechten* und *Das blutige Banner* – alle erinnerten an eine von vielen Heldentaten, die Graf Brass vollbracht hatte. Czernik müßte sich hier irgendwo aufhalten.

Falkenmond betrat das nächste Weinhaus, *Das Rote Amulett* (nach dem mystischen Juwel, das er dereinst um den Hals getragen hatte). Alte Soldaten drängten sich hier dicht an dicht. Viele davon kannte er. Sie waren alle ziemlich betrunken und hatten Becher mit Wein oder Krüge voll Bier vor sich stehen. Unter ihnen gab es kaum einen, der nicht von Kriegsnarben gezeichnet war. Ihr Gelächter war rauh, aber nicht lärmend, das war dafür ihr Gesang um so mehr. Falkenmond fühlte sich in solcher Gesellschaft wohl und grüßte alle freundlich. Als er einen einarmigen Sklaven entdeckte – ebenfalls einer von Graf Brass' Getreuen –, rief er erfreut:

»Josef Vedla! Guten Abend, Hauptmann. Wie geht es Euch?«

Vedla blinzelte und versuchte zu lächeln. »Auch Euch einen guten Abend, mein Lord. Ihr habt Euch schon seit Monaten nicht mehr in unserem Weinhaus sehen lassen.« Er senkte die Lider und widmete sich dem Inhalt seines Bechers.

»Leistet Ihr mir bei einer Kanne Gesellschaft?« lud Falkenmond ihn ein. »Ich habe gehört, der Wein soll in diesem Jahr besonders gut geraten sein. Vielleicht möchten sich auch noch einige andere unserer alten Freunde . . .«

»Nein, danke, mein Lord.« Vedla erhob sich. »Ich habe bereits etwas zu tief in den Becher geschaut.« Ein wenig schwerfällig zog er den Umhang mit seinem einen Arm enger um sich.

Nun fragte Falkenmond geradeheraus: »Josef Vedla, glaubt Ihr Czerniks Geschichte von seiner Begegnung mit Graf Brass in der Marsch?«

»Ich muß gehen.« Vedla schritt auf die niedrige Tür zu.

»Hauptmann Vedla! Bleibt stehen!«

Unwillig hielt Vedla an und drehte sich zögernd zu Falkenmond um.

»Glaubt Ihr, daß Graf Brass ihm erzählte, ich habe unsere gute Sache verraten? Daß ich ihn in eine Falle lockte?«

Vedla runzelte die Stirn. »Czernik allein würde ich nicht glauben. Er wird alt und erinnert sich nur noch an seine Jugend, als er mit Graf Brass focht. Vielleicht würde ich keinem alten Veteranen glauben, egal, was er mir erzählt – denn wir trauern immer noch um Graf Brass und wünschen uns, er lebte noch.«

»Genau wie ich.«

Vedla seufzte. »Ich glaube Euch, mein Lord. Aber ich fürchte, das tun jetzt nur noch wenige. Zumindest sind sich die meisten nicht sicher . . .«

»Wer hat denn diesen Geist sonst noch gesehen?«

»Verschiedene Kaufleute, die des Nachts von anderen Städten zurückkehrten und die Marschen überqueren mußten. Ein junger Stierkämpfer. Selbst ein Hüter, der auf einem der Osttürme Wache hielt, glaubt, in der Ferne eine Gestalt gesehen zu haben – eine Gestalt, die ohne alle Zweifel Graf Brass war.«

»Wißt Ihr, wo Czernik sich jetzt aufhält?«

»Vermutlich in der *Dnjepr-Überquerung* am Ende dieser Straße. Dort gibt er in letzter Zeit seine ganze Pension aus.«

Gemeinsam traten sie auf das Kopfsteinpflaster hinaus.

Falkenmond fragte ihn ernst: »Hauptmann Vedla, könnt Ihr glauben, daß ich Graf Brass verraten hätte?«

Vedla rieb seine narbige Nase. »Nein, und das können auch die wenigsten. Es fällt schwer, sich Euch als Verräter vorzustellen, Herzog von Köln. Aber die Geschichten sind alle gleich. Jeder, der diesem – diesem Geist begegnet ist, erzählt dieselbe.«

»Aber Graf Brass, ob nun lebend oder tot, würde sich doch nie an den Rand der Stadt verkriechen und nur jammern. Wenn er etwas gegen mich hätte, Rache an mir üben wollte, glaubt Ihr nicht, daß er dann zu mir kommen und mich fordern würde?«

»Ihr habt recht. Graf Brass war kein Mann des Zauderns. Doch«, Hauptmann Vedla lächelte schwach, »wir wissen auch, daß Geister sich auf Geisterart benehmen müssen.«

»Ihr glaubt also an Geister?«

»Ich glaube an nichts und alles. Das ist eine Lektion, die diese verrückte Welt mich gelehrt hat. Nehmt die Erlebnisse, die wir dem Runenstab verdanken – würde ein normaler Mensch glauben, daß sie tatsächlich wahr gewesen sein können?«

Falkenmond mußte Vedlas Lächeln erwidern. »Ich verstehe, was Ihr meint. Nun, dann eine gute Nacht, Hauptmann.«

»Gute Nacht, mein Lord.«

Josef Vedla stapfte in die entgegengesetzte Richtung, während Falkenmond sein Pferd die Straße hinunterführte, wo er das Schild *Dnjepr-Überquerung* entdeckte. Die Farbe blätterte davon ab, und das Weinhaus selbst hing durch, als wäre es seines mittleren Trägerbalkens beraubt. Es bot keinen sehr erfreulichen Anblick, und der Gestank, der herausdrang, war eine Mischung aus saurem Wein, Dung, ranzigem Fett und Erbrochenem. Es war zweifellos die letzte Zuflucht eines Trinkers, wo er für weniger Geld als anderswo noch einen vollen Becher bekommen konnte.

Die Spelunke war fast leer. Falkenmond mußte sich bücken, um durch die Tür zu kommen. Nur ein paar Fackeln und Kerzen erhellten die Gaststube. Alles bestätigte Falkenmonds ersten Eindruck: der dreckige Boden, die schmutzigen Tische und Bänke, das schäbige Leder der Weinbeutel, die überall herumlagen, die angeschlagenen Becher aus Holz und Glas, die schmuddelige Kleidung der Männer und Frauen, die betrunken herumsaßen oder auf den Bänken schnarchten. Die Gäste kamen nicht in die *Dnjepr-Überquerung,* um sich zu unterhalten, sondern nur, um sich so schnell und billig wie nur möglich vollaufen zu lassen.Ein kleiner, ungepflegter Mann mit einem Kranz öligen schwarzen Haares um die glänzende Glatze glitt aus der Düsternis herbei und lächelte zu Falkenmond hoch. »Bier, mein Lord? Guten Wein?«

»Ist Czernik hier?« fragte Falkenmond nur.

»Ja.« Der kleine Mann deutete mit einem Daumen auf eine Tür. »Er ist dort drin, um Platz für mehr zu schaffen. Er müßte gleich zurückkommen. Soll ich ihn rufen?«

»Nicht nötig.« Falkenmond blickte sich um und setzte sich auf eine Bank, die nicht ganz so von Schmutz zu kleben schien wie die anderen. »Ich warte auf ihn.«

»Einen Becher Wein, während Ihr wartet?«

»Ja, gut.«

Falkenmond ließ den Becher unberührt. Er ließ keinen Blick von der bestimmten Tür. Endlich kam der alte Veteran herausgetorkelt und begab sich zur Theke. »Noch eine Kanne«, murmelte er. Er fummelte in seiner Jacke nach seinem Beutel.

Falkenmond erhob sich. »Czernik?«

Der Alte wirbelte herum, daß er fast umgekippt wäre. Er tastete nach seinem Schwert, das er längst ins Pfandhaus gebracht hatte, um nicht Durst leiden zu müssen. »Seid Ihr gekommen, um mich umzubringen, weil ich die Wahrheit nicht verheimlichte? Wenn Graf Brass hier wäre . . . Ihr wißt, wie diese Weinstube heißt?«

»Dnjepr-Überquerung.«

»Richtig. Seite an Seite erfochten wir uns die Dnjepr-Überquerung, Graf Brass und ich – gegen Prinz Ruchtofs Armeen, gegen seine Kosaken. Einen Damm errichteten wir mit ihren Leichen, daß der Fluß für immer sein Bett wechselte. Am Ende der Schlacht hatte keiner von Prinz Ruchtofs Armeen überlebt, und von unserer Seite waren Graf Brass und ich die einzigen.«

»Ich kenne die Geschichte.«

»Dann wißt Ihr, daß ich tapfer bin, daß ich keine Angst vor Euch habe! Mordet mich, wenn Ihr wollt. Aber Graf Brass selbst könnt Ihr nicht zum Schweigen bringen.«

»Ich bin nicht gekommen, um dir den Mund zu verbieten, Czernik, sondern um dir zuzuhören. Erzähl mir noch einmal, was du gesehen und gehört hast.«

Czernik blickte Falkenmond mißtrauisch an. »Ich habe Euch schon heute nachmittag alles gesagt.«

»Ich möchte es noch einmal hören. Ohne deine haßerfüllten Beschuldigungen. Wiederhole Graf Brass' Worte, wie du selbst sie gehört hast.«

Czernik zuckte die Schultern. »Er sagte, Ihr hättet vom ersten Moment an, als Ihr in die Kamarg kamt, ein Auge auf seine Länder und seine Tochter geworfen. Er sagte, Ihr hättet Euch schon mehrmals als Verräter erwiesen, bevor Ihr noch mit ihm zusammenkamt. Er sagte, Ihr habt in Köln gegen das Dunkle Imperium gekämpft, Euch danach den Tierlords angeschlossen, obgleich sie Euren eigenen Vater gemordet hatten. Dann habt Ihr Euch, als Ihr Euch stark genug glaubtet, gegen das Imperium gewandt, aber Ihr wurdet besiegt und in Ketten aus vergoldetem Eisen nach Londra geschleppt, wo Ihr, um Euer Leben zu retten, verspracht, das Imperium in einem Komplott gegen Graf Brass zu unterstützen. Kaum wart Ihr aus ihrer Sicht, kamt Ihr in die Kamarg und hieltet es für einfacher, das Imperium erneut zu verraten. Dann gebrauchtet Ihr Eure Freunde – Graf Brass, Oladahn, Bowgentle und d'Averc –, um das Imperium zu schlagen, und als sie Euch von keinem Nutzen mehr waren, sorgtet Ihr dafür, daß sie in der Schlacht von Londra fielen.«

»Eine überzeugende Geschichte«, sagte Falkenmond grimmig. »Sie hält sich genau an die Tatsachen und läßt die Einzelheiten aus, die meine Handlungen rechtfertigen. Sehr klug gemacht, wirklich.«

»Wollt Ihr behaupten, Graf Brass lügt?«

»Ich behaupte, wem immer auch du in den Marschen begegnet bist – einem Geist oder einem Sterblichen –, er ist gewiß nicht Graf Brass. Ich spreche die Wahrheit, Czernik, denn kein Verrat belastet mein Gewissen. Graf Brass kannte die Wahrheit. Weshalb sollte er nach seinem Tod lügen?«

»Ich kenne Graf Brass, und ich kenne Euch. Ich weiß, daß Graf Brass keine solche Lüge erzählen würde. Er war ein geschickter Diplomat – das ist allen bekannt. Aber seinen Freunden gegenüber kam keine Lüge über seine Lippen.«

»Dann war das, was du gesehen hast, auch nicht Graf Brass.«

»Doch! Was ich sah, war Graf Brass. Sein Geist! Graf Brass wie er gewesen war, als ich an seiner Seite ritt und sein Banner für ihn in der Schlacht gegen die Liga der acht in Italien hielt, zwei Jahre, ehe wir in die Kamarg kamen. Ich kenne Graf Brass . . .«

Falkenmond runzelte die Stirn. »Was war seine Botschaft?«

»Er wartet jede Nacht in den Marschen auf Euch, um Rache zu nehmen.«

Falkenmond atmete tief. Er schnallte seinen Schwertgürtel ein wenig fester. »Dann werde ich ihn heute nacht aufsuchen.«

Czernik sah erstaunt zu ihm auf. »Ihr habt keine Angst?«

»Weshalb sollte ich? Ich weiß, daß das, was immer du auch gesehen hast, nicht Graf Brass gewesen sein kann. Und weshalb sollte ich einen Betrüger fürchten?«

»Vielleicht entsinnt Ihr Euch nur nicht, ihn verraten zu haben?« meinte Czernik vage. »Könnte es sein, daß nur das Juwel in Eurer Stirn an allem schuld war? Möglicherweise zwang es Euch zu Taten, die Ihr vergessen habt, nachdem Ihr von dem schrecklichen Ding befreit wart?«

Falkenmond lächelte Czernik düster an. »Ich danke dir für deine Worte, Czernik. Aber ich bezweifle, daß das Juwel mich in diesem Ausmaß beherrscht haben konnte. Es war ein wenig anderer Natur.« Er runzelte die Stirn. Einen Moment fragte er sich, ob Czernik nicht möglicherweise doch recht haben mochte. Es wäre entsetzlich, wenn es stimmte . . . Aber nein, es konnte nicht wahr sein! Yisselda würde die Wahrheit erkannt haben, und wenn er sie auch noch so sehr zu verbergen gesucht hätte. Yisselda wußte, daß er kein Verräter war.

Aber irgend etwas trieb sich in den Marschen herum und versuchte, die Kamarganer gegen ihn aufzuhetzen. Deshalb mußte er den Stier bei den Hörnern packen – den Geist aufdecken und Menschen wie Czernik ein für allemal beweisen, daß er niemanden verraten hatte.

Er wandte sich von Czernik ab, trat aus der Weinstube hinaus, schwang sich auf seinen Rapphengst und lenkte ihn zum Stadttor.

Durchs Tor hindurch ritt er, hinaus auf die mondhellen Marschen, während der Mistral in sein Gesicht peitschte, die Lagunen sich kräuselten und das Schilf sich in Erwartung seiner vollen Macht beugte, die dieser zum Sturm anwachsende Wind in wenigen Tagen zeigen würde.

Er ließ dem Pferd die Zügel, denn es kannte die Wege durch die Marschen besser als er. Und inzwischen spähte er durch die Düsternis und hielt Ausschau nach – einem Geist.

2. Die Begegnung in der Marsch

Die Marsch war voll Geräusche aller Art – ein Summen und Schwirren, Kreischen, Bellen und Heulen, als die Geschöpfe der Nacht sich auf Futtersuche machten. Hin und wieder tauchte ein größeres Tier aus der Dunkelheit auf und schoß an Falkenmond vorbei. Manchmal war ein Platschen in den Lagunen zu hören, wenn eine fischfangende Eule nach ihrem Opfer tauchte. Doch menschliche Gestalten – weder Geister noch Sterbliche – ließen sich nirgendwo blicken, während Falkenmond immer tiefer in die Dunkelheit ritt.

Dorian Falkenmond war verwirrt. Er war verbittert. Er hatte sich ein Leben ländlicher Ruhe erhofft. Die einzigen Probleme, mit denen er gerechnet hatte, waren die, die mit der Erziehung der Kinder zusammenhingen, alltägliche Probleme, wie jeder sie hatte.

Und nun diese verdammte Ungewißheit. Nicht einmal eine Kriegserklärung hätte ihn auch nur halb so sehr aus der Fassung bringen können. Ein Feldzug, selbst gegen das Dunkle Imperium, war etwas, das er diesen gemeinen Verdächtigungen vorgezogen hätte. Würde er die Messingornithopter Granbretaniens am Himmel sehen oder die Armeen in ihren Tiermasken, die grotesken Kutschen und alles andere Bizarre, das das Dunkle Imperium ausgemacht hatte, er hätte gewußt, was er tun müßte – oder wenn der Runenstab ihn erneut riefe.

Aber diese heimtückische Wühlarbeit! Wie konnte er gegen Gerüchte, gegen Geister ankommen, wenn sich alte Freunde gegen ihn stellten!

Immer noch trottete der gehörnte Hengst über die Marschwege. Immer noch waren keine Anzeichen, daß es außer ihm, Falkenmond, hier noch anderes menschliches Leben gab. Er wurde allmählich müde, denn er war heute schon früher aufgestanden als sonst, um sich für das Fest fertigzumachen. Er hegte bereits den Verdacht, daß nichts sich hier draußen befand, daß Czernik und die anderen sich das Ganze nur eingebildet hatten. Er lächelte über sich. Welch Narr er doch war, das Gerede eines Betrunkenen ernst zu nehmen.

Und gerade in diesem Augenblick sah er die Erscheinung! Sie saß auf einem ungehörnten Fuchshengst, dessen Roßpanzer rötlich schillerte. Die Rüstung der Gestalt leuchtete im Mondschein – sie war aus schwerem Messing. Ein glänzender Messinghelm, praktisch und ohne Zierat, ein glänzender Brustpanzer, ebenfalls aus Messing, genau wie die Beinschienen. Von Kopf bis Fuß steckte die Gestalt in Messing. Die Handschuhe und Stiefel waren aus Messingscheiben auf Leder genäht. Der Gürtel war eine Messingkette, die von einer schweren Messingschnalle zusammengehalten wurde, und vom Gürtel hing eine Scheide aus Messing. Nur in dieser Scheide steckte etwas, das nicht aus Messing, sondern gutem Stahl war: ein Breitschwert. Und da war das Gesicht – die goldbraunen Augen, die ernst und streng blickten, der dichte rötliche Schnurrbart, die rötlichen Brauen, der Bronzeton der Haut.

»Graf Brass!« keuchte Falkenmond. Dann schloß er die Lippen und musterte eingehend die Gestalt, denn er hatte Graf Brass ganz sicher tot auf dem Schlachtfeld gesehen.

Etwas war anders an diesem Mann, und Falkenmond brauchte nicht lange, um diesen Unterschied zu erkennen und zu wissen, daß Czernik die reine Wahrheit gesprochen hatte, als er behauptete, es sei der gleiche Graf Brass, an dessen Seite er die Dnjepr-Überquerung erzwungen hatte. Denn dieser Graf Brass vor ihm war zumindest zwanzig Jahre jünger als der, den Falkenmond kennengelernt hatte, als er vor sieben oder acht Jahren zum erstenmal die Kamarg besuchte.

Die Augen funkelten, und der große Kopf, scheinbar ganz aus festem Messing, drehte sich ein wenig, um Falkenmond direkt anzusehen.

»Seid Ihr es?« dröhnte die tiefe Stimme Graf Brass'. »Meine Nemesis?«

»Nemesis?« Falkenmond lachte bitter. »Ich dachte, Ihr seid meine, Graf Brass!«

»Ich bin verwirrt.« Die Stimme war zweifellos die des Grafen, doch sie klang irgendwie nicht ganz wach. Auch seine Augen richteten sich nicht mit der gleichen Festigkeit auf Falkenmond, wie dieser es gewohnt war.

»Was seid Ihr?« fragte Falkenmond. »Was führt Euch in die Kamarg?«

»Mein Tod. Ich bin tot, nicht wahr?«

»Der Graf Brass, den ich kannte, ist tot. Er fiel in der Schlacht von Londra vor fünf Jahren. Ich hörte, daß man mich seines Todes beschuldigte.«

»So seid Ihr der, den man Falkenmond von Köln nennt?«

»Ich bin Dorian Falkenmond, Herzog von Köln, das stimmt.«

»Dann muß ich Euch wohl töten«, erklärte dieser Graf Brass, aber seine Worte kamen nur widerwillig.

Obgleich sich alles in seinem Kopf zu drehen schien, sah Falkenmond doch, daß Graf Brass (oder wer auch immer dieses Wesen sein mochte), so unsicher war wie er selbst in diesem Augenblick. Gewiß war nur, während er, Falkenmond, Graf Brass erkannt hatte, sich der andere nicht bewußt gewesen war, wer ihm gegenüberstand.

»Weshalb müßt Ihr mich töten? Wer verlangt es von Euch?«

»Das Orakel. Obgleich ich jetzt tot bin, darf ich wieder leben. Aber wenn ich wieder lebe, muß ich sichergehen, daß ich nicht in der Schlacht von Londra falle. Deshalb bin ich gezwungen, den zu töten, der mich in diese Schlacht führen und an jene verraten wird, gegen die ich kämpfe. Und dieser eine ist Dorian Falkenmond von Köln, der es auf mein Land abgesehen hat – und auf meine Tochter.«

»Ich habe mehr als genug eigene Länder, und Eure Tochter wurde mir lange vor der Schlacht von Londra anvermählt. Jemand treibt ein böses Spiel mit Euch, Freund Geist.«

»Weshalb sollte das Orakel mich betrügen?«

»Habt Ihr noch nichts von falschen Orakeln gehört? Woher kommt Ihr?«

»Woher? Von der Erde natürlich.«

»Und wo, glaubt Ihr, befindet Ihr Euch jetzt?«

»Natürlich in der Unterwelt. Nur wenige können von hier entkommen. Aber ich kann es. Doch dazu muß ich Euch zuerst töten, Dorian Falkenmond.«

»Etwas will mich mit Eurer Hilfe vernichten, Graf Brass – wenn Ihr Graf Brass seid. Ich kann mir dieses Rätsel nicht erklären, aber ich habe das Gefühl, daß Ihr wirklich glaubt,

Graf Brass zu sein, und auch, daß ich Euer Feind bin. Vielleicht ist alles eine Lüge – vielleicht nur ein Teil.«

Graf Brass runzelte die Stirn. »Ihr verwirrt mich. Ich verstehe es nicht. Darauf hat man mich nicht vorbereitet.«

Falkenmonds Mund war wie ausgedörrt. Sein Kopf schwirrte so sehr, daß er kaum denken konnte. So viele verschiedene Gefühle wirbelten durcheinander: Trauer um seinen toten Freund. Haß auf den, der das Gedenken an ihn entweihen wollte. Ein wenig Angst, daß es tatsächlich ein Geist war. Und tiefes Mitleid, wenn das vor ihm wirklich ein aus dem Grab geholter und zur Puppe erniedrigter Graf Brass war.

Nicht an den Runenstab dachte er bei diesem durchsichtigen Spiel, sondern an die makabre Wissenschaft des Dunklen Imperiums. Diese ganze Geschichte hatte die Prägung des perversen Genies Granbretaniens. Aber wie konnte sie in Szene gesetzt worden sein? Die beiden größten Zauberwissenschaftler des Dunklen Imperiums, Taragorm und Kalan, waren tot. Niemand war ihnen, solange sie lebten, an Genialität gleichgekommen, und niemand vermochte sie zu ersetzen, nachdem sie gestorben waren.

Weshalb sah Graf Brass soviel jünger aus, als er ihn gekannt hatte? Weshalb erkundigte er sich nicht nach Yisselda?

»Wer hätte Euch vorbereiten sollen?« fragte Falkenmond. Wenn es zu einem Kampf kam, würde Graf Brass ihn mit Leichtigkeit besiegen können. Graf Brass war der beste Kämpfer Europas gewesen. Selbst in seinen mittleren Jahren hatte es niemanden gegeben, der ihn im Zweikampf hätte schlagen können.

»Das Orakel. Und noch etwas verwirrt mich, mein zukünftiger Feind. Weshalb, wenn Ihr doch noch lebt, haust auch Ihr in der Unterwelt?«

»Das hier ist nicht die Unterwelt, wie Ihr glaubt. Hier ist das Land der Kamarg. Ihr erkennt es nicht, obgleich Ihr doch so viele Jahre lang sein Lordhüter wart – und es gegen das Dunkle Imperium zu verteidigen halft? Ich kann mir nicht denken, daß Ihr wahrhaftig Graf Brass seid.«

Die Gestalt hob nachdenklich die behandschuhten Finger an

die Stirn. »Ihr glaubt also nicht, daß ich bin, wer ich bin? Aber wir sind uns nie begegnet . . .«

»Nie begegnet! Wir haben in vielen Schlachten Seite an Seite gefochten. Wir haben einander das Leben gerettet. Ich glaube, Ihr seid ein Mann, der Ähnlichkeit mit Graf Brass hat, und von einem Zauberer benutzt wird, der ihm einredete – und vermutlich mit Magie nachhalf –, daß er Graf Brass sei, und ihm dann den Auftrag erteilte, mich zu töten. Vielleicht ist das Dunkle Imperium nicht vollständig zerstört worden? Vielleicht gibt es einige von Königin Flanas Untertanen, die mich hassen. Sagt Euch das etwas?«

»Nein. Aber ich weiß, daß ich Graf Brass bin.«

»Woher wollt Ihr wissen, daß Ihr Graf Brass seid?«

»Weil ich es bin!« brüllte die Gestalt. »Tot oder lebend – *ich bin Graf Brass!*«

»Wie könnt Ihr Graf Brass sein, wenn Ihr mich nicht einmal erkennt? Wenn Ihr offenbar nichts weiter von Eurer Tochter wißt, als das, was Euch das ›Orakel‹ gesagt hat, daß ich es auf sie abgesehen habe! Wenn Ihr die Kamarg für die Unterwelt haltet! Wenn Ihr Euch an nichts erinnert, was wir gemeinsam im Dienst des Runenstabs taten! Wenn Ihr glaubt, daß ausgerechnet ich, der Euch liebte, dem Ihr sowohl das Leben als auch die Menschenwürde gerettet habt, Euch verraten würde!«

»Ich weiß nichts von allem, was Ihr da sagt. Aber ich weiß über alle Zweifel von meinen Reisen und Kämpfen im Dienst einer ganzen Reihe von Prinzen – in Magyarien, Arabien, Skandien, Slavien und den Landen der Griechen und Bulgaren. Und ich kenne meinen Traum, der all die sich befehdenden Herzogtümer und Königreiche und winzigen Provinzen Europas einigen soll. Ich weiß von meinen Erfolgen – ja, und auch Mißerfolgen. Ich erinnerte mich der Frauen, die ich liebte, der Freunde, für die ich Respekt empfand, und der Feinde, die ich bekämpfte. Und so weiß ich auch genau, daß Ihr mir weder Freund noch Feind seid – noch nicht! Aber daß Ihr mein verräterischer Feind sein werdet. Auf der Erde liege ich im Sterben. Hier suche ich nach dem, der mir schließlich alles rauben wird, was ich besitze, auch mein Leben.«

»Jetzt verratet mir erneut, wer Euch das alles weismachte?«

»Götter – übernatürliche Wesen – das Orakel selbst –, ich weiß es nicht.«

»Ihr glaubt an solche Dinge?«

»Früher nicht, doch jetzt muß ich wohl, denn ich bin ja persönlich der Beweis.«

»Das glaube ich nicht. Ich bin nicht tot. Ich hause auch nicht in der Unterwelt. Ich bin Fleisch und Blut, und wie es den Anschein hat, seid es auch Ihr, mein Freund. Ich haßte Euch, als ich heute abend ausritt, um Euch zu suchen. Nun sehe ich jedoch, daß Ihr nicht weniger getäuscht werden sollt als ich. Kehrt zu Euren Herren zurück. Sagt ihnen, es ist Falkenmond, der sich rächen wird – an ihnen!«

»Bei Narschas Strumpfband! Ich lasse mir keine Befehle erteilen!« donnerte der Mann in Messing. Seine behandschuhten Finger schlossen sich um den Griff des mächtigen Schwertes. Diese Bewegung war nur allzu typisch für Graf Brass. Auch der Gesichtsausdruck war der des alten Freundes. War dies vielleicht eine schreckliche Puppe, die mit Hilfe granbretanischer Wissenschaft dem Grafen nachgebildet worden war?

Falkenmond war inzwischen fast hysterisch vor Verwirrung und Sorge.

»Also gut«, rief er. »So laßt es uns angehen. Wenn Ihr wahrhaftig Graf Brass seid, werdet Ihr wenig Mühe haben, mich zu töten. Dann werdet Ihr zufrieden sein. Und ich ebenfalls, denn ich kann nicht weiterleben in dem Bewußtsein, daß die Menschen mir zutrauen, Euch verraten zu haben!«

Sichtlich nachdenklich erwiderte die Gestalt: »Ich bin Graf Brass, dessen seid versichert, Herzog von Köln. Aber was den Rest betrifft, so mag es wohl sein, daß wir beide die Opfer eines sehr ungewöhnlichen Komplotts sind. Ich war nicht nur Krieger, sondern auch Politiker. Ich habe einige gekannt, die sich ein Vergnügen daraus machten, Freund gegen Freund aufzuhetzen, um ihr eigenes Ziel zu fördern. O ja, es besteht durchaus die Möglichkeit, daß Ihr die Wahrheit sprecht . . .«

»Schön«, murmelte Falkenmond erleichtert. »Dann begleite

mich zur Burg Brass, damit wir uns in Ruhe über alles unterhalten.«

Der Mann schüttelte den Kopf. »Das kann ich nicht. Ich habe die Lichter Eurer befestigten Stadt und der Burg darüber gesehen. Ich wollte sie auch besuchen, aber etwas hindert mich daran, eine – eine Barriere. Aber ich könnte nicht erklären, welcher Art sie ist. Deshalb war ich gezwungen, hier in dieser verdammten Marsch auf Euch zu warten. Ich hatte gehofft, diese unangenehme Sache möglichst schnell hinter mich zu bringen, aber jetzt . . .« Die Gestalt runzelte erneut die Stirn. »So sehr ich auch ein Mann der Tat bin, Herzog von Köln, war ich immer stolz auf meinen Gerechtigkeitssinn. Ich würde Euch nicht töten, um einen anderen an sein Ziel zu bringen – zumindest nicht, solange ich nicht weiß, worum es dabei geht. Ich muß mir alles, was Ihr gesagt habt, in Ruhe durch den Kopf gehen lassen. Dann, wenn ich zu der Überzeugung komme, daß Ihr mich belogen habt, nur um Eure Haut zu retten, werde ich Euch töten.«

»Oder«, fiel Falkenmond ein, »wenn Ihr nicht Graf Brass seid, ich Euch.«

Der Mann lächelte auf vertraute Weise – mit Graf Brass' Lächeln. »Ja, wenn ich nicht Graf Brass wäre.«

»Ich werde morgen mittag zurückkommen«, versprach Falkenmond. »Wo wollen wir uns treffen?«

»Mittag? Hier gibt es keinen Mittag. Wie wäre es möglich, ohne Sonne?«

»Sie wird in ein paar Stunden aufgehen«, versicherte ihm Falkenmond.

Der Mann in der Messingrüstung fuhr sich wieder mit den behandschuhten Fingern über die gerunzelte Stirn. »Nicht für mich«, erklärte er. »Nicht für mich.«

Das verwirrte Falkenmond aufs neue. »Aber Ihr seid doch schon seit Tagen hier, wie ich hörte.«

»Eine Nacht – eine lange, endlose Nacht!«

»Läßt Euch nicht auch diese Täuschung an ein böses Spiel denken, das man mit Euch treibt?« fragte Falkenmond.

»Ich muß über alles nachdenken.« Er seufzte tief. »Kommt,

wann Ihr es für richtig haltet. Seht Ihr die Ruine – dort auf dem Hügel?« Er deutete dorthin.

Im Mondschein sah Falkenmond wie tiefe Schatten die Ruine eines alten Bauwerks, das vor unendlich langer Zeit einmal eine gotische Kirche gewesen sein sollte, wie Bowgentle ihm früher einmal erzählt hatte. Diese Ruine war Graf Brass' liebstes Ausflugsziel gewesen. Er war oft dorthin geritten, wenn er das Bedürfnis verspürt hatte, allein zu sein.

»Ja, ich sehe und kenne sie«, erwiderte Falkenmond.

»Dort werden wir uns treffen. Ich warte, solange meine Geduld es zuläßt.«

»Gut.«

»Und kommt bewaffnet, denn wir werden wahrscheinlich gegeneinander kämpfen müssen.«

»Ich konnte Euch also nicht überzeugen?«

»Ihr habt nicht sehr viel gesagt, Falkenmond. Nur vage Vermutungen. Hinweise auf Personen, die ich nicht kenne. Ihr glaubt, das Dunkle Imperium hält uns für so wichtig, daß es sich mit uns beschäftigen würde? Es hat wichtigere Dinge zu tun, sage ich.«

»Das Dunkle Imperium ist nicht mehr. Ihr habt mitgeholfen, es zu vernichten.«

Ein vertrautes Grinsen zog über die Züge des Mannes. »Da täuscht *Ihr* Euch, Herzog von Köln.« Er drehte das Streitroß und ritt in die Nacht.

»Wartet!« rief Falkenmond. »Was meint Ihr damit?«

Aber der Reiter hatte sein Pferd zum Galopp angetrieben.

Wild gab Falkenmond seinem Tier die Fersen und verfolgte ihn.

»Was wollt Ihr damit sagen?« brüllte er.

Falkenmonds Pferd weigerte sich, in diesem Tempo durch die Dunkelheit zu brausen. Es schnaubte und bäumte sich auf. Doch Falkenmond stieß noch heftiger die Fersen in seine Weichen. »Wartet, so wartet doch!« schrie er.

Noch konnte er den Reiter vor sich sehen, doch seine Umrisse wirkten allmählich immer verschwommener. War er wahrhaftig ein Geist?

»Wartet.«

Falkenmonds Pferd glitt in dem Schlamm aus. Es wieherte ängstlich, als wolle er seinen Reiter vor ihrer gemeinsamen Gefahr warnen. Wieder stieß Falkenmond dem Tier die Fersen in die Weichen. Erneut bäumte es sich auf. Seine Hinterbeine rutschten noch weiter.

Falkenmond versuchte, die Herrschaft über das Pferd zurückzugewinnen, aber es stürzte und riß ihn mit sich.

Durch den Schlamm glitten sie ins Schilf am Rand des Pfades und schlugen heftig auf dem Sumpf auf, der gierig gluckernd nach ihnen griff. Falkenmond versuchte, sich an den Weg zurückzuziehen, aber seine Füße steckten noch in den Steigbügeln, und außerdem lag das Pferd mit seinem ganzen Gewicht auf seinem rechten Bein.

Jetzt griff er nach dem Schilfrohr. Es gelang ihm tatsächlich, ein paar Zentimeter hochzukommen, doch dann hielt er das Rohr mitsamt den Wurzeln in der Hand.

Er bemühte sich zur Ruhe, als ihm klar wurde, daß er mit jeder heftigen Bewegung tiefer in dem Sumpf versank.

Wenn er tatsächlich Feinde hatte, die seinen Tod wollten, hatte er ihnen in seiner Torheit diesen Wunsch auch noch selbst erfüllt!

3. Ein Brief von Königin Flana

Er konnte sein Pferd nicht sehen, aber er hörte es.

Das arme Tier schnaubte, als der Schlamm in seine Nüstern drang. Sein Strampeln wurde immer schwächer.

Falkenmond war es geglückt, seine Füße aus den Steigbügeln zu bekommen, und auch sein rechtes Bein war nun frei, doch nur noch seine Arme, sein Kopf und seine Schultern ragten aus dem Sumpf heraus. Millimeter um Millimeter glitt er in seinen Tod.

Er hatte versucht, auf den Rücken des Pferdes zu klettern und von dort aus auf den Pfad zu springen, aber es war ihm lediglich gelungen, das bedauernswerte Tier noch tiefer in den

Sumpf zu drücken. Der Atem des Pferdes kam nur noch schmerzhaft röchelnd. Falkenmond war sich klar, daß seiner bald nicht besser klingen würde.

Er war wütend auf sich – und hilflos. Durch seine eigene Dummheit hatte er sich hier hineingeritten. Statt weiterzukommen, hatte er nur ein neues Problem geschaffen. Und wenn er starb, das war ihm ebenfalls klar, würden viele sagen, daß er von Graf Brass' Geist getötet worden war. Das wiederum würde dazu führen, daß viele der Anschuldigung Czerniks Glauben schenkten. Ja, auch Yisselda würde man dann verdächtigen, ihm geholfen zu haben, ihren eigenen Vater zu verraten. Ihr würde nichts anderes übrig bleiben, als bei Königin Flana Zuflucht zu suchen oder sich nach Köln zurückzuziehen. Das bedeutete, daß sein Sohn Manfred sein Geburtsrecht, Lordhüter der Kamarg zu werden, verlöre – und seine Tochter Yarmila sich schämen würde, seinen Namen auch nur auszusprechen.

»Ich bin ein Narr!« fluchte er. »Und ein Mörder dazu, denn ich habe ein gutes Pferd in den Tod getrieben. Vielleicht hatte Czernik recht – möglicherweise veranlaßte das Schwarze Juwel mich zu schändlichen Taten, an die ich mich nicht erinnern kann. Vielleicht habe ich den Tod verdient.«

Und dann glaubte er, Graf Brass vorbeireiten und ihn mit höhnischem Gelächter verspotten zu hören. Aber vermutlich war es nur eine Marschgans, deren Schlag ein Fuchs gestört hatte.

Nun wurde sein linker Arm in die Tiefe gesaugt. Vorsichtig zog er ihn hoch. Selbst das Schilf war jetzt außerhalb seiner Reichweite.

Sein Pferd stieß einen letzten röchelnden Seufzer aus, ehe sein Schädel unter den Sumpf tauchte. Er spürte noch, wie sein Körper zuckte, als es einen letzten Atemzug zu holen versuchte. Dann war es still und nichts mehr von ihm zu sehen.

Immer mehr gespenstische Stimmen verhöhnten ihn. War das nicht Yisselda? Nein, der Schrei einer Möwe. Und die tieferen Stimmen seiner Soldaten? Nichts weiter als das Bellen und Brummen der Füchse und Marschbären.

Diese Täuschungen waren im Augenblick das Schlimmste – denn es war sein eigenes Gehirn, das ihm diesen Trick spielte.

Welche Ironie! So lange und hart hatte er gegen das Dunkle Imperium gekämpft. So viele schreckliche Abenteuer hatte er überstanden – auf zwei Kontinenten. Und jetzt sollte er hier unbemerkt, allein, im Sumpf zugrunde gehen. Niemand würde je erfahren, wo oder wie er gestorben war. Kein Stein würde sein Grab schmücken, keine Statue würde man für ihn errichten, wie er es für seine vier Freunde getan hatte, und sie vor der Burg aufstellen. Aber wenigstens ist es ein stiller Tod, dachte er resigniert.

»Dorian!«

Diesmal war es offenbar ein Vogel, der seinen Namen rief. Er brüllte verärgert zurück: »Dorian!«

»Mein Lord von Köln«, brummte ein Marschbär.

»Mein Lord von Köln«, erwiderte Falkenmond im gleichen Tonfall. Jetzt war es völlig unmöglich, seinen linken Arm noch freizubekommen. Er spürte, wie sein Kinn im Sumpf versank. Der Druck des Moores machte ihm das Atmen schwer. Ein Schwindelgefühl erfaßte ihn. Er hoffte, er würde die Besinnung verlieren, ehe der Schlamm ihm Mund und Nase füllte.

Vielleicht würde er nach seinem Tod in einer Unterwelt aufwachen und dort Graf Brass wiedersehen – und Oladahn aus den Bulgarbergen – und Huillam d'Averc – und Bowgentle, den Philosophen und Poeten.

»Ah«, murmelte er, »wenn ich dessen nur sicher sein könnte, dann würde ich diesen Tod leichter ertragen. Doch das Problem meiner Ehre ist dadurch nicht gelöst – genausowenig wie Yisseldas. O Yisselda!« Ihren Namen stieß er laut hervor.

»Dorian!« Der Vogelruf hatte eine unheimliche Ähnlichkeit mit der Stimme seiner geliebten Frau. Er hatte gehört, daß Sterbende sich alles mögliche einbildeten. Vielleicht machte das für manche die letzten Sekunden erträglicher – doch für ihn wurden sie dadurch nur um so schlimmer.

»Dorian! Ich habe dich rufen gehört, Dorian? Wo bist du, Dorian? Was ist geschehen?«

Falkenmond rief dem Vogel zu: »Ich stecke im Sumpf, mein Liebstes, und ich sterbe. Sag ihnen allen, daß Falkenmond kein

Verräter war – und kein Feigling. Aber ein Narr war er, sag ihnen das!«

Das Rohr am Rand des Pfades begann zu rascheln. Falkenmond blickte hoch und erwartete, einen Fuchs auftauchen zu sehen. Es würde schrecklich sein, noch im Versinken von einem Tier angefallen zu werden. Er schauderte.

Doch das Gesicht eines Menschen spähte durch das Schilf. Ein Gesicht, das er erkannte!

»Hauptmann?«

»Mein Lord!« rief Hauptmann Josef Vedla erschrocken. Dann drehte er sich um und sprach zu jemandem hinter sich. »Ihr hattet recht, meine Lady. Er ist hier. Und schon fast völlig im Sumpf versunken.« Eine Fackel leuchtete auf. Vedla streckte sie aus dem Rohr, um Falkenmond besser sehen zu können. Dann schrie er: »Schnell, Männer – das Seil!«

»Ich bin sehr froh, Euch zu sehen, Hauptmann Vedla. Ist meine Lady Yisselda bei Euch?«

»Ja, Dorian.« Ihre Stimme klang angespannt. »Ich fand Hauptmann Vedla. Er führte mich in das Weinhaus zu Czernik. Der Alte berichtete, daß du zu den Marschen reiten wolltest. So riefen wir so viele Männer zusammen, wie in der Eile möglich war, um uns bei der Suche nach dir zu helfen.«

»Ich bin euch allen sehr dankbar«, murmelte Falkenmond. »Eure Suche wäre nicht notwendig gewesen, wenn ich mich nicht so einfältig benommen hätte – uhh!« Das Sumpfwasser drang in seinen Mund.

Ein Seil flog ihm entgegen. Mit seiner glücklicherweise noch freien Rechten gelang es ihm gerade, es zu erfassen und die Hand in die Schlinge zu schieben.

»Zieht!« rief er. Er ächzte, als die Schlinge um sein Handgelenk sich zusammenzog, und ihm war, als risse man ihm den Arm aus.

Unsagbar langsam kam er aus dem Sumpf hoch, der sein Opfer nur widerwillig freigab. Doch endlich saß er keuchend am Rand des Pfades, und Yisselda umarmte ihn, ungeachtet des stinkenden Schlammes, der an ihm klebte. »Wir dachten, du seist tot!« schluchzte sie.

»Das glaubte ich ebenfalls«, murmelte er. »Doch statt dessen habe ich den Tod eines meiner besten Pferde verschuldet. Ich hätte den eigenen wahrhaftig verdient.«

Hauptmann Vedla blickte sich unruhig um. Im Gegensatz zu den in der Kamarg aufgewachsenen Hütern war er kein Freund der Marschen, nicht einmal im hellen Tageslicht.

»Ich sah den Burschen, der sich Graf Brass nennt«, wandte sich Falkenmond an ihn.

»Und Ihr habt ihn getötet, mein Lord?«

Falkenmond schüttelte den Kopf. »Ich glaube, er ist ein Schauspieler, der Graf Brass sehr ähnlich sieht. Aber er ist nicht Graf Brass – weder lebend nocht tot –, dessen bin ich mir fast sicher. Erstens ist er zu jung. Und er wurde nicht ausreichend in seine Rolle eingewiesen. Er kennt nicht einmal den Namen seiner Tochter. Er weiß nichts über die Kamarg. Aber fast genauso sicher bin ich mir, daß nichts Böses in ihm selbst ist. Er mag besessen sein, doch eher denke ich, man hat ihn hypnotisiert, zu glauben, er sei Graf Brass. Vermutlich stecken ein paar der nichtbekehrten Schurken des Dunklen Imperiums dahinter, die meinen Ruf morden und sich so an mir rächen wollen.«

Vedla wirkte ungemein erleichtert. »Jetzt kann ich diesen Klatschbasen wenigstens das Maul stopfen«, brummte er. »Aber dieser Bursche muß eine erstaunliche Ähnlichkeit mit dem alten Grafen haben, wenn er Czernik so täuschen konnte.«

»Ja – er hat sogar dieselben Manieren – Gesten, Ausdruck. Aber sein Benehmen scheint mir irgendwie unwirklich zu sein – er ist wie ein Träumer. Deshalb schließe ich auch, daß er nicht von sich aus Böses beabsichtigt, sondern von anderen benutzt wird.« Falkenmond erhob sich.

»Wo ist dieser falsche Graf Brass jetzt?« fragte Yisselda.

»Er verschwand in der Marsch. Ich folgte ihm, als mir das passierte.« Falkenmond lachte schwach. »Ich war schon so durcheinander, weißt du, daß ich einen Augenblick tatsächlich glaubte, er sei verschwunden – wie ein Geist.«

Yisselda lächelte. »Du kannst mein Pferd nehmen. Ich werde mich zu dir setzen, und wir werden so reiten, wie wir es schon oft getan haben.«

Erleichtert kehrte die kleine Gruppe in die Burg zurück.

Am nächsten Morgen machte die Geschichte von Dorian Falkenmonds Begegnung mit dem »Schauspieler« die Runde durch die ganze Stadt und kam auch zu Ohren der ausländischen Gäste in der Burg. Sie wurde zum Witz. Jeder war so froh, darüber lachen, sie erwähnen zu können, ohne Falkenmond dadurch zu beleidigen. Jetzt wurde das Fest erst wirklich zu dem, was es früher immer gewesen war, und je wilder der Wind blies, desto wilder wurde auch die Fröhlichkeit. Da er nun nichts mehr für seine Ehre zu befürchten hatte, beschloß Falkenmond, den falschen Grafen einen oder zwei Tage warten zu lassen, und sich erst einmal so richtig mit den anderen zu vergnügen – denn das hatte er sich verdient!

Doch dann, eines Morgens beim Frühstück, während Falkenmond und seine Gäste Pläne für den Tag machten, kam der junge Lonson von Shkarlan mit einem Brief in der Hand an den Tisch. Viele Siegel trug der Umschlag, und so wirkte er ungemein wichtig. »Er wurde soeben abgegeben, mein Lord«, erklärte der junge Prinz. »Ein Ornithopter brachte ihn von Londra. Er ist von Königin Flana persönlich.«

»Neuigkeiten von Londra! Wie schön!« Falkenmond nahm den Brief und brach die Siegel. »Setzt Euch, Prinz Lonson, und stärkt Euch, während ich lese.«

Prinz Lonson lächelte. Er setzte sich auf Yisseldas Aufforderung neben die Burgherrin und nahm sich von der großen Platte neben ihm ein dickes Steak auf seinen Teller.

Falkenmond las Königin Flanas Brief. Sie berichtete im allgemeinen von den Fortschritten ihrer Landwirtschaftspolitik. Auf diesem Gebiet verlief alles sehr erfreulich. Granbretanien hatte es bereits zu einem Getreideüberschuß gebracht, den es in Normandien und Hannoveranien gegen andere Erzeugnisse austauschen konnte. Aber erst gegen Ende des Briefes wurde Falkenmond hellwach.

». . . So komme ich jetzt zu dem einzigen Unerfreulichen dieses Briefes, mein teurer Falkenmond. Es hat den Anschein, daß meine Anstrengungen, das Land von allen Erinnerungen an unsere dunkle Vergangenheit zu befreien, nicht hundertprozentig erfolgreich waren.

Mir wurde berichtet, es gäbe wieder Maskenträger. Wie ich hörte, wurde ein Versuch unternommen, einige der alten Tierorden neu aufleben zu lassen – vor allem den Orden des Wolfes, dessen Grandkonnetabel, wie Ihr Euch sicher entsinnt, Baron Meliadus war. Einigen meiner Agenten gelang es, sich als Mitglieder verkleidet Zutritt zu den Versammlungen zu verschaffen. Ein Eid wird geleistet, das wird Euch gewiß amüsieren (hoffe ich, und nicht im Gegenteil beunruhigen) – daß jeder seine ganze Kraft daransetzt, das Dunkle Imperium in all seiner Glorie wieder zu errichten, mich vom Thron zu stürzen und alle meine treuen Anhänger zu töten. Auch Euch und Eurer Familie müssen sie Rache schwören. Alle, die die Schlacht von Londra überlebt haben, müssen ausgelöscht werden – das ist ihr Motto. In Eurer herrlichen Kamarg seid Ihr wohl kaum in irgendeiner Gefahr durch die paar granbretanischen Dissidenten, deshalb rate ich, laßt Euch durch den Gedanken an sie nicht den Schlaf stören. Ich weiß mit Sicherheit, daß diese Geheimbünde nicht sehr beliebt sind und auch nur in jenen Teilen Londras Zulauf finden, die bisher noch nicht umgebaut wurden. Der Großteil des Volkes – sowohl Aristokraten als auch Bürgerliche – sind glücklich mit ihrem neuen ländlichen Leben und der Parlamentsregierung, wie wir sie bereits früher hatten, ehe Granbretanien dem Wahnsinn des Dunklen Imperiums verfiel. Ich hoffe, wir haben diesen Irrsinn besiegt und können bald auch die letzten Widerstandsnester brechen. Ach ja, da ist noch ein seltsames Gerücht, das meine Agenten jedoch nicht bestätigen konnten: Einige der schlimmsten Lords des Dunklen Imperiums sollen noch leben und irgendwo darauf warten, daß sie ihren ›rechtmäßigen Platz als Herrscher Granbretaniens‹ einnehmen können. Das kann ich nicht glauben, mir scheint es eine typische Propagandalüge zu sein, wie nur jene sie in die Welt setzen, die sich ausgestoßen fühlen. Unseren Sagen nach müssen Tausende von Helden, in ganz Granbretanien verstreut, in allen möglichen Höhlen schlummern und nur darauf warten, irgendeiner guten Sache zu Hilfe zu eilen, wenn die Zeit dafür gekommen ist (ich frage mich nur, weshalb sie offenbar nie gekommen ist oder kommt). Um jedoch sicherzugehen, versuchen meine Agenten, diesem Gerücht auf den Grund zu gehen. Leider muß ich gestehen, daß mehrere bereits ihr Leben einbüßten, als die Geheimbünde ihre wahre Identität feststellten. Es wird vermutlich noch einige Monate dauern, doch dann dürften wir mit allen Maskenträgern aufgeräumt haben, um so eher, da all die düsteren Bauten, die sie bevorzugen, nun ziemlich schnell niedergerissen werden.«

»Hat Flana unangenehme Neuigkeiten?« erkundigte sich Yisselda, als Falkenmond den Brief faltete.

Er schüttelte den Kopf. »Nicht wirklich. Es paßt nur zu etwas, das ich selbst erst kürzlich gehört habe. Sie schreibt, daß einige in Londra wieder Masken tragen.«

»Nun, das war doch wohl zu erwarten, nicht wahr? Ist es weitverbreitet?«

»Offenbar nicht.«

Prinz Lonson lachte. »Erstaunlich wenig, meine Lady, das kann ich Euch versichern. Die meisten der Bürger waren nur zu froh, sich der unbequemen Masken entledigen zu dürfen. Das gilt auch für die Aristokratie – mit Ausnahme einiger weniger, die den Tierorden angehörten und überlebten. Das sind jedoch glücklicherweise nicht sehr viele.«

»Flana erwähnte, ein Gerücht verbreite sich, daß einige der maßgeblichen Lords noch am Leben seien«, sagte Falkenmond ruhig.

»Unmöglich. Ihr habt doch Baron Meliadus selbst erschlagen, Herzog von Köln – ein Hieb durch die Schulter geradewegs bis zum Herzen!«

Zwei oder drei der Gäste schien Prinz Lonsons Bemerkung sichtlich zu schockieren. Er entschuldigte sich verlegen. »Graf Brass«, fuhr er fort, »tötete Adaz Prompt und noch ein paar. Shenegar Trott habt ebenfalls Ihr in den Tod geschickt, noch vor der Schlacht von Londra, damals in Dnark, vor dem Runenstab. Und die anderen – Mikosevaar, Nankenseen und der Rest – sie sind alle tot. Taragorm starb in der Explosion der Wunderwaffe, und Kalan beging Selbstmord. Wer könnte denn da noch übrig sein?«

Falkenmond zog die Brauen zusammen. »Ich könnte mir nur vorstellen, daß vielleicht Taragorm und Kalan am Leben blieben. Sie sind die einzigen beiden, deren Tod niemand sah.«

»Aber die Explosion von Kalans Kampfmaschine konnte niemand überlebt haben – und Taragorm hatte sie doch höchstpersönlich bedient!«

»Ihr habt recht.« Falkenmond lächelte. »Es ist dumm, die Zeit an solche Überlegungen zu vergeuden. Es gibt Besseres zu tun.«

Und wieder wandte er seine Aufmerksamkeit den Festlichkeiten des Tages zu.

Doch am Abend, das hatte er sich vorgenommen, würde er zu der Ruine reiten und jenen stellen, der sich Graf Brass nannte.

4. Ein Trupp von Toten

Und so ritt Dorian Falkenmond, Herzog von Köln, Lordhüter der Kamarg, bei Sonnenuntergang über die gewundenen Wege tief hinein in die Marschen. Er sah zu den über den Sümpfen kreisenden, scharlachroten Flamingos auf, blickte bewundernd auf die Herden weißer Stiere und gehörnter Pferde in der Ferne, die wie eilige Rauchschwaden durch das Grün und Braun des Schilfes huschten. Wie immer schien die untergehende Sonne die friedlichen Lagunen in blutgefüllte Teiche zu verwandeln. Schließlich, während der Mistral ihm die würzige Luft in die Nase blies, kam Falkenmond zu dem niedrigen Hügel, auf dem die uralte Ruine stand – eine Ruine, die völlig von Efeu umrankt war. Und dort stieg er mit den letzten Strahlen der Sonne vom Pferd und wartete auf den Geist.

Der Wind zupfte an seinem Umhang. Er peitschte gegen sein Gesicht, daß die Lippen vor Kälte blau anliefen. Er kräuselte das Fell seines Pferdes wie Wasser in einem Weiher. Er pfiff heulend über das weite, flache Marschland. Und als die Geschöpfe des Tages sich zur Ruhe begaben, und noch ehe die der Nacht sich auf die Jagd machten, senkte sich eine schreckliche Stille über die Kamarg herab.

Selbst der Wind erstarb. Nicht länger raschelte das Rohr. Nichts regte sich mehr.

Und Falkenmond wartete.

Viel später erst hörte er gedämpften Hufschlag auf dem feuchten Marschboden. Er griff an seine linke Hüfte und lockerte das Breitschwert in seiner Hülle. Auch er trug jetzt eine Rüstung – einen stählernen Panzer, der für ihn nach Maß gemacht war und sich seinem Körper genau anpaßte. Er wischte sich die Haare aus der Stirn und drehte seinen Helm ein wenig, der so einfach und ohne Zierat wie der von Graf Brass war. Nun warf er seinen Umhang über die Schultern zurück, damit er ihn nicht in seiner Bewegungsfreiheit behindern würde.

Doch die Hufe, die er in der Ferne vernommen hatte, stammten von mehr als einem Pferd. Falkenmond lauschte angespannt. Es war heller Vollmond, doch die Reiter näherten sich von der anderen Seite der Ruine, so daß er sie nicht sehen konnte. Er zählte – dem Hufschlag nach waren es mindestens vier Rosse. Da brachte dieser falsche Graf demnach Verstärkung. Es war also eine Falle! Falkenmond suchte Deckung, doch die konnte er nur in der Ruine selbst finden. Vorsichtig kletterte er über die alten brüchigen Steine, bis er sicher sein konnte, der Sicht aller verborgen zu sein, die, gleich von welcher Seite, den Hügel hochkamen. Nur sein Pferd verriet seine Anwesenheit.

Die Reiter waren nun schon ganz nahe. Er konnte ihre Silhouetten deutlich sehen. In stolzer Haltung ritten sie. Wer sie wohl sein mochten?

Der Mond fiel auf glänzendes Messing. So wußte Falkenmond zumindest, daß einer von ihnen der falsche Graf war. Aber die drei anderen trugen unauffällige Kleidung. Sie hatten jetzt den Kamm erreicht und sahen sein Pferd.

Er hörte laut und klar Graf Brass' Stimme:

»Herzog von Köln?«

Falkenmond antwortete nicht.

Eine andere Stimme erklang, eine träge, matte Stimme. »Vielleicht zog er sich aus einem bestimmten Grund in die Ruine zurück?«

Falkenmond erkannte auch diese Stimme – und es war ein großer Schock für ihn, denn sie gehörte Huillam d'Averc, der auf so ironische Weise in Londra gestorben war.

Jetzt sah er eine Gestalt näher kommen, mit einem Taschentuch gegen die Lippen gepreßt. Ja, auch das Gesicht war ihm vertraut, es gehörte tatsächlich d'Averc. Und da wußte Falkenmond voll Schrecken im Herzen auch, wer die beiden anderen Reiter waren.

»Wir warten auf ihn. Er sagte doch, daß er hierherkommen würde, Graf Brass?« Zweifellos war es Bowgentle, der fragte.

»Ja, das sagte er.«

»Dann hoffe ich, er läßt sich nicht zuviel Zeit. Der Wind beißt selbst durch *meinen* dicken Pelz.« Das konnte nur Oladahn sein!

Für Falkenmond war das der schlimmste Alptraum, den er sich nur vorstellen konnte, ob er nun schlief oder wach war. Denn gab es etwas Furchtbareres, als Geister zu sehen und zu hören, die sich genauso benahmen und genauso aussahen wie seine besten Freunde, die er vor fünf Jahren verloren hatte? Falkenmond hätte sein Leben gegeben, wenn es sie zurückbringen könnte, aber er wußte, daß das unmöglich war. Keine Medizin, kein Mittel konnte einen wiederauferstehen lassen, der wie Oladahn von den Bulgarbergen in Stücke gehackt worden war und dessen einzelne Teile in alle Winde verstreut wurden. Aber an dieser Erscheinung war nicht die geringste Wunde zu sehen, genauso wenig wie an den anderen.

»Ich werde mir sicher eine Erkältung zuziehen – und vielleicht ein zweites Mal sterben.« Typisch d'Averc, der immer um seine angeblich angegriffene Gesundheit besorgt gewesen war, obgleich er tatsächlich von robuster Natur war.

Konnten diese vier wahrhaftig Geister sein?

»Ich frage mich, was uns zusammengeführt hat«, murmelte Bowgentle jetzt, doch laut genug, daß Falkenmond es verstehen konnte. »Und in einer so düsteren, sonnenlosen Welt noch dazu. Begegneten wir uns nicht bereits einmal, Graf Brass – in Rouen? Am Hof Hanals des Weißen, wenn ich mich nicht irre.«

»Ich glaube, Ihr habt recht.«

»Nach dem, was wir gehört haben, ist dieser Herzog von Köln im Blutvergießen noch schlimmer als Hanal. Das einzige, was wir vier gemeinsam haben, ist offenbar, daß wir durch seine Hand sterben werden, wenn wir ihn jetzt nicht töten. Und doch finde ich es schwer zu glauben . . .«

»Falkenmond vermutete, daß wir Opfer eines Komplotts sind, wie ich bereits erwähnte«, warf Graf Brass ein. »Es könnte stimmen.«

»Opfer sind wir ganz sicher!« D'Averc hob das seidene Spitzentuch an die Nase. »Aber ich stimme mit Euch überein, daß es angebracht ist, uns erst mit unserem Mörder zu unterhalten, ehe wir ihn töten. Was wäre, wenn wir ihm das Leben nehmen, und es geschähe doch nichts – wir müßten in diesem grauenvollen düsteren Ort für alle Ewigkeit verweilen. Und auch noch mit ihm als Gefährten, denn er wird dann ebenfalls tot sein.«

»Wie fandet Ihr den Tod?« erkundigte sich Oladahn.

»Auf nicht sehr angenehme Weise, durch eine Mischung aus Unersättlichkeit und Eifersucht. Unersättlich war ich, eifersüchtig ein anderer.«

»Ihr macht uns neugierig.« Bowgentle lachte.

»Eine meiner Geliebten war zufällig mit einem anderen verheiratet. Sie war eine einmalige Köchin – ihr Repertoire an Gerichten war unvorstellbar. Sie war unübertrefflich, meine Freunde, sowohl am Herd als auch im Bett. Nun, ich brachte eine Woche bei ihr zu, während ihr Gatte sich am Hof aufhielt – das war in Hannoveranien, wo ich damals geschäftlich zu tun hatte. Es war eine wundervolle Woche, aber auch sie mußte zu Ende gehen, denn ihr Gatte wurde des Nachts zurückerwartet. Um mich zu trösten, kochte meine Geliebte ein Traummahl. Sie hatte sich selbst damit übertroffen. Es gab Schnecken und Suppen und Ragouts und kleine Vögel in delikaten Soßen, und Soufflés –, oh, verzeiht . . . Nun, jedenfalls, es war ein Mahl, wie es besser nicht sein konnte. Ich aß mehr, als für meine zarte Gesundheit zuträglich war, und flehte meine Geliebte an, mir doch noch eine Stunde ihre Gunst im Bett zu beweisen, da ihr Gatte ja nicht vor zwei Uhr zurückzuerwarten war. Wir krönten das herrliche Mahl mit leidenschaftlicher Ekstase. Dann schliefen wir ein. Wir schliefen so tief, daß wir erst erwachten, als ihr Gatte uns wachrüttelte!«

»Und da brachte er Euch um?« fragte Oladahn.

»Nun, auf gewisse Weise. Ich sprang hoch. Ich hatte keine Klinge. Ich hatte auch keinen Grund, ihn zu töten, denn schließlich war ja er der Betrogene (und ich habe einen sehr ausgeprägten Gerechtigkeitssinn). Also, ich sprang hoch und hinaus zum Fenster und rannte, was meine Beine mich trugen. Ich war im Adamskostüm. Und es regnete. Neun Kilometer hatte ich bis zu meinem Quartier. Nun, dabei holte ich mir eine Lungenentzündung.«

Oladahn lachte. Seine Fröhlichkeit war unerträglich für Falkenmond. »Und wie seid Ihr gestorben?«

»Um genau zu sein – wenn dieses merkwürdige Orakel recht hat – sterbe ich jetzt erst, während mein Geist auf einem windigen Hügel sitzt und nicht viel besser dran ist, wie es mir scheint.«

D'Averc suchte neben den Mauern Zuflucht vor dem Wind. Er befand sich kaum zwei Meter von Falkenmond entfernt. »Also dann, woran sterbt Ihr gerade?«

»Ich bin von einem Felsen hinuntergefallen.«

»Einem hohen?«

»Nein – nur etwa drei Meter.«

»Und da seid Ihr in den Tod gestürzt?«

»Nein, an meinem Tod ist der Bär schuld, der unten auf mich wartete.« Wieder lachte Oladahn fröhlich.

Und erneut empfand Falkenmond einen tiefen Stich im Herzen.

»Ich starb an der skandischen Pest«, erklärte Bowgentle. »Oder ebenfalls, um genau zu sein, ich sterbe soeben daran.«

»Und ich in einer Schlacht gegen König Orsons Elefanten in Tarkien«, warf jener ein, der sich für Graf Brass hielt.

Wieder wurde Falkenmond an Schauspieler erinnert, die sich auf ihre Rolle vorbereiten. Und er hätte sie auch dafür gehalten, wären ihre kleinen Eigenheiten, sowohl in der Sprache als auch Haltung und den Bewegungen, nicht gewesen. Es gab minimale Unterschiede, doch keine, die Falkenmond hätten argwöhnen lassen, daß es sich nicht wirklich um seine Freunde handelte. Doch genauso wenig wie Graf Brass ihn gekannt hatte, kannten diese vier einander.

Falkenmond begann die Wahrheit zu ahnen. Er trat aus seinem Versteck und stellte sich ihnen gegenüber.

»Guten Abend, meine Herren.« Er verbeugte sich. »Ich bin

Dorian Falkenmond von Köln. Ich kenne dich, Oladahn, und Euch, Sir Bowgentle – und dich, Huillam – und Graf Brass natürlich ebenfalls. Seid ihr gekommen, um mich zu töten?«

»Uns zu besprechen, ob wir es tun sollten«, erklärte Graf Brass und setzte sich auf einen niedrigen Stein der Ruine. »Ich halte mich für einen guten Menschenkenner, sonst hätte ich nicht so lange überlebt. Und so muß ich erklären, ich kann mir nicht vorstellen, Dorian Falkenmond, daß Ihr je zum Verräter werden könntet. Selbst in einer Lage, die einen Verrat entschuldigen würde, bezweifle ich, daß Ihr tatsächlich zum Verräter würdet. Und gerade das ist das erste, das mich an dieser Situation so beunruhigt. Zweitens sind wir Euch offensichtlich alle vertraut, während wir Euch nicht kennen. Drittens ist da noch die merkwürdige Tatsache, daß nur wir vier in diese seltsame Unterwelt geschickt wurden – das ist ein Zufall, der mich argwöhnisch macht. Und viertens wurde uns vieren eine ähnliche Geschichte erzählt, nämlich, daß Ihr uns zu einem bestimmten Zeitpunkt in der Zukunft verraten würdet. Angenommen, wir befinden uns jetzt alle in einer Zukunft, in der wir fünf uns schon lange kennen und vor einiger Zeit auch Freunde geworden sind – worauf läßt das schließen?«

»Daß ihr alle aus meiner Vergangenheit kommt!« rief Falkenmond. »Deshalb scheint Ihr mir viel jünger zu sein, Graf Brass – und auch Ihr, Sir Bowgentle – und du, Oladahn, und du ebenfalls, Huillam . . .«

»Wie schmeichelhaft«, sagte d'Averc ironisch.

»Das bedeutet demnach, daß keiner von uns auf die Weise gestorben ist, wie man uns glauben machen wollte. In meinem Fall also in der Schlacht von Tarkien, Bowgentle an der Pest in einer Burg, d'Averc an Lungenentzündung – und im Falle Oladahns durch einen Bären . . .«

»Genau«, bestätigte Falkenmond. »Denn ich lernte euch alle erst später kennen, und ihr wart ganz sicher lebendig. Aber ich erinnere mich auch, wie du, Oladahn, mir einmal erzähltest, daß du fast von einem Bären umgebracht worden wärst. Und Ihr, Graf Brass, glaubtet in der Schlacht von Tarkien schon nicht mehr an einen guten Ausgang für Euch. Und ja, Sir

Bowgentle erwähnte die skandische Pest, an der er lange darniederlag.«

»Und ich?« fragte d'Averc interessiert.

»Ich vergaß, Huillam – denn deinen Erzählungen nach löste bei dir eine Krankheit die andere ab, dabei warst du immer bei bester Gesundheit.«

»Ah, dann wurde ich also geheilt?«

Falkenmond ignorierte d'Averc und fuhr fort: »Es dürfte demnach so gut wie feststehen, daß keiner von euch jetzt sterben wird, wie ihr glaubtet. Wer immer es auch ist, der uns alle hereinzulegen versucht, er möchte euch glauben machen, daß ihr nur durch seine Hilfe überleben könnt.«

»So ähnlich war auch mein Gedankengang.« Graf Brass nickte.

»Aber ich fürchte, dann läßt meine Logik mich im Stich, denn es gibt ein Paradoxon. Weshalb erinnerten wir uns nicht, sobald wir uns trafen – treffen werden? – an diese heutige Begegnung?«

»Wir müssen die Verantwortlichen finden und ihnen diese Frage stellen«, schlug Bowgentle vor. »Ich muß gestehen, ich habe das Wesen der Zeit ein wenig studiert. Paradoxa wie diese würden sich – so zumindest glauben Anhänger einer bestimmten Theorie – von selbst lösen. Die Erinnerungen an alles, was dem normalen Zeitablauf widerspricht, erlöschen von selbst. Kurz gesagt, das Gehirn stößt solche Paradoxa ab. Ich bin jedoch mit gewissen Anschauungen dieser Ideenrichtung nicht ganz einverstanden . . .«

»Vielleicht könnten wir diese philosophischen Betrachtungen auf einen späteren Zeitpunkt verlegen, Sir Bowgentle«, meinte Graf Brass sichtlich ungeduldig.

»Zeit und Philosophie sind im Grund genommen dasselbe Thema, Graf Brass. Und nur Philosophie kann das Wesen der Zeit ergründen.«

»Ich will Euch nicht widersprechen. Aber da besteht noch die Möglichkeit, daß wir von uns nicht wohlgesinnten Menschen manipuliert werden, die es irgendwie fertiggebracht haben, die Zeit zu beherrschen. Wie können wir an sie heran, und was tun wir, wenn wir sie gestellt haben?«

»Ich erinnere mich an Kristalle«, warf Falkenmond ein, »mit deren Hilfe Menschen sich in die verschiedenen Dimensionen der Erde versetzen konnten. Ich frage mich, ob diese Kristalle, oder etwas Ähnliches, auch in unserem Fall benutzt werden.«

»Ich weiß nichts über solche Kristalle«, brummte Graf Brass. Und die drei anderen hatten ebenfalls noch nie etwas davon gehört.

»Es existieren außer unserer noch andere Dimensionen«, erklärte Falkenmond. »Es könnte leicht sein, daß es solche gibt, in der Menschen leben, die mit jenen in dieser Dimension so gut wie identisch sind. Wir fanden, beispielsweise, eine Kamarg, die sich gar nicht allzu sehr von dieser unterschied. Ich frage mich, ob das die Antwort ist. Aber es könnte nicht die ganze sein.«

»Es fällt mir schwer, Euch zu folgen«, knurrte Graf Brass. »Ihr hört Euch schon fast so an wie dieser Zauberer . . .«

»Philosoph«, berichtigte Bowgentle, »und Poet.«

»Es gehören eben komplizierte Gedankengänge dazu, wenn wir der Wahrheit auf die Spur kommen wollen«, sagte Falkenmond überzeugt. Er erzählte ihnen von Elvereza Tozer und Mygans Kristallringen – wie er, Falkenmond, und d'Averc sie benutzt hatten, um sich durch die Dimensionen – ja vielleicht sogar durch die Zeit – zu versetzen. Und da sie alle Teilnehmer dieses Dramas gewesen waren, empfand Falkenmond die Merkwürdigkeit dieser Situation doppelt, denn er sprach von ihnen als von seinen vertrauten Freunden, und er wies auf Geschehnisse hin, die erst in ihrer Zukunft stattfinden würden. Doch als er geendet hatte, Falkenmond entsann sich auch der Geistmenschen, jenes sanftmütigen Volkes, von denen er eine Maschine erhalten hatte, die Burg Brass aus ihrer eigenen in eine sichere Raumzeit gehoben hatte, als Baron Meliadus sie seinerzeit angriff. Wenn sie nach Soryandum reisten, vielleicht könnten die Geistmenschen ihnen wieder helfen? Er erklärte seinen Freunden dieses Vorhaben.

»Es wäre einen Versuch wert«, meinte Graf Brass. »Aber einstweilen befinden wir uns hier noch in der Hand derjenigen, die uns hierherbrachten, und wir wissen noch nicht, wie sie das fertiggebracht haben, und auch nicht, weshalb sie es taten.«

»Dieses Orakel, das ihr alle erwähnt habt, wo ist es denn?« fragte Falkenmond. »Könnt ihr mir genau berichten, was geschehen ist, nachdem ihr ›gestorben‹ seid?«

»Nun, ich befand mich plötzlich in diesem Land, und alle meine Wunden waren geheilt, und meine Rüstung war ohne Schaden.«

Die anderen erklärten, daß es ihnen ähnlich ergangen war.

»Mit einem Pferd und Nahrungsmitteln, die mir eine Zeitlang reichen dürften, auch wenn sie nicht gerade schmackhaft sind.«

»Und das Orakel? Was ist es?«

»Eine Art sprechende Pyramide von der Größe eines Mannes – glühend – diamantenähnlich, und sie schwebt über dem Boden. Sie erscheint und verschwindet offenbar nach Belieben. Sie erzählte mir alles, was ich Euch berichtete, als wir uns beim erstenmal begegneten. Ich hielt sie für übernatürlichen Ursprungs, obgleich das allem widersprach, was ich bisher glaubte . . .«

»Sie ist höchstwahrscheinlich durchaus natürlicher Herkunft«, vermutete Falkenmond. »Entweder das Werk irgendeines Zauberwissenschaftlers wie jene des Dunklen Imperiums – oder etwas, das unsere Vorfahren noch vor dem Tragischen Jahrtausend erfanden.«

»Ich hörte davon und muß zugeben, daß ich letzteres als Erklärung vorziehe«, gestand Graf Brass. »Es ist mir sympathischer.«

»Hat dieses ›Orakel‹ euch angeboten, euch wieder zum Leben zu erwecken, wenn ihr mich getötet habt?« fragte Falkenmond.

»Mir jedenfalls«, versicherte ihm Graf Brass.

»Mir genauso«, warf d'Averc ein, und die anderen nickten zustimmend.

»Nun, vielleicht könnten wir diese Maschine stellen – sofern es eine Maschine ist – und sehen, was passiert?« schlug Bowgentle vor.

»Da ist jedoch noch etwas, das ich nicht verstehe«, murmelte Falkenmond nachdenklich. »Wieso herrscht für euch hier endlose Nacht, während für mich die Tage ihren normalen Lauf nehmen?«

»Eine interessante Frage«, sagte d'Averc erfreut, »die wir dem Orakel unbedingt stellen sollten. Schließlich scheint dies das Werk des Dunklen Imperiums zu sein, das mir gewiß nichts Böses will – ich bin ja bekannterweise ein Freund Granbretaniens.«

Falkenmond lächelte. »Das bist du jetzt, Freund Huillam.«

»Wir wollen uns etwas einfallen lassen«, sagte der praktisch veranlagte Graf Brass. »Sollen wir zusehen, daß wir diese Diamantenpyramide finden?«

»Wartet hier auf mich«, bat Falkenmond. »Ich muß erst nach Hause zurück, werde jedoch noch vor Morgengrauen wieder hier sein – das ist in ein paar Stunden. Wollt ihr mir vertrauen?«

»Ich vertraue lieber einem Mann als einer Pyramide.« Graf Brass lächelte.

Falkenmond schritt zu seinem grasenden Pferd und schwang sich in den Sattel.

Während er die vier Männer auf dem niedrigen Hügel zurückließ, zwang er sich, so logisch wie nur möglich zu denken und alle Paradoxa zu vermeiden, die sich durch die heutige Begegnung ergeben hatten. Er durfte sich nur darauf konzentrieren, was diese Situation hervorgerufen haben mochte. Es gab zwei Wahrscheinlichkeiten, nach seiner Erfahrung jedenfalls, wer hier seine Hand im Spiel haben konnte – der Runenstab oder das Dunkle Imperium. Aber natürlich könnte es auch eine andere – Kraft sein. Doch die einzigen anderen mit einer so hochentwickelten Wissenschaft waren die Geistmenschen von Soryandum, und es erschien ihm äußerst unwahrscheinlich, daß sie sich in die Angelegenheiten anderer mischen würden. Außerdem wäre nur das Dunkle Imperium an seinem Tod interessiert, ironischerweise durch die Hand eines seiner Freunde – das würde in der Tat ihren perversen Neigungen entsprechen! Doch die Tatsache blieb, daß alle großen Führer des Dunklen Imperiums tot waren. Aber andererseits waren ja auch Graf Brass, Oladahn, Bowgentle und d'Averc tot.

Falkenmond holte einen tiefen Atemzug der kalten Luft, als

Aigues-Mortes in Sicht kam. Seine Gedanken waren schon so weit gegangen, zu erwägen, ob das Ganze nicht vielleicht eine komplizierte Falle war und auch er bald tot sein würde.

Deshalb ritt er nach Burg Brass zurück, um sich von seiner Eheliebsten zu verabschieden, seine Kinder Lebwohl zu küssen und einen Brief zu schreiben, der erst geöffnet werden sollte, wenn er nach einer bestimmten Zeit nicht zurück war.

ZWEITES BUCH

Alte Feinde

1. Eine sprechende Pyramide

Falkenmonds Herz war schwer, als er zum drittenmal Burg Brass verließ. Die Freude über das Wiedersehen mit seinen alten Freunden war getrübt, weil er wußte, daß sie im Grund genommen eben doch Geister waren. Er hatte sie tot gesehen, sie alle. Außerdem waren diese Männer, denen er heute begegnet war, Fremde. Während er sich an gemeinsame Erlebnisse erinnerte, wußten sie nichts davon, ja sie kannten einander nicht einmal. Was ihn aber am meisten bedrückte, war die Gewißheit, daß sie in ihrer eigenen Zukunft sterben würden, und daß sein Zusammensein mit ihnen vielleicht nur ein paar Stunden dauern würde, bis sie wieder – von wem oder was auch immer sie manipulierte – weggerissen wurden. Es konnte sogar leicht sein, daß sie bereits verschwunden waren, ehe er den Hügel erreichte.

Deshalb hatte er Yisselda nur das Allernötigste über die Geschehnisse der Nacht erzählt und ihr lediglich gesagt, daß er noch einmal fort mußte, um herauszubekommen, wer hinter seiner Verleumdung steckte. Alles Weitere hatte er in seinem Brief niedergelegt, damit sie die Wahrheit erfahren würde, soweit er sie selbst kannte, falls er nicht mehr zurückkehrte. Er hatte weder Bowgentle, d'Averc noch Oladahn erwähnt und noch einmal erklärt, daß er jenen, der sich als Graf Brass ausgab, für einen Schauspieler hielt. Er wollte nicht, daß sie sich wie er quälte.

Es waren immer noch ein paar Stunden vor Sonnenaufgang, als er den Hügel erreichte und feststellte, daß die vier Männer mit ihren Pferden noch auf ihn warteten. Vor der Ruine schwang er sich von seinem Tier. Die vier kamen aus den Schatten auf ihn zu, daß er einen Augenblick tatsächlich glaubte, er befände sich in einer Unterwelt, in der Gesellschaft von Toten, aber sofort schob er diesen morbiden Gedanken von sich und sagte:

»Graf Brass, etwas beunruhigt mich.«

Der Mann in Messing blickte ihn fragend an. »Und das wäre?«

»Als wir uns nach unserer ersten Begegnung trennten, erwähnte ich, das Dunkle Imperium sei vernichtet. Da sagtet ihr, ich täusche mich. Das verwirrte mich so sehr, daß ich versuchte, Euch zu folgen, und dabei in den Sumpf geriet. Was meintet Ihr damit? Wißt Ihr mehr, als Ihr mir gesagt habt?«

»Ich sprach die reine Wahrheit. Das Dunkle Imperium wird immer stärker, es hat bereits seine Grenzen gesprengt.«

Da wurde Falkenmond etwas klar, und er mußte lachen. »In welchem Jahr war diese Schlacht von Tarkien, von der Ihr spracht?«

»In diesem, selbstverständlich. Das siebenundsechzigste Jahr des Stieres.«

»Nein, Ihr irrt Euch«, warf Bowgentle ein. »Wir haben jetzt das einundachtzigste Jahr der Ratte . . .«

»Das neunzigste des Frosches«, sagte d'Averc bestimmt.

»Das fünfundsiebzigste der Ziege«, widersprach ihm Oladahn.

»Ihr täuscht euch alle«, erklärte Falkenmond. »Das Jahr, in dem wir hier gemeinsam auf dem Hügel stehen, ist das neunundachtzigste der Ratte. Deshalb hat für euch das Dunkle Imperium seine volle Macht noch nicht erreicht. Aber ich weiß, daß es sein Ende fand – hauptsächlich durch uns fünf. Versteht ihr nun, weshalb ich argwöhne, daß wir die Opfer der Rache des Dunklen Imperiums sind? Entweder hat irgendein Zauberer Granbretaniens in die Zukunft geschaut und erkannt, was wir fünf getan haben, oder einer hat den Untergang der Tierlords überlebt und versucht nun, sich zu rächen. Wir fünf kamen vor sechs Jahren im Dienst des Runenstabs zusammen, von dem ihr zweifellos gehört habt, um gegen das Dunkle Imperium zu kämpfen. Wir vernichteten es, aber vier mußten diesen Sieg mit dem Tod bezahlen – ihr vier. Außer dem Geistvolk von Soryandum, das sich nicht in die Angelegenheiten Sterblicher einmischt, sind nur die Zauberwissenschaftler des Dunklen Imperiums fähig, die Zeit zu manipulieren.«

»Ich habe mich oft gefragt, wie ich einmal sterben werde«, murmelte Graf Brass, aber jetzt möchte ich es eigentlich gar nicht mehr so genau wissen.«

»Wir haben nur Euer Wort, Freund Falkenmond«, sagte D'Averc. »Doch es bleiben uns noch viele ungelöste Rätsel – unter ihnen die Tatsache, daß wir uns später, wenn wir uns tatsächlich zusammentun, wie Ihr sagt, nicht an die jetzige Begegnung erinnern.« Er hob die Brauen und hüstelte in sein seidenes Spitzentuch.

Bowgentle lächelte. »Ich habe doch die Theorie bereits erwähnt, die dieses Paradoxon erklärt. Die Zeit muß nicht unbedingt in einer geraden Linie fließen. Wir bilden uns nur ein, daß es so ist. Die *reine* Zeit mag sogar unberechenbarer Natur sein . . .«

»Ja, ja«, brummte Oladahn. »Irgendwie, guter Sir Bowgentle, gelingt es Euch immer wieder, mich mit Euren Erklärungen noch mehr zu verwirren.«

»Dann laßt uns ganz einfach sagen, daß die Zeit nicht das ist, wofür wir sie halten«, schlug Graf Brass vor. »Und dafür haben wir nun wohl alle den Beweis – auch wenn wir Herzog Dorian nicht glaubten –, denn wir wurden alle vier aus verschiedenen Jahren gerissen und stehen jetzt doch gemeinsam hier. Ob wir nun in der Zukunft oder der Vergangenheit sind, spielt keine Rolle. Wichtig ist unser Wissen, daß wir aus verschiedenen Zeitperioden hierhergebracht wurden. Das bestätigte in gewisser Weise Herzog Dorians Vermutung und widerspricht den Behauptungen der Pyramide.«

»Ich muß Euch recht geben, Graf Brass«, sagte Bowgentle. »Sowohl verstandes- als auch gefühlsmäßig bin ich bereit, mich in dieser Sache Herzog Dorian anzuschließen. Ich bin mir durchaus nicht sicher, was ich getan hätte, denn es widerspricht meiner Lebensphilosophie, jemanden zu töten.«

»Nun, wenn Ihr beide überzeugt seid, bin ich es wohl auch.« D'Averc gähnte. »Ich war nie ein sehr guter Menschenkenner, und ich wußte auch selten, was ich persönlich wirklich wollte. Als Architekt schuf ich zumeist großartige Bauwerke für irgendeinen unbedeutenden Prinzen, der mich schlecht entlohnte und fast immer schnell von irgend jemandem entthront wurde. Seinem Nachfolger gefiel mein Werk selten – und meistens hatte ich den Burschen ohnehin bereits auf irgendeine Weise beleidigt. Als Künstler suchte ich Gönner, die nahezu ohne Ausnahme starben, ehe sie mich wirklich unterstützen konnten. Deshalb wurde ich schließlich auch ein freier Diplomat – um die Politik verstehen zu lernen, ehe ich in meinen alten Beruf zurückkehrte. Aber bis jetzt, fürchte ich, verstehe ich sie immer noch nicht . . .«

»Das liegt höchstwahrscheinlich daran, daß Ihr am liebsten Eurer eigenen Stimme lauscht«, warf Oladahn nicht unfreundlich ein. »Wäre es nicht besser, wir machten uns jetzt auf die Suche nach der Pyramide, meine Herren?« Er befestigte seinen Köcher auf dem Rücken und hing sich den Bogen über die Schulter. »Wir wissen ja schließlich nicht, wieviel Zeit uns noch bleibt.«

»Du hast recht«, pflichtete ihm Falkenmond bei. »Vielleicht verschwindet ihr bei Tagesanbruch alle vor meinen Augen. Es würde mich immer noch brennend interessieren, weshalb der Tag für mich auf völlig normale Weise verläuft, während es für euch ständig Nacht ist.« Er schwang sich wieder auf sein Pferd. Seine Sattelkörbe waren jetzt mit Proviant gefüllt, und zwei Lanzen steckten in Hüllen, die hinter dem Sattel herabhingen. Das hochgewachsene, gehörnte Tier war das beste Roß im Stall der Burg Brass. Man nannte es Funke, weil seine Augen wie Feuer glühten.

Auch die anderen stiegen jetzt auf ihre Pferde. Graf Brass deutete südwärts. »Dort unten liegt eine teuflische See – unüberquerbar, wie man mir versicherte. Wir müssen zu ihrer Küste, und dort werden wir irgendwo das Orakel finden.«

»Es ist nichts Teuflisches an dieser See, in die übrigens die Rhone fließt. Man nennt sie das Mittelmeer.«

Graf Brass lachte laut. »Wirklich? Wie oft habe ich es schon überquert! Ich hoffe, Ihr habt recht, Freund Falkenmond – und ich glaube schon jetzt, daß es stimmt. Oh, ich kann es kaum erwarten, mich im Schwertkampf mit einem dieser Betrüger zu messen!«

»Wenn sie uns überhaupt diese Möglichkeit geben«, sagte Falkenmond trocken. »Denn ich habe das Gefühl – obwohl ich bei weitem kein so guter Menschenkenner bin wie Ihr, Graf Brass –, daß sie sich unseren Schwertern wohl kaum stellen werden. Ihre Waffen sind anderer Art.«

Falkenmond deutete auf die langen Schäfte, die hinter seinem Sattel hochragten. »Ich habe zwei Flammenlanzen mitgebracht, denn ich rechnete mit einer ähnlichen Situation.«

»Nun ja, Flammenlanzen sind besser als nichts«, meinte D'Averc, aber er wirkte ein wenig skeptisch.

»Ich halte nicht viel von Zauberwaffen«, brummte Oladahn und warf einen mißtrauischen Blick auf die Lanzen. »Sie ziehen für ihren Träger das Verderben an.«

»Ihr seid abergläubisch. Oladahn. Flammenlanzen sind durchaus nicht das Produkt übernatürlicher Zauberei, sondern einer Wissenschaft, die vor dem Tragischen Jahrtausend in hoher Blüte stand.«

»Gibt nicht gerade das mir recht, Sir Bowgentle?« Oladahn grinste.

Bald sahen sie das Glitzern des dunklen Meeres. Falkenmond spürte, wie seine Bauchmuskeln sich verkrampften, als er an die bevorstehende Begegnung mit der mysteriösen Pyramide dachte, die seine Freunde hatte aufwiegeln wollen, ihn zu töten.

Aber die Küste, als sie sie endlich erreichten, war leer. Nur ein bißchen Tang lag herum, spärliches Gras und vereinzelte Sträucher wuchsen auf den sandigen Erhebungen in Strandnähe, und die Brandung rauschte über die weißen Kiesel. Graf Brass führte sie hinter einen Sandhügel, wo er aus seinem Umhang einen Windschutz errichtet hatte. Hier hatte er auch seinen Proviant und einen Teil seiner Ausrüstung zurückgelassen, ehe er sich aufmachte, Falkenmond zu suchen. Unterwegs hatten die vier Falkenmond erzählt, wie sie einander getroffen und jeder zuerst gedacht hatte, der andere sei Falkenmond.

»Hier erscheint sie, wenn sie kommt.« Graf Brass deutete. »Ich schlage vor, Ihr verbergt Euch hinter dem Dickicht,

Herzog Dorian. Ich werde der Pyramide erklären, daß wir Euch getötet haben, dann sehen wir, was geschieht.«

»Sehr gut.« Falkenmond holte seine Flammenlanzen aus den Hüllen und versteckte sein Pferd hinter den hohen Sträuchern. Aus der Entfernung sah er, daß die vier Männer sich unterhielten, dann hörte er Graf Brass laut rufen:

»Orakel! Wo bist du? Du kannst mich jetzt freigeben. Die Tat ist vollbracht! Falkenmond lebt nicht mehr!«

Falkenmond fragte sich, ob jene, die die Pyramide bedienten, über eine Möglichkeit verfügten, festzustellen, ob Brass die Wahrheit sagte. Konnten sie diese Welt als ein Ganzes sehen, oder war ihnen nur ein Blick auf einen Teil davon gestattet? Hatten sie menschliche Agenten, die für sie arbeiteten?

»Orakel!« rief Graf Brass erneut. »Falkenmond starb durch meine Hand!«

Es schien Falkenmond sicher, daß es ihnen nicht gelungen war, dieses sogenannte Orakel zu täuschen. Der Mistral pfiff immer noch über die Lagunen und Marschen, das Meer peitschte gegen die Küste, Gras und Schilf wogten im heftigen Wind. Der Morgen war nicht mehr fern. Bald würde das erste hellere Grau den Himmel verwandeln und, wer weiß, vielleicht verschwanden dann seine Freunde.

»Orakel! Wo bist du?«

Etwas flimmerte, aber vermutlich waren es nur vom Wind getriebene Glühwürmchen. Dann flitterte es direkt über Graf Brass' Kopf.

Falkenmond nahm eine der Flammenlanzen in die Hand und tastete nach dem Knopf, der rubinrotes Feuer auslösen würde.

»Orakel!«

Nun waren weiße, noch unscharfe Umrisse zu erkennen. Das war die Ursache des flimmernden Lichtes, und die Silhouette war die einer Pyramide. Darin befand sich etwas Schattenhaftes, das durch das allmählich hellere Leuchten der Pyramide verborgen wurde.

Jetzt schwebte eine wie Brillanten glänzende Pyramide von Mannesgröße über Graf Brass' Kopf, beziehungsweise ein wenig rechts davon.

Falkenmond strengte sowohl Augen wie Ohren an, als eine Stimme aus der Pyramide drang.

»Das habt Ihr gut gemacht, Graf Brass. Als Belohnung schicken wir Euch und Eure Begleiter zurück in die Welt der Lebenden. Wo ist Falkenmonds Leiche?«

Falkenmond glaubte, seinen Ohren nicht zu trauen – denn die Stimme war ihm nur allzu bekannt.

»Leiche?« Graf Brass' Stimme klang erstaunt. »Ihr habt nichts von seiner Leiche gesagt. Warum auch? Ihr handelt in meinem Interesse, nicht ich in Eurem – so jedenfalls habt Ihr behauptet.«

»Aber die Leiche . . .« Die Stimme klang nun fast nörgelnd.

»Hier ist die Leiche, Kalan von Vitall!« Falkenmond erhob sich hinter dem Dickicht und schritt auf die Pyramide zu. »Zeigt Euch, Feigling! Ihr habt also gar nicht Selbstmord begangen. Nun, dann werde ich Euch jetzt in den Tod helfen . . .« In seinem Grimm drückte Falkenmond auf die Flammenlanze. Das rote Feuer schlug gegen die pulsierende Pyramide, daß sie zu heulen und wimmern und schließlich zu winseln begann. Und nun war sie durchsichtig, und die Gestalt darin, mit dem angstverzerrten Gesicht, konnte von allen gesehen werden.

Ja, es war tatsächlich der oberste Wissenschaftler des Dunklen Imperiums. »Ich vermutete, daß nur Ihr es sein konntet«, brummte Falkenmond. »Keiner sah Euch sterben, obwohl jeder glaubte, die unkenntlichen Überreste in Eurem Labor seien Eure sterbliche Hülle. Es war eine gute Täuschung.«

»Es ist zu heiß!« kreischte Kalan. »Diese Maschine ist sehr empfindlich. Ihr werdet sie zerstören!«

»Sollte ich deshalb traurig sein?«

»Die Konsequenzen – sie wären furchtbar!«

Aber Falkenmond ließ weiter das rubinrote Feuer über die Pyramide streifen, und Kalan machte sich immer kleiner und wimmerte unablässig.

»Wie habt Ihr es geschafft, diese Männer glauben zu machen, sie befänden sich in einer Unterwelt? Und in ständiger Nacht?«

Kalan heulte. »Wie, glaubt Ihr wohl? Ich ließ ihre Tage in

Sekundenschnelle vergehen, das heißt, ich beschleunigte sie und verzögerte ihre Nächte.«

»Und wie habt Ihr die Barriere errichtet, die sie davon abhielt, Burg Brass oder die Stadt zu erreichen?«

»Auf gleiche Weise. Ah! Hört auf! Jedesmal, wenn sie an die Stadtmauer kamen, zog ich sie ein paar Minuten in ihre Vergangenheit zurück, so daß sie nie ganz an die Mauern herankamen. Das war natürlich eine plumpe Methode. Aber ich warne Euch, Falkenmond, die Maschine ist nicht krude – sie ist überempfindlich. Die geringste Funktionsstörung könnte uns alle vernichten.«

»Solange ich Eurer Vernichtung sicher wäre, Kalan, würde es mir nichts ausmachen.«

»Ihr seid grausam, Falkenmond!«

Falkenmond lachte über den anklagenden Klang. Und das mußte ausgerechnet von Kalan kommen, der das Schwarze Juwel in seine Stirn gepflanzt, der Taragorm geholfen hatte, den Schutz der Burg Brass, die Kristallmaschine, zu zerstören – der das größte und verruchteste Genie des Dunklen Imperiums gewesen war und ihm mit seiner Wissenschaft zur Macht verholfen hatte! Er, ausgerechnet er, warf ihm Grausamkeit vor!

Noch lauter lachte Falkenmond und hüllte die Pyramide in das Feuer seiner Flammenlanze.

»Ihr zerstört meine Kontrollen!« kreischte Kalan. »Wenn ich jetzt aufbreche, kann ich erst wieder zurückkehren, nachdem sie repariert sind. Ich werde nicht in der Lage sein, Eure Freunde zu entlassen.«

»Ich glaube, wir kommen sehr wohl ohne deine Hilfe aus, kleiner Mann!« Graf Brass lachte dröhnend. »Obgleich ich deine Sorge um uns zu würdigen weiß. Du dachtest, uns zu täuschen, und nun hast du dich selbst betrogen.«

»Ich sprach die Wahrheit – Falkenmond wird euch in den Tod führen.«

»Möglich, aber es wird ein ruhmvoller Tod sein, an dem Herzog Dorian keine Schuld trägt.«

Kalans Gesicht verzerrte sich. Der Schweiß floß ihm über Stirn und Wangen, als die Pyramide immer heißer wurde.

»Also gut. Ich ziehe mich zurück. Aber ich werde Rache an euch allen nehmen – ob lebend oder tot, ihr entgeht mir nicht. Ich kehre zurück . . .«

»Nach Londra?« rief Falkenmond. »Habt Ihr Euch in Londra verkrochen?«

Kalan lachte wild. »Londra? Ja – aber kein Londra, das Ihr kennt. Auf Wiedersehen, grausamer Falkenmond!«

Die Pyramide verschwamm, bis sie schließlich ganz verschwunden war und die fünf schweigend am Strand zurückließ, denn im Augenblick schien es keine Worte zu geben.

Eine Weile später deutete Falkenmond auf den Horizont.

»Seht!« rief er.

Die Sonne ging auf.

2. Die Rückkehr der Pyramide

Eine Zeitlang, während sie als Frühstück den unschmackhaften Proviant verzehrten, den Kalan für Brass und die anderen zurückgelassen hatte, debattierten sie, wie es weitergehen sollte.

Es war nun offenbar, daß die vier, momentan jedenfalls, in Falkenmonds Zeit gestrandet waren. Wie lange sie hierbleiben konnten, war nicht abzuschätzen.

»Ich sprach bereits über Soryandum und die Geistmenschen«, sagte Falkenmond. »Sie sind unsere einzige Hoffnung, Hilfe zu erlangen, denn ich glaube nicht, daß der Runenstab sich unserer annehmen würde, selbst wenn wir ihn fänden und darum ersuchten.« Er hatte ihnen von einem großen Teil der Ereignisse in ihrer Zukunft und seiner Vergangenheit berichtet.

»Dann sollten wir uns beeilen«, meinte Graf Brass, »ehe Kalan zurückkommt – denn das wird er ganz sicher. Wie können wir nach Soryandum gelangen?«

»Ich weiß es nicht«, gestand Falkenmond. »Sie versetzten ihre Städt in eine andere Dimension, als sie vom Dunklen Imperium bedroht wurden. Ich kann nur hoffen, daß sie an ihren alten Ort zurückkehrten, nachdem keine Gefahr mehr für sie bestand.«

»Und wo liegt Soryandum – oder vielmehr, wo lag es?« fragte Oladahn.

»In der syrianischen Wüste.«

Graf Brass hob die buschigen roten Brauen. »Eine große Wüste, Freund Falkenmond. Eine weite Wüste, und allem Leben feindlich gesinnt.«

»Und Ihr erwartet, daß wir diese Wüste überqueren, um eine Stadt su suchen, die *vielleicht* dort ist?« D'Averc lächelte säuerlich.

»Sir Huillam – ich glaube, ich vergesse mein früheres vertrauliches Du, da Ihr mich ja jetzt noch zu wenig kennt –, es ist unsere einzige Hoffnung.«

D'Averc zuckte die Schultern und wandte sich ab. »Vielleicht wird die trockene Luft gut für meine Lunge sein.«

»Dann müssen wir über das Mittelmeer«, stellte Bowgentle fest. »Wir brauchen also ein Schiff.«

»Nicht allzu weit von hier gibt es einen Hafen«, versicherte ihnen Falkenmond. »Dort müßte es möglich sein, eine Passage bis an die Küste Syraniens zu bekommen, wenn wir Glück haben, bis zum Hafen von Hornus. Dort werden wir versuchen, Kamele zu mieten und reiten dann am Euphrat landeinwärts.«

»Eine Reise von vielen Wochen«, sagte Bowgentle nachdenklich. »Gibt es keinen kürzeren Weg?«

»Es ist der schnellste. Natürlich würden wir in einem Ornithopter flinker vorankommen, aber wie Ihr sicher wißt, sind sie nicht sehr verläßlich und fliegen außerdem nicht so weit. Die Reitflamingos wären eine Lösung gewesen, aber ich halte es nicht für richtig, die Aufmerksamkeit der Kamarg auf uns zu lenken. Es würde zu einer zu großen Verwirrung führen und allen, die wir lieben oder lieben werden, Schmerz bereiten. Deshalb schlage ich vor, wir begeben uns inkognito nach Marshais, dem größten Hafen der Gegend, und besorgen uns eine Überfahrt als unbekannte Reisende auf dem nächstbesten Schiff.«

»Ich sehe, Ihr habt alles schon wohl überlegt.« Graf Brass

erhob sich und begann seine Sachen in den Sattelkörben zu verstauen. »Wir werden Eurem Plan folgen, mein Herzog von Köln, und hoffen, daß uns Kalan nicht findet, ehe wir Soryandum erreicht haben.«

Zwei Tage später kamen sie – vermummt in Kapuzenumhängen – in die geschäftige Stadt Marshais, die vermutlich der größte Seehafen an dieser Küste war. Über hundert Schiffe lagen vor Anker, hochmastige, seetüchtige Kauffahrer, die kein Wetter in Verlegenheit bringen würde. Und ihre Besatzung waren tüchtige Seeleute, von Sonne und Wind gebräunt, rauhe, harte Burschen, die sich nur um ihre eigenen Angelegenheiten kümmerten. Viele rannten mit nackten Oberkörpern herum und trugen nur kurze Kilts aus Seide oder Baumwolle und Bein- und Armbänder, gewöhnlich aus edlen Metallen mit kostbaren Steinen. Um Hals und Kopf hatten sie lange Tücher geschlungen, so grellfarbig wie ihre Kilts. Viele hatten in ihren Gürteln Waffen stecken – Dolche und Kurzsäbel. Und die meisten dieser Männer besaßen nicht viel mehr, als was sie am Leibe trugen – doch das war gewöhnlich ein kleines Vermögen wert (das sie allerdings so manches Mal in wenigen Stunden in den unzähligen Spielhöllen, Weinhäusern, Tavernen und Freudenhäusern verspielten und verpraßten, die sich in den Straßen um den Hafen dicht an dicht drängten).

In dieses Gewimmel und Gewirr und die grellen Farben kamen die fünf müden Reiter, mit den Kapuzen über das Gesicht gezogen, weil sie verhindern wollten, daß man sie erkannte. Und Falkenmond wußte nur zu gut, wie sehr diese Gefahr bestand, denn die Bilder der fünf Helden waren in so mancher Gaststube zu finden, ihre Statuen schmückten den Marktplatz fast jeder Stadt, und immer noch gingen ihre Erlebnisse von Mund zu Mund. Doch noch eine Gefahr sah Falkenmond, nämlich, daß man sie gerade wegen ihrer Vermummung für Männer des Dunklen Imperiums halten möchte, die nichts dazugelernt hatten und sich immer noch hinter Masken verbargen.

In einer der Nebenstraßen fanden sie ein Gasthaus, das ein

wenig ruhiger als die meisten zu sein schien, und nahmen sich ein großes Zimmer, in dem sie die Nacht verbringen konnten, während einer von ihnen sich zum Kai begeben sollte, um nach einem geeigneten Schiff Ausschau zu halten.

Falkenmond übernahm diese Aufgabe, denn er hatte sich inzwischen einen Bart wachsen lassen, der ihm noch am ehesten half, unerkannt zu bleiben. Gleich nachdem sie ihr Abendessen eingenommen hatten, machte er sich also auf den Weg. Auf einem Kauffahrer, der mit der Flut am Morgen aufbrechen würde, konnte er zu einem vernünftigen Preis Passage für sie buchen. Sein Ziel war zwar nicht Hornus, sondern Behruk, ein Stück weiter an der Küste, aber für Falkenmonds Zwecke fast genauso gut. Mit dieser erfreulichen Nachricht kehrte Falkenmond in das Gasthaus zurück. Sie begaben sich bald darauf zur Ruhe, aber keiner der fünf schlief sehr gut, denn die Ungewißheit, wann die Pyramide mit Kalan zurückkehren würde, quälte sie alle.

Falkenmond war inzwischen klargeworden, woran die Pyramide ihn erinnert hatte. Sie war im Prinzip offenbar etwas Ähnliches wie die Thronkugel des Reichskönigs Huon – jene Hülle, die das Leben dieses unvorstellbar alten Herrschers geschützt und erhalten hatte, bis Baron Meliadus ihn ermordete. Vielleicht hatte die gleiche Wissenschaft beides hervorgebracht! Das war zumindest höchstwahrscheinlich. Vielleicht aber hatte Kalan irgendwo auch ein Lager alter Maschinen entdeckt, wie sie überall auf der Welt vergraben waren, und eine davon benutzt? Nicht in Londra, sondern einem anderen Londra, das hatte er doch gesagt?

Falkenmond schlief von allen am unruhigsten, denn diese und tausend andere Gedanken schwirrten ihm durch den Kopf. Als er endlich doch schlummerte, hielt er das blanke Schwert in der Hand.

An einem klaren Herbsttag stachen sie mit dem hohen, schnellen Segler mit dem Namen *Die rumänische Königin* in See (ihr Heimathafen befand sich im Schwarzen Meer). Ihre Segel und Decks blitzten weiß und sauber in der frühen Morgensonne, und sie glitt mit großer Geschwindigkeit durch das Wasser.

Die ersten beiden Tage machten sie gute Fahrt, aber am dritten flaute der Wind ab, und die Segel hingen schlaff von den Masten. Der Kapitän zögerte, zu den Rudern zu greifen, denn er hatte nur wenige Männer Besatzung und wollte nicht, daß sie sich überanstrengten. Deshalb entschloß er sich, einen Tag abzuwarten, in der Hoffnung, daß der Wind wieder aufkommen würde. Die Küste von Kypros, einem Inselkönigreich, das wie so viele andere ein Vasallenstaat des Dunklen Imperiums gewesen war, war bereits im Osten auszumachen. Es war frustrierend für die fünf Freunde, es durch die kleinen Bullaugen nur aus der Ferne sehen zu können, ohne ihm näher zu kommen. Alle fünf waren während der bisherigen Reise unter Deck geblieben. Falkenmond hatte dem Kapitän dieses merkwürdige Benehmen damit erklärt, daß sie Angehörige einer religiösen Sekte auf Pilgerfahrt seien, und getreu ihrem Gelübde den ganzen Tag im Gebet verbringen müßten. Der Kapitän, ein ehrenhafter Seemann, der an nichts weiter als an einem anständigen Preis für die Überfahrt interessiert war, akzeptierte diese Erklärung ohne Gegenfragen.

Es war gegen Mittag des nächsten Tages, der Wind war immer noch nicht aufgekommen, als Falkenmond und die anderen vom Oberdeck Gebrüll, Flüche und aufgeregtes Hin- und Hertrampeln hörten.

»Was mag geschehen sein?« wunderte sich Falkenmond. »Piraten? Ganz in der Nähe hier hatten wir schon einmal mit Korsaren zu tun, nicht wahr, Oladahn?«

Aber der Pelzgesichtige blickte ihn nur erstaunt an. »Wie? Dies ist meine erste Seereise, Herzog Dorian.«

Da erinnerte sich Falkenmond natürlich, daß das Abenteuer mit dem Schiff des Wahnsinnigen Gottes für Oladahn noch in der Zukunft lag, und er entschuldigte sich bei dem kleinen Mann aus den Bulgarbergen.

Die Aufregung oben wurde lauter. Durch die Bullaugen konnten sie jedoch nichts Ungewöhnliches sehen, weder ein angreifendes Schiff noch irgendwelche Anzeichen eines Kampfes. Vielleicht war ein Seeungeheuer, eine Kreatur, die das

Tragische Jahrtausend überstanden hatte, außerhalb ihre Sichtweite aus dem Wasser aufgetaucht?

Falkenmond erhob sich, warf sich den Umhang über und zog die Kapuze ins Gesicht. »Ich werde nachsehen, was los ist«, erklärte er.

Er öffnete die Kabinentür und stieg die paar Stufen zum Oberdeck hoch. Und dort, in Hecknähe, war das Objekt, das eine solche Aufregung unter der Mannschaft verursacht hatte. Die Stimme Kalan von Vitalls klang heraus und forderte die Männer auf, sich auf die Passagiere zu stürzen und sie sofort zu töten, wenn sie nicht wollten, daß das Schiff unterginge.

Die Pyramide strahlte ein blendend weißes Glühen aus, das sich scharf vom Blau des Himmels und der See abhob.

Sofort rannte Falkenmond in die Kabine zurück und griff nach einer Flammenlanze.

»Die Pyramide ist zurückgekehrt!« rief er seinen Freunden zu. »Bleibt hier, ich kümmere mich darum.«

Er hastete den Niedergang hoch und rannte über Deck auf die Pyramide zu, während die verstörten Seeleute zurückwichen.

Wieder schoß ein Strahl rubinroten Feuers aus der Flammenlanze und schloß sich um das Weiß der Pyramide, daß es aussah, als vermische sich Blut mit Milch. Aber diesmal drang kein Angstschrei aus dem Innern, nur höhnisches Gelächter.

»Ich habe gegen Eure kruden Waffen Vorkehrungen getroffen, Dorian Falkenmond.«

»Dann wollen wir sehen, in welchem Maß«, erwiderte Falkenmond grimmig. Er vermutete, daß Kalan selbst nicht genau wußte, wie weit er bei der Benutzung der Pyramide und der Manipulierung der Zeit gehen konnte.

Und nun stand Oladahn mit einem Schwert in seiner pelzüberzogenen Hand neben ihm, und sein Gesicht war vor Wut verzerrt.

»Hebe dich hinweg, falsches Orakel!« brüllte er. »Wir haben keine Angst mehr vor dir!«

»Dazu hättest du aber jeden Grund«, erwiderte Kalan, dessen Gesicht verschwommen durch das halbtransparente Material der Pyramide zu erkennen war. Er schwitzte. Ganz offensichtlich erzielte das Feuer der Flammenlanze doch eine Wirkung. »Denn ich habe die Mittel, alle Zeitabläufe dieser Welt – und anderer ebenfalls – zu beherrschen.«

»Dann tut es doch!« rief Falkenmond und stellte seine Flammenlanze auf höchste Intensität.

»Ahhh! Narr! Wenn Ihr meine Maschine zerstört, vernichtet Ihr den Stoff, aus dem die Zeit selbst ist. Alle Zeitströme werden durcheinanderfließen – im ganzen Universum wird Chaos herrschen. Alles Leben wird erlöschen!«

Da stürmte Oladahn mit wirbelndem Schwert auf die Pyramide ein und versuchte, durch das seltsame Material zu hacken, das Kalan vor dem Feuer der Flammenlanze schützte.

»Komm zurück, Oladahn!« schrie Falkenmond. »Du kannst mit dem Schwert nichts ausrichten!«

Aber Oladahn schlug zweimal heftig nach der Maschine – und das Schwert drang tatsächlich ein. Fast hätte es Kalan von Vitall erwischt, ehe der Zauberwissenschaftler ihn sah und ein paar Handgriffe an einer winzigen Pyramide vornahm, die er in den Fingern hielt. Boshaft grinste er Oladahn jetzt an.

»Oladahn! Vorsicht!« brüllte Falkenmond, der eine neue Gefahr witterte.

Doch der Mann aus den Bulgarbergen holte zu einem neuen Hieb gegen Kalan aus –

– und schrie erschrocken auf!

Verwirrt blickte er sich um, als sähe er etwas anderes als die Pyramide und das Schiffsdeck.

»Der Bär!« heulte er. »Der Bär hat mich!«

Und dann war er mit einem grauenvollen Schrei verschwunden.

Falkenmond ließ die Flammenlanze fallen und rannte vorwärts. Aber er sah nur noch vage Kalans kicherndes Gesicht, ehe auch die Pyramide verschwand.

Von Oladahn war nichts zu sehen. Da war Falkenmond klar, daß der kleine Bergmensch zumindest für den Augenblick in seine eigene Zeit zurückversetzt worden war. Aber würde ihm gestattet sein, dort zu bleiben?

Falkenmond hätte sich deshalb keine so großen Sorgen gemacht – er wußte schließlich, daß Oladahn den Kampf mit dem Bären lebend überstanden hatte –, wenn ihm nicht plötzlich die ganze Macht bewußt geworden wäre, über die Kalan nun verfügte.

Unwillkürlich schauderte er. Er drehte sich um und bemerkte, daß sowohl Kapitän als auch Mannschaft ihn argwöhnisch beäugten.

Ohne ein Wort ging Falkenmond an ihnen vorbei, zurück zu seiner Kabine.

Es war nun dringender und wichtiger als zuvor, Soryandum und das Geistvolk zu finden.

3. Die Reise nach Soryandum

Bald nach dem Vorfall auf Deck erhob sich ein so starker Wind, daß an einen aufkommenden Sturm zu denken war. Der Kapitän befahl in aller Eile die Segel zu hissen, damit sie den Wind nutzen und möglichst noch vor dem Sturm Behruk erreichen konnten.

Falkenmond hegte den Verdacht, daß die Hast des Kapitäns mehr mit dem Wunsch zu tun hatte, seine Passagiere loszuwerden, als seine Ladung zu löschen. Er konnte den Mann gut verstehen. Ein anderer Kapitän hätte den Vorfall möglicherweise zum Anlaß genommen, die vier über Bord zu werfen.

Falkenmonds Haß auf Kalan von Vitall wuchs. Das war das zweite Mal, daß ihn ein Lord des Dunklen Imperiums seines Freundes beraubt hatte, und irgendwie empfand er den Verlust diesmal noch schmerzhafter, obwohl er darauf vorbereitet gewesen war. Er beschloß, gleichgültig, was geschehen mochte, Kalan zu finden und zu töten.

Als sie auf dem weißen Kai des Behruker Hafens an Land gingen, vermummten die vier sich nicht mehr. Obwohl auch hier entlang der arabischen Küste die Legenden über sie verbreitet waren, kannte doch kaum einer sie persönlich, genauso wenig wie ihre Bilder. Trotzdem beeilten sie sich, am

Markt vier kräftige Kamele zu erstehen und sofort zu ihrer Expedition ins Inland aufzubrechen.

Nach vier Tagen hatten sie sich an den Ritt auf ihren schaukelnden Tieren gewöhnt und empfanden ihn nicht mehr als so unbequem wie am Anfang. Am Ende der vier Tage hatten sie auch den Rand der Syrianischen Wüste erreicht. Nun folgten sie dem Euphrat, der sich durch hohe Sanddünen wand. Falkenmond studierte häufig die Karte und wünschte sich, Oladahn – der Oladahn, der an seiner Seite in Soryandum gegen d'Averc gekämpft hatte, der seinerzeit noch ihr Feind gewesen war – wäre hier und könnte ihm helfen, sich an ihren damaligen Weg zu erinnern.

Die heiße Sonne hatte Graf Brass' Rüstung in grellglänzendes Gold verwandelt, und sie blendete nun die Augen seiner Gefährten kaum weniger als die Pyramide Kalan von Vitalls es getan hatte. Dorian Falkenmonds Stahlpanzer dagegen leuchtete wie Silber. Bowgentle und Huillam d'Averc, die keine Rüstung trugen, machten ein paar beißende Bemerkungen darüber, schwiegen jedoch, als ihnen klar wurde, daß die beiden gepanzerten Männer viel mehr unter der Hitze litten als sie.

Am fünften Tag verließen sie den Euphrat und ritten geradewegs in die Wüste. Stumpfgelber Sand erstreckte sich in allen Richtungen. Manchmal, wenn ein schwacher Wind aufkam, kräuselte er sich und erinnerte sie auf schier unerträgliche Weise an das Wasser, das ihnen nun so fern war.

Am sechsten Tag kauerten sie müde über den Knäufen ihrer hohen Sättel. Ihre Augen waren stumpf, ihre Lippen aufgesprungen, und sie gönnten sich nur wenige Tropfen Wasser, da sie nicht wußten, wann sie wieder ein Wasserloch finden würden.

Am siebten Tag glitt Bowgentle aus dem Sattel und blieb reglos im Sand liegen. Sie benötigten die Hälfte ihres Wasservorrats, um ihn wieder zu sich zu bringen. Danach suchten sie den Schatten einer Düne und blieben dort den Rest des Tages und die ganze Nacht hindurch, bis Falkenmond sich am frühen Morgen hochschleppte und erklärte, er würde allein weiterreiten.

»Allein? Weshalb?« Graf Brass erhob sich ebenfalls, und seine Messingrüstung knarrte.

»Ich werde mich umsehen, während ihr euch noch ein wenig ausruht. Ich könnte schwören, daß Soryandum sich ganz hier in der Nähe befand. Ich werde von hier aus in allmählich weiteren Kreisen danach suchen, bis ich die Stadt, oder zumindest die Stelle finde, an der sie gestanden hat, denn selbst wenn sie nicht zurückgekehrt ist, muß es da Wasser geben.«

»Klingt sehr vernünftig«, pflichtete Graf Brass ihm bei. »Und wenn Ihr müde seid, kann einer von uns Euch ablösen, und dann ein anderer und so weiter. Aber seid Ihr wirklich sicher, daß die Stadt in der Nähe lag?«

»Das bin ich. Ich halte jetzt einmal Ausschau nach den Hügeln, die das Ende der Wüste anzeigen und sich außerhalb der Stadt befinden. Wenn nur die Dünen nicht so hoch wären! Stünden sie nicht im Weg, müßte man sie zweifellos von hier aus sehen.«

»Also gut«, erklärte Graf Brass sich einverstanden. »Wir werden hier warten.«

Falkenmond gelang es endlich, sein Kamel auf die Beine zu locken, dann ritt er davon.

Aber erst am Nachmittag, nachdem er die zwanzigste Düne an diesem Tag hochgeklettert war, entdeckte er in der Ferne die grünen Hügel, zu deren Füßen Soryandum gelegen hatte.

Die Ruinenstadt des Geistvolks sah er jedoch nicht. Seinen Weg hatte er sorgfältig auf der Karte eingetragen und konnte nun ohne Schwierigkeiten zu seinen Freunden zurückfinden.

Er hatte die Düne, wo sie sich befanden, schon fast erreicht, als er zum drittenmal die Pyramide sah. Unüberlegterweise hatte er die Flammenlanzen zurückgelassen, und er wußte nicht, ob einer der anderen damit umgehen konnte, und ob sie überhaupt bereit wären, sie zu benutzen, nach dem, was Oladahn passiert war.

Falkenmond kletterte von seinem Kamel und schlich sich so vorsichtig wie nur möglich näher, indem er auch die geringste Deckung ausnutzte. Automatisch hattte er sein Schwert gezogen.

Jetzt hörte er bereits die Stimme aus der Pyramide. Kalan von Vitall versuchte wieder einmal, seine Freunde zu überreden, ihn zu töten.

»Er ist euer Feind. Was immer ich auch sonst gesagt haben mag, ich sprach die Wahrheit, als ich euch erklärte, daß er euch in den Tod führen wird. Ihr, Huillam d'Averc, seid doch ein Freund Granbretaniens – Falkenmond wird Euch dazu bringen, Euch gegen das mächtige Dunkle Imperium zu stellen. Und Ihr, Sir Bowgentle, Ihr haßt doch die Gewalt – Falkenmond wird einen Mann der Gewalt aus Euch machen. Und Euch, Graf Brass, der Ihr Euch immer neutral verhalten habt, wo es die Belange Granbretaniens betraf, wird er in eine neue Richtung weisen, daß Ihr gerade gegen jene Macht kämpft, die Ihr immer für den einigenden Faktor für die Zukunft Europas gehalten habt. Doch nicht genug, daß man euch so weit täuscht, bis ihr gegen euer besseres Wissen das Dunkle Imperium bekämpft, werdet ihr auch noch alle den Tod finden. Bringt Falkenmond jetzt um und . . .«

»Tötet mich doch!« Falkenmond war, verärgert über Kalans Schliche, aus seiner Deckung getreten. »Tötet mich doch selbst, Kalan! Oder könnt Ihr es nicht?«

Die Pyramide schwebte weiter über den Köpfen der drei Männer, als Falkenmond vom Kamm der Düne auf sie hinabschaute.

»Und weshalb würde mein Tod zu diesem Zeitpunkt alles, was bereits geschehen ist, ändern, Kalan? Eure Logik ist entweder nicht gut durchdacht, oder aber Ihr habt uns nicht alles erzählt, was wir wissen sollten.«

»Außerdem finde ich Euch ziemlich eintönig und ermüdend«, sagte Huillam d'Averc gähnend. Er zog seine schmale Klinge aus der Hülle. »Und ich bin sehr durstig und erschöpft, Baron Kalan. Ich glaube, ich versuche mein Glück gegen Euch, da es wenig anderes in dieser öden Wüste zu tun gibt!«

Plötzlich war er vorgesprungen und stach die Klinge in schneller Folge durch die weiß glänzende Substanz der Pyramide.

Kalan schrie, als wäre er getroffen. »Denkt an Euch, d'Averc! Es ist in Eurem eigenen Interesse, sich mit mir gutzustellen!«

D'Averc lachte und stieß erneut sein Schwert in die Pyramide.

Schrill kreischte Baron Kalan: »Ich warne Euch, d'Averc, wenn Ihr mich dazu zwingt, werde ich diese Welt von Euch befreien!«

»Diese Welt hat mir nichts zu bieten – und sie will auch nicht, daß ich in ihr als Gespenst herumspuke. Ich glaube, ich werde Euer Herz schon noch finden, wenn ich lange genug herumstochere, Baron Kalan.«

Wieder stieß er zu.

Wieder schrie Kalan auf.

»Vorsicht, d'Averc!« brüllte Falkenmond. Er rannte und rutschte die Düne hinunter und versuchte, die Flammenlanze zu erreichen. Aber d'Averc war verschwunden, ehe er auch nur in ihrer Nähe war.

»D'Averc!« Falkenmonds Stimme klang fast wie ein Schluchzen. »D'Averc!«

»Seid still, Falkenmond!« Kalans Stimme klang nun höhnisch. »Hört mir zu, ihr anderen. Tötet ihn jetzt – oder ihr werdet d'Avercs Schicksal erleiden!«

»So schrecklich scheint es mir nicht zu sein.« Graf Brass lächelte.

Falkenmond hatte die Flammenlanzen erreicht und hob eine auf. Kalan konnte es offenbar durch die Pyramide sehen, denn er schrie: »Oh, Ihr seid niederträchtig, Falkenmond! Aber auch Ihr werdet noch sterben!«

Und gleich darauf verschwand die Pyramide.

Graf Brass blickte sich um. In sarkastischem Ton meinte er: »Wenn wir Soryandum finden, könnte es leicht sein, daß es gar nicht mehr nötig ist, Freund Falkenmond. Unser Häuflein schrumpft zusehends.«

Falkenmond seufzte tief. »Gute Freunde ein zweites Mal zu verlieren, ist schier unerträglich. Ihr könnt das vermutlich nicht verstehen. Oladahn und d'Averc waren Fremde für Euch. Aber für mich waren sie teure alte Freunde.«

Bowgentle legte sanft eine Hand auf Falkenmonds Schulter. »Ich verstehe es, Herzog Dorian. Diese ganze Geschichte trifft Euch viel schlimmer als uns. Während wir hauptsächlich verwirrt sind – weil wir aus unserer Zeit gerissen wurden und ständig mit Todesomen konfrontiert werden und Befehle von seltsamen Maschinen erhalten, Fremde zu töten –, seid Ihr zutiefst betrübt. Und die Trauer ist das lähmendste aller Gefühle. Sie beraubt Euch der Willenskraft, wenn Ihr sie am meisten benötigt.«

»Ja, das stimmt.« Wieder seufzte Falkenmond. Er warf die Flammenlanze von sich. »Nun, ich habe Soryandum gefunden – oder zumindest die Hügel, bei denen die Stadt liegen müßte. Wir können sie noch vor Anbruch der Nacht erreichen, glaube ich.«

»Dann wollen wir eilen«, meinte Graf Brass. Er wischte sich den Sand vom Gesicht. »Wenn wir Glück haben, bleibt uns der Anblick der Pyramide für ein paar Tage erspart. Und bis dahin sind wir vielleicht mit der Lösung unseres Rätsels ein wenig vorangekommen.« Er klopfte Falkenmond freundschaftlich auf den Rücken. »Kommt, Junge. Steigt auf Euer Kamel. Man kann nie wissen – vielleicht kommt alles noch zu einem guten Ende. Möglicherweise seht Ihr sogar Eure anderen Freunde wieder.«

Falkenmond lächelte bitter. »Ich habe das Gefühl, ich werde viel Glück brauchen, wenn ich nur meine Frau und meine Kinder je wiedersehe, Graf Brass.«

4. Eine Begegnung mit noch einem anderen alten Feind

Aber am Fuß der grünen Hügel, die das Ende der Syrianischen Wüste bildeten, lag kein Soryandum. Doch Wasser fanden sie, und auch Anzeichen, daß hier eine Stadt gestanden haben mußte. Falkenmond hatte seinerzeit gesehen, wie sie verschwand, als das Dunkle Imperium sie bedroht hatte. Ganz offensichtlich hatten die Geistmenschen gewußt, daß die Gefahr noch nicht vorüber war. Im Gegensatz zu ihm, dachte Falkenmond bitter. Demnach war also ihre weite Reise umsonst gewesen. Nur eine schwache Hoffnung gab es noch, nämlich, daß die Höhle mit den uralten Geräten und Instrumenten, aus der er damals die Kristallmaschinen geholt hatte, noch existierte. Niedergeschlagen führte er seine zwei Gefährten tief ins Hügelland, bis Soryandum beziehungsweise da, wo es sein müßte, mehrere Kilometer hinter ihnen lag.

»Es sieht ganz so aus, als hätte ich euch vergebens all den Strapazen ausgesetzt, meine Freunde«, wandte Falkenmond sich an Bowgentle und Graf Brass. »Und schlimmer noch, einer falschen Hoffnung.«

»Vielleicht auch nicht«, meinte Bowgentle nachdenklich. »Es könnte doch durchaus sein, daß wir die Maschinen noch finden. Und da ich ein wenig Erfahrung mit diesen Dingen habe, wäre ich möglicherweise sogar in der Lage festzustellen, wie sie sich benutzen lassen.«

Graf Brass war den beiden ein Stück voraus. Trotz seiner schweren Messingrüstung kletterte er hurtig den steilen Hang hoch und blieb am Kamm stehen, um in das in der Tiefe liegende Tal hinabzuschauen.

»Ist das dort Eure Höhle, Herzog Dorian?« rief er.

Falkenmond und Bowgentle beeilten sich, zu ihm hochzukommen. »Ja, das ist die Felswand!« Es war ein Felsen, der aussah, als hätte das Schwert eines Giganten ihn gespalten. Dort, etwas südlich, entdeckte Falkenmond den Granithaufen aus den Steinen des gespaltenen Berges vor dem Eingang zur Höhle. Und nun sah er auch die Öffnung selbst, einen schmalen Spalt in der Felswand. Sie sah nicht anders aus, als sie sie bei ihrem letzten Besuch zurückgelassen hatten. Falkenmond begann sich ein wenig wohler zu fühlen.

Er eilte den Hügel hinab. »Kommt!« rief er. »Hoffen wir, daß die Schätze noch unberührt sind.«

Aber etwas hatte Falkenmond in seiner Aufregung und seinem Gedankenwirrwarr vergessen. Er dachte nicht mehr daran, daß die uralte Technologie des Geistvolks bewacht wurde. Und gegen diesen Wächter hatten er und Oladahn schon einmal gekämpft, ohne ihm etwas anhaben zu können. Ein Wächter, mit dem sich nicht verhandeln ließ. Wie sehr Falkenmond jetzt wünschte, sie hätten die Kamele nicht zurückgelassen, denn mit ihnen hätten sie eine Chance gehabt zu entkommen.

»Was ist das für ein merkwürdiger Laut?« fragte Graf Brass, als ein gräßliches, wenn auch gedämpftes Heulen aus dem Felsspalt drang. »Wißt Ihr, was das ist, Herzog Dorian?«

»Ja«, murmelte Falkenmond düster. »Es ist das Brüllen des Maschinenungeheuers – der mechanischen Bestie, die die Höhle bewacht. Ich hatte geglaubt, sie wäre vernichtet worden, aber ich fürchte, nun wird sie uns vernichten.«

»Wir haben Schwerter«, sagte Graf Brass grimmig.

Falkenmond lachte wild. »Schwerter, ja.«

»Und wir sind zu dritt. Drei Männer, die sich wohl zu helfen wissen.«

»Ja«, murmelte Falkenmond nur.

Das Heulen wurde stärker, als das Untier sie witterte.

»Eine winzige Hoffnung haben wir«, erklärte Falkenmond. »Das Ungeheuer ist blind. Unsere einzige Chance liegt darin, uns aufzuteilen und so schnell uns unsere Beine tragen zu unseren Kamelen zu laufen. Vielleicht können uns dort meine Flammenlanzen ein wenig helfen.«

»Weglaufen?« brummte Graf Brass. Er zog sein mächtiges Breitschwert und strich sich über den roten Schnurrbart. »Ich habe noch nie gegen eine mechanische Bestie gekämpft. Ich möchte nicht die Flucht ergreifen, Herzog Dorian.«

»Dann müßt Ihr vielleicht zum drittenmal sterben!« brüllte Falkenmond verzweifelt über die Schulter zurück. »Hört auf mich, Graf Brass – Ihr wißt, daß ich kein Feigling bin –, wenn wir am Leben bleiben wollen, müssen wir die Kamele erreichen, ehe die Bestie uns erwischt. Seht!«

Das blinde Maschinenungeheuer tauchte aus dem Felsspalt auf. Es streckte seinen Schädel witternd und lauschend aus, um zu ergründen, wo sich jene befanden, deren Geruch es so sehr haßte.

»Bei Nion!« keuchte Graf Brass. »Ist das ein großes Tier!«

Es war gut doppelt so groß wie der Graf. Seinen Rücken entlang verlief ein Kamm rasiermesserscharfer Hörner. Sein metallener Schuppenpanzer glitzerte in allen Regenbogenfarben und blendete sie, als es mit großer Geschwindigkeit auf sie zuhopste. Es hatte kurze Hinter- und lange Vorderbeine, die in scharfen Metallklauen ausliefen. Seiner Gestalt nach erinnerte es in etwa an einen Gorilla. Es hatte Facettenaugen, die jedoch in seinem Kampf gegen Falkenmond und Oladahn von Falkenmond mit dem Schwertgriff zerbrochen worden waren. Bei jeder Bewegung klirrte es. Seine Stimme war metallisch und schmerzte in den Ohren der Männer. Auch der Geruch, der ihnen schon in dieser Entfernung in die Nase stieg, war metallisch.

Falkenmond zupfte Graf Brass am Arm. »Bitte, Graf Brass, ich flehe Euch an. Hier ist nicht der richtige Ort, es auf einen Kampf mit dieser Bestie ankommen zu lassen.«

Diese Logik sprach Graf Brass an. »Da mögt Ihr recht haben. Also gut, wir ziehen uns auf die Ebene zurück. Wird es uns dann folgen?«

»Oh, dessen könnt Ihr sicher sein!«

Dann trennten die drei sich und begannen auf verschiedenen Wegen zum Ort der verschwundenen Stadt zurückzulaufen. Sie hofften, das Untier würde eine Weile brauchen, sich zu entscheiden, wem es folgen sollte.

Ganz offensichtlich witterten ihre Kamele das Maschinenungeheuer, denn sie zerrten heftig an den Zügeln, mit denen sie sie festgebunden hatten. Sie versuchten sich aufzubäumen, ihre Nüstern und Mäuler waren angstvoll verzerrt, sie rollten die Augen und stampften nervös mit allen Beinen.

Als die Männer keuchend auf sie zuliefen, warfen die Berge das heulende Kreischen des Ungeheuers hundertfach verstärkt zurück. Es klang grauenvoll.

Falkenmond reichte Graf Brass eine Flammenlanze. »Ich bezweifle, daß sie viel gegen die Bestie ausrichten wird, aber wir dürfen nichts unversucht lassen.«

»Mir hätte ein Kampf Mann gegen Untier mehr zugesagt«, brummte der Graf.

»Der könnte Euch leicht noch bevorstehen«, unkte Falkenmond.

Hopsend, watschelnd, auf allen vieren rennend, erschien das gigantische Metalltier auf dem nächsten Hügel. Es hielt kurz an, als suche es nach ihrer Witterung – vielleicht hatte es aber auch ihren Herzschlag gehört.

Bowgentle stellte sich hinter seine Freunde, denn er hatte keine Flammenlanze. »Ich werde des Sterbens müde«, sagte er lächelnd. »Soll das vielleicht das Schicksal der Toten sein, immer und immer wieder zu sterben? Es ist keine angenehme Vorstellung.«

»Jetzt!« rief Falkenmond und drückte auf den Auslöser seiner Flammenlanze. Sofort folgte Graf Brass seinem Beispiel.

Rubinrotes Feuer peitschte gegen die mechanische Bestie. Sie schnaubte. Ihre ohnehin funkelnden Schuppen glitzerten noch stärker und glühten stellenweise weiß. Aber die Hitze schien keine Wirkung auf das Untier zu haben. Es spürte das Feuer nicht und konnte natürlich die Flammenlanzen auch nicht sehen. Kopfschüttelnd schaltete Falkenmond die Lanze aus, und Graf Brass tat es ihm gleich. Es wäre Dummheit, die Energie der Lanzen zu vergeuden.

»Es gibt nur eine Möglichkeit, mit einem solchen Ungeheuer fertig zu werden«, murmelte Graf Brass.

»Und die wäre?«

»Es müßte in eine Grube gelockt werden.«

»Aber wir haben keine Grube«, gab Bowgentle nervös zu bedenken, während er keinen Blick von dem immer näher kommenden Ungeheuer ließ.

»Oder über eine Felswand«, sagte Graf Brass jetzt. »Daß es in die Tiefe stürzt und zerschellt.«

»Es gibt hier aber auch keine solche Felswand in der Nähe«, erklärte ihm Bowgentle geduldig.

»Dann wird es uns wohl erwischen.« Graf Brass zuckte die Schultern. Ehe sie noch ahnen konnten, was er vorhatte, zog er das Breitschwert aus der Scheide und stürmte mit einem wilden Schlachtruf auf das Maschinenungeheuer ein – ein Metallmann gegen ein Metalltier, wie es aussah.

Die Bestie brüllte. Sie hielt abrupt an, hob sich auf die Hinterbeine und schwang wild mit den Klauen um sich, daß sie durch die Luft schnitten.

Graf Brass duckte sich unter die erhobenen Vorderbeine und hieb nach der Mitte des Untiers. Klirrend schlug das Schwert gegen die Schuppen, und dann noch einmal. Jetzt sprang Graf Brass schnell zurück, aus der Reichweite der messerscharfen Krallen, und hieb gegen das mächtige Klauengelenk, als es nach ihm greifen wollte.

Falkenmond schloß sich ihm nun an. Er hieb mit seinem Schwert auf die Hinterbeine des Ungeheuers ein. Bowgentle, der seine Abneigung gegen das Töten bei diesem mechanischen Ding vergaß, stieß seine Klinge in den Metallrachen. Doch das Untier schloß ihn, und das Schwert zerbrach.

»Zieht Euch zurück, Sir Bowgentle«, drängte Falkenmond. »Ohne Waffe dürft Ihr nicht in den Kampf eingreifen.«

Beim Klang seiner Stimme drehte sich der Schädel des Ungeheuers, und es schlug mit den Krallen nach Falkenmond. In seinem Ausweichmanöver stolperte Falkenmond und fiel.

Da stürmte erneut Graf Brass herbei und brüllte kaum weniger laut als sein mechanischer Gegner. Wieder klirrte die schwere Klinge gegen die Schuppen. Und wieder drehte das Ungeheuer sich, um sich auf den neuen Angreifer zu werfen.

Aber die drei Männer ermüdeten allmählich. Die Reise durch die Wüste hatte sie geschwächt, und ihre Flucht vor dem Untier über die Hügel hatte sie auch Atem gekostet. Falkenmond sah schon ihr unvermeidliches Ende voraus – und niemand würde je erfahren, wo und wie sie gestorben waren.

Er hörte Graf Brass' Schrei, als er mehrere Schritte durch einen Schwinger der Bestie zurückgeschleudert wurde. Durch seine schwere Rüstung behindert, stürzte er hilflos auf den Boden, ohne gleich wieder aufstehen zu können.

Das Metallungeheuer schien die Hilflosigkeit seines Gegners zu spüren und watschelte auf Graf Brass zu, um ihn unter seinen mächtigen Beinen zu zerstampfen.

Falkenmond stieß einen unartikulierten Schrei aus. Er rannte auf das Untier zu und hieb das Schwert mit aller Gewalt auf seinen Rücken. Aber es hielt nicht an. Immer näher watschelte es auf Graf Brass zu.

Falkenmond wirbelte herum, um sich zwischen die Metallkreatur und seinen Freund zu stellen. Er schlug auf seine Klauen ein, auf seinen Leib. Seine eigenen Knochen schmerzten entsetzlich bei jedem Aufprall des Schwertes.

Doch immer noch dachte das Ungeheuer gar nicht daran, seine Richtung zu ändern. Die blinden Augen stierten geradeaus.

Dann schleuderte es auch Falkenmond zur Seite. Zerschunden und benommen lag er auf dem Boden und sah entsetzt und hilflos zu, als Graf Brass sich bemühte, hochzukommen. Er sah eines der monströsen Beine sich über Graf Brass' Kopf heben, sah, wie der Freund einen Arm hob, als könnte er sich so gegen das Untier schützen. Irgendwie gelang es Falkenmond, auf die Füße zu kommen und vorwärtszutaumeln, aber er wußte, er würde Graf Brass nicht mehr retten können, selbst wenn er das Maschinenungeheuer noch rechtzeitig genug erreichte. Und während er darauf zuschwankte, stürzte Bowgentle herbei – Bowgentle, der außer dem Schwertstumpf keine Waffe hatte –, als könnte er die Bestie mit bloßen Händen zur Seite schieben.

Und Falkenmond dachte: »Ich habe meine Freunde wieder in den Tod geführt. Es stimmt, was Kalan sagte. Ich scheine ihre Nemesis zu sein.«

5. Ein anderes Londra

Da zögerte das Untier plötzlich.

Fast kläglich winselte es.

Graf Brass nutzte die Gelegenheit. Eilig rollte er sich unter dem mächtigen Fuß weg. Er hatte zwar immer noch nicht die Kraft, sich zu erheben, aber er kroch mit dem Schwert in der Hand hastig davon.

Sowohl Bowgentle und Falkenmond hatten angehalten. Sie fragten sich erstaunt, weshalb das Ungeheuer plötzlich wie erstarrt war.

Die mechanische Bestie krümmte sich. Ihr Wimmern klang nun wie flehend und furchterfüllt. Sie drehte den Schädel, als hörte sie eine Stimme, die außer ihr niemand vernahm.

Endlich kam Graf Brass schwerfällig auf die Füße und

bereitete sich erschöpft auf die Fortsetzung seines Kampfes mit dem Untier vor.

Doch mit einemmal stürzte das Maschinenungeheuer mit einem Krach zu Boden, daß es die Erde unter seinen Füßen erschütterte. Die vielfarbig funkelnden Schuppen wurden matt. Es sah aus, als begännen sie zu rosten. Die Bestie rührte sich nicht mehr.

»Wa-as bedeutet das?« fragte Graf Brass verwirrt. »Hat unser Wille es getötet?«

Falkenmond lachte, als der erste schwache Schimmer sich in der klaren Wüstenluft abzeichnete. »Nicht unserer, aber vielleicht ein anderer.«

Bowgentle schluckte, als auch er die sich bildenden Umrisse bemerkte. »Was ist das? Eine Geisterstadt?«

»Fast.«

Graf Brass knurrte. Er packte sein Schwert fester. »Mir gefällt diese neue Gefahr nicht besser.«

»Es dürfte keine Gefahr sein – zumindest nicht für uns«, beruhigte ihn Falkenmond. »Soryandum kehrt zurück.«

Allmählich festigten sich die vagen Umrisse, nahmen Form an, bis schließlich eine ganze Stadt in der Wüste lag. Eine uralte Stadt war es, die eigentlich nur aus Ruinen bestand.

Graf Brass strich sich über den roten Bart. Seiner Haltung war anzusehen, daß er von Falkenmonds Worten nicht völlig überzeugt und bereit war, sich zu verteidigen.

»Steckt Euer Schwert ein, Graf Brass«, riet ihm Falkenmond. »Das ist wirklich das Soryandum, das wir suchten. Die Geistmenschen, jene Unsterblichen, von denen ich Euch erzählte, sind gerade rechtzeitig zu unserer Hilfe gekommen. Seht doch, wie schön Soryandum ist!«

Soryandum war von malerischer Schönheit, trotz seiner Ruinen – oder vielleicht gerade deshalb? Ihre Mauern waren von Moos überwachsen, die Brunnen plätscherten friedlich, Efeu umrankte die teilweise eingestürzten Türme, und überall, aus allen Mauerspalten und den Ritzen im Pflaster spitzten gelbe, rote und purpurne Blumen hervor, und grüne Ranken schlangen sich um die Säulen aus Granit und Obsidian. Eine wundersame Stimmung herrschte in dieser stillen Stadt, in der nur das fröhliche Zwitschern und Trillern von Vögeln zu hören war, die sich ihre Nester unter den morschen Dachsparren gebaut hatten. Und ganz sanft strich der Wind durch die verlassenen Straßen und wirbelte den Staub auf.

»Das ist Soryandum«, sagte Falkenmond erneut, und seine Stimme klang fast ehrfüchtig.

Sie standen auf einem von Ruinen umringten Platz, neben dem toten Metallungeheuer.

Graf Brass fand als erster seine Fassung wieder. Er schritt vorsichtig über das mit blühendem Unkraut durchzogene Pflaster und berührte eine Hauswand. »Sie ist ja ganz fest«, brummte er. »Wie kann das möglich sein?«

»Ich habe stets heimlich gelächelt, wenn jemand von seinem Glauben an das Übernatürliche sprach«, murmelte Bowgentle. »Aber jetzt fange ich fast an, mir Gedanken zu machen . . .«

»Nichts Übernatürliches, sondern eine uralte Wissenschaft hat Soryandum zurückgebracht«, versicherte ihm Falkenmond, »genau wie dieselbe Wissenschaft die Stadt hatte verschwinden lassen. Ich holte dem Geistvolk die Maschine, die es dazu benötigte, denn sie selbst können ihre Stadt nicht mehr verlassen. Diese Menschen waren früher einmal genau wie wir, aber über die Jahrhunderte hinweg – durch einen Prozeß, den ich nicht einmal ahnen kann –, haben sie sich ihrer körperlichen Form entledigt und sind zu Wesen des Geistes geworden. Aber sie können leibliche Gestalt annehmen, wenn sie es wollen, und sie verfügen über viel größere Kraft als die meisten Sterblichen. Sie sind friedliebende Menschen – und so schön wie ihre Stadt.«

»Eure Worte sind sehr schmeichelhaft, alter Freund«, erklang es aus der leeren Luft.

»Rinal?« Falkenmond glaubte die Stimme zu erkennen. »Seid Ihr es?«

»Richtig geraten. Aber wer sind Eure Begleiter? Ihre Anwesenheit verwirrte unsere Instrumente. Deshalb zögerten wir auch, uns und unsere Stadt zu zeigen, da es ja hätte sein können, daß sie etwas Schlimmes gegen die Stadt im Schilde führen und sie Euch überlisten, sie nach Soryandum zu bringen.«

»Sie sind gute Freunde«, versicherte ihm Falkenmond, »aber nicht aus dieser Zeit. Ist es das, was Eure Instrumente verwirrt, Rinal?«

»Könnte sein. Nun, ich vertraue Euch, Falkenmond, und aus gutem Grund. Ihr seid ein willkommener Gast in Soryandum, denn nur Euch verdanken wir unser Überleben.«

»Und ich Euch das meine.« Falkenmond lächelte. »Wo seid Ihr, Rinal?«

Die hochgewachsene Gestalt Rinals erschien plötzlich neben ihm. Der Körper war nackt, ohne jeglichen Schmuck, und milchig durchscheinend, sein Gesicht schmal, und die Augen wirkten blind – so blind wie die des Maschinenungeheuers –, zweifellos aber sahen sie Falkenmond ganz deutlich.

»Geisterstadt, Geistmenschen.« Graf Brass schüttelte den Kopf und schob das Schwert in die Hülle zurück. »Doch wenn Ihr unser Leben vor diesem Ding gerettet habt«, er deutete auf das Metalltier, »muß ich Euch danken.« Jetzt erst hatte er sich völlig von seiner Überraschung erholt und besann sich seiner Manieren. »Ich danke Euch aus tiefster Seele, Sir Geist.«

»Ich bedauere, daß unser Metallwächter Euch solche Unannehmlichkeiten bereitet hat«, entschuldigte sich Rinal. »Wir schufen ihn vor vielen Jahrhunderten, um unsere Schätze zu behüten. Wir hätten ihn längst vernichtet, aber wir befürchteten, die Knechte des Dunklen Imperiums könnten zurückkehren, sich unserer Maschinen bemächtigen und sie zum Bösen verwenden. Außerdem konnten wir nichts gegen das Metalltier unternehmen, solange es nicht in den Stadtbereich kam, denn wie Ihr, Dorian Falkenmond, ja wißt, haben wir außerhalb Soryandums keine Macht. Unsere Existenz ist untrennbar mit der Stadt verbunden. Es war jedoch einfach, der Bestie den Befehl zu sterben zu erteilen, nachdem sie erst hier war.«

»Wie gut, daß Ihr uns den Rat gabt, hierher zu fliehen, Herzog Dorian«, sagte Bowgentle erleichtert seufzend. »Hätten wir es nicht getan, wären wir jetzt alle drei tot.«

»Wo ist Euer anderer Freund?« erkundigte sich Rinal. »Jener, der seinerzeit mit Euch nach Soryandum kam.«

»Oladahn ist ein zweites Mal gestorben«, murmelte Falkenmond düster.

»Ein zweites Mal?«

»Ja. Genau wie diese, meine beiden Freunde, einem zweiten Tod sehr nahe kamen.«

»Ihr weckt meine Neugier.« Rinal lächelte. »Kommt, wir werden eine kleine Stärkung für euch besorgen, und während ihr sie zu euch nehmt, erklärt ihr mir und den paar anderen Überlebenden meines Volkes diese Rätsel.«

Rinal führte die drei Gefährten durch die Ruinen Soryandums, bis sie zu einem noch einigermaßen gut erhaltenen, dreistöckigen Haus kamen, das seltsamerweise keine Tür in Bodenhöhe hatte. Falkenmond war schon einmal hier gewesen. Es unterschied sich nicht sehr von den anderen Ruinenhäusern Soryandums, aber hier wohnten die Geistmenschen, wenn sie körperliche Gestalt annahmen.

Zwei weitere ihrer Art schwebten von dem oberen Stockwerk zu Falkenmond, Graf Brass und Bowgentle herunter. Die drei Geistmenschen trugen die Freunde nun mühelos mit ihnen zurückschwebend zu einem breiten Fenster im ersten Stock, das als Eingang diente.

In einem leeren, sauberen Zimmer setzte man den dreien Speisen vor, obgleich die Geistmenschen selbst keine Nahrung benötigten. Die Speisen waren ungemein schmackhaft, wenn auch fremdartig. Graf Brass ließ es sich sofort schmecken und sprach kaum ein Wort, während Falkenmond Rinal berichtete, weshalb sie seine und die Hilfe seines Volkes benötigten.

Aber auch als Falkenmond geendet hatte, aß Graf Brass genußvoll weiter. Bowgentle, der sich heimlich darüber amüsierte, war weniger am Essen interessiert, als möglichst viel über Soryandum und seine Bewohner, ihre Geschichte und Wissenschaften zu erfahren. Rinal bemühte sich, diesen Durst zu stillen, während Falkenmond sich nun dem köstlichen Mahl widmete. Rinal erzählte Bowgentle, daß während des Tragischen Jahrtausends die meisten großen Städte und Nationen sich darauf konzentriert hatten, immer neuere und mächtigere Kriegswaffen zu produzieren. Dank seiner abgelegenen Lage war es Soryandum möglich gewesen, neutral zu bleiben. Statt sich wie fast alle anderen mit der Erfindung von Waffen zu beschäftigen, widmeten die Soryander sich friedlichen Wissenschaften, wie der Erforschung von Materie, Raum und Zeit. Deshalb hatten die Soryander und ihre Stadt das Tragische Jahrtausend überlebt und nichts von ihrem Wissen vergessen, während überall sonst alles zerstört war und man die Wissenschaften als Zauberei ablehnte, weil die Nachkommen von Aberglauben erfüllt waren.

»Deshalb suchten wir Euch auf, um Eure Hilfe zu erbitten«, sagte Falkenmond. »Wir möchten gern herausfinden, wie es Baron Kalan gelang zu entfliehen, und wohin er sich zurückgezogen hat. Und natürlich liegt uns viel daran zu erfahren, wie er es fertigbringt, den Strom der Zeit zu manipulieren – denn das hat er getan, als er Graf Brass und Bowgentle und die anderen, die ich erwähnte, aus einer Zeit in die andere versetzte – und trotzdem kein Paradoxon verursacht hat, zumindest, soweit wir es feststellen können.«

»Das scheint mir das einfachste der Probleme zu sein«, sagte Rinal lächelnd. »Dieser Kalan muß über enorme Energien verfügen. Ist er derjenige, der Eure Kristallmaschine vernichtete – die, die wir Euch gaben, um Eure Stadt und Burg aus dieser Raumzeit zu heben?«

»Nein, ich glaube, das war Taragorm«, erwiderte Falkenmond. »Aber Kalan ist nicht weniger fähig als der ehemalige Herr des Palasts der Zeit. Ich vermute jedoch, daß er sich der genauen Natur seiner Macht über die Zeit nicht sicher ist. Er zögert, sie voll auszuprobieren. Und er scheint auch zu glauben, daß mein Tod zu diesem Zeitpunkt die Vergangenheit ändern würde. Wäre das möglich?«

Rinal blickte ein wenig zweifelnd auf den Boden. »Es könnte sein«, erwiderte er schließlich. »Dieser Baron Kalan scheint sich mit dem Wesen der Zeit doch ziemlich gut auszukennen. Natürlich, objektiv betrachtet, gibt es so etwas wie Vergangenheit, Gegenwart oder Zukunft überhaupt nicht. Mir erscheint Baron Kalans Plan unnötig kompliziert. Wenn er die Zeit in diesem Ausmaß manipulieren kann, wäre es doch günstiger für ihn, zu versuchen, Euch zu töten, *ehe* – natürlich subjektiv gesprochen – Ihr dem Runenstab zu Diensten sein konntet.«

»Das würde dann alle Ereignisse ändern, die mit unserem Sieg über das Dunkle Imperium zu tun hatten?«

»Das ist eines der Paradoxa. Ereignisse sind Ereignisse, sie geschehen. Sie sind Wirklichkeit. Aber die Wirklichkeit variiert in den verschiedenen Dimensionen. Es ist durchaus möglich, daß eine Dimension der Erde dieser so sehr gleich ist, daß es auch zu ähnlichen Ereignissen kommt, die dort aber vielleicht noch bevorstehen, während sie hier überstanden sind . . .« Rinal lächelte. Graf Brass' Stirn war tief gerunzelt, er zupfte an seinem Schnurrbart und schüttelte den Kopf, als hielte er Rinal für verrückt.

»Nun, hättet Ihr eine andere Erklärung, Graf Brass?«

»Mein Interessengebiet ist die Politik«, brummte Graf Brass. »Ich konnte mich nie für die Abstrakta der Philosophie begeistern. Mein Gehirn ist nicht geschult, Euren Vermutungen zu folgen.«

Falkenmond lachte. »Auch meines nicht. Nur Sir Bowgentle versteht offenbar, was Rinal meint.«

»Nicht alles«, wehrte Bowgentle bescheiden ab. »Aber einen Teil doch. Ihr glaubt also, Kalan könnte sich in einer anderen Dimension der Erde aufhalten, wo es einen Graf Brass gibt, der vielleicht nicht genau wie dieser Graf Brass ist, der neben mir sitzt?«

»Wa-as?« knurrte Graf Brass. »Habe ich einen Doppelgänger?«

Wieder lachte Falkenmond. Aber Bowgentles Gesicht war ernst, als er erwiderte: »Nicht ganz, Graf Brass. Ich würde eher annehmen, daß in dieser Welt Ihr der Doppelgänger seid – und ich ebenso. Ich glaube nicht, daß dies unsere Welt ist – daß unsere Vergangenheit nicht völlig, nicht in allen Einzelheiten so ist, wie Freund Falkenmond sich an sie erinnert. Wir wurden ohne unseren Willen als Eindringlinge hierhergebracht, um Herzog Dorian zu töten. Aber aus welchen Gründen – abgesehen vielleicht von perversen Rachegelüsten – tötet Kalan Herzog Dorian nicht selbst? Weshalb muß er uns dazu benutzen?«

»Wegen der Auswirkungen – wenn Eure Theorie stimmt . . .«, warf Rinal ein. »Seine Handlungsweise würde möglicherweise etwas für ihn Nachteiliges heraufbeschwören. Tötet er Falkenmond selbst, geschieht ihm etwas – es käme zu einer Kettenreaktion, die anders verlaufen würde, wenn einer von euch Falkenmond in den Tod schickte.«

»Aber er muß die Möglichkeit doch in Betracht gezogen haben, daß wir uns nicht dazu überreden lassen, Herzog Dorian umzubringen.«

»Nein, ich glaube, das hat er nicht. Ich denke eher, daß die Dinge völlig entgegen seiner Erwartung verliefen. Deshalb versuchte er auch weiterhin, euch zu überreden, Falkenmond das Leben zu nehmen, selbst dann noch, als für ihn offensichtlich war, daß ihr ihm mißtrautet. Er muß einen Plan entwickelt haben, der von der Voraussetzung ausgeht, daß Falkenmond durch eure Hand in der Kamarg den Tod findet. Darum wird er immer hysterischer. Zweifellos hängt viel von seinem Plan ab, daß er alles durch Falkenmonds Weiterleben gefährdet sieht. Deshalb hat er sich auch nur jener von euch entledigt, die ihn direkt angegriffen haben. Er ist irgendwie verwundbar. Es wäre gewiß günstig, wenn ihr herausbekämt, auf welche Weise.«

Falkenmond zuckte die Schultern. »Wie sollen wir das herausfinden, wenn wir nicht einmal wissen, wo Kalan sich versteckt hält?«

»Oh, es wäre möglich, ihn aufzuspüren«, erwiderte Rinal nachdenklich. »Wir haben so einiges erfunden, als wir nach einer Möglichkeit forschten, unsere Stadt durch die Dimensionen zu bewegen – Sensoren und ähnliche Instrumente, beispielsweise, mit denen man die verschiedenen Ebenen des Multiversums abtasten kann. Wir werden uns darum kümmern. Für uns haben wir nur eine einzige Sonde gebraucht, um dieses Gebiet unserer eigenen Erde zu beobachten, während wir uns in einer anderen Dimension aufhielten. Die restlichen zu aktivieren, wird nur eine kurze Weile dauern. Würde euch das helfen?«

»Sehr sogar«, versicherte ihm Falkenmond.

»Bedeutet das, daß wir eine Chance bekommen, Kalan zu fassen?«

Bowgentle legte eine Hand auf die Schulter des Mannes, der in späteren Jahren sein bester Freund werden würde. »Ihr verlangt ein wenig zu viel, Graf. Rinals Instrumente gestatten nur einen Blick in diese Dimensionen. Sie aufzusuchen, bedürfte es sicher anderer Maschinen.«

Rinal nickte. »Das stimmt. Aber laßt uns erst einmal sehen, ob wir diesen Baron Kalan des Dunklen Imperiums überhaupt finden können. Die Wahrscheinlichkeit ist nicht allzu groß – denn es gibt unendlich viele Dimensionen allein dieser Erde.«

Fast den ganzen nächsten Tag, während Rinal und seine Leute an ihren Maschinen arbeiteten, schliefen sich Falkenmond, Bowgentle und Graf Brass gründlich aus, um sich von den Strapazen der Reise und des Kampfes mit der Metallbestie zu erholen.

Am Abend aber schwebte Rinal durch das Fenster ihres Zimmers. Die Sonne schickte ihre letzten Strahlen durch die Stadt. Sie drangen durch Rinals durchsichtigen Körper, daß es aussah, als leuchte er von innen heraus.

»Die Instrumente sind bereit«, erklärte er. »Wollt ihr mitkommen? Wir fangen jetzt an, die Dimensionen abzutasten.«

Graf Brass sprang hoch. »Ja, natürlich!«

Die beiden anderen erhoben sich ebenfalls, als zwei von Rinals Volk ebenfalls durch das Fenster schwebten. In ihren starken Armen trugen sie sie von außen in das obere Stockwerk, wo eine Anzahl von Maschinen standen, die keinerlei Ähnlichkeit mit irgendwelchen hatten, die die drei Menschen je zuvor gesehen hatten. Wie das Kristallgerät, das Burg Brass durch die Dimensionen versetzt hatte, sahen auch diese mehr wie Juwelen als wie Geräte aus – einige dieser glitzernden Kostbarkeiten waren fast von Mannesgröße. Vor jeder dieser ungewöhnlichen Maschinen schwebte ein Geistmensch und hantierte an einem kleineren Juwel, nicht unähnlich jener winzigen Pyramide, die Falkenmond in Baron Kalans Hand gesehen hatte.

Tausende von Bildern schoben sich über den Schirm, als die Sonden in die Dimensionen des Multiversums tauchten. Fremdartige Szenen huschten vorbei, die kaum auf eine Erde schließen ließen, wie Falkenmond sie kannte.

Stunden später rief Falkenmond: »Halt! Dort! Eine Tiermaske! Ich habe sie gesehen!«

Der Geistmensch an dieser Sonde strich über eine Reihe von Kristallen und versuchte, das Bild zurückzuholen, das so flüchtig zu sehen gewesen war, aber es glückte ihm nicht.

Die Sonde begann ihre Suche von neuem. Zweimal glaubte Falkenmond, Szenen zu sehen, die auf Kalans Anwesenheit hindeuteten, aber beide Male verloren sie sich wieder.

Und dann endlich, durch reinen Zufall, stießen sie auf eine weiße, glühende Pyramide – zweifellos die, in der Baron Kalan reiste.

Die Sensoren empfingen ein ungewöhnlich starkes Signal, denn die Pyramide war gerade selbst unterwegs – zurück zu ihrer Heimatbasis, wie Falkenmond sehnlichst hoffte.

»Wir können ihr ohne weiteres folgen. Paßt auf.«

Falkenmond, Graf Brass und Bowgentle starrten auf den Schirm, der die milchige Pyramide schattenhaft zeigte, bis sie schließlich zu einem Halt kam und durchsichtig zu werden begann. Jetzt konnten sie Baron Kalan von Vitalls Züge ganz deutlich erkennen. Er konnte natürlich nicht ahnen, daß er beobachtet wurde, und ausgerechnet auch noch von jenen, die er zu vernichten suchte. Aus der Pyramide kletterte er in einen großen, dunklen und schmutzigen Raum, der gut und gern eine Kopie seines alten Laboratoriums in Londra sein mochte. Er hatte die Stirn gerunzelt und studierte Notizen, die er sich offenbar unterwegs gemacht hatte. Eine weitere Gestalt kam in den Raum und sprach zu ihm. Das heißt, ihre Lippen bewegten sich, aber die drei Freunde hörten keinen Laut. Die Gestalt war auf die alte Weise der Bürger des Dunklen Imperiums gekleidet. Sie trug eine Maske, die ihren Kopf völlig bedeckte. Die Maske war aus in verschiedenen Farben emailliertem Metall und so gegossen, daß sie einer zischenden Schlange ähnelte.

Falkenmond erkannte sie als den vermummenden Kopfputz des Ordens der Schlange – jenes Ordens, dem alle Zauberer und Wissenschaftler des alten Granbretaniens angehört hatten. Jetzt reichte der Schlangenköpfige Kalan eine ähnliche Maske, die dieser eilig über den Kopf zog – denn kein Granbretanier seiner Art ertrug es lange, sich unmaskiert von einem anderen sehen zu lassen.

Kalans Maske hatte dieselbe Schlangenform wie die seines Dieners, aber sie war kunstvoller gefertigt und mit Juwelen verziert.

Falkenmond rieb sich das Kinn und überlegte, weshalb ihm irgend etwas an dieser Szene falsch vorkam. Er wünschte sich, d'Averc, der viel vertrauter als er mit den Eigenheiten des Dunklen Imperiums gewesen war, wäre jetzt hier, denn gewiß fiele ihm sofort auf, was nicht stimmte.

Ob es vielleicht an den Masken lag? Sie waren bei weitem nicht so sorgfältig gearbeitet wie die, die er an den Männern des Dunklen Imperiums gesehen hatte. Ja selbst die der niedrigsten Diener waren feiner gewesen. Aber weshalb war das so?

Jetzt folgte die Sonde Kalan aus dem Labor durch gewundene Korridore, die sehr jenen ähnelten, die die einzelnen Gebäude in Londra miteinander verbunden hatten. Oberflächlich betrachtet, mochte dieser Ort durchaus die alte Hauptstadt Granbretaniens sein. Aber wiederum waren auch diese Gänge nicht ganz gleich. Der Stein der Wand war gröber bearbeitet, die Wandmalereien und Mosaiken schienen von mittelmäßigen Künstlern geschaffen zu sein. Das wäre in Londra nie geduldet worden, denn obgleich die Lords des Dunklen Imperiums einen abartigen Geschmack gehabt hatten, hatten sie nur die höchste Vollendung in künstlerischer und handwerklicher Arbeit, selbst bis in die geringsten Einzelheiten, geduldet.

Hier fehlte das Detail. Das Ganze wirkte wie eine schlechte Kopie.

Die Szene wechselte, als Kalan einen neuen Raum betrat, wo sich mehrere Maskierte befanden. Auch dieses Zimmer sah bekannt aus, war aber von so kruder Ausstattung wie alles Bisherige.

Graf Brass kochte fast vor Ungeduld. »Wann können wir dort hin? Das ist unser Feind! Wir wollen ihn so schnell wie möglich stellen!«

»Es ist nicht so einfach, durch die Dimensionen zu reisen«, erklärte Rinal mild. »Ganz davon abgesehen, haben wir noch nicht berechnet, wo dieser Ort sich befindet, den wir im Augenblick beobachten.«

Falkenmond lächelte Graf Brass an. »Habt Geduld, Sir.«

Dieser Graf Brass war viel ungestümer als der, den Falkenmond gekannt hatte. Zweifellos lag es daran, daß er zwanzig Jahre jünger war. Oder vielleicht war er auch nicht ganz derselbe, wenn Rinals Theorie stimmte – nur fast der gleiche aus einer anderen Dimension. Trotzdem, dachte Falkenmond, ich bin mit ihm einverstanden, woher er auch immer sein mag.

»Die Schärfe der Aufzeichnung läßt nach«, erklärte der Geistmensch, der die Sonde bediente. »Die Dimension, die wir hier abtasten, muß viele Ebenen entfernt sein.«

Rinal nickte. »Daran besteht kein Zweifel. Offenbar handelt es sich um eine, die selbst unsere abenteuerlustigen Vorfahren nie erforschten. Es wird schwierig werden, ein Tor zu finden.«

»Kalan fand eines«, bemerkte Falkenmond.

Rinal lächelte schwach. »Durch Wissen oder Zufall, Freund Falkenmond?«

»Durch Berechnungen, sicherlich. Denn wo sonst hätte er ein anderes Londra finden können?«

»Städte lassen sich erbauen«, gab Rinal zu bedenken.

»Genau wie neue Wirklichkeiten«, murmelte Bowgentle.

6. Noch ein Opfer

Die drei Männer warteten geduldig, während Rinal und seine Leute sich eine Möglichkeit ausdachten, in diese Dimension zu gelangen, in der Baron Kalan von Vitall sich versteckt hielt.

»Da dieser neue Kult vom echten Londra ausgeht, ist anzunehmen, daß Baron Kalan seine Anhänger heimlich besucht. Das erklärt auch das Gerücht, daß einige der Lords des Dunklen Imperiums sich noch in Londra aufhalten sollen«, überlegte Falkenmond laut. »Unsere einzige andere Chance wäre, uns nach Londra zu begeben und Kalan dort zu finden, wenn er seinen nächsten Besuch macht. Aber reicht uns dafür die Zeit?«

Graf Brass schüttelte den Kopf. »Dieser Kalan befindet sich

offenbar in einer Zwangslage und muß seinen Plan schnell ausführen. Ich verstehe nur nicht, wieso, wenn er doch mit allen Raum- und Zeitdimensionen nach Belieben spielen kann. Aber obwohl er doch gewiß auch uns manipulieren könnte, wie es ihm gefällt, tat er es nicht. Ich frage mich, weshalb wir für seine Pläne so ungeheuer wichtig sind?«

Falkenmond zuckte die Schultern. »Das sind wir vielleicht gar nicht. Er wäre nicht der erste granbretanische Lord, den sein Rachedurst den Überblick verlieren läßt.« Er erzählte ihnen die Geschichte von Baron Meliadus.

Bowgentle hatte inzwischen die Kristallgeräte studiert, um herauszufinden, wie sie wohl funktionierten, aber er kam nicht dahinter. Keines von ihnen war im Augenblick in Betrieb, denn die Geistmenschen hielten sich in einem anderen Teil des Hauses auf und beschäftigten sich mit dem Problem, Instrumente herzustellen, die sich durch die Dimensionen bewegen könnten. Sie würden nach dem Prinzip der Kristallmaschine vorgehen, die ihre Stadt versetzte, diese selbst konnten sie jedoch nicht dazu benutzen, da sie sie im Fall der Gefahr für sich benötigten.

Bowgentle kratzte sich am Kopf. »Ich komme mit diesen Dingen nicht klar. Mit Sicherheit kann ich nur sagen, daß sie funktionieren.«

Graf Brass' Rüstung knarrte leicht, als er zum Fenster schritt und in die kühle Nacht hinausstarrte. »Ich habe genug davon, hier eingesperrt zu sein«, brummte er. »Ein bißchen frische Luft täte mir sicher gut. Was ist mit euch beiden?«

Falkenmond schüttelte den Kopf. »Ich schlafe mich lieber aus.«

»Ich begleite Euch«, sagte Bowgentle. »Aber wie kommen wir hier heraus?«

»Ruft Rinal«, riet Falkenmond ihnen. »Er wird euch hören.«

Zwei Geistmenschen eilten herbei und trugen die beiden, die sich in den Armen der zwei zerbrechlich Aussehenden offensichtlich nicht sehr wohl zu fühlen schienen, durch das Fenster und in die Tiefe. Falkenmond machte es sich in einer Zimmerecke bequem und schlief.

Aber beunruhigende Träume quälten ihn, in denen seine

Freunde zu seinen Feinden, die Lebenden zu Toten, die Toten zu Lebenden und einige zu Ungeborenen wurden. Er zwang sich, wach zu werden, und stellte mit schweißüberströmter Stirn fest, daß Rinal neben ihm stand.

»Die Maschine ist bereit«, erklärte ihm der Geistmann. »Aber ich fürchte, sie ist nicht perfekt. Sie kann lediglich der Pyramide folgen. Sobald sie sich hier in dieser Welt wieder materialisiert, wird unsere Kugel ihr auf der Spur bleiben, wohin immer sie sich auch begeben mag – aber sie hat weder eigenen Antrieb noch eine Steuerung – sie kann, sozusagen, nur im Schlepptau der Pyramide bleiben. Die Gefahr besteht, daß Ihr für alle Zeit in einer anderen Dimension gefangen bleibt.«

»Ich bin bereit, dieses Risiko auf mich zu nehmen«, erklärte Falkenmond. »Es wird leichter zu ertragen sein als die Alpträume, die mich quälen. Wo sind Graf Brass und Bowgentle?«

»Sie spazieren durch die Straßen Soryandums. Soll ich sie holen lassen?«

»Ja«, bat ihn Falkenmond und rieb sich den Schlaf aus den Augen. »Wir sollten unsere Pläne so schnell wie möglich machen. Ich habe das Gefühl, daß wir Baron Kalan schon sehr bald wiedersehen werden.« Er streckte sich und gähnte. Der Schlaf hatte ihn nicht erfrischt, im Gegenteil, er fühlte sich müder als zuvor.

»Oder besser doch nicht«, sagte er nun. »Ich schließe mich lieber ihnen an. Die Nachtluft wird auch mir guttun.«

»Wie Ihr wollt. Ich bringe Euch hinunter.« Rinal schwebte auf Falkenmond zu. Als er ihn zum Fenster hob, fragte Falkenmond: »Wo ist die Maschine, von der Ihr gesprochen habt?«

»Die Dimensionskugel? Unten, in unserem Labor. Möchtet Ihr sie noch heute nacht sehen?«

»Das wäre vielleicht am klügsten. Ich bin ziemlich sicher, daß Kalan nicht lange auf sich warten lassen wird.«

»Gut. Ich werde Euch nach Eurem Gespräch mit Euren Freunden zu ihr bringen. Ihre Bedienung ist sehr einfach – es gibt kaum Armaturen, da der Zweck der Maschine ja lediglich ist, einer anderen zu folgen. Aber ich verstehe natürlich Eure

Ungeduld, sie zu sehen. Also sprecht jetzt mit Euren Freunden.«

Der Geistmann, der in der mondbeschienenen Straße kaum zu sehen war, verließ Falkenmond, um ihn nach Bowgentle und Graf Brass suchen zu lassen.

Falkenmond ließ sich Zeit und spazierte gemächlich durch die von blühenden Pflanzen durchwachsenen Straßen zwischen den Ruinen, aus deren Öffnungen das Mondlicht strahlte. Er genoß die Stille und den Frieden und begann sich wieder wohler zu fühlen. Auch sein Kopf wurde in der würzigen, kühlen Luft bald klarer.

Nach einer Weile hörte er Stimmen irgendwo vor sich und wollte seinen Freunden gerade zurufen, als ihm bewußt wurde, daß es sich um drei und nicht zwei handelte. Im Schatten der Hausmauern und auf Zehenspitzen näherte er sich ihnen eilig. Hinter einer zerbrochenen Säule hielt er an und spähte hinaus auf einen nicht sehr großen Platz, auf dem Bowgentle und Graf Brass standen. Brass war wie erstarrt, und Bowgentle sprach mit leiser Stimme mit einem Mann, der mit überkreuzten Beinen in der Luft über ihm saß. Die Umrisse der Pyramide glühten nur schwach, als hätte der Baron sich bemüht, nicht auf sie aufmerksam zu machen. Kalan funkelte Bowgentle wütend an.

»Was wißt Ihr von solchen Dingen?« brüllte er unbeherrscht. »Ihr – der Ihr selbst kaum wirklich seid!«

»Das mag sein. Aber ich nehme stark an, daß Eure eigene Wirklichkeit gefährdet ist. Habe ich recht? Weshalb könnt Ihr Falkenmond denn nicht selbst töten? Wegen der Auswirkungen, richtig? Habt Ihr die Möglichkeiten einer solchen Handlung berechnet? Und sie sind wohl nicht sehr erfreulich für Euch?«

»Schweigt!« schrie Kalan. »Oder ich verbanne Euch ins Nichts. Ich biete Euch ein ganzes Leben, wenn Ihr Falkenmond tötet oder Graf Brass dazu bringt, es zu tun!«

»Weshalb habt Ihr denn nicht Graf Brass ins Nichts befördert, als er Euch angriff? Vielleicht, weil Falkenmond nur von einem von uns beiden getötet werden kann, nun, da Oladahn und d'Averc nicht mehr hier sind?«

»Sagte ich nicht, Ihr sollt schweigen!« fauchte Kalan. »Ihr hättet mit dem Dunklen Imperium zusammenarbeiten sollen, Sir Bowgentle. Eine Intelligenz wie Eure ist unter diesen Barbaren vergeudet.«

Bowgentle lächelte. »Barbaren? Ich habe ein wenig von dem erfahren, was das Dunkle Imperium in meiner Zukunft mit seinen Feinden machen wird. Eure Wortwahl ist nicht sehr treffend, Baron Kalan.«

»Ich warne Euch«, knirschte Kalan jetzt drohend. »Ihr geht zu weit. Ich bin immer noch ein Lord des Dunklen Imperiums und dulde eine solche Vertraulichkeit nicht!«

»Euer Mangel an Toleranz war schon einmal Euer Verhängnis – oder wird es sein. Es wird uns allmählich klar, was Ihr mit Eurer Londra-Imitation bezweckt . . .«

»Ihr wißt Bescheid?« Ein Zug von Angst huschte über Kalans Züge. Er benetzte die Lippen und zog die Brauen zusammen. »Ihr wißt es also? Ich glaube, wir haben einen Fehler begangen, als wir eine Figur mit Eurem Verstand und Eurer Einsicht aufs Spielbrett brachten.«

»Da mögt Ihr recht haben.«

Kalan fummelte an der kleinen Pyramide in seiner Linken. »Dann ist es wohl am klügsten, auch diese Figur jetzt zu opfern«, murmelte er.

Bowgentle schien zu ahnen, was Kalan vorhatte. Er machte einen Schritt zurück. »Ist es wirklich weise? Manipuliert Ihr nicht vielleicht Kräfte, die Ihr kaum versteht?«

»Vielleicht.« Baron Kalan kicherte. »Aber das dürfte Euch wenig nützen, nicht wahr?«

Bowgentle wurde bleich.

Falkenmond wollte auf den Platz laufen. Er machte sich Gedanken über Graf Brass' starre Haltung, er schien offenbar nichts von dem zu bemerken, was vorging. Doch noch ehe er den ersten Schritt tat, spürte er eine leichte Berührung an der Schulter. Er wirbelte herum und zog das Schwert. Aber es war nur der nahezu unsichtbare Geistmann Rinal, der hinter ihm stand. Rinal wisperte:

»Die Kugel kommt. Hier ist Eure Chance, der Pyramide zu folgen.«

»Aber Bowgentle befindet sich in Gefahr«, murmelte Falkenmond. »Ich muß versuchen, ihn zu retten.«

»Das werdet Ihr nicht können. Es ist ohnehin unwahrscheinlich, daß ihm wirklich etwas zustößt. Er wird in seine eigene Zeit oder Dimension zurückkehren und sich nicht mehr an diese Ereignisse hier erinnern als an einen schwindenden Traum.«

»Aber er ist mein Freund . . .«

»Ihr werdet ihm besser helfen können, wenn Ihr eine Möglichkeit findet, Kalans Manipulationen für immer zu stoppen.« Rinal deutete. Mehrere seiner Leute schwebten durch die Straße auf sie zu. Sie trugen eine große Kugel, die gelb glühte. »Es werden ein paar Sekunden nach dem Verschwinden der Pyramide vergehen, ehe Ihr ihr folgen könnt.«

»Aber Graf Brass – er ist wie erstarrt!«

»Sobald Kalan nicht mehr hier ist, wird er wieder zu sich kommen.«

»Weshalb solltet Ihr mein Wissen fürchten, Baron Kalan?« fragte Bowgentle soeben. »Ihr seid stark, ich bin schwach. Ihr seid es doch, der mich wie eine Marionette bewegt.«

»Je mehr Ihr wißt, desto weniger kann ich vorhersehen«, brummte Kalan. »So einfach ist das, Sir Bowgentle. Lebt wohl!«

Bowgentle schrie auf. Er wirbelte herum, als versuche er zu entkommen. Doch noch im Laufen begann er zu verschwinden, bis er nicht mehr zu sehen war.

Falkenmond hörte Baron Kalan höhnisch kichern. Er haßte dieses Gelächter! Nur Rinals Hand auf seiner Schulter hielt ihn zurück, Kalan jetzt anzugreifen, der von seiner Anwesenheit nichts ahnte und sich gerade an Graf Brass wandte.

»Ihr werdet viel gewinnen, wenn Ihr mir helft, Graf Brass, und nur verlieren, tut Ihr es nicht. Weshalb muß es immer Falkenmond sein, der mir keine Ruhe läßt? Ich hatte es für die einfachste Sache der Welt gehalten, ihn auszuschalten. Und doch taucht er in jeder Wahrscheinlichkeitsebene auf, die ich erforsche. Manchmal glaube ich, er ist unsterblich – ewig. Nur wenn er von einem anderen Helden, einem anderen Diener dieses verdammten Runenstabs getötet wird, können die

Ereignisse den Verlauf nehmen, den ich beabsichtige. Also erschlagt ihn, Graf Brass. Verdient Euch das Leben für Euch und mich!«

Graf Brass bewegte den Kopf und blinzelte. Er blickte sich um, als sähe er weder die Pyramide noch ihren Passagier.

Kalans Maschine begann nun in milchigem Weiß aufzuglühen, dann wurde das Weiß zu funkelnder Glut, die Graf Brass blendete, daß er fluchte und schützend den Arm vor die Augen legte.

Dann verschand das Glühen, und nur noch die schwachen Umrisse der Pyramide waren in der Nacht zu erkennen.

»Schnell!« drängte Rinal. »Hinein in die Kugel.«

Falkenmond kletterte durch eine Öffnung, die wie ein Schleiervorhang war und sich sofort hinter ihm wieder verdichtete. Durch ihn hindurch sah er Rinal zu Graf Brass schweben, ihn hochheben, zur Kugel tragen und ihn hastig hineinstoßen, daß er, immer noch mit dem Schwert in der Hand, vor Falkenmonds Füße fiel.

»Der Saphir!« rief Rinal. »Ihr braucht nur die Hand auf den Saphir zu legen. Ich wünsche Euch Erfolg in jenem anderen Londra, Dorian Falkenmond!«

Falkenmond griff nach dem Saphir, der vor ihm in der Luft schwebte.

Sofort begann die Kugel sich um sie zu drehen, während er und Graf Brass unbewegt blieben. Sie befanden sich nun in absoluter Schwärze, abgesehen von dem Leuchten der weißen Pyramide vor ihnen.

Plötzlich tauchte eine Landschaft sonnenbeschienener grüner Hügel auf, die jedoch so eilig schwand, wie sie gekommen war. Weitere Gegenden folgten in schneller Reihenfolge: Megalithen aus Licht; Seen aus brodelndem Metall; Städte aus Glas und Stahl; Schlachtfelder, auf denen Tausende ihr Leben ließen; Wälder, durch die schattenhafte Riesen schritten; eisbedeckte Meere. Und immer befand die Pyramide sich vor ihnen, während sie durch eine Ebene der Erde nach der anderen tauchte, durch Welten, die völlig fremdartig waren, aber auch solche, die absolut identisch mit Falkenmonds Welt zu sein schienen.

Schon einmal zuvor war Falkenmond durch die Dimensionen gereist, doch damals, um der Gefahr zu entgehen, jetzt dagegen reiste er ihr entgegen.

Graf Brass schüttelte verwirrt den Kopf. »Was ist eigentlich geschehen? Ich erinnere mich, daß ich versuchte, Baron Kalan anzugreifen. Ich dachte mir, ehe er mich ins Nichts schickte, würde ich mir sein Leben nehmen. Doch als nächstes befand ich mich in diesem – diesem Fahrzeug. Wo ist Bowgentle?«

»Bowgentle war es gelungen, Kalans Plan zu durchschauen«, erwiderte Falkenmond grimmig und starrte blicklos auf die leuchtende Pyramide vor ihnen. »Und so schickte Kalan ihn dorthin zurück, von woher er kam. Aber Kalan verriet sich – er ahnte nicht, daß ich es hörte. Er sagte, ich könne nur von einem Freund getötet werden – und zwar durch einen Diener des Runenstabs. Und dadurch könnte dieser Freund sich das eigene Leben retten.«

Graf Brass zuckte die Schultern. »Es scheint mir immer noch ein sehr abartiges Komplott zu sein. Weshalb sollte es eine Rolle spielen, von wem Ihr getötet werdet?«

»Nun, Graf Brass«, sagte Falkenmond ernst. »Ich habe oft gesagt, daß ich alles dafür geben würde, wenn Ihr nicht in der Schlacht von Londra gefallen wärt. Ich würde dafür sogar mein Leben geben. Wenn also die Zeit kommen sollte, da Ihr genug von all dem hier habt, braucht Ihr mich nur umzubringen.«

Graf Brass lachte. »Wenn Ihr unbedingt sterben wollt, Dorian Falkenmond, bin ich sicher, daß Ihr einen kaltblütigeren Meuchelmörder in Londra finden könnt – oder wo immer wir nun auch hinreisen.« Er schob sein Schwert in die schwere Messingscheide zurück. »Ich spare mir meine Kraft lieber, um mit Baron Kalan und seinen Knechten abzurechnen, wenn wir sie erst erreichen.«

»Wenn sie nicht auf uns vorbereitet sind«, murmelte Falkenmond, während die Szenen außerhalb der Kugel immer schneller wechselten. Ihm wurde vom Zusehen schwindlig, und er schloß die Augen. »Diese Reise durch die Unendlichkeit scheint mir eine Endlosigkeit zu dauern! Einmal verfluchte ich den Runenstab, weil er sich in meine Angelegenheiten mischte, aber nun wünschte ich von Herzen, Orland Fank wäre hier, um mir zu raten. Aber es ist ja offensichtlich, daß der Runenstab nichts mit dieser Sache zu tun hat und auch nicht daran interessiert ist.«

»Um so besser«, brummte Graf Brass. »Für meinen Geschmack gibt es hier ohnehin bereits viel zuviel Zauberei und Wissenschaft. Ich werde glücklich sein, wenn alles vorbei ist, auch wenn es mit meinem Tod endet.«

Falkenmond nickte zustimmend. Er dachte an Yisselda und die Kinder. Er erinnerte sich des ruhigen Lebens in der Kamarg und welche Zufriedenheit es ihm gegeben hatte, die Tierwelt in den Marschen wieder heranwachsen zu sehen, und mitzuerleben, wenn die Ernte eingebracht wurde. Er bereute es bitter, daß er sich in die Falle hatte locken lassen, die Kalan ihm gestellt hatte, um in der Kamarg zu spuken.

Da lief es ihm heiß den Rücken hinab. War *alles* eine Falle?

Hatte Kalan vielleicht sogar *beabsichtigt*, daß sie ihm folgten? Eilten sie nun geradewegs in seine Falle? In ihr Verderben?

DRITTES BUCH

Alte und neue Träume

1. Die unfertige Welt

Graf Brass, der nicht sonderlich bequem an die gekrümmte Kugelhülle gelehnt saß, ächzte und drehte sich auf die Seite. Er spähte durch den gelben Schleier der Wand und beobachtete blinzelnd, wie die Umwelt der Kugel sich vierzigmal in der Sekunde veränderte. Die Pyramide war immer noch voraus. Manchmal konnte er die Silhouette Baron Kalans darin sehen, und manchmal nahm die Pyramide das undurchsichtige blendende Weiß an.

»Oh, meine Augen schmerzen«, stöhnte er. »Dieser ständig wechselnde Ausblick! Und mein Kopf brummt, wenn ich nur versuche, darüber nachzudenken, was vorgeht. Wenn ich jemals von diesem Abenteuer erzählen sollte, würde mir niemand glauben.«

Falkenmond bat ihn zu schweigen, denn die Szenen wechselten nun viel langsamer, und schließlich umgab sie wieder völlige Schwärze, in der sich außer ihnen nur die schwach glühende Pyramide befand.

Und plötzlich drang von irgendwoher Licht.

Falkenmond erkannte Baron Kalans Labor. Er handelte instinktiv und schnell. »Beeilt Euch, Graf Brass. Wir müssen die Kugel verlassen.«

Sie sprangen durch den Schleiervorhang auf die schmutzigen Bodenfliesen. Glücklicherweise befanden sie sich hinter verschiedenen, großen, grotesk geformten Maschinen an einem Ende des Labors.

Falkenmond sah die Kugel erzittern, dann war sie verschwunden. Nun bot ihnen nur noch Kalans Pyramide eine Chance, diese Dimension wieder zu verlassen. Bekannte Gerüche und Geräusche drangen auf Falkenmond ein. Er erinnerte sich schaudernd, wie er vor langen Jahren als Baron

Meliadus' Gefangener das erste Mal Kalans Labor betreten und Kalan ihm das Schwarze Juwel in die Stirn gepflanzt hatte. Er spürte eine seltsame Kälte in seinen Knochen, obwohl ihre Ankunft offenbar unbemerkt geblieben war, denn Kalans Gehilfen widmeten ihre ganze Aufmerksamkeit der Pyramide. Sie standen bereit, ihrem Herrn die Maske auszuhändigen, sobald er aus seinem ungewöhnlichen Fahrzeug stieg. Die Pyramide schwebte nun auf den Boden. Kalan kletterte heraus, nahm wortlos seine Maske entgegen und stülpte sie sich über. Seine Bewegungen verrieten Hast. Er sagte etwas zu seinen Dienern, die ihm daraufhin alle folgten, als er das Labor verließ.

Vorsichtig kamen Falkenmond und Graf Brass aus ihrem Versteck hervor. Beide hatten ihre Schwerter gezogen. Nachdem sie sich vergewissert hatten, daß sich tatsächlich keine Menschenseele mehr im Labor aufhielt, überlegten sie ihren nächsten Schritt.

»Vielleicht sollten wir warten, bis Kalan zurückkehrt, und ihn dann auf der Stelle töten«, schlug Graf Brass vor. »Zur Flucht können wir seine eigene Pyramide verwenden.«

»Aber wir wissen nicht,, wie sie zu bedienen ist«, gab Falkenmond zu bedenken. »Nein, ich bin dafür, daß wir uns erst ein wenig in dieser Welt umsehen und versuchen, etwas über Kalans Pläne herauszufinden, ehe wir ihn töten. Es wäre ja möglich, daß er Verbündete hat, die mächtiger sind als er und die dann seine Pläne weiterführen.«

»Klingt vernünftig«, gab Graf Brass zu. »Aber dieser Ort hier macht mich nervös. In engen Wänden fühlte ich mich nie wohl. Ich ziehe das Freie vor. Deshalb hielt ich es auch selten lange in einer Stadt aus.«

Falkenmond betrachtete Baron Kalans Maschinen. Viele von ihnen waren ihm dem Aussehen nach vertraut, aber er wußte nicht, wie sie funktionierten. Er fragte sich, ob er sie gleich vernichten, oder lieber erst herausfinden sollte, wozu sie gut waren. Ahnungslos mit der Art von Kräften herumzuexperimentieren, mit denen Baron Kalan sich beschäftigte, mochte sich als verhängnisvoll herausstellen.

»Mit den richtigen Masken und geeigneter Kleidung hätten

wir eine größere Chance, uns umzusehen, ohne unsere Identität zu verraten«, sagte Falkenmond nachdenklich. »Ich glaube, wir sollten uns als erstes darum kümmern.«

Graf Brass pflichtete ihm bei.

Sie öffneten die Tür des Labors und kamen auf einen niedrigen Gang. Die Luft war stickig und stank nach Moder. Ganz Londra hatte früher so gerochen. Doch nun, da Falkenmond sich die Wandmalereien näher ansehen konnte, war er sicher, daß das hier nicht die alte granbretanische Hauptstadt war. Das Fehlen von Details war zu auffällig. Die Bilder waren nur in Umrissen gearbeitet und mit Farben gefüllt, doch nicht mit den verschiedenen geschickten Tönen talentierter Künstler. Wo die Farben sich im alten Londra geschnitten hatten, um eine bestimmte Wirkung zu erzielen, waren diese hier nur schlecht gewählt. Es erweckte den Eindruck, als hätte jemand, der Londra nicht länger als eine halbe Stunde gesehen hatte, versucht es nachzuahmen.

Selbst Graf Brass, der die Hauptstadt Granbretaniens ein einziges Mal besucht hatte, fiel der Unterschied auf. Sie schlichen vorsichtig den Gang weiter, ohne auf irgend jemanden zu stoßen, und überlegten, wohin Baron Kalan sich wohl begeben haben mochte, als der Korridor eine Biegung machte und sie plötzlich zwei Soldaten in Heuschreckenmasken – König Huons alter Leibgarde – gegenüberstanden, die mit Lanze und Schwert bewaffnet waren.

Sofort machten Graf Brass und Falkenmond sich zum Kampf bereit, da sie erwarteten, von den beiden Kriegern angegriffen zu werden. Die beiden Heuschreckenmasken nickten auf den Schultern der Männer, doch sie blickten Graf Brass und seinen Begleiter nur erstaunt an.

Einer der Soldaten sprach mit gedehnter, stumpf klingender Stimme: »Weshalb tragt ihr keine Maske? Soll das so sein?«

Seine Stimme klang wie die eines Träumenden und ähnlich wie Graf Brass', als Falkenmond ihn in der Marsch aufgesucht hatte.

»Ja, so soll es sein«, bestätigte Falkenmond. »Und ihr habt uns eure Masken zu überlassen.«

»Aber auf den Gängen die Masken abzunehmen, ist verboten«, erklärte der zweite Soldat. Seine behandschuhte Rechte fuhr zu dem schweren Insektenhelm, als wolle er ihn festhalten. Die Heuschreckenaugen schienen Falkenmond spöttisch anzustarren.

»Dann müssen wir mit euch darum kämpfen«, knurrte Graf Brass. »Zieht eure Schwerter.«

Langsam holten die beiden ihre Klingen aus den Scheiden. Langsam verteidigten sie sich.

Es war grauenvoll, diese zwei zu töten, denn sie unternahmen kaum etwas zu ihrem Schutz. In weniger als dreißig Sekunden lagen sie auf dem Rücken. Falkenmond und Graf Brass machten sich sofort daran, ihre Masken und Oberkleidung aus grünem Samt und grüner Seide an sich zu nehmen. Sie schafften es gerade noch. Falkenmond überlegte sich soeben, was sie mit den Leichen tun sollten, als diese urplötzlich verschwanden.

»Neue Zauberei?« knurrte Graf Brass argwöhnisch.

»Oder eine Erklärung, weshalb sie sich so merkwürdig benommen haben«, erwiderte Falkenmond nachdenklich. »Sie verschwanden auf die gleiche Weise wie Bowgentle, Oladahn und d'Averc. Der Heuschreckenorden war der kriegerischste in Granbretanien, und wer ihm angehörte, war erwiesenermaßen arrogant, stolz und schnell mit der Waffe. Entweder waren diese beiden also nicht wirklich aus Granbretanien und spielten nur ihre Rolle, wie Baron Kalan es haben wollte – oder sie stammten *tatsächlich* aus Londra und befanden sich in einer Art Trance.«

»Ja, es hatte wahrhaftig den Anschein, als bewegten sie sich im Traum«, murmelte Graf Brass.

Falkenmond rückte seine eroberte Maske auf dem Kopf zurecht. »Wir benehmen uns am besten ähnlich, wenn wir mit jemandem zusammenkommen«, schlug er vor. »Auch das dürfte zu unserem Vorteil sein.«

»Zumindest werden wir keine Schwierigkeiten mit den Leichen haben«, flüsterte Graf Brass, »wenn alle, die wir töten, mit solcher Schnelligkeit verschwinden.«

Sie hielten bei mehreren Türen an, doch keine ließ sich öffnen. Inzwischen waren sie auch schon an einer größeren

Zahl Maskierter vorbeigekommen, Soldaten der größeren Orden: des Schweines, Drachen, Geiers und dergleichen, doch einem Angehörigen des Ordens der Schlange waren sie noch nicht begegnet, und gerade einer von ihnen hätte sie am ehesten zu Baron Kalan führen können. Es wäre auch sehr nützlich, die Heuschreckenmasken gegen Schlangenmasken auszutauschen.

Schließlich kamen sie zu einer Tür, vor der zwei Männer, in den gleichen Masken wie ihren, Posten standen. Eine bewachte Tür muß in einen wichtigen Raum führen, dachte Falkenmond. Vielleicht ließe sich dort die Lösung zu dem Problem finden, dessentwegen sie Kalan gefolgt waren. Seine Gedanken überschlugen sich, dann sagte er mit einer so verträumten Stimme, wie er nur fertigbrachte:

»Wir haben den Befehl, euch abzulösen.«

»Uns ablösen?« murmelte einer der Soldaten. »Haben wir denn schon eine volle Wachperiode hinter uns? Ich glaubte, wir seien erst eine Stunde hier. Aber die Zeit . . .« Er hielt inne. »Es ist alles so merkwürdig hier.«

»Wir sollen euch ablösen«, sagte Graf Brass, der Falkenmonds Plan erriet. »Mehr wissen wir nicht.«

Wie Schlafwandler salutierten die beiden. Wie Schlafwandler zogen sie sich zurück und überließen Falkenmond und Graf Brass ihre Posten.

Kaum waren die beiden außer Sichtweite, drehte Falkenmond sich um und versuchte, die Tür zu öffnen. Aber sie war, wie alle anderen bisher, verschlossen.

Graf Brass blickte sich schaudernd um. »Das hier scheint mir viel eher eine echte Unterwelt zu sein, als jene, in der ich mich ursprünglich fand.«

»Ihr seid der Wahrheit vielleicht sehr nahe«, brummte Falkenmond, während er sich mit dem Schloß befaßte. Wie fast alles hier war es auch primitiv. Er holte den spitzen Dolch mit dem smaragdbesetzten Griff hervor, den er dem einen der Heuschreckenkrieger abgenommen hatte, und steckte die Spitze ins Schloß. Er bewegte sie ein paar Sekunden versuchsweise, dann drehte er sie scharf. Ein Klicken war zu hören, und die Tür schwang auf.

Die beiden Gefährten traten in den dahinter liegenden Raum. Beide hielten unwillkürlich bei dem sich ihnen bietenden Anblick den Atem an.

2. Ein Museum der Lebenden und Toten

»König Huon!« flüsterte Falkenmond. Schnell schloß er die Tür hinter ihnen und blickte zu der großen Kugel auf, die hoch von der Decke hing. In ihr schwamm die runzlige Gestalt des uralten Königs, der einst mit der klangvollen Stimme eines jungen Mannes gesprochen hatte.

»Ich dachte, Meliadus habe Euch ermordet!«

Ein kaum hörbares Wispern drang aus der Kugel. »Meliadus«, klang es wie ein schwaches Seufzen. »Meliadus.«

»Der König träumt«, sagte die Stimme Flanas, der Königin von Granbretanien.

Und nun sahen sie auch sie in ihrer Reihermaske aus Goldfiligran mit den Reiheraugen aus facettierten Splittern von tausend seltenen Edelsteinen. Sie trug ein wallendes Brokatgewand und kam langsam auf sie zu.

»Flana?«

Falkenmond schritt ihr entgegen. »Wie kommt Ihr hierher?«

»Ich bin in Londra geboren. Wer seid Ihr? Doch auch wenn Ihr vom Orden des Königs seid, dulde ich nicht, daß Ihr so vertraulich zu Flana, der Gräfin von Kanbery, sprecht.«

»Jetzt Königin Flana«, berichtigte Falkenmond.

»Königin – Königin – Königin . . .« wisperte die ferne Stimme König Huons hinter und über ihnen.

»König . . .« Eine weitere Gestalt schritt, ohne sie zu beachten, an ihnen vorbei. »König Meliadus . . .«

Da wußte Falkenmond, daß er das Gesicht Baron Meliadus', seines Erzfeinds, sehen würde, wenn er dieser Gestalt den Helm vom Kopf risse. Aber er wußte auch, daß seine Augen so stumpf sein würden, wie zweifellos auch die von Flana waren. Er sah sich um. Noch viele andere befanden sich in diesem

Raum – alles Edle des Dunklen Imperiums: Flanas früherer Gatte, Asrovak Mikosevaar; Shenegar Trott in seiner Silbermaske; Pra Flenn, Herzog von Lakasdeh im grinsenden Drachenhelm, der noch vor seinem neunzehnten Geburtstag gestorben war und mit eigener Hand über hundert Männer und Frauen getötet hatte, ehe er achtzehn wurde. Doch obgleich das hier eine Zusammenkunft der grausamsten und unerbittlichsten Kriegsherren Granbretaniens zu sein schien, achtete keiner auf sie. Sie hatten kaum Leben in sich. Nur Flana – die in Falkenmonds Welt noch zu den Lebenden zählte – war offenbar in der Lage, einigermaßen vernünftig zu sprechen. Der Rest war wie Schlafwandler, die ein oder zwei Worte murmelten, aber nicht mehr. Falkenmonds und Graf Brass' Eindringen in dieses makabre Museum der Lebenden und Toten hatte sie aufgescheucht wie Vögel in einer Voliere.

Es war kein schönes Gefühl, besonders für Falkenmond, der viele dieser Männer eigenhändig getötet hatte, diese Schlafwandler hier zu sehen. Er griff nach Flanas Arm und nahm gleichzeitig seine Maske ab, damit sie sein Gesicht sehen konnte.

»Flana! Erkennt Ihr mich denn nicht? Ich bin Falkenmond! Wie seid Ihr hierhergekommen?«

»Nehmt sofort Eure Hände von mir, Krieger!« sagte sie automatisch, obwohl es ihr ganz offensichtlich völlig gleichgültig war. Flana hatte nie viel vom Protokoll gehalten. »Ich kenne Euch nicht. Setzt Eure Maske wieder auf.«

»Dann müßt Ihr aus einer Zeit vor unserer ersten Begegnung gezogen worden sein – oder aus einer völlig anderen Welt«, überlegte Falkenmond laut.

»Meliadus . . . Meliadus . . .« wisperte König Huon in der Thronkugel über ihren Köpfen.

»König . . . König . . .«, murmelte Meliadus in der Wolfsmaske.

Und »Runenstab«, murmelte der fette Shenegar Trott, der beim Versuch, sich diesen mystischen Stab anzueignen, gestorben war. »Runenstab . . .«

Das war offenbar alles, wovon sie sprechen konnten: von ihren Ängsten oder Ambitionen, jenen Ängsten und Ambitionen, die ihr Leben beherrscht und sie in ihr Verderben geführt hatten.

»Ihr habt recht«, wandte Falkenmond sich an Graf Brass. »Das hier ist die Welt der Toten. Aber wer hält diese bedauernswerten Kreaturen hier fest? Aus welchem Grund wurden sie wiedererweckt? Es ist wie eine makabre Schatzhöhle – mit menschlichem Plündergut aus der Zeit, alles hier zusammengehamstert.«

Graf Brass schüttelte sich. »Ich frage mich, ob ich vielleicht bis vor kurzem noch Teil dieser Sammlung war. Wäre das möglich, Herzog Dorian?«

»Das hier sind alle Edle des Dunklen Imperiums. Nein, ich glaube, Ihr wurdet aus einer Zeit gerissen, lange ehe sie starben. Eure Jugend spricht dafür – und daß Eure letzte Erinnerung die an die Schlacht von Tarkien ist.«

»Ich danke Euch für diese Beruhigung«, murmelte Graf Brass.

Falkenmond legte einen Finger auf die Lippen. »Hört Ihr es auch? Draußen auf dem Gang?«

»Ja«, erwiderte der Graf schnell.

»Wir ziehen uns in die Schatten zurück«, drängte Falkenmond. »Ich glaube, jemand kommt hierher. Er wird sicher das Fehlen der Wachen bemerken.«

Kein einziger in dem großen Raum, nicht einmal Flana, versuchte sie aufzuhalten, als sie sich durch die Menge drängten und sich in die dunkelste Ecke drückten, wo sie durch die breitschultrigen Gestalten von Adaz Promp und Jerek Nankenseen verborgen waren. Die beiden hatten schon früher immer gern des anderen Gesellschaft gesucht.

Die Tür flog auf. Baron Kalan von Vitall, Grandkonnetabel des Ordens der Schlange, starrte unter seiner Maske zweifellos verwirrt und gleichzeitig wütend herein.

»Die Tür offen und die Wachen verschwunden!« tobte er. Er funkelte die Gesellschaft der lebenden Toten an. »Wer von euch ist dafür verantwortlich? Befindet sich gar einer unter euch, der mehr als nur träumt? Der mir die Macht rauben, sie an sich reißen möchte? Ihr, Meliadus – seid Ihr wach?« Er zerrte den Wolfshelm hoch, aber Meliadus' Gesicht war leer, die Augen stumpf.

Kalan schlug ihn auf die Lippen, doch Meliadus rührte sich nicht. Kalan knurrte aufgebracht.

»Ihr, Huon? Selbst Ihr seid nicht mehr so mächtig wie ich. Das gefällt Euch wohl nicht?«

Aber Huon wisperte weiter nur den Namen des einen, der ihn ermorden würde: »Meliadus . . . Meliadus . . .«

»Shenegar Trott?« Kalan rüttelte die Schultern des unbewegten Grafen von Sussex. »Habt Ihr die Tür geöffnet und die Wachen fortgeschicht? Und weshalb?« Kalan runzelte die Stirn. »Nein, es kann nur Flana gewesen sein . . .« Er suchte nach der Reihermaske von Flana Mikosevaar, der Herzogin von Kanbery. »Flana ist die einzige, die etwas ahnt . . .«

»Was wollt Ihr jetzt schon wieder von mir, Baron Kalan?« fragte Flana und kam näher. »Ich bin müde, Ihr müßt mir Ruhe gönnen.«

»Ihr könnt mich nicht täuschen, zukünftige Verräterin. Ich habe hier einen Feind, und das seid Ihr. Wer könnte es sonst sein? Es ist im Interesse aller anderen, daß das alte Imperium neu entsteht.«

»Wie gewöhnlich verstehe ich Euch nicht, Kalan.«

»Nun, es stimmte, daß Ihr mich nicht verstehen solltet – aber ich frage mich . . .«

»Eure Wachen kamen herein«, fuhr Flana fort. »Unhöfliche Burschen, aber einer sah eigentlich recht manierlich aus.«

»Sah manierlich aus? Hatten sie denn ihre Masken abgenommen?«

»Einer.«

Kalans Augen huschten durch den Raum, als er über die Bedeutung ihrer Bemerkung nachdachte. »Wie . . .«, murmelte er. »Wie . . .« Er blickte Flana finster an. »Ich glaube immer noch, daß Ihr es getan habt!«

»Ich weiß nicht, wessen Ihr mich beschuldigt, Kalan, und es ist mir auch egal, denn dieser Alptraum wird bald enden, wie jeder schließlich endet.«

Kalans Augen glitzerten höhnisch hinter der Schlangenmaske. »Glaubt Ihr, Madam?« Er drehte sich um, um das

Schloß zu untersuchen. »Meine Pläne gehen ständig schief. Jeder meiner Schritte beschwört weitere Komplikationen herauf. Es muß doch eine Möglichkeit geben, mit einem einzigen Schlag die Sache wieder völlig in den Griff zu bekommen. O Falkenmond, Falkenmond, ich wollte, Ihr würdet endlich sterben!«

Bei diesen Worten trat Falkenmond aus der Ecke und tupfte Kalan mit der flachen Klinge auf die Schulter. Kalan drehte sich um. Die Schwertspitze glitt unter die Maske und drückte ganz leicht gegen Kalans Kehle.

»Hättet Ihr Euren Wunsch von Anfang an ein wenig höflicher formuliert«, sagte Falkenmond mit grimmigem Humor, »hätte ich ihn Euch vielleicht erfüllt. Doch jetzt habt Ihr mich beleidigt, Baron Kalan. Zu oft schon wart Ihr nicht gerade freundlich zu mir.«

»Falkenmond . . .« Kalans Stimme klang fast wie die der lebenden Toten um ihn. »Falkenmond . . .« Er holte Luft. »Wie seid Ihr hierhergekommen?«

»Wißt Ihr es denn nicht, Kalan?« Graf Brass trat neben ihn. Er nahm seine Maske ab und widmete Kalan ein breites Grinsen – das erste, das Falkenmond seit seinem Auftauchen in der Kamarg an ihm sah.

»Ist das noch Verrat? Hat *er* euch . . . Nein, er würde mich doch nicht hintergehen. Es steht zuviel für uns beide auf dem Spiel.«

»Von wem sprecht Ihr?«

Aber Kalan hatte sich wieder gefaßt. »Mich zu diesem Zeitpunkt zu töten, wäre unser aller Verhängnis«, erklärte er.

»Ja, und Euch nicht zu töten, dürfte die gleichen Folgen haben.«

Graf Brass lachte. »Was haben wir denn zu verlieren, Baron Kalan?«

»Ihr, Euer Leben, Graf Brass!« sagte Kalan heftig. »Ihr würdet wie diese anderen hier. Spricht Euch das an?«

»Nein.« Graf Brass schlüpfte aus der Heuschreckenkleidung, die er über der Messingrüstung getragen hatte.

»Dann seid kein Narr!« zischte Kalan. »Tötet Falkenmond jetzt!«

»Was hattet Ihr eigentlich versucht, Kalan?« warf nun Falkenmond ein. »Wolltet Ihr das ganze Dunkle Imperium neu aufleben lassen? Hofftet Ihr, ihm seine alte Macht wiederzugeben – in einer Welt, in der Graf Brass und ich und die anderen nie existierten? Aber als Ihr in die Vergangenheit zurückkehrtet und die Menschen hierher brachtet, um Londra nachzubauen, mußtet Ihr feststellen, daß ihre Erinnerung nur schwach war. Es schien, als träumten sie alle. Sie hatten zu viele widersprüchliche Erlebnisse. Das verwirrte sie – und versetzte ihre Gehirne in Schlummer. Sie konnten sich nicht an Einzelheiten erinnern – deshalb sind alle Eure Wandgemälde und Artefakte so primitiv, nicht wahr? Und aus dem gleichen Grund sind Eure Wachen nutzlos. Und werden sie hier getötet, verschwinden sie – denn nicht einmal Ihr könnt die Zeit in einem Maß kontrollieren, daß sie das Paradoxon zweifach Toter dulden würde. Ihr begannt zu erkennen, daß – wenn Ihr die Geschichte ändert, und selbst wenn es Euch gelänge, das Dunkle Imperium wiederzuerrichten – alle unter dieser geistigen Verwirrung leiden würden. Alles würde genauso schnell zusammenbrechen, wie Ihr es aufbautet. Euer Triumph würde zu Schall und Rauch. Ihr könntet nur über unwirkliche Kreaturen in einer unwirklichen Welt herrschen.«

Kalan zuckte die Schultern. »Wir haben bereits Schritte unternommen, das zu ändern. Es gibt Lösungen, Falkenmond. Vielleicht sind unsere Ambitionen ein bißchen weniger grandios, aber das Ergebnis mag sehr wohl das gleiche sein.«

»Was habt Ihr vor?« knurrte Graf Brass.

Kalan lachte freudlos. »Das hängt davon ab, was Ihr jetzt mit mir tut. Das versteht Ihr doch gewiß? Schon jetzt gibt es verwirrende Strudel in den Zeitströmen. Eine Dimension wird mit Bestandteilen einer anderen blockiert. Mein ursprünglicher Plan war ganz simpel, mich an Falkenmond zu rächen, indem ich ihn von einem seiner Freunde töten ließ. Ich gebe zu, es war dumm von mir, das für so einfach zu halten. Außerdem begannt Ihr zu erwachen, statt in Eurem Traumstadium zu verharren. Ihr machtet Euch Gedanken und weigertet Euch, auf mich zu hören. Das hätte nicht sein dürfen, und ich verstehe nicht, was schiefgegangen ist.«

»Indem Ihr meine Freunde aus einer Zeit holtet, zu der wir uns noch nicht kannten, habt Ihr einen völlig neuen Möglichkeitsstrom geschaffen«, sagte Falkenmond. »Und diesem entsprangen Dutzende weitere Möglichkeiten – Halbwelten, die Ihr nicht unter Kontrolle habt, die sich mit der vermischten, aus der wir ursprünglich alle kamen . . .«

»Stimmt.« Kalan nickte. »Aber es besteht immer noch eine Hoffnung, Graf Brass, wenn Ihr Falkenmond tötet. Ihr müßt doch nun wirklich erkannt haben, daß Eure Freundschaft mit ihm Euch in den Tod führte, oder vielmehr es in Eurer Zukunft tun wird . . .«

»Also wurden Oladahn und die anderen lediglich in ihre eigene Zeit zurückversetzt. Und sie werden glauben, sie hätten nur geträumt«, warf Falkenmond ein.

»Selbst dieser Traum wird verblassen, und sie werden ihn vergessen. Sie werden nie wissen, daß ich ihnen helfen wollte, ihr Leben zu retten.«

»Und weshalb habt *Ihr* mich nicht getötet, Kalan? Ihr hattet doch mehrmals die Gelegenheit dazu. Deshalb vielleicht, weil eine solche Handlung, wie ich vermute, unausbleiblich zu Eurem eigenen Tod führen würde?«

Kalan schwieg. Aber gerade sein Schweigen bestätigte die Richtigkeit von Falkenmonds Vermutung.

»Und nur, wenn ich von einem meiner bereits toten Freunde getötet würde, wäre es möglich, meine unliebsame Gegenwart aus all den möglichen Welten zu entfernten, die Ihr erforscht habt – jene Halbwelten, die Eure Instrumente entdeckten und in denen Ihr hofftet, das Dunkle Imperium wiederaufstehen zu lassen? Versucht Ihr deshalb so hartnäckig, Graf Brass zu überreden, daß er mich tötet? Und beabsichtigt Ihr, nachdem er es getan hat, das Dunkle Imperium in seine Ursprungswelt zurückzuversetzen – mit Euch als dem Drahtzieher dieser Puppen?« Falkenmond machte eine allumfassende Handbewegung, als er auf die Lebendtoten deutete. Selbst Königin Flana war nun still, als ihr Gehirn die Aufnahme der Information verweigerte, die zu ihrem Wahnsinn führen mochte. »Diese Schatten hier sollen dann als die großen Kriegslords gelten, die vom Tode auferstanden sind, um Granbretanien zu neuem

Ruhm zu verhelfen. Ihr werdet sogar eine neue Königin Flana haben, die dem Thron zugunsten dieses Schattenhuons entsagt.«

»Für einen Barbaren seid Ihr recht intelligent«, erklang eine amüsierte Stimme von der Tür. Falkenmond hielt weiter die Spitze seines Schwertes gegen Kalans Kehle gedrückt, während er sich dem Ursprung der Stimme zuwandte.

Eine bizarre Gestalt stand dort an der Tür zwischen zwei mit Flammenlanzen bewaffneten Heuschreckenkriegern, die durchaus nicht verträumt aussahen. Ganz offensichtlich gab es in dieser Welt auch Menschen, die nicht nur Schatten waren. Falkenmond erkannte die Gestalt in der riesigen Maske, die gleichzeitig eine funktionierende Uhr war und gerade jetzt, während ihr Träger noch sprach, die ersten acht Takte von Shenevens *Zeitantipathien* schlug. Sie war ganz aus vergoldetem und emailliertem Messing, mit Ziffern aus eingelegtem Perlmutt, Zeigern aus Silberfiligran und einem goldenen Pendel in einem Behälter über der Brust.

»Ich dachte mir, daß auch Ihr hier sein könntet. Lord Taragorm«, sagte Falkenmond. Er senkte sein Schwert, als das Feuer einer Flammenlanze seine Hüfte streifte.

Taragorm aus dem Palast der Zeit lachte hell.

»Seid gegrüßt, Herzog Dorian. Ich nehme an, Ihr habt bereits bemerkt, daß meine beiden Begleiter nicht der Gesellschaft der Träumenden angehören. Sie entkamen mit mir bei der Belagerung von Londra, als es Kalan und mir klarwurde, daß die Schlacht für uns verloren war. Selbst damals konnten wir schon ein wenig in die Zukunft sehen. Mein bedauerlicher Unfall war wohlvorbereitet – eine Explosion extra zu dem Zweck, glauben zu machen, ich sei ihr zum Opfer gefallen. Und Kalans Selbstmord, wie Ihr wißt, war nichts weiter als sein erster Sprung durch die Dimensionen. Wir arbeiten seither vortrefflich zusammen. Allerdings ist es bedauerlicherweise zu Komplikationen gekommen.«

Kalan nahm Falkenmond und Graf Brass die Schwerter ab. Graf Brass war zu verwirrt, im Augenblick an Widerstand zu denken. Er hatte Taragorm, den Herrn des Palasts der Zeit, in seinem seltsamen Kostüm noch nie zuvor gesehen.

Taragorm klang zutiefst amüsiert, als er fortfuhr: »Nun, da Ihr so freundlich wart, uns zu besuchen, hoffe ich, daß wir dieser Komplikationen endlich Herr werden können. Mit einem derartigen Glücksfall hatte ich wahrhaftig nicht gerechnet. Ihr wart schon immer sehr beharrlich, Falkenmond.«

»Und wie, glaubt Ihr, Euch von diesen Komplikationen befreien zu können, die Ihr selbst geschaffen habt?«

Das Zifferblatt neigte sich ein wenig schräg. Das Pendel darunter schwang gleichmäßig weiter, dafür sorgte die komplexe Maschinerie, die einen Ausgleich für jegliche Bewegung Taragorms schuf.

»Das werdet Ihr selbst sehen, wenn wir in Kürze nach Londra zurückkehren. Ich spreche natürlich von dem echten Londra, in dem wir bereits erwartet werden, nicht von dieser schlechten Kopie – übrigens Kalans Idee, nicht meine.«

»Ihr habt mich aber dabei unterstützt!« warf Kalan gekränkt ein, »und ich muß schließlich die ganzen Risiken auf mich nehmen, indem ich ständig durch Tausende von Dimensionen hin und zurück reise . . .«

»Wir wollen doch nicht, daß unsere Gäste uns für uneinig halten, Baron Kalan«, tadelte Taragorm. Zwischen den beiden hatte es schon immer eine gewisse Rivalität gegeben. Die Uhrenmaske verbeugte sich flüchtig vor Falkenmond und Graf Brass. »Habt die Ehre, uns zu begleiten, während wir die letzten Vorbereitungen zu unserer Rückreise in die alte Heimat treffen.«

»Und wenn wir uns weigern?« fragte Falkenmond finster.

»Dann müßt Ihr für immer und alle Zeit hierbleiben. Ihr wißt, daß wir Euch nicht selbst töten dürfen, darauf baut Ihr, nicht wahr? Nun, lebend hier oder tot anderswo macht keinen großen Unterschied, Freund Falkenmond. Und jetzt bedeckt eure nackten Gesichter. Ihr mögt meine Bitte vielleicht für unfein halten, aber ich bin in dieser Beziehung schrecklich altmodisch.«

»Ich bedaure, daß ich Euch auch in dieser Weise beleidigt habe«, entschuldigte sich Falkenmond spöttisch. Er gestattete, daß die beiden Wachen ihn zur Tür brachten. Mit einer tiefen Verbeugung verabschiedete er sich von Flana mit den stumpfen

Augen, und mit einer Handbewegung von den anderen, die, wie ihm schien, sogar zu atmen aufgehört hatten. »Lebt wohl, traurige Schatten«, rief er. »Ich hoffe, ich werde zu guter Letzt doch noch die Ursache für eure Befreiung sein.«

»Das hoffe ich ebenfalls«, versicherte ihm Taragorm amüsiert. In diesem Augenblick bewegten die Zeiger auf dem Zifferblatt sich um einen Bruchteil, und die Uhr schlug die volle Stunde.

3. Graf Brass entscheidet sich für das Leben

Sie waren wieder in Baron Kalans Labor.

Falkenmond musterte heimlich die beiden Wachen, die nun ihre Schwerter hatten. Er bemerkte, daß auch Graf Brass sich offenbar überlegte, ob es möglich wäre, trotz ihrer Flammenlanzen etwas gegen sie zu unternehmen.

Kalan befand sich bereits in der weißen Pyramide. Er nahm Justierungen an den kleinen Pyramiden vor, die vor ihm hingen. Da er noch immer die Schlangenmaske trug, hatte er offenbar leichte Schwierigkeiten, mit ihnen zurechtzukommen. Falkenmond, der ihn dabei beobachtete, dachte, daß gerade das ein Hauptmerkmal der arroganten Kultur des Dunklen Imperiums symbolisierte.

Irgendwie war Falkenmond völlig ruhig, während er über seine Lage nachdachte. Der Instinkt riet ihm abzuwarten, bis der richtige Augenblick kam. Aus diesem Grund entspannte er sich jetzt und achtete nicht weiter auf die Wachen mit ihren Flammenlanzen. Er konzentrierte sich auf Kalans und Taragorms Gespräch.

»Die Pyramide ist gleich soweit«, versicherte Kalan Taragorm. »Aber wir müssen dann sofort aufbrechen.«

»Sollen wir uns vielleicht alle wie Ölsardinen in dieses Ding zwängen?« fragte Graf Brass lachend. Da wurde Falkenmond bewußt, daß auch sein Freund abzuwarten beschlossen hatte.

»So ist es«, erklärte Taragorm.

Noch während sie zusahen, begann die Pyramide anzuschwellen, bis sie doppelt, dann dreifach und vierfach so groß wie zuvor war und schließlich den ganzen freien Raum in der Mitte des Labors einnahm. Plötzlich hüllte sie auch Graf Brass, Falkenmond, Taragorm und die beiden Heuschreckenkrieger ein, während Kalan sich über ihren Köpfen weiter mit seinen seltsamen Armaturen beschäftigte.

»Na, seht Ihr?« fragte Taragorm amüsiert. »Kalan war schon immer sehr begabt, was das Wesen des Raumes betrifft, während meine Stärke in der Erkenntnis der Natur der Zeit liegt. Deshalb gelang es uns auch, gemeinsam solch nützliche Spielzeuge wie diese Pyramide zu schaffen.«

Nun setzte die Pyramide sich in Bewegung und glitt durch die Myriaden Dimensionen der Erde. Wieder sah Falkenmond bizarre Szenen, und viele, auf gewisse Weise verzerrte, ähnliche Welten wie seine eigene, und manche davon anders als jene, die ihm auf dem Weg zu Kalans und Taragorms Halbwelt aufgefallen waren.

Und jetzt befanden sie sich erneut in der Dunkelheit des scheinbaren Nichts. Außerhalb der schwach flackernden Pyramidenwände sah Falkenmond nur absolute Schwärze.

»Wir sind hier«, brummte Kalan und hantierte an einer seiner winzigen Kristallpyramiden. Ihr ungewöhnliches Fahrzeug begann zu schrumpfen, bis es schließlich gerade groß genug war, Kalan einzuhüllen. Es wurde zuerst milchig, ehe es in dem bekannten blendenden Weiß glühte. Trotzdem trug es, wie es so über ihren Köpfen hing, nicht dazu bei, die Dunkelheit zu erhellen. Falkenmond konnte nicht einmal sich selbst, geschweige denn die anderen sehen. Er fühlte, daß er auf festem Boden stand, und er roch modrig-feuchte Luft. Probehalber stampfte er einmal auf. Dieses Geräusch hallte von fernen Wänden wider. Offenbar befanden sie sich in einer Höhle oder einem großen Gewölbe.

Kalans Stimme dröhnte aus der Pyramide.

»Der große Augenblick ist gekommen. Die Wiederauferstehung unseres ruhmvollen Imperiums steht bevor. Wir, die wir den Toten das Leben wiedergeben, und den Lebenden den Tod bringen können, sind der alten Lebensweise Granbretaniens treu geblieben. Wir haben geschworen, das Imperium zur alten Größe zu erheben und seine Macht über die ganze Welt auszubreiten. Nun sollt ihr, unsere Getreuen, jenen sehen, den ihr am meisten haßt!«

Plötzlich war Falkenmond in Licht gebadet. Woher es kam, war nicht zu erkennen, aber jedenfalls blendete es ihn, daß er die Augen mit den Händen schützte. Fluchend drehte er sich nach der einen und der anderen Seite, um der grellen, schmerzenden Helligkeit auszuweichen.

»Seht, wie er sich windet!« rief Kalan von Vitall. »Seht, wie er sich zu verkriechen sucht, unser Erzfeind!«

Falkenmond zwang sich stillzustehen und seine Augen trotz des blendenden Lichts zu öffnen.

Ein durchdringendes Flüstern drang von allen Seiten auf ihn ein. Er blickte sich um, aber außer der grellen Helligkeit konnte er immer noch nichts sehen. Das Flüstern wurde zu einem Summen, das Summen zu einem Murmeln, das Murmeln zum Dröhnen, und aus dem Dröhnen erwuchs ein einzelnes Wort aus tausend Kehlen.

»Granbretanien! Granbretanien! Granbretanien!«

Und dann herrschte Schweigen.

»Macht Schluß damit!« donnerte Graf Brass' Stimme in der Stille. »Ahhh . . .«

Und nun war auch Graf Brass in die grauenvolle Helligkeit gehüllt.

»Hier ist der andere!« erschallte Kalans Stimme aufs neue. »Seht ihn euch an, ihr Getreuen, und zeigt ihm euren Haß, denn er ist Graf Brass. Ohne seine Hilfe hätte Falkenmond nie vernichten können, was wir lieben. Durch Verrat, Heimtücke, meuchlerische Feigheit, und indem sie die Hilfe jener anflehten, die stärker waren als wir, glaubten sie, das Dunkle Imperium vernichten zu können. Aber das Dunkle Imperium ist nicht zerstört. Es wird noch stärker und größer werden! Seht ihn euch an, diesen Grafen Brass!«

Falkenmond sah, wie das weißglühende Licht um Graf Brass eine eigenartige bläuliche Färbung annahm, bis auch Graf Brass' Messingrüstung blau schimmerte und er die behandschuhten Finger an den Helm drückte und einen grauenvollen Schmerzensschrei ausstieß.

»Haltet ein!« rief Falkenmond. »Weshalb quält ihr ihn so?«

Taragorms amüsierte Stimme klang ganz aus der Nähe. »Aber Freund Falkenmond, das müßte Euch doch wahrhaftig klar sein.«

Fackeln flammten plötzlich auf. Und Falkenmond sah, daß sie sich tatsächlich in einer riesigen Höhle befanden. Und sie – Graf Brass, Taragorm, die beiden Wachen und er selbst – standen auf einer Plattform auf der Spitze einer Zikkurat in der Mitte der Höhle, während Baron Kalan in seiner Pyramide über ihren Köpfen schwebte.

Und unter ihnen drängten sich dicht an dicht gut tausend maskierte Gestalten, deren Helme Tierköpfe – Schweine, Wölfe, Bären, Geier und andere – darstellten. Sie jubelten begeistert, als Graf Brass, immer noch von den schrecklichen blauen Flammen eingehüllt, vor Schmerz schreiend auf die Knie sank.

Die flackernden Flammen offenbarten Wandmalereien und Skulpturen und Basreliefs, die, nach den deutlichen Einzelheiten ihrer Abartigkeit, offensichtlich Arbeit des echten Dunklen Imperiums waren. Da wußte Falkenmond, daß sie sich in dem richtigen Londra befanden, vermutlich in einer Höhle weit unterhalb der Stadt.

Er versuchte, an Graf Brass heranzukommen, aber das Licht um seinen eigenen Körper hinderte ihn daran.

»Martert mich!« rief Falkenmond. »Laßt Graf Brass in Ruhe – peinigt mich!«

Wieder erklang Taragorms amüsierte Stimme: »Aber das tun wir doch, Falkenmond, oder nicht?«

»Hier ist jener, der euch der Ausrottung nahe brachte!« schallte Kalans Stimme von oben. »Er ist es, der in seinem Stolz glaubte, uns alle vernichtet zu haben. Aber wir werden *ihn* vernichten! Und mit seinem Tod wird jeglicher Widerstand gegen uns enden. Wir werden wiederaufstehen, wir werden erobern und herrschen. Die Toten werden wiederkehren und uns führen – König Huon . . .«

»König Huon!« tobte die maskierte Menge begeistert.

»Baron Meliadus!« rief Kalan.
»Baron Meliadus!« brüllte die Menschenmasse.
»Shenegar Trott, Graf von Sussex!«
»Shenegar Trott!«
»Und alle großen Helden und Halbgötter Granbretaniens werden zurückkommen!«
»Alle! Alle!«
»Ja, das werden sie. Und sie werden Rache an der ganzen Welt nehmen!«
»Rache!«
»Die Maskenmenschen Granbretaniens werden ihre Rache bekommen!«

Und wieder, ganz plötzlich, senkte sich Schweigen auf alle herab.

Und wieder schrie Graf Brass vor Schmerzen auf. Er versuchte, sich zu erheben, während er mit beiden Händen auf seine Rüstung schlug, um die blauen Flammen, die ihn erfaßt hatten, zu löschen.

Falkenmond sah, daß Graf Brass' Augen wie im Fieber brannten, Schweiß über seine Stirn rann und seine Lippen vor Schmerz verzerrt waren. »Hört auf!« brüllte er.

Aber nun lachten die Menschen unter den Tiermasken. Die Schweine kicherten, die Hunde kläfften, die Wölfe heulten, die Insekten zischten vor Schadenfreude. Nichts hätte sie mehr begeistern können, als Graf Brass einer solchen Tortur und seinen Freund solchem Leid ausgesetzt zu sehen.

Falkenmond wurde klar, daß sie hier in einem Ritual gefangen waren – einem Ritual, das man diesen Maskenträgern als Belohnung für ihre Treue zu den finsteren Lords des Dunklen Imperiums versprochen hatte.

Wohin würde dieses Ritual führen?

Er begann es zu ahnen.

Graf Brass rollte sich vor unerträglicher Qual über den Boden, daß er fast über den Rand der Zikkurat fiel. Doch jedesmal, wenn er ihm zu nahe kam, schob ihn etwas zurück in die Mitte. Die blaue Flamme zerrte an seinen Nerven. Seine Schreie wurden lauter und lauter. Der ungeheure Schmerz raubte ihm jede Würde.

Falkenmond liefen die Tränen über das Gesicht, als er Kalan und Taragorm anflehte, dem grausamen Spiel ein Ende zu machen.

Endlich hörten sie damit auf. Graf Brass erhob sich, am ganzen Körper bebend. Die blaue Flamme wurde wieder zu weißem Licht, bis schließlich auch das schwand. Graf Brass' Gesicht war angespannt, seine Lippen blutig gebissen, und aus seinen Augen leuchtete das Grauen.

»Seid Ihr bereit, Euch selbst zu töten, Falkenmond, um die Qualen Eures Freundes zu beenden?« klang Taragorms Stimme höhnisch neben ihm. »Würdet Ihr es tun?«

»Das also ist die Alternative. Zeigte Euer Blick in Raum und Zeit, daß Ihr ans Ziel gelangt, wenn ich mich selbst morde?«

»Es erhöht unsere Chancen. Am besten wäre es natürlich, wenn sich Graf Brass überreden ließe, Euch das Leben zu nehmen, aber wenn nicht . . .« Taragorm zuckte die Schultern. »Euer Selbstmord dürfte das Zweitbeste sein.«

Falkenmond blickte auf Graf Brass. Einen Moment trafen sich ihre Augen, und er sah, wie schmerzerfüllt die des anderen waren. Deshalb nickte er. »Ich werde es tun. Aber zuerst müßt Ihr Graf Brass freigeben.«

»Euer eigener Tod wird Graf Brass die Freiheit bringen«, rief Kalan von oben aus der Pyramide. »Seid dessen versichert.«

»Ich traue Euch nicht«, brummte Falkenmond.

Die Menschen in den Tiermasken starrten zu ihm herauf. Sie hielten den Atem an, als sie darauf warteten, daß ihr Feind sich das Leben nähme.

»Genügt Euch das, als Beweis unserer Ehrlichkeit?« Das weiße Licht schwand nun auch um Falkenmond. Taragorm nahm dem Krieger neben ihm Falkenmonds Schwert ab und gab es seinem Besitzer zurück. »Hier. Jetzt könnt Ihr Euch selbst oder mich töten. Tötet Ihr jedoch mich, werden Graf Brass' Qualen nie enden. Tötet Ihr Euch, hören sie sofort auf.«

Falkenmond fuhr mit der Zunge über die trockenen Lippen. Er schaute von Graf Brass zu Taragorm, dann zu Kalan und schließlich hinunter auf die blutgierige Menge. Sich zum

Vergnügen dieser degenerierten, perversen Meute zu töten, erfüllte ihn mit Abscheu. Aber es war der einzige Weg, Graf Brass zu retten. Was aber wurde aus dem Rest der Welt? Er war zu benommen, darüber nachzudenken, sich die Konsequenzen auszumalen.

Langsam drehte er das Schwert in seiner Hand, bis der Knauf auf dem Boden ruhte und die Spitze unter dem Brustpanzer an seine Haut drückte.

»Ihr werdet zugrunde gehen«, rief Falkenmond, während er erbittert die erwartungsvolle Menge betrachtete, »ob ich nun lebe oder sterbe. Ihr werdet nicht überleben, weil eure Seelen verrottet sind. Ihr wurdet schon einmal vernichtet, weil ihr euch gegeneinander, statt gegen die gemeinsame Gefahr wandtet, die euch bedrohte. Ihr kämpftet Tierorden gegen Tierorden, als wir Londra angriffen. Ohne eure Hilfe hätten wir es nie geschafft.«

»Schweigt!« schrie Kalan aus seiner Pyramide. »Tut, wozu Ihr Euch einverstanden erklärt habt, Falkenmond, oder Graf Brass wird wieder zu tanzen und winseln beginnen.«

Doch da erklang Graf Brass' tiefe Stimme.

»Nein!« rief er.

»Wenn Falkenmond sein Versprechen zurücknimmt, Graf Brass, werden die Schmerzen Euch zerfressen«, wandte Taragorm sich an ihn, und seine Stimme klang, als spreche er mit einem Kind.»Nein«, erklärte Graf Brass. »Ich werde keine Schmerzen mehr erleiden.«

»Ihr wollt Euch ebenfalls töten?«

»Mein Leben bedeutet mir jetzt nur noch wenig. Falkenmonds wegen litt ich so. Wenn er schon sterben muß, dann gewährt mir das Vergnügen, ihn in den Tod zu schicken. Das wäre ja ohnehin, was ihr von Anfang an von mir wolltet. Ich sehe nun ein, daß ich viel zu viel Widerwärtigkeiten auf mich genommen habe, nur um einen zu schützen, der wahrhaftig mein Feind ist. Ja – laßt mich ihn töten. Dann werde auch ich sterben – im Bewußtsein, daß ich gerächt bin.«

Zweifellos hatten die Schmerzen Graf Brass den Verstand geraubt. Seine Augen rollten. Seine Lippen zogen sich wie die

Lefzen eines Hundes zurück und offenbarten elfenbeinfarbige Zähne. »Ja, ich werde gerächt sterben.«

Taragorm schien überrascht zu sein. »Das ist mehr, als ich erhoffte. Unser Vertrauen in Euch war demnach doch gerechtfertigt.« Höchst erfreut nahm er dem Heuschreckensoldaten das Schwert und gab es Graf Brass zurück.

Mit beiden Händen griff er danach. Seine Augen verengten sich, als er sich umdrehte und Falkenmond ansah.

»Ich werde mich besser fühlen, wenn ich einen Feind mit in den Tod nehme«, erklärte er.

Er hob das lange, breite Schwert über den Kopf. Seine Messingrüstung zog das Licht der Fackeln an, daß es schien, als brenne sein ganzer Körper in goldenem Feuer.

Falkenmond blickte in die funkelnden Augen und las den Tod in ihnen.

4. Ein gewaltiger Wind bläst

Aber nicht seinen Tod sah Falkenmond –

– sondern Taragorms.

Mit ungeheurer Flinkheit hatte Graf Brass sich umgewandt, und während er Falkenmond zurief, sich der Wachen anzunehmen, sauste das Schwert herab auf die kunstvolle Uhrenmaske.

Die Menge heulte auf, als sie begriff, was vorging. Die Tiermasken schwankten von Seite zu Seite, als die ersten der Kreaturen des Dunklen Imperiums die Stufen der Zikkurat hochzuklettern begannen.

Kalan schrie auf. Falkenmond drehte eilig sein Schwert und hieb den beiden Wachen die Flammenlanzen aus den Händen. Sie wichen zurück. Kalans Stimme wurde zu einem hysterischen Wimmern. »Narren! Dummköpfe!«

Taragorm taumelte. Es war ganz offensichtlich, daß er für das weiße Feuer verantwortlich war, denn es flackerte um Graf Brass, als er das Schwert zum zweiten Schlag erhob. Taragorms

Uhr war gespalten, die Zeiger verbogen, aber der Kopf darunter war offenbar noch heil.

Das Schwert sauste in die geborstene Maske, und die beiden Teile fielen zu Boden.

Ein Kopf kam zum Vorschein, der im Verhältnis zu dem Körper, auf dem er saß, viel zu klein war. Ein runder, häßlicher Schädel war es, wie er nur aus dem Tragischen Jahrhundert hatte entstehen können.

Und dann wurde dieses kleine, runde weiße Ding durch einen Hieb von Graf Brass' Schwert vom Hals gefegt. An Taragorms Tod konnte jetzt kein Zweifel mehr bestehen.

Von allen Seiten kletterten nun Maskierte auf die Plattform der Zikkuratspitze.

Graf Brass brüllte vor Kampfesfreude, während er das Schwert schwang und die Angreifer zurück in die Tiefe sandte.

Falkenmond war immer noch am entgegengesetzten Zikkuratrand mit den beiden Heuschreckenkriegern beschäftigt, die inzwischen ihre eigenen Schwerter gezogen hatten.

Und nun blies plötzlich ein starker Wind durch die Höhle – ein pfeifender, heulender Wind!

Falkenmond stieß die Schwertspitze durch den Augenschlitz des vorderen Heuschreckensoldaten. Schnell zog er die Klinge zurück und schwang damit aus. Mit solcher Wucht schlug sie zu, daß sie durch das Metall und in den Hals des Gegners drang. Jetzt konnte er sich Graf Brass anschließen.

»Graf Brass!« rief er. »Graf Brass!«

»Der Wind!« kreischte Kalan von Panik erfüllt. »Der Zeitwind!«

Falkenmond achtete nicht auf ihn. Er mußte seinen Freund erreichen und, wenn das Geschick es so wollte, mit ihm sterben.

Doch der Wind blies immer heftiger. Er peitschte gegen Falkenmond, daß er kaum noch vorwärts kam, und er warf die maskierten Anhänger des Dunklen Imperiums zurück über den Rand der Plattform.

Falkenmond sah Graf Brass das Breitschwert mit beiden Händen schwingen. Immer noch leuchtete die Messingrüstung wie die Sonne selbst. Er stand mit gespreizten Beinen auf den

Gefallenen, die er in den Tod geschickt hatte, und brüllte seinen Schlachtruf hinaus, während weitere der Maskierten mit Schwertern und Lanzen auf ihn losgingen, und seine eigene Klinge sich mit der Regelmäßigkeit des ehemaligen Taragorm-Pendels bewegte.

Und Falkenmond lachte. So hatte er sich den Tod vorgestellt und gewünscht, wenn es schon einmal soweit sein mußte. Schwer kämpfte er gegen den Wind an. Er fragte sich, woher er in dieser Höhle kommen konnte, während er weiter versuchte, Graf Brass zu erreichen.

Doch da erfaßte ihn der sturmartige Wind. Er wehrte sich mit Händen und Füßen, als er ihn davontrug und die Zikkurat unter ihm zurückblieb. Graf Brass' Gestalt war bereits so winzig, daß er trotz der leuchtenden Rüstung kaum noch zu erkennen war. Und während er an Kalans Pyramide vorbeigezerrt wurde, zersplitterte sie. Kalan schrie gellend, als er hinab zu den Kämpfenden stürzte.

Falkenmond versuchte festzustellen, was ihn hielt, aber es war nichts zu sehen. Also konnte es tatsächlich nur der Wind sein.

Was hatte Kalan gerufen? Der Zeitwind?

Hatten sie, indem sie Taragorm töteten, andere Kräfte des Raumes und der Zeit wachgerufen – vielleicht das Chaos ausgelöst, das Kalans und Taragorms Experimente so nahe gebracht hatte?

Chaos! Würde er nun für alle Ewigkeit von diesem Wind durch Raum und Zeit getragen werden?

Nein, vermutlich nicht. Er befand sich nun nicht mehr in der Höhle, sondern in Londra, doch nicht in der schlechten Kopie. Das hier war das echte Londra der schlimmen alten Tage. Er sah die verrückten Türme und Minarette. Die juwelenbesetzten Kuppeln zu beiden Seiten des blutroten Flusses Thayme. Der Wind hatte ihn in die Vergangenheit geweht. Metallflügel knarrten, als er an zahllosen Ornithoptern vorbeigetragen wurde. Es herrschte große Geschäftigkeit in diesem Londra. Worauf bereitete es sich vor?

Wieder sah Falkenmond auf Londra hinab. Doch nun tobte eine wütende Schlacht. Ganze Straßenzeilen brannten. Explosionen donnerten, Todesschreie zerrissen die Luft. Da wußte Falkenmond, daß er auf die Schlacht von Londra hinabsah.

Und hinunter fiel er, immer tiefer, bis er keinen klaren Gedanken mehr fassen konnte und kaum noch wußte, wer er war.

Doch da war er plötzlich jener Dorian Falkenmond, Herzog von Köln, der im Silberhelm mit dem Schwert der Morgenröte kämpfte, dem das Rote Amulett über der Brust hing und der das Schwarze Juwel in seiner Stirn eingebettet hatte.

Er war wieder in der Schlacht von Londra.

Und er dachte seine neuen und alten Gedanken zusammen, während er sein Pferd mitten in das Getümmel trieb. Fast unerträglichen Schmerz empfand er in seinem Kopf, und er wußte, daß das Schwarze Juwel an seinem Verstand fraß.

Überall um ihn kämpften die Männer. Die gespenstische Legion der Morgenröte, die ein rosiges Glühen ausstrahlte, schlug sich durch Krieger in Wolfs- und Geiermasken. Alles schien drunter und drüber zu gehen. Durch seine schmerzbetäubten Augen konnte Falkenmond kaum sehen, was vor sich ging. Er erkannte zwei oder drei seiner karmarganischen Krieger und sah zwei oder drei der Spiegelhelme mitten in diesem Hexenkessel. Er wurde sich bewußt, daß sein eigener Schwertarm sich hob und senkte, hob und senkte, während er die Krieger des Dunklen Imperiums zurücktrieb, die von allen Seiten auf ihn eindrängten.

»Graf Brass«, murmelte er. »Graf Brass.« Er erinnerte sich, daß er unbedingt seinen Freund hatte erreichen wollen, aber er wußte nicht mehr so recht weshalb. Er sah die barbarischen Krieger der Morgenröte mit ihren bemalten Gesichtern, ihren Hakenkeulen und den spitzen Lanzen, sah, wie sie die geschlossenen Reihen der Soldaten des Dunklen Imperiums niederrannten. Er blickte sich um, um zu sehen, welcher der Spiegelhelmträger Graf Brass war.

Doch immer schlimmer wurde der Schmerz in seinem Kopf. Er keuchte und wünschte sich, den Helm vom Schädel reißen zu können, aber er hatte in seinem wütenden Kampf gegen die auf ihn Eindringenden keine Hand frei.

Dann sah er etwas golden blitzen und wußte, daß es der

Messinggriff von Graf Brass' Schwert war. Auf ihn trieb er nun sein Pferd zu.

Der Mann im Spiegelhelm und der Messingrüstung kämpfte gegen drei hohe Lords des Dunklen Imperiums. Falkenmond sah ihn mutig mit gespreizten Beinen, ohne Pferd, im Schlamm stehen, während die drei Tierlords – Hund, Ziege und Stier – auf ihren Rossen auf ihn einstürmten. Er sah Graf Brass mit dem Schwert nach den Beinen der Pferde seiner Gegner schlagen. Er sah Adaz Promp direkt vor Graf Brass' Füße stürzen, und sah, wie der granbretanische Kriegsherr den Tod durch Graf Brass' Klinge fand. Er sah Mygel Holst um sein Leben flehen, und sah, wie sein Kopf von den Schultern flog. Nun war von den dreien nur noch Saka Gerden im schweren Stierhelm am Leben. Er erhob sich aus dem Schlamm und schüttelte den Kopf, als der Spiegelhelm ihn blendete.

Weiter bahnte Falkenmond sich einen Weg durch das Getümmel. »Graf Brass!« schrie er. »Graf Brass!«

Obgleich er wußte, daß dies nur ein Traum war, eine verzerrte Erinnerung an die Schlacht von Londra, empfand er doch den Zwang, seinen alten Freund zu erreichen. Doch noch ehe er an seiner Seite war, riß Graf Brass den Helm von seinem Kopf und stellte sich Saka Gerden ohne ihn zum Kampf. Und schon hieben die beiden aufeinander ein

Falkenmond war nun schon ganz nahe. Und während er sich automatisch gegen seinen eigenen Angreifer wehrte, kannte er nur ein Ziel: zu Graf Brass zu gelangen.

Da sah Falkenmond einen Reiter vom Ziegenorden mit der Lanze in der Hand von hinten auf Graf Brass einstürmen. Falkenmond schrie, gab seinem Pferd die Sporen und stach das Schwert der Morgenröte tief in die Kehle des Ziegenreiters, gerade als Graf Brass Saka Gerdens Schädel spaltete.

Falkenmond schob den toten Ziegenkrieger aus dem Sattel und rief:

»Ein Pferd für Euch, Graf Brass.«

Der Graf grinste Falkenmond dankbar an und schwang sich auf den Rücken des Rosses. Sein Spiegelhelm blieb vergessen im Schlamm liegen.

»Danke!« brüllte er nun durch den Schlachtenlärm. »Wir

müssen zusehen, daß wir uns für den Endkampf neu formieren.«

Ein irgendwie merkwürdiges Echo hing seiner Stimme nach. Falkenmond schwankte im Sattel, als der Schmerz durch das Schwarze Juwel immer schlimmer wurde. Er hielt in dem Getümmel Ausschau nach Yisselda, ohne sie jedoch zu finden.

Sein Pferd galoppierte immer schneller, und der Schlachtenlärm blieb hinter ihm zurück. Und dann saß er überhaupt nicht länger auf seinem Rücken. Der Wind hatte ihn erfaßt. Ein kräftiger, kalter Wind, wie der Mistral der Kamarg.

Der Himmel verdunkelte sich. Das Schlachtfeld lag weit zurück. Er fiel durch die Nacht. Wo zuvor Männer um ihr Leben gefochten hatten, wiegte sich jetzt das Rohr im Wind. Glitzernde Lagunen dehnten sich unter ihm aus und weite Marschen. Er hörte das traurige Heulen des Marschfuchses und hielt es für Graf Brass' Stimme.

Und mit einemmal hatte der Wind nachgelassen.

Er versuchte, sich mit eigener Hilfe zu bewegen, aber etwas zerrte an ihm. Er trug nicht länger den Spiegelhelm und hielt auch das Schwert nicht mehr in der Hand. Er begann wieder klarer zu sehen, als der grauenvolle Schmerz in seinem Kopf nachließ.

Er steckte bis zum Hals im Sumpf. Es war Nacht. Das Moor wollte ihn immer weiter schlucken. Vor sich sah er ein Pferd. Er griff danach, aber er konnte nur einen Arm freibekommen. Jemand rief seinen Namen, doch er glaubte, es wäre ein Vogelschrei.

»Yisselda«, flüsterte er. »O Yisselda!«

5. Einem Traum gleich

Ihm war, als wäre er bereits tot. Erinnerung und Phantasie vermischten sich, als er darauf wartete, daß die Marsch ihn verschluckte. Gesichter zeichneten sich ab. Er sah plötzlich das vertraute Gesicht Graf Brass', das, während er es beobachtete, älter zu werden schien. Er sah Oladahns, Bowgentles, d'Avercs, Yisseldas; er sah Kalan von Vitalls und Taragorms Palast der Zeit. Tiermasken starrten ihn von allen Seiten an. Er sah Rinal vom Geistvolk, Orland Fank vom Runenstab und seinen Bruder, den Ritter in Schwarz und Gold. Wieder sah er Yisselda. Aber sollten da nicht auch noch andere Gesichter sein? Kindergesichter? Und weshalb verwechselte er sie mit dem von Graf Brass? Graf Brass als Kind? Er hatte ihn doch damals gar nicht gekannt. Er war zu dieser Zeit ja noch nicht einmal auf der Welt gewesen.

Graf Brass' Gesicht wirkte besorgt. Es öffnete die Lippen. Es sprach.

»Seid Ihr es, Freund Falkenmond?«

»Ja, Graf Brass. Ich bin es, Falkenmond. Werden wir zusammen sterben?«

Er lächelte die Vision an.

»Er spricht immer noch im Wahn«, sagte eine betrübt klingende Stimme, die nicht Graf Brass gehörte. »Es tut mir leid, mein Lord. Ich hätte ihn zurückhalten sollen.«

Falkenmond erkannte Hauptmann Vedlas Stimme.

»Hauptmann Vedla? Seid Ihr gekommen, um mich ein zweites Mal aus dem Moor zu ziehen?«

Ein Strick landete neben Falkenmonds freiem Arm. Automatisch schlüpfte er mit dem Handgelenk durch die Schlinge. Jemand zerrte an dem Seil. Langsam wurde er aus dem Sumpf gezogen.

Sein Kopf schmerzte noch entsetzlich, als wäre das schwarze Juwel nie entfernt worden. Doch allmählich schwand der Schmerz, und er konnte etwas klarer denken. Weshalb sollte er ein verhältnismäßig unbedeutendes Ereignis – auch wenn er dabei fast den Tod gefunden hätte – ein zweites Mal erleben?

»Yisselda?« Er suchte unter denen, die sich zu ihm herabbeugten, nach ihrem Gesicht. Aber seine so lebhafte Phantasie hielt immer noch an. Statt ihrer sah er Graf Brass, umgeben von seinen kamarganischen Kriegern. Es war überhaupt keine Frau unter ihnen.

»Yisselda?« fragte er erneut.

»Kommt, Junge«, sagte Graf Brass sanft. »Wir bringen Euch in die Burg zurück.«

Falkenmond fühlte sich von den kräftigen Armen hochgehoben und zu einem wartenden Pferd getragen.

»Könnt Ihr ohne Hilfe reiten?« fragte der Graf.

»Ja.« Falkenmond kletterte in den Sattel des gehörnten Hengstes und richtete sich auf, aber er schwankte noch ein wenig, als seine Füße nach den Steigbügeln tasteten. Er lächelte. »Seid Ihr noch ein Geist, Graf Brass? Oder seid Ihr nun wahrhaftig dem Leben wiedergegeben? Ich sagte, ich würde alles tun, wenn wir Euch zurück hätten.«

»Dem Leben wiedergegeben? Ihr solltet doch wirklich wissen, daß ich nicht tot bin!« Graf Brass lachte schallend. »Waren es diese alten Ängste, die Euch durch den Kopf spukten, Falkenmond?«

»Ihr seid nicht in Londra gefallen?«

»Dank Euch, nein. Ihr habt mir das Leben gerettet. Hätte dieser Ziegenreiter mich mit der Lanze erwischt, wäre ich jetzt gewiß tot.«

Falkenmond lächelte schwach. »Also können die Ereignisse verändert werden, und ohne Nachwirkungen offenbar. Aber wo sind jetzt Kalan und Taragorm? Und die anderen?« Er wandte sich an Graf Brass, während sie nebeneinander über den alten Marschpfad ritten. »Und Bowgentle, und Oladahn, und d'Averc?«

Graf Brass runzelte die Stirn. »Seit fünf Jahren tot. Erinnert Ihr Euch denn nicht?« Er räusperte sich. »Wir haben im Dienst des Runenstabs viel verloren. Ihr Eure geistige Gesundheit.«

»Meine geistige Gesundheit?«

Die Lichter Aigues-Mortes kamen in Sicht. Falkenmond konnte bereits die Umrisse von Burg Brass auf dem Hügel sehen.

Wieder räusperte sich Graf Brass. Falkenmond starrte ihn an. »Meine geistige Gesundheit?«

»Ich hätte es nicht erwähnen sollen. Wir sind bald zu Hause.« Graf Brass wich seinem Blick aus.

Sie ritten durch das Stadttor und die gewundenen Straßen und Gäßchen. Einige der Krieger verabschiedeten sich, als sie der Straße zur Burg nahe kamen, denn sie hatten ihre Quartiere in der Stadt.

»Gute Nacht!« rief ihnen Hauptmann Vedla noch zu.

Bald blieben nur Graf Brass und Falkenmond übrig. Sie erreichten den Burghof und schwangen sich von ihren Pferden.

Die große Halle sah nicht viel anders aus, als Falkenmond sie zum letztenmal gesehen hatte. Aber irgendwie schien es ihm, als fehle etwas.

»Schläft Yisselda schon?« fragte er.

»Ja«, murmelte Graf Brass düster. »Sie schläft.«

Falkenmond betrachtete seine schlammbeschmutzte Kleidung. Nicht länger trug er die Rüstung. »Ich nehme wohl am besten ein Bad und gehe dann ebenfalls zu Bett«, murmelte er. Er blickte Graf Brass lächelnd an. »Ich bildete mir ein, Ihr wärt in der Schlacht von Londra gefallen.«

»Ja«, erwiderte Graf Brass besorgt. »Ich weiß. Aber Ihr seid Euch doch jetzt klar, daß ich kein Geist bin?«

»Ja, natürlich.« Falkenmond lachte glücklich. »Kalans Plan diente uns besser als ihm selbst.«

Graf Brass runzelte die Stirn. »Wenn Ihr meint«, murmelte er unsicher, denn er wußte nicht, wovon Falkenmond sprach.

»Und doch entkam er«, fuhr Falkenmond fort. »Er könnte uns erneut Schwierigkeiten bereiten.«

»Er entkam? Aber nein. Er beging Selbstmord, nachdem er das Juwel aus Eurem Kopf entfernte. Deshalb auch Eure manchmal wirren Gedanken.«

Plötzlich erfüllte Falkenmond Furcht.

»Ihr erinnert Euch demnach nicht mehr an unser letztes Abenteuer?« fragte er. Er stellte sich neben Graf Brass, der sich am Kaminfeuer wärmte.

»Abenteuer? Meint Ihr die Marsch? Ihr seid wie in Trance davongeritten, nachdem Ihr etwas gemurmelt habt, daß ich dort draußen spuke. Vedla sah, wie Ihr aufgebrochen seid, und kam hierher, um es mir zu berichten. Deshalb ritten wir Euch nach, und es gelang uns glücklicherweise auch, Euch zu finden, ehe Ihr ganz im Sumpf versankt . . .«

Falkenmond starrte Graf Brass wie gelähmt an, dann drehte

er sich um. Hatte er den Rest nur geträumt? War sein Geist wahrhaftig verwirrt gewesen?

»Wie – wie lange ist es her, daß ich mich in dieser Trance, wie Ihr sagt, befunden habe, Graf Brass?«

»Nun, seit Londra. Ihr schient anfangs, nach der Entfernung des Juwels, völlig vernünftig zu sein. Aber dann spracht Ihr von Yisselda, als lebte sie noch. Und Ihr erwähntet andere, die Ihr für tot hieltet – mich, beispielsweise. Es ist natürlich nicht erstaunlich, da Ihr ja so viel mitgemacht habt, denn das Juwel war . . .«

»Yisselda!« schrie Falkenmond erschrocken. »Ihr sagt, sie sei tot?«

»Ja – sie fiel in der Schlacht von Londra. Sie kämpfte heldenhaft, ehe . . .«

»Aber die Kinder – die Kinder . . .« Falkenmond versuchte, sich an ihre Namen zu erinnern. »Wie hießen sie nur? Ich – ich kann mich einfach nicht mehr entsinnen . . .«

Graf Brass seufzte tief und legte seine behandschuhten Finger auf Falkenmonds Schulter. »Ihr habt auch immer von Kindern gesprochen. Aber es gab keine. Wie wäre das auch möglich gewesen?«

»Keine Kinder?«

Falkenmond fühlte eine entsetzliche Leere in sich. Er bemühte sich, sich an etwas zu erinnern, das er erst vor kurzem gesagt hatte. *Ich würde alles dafür geben, wenn Graf Brass wieder lebte.*

Und nun lebte Graf Brass wieder, doch dafür waren seine große Liebe, seine bezaubernde Yisselda und seine Kinder im Nichts verschwunden – es hatte sie in den fünf Jahren seit der Schlacht von Londra überhaupt nicht gegeben!

»Ihr scheint mir heute ein wenig vernünftiger zu sein«, sagte Graf Brass. »Ich hoffte schon immer, daß Euer Gehirn wieder gesund würde. Vielleicht ist es jetzt geheilt?«

»Geheilt?« Welch Hohn! Falkenmond drehte sich um und sah seinen alten Freund an. »Haben alle in Burg Brass – in der ganzen Kamarg – mich für verrückt gehalten?«

»Verrückt ist sicher nicht der richtige Ausdruck«, erwiderte Graf Brass. »Ihr befandet Euch in einer Art Trance, als sähet Ihr die Dinge ein wenig anders, als sie wirklich waren . . . Ja, besser kann ich es eigentlich nicht beschreiben. Wäre Bowgentle hier, er könnte es gewiß. Bestimmt hätte er Euch mehr als jeder von uns helfen können.« Der Graf in der Messingrüstung schüttelte den rothaarigen Kopf. »Ich weiß es nicht, Falkenmond.«

»Und jetzt ist mein Geist wieder gesund«, murmelte Falkenmond bitter.

»Es sieht so aus.«

»Dann war mein Wahnsinn vielleicht dieser Wirklichkeit vorzuziehen.« Falkenmond schritt müde zur Treppe. »Wie schwer das zu ertragen ist!«

Es konnte doch sicher nur ein schrecklicher Traum sein? Gewiß hatte Yisselda, hatten die Kinder gelebt?

Aber bereits jetzt schwanden die Erinnerungen, wie ein Traum sich nach dem Erwachen verliert. Am Fuß des Treppenaufgangs drehte er sich noch einmal zu Graf Brass um, der mit gesenktem Kopf in das Feuer starrte.

»Wir leben – Ihr und ich. Und unsere Freunde sind tot. Eure Tochter ist tot. Ihr habt recht, Graf Brass, wir haben viel verloren in der Schlacht von Londra – auch Eure Enkel.«

»Ja«, murmelte Graf Brass kaum hörbar. »Die Zukunft ging verloren, könnte man sagen.«

Epilog

Fast sieben Jahre waren seit der großen Schlacht von Londra vergangen, in der die Macht des Dunklen Imperiums gebrochen worden war. Und viel hatte sich in diesen sieben Jahren getan. Fünf von ihnen hatte Dorian Falkenmond, Herzog von Köln, unter Wahnsinn gelitten. Selbst jetzt noch, zwei Jahre nach seiner Heilung, war er nicht der gleiche, der so voll Mut dem Runenstab gedient hatte. Er war jetzt von grimmigem Charakter, in sich zurückgezogen und einsam. Nicht einmal sein alter Freund, Graf Brass, außer ihm noch der einzige Überlebende der Schlacht, verstand ihn noch.

»Der Verlust seiner Freunde – und seiner geliebten Frau ist daran schuld«, raunten sich die Bürger des wiederaufgebauten Aigues-Mortes zu. Und sie bedauerten Dorian Falkenmond, wenn er allein durch die Stadt, hinaus zum Tor und über die weiten Marschen ritt, wo die großen scharlachroten Flamingos über seinem Kopf kreisten, und die weißen Stiere dahingaloppierten.

Und Falkenmond ritt gewöhnlich zu einem niedrigen Hügel, der sich mitten aus der Marsch erhob. Dort stieg er von seinem Pferd und führte es hoch zu der Ruine einer uralten Kirche, die lange vor Beginn des Tragischen Jahrtausends erbaut worden war.

Und dann versuchte er einen Traum zurückzurufen.

Den Traum von Yisselda und seinen zwei Kindern, an deren Namen er sich einfach nicht entsinnen konnte. Hatten sie in seinem Traum überhaupt je Namen gehabt?

Ein törichter Traum war es gewesen – ein Traum von den Dingen, die hätten sein können, wenn Yisselda in der Schlacht von Londra nicht gefallen wäre.

Und manchmal, wenn die Sonne am Horizont der weiten Marschen unterging oder ein sanfter Regen sich über die Lagunen senkte, stand er hoch oben auf der Ruine und hob seine Arme den Wolken entgegen, die über den sich verdunkelnden Himmel segelten, und schrie ihren Namen in den Wind.

»Yisselda! Yisselda!«

Dann nahmen die Vögel, die mit dem Wind zogen, diesen Ruf auf.

»Yisselda!«

Eine Weile später senkte Falkenmond den Kopf und weinte. Und er fragte sich, weshalb er immer noch hoffte, trotz all der offensichtlichen Wirklichkeit, daß er eines Tages seine verlorene Liebe wiederfinden würde.

Weshalb glaubte er denn insgeheim, daß irgendwo – auf

einer anderen Erde vielleicht – die Toten noch lebten? Gewiß war eine solche Überlegung, ja Besessenheit ein Beweis, daß immer noch etwas von diesem Wahn, dieser Krankheit in ihm steckte.

Dann seufzte er und glättete seine Züge, damit niemand, der ihn vielleicht zufällig sah, bemerken möge, daß seine Trauer ihn übermannt hatte. Schließlich stieg er auf sein Pferd und kehrte in der Dämmerung des frühen Abends zur Burg Brass zurück, wo Graf Brass auf ihn wartete.

DAMIT ENDET DIE ERSTE CHRONIK
VON BURG BRASS

Die Chronik von Burg Brass

Zweiter Band
Der Held von Garathorm

ERSTES BUCH

Aufbruch

1. Grübeleien und Träumereien

Nicht länger wurde Dorian Falkenmond von Wahnvorstellungen verfolgt, aber er war auch nicht völlig gesund. Manche machten dafür das Schwarze Juwel verantwortlich. Sie sagten, es habe ihn seelisch krank gemacht, als er aus seiner Stirn entfernt wurde. Andere meinten, der Krieg gegen das Dunkle Imperium hätte ihn aller Energie beraubt, die normalerweise für ein ganzes Leben hätte reichen müssen. Wieder andere schworen, daß nur die Trauer um Yisselda, die Tochter Graf Brass' und sein geliebtes Weib, die in der Schlacht um Londra gefallen war, ihn verwandelt hätte. Während der fünf Jahre, die der Wahnsinn ihn umhüllte, hatte er so getan, als lebe sie mit ihm auf Burg Brass und habe ihm sogar einen Sohn und eine Tochter geboren.

Doch während über die Ursache in den Tavernen und Weinhäusern von Aigues-Mortes, der befestigten Stadt rings um Burg Brass, debattiert wurde, war die Wirkung offensichtlich.

Falkenmond grübelte.

Falkenmond härmte sich ab und mied menschliche Gesellschaft, selbst die seines guten Freundes Graf Brass. Falkenmond saß allein in einem kleinen Gemach im obersten Stockwerk des höchsten Turmes und starrte, das Kinn auf die Fäuste gestützt, hinaus über die Marschen, das sich im Winde wiegende Rohr und die Lagunen. Doch seine Augen sahen nicht die weißen Stiere, die gehörnten Rosse, oder die riesigen scharlachroten Flamingos der Kamarg, statt dessen blickten sie in eine düstere, unendliche Ferne.

Falkenmond versuchte, einen Traum – oder vielleicht war es auch eine Wahnvorstellung gewesen? – zurückzurufen. Er bemühte sich, sich an Yisselda zu erinnern und an die Namen der Kinder, die er sich eingebildet hatte, während der Wahnsinn seinen Geist umwölkte.

Aber Yisselda war nur ein Schatten, und von den Kindern ließ sich nicht die geringste Erinnerung heraufbeschwören. Weshalb nur empfand er diese unbegreifliche Sehnsucht nach ihnen? Warum dieses Gefühl eines unerträglichen Verlusts? Weshalb nährte er manchmal den Gedanken, daß sein jetziges Leben es war, das der Wahnsinn zeichnete, und daß sein Traum – der Traum von Yisselda und den Kindern – die Wirklichkeit gewesen war?

Falkenmond verstand sich selbst nicht mehr, und aus diesem Grund legte er auch keinen Wert darauf, mit anderen zusammenzukommen. Er war ein Geist, der durch seine eigenen Gemächer spukte – ein trauriger Geist, der nur seufzen und stöhnen und schluchzen konnte.

Zumindest war er in seinem Wahnsinn stolz und aufrecht gewesen, murmelten die Bürger, und sein Leben wirklicher als jetzt.

»Wahnsinnig war er viel glücklicher«, sagten die Leute.

Wäre es Falkenmond zu Ohren gekommen, er hätte ihnen beigepflichtet.

Hielt er sich nicht im Turm auf, so war er in dem Raum zu finden, in dem seine Kriegspieltische sich befanden. Hier hatte er Modelle von Städten und Burgen aufgestellt mit Miniaturfiguren. In seinem Wahnsinn hatte er dieses komplexe Spielzeug von Vaiyonn, einem einheimischen Handwerker, bestellt. Um sich immer wieder an den Siegen über die Lords von Granbretanien erfreuen zu können, hatte er zu Vaiyonn gesagt. In Zinn gegossen und bunt bemalt, waren als winzige Figürchen auch Falkenmond, Herzog von Köln, selbst zu finden, genau wie Graf Brass, Yisselda, Bowgentle, Huillam d'Averc und Aladahn von den Bulgarbergen – die Helden der Kamarg, von denen die meisten ihr Leben in Londra gelassen hatten. Auch die Miniaturfiguren ihrer alten Feinde, der Tierlords, fehlten nicht. Es gab Baron Meliadus in seinem Wolfshelm genauso wie König Huon in seiner Thronkugel, Shenegar Trott. Adaz Promp, Asrovak Mikosevaar und seine Frau, Flana (jetzt die sanftmütige Königin von Granbretanien).

Infanterie, Kavallerie und Flieger des Dunklen Imperiums standen den Hütern der Kamarg, den Kriegern der Morgenröte und Soldaten von hundert kleinen Nationen gegenüber.

Und Dorian Falkenmond bewegte alle diese winzigen Gestalten über seine riesigen Tische, und probierte mit ihnen tausend Variationen ein und derselben Schlacht aus, um festzustellen, wie ihr Ausgang sich auf die nächste Schlacht ausgewirkt hatte. Oft ruhten seine Finger auch auf den Figuren seiner toten Freunde, am häufigsten auf Yisselda. Wie hätte er sie retten können? Welche Kette von Umständen hätte ihr ein Weiterleben garantiert?

Manchmal betrat Graf Brass mit besorgtem Blick den Raum. Er strich sich durch das ergrauende rote Haar und beobachtete Falkenmond, wie er, in seine Miniaturwelt vertieft, hier eine Schwadron Kavallerie vorrückte und dort eine Infanterieeinheit zurückzog. Falkenmond bemerkte entweder Graf Brass' Anwesenheit nicht, oder er zog es vor, seinen alten Freund zu ignorieren, bis dieser sich räusperte, um auf seine Gegenwart aufmerksam zu machen. Dann sah Falkenmond mit nach innen gerichtetem Blick und ohne Freude über Graf Brass' Besuch hoch. Woraufhin Graf Brass sich nach seinem Befinden erkundigte und Falkenmond kurz erwiderte, daß es ihm gutginge. Daraufhin nickte Graf Brass und sagte, das freue ihn. Falkenmond wartete dann ungeduldig darauf, zu seinem Manöver zurückkehren zu können, während Graf Brass sich im Zimmer umsah und vielleicht eine Schlachtaufstellung betrachtete und eine bestimmte Taktik Falkenmonds bewunderte.

Dann sagte Graf Brass: »Ich reite heute morgen zu einer Inspektionstour der Türme. Es ist ein herrlicher Tag. Begleitet mich doch, Dorian.«

Aber fast immer schüttelte Falkenmond den Kopf und erklärte: »Ich habe so viel zu tun.«

»Das hier?« fragte Graf Brass und deutete mit weitausholender Gebärde auf die Modelltische. »Wozu soll es gut sein? Der Krieg ist vorbei. Sie sind tot. Können Eure Überlegungen und Strategien sie zurückbringen? Ihr seid wie ein Mystiker – ein Zauberer –, der glaubt, durch Manipulationen der Bildnisse könnten auch die manipuliert werden, die sie darstellen. Ihr quält Euch nur. Wie könntet Ihr die Vergangenheit ändern? Vergeßt es! Vergeßt es, Herzog Dorian.«

Aber der Herzog von Köln runzelte die Stirn, als habe Graf Brass eine besonders beleidigende Bemerkung gemacht, und wandte seine volle Aufmerksamkeit wieder seinem Spielzeug zu. Dann seufzte Graf Brass, murmelte ein paar freundliche Worte und verließ das Zimmer.

Falkenmonds Schwermut verdüsterte die Atmosphäre der ganzen Burg, und es wurden bereits Stimmen laut, die vorschlugen, der Herzog solle doch, auch wenn er ein Held von Londra war, nach Germania und zu seinen Stammländern zurückkehren, die er seit seiner Gefangennahme durch die Lords des Dunklen Imperiums in der Schlacht von Köln nicht mehr besucht hatte. Ein entfernter Verwandter regierte nun dort als Oberbürger und Präsident der vom Volk gewählten Regierung, die die Monarchie abgelöst hatte, von der Falkenmond der letzte lebende direkte Angehörige war. Aber Falkenmond hätte nicht einmal im Traum daran gedacht, daß er außer seinen Gemächern in Burg Brass noch ein anderes Zuhause hatte.

Selbst Graf Brass dachte manchmal insgeheim, daß es für Falkenmond besser gewesen wäre, er hätte mit Yisselda den Tod in der Schlacht von Londra gefunden.

Und so vergingen die traurigen Monate, alle schwer von Sorgen und nutzlosen Grübeleien, während Falkenmonds Geist sich immer mehr mit seinen einzigen Gedanken an Yisselda und die Kinder befaßte, bis er kaum noch Essen und Trinken zu sich nahm und selbst den Schlaf vergaß.

Graf Brass und sein alter Kriegskamerad, Hauptmann Josef Vedla, debattierten oft miteinander über dieses Problem, aber sie fanden keine Lösung. Stundenlang saßen sie sich in den bequemen Sesseln zu beiden Seiten des Kamins in der großen Halle von Burg Brass gegenüber, tranken den einheimischen Wein und diskutierten über Falkenmonds Melancholie. Beide waren Soldaten, und Graf Brass war auch einmal Staatsmann gewesen, aber beiden fehlten die Worte, sich treffend über die Krankheit der Seele auszudrücken.

»Ein bißchen mehr Bewegung würde ihm helfen«, meinte

Josef Vedla eines Abends. »Der Geist geht in einem untätigen Körper allmählich zugrunde. Das ist altbekannt.«

»Ja, dessen ist sich ein gesunder Geist auch bewußt. Aber wie kann man das einem kranken Gehirn klarmachen?« gab Graf Brass zu bedenken. »Je länger er allein in seinen Gemächern verharrt und mit diesen verdammten Zinnsoldaten spielt, desto schlimmer wird es mit ihm. Und je kränker er wird, desto schwieriger ist es wiederum für uns, ihm mit Vernunft beizukommen. Die Jahreszeiten bedeuten ihm überhaupt nichts. Er bemerkt nicht einmal, ob es Tag oder Nacht ist. Ich schaudere, wenn ich nur daran denke, was in seinem Kopf vorgeht.«

Hauptmann Vedla nickte. »Er war früher alles andere als verinnerlicht. Er war ein Mann! Ein Krieger! Ein praktischer Mann mit gutem Menschenverstand! Manchmal scheint er mir fast ein völlig anderer Mensch zu sein. Als wäre die alte Falkenmond-Seele durch das Grauen des Schwarzen Juwels aus seinem Körper vertrieben und durch eine andere Seele ersetzt worden!«

Graf Brass mußte lachen. »Ihr entwickelt ja geradezu Phantasie in Euren alten Tagen, Hauptmann. Ihr habt den früheren Falkenmond bewundert, weil er ein Praktiker war – und nun kommt Ihr selbst mit solchem Unsinn!«

Hauptmann Vedla zwang sich zu einem Lächeln. »Das habe ich wohl verdient. Aber wenn man die Macht der ehemaligen Lords des Dunklen Imperiums bedenkt – und die übernatürlichen Kräfte jener, die uns im Kampf beistanden, ist mein Gedankengang vielleicht gar nicht so abwegig.«

»Möglich. Und gäbe es nicht offensichtlichere Erklärungen für Falkenmonds Zustand, würde ich Eurer Theorie möglicherweise beipflichten.«

Ein wenig verlegen murmelte Hauptmann Vedla: »Es war wirklich nur eine Theorie.« Er hob sein Glas, daß das flackernde Feuer sich in ihm fing, und betrachtete den schweren roten Wein darin. »Und dieses Zeug ist zweifellos daran schuld, daß ich es überhaupt wage, diese Theorien zu äußern.«

»Da wir von Granbretanien sprachen«, sagte Graf Brass ein wenig später, »würde es mich interessieren, wie Königin Flana mit ihrem Problem der Unbelehrbaren zurechtkommt, die sich heimlich im schwer zugänglichen Untergrund Londras treffen oder dort sogar hausen, wie sie in ihren Briefen schrieb. In den letzten Monaten habe ich kaum von ihr gehört. Ich frage mich, ob die Situation sich verschlechtert hat, so daß sie ihr mehr Zeit widmen muß.«

»Habt Ihr denn nicht einen Brief von ihr erhalten?«

»Ja, durch Kurier, vor zwei Tagen. Aber er war viel kürzer als gewöhnlich. Er schien mir fast förmlich. Sie lud mich nur wie üblich ein, sie zu besuchen, wann immer ich Lust dazu verspüre.«

»Könnte es vielleicht sein, daß sie sich ein wenig gekränkt fühlt, weil Ihr ihre Einladung noch nicht angenommen habt?« meinte Vedla. »Möglicherweise glaubt sie, Eure Freundschaft für sie sei abgekühlt?«

»Keineswegs, sie ist nach meiner toten Tochter meinem Herzen am nächsten.«

»Aber weiß sie das? Habt Ihr es ihr schon einmal geschrieben?« Vedla schenkte sich Wein nach. »Frauen brauchen solche Bestätigungen, glaubt es mir. Selbst Königinnen.«

»Flana ist über so etwas hinaus. Sie ist zu intelligent. Zu warmherzig.«

»Hm«, brummte Hauptmann Vedla, und es klang, als bezweifle er Graf Brass' Worte.

Graf Brass entging der Unterton nicht. »Ihr glaubt, ich sollte ihr vielleicht in – in blumigerer Sprache schreiben?«

»Nun . . .« Hauptmann Vedla grinste.

»Ich bin nicht sehr einfallsreich, was poetische Ausschmükkungen angeht«, murmelte Graf Brass.

»Euer Stil – egal, welches Thema Ihr behandelt – ähnelt gewöhnlich Befehlsvermittlungen während der Hitze einer Schlacht«, mußte Hauptmann Vedla zugeben, und er grinste dabei. »Ich meine das natürlich nicht als Beleidigung. Ganz im Gegenteil.«

Graf Brass zuckte die Schultern. »Ich möchte nicht, daß Flana glaubt, ich denke nicht mit der größten Zuneigung an sie. Aber ich kann es ihr nicht schreiben. Vielleicht sollte ich tatsächlich ihre Einladung annehmen und sie in Londra besuchen?« Er blickte sich in der halbdunklen Halle um. »Es wäre sicher eine angenehme Abwechslung. Irgendwie ist die Burg nicht mehr so freundlich und heimisch wie früher – ja, in letzter Zeit finde ich sie sogar bedrückend.«

»Ihr könnt Falkenmond mit Euch nehmen. Er mochte Flana. Das wäre eine Möglichkeit, ihn von seinen Zinnsoldaten wegzulocken.« Hauptmann Vedla hörte den Spott aus seiner eigenen Stimme und schämte sich. Er empfand große Sympathie für Falkenmond, und zweifellos Respekt, selbst in dessen jetzigem Zustand. Aber Falkenmonds düstere Grübeleien betrübten alle zutiefst, die ihn von früher gekannt hatten.

»Ich werde ihm den Vorschlag machen«, versprach Graf Brass, obwohl er sich insgeheim nichts mehr wünschte, als eine Weile von Falkenmond wegzukommen. Aber sein Verantwortungsbewußtsein ließ nicht zu, daß er allein reiste, ohne seinen alten Freund zumindest zum Mitkommen aufgefordert zu haben. Und Vedla hatte recht. Ein Besuch Londras mochte Falkenmond tatsächlich aus seiner Brüterei reißen. Das Risiko bestand natürlich, daß das Gegenteil der Fall sein würde. Graf Brass sah jedenfalls schon eine anstrengende Reise mit noch größerer Nervenbelastung voraus, als alle um Falkenmond hier auf der Burg ausgesetzt waren.

»Gleich morgen früh werde ich mit ihm sprechen«, murmelte Graf Brass nach diesen Überlegungen. »Möglicherweise kann durch eine Rückkehr nach Londra, auf den echten Schauplatz der Schlacht – statt dieser endlosen taktischen Spiele –, seine Melancholie ausgetrieben werden . . .«

Hauptmann Vedla pflichtete ihm bei. »Daran hätten wir schon eher denken sollen«, meinte er.

Graf Brass ahnte, daß der Hauptmann den Vorschlag, Falkenmond mitzunehmen, nicht ganz ohne Hintergedanken gemacht hatte.

»Und würdet Ihr mitkommen, Hauptmann Vedla?« erkundigte er sich deshalb mit leichtem Lächeln.

»Jemand müßte hierbleiben und für Euch nach dem Rechten sehen«, gab Vedla zu bedenken. »Sollte der Herzog von Köln jedoch ablehnen, Euch zu begleiten, würde ich es Euch natürlich nicht zumuten, allein zu reisen.«

»Ich verstehe«, murmelte Graf Brass. Er lehnte sich in seinen Sessel zurück, nippte am Wein und bemühte sich, ein heimliches Grinsen zu unterdrücken, als er seinen alten Freund ansah.

Nachdem Hauptmann Josef Vedla sich zurückgezogen hatte, blieb Graf Brass in seinem Sessel sitzen. Er unterdrückte sein Grinsen nicht länger. Er genoß es regelrecht, denn es war lange her, daß er überhaupt einen Grund zur Erheiterung gehabt hatte. Und nun, da er sich mit dem Gedanken einer Reise nach Londra vertraut gemacht hatte, freute er sich sogar schon auf sie, denn plötzlich war ihm das Ausmaß klar geworden, in dem die Stimmung in der Burg auf ihn drückte – ausgerechnet in seiner geliebten Burg, die einst so bekannt für ihren inneren Frieden war.

Er starrte hinauf auf die rauchgeschwärzten Sparren der Halle und dachte bedrückt an Falkenmond und was aus ihm geworden war. Er fragte sich, ob es wirklich so gut war, daß die Vernichtung des Dunklen Imperiums der Welt Frieden gebracht hatte. Es war leicht möglich, daß Falkenmond, sogar noch mehr als er selbst, erst richtig lebte, wenn Gefahr drohte. Gäbe es beispielsweise Schwierigkeiten in Granbretanien – es konnte ja sein, daß die unbelehrbaren Überreste der ehemaligen Maskenträger Königin Flana schwer zu schaffen machten –, wäre es sicher keine schlechte Idee, wenn Falkenmond sich der Sache annähme, die Unruhestifter entdeckte und Schluß mit ihnen machte.

Graf Brass hatte das Gefühl, daß eine Aufgabe dieser Art das einzige wäre, das seinen Freund retten konnte. Instinktiv erriet er, daß Falkenmond nicht für den Frieden geschaffen war. Es gab solche Männer – vom Schicksal zum ewigen Kampf bestimmt, ob nun zum Guten oder zum Bösen.

Graf Brass seufzte und widmete sich seinem neuen Plan. Er würde Flana gleich am Morgen schreiben, daß er beabsichtigte, ihre freundliche Einladung anzunehmen. Es war bestimmt faszinierend festzustellen, was aus dieser einst so ungewöhnlichen Stadt geworden war, seit er sie das letzte Mal als Eroberer gesehen hatte.

2. Graf Brass macht eine Reise

»Übermittelt Königin Flana meine ergebensten Empfehlungen«, sagte Falkenmond abwesend. Er hielt die kleine Zinnfigur in der Hand, die Flana darstellte, und drehte sie einmal in diese, dann in die andere Richtung, während er sprach. Graf Brass war nicht einmal sicher, ob sich Falkenmond bewußt war, daß er sie vom Spielbrett hochgehoben hatte. »Sagt ihr, ich fühle mich nicht wohl genug, diese Reise zu unternehmen.«

»Ihr würdet Euch sicherlich gleich besser fühlen, wenn Ihr erst unterwegs wärt«, gab Graf Brass zu bedenken. Er bemerkte, daß Falkenmond dunkle Vorhänge vor die Fenster gezogen hatte. Lampen brannten im Zimmer, obgleich es schon fast Mittag und strahlend hell im Freien war. Und es roch dumpfig hier und ungesund, und der ganze Raum schien mit düsteren Erinnerungen gefüllt zu sein.

Falkenmond rieb sich die Narbe auf der Stirn, wo einst das Schwarze Juwel eingebettet gewesen war. Seine Haut wirkte wächsern, die Augen brannten in einem erschreckenden, fieberigen Glanz. Er hatte so sehr abgenommen, daß seine Kleider schlotternd an ihm hingen. Er blickte hinab auf den Tisch, auf dem das ungemein komplexe Modell des alten Londra aufgebaut war, mit seinen Tausenden von verrückten Türmen, die durch ein Labyrinth von Tunneln miteinander verbunden waren, so daß keiner der Bürger sich dem Tageslicht hatte aussetzen müssen. Plötzlich wurde es Graf Brass klar, daß Falkenmond nun unter der Krankheit jener litt, die er geschlagen hatte. Es hätte ihn gar nicht gewundert, wenn Falkenmond anfinge, ähnliche reichverzierte Masken zu tragen, wie seine ehemaligen Gegner, die Tierlords.

»Londra hat sich verändert, seit Ihr es das letzte Mal gesehen habt«, versuchte Graf Brass zu Falkenmond durchzudringen. »Ich habe gehört, daß die Türme niedergerissen wurden, daß alle Straßen mit Blumenrabatten geschmückt sind, und an Stelle des Tunnels Grünflächen und Parks angelegt wurden.«

»Ja, das habe ich auch gehört«, erwiderte Falkenmond ohne Interesse. Er wandte sich von Graf Brass ab und begann eine Division Kavallerie des Dunklen Imperiums außerhalb der Mauern zu plazieren. Er schien von einer Situation auszugehen, in der das Dunkle Imperium Graf Brass und die anderen Diener des Runenstabs besiegt hatte. »Es muß sehr – hübsch aussehen. Aber ich persönlich ziehe es vor, mich an das frühere Londra zu erinnern.« Seine Stimme klang schneidend. »So wie es war, als Yisselda dort fiel.«

Graf Brass fragte sich, ob Falkenmond wohl vielleicht gar ihm die Schuld am Tod seiner Tochter gab – ihn verdächtigte, mit jenen zusammengearbeitet zu haben, die in der Schlacht gegen sie kämpften. Er unterdrückte seinen Unmut. »Aber die Reise selbst! Wäre das nicht eine großartige Abwechslung? Als Ihr die Welt dort draußen zum letztenmal saht, lag sie in Ruinen. Jetzt steht alles in voller Blüte.«

»Ich habe hier wichtige Dinge zu tun«, murmelte Falkenmond.

»Welche Dinge?« Graf Brass' Stimme klang bei dieser Frage fast scharf. »Ihr habt Eure Gemächer seit Monaten nicht verlassen.«

»In all dem liegt die Antwort«, erwiderte Falkenmond kurz, während er unwirsch auf den Tisch deutete. »Es gibt einen Weg, Yisselda zu finden.«

Graf Brass lief es kalt über den Rücken.

»Yisselda ist tot«, sagte er leise.

»Sie lebt«, widersprach Falkenmond. »Sie lebt. Irgendwo! An einem anderen Ort.«

»Wir waren uns einmal einig, Ihr und ich, daß es kein Leben nach dem Tod gibt«, erinnerte Graf Brass seinen Freund. »Außerdem – möchtet Ihr wahrhaftig einen Geist ins Leben zurückrufen? Würde es Euch beglücken, Yisseldas Schatten herbeizubeschwören?«

»Wenn das alles wäre, was ich zurückholen könnte – ja! Ich würde mich selbst damit zufriedengeben.«

»Ihr liebt eine Tote!« Graf Brass' Stimme zitterte fast. »Und durch Eure Liebe zu ihr scheint Ihr mir nun in den Tod verliebt zu sein.«

»Was gibt es denn im Leben noch zu lieben?«

»Viel, sehr viel! Ihr würdet es selbst feststellen, wenn Ihr Euch entschließen könntet, mit mir zu reisen.«

»Ich habe kein Bedürfnis, Londra zu sehen. Ich hasse diese Stadt!«

»Dann begleitet mich zumindest einen Teil des Weges.«

»Nein. Meine Träume beginnen wiederzukehren. Und in diesen Träumen komme ich Yisselda ein wenig näher – und unseren zwei Kindern.«

»Es gab diese Kinder nie. Ihr habt sie erfunden. In Eurem Wahnsinn habt Ihr sie Euch ausgedacht.«

»Nein. Gestern nacht träumte ich, ich hätte einen anderen Namen, sei jedoch der gleiche Mann. Ein seltsamer, archaischer Name war es. Ein Name vor dem Tragischen Jahrtausend. John Daker. Ja, das war er. Und John Daker fand Yisselda.«

Graf Brass brach es fast das Herz bei den aus dem Irrsinn geborenen Worten seines Freundes. »Diese Überlegungen, diese Träume bringen Euch nur noch größeres Leid, Dorian. Sie verschlimmern die Tragödie. Glaubt es mir, ich spreche die Wahrheit.«

»Ich weiß, daß Ihr es gut meint, Graf Brass. Ich achte Eure Einstellung und verstehe, daß Ihr glaubt, mir zu helfen. Aber ich bitte Euch einzusehen, daß Ihr das Gegenteil damit bewirkt. Ich muß diesem Weg folgen. Ich weiß, daß er mich zu Yisselda führt.«

»Ja«, murmelte Graf Brass voll Kummer. »Ich pflichte Euch bei. Er führt Euch in den Tod.«

»Ist das der Fall, habe ich nichts zu befürchten.« Falkenmond drehte sich wieder um und sah Graf Brass an. Der Graf spürte, wie es ihm kalt ums Herz wurde, als er in das eingefallene weiße Gesicht und die glühenden Augen blickte, die tief in den Höhlen lagen.

»O Falkenmond«, murmelte er. »O Falkenmond.«

Ohne ein weiteres Wort schritt er zur Tür.

Ehe er sie hinter sich schloß, hörte er noch Falkenmonds hysterisch klingende Stimme.

»Ich *werde* sie finden, Graf Brass!«

Am nächsten Tag zog Falkenmond die Vorhänge ein wenig zur Seite, um durch das Fenster auf den Hof hinunterzublicken. Graf Brass brach auf. Sein Gefolge saß bereits auf den edlen Pferden, deren Samt- und Satindecken die Farben des Grafen aufwiesen – ein Rot in mehreren Tönen. Wimpel und Bänder flatterten von den Flammenlanzen in ihren Sattelhüllen. Und der Wind bauschte die Umhänge der Männer, so daß die frühe Morgensonne sich auf den glänzenden Rüstungen spiegeln konnte. Die Pferde stampften ungeduldig und schnaubten. Diener eilten geschäftig herum und reichten den Reitern zur inneren Erwärmung dampfende Getränke. Und dann trat Graf Brass auf den Hof und schwang sich auf seinen rotbraunen Hengst. Seine Messingrüstung flammte in der Sonne, als stünde sie in Feuer. Der Graf blickte zum Fenster hinauf, und sein Gesicht wirkte nachdenklich. Dann strafften sich seine Züge, als er sich zu seinen Leuten umdrehte, um einen Befehl zu erteilen. Und Falkenmond sah ihnen allen weiter zu.

Während er hinunter auf den Hof schaute, konnte er sich von dem Eindruck nicht lösen, besonders feingearbeitete Modelle vor sich zu haben. Modelle, die sich bewegten und redeten, die aber eben trotzdem nur Modelle wie seine Zinnfiguren waren. Ihm schien, als brauchte er nur hinunterzugreifen und einen der Reiter hochzuheben. Vielleicht Graf Brass selbst, um ihn in eine ganz andere Richtung als Londra zu schicken. Er hegte einen vagen, unbestimmten Groll gegen seinen alten Freund, den er sich nicht erklären konnte. Manchmal träumte er, daß Graf Brass sich sein Leben mit dem seiner Tochter erkauft hatte. Aber wie sollte das möglich sein? Außerdem war das etwas, das Graf Brass nie zuzutrauen wäre. Ganz im Gegenteil, der alte Haudegen hätte ohne lange Überlegungen sein Leben für jemanden, der ihm nahe war, gegeben. Und trotzdem spukte dieser Gedanke immer wieder in Falkenmonds Kopf herum.

Einen flüchtigen Moment empfand er fast ein wenig

Bedauern – vielleicht hätte er Graf Brass doch nach Londra begleiten sollen? Er sah zu, wie Hauptmann Vedla befahl, das Fallgitter zu heben. Graf Brass hatte Falkenmond gebeten, sich während seiner Abwesenheit um Burg und Land zu kümmern. Aber die Dienstboten auf der Burg und die Hüter der Kamarg konnten sehr wohl ohne ihn zurechtkommen, ohne seine Entscheidungen zu brauchen.

Jetzt war auch keine Zeit für Entscheidungen und Handlungen, sondern für Überlegungen. Falkenmond war entschlossen, einen Weg durch diese Vorstellungen zu finden, die er in seinem Kopf verborgen fühlte und die er doch irgendwie – noch – nicht erreichen konnte. So sehr seine alten Freunde auch sein »Spiel mit den Zinnsoldaten« verachteten, er wußte, daß er durch sie – indem er sie in immer neuen Aufstellungen bewegte – diese sich ihm immer entziehenden Gedanken einmal zu fassen bekäme. Und sie würden ihm die Wahrheit seiner eigenen Situation verraten. Verstand er diese erst, würde er Yisselda lebend wiederfinden. Und er war sich fast sicher, daß er auch zwei Kinder entdecken würde – einen Jungen und ein Mädchen, wenn er sich nicht täuschte. Alle hatten sie ihn für wahnsinnig gehalten – fünf Jahre lang. Er war jedoch überzeugt, daß er es nicht gewesen war. Er glaubte, sich selbst zu gut zu kennen – und wenn der Wahnsinn ihn jemals erfassen sollte, dann auf eine andere Weise, als seine Freunde es für möglich hielten.

Nun winkten Graf Brass und sein Gefolge den Zurückbleibenden zu, dann ritten sie durch das Tor.

Im Gegensatz zu Graf Brass' Vermutung hielt Falkenmond sehr viel von seinem alten Freund, und es schmerzte ihn ein wenig, ihn fortreiten zu sehen. Aber Falkenmonds Problem war, daß er seine Gefühle nicht mehr zeigen und ausdrücken konnte. Er war viel zu sehr mit seinen eigenen Überlegungen beschäftigt, mit seinem Problem, das er durch die Manipulationen der winzigen Figuren auf seinen Tischen zu lösen hoffte.

Falkenmond blickte Graf Brass und seinen Männern nach, als sie die Serpentinenstraße zur Stadt hinunter und schließlich durch Aigues-Mortes ritten. Die Bürger hatten sich am Straßenrand gesammelt, um Graf Brass Lebewohl zu wünschen und ihm nachzuwinken. Schließlich erreichte der kleine Trupp das Tor und den breiten Weg durch die Marschen. Bis sie außer Sicht waren, verfolgte Falkenmond sie mit den Augen, dann erst wandte er sich vom Fenster ab und beschäftigte sich wieder mit seinen winzigen Modellfiguren.

Gegenwärtig arbeitete er eine Situation aus, in der man ihm das Schwarze Juwel nicht eingepflanzt hatte. In ihr gab es zwar Oladahn von den Bulgarbergen, nicht aber die Legion der Morgenröte. Hätte in diesem Fall das Dunkle Imperium geschlagen werden können? Und wenn ja, wie hätte es sich ermöglichen lassen? Er erreichte den Punkt, an dem er schon Hunderte Male angelangt war: die Schlacht von Londra. Aber diesmal, zum erstenmal kam ihm der Gedanke, daß ja auch er hätte fallen können. Hätte das Yisseldas Leben gerettet?

Wenn er hoffte, durch diese Permutationen vergangener Ereignisse einen Weg zu finden, um die Wahrheit zu ergründen, die er tief in seinem Gehirn versteckt glaubte, so schlug es auch diesmal fehl. Er beendete die mit dieser Möglichkeit verbundenen Taktiken, er registrierte die neuentstehenden Eventualitäten, und überdachte die nächsten Entwicklungen. Er wünschte, Bowgentle wäre nicht in Londra gefallen. Bowgentle hatte viel gewußt und hätte ihm vielleicht jetzt helfen können.

Aber was das betraf, kämen vielleicht auch die Kuriere, die Gesandten des Runenstabs in Betracht – der Ritter in Schwarz und Gold, Orland Fank oder sogar der mysteriöse Jehamia Cohnalias, der nie von sich behauptet hatte, menschlich zu sein. Im Dunkel vieler Nächte hatte er hilfesuchend nach ihnen gerufen, aber sie waren nicht gekommen. Der Runenstab war nun in Sicherheit, und sie bedurften Falkenmonds nicht mehr. Er hatte sich von ihnen im Stich gelassen gefühlt, obwohl er wußte, daß sie ihm zu nichts verpflichtet waren.

Aber konnte nicht vielleicht der Runenstab irgendwie mit den Geschehnissen verwickelt sein, die ihn betrafen? War dieses seltsame Artefakt vielleicht einer neuerlichen Gefahr ausgesetzt? Hatte es eine weitere Reihe von Ereignissen in Bewegung gesetzt – ein neues Schicksalmuster zu weben begonnen? Falkenmond hatte irgendwie das Gefühl, daß seiner

Situation mehr anhaftete, als die normalen, sichtbaren Tatsachen schließen ließen. Er war vom Runenstab und seinen Dienern genauso manipuliert worden, wie er jetzt seine Zinnsoldaten bewegte. Zog der Runenstab vielleicht wieder an den Fäden, die ihn zu seiner Marionette machten? Hatte er sich deshalb seinen Modellfiguren zugewandt, um sich selbst etwas vorzumachen – um zu glauben, daß er zumindest sie manipulieren konnte, wenn doch in Wirklichkeit er manipuliert wurde.

Er schob diesen Gedanken zur Seite. Er mußte sich seinen ursprünglichen Überlegungen widmen.

Und so vermied er, den Tatsachen ins Auge zu sehen.

Indem er vortäuschte, die Wahrheit zu suchen, gelang es ihm, der Wirklichkeit zu entkommen. Denn die Realität seiner Lage wäre möglicherweise unerträglich für ihn gewesen.

3. Eine Lady in eiserner Rüstung

Ein Monat verging.

Zwanzig Möglichkeiten probierte Falkenmond inzwischen mit seinen Modellen aus. Doch sie brachten ihm Yisselda nicht näher, nicht einmal in seinen Träumen.

Unrasiert, mit roten Augen, das Gesicht voll Pickel, die Haut schuppig, schwach vor unterbliebener Nahrungsaufnahme, und schlaff von Mangel an körperlicher Tätigkeit, erinnerte nichts mehr an den Helden, weder geistig, charakterlich, der Dorian Falkenmond einst gewesen. Er sah dreißig Jahre älter aus, als er tatsächlich war. Seine Kleidung – schmutzig, zerrissen, stinkend – schien die eines Bettlers zu sein. Sein ungewaschenes Haar hing in fetten Strähnen in sein Gesicht. Sein Bart wies häßliche Flecken und Spuren undefinierbarer Substanzen auf. Er hatte sich angewöhnt, mit sich zu reden, sich häufig zu räuspern und zu hüsteln. Seine Diener gingen ihm aus dem Weg, wo sie konnten. Er hatte selten Grund, sie zu rufen, und so fiel ihm ihre Abwesenheit auch gar nicht auf.

Bis zur Unkenntlichkeit hatte er sich verändert, dieser Mann, der der Held von Köln, der Diener des Runenstabs, der ruhmreiche Krieger gewesen war, der die Unterdrückten zum Sieg über das Dunkle Imperium geführt hatte.

Sein Leben schwand von ihm, auch wenn er selbst es nicht bemerkte.

In seiner Besessenheit mit alternativen Schicksalen war er nahe daran, sein eigenes zu einem Ende zu bringen, sich selbst zu vernichten.

Und seine Träume wandelten sich. Weil sie sich veränderten, schlief er noch seltener als zuvor. In seinen Träumen hatte er viele Namen. Einer davon war John Daker, aber viel öfter wurden ihm die anderen bewußt – Erekose und Urlik. Nur der vierte Name entglitt ihm, obgleich er wußte, daß er existierte. Wenn er erwachte, konnte er sich nie an diesen vierten Namen erinnern. Er begann sich zu fragen, ob es so etwas wie Reinkarnation gab. Entsann er sich vielleicht seiner früheren Leben? Das war jedenfalls seine instinktive Schlußfolgerung. Aber sein gesunder Menschenverstand ließ diese Erklärung nicht zu.

In seinen Träumen begegnete er auch manchmal Yisselda. Und in diesen Träumen war er immer beunruhigt, spürte er die schwere Last der Verantwortung auf sich drücken – und ein Schuldbewußtsein. Er hatte jedesmal das Gefühl, es sei seine Pflicht, irgend etwas ganz Bestimmtes zu tun, aber nie wurde ihm klar, was das sein mochte. Hatte er andere Leben hinter sich, die genauso tragisch gewesen waren wie dieses? Der Gedanke an eine Ewigkeit der Tragödie war zuviel für ihn. Er verscheuchte ihn, ehe er sich ganz formen konnte.

Und doch schienen ihm diese Vorstellungen irgendwie halbvertraut. Wo hatte er von ihnen gehört? War er ihnen begegnet? In anderen, früheren Träumen? Im Gespräch mit jemandem? Mit Bowgentle, vielleicht? In Dnark, der fernen Stadt des Runenstabs?

Er begann sich bedroht zu fühlen. Er lernte Furcht kennen. Selbst die Zinnfiguren auf seinen Tischen waren halbvergessen. Er sah aus den Augenwinkeln bereits sich bewegende Schatten. Was beschwor diese Angst herauf?

Er dachte, er sei vielleicht nahe daran, die Wahrheit über

Yisselda zu verstehen, und irgendwelche Kräfte sollten es verhindern, Kräfte, die ihn möglicherweise töten würden, wenn er herausfand, wie er seine Liebste erreichen konnte.

Das einzige, was Falkenmond nicht in Betracht zog – die einzige Antwort, die ihm gar nicht in den Sinn kam –, war, daß diese Furcht im Grund genommen eine Angst vor sich selber war, die Angst, sich einer unerfreulichen Wahrheit zu stellen. Die Lüge war es, die bedroht wurde, die Lüge, die seinen Verstand schützte; und wie die meisten Menschen es tun, kämpfte er, um diese Lüge zu verteidigen.

Zu dieser Zeit war es auch, daß er seine Diener verdächtigte, sich mit seinen Feinden im Bund zu befinden. Er war überzeugt, sie hätten versucht, ihn zu vergiften. Er begann, seine Türen zu versperren und weigerte sich, sie zu öffnen, wenn die Diener Einlaß erbaten, um zumindest die notwendigsten Handgriffe zu tun. Er aß gerade so viel, daß er nicht direkt verhungerte. Er sammelte Regenwasser in Bechern, die er auf seine äußeren Fenstersimse stellte, und nur dieses Wasser trank er. Doch immer öfter überwältigte die Erschöpfung seinen geschwächten Körper. Dann kamen die kleinen Träume zu dem Mann, der in der Dunkelheit hauste. Träume, die an sich nicht unangenehm waren – er sah freundliche Landschaften, fremde Städte, Schlachten, an denen er, Falkenmond, nie teilgenommen hatte, merkwürdige, fremdartige Leute, denen er selbst in seinen Abenteuern im Dienst des Runenstabs nie begegnet war. Aber diese Träume erschreckten ihn. Auch Frauen kamen in diesen Träumen vor. Einige von ihnen mochten Yisselda gewesen sein, doch empfand er nie Freude, wenn er sie sah, nur eine tiefe Unruhe. Und einmal, ganz flüchtig, träumte er, er blicke in einen Spiegel und sähe statt seines eigenen Spiegelbilds eine Frau.

Eines Morgens erwachte er aus seinem quälenden Schlummer, doch statt sich zu erheben, wie es seine Gewohnheit war, und sich direkt zu seinen Tischen mit den Modellen zu begeben, blieb er liegen und starrte zu den Sparren in seinem Zimmer hoch. In dem schwachen Licht, dem es gelang, durch die dicken Vorhänge zu dringen, sah er ganz deutlich Kopf und Schultern eines Mannes, der dem toten Oladahn glich. Die

Ähnlichkeit lag hauptsächlich in der Art, wie er seinen Kopf hielt, in seinem Gesichtsausdruck und den Augen. Ein breitkrempiger Hut saß keck auf dem langen schwarzen Haar, und eine kleine schwarz-weiße Katze hockte auf seiner Schulter. Falkenmond bemerkte, ohne sich darüber zu wundern, daß die Katze Flügel hatte, die auf dem Rücken gefaltet waren.

»Oladahn?« murmelte Falkenmond, obgleich er wußte, daß es nicht sein alter Gefährte war.

Das Gesicht lächelte und öffnete die Lippen, um zu sprechen, doch dann war es plötzlich verschwunden.

Falkenmond zog das schmutzige seidene Bettuch über den Kopf und blieb am ganzen Leib zitternd liegen. Er hatte das Gefühl, daß der Wahnsinn nach ihm griff. Graf Brass hatte vielleicht doch recht gehabt, wenn er behauptete, er habe die fünf Jahre lang Halluzinationen nachgehangen.

Später erhob Falkenmond sich doch und zog seinen Spiegel unter den Decken hervor, mit denen er ihn vor ein paar Wochen verdeckt hatte, weil er sein Spiegelbild nicht sehen wollte.

Er starrte auf die heruntergekommene Gestalt, die durch das staubige Glas zurückstierte.

»Ich sehe einen Wahnsinnigen«, murmelte Falkenmond. »Einen sterbenden Irren!«

Das Spiegelbild äffte die Bewegungen seiner Lippen nach. Die Augen wirkten verstört. Über ihnen, in Stirnmitte, war eine bleiche kreisrunde Narbe zu erkennen, wo einst das Schwarze Juwel geglüht hatte, jener Edelstein, der das Gehirn eines Menschen zerstören konnte.

»Es gibt noch andere Dinge, die an eines Mannes Verstand zehren«, murmelte der Herzog von Köln. »Weniger sichtbare Dinge als Juwelen, schlimmere Dinge! Mit welcher Schläue doch die Lords des Dunklen Imperiums noch nach ihrem Tod nach mir greifen, um sich zu rächen. Indem sie Yisselda mordeten, brachten sie auch mir den allmählichen Tod.«

Er bedeckte seinen Spiegel wieder und seufzte abgrundtief. Schwerfällig kehrte er zu seinem Bett zurück und setzte sich nieder. Aber er wagte es nicht mehr, zur Decke hochzublicken, wo er den Mann gesehen hatte, der Oladahn ähnelte.

Er fand sich mit der Tatsache seines Elends, seines baldigen Todes und seines Wahnsinns ab. Müde zuckte er die Schultern.

»Ich war ein Krieger«, murmelte er, »und wurde zum Narren. Ich machte mir etwas vor. Ich glaubte, ich könnte erreichen, was geniale Wissenschaftler und Zauberer erreichen, was Philosophen ergründen. Doch dazu war ich nie fähig. Statt dessen verwandelte ich mich von einem vernünftigen Mann zu diesem erbärmlichen und kränklichen Bündel aus Haut und Knochen. Und hör mir zu, Falkenmond! Du redest mit dir selbst! Du murmelst, du phantasierst, du wimmerst. Dorian Falkenmond, Herzog von Köln, es ist zu spät zur Umkehr. Du verrottest!«

Ein schwaches Lächeln huschte über seine Lippen.»Deine Bestimmung war es, zu kämpfen, ein Schwert zu schwingen, die Riten des Krieges zu zelebrieren. Und nun sind Tische zu deinem Schlachtfeld geworden, und du hast die Kraft verloren, auch nur einen Dolch zu führen, viel weniger ein Schwert. Du könntest nicht einmal mehr auf einem Pferd sitzen, wenn du es wolltest.«

Er ließ sich auf sein schmutziges Kissen zurückfallen und barg sein Gesicht unter den Armen. »Mögen die Kreaturen kommen«, brummte er. »Mögen sie mich quälen. Es stimmt! Ich bin wahnsinnig!«

Er zuckte zusammen, denn er glaubte, jemanden neben sich ächzen gehört zu haben. Er zwang sich, nachzusehen.

Die Tür war knarrend aufgeschwungen, als ein Diener sie geöffnet hatte. Er stand jetzt verlegen an der Tür.

»Mein Lord?«

»Sind sie alle überzeugt, daß ich wahnsinnig bin, Voisin?«

»Mein Lord?«

Der Diener war ein alter Mann, ein Greis, einer der wenigen, die sich noch regelmäßig um Falkenmond kümmerten. Er diente ihm treu, seit der Herzog von Köln das erste Mal auf Burg Brass gekommen war. Trotzdem senkte er jetzt verlegen die Augen.

»Sie halten mich also alle für wahnsinnig, ja, Voisin?«

Der Greis breitete hilflos die Hände aus. »Manche, mein Lord. Andere sagen, Ihr seid krank – eine körperliche Krankheit. Ich mache mir schon seit einer Weile Gedanken, ob wir nicht vielleicht einen Arzt rufen sollten . . .«

Ein wenig des alten Argwohns kehrte zurück. »Ärzte? Giftmischer?«

»O nein, mein Lord!«

Falkenmond riß sich zusammen. »Nein, natürlich nicht. Ich danke dir für deine Sorge, Voisin. Was hast du mir gebracht?«

»Nichts, mein Lord, außer Neuigkeiten.«

»Von Graf Brass? Wie gefällt es ihm in Londra?«

»Nicht von Graf Brass. Von einem Besucher. Ein alter Freund des Grafen, wenn ich richtig gehört habe. Als er erfuhr, daß der Graf sich auf Reisen befindet und Ihr ihn hier vertretet, bat er, Ihr möget ihn empfangen.«

»Ich?« Falkenmond grinste grimmig. »Wissen sie, dort draußen in der Welt, was aus mir geworden ist?«

»Ich glaube nicht, mein Lord.«

»Was hast du gesagt?«

»Daß Ihr Euch nicht wohl fühlt, ich Euch aber die Botschaft überbringen würde.«

»Und das hast du getan.«

»Jawohl, mein Lord.« Voisin zögerte. »Soll ich sagen, daß Euer Gesundheitszustand nicht erlaubt . . .«

Falkenmond wollte nicken, doch dann änderte er seinen Entschluß. Er stützte sich aufs Bett und erhob sich. »Nein, ich werde den Besuch empfangen. In der Halle.«

»Möchtet Ihr Euch erst – frisch machen, mein Lord? Heißes Wasser . . .«

»Nein, ich werde den Gast in einigen Minuten begrüßen.«

»Ich richte es aus.« Ein wenig hastig verließ Voisin Falkenmonds Gemach, ganz offensichtlich verstört über Falkenmonds Entschluß.

Mit voller Absicht, um zu schockieren, machte Falkenmond keine Anstalten, etwas zur Verschönerung seines Aussehens zu unternehmen. Sollte der Besuch ihn nur so sehen, wie er war.

Außerdem war er ganz bestimmt wahnsinnig. Selbst der Gast konnte eine seiner Phantasievorstellungen sein. Er mochte sich irgendwo und überall befinden – im Bett, an seinen Tischen, ja selbst auf einem Ritt durch die Marschen –, und sich nur einbilden, daß jemand ihn zu sprechen bat. Als er sein Schlafgemach verließ und durch den Raum mit seinen Tischen schritt, streifte er mit seinen schmutzigen Ärmeln ganze Reihen von Zinnsoldaten, dann warf er absichtlich ein paar Türme von Londra um, und stieß mit dem Fuß so wild gegen ein Tischbein, daß die ganze Stadt Köln erbebte.

Das Licht der farbigen Fenster an beiden Enden des Korridors blendete ihn, und er blinzelte.

Dann schritt er zum Treppenaufgang, der zur großen Halle hinunterführte. Er fühlte sich so schwindlig, daß er sich ans Geländer klammern mußte. Seine Schwäche amüsierte ihn. Er freute sich auf den Schock seines Besuchers, wenn er ihn erblickte.

Ein Diener eilte herbei, um ihm zu helfen, und Falkenmond stützte sich schwer auf den Arm des jungen Mannes, als sie ganz langsam hinunterstiegen.

Und endlich hatte Falkenmond die Halle erreicht.

Eine Gestalt in Rüstung bewunderte gerade eine von Graf Brass' Schlachttrophäen – eine Lanze und einen verbeulten Schild, die er vor vielen Jahren während der Stadtkriege am Rhein von Orson Kach erobert hatte.

Falkenmond erkannte die Gestalt nicht. Sie war nicht sonderlich groß, war untersetzt, und ihre Haltung und Bewegungen wirkten ein wenig herausfordernd. Sicher einer von Graf Brass' alten Kriegskameraden, als er noch Söldnergeneral gewesen war.

»Seid gegrüßt«, krächzte Falkenmond. »Ich bin der gegenwärtige Hüter von Burg Brass.«

Die Gestalt drehte sich um. Kühle graue Augen musterten Falkenmond von oben bis unten. Ihr Gesicht verriet keinen Schock, ja war absolut unbewegt, als sie auf ihn zutrat und ihm die Hand entgegenstreckte.

Es war im Gegenteil nun Falkenmonds Gesicht, das Überraschung verriet.

Denn sein Besucher, der in einer eisernen Rüstung steckte, war eine Frau von mittleren Jahren.

»Herzog Dorian?« sagte sie. »Ich bin Katinka van Bak. Ich bin seit vielen Nächten unterwegs.«

4. Neuigkeiten von hinter den Bulgarbergen

»Ich bin in dem jetzt von der See bedeckten Hollandien geboren«, erklärte Katinka van Bak. »Meine Eltern waren allerdings Kaufleute aus Moskovia. In den Kämpfen zwischen unserem Land und den Belgischen Staaten wurden Vater und Mutter getötet und ich gefangengenommen. Eine Weile diente ich im Gefolge des Prinzen von Berlin. Er hatte die Belgier in ihrem Krieg unterstützt, und ich gehörte zu seinem Beutegut.« Sie hielt inne, um sich noch eine Scheibe kalten Bratens auf ihren Teller zu legen. Ihre Rüstung hatte sie abgelegt und trug nun ein einfaches Seidenhemd und eine blaue Baumwollkniehose. Und obgleich sie ihre Ellbogen auf den Tisch stützte und sich ungezwungen und ganz unladylike benahm, war sie doch nicht unfeminin, und Falkenmond stellte bald fest, daß sie ihm sehr gefiel.

»Ich verbrachte fast die ganze Zeit mit Kriegern, und so erwuchs in mir bald das Bedürfnis, es ihnen gleichzutun. Es machte ihnen Spaß, mir beizubringen, mit Schwert und Bogen umzugehen, und sie amüsierten sich, wenn ich mich absichtlich selbst dann noch dumm stellte, als ich schon lange gut damit umzugehen verstand. Dadurch erweckte ich ihren Argwohn nicht, was meine Pläne betraf.«

»Ihr beabsichtigtet zu fliehen?«

»Ein wenig mehr als das.« Katinka van Bak lächelte und wischte sich über die Lippen. »Der Zeitpunkt kam, da Prinz Lobkowitz von meiner Exzentrizität erfuhr. Ich erinnere mich an sein Gelächter, als man ihn zu dem Platz außerhalb der

Mädchenunterkünfte führte. Der Soldat, der mich besonders protegiert hatte, reichte mir ein Schwert, und er und ich führten einen Zweikampf vor, um dem Prinzen zu zeigen, auf welch charmante, wenn auch vielleicht nicht sehr gekonnte Weise ich focht. Prinz Lobkowitz amüsierte sich sichtlich. Er erklärte, er habe an diesem Abend Gäste geladen, und es wäre doch eine großartige Idee, wenn ich statt der üblichen Jongleure und Gaukler auftrat. Das paßte mir wunderbar in den Kram. Ich klimperte mit den Wimpern und lächelte verlegen, und tat, als wäre ich überglücklich über solche Ehre und als ob ich nicht wüßte, daß alle über mich lachten.«

Falkenmond versuchte, sich Katinka van Bak in der Rolle einer Naiven vorzustellen, aber das war zuviel für seine Phantasie. »Und was geschah?« Er war ehrlich gespannt. Zum erstenmal seit Monaten lenkte ihn etwas von seinen eigenen Problemen ab. Er stützte sein bartstoppeliges Kinn auf eine schmutzige Hand, als Katinka van Bak fortfuhr.

»Nun, an diesem Abend wurde ich den Gästen vorgestellt, die mir lächelnd zusahen, wie ich nacheinander gegen mehrere von Prinz Lobkowitzs Krieger kämpfte. Sie aßen tüchtig, während sie zusahen, und tranken noch mehr. Verschiedene Gäste boten dem Prinzen hohe Summen für mich. Doch das hob natürlich nur seinen Besitzerstolz, und er lehnte alle Angebote ab. Ich erinnere mich noch, wie er mir zurief:

›Und nun, kleine Katinka, welche weiteren kriegerischen Künste beherrschst‹ du? Was wirst du uns als nächstes bieten?‹

Ich hielt den richtigen Augenblick für gekommen. Ich machte einen hübschen Knicks und erwiderte mit scheinbar naiver Kühnheit:

›Ich habe gehört, daß Ihr einer der besten Schwertkämpfer seid, Eure Hoheit. Der beste in der ganzen Provinz Berlin.‹

›Das sagt man wohl‹, erwiderte Lobkowitz.

›Würdet Ihr mir die Ehre erweisen, die Klingen mit mir zu kreuzen, mein Lord? Damit ich meine Geschicklichkeit gegen den besten Kämpfer in diesem Saal unter Beweis stellen kann?‹

Prinz Lobkowitz war verständlicherweise ziemlich verblüfft, doch dann lachte er. Er konnte vor seinen Gästen schlecht nein sagen, und damit hatte ich gerechnet. Also entschloß er sich, mir die Freude zu machen, aber er sagte ernst:

›In Berlin haben wir unterschiedliche Regeln für die verschiedenen Arten von Zweikampf. Wir fechten um den ersten Stich, den ersten Schnitt auf der linken Wange, dann den ersten auf der rechten, und so weiter – bis das Duell mit dem Tod endet. Ich möchte nicht gern deine Schönheit verunstalten, kleine Katinka.‹

›Dann laßt uns bis zum Tod kämpfen, Eure Hoheit!‹ rief ich und tat, als wäre ich berauscht von der bisherigen Begeisterung der Zuschauer.

Gelächter brandete auf. Aber ich bemerkte auch, daß viele Augen aufgeregt von mir zum Prinzen huschten. Es bezweifelte natürlich niemand, daß er jeden Zweikampf gewinnen würde, aber es würde ein Erlebnis für sie sein, mein Blut fließen zu sehen.

Lobkowitz war zu betrunken, um klar denken zu können und sich die Folgen meines Vorschlags zu überlegen. Aber er wollte vor seinen Gästen das Gesicht nicht verlieren.

›Ich möchte eine so talentierte Sklavin nicht verlieren‹, erklärte er in väterlichem Ton. ›Wir sollten uns vielleicht lieber einen anderen Einsatz als das Leben einfallen lassen, kleine Katinka.‹

›Meine Freiheit‹, schlug ich vor.

›Nein, denn ein so unterhaltsames Mädchen wie dich gibt man nicht gern her . . .‹, begann er. Doch da brüllte ihm die Menge zu, eine sportlichere Einstellung zu zeigen. Schließlich wußten sie alle, daß er eine Weile Katz und Maus mit mir spielen konnte, ehe er mich mit einem Hieb kampfunfähig machte oder mich entwaffnete.

›Also gut!‹ Er lächelte und zuckte die Schultern. Dann ließ er sich von seiner Leibwache eine Klinge geben und trat zu mir auf die Plattform. ›Wir wollen anfangen‹, sagte er. Ich sah seiner Haltung an, daß er beabsichtigte, das Duell so lange wie möglich hinauszuziehen, um seinen Gästen seine Geschicklichkeit zu beweisen.

Der Kampf begann meinerseits recht tolpatschig. Die Gäste jubelten mir zu, um mich zu ermutigen, und einige schlossen bereits Wetten ab, wie lange der Kampf dauern würde – natürlich setzte keiner darauf, daß ich gewinnen würde.« Katinka füllte ihren Becher mit Apfelsaft nach und leerte ihn, ehe sie fortfuhr.

»Wie Ihr gewiß inzwischen erraten habt, Herzog Dorian, hatte ich mich heimlich zu einem wahrhaft guten Fechter entwickelt. Langsam begann ich meine Geschicklichkeit zu zeigen, und allmählich wurde es Prinz Lobkowitz klar, daß er sich besser anstrengen mußte, um sich zu verteidigen. Es wurde ihm bewußt, wie ich merkte, daß er gegen einen Gegner kämpfte, der ihm sehr wohl ebenbürtig sein mochte. Der Gedanke, von einem Sklaven – schlimmer noch, einer Sklavin! – geschlagen zu werden, war nicht angenehm. Er begann jetzt ernsthaft zu fechten. Er fügte mir zwei Verletzungen zu – eine auf der linken Schulter, die andere am Oberschenkel. Aber ich beachtete sie nicht. Und nun, wie ich mich erinnere, herrschte absolute Stille in dem großen Saal, wenn man vom Klirren der Klingen und Prinz Lobkowitz' keuchendem Atem absah. Eine ganze Stunde fochten wir. Er hätte mich getötet, wenn es ihm gelungen wäre.«

»Ich entsinne mich«, murmelte Falkenmond nachdenklich, »an eine Geschichte, die von Mund zu Mund ging, als ich noch in Köln herrschte. So seid Ihr also die Frau, die . . .«

»Die Prinz Lobkowitz in Berlin im Zweikampf das Leben nahm. Richtig. Vor seinen eigenen Gästen, in der Gegenwart seiner Leibwachen tötete ich ihn. Mit einem sauberen Stich ins Herz machte ich ihm ein Ende. Er war der erste, der durch meine Klinge fiel. Und ehe die Zuschauer sich noch entschieden hatten, ob sie ihren Augen trauen konnten, hob ich meinen Degen und erinnerte sie an die Abmachung – daß ich durch einen Sieg über den Prinzen meine Freiheit wiedergewänne. Ich bezweifle, daß auch nur einer aus des Prinzen näherem Gefolge sich an diese Abmachung gehalten hätte. Sie würden mich an Ort und Stelle umgebracht haben, währen nicht Lobkowitz' Freunde gewesen und jene, die ein Auge auf seine Ländereien geworfen hatten. Mehrere von ihnen kamen herbeigerannt und boten mir eine Stellung in ihrem Haus oder auf ihrem Hof an. Natürlich nicht meiner Geschicklichkeit im

Fechten wegen, sondern weil ich etwas war, mit dem sie angeben konnten. Ich nahm einen Posten im Wachbataillon von Guy O'Pointte an, dem Erzherzog von Bavarien. Und zwar entschied ich mich sofort dafür, denn der Erzherzog hatte die an Zahl stärkste Leibwache bei sich, da er einer der mächtigsten der anwesenden Edlen war. Danach entschloß sich das Gefolge des Prinzen, die Abmachung zu akzeptieren.«

»Und so wurdet Ihr zum Krieger?«

»Ja. Mit der Zeit arbeitete ich mich zum Generalfeldmarschall Guy O'Pointtes hoch. Als der Erzherzog von der Familie seines Onkels ermordet wurde, verließ ich die Dienste Bavariens und suchte eine neue Position. Damals lernte ich Graf Brass kennen. Wir dienten als Söldner in gut der Hälfte aller Armeen in Europa – und häufig auf der gleichen Seite! Zur ungefähr selben Zeit, als Graf Brass sich hier in der Kamarg niederließ, ritt ich ostwärts und trat in den Dienst des Prinzen von der Ukraine als Berater seiner Streitmächte. Wir haben eine gute Verteidigung gegen die Legionen des Dunklen Imperiums aufgestellt.«

»Seid Ihr in die Gefangenschaft der Tierlords geraten?«

Katinka van Bak schüttelte den Kopf. »Ich flüchtete zu den Bulgarbergen, wo ich blieb, bis Ihr und Eure Gefährten in der Schlacht von Londra das Blatt wendeten. Danach wurde es meine Aufgabe, die Ukraine wiederaufzubauen. Die einzige Überlebende der königlichen Familie war die jüngste Nichte des Prinzen, und sie war noch ein Kind. Also wurde ich ohne mein Dazutun Regentin der Ukraine.«

»Und Ihr habt dieser Stellung nun entsagt? Oder besucht Ihr uns lediglich inkognito?«

»Weder das eine, noch das andere«, erwiderte Katinka van Bak kurz, und es klang ein wenig, als wiese sie Falkenmond zurecht, weil er ihr vorgriff. »Ein Feind drang in die Ukraine ein und eroberte sie.«

»Wa-as? Wer war es? Ich glaubt die Welt befände sich in relativem Frieden!«

»So ist es auch. Oder war es zumindest, bis wir, die wir östlich der Bulgarberge leben, von einer Armee hörten, die sich in den Bergen sammelte.«

»Die Unverbesserlichen des ehemaligen Dunklen Imperiums!« rief Falkenmond.

Katinka van Bak hob Schweigen gebietend die Hand. »Es war eine Vagabundenarmee«, fuhr sie fort. »Ja, das war es zweifellos. Aber ich glaube nicht, daß es sich um Überreste der Legionen des Dunklen Imperiums handelte. Obgleich sie wirkungsvolle Waffen hatten, glich doch kein einziger der Krieger dem anderen. Sie trugen die unterschiedlichste Kleidung und jeder andere Arten von Waffen, und sie waren verschiedenster Rassen – einige davon zweifellos nicht menschlich! Ihr versteht doch? Jeder sah aus, als gehöre er zu einer eigenen Armee, völlig unabhängig von der anderen!«

»Ein Trupp, vielleicht, von Soldaten, die der Vernichtung durch das Dunkle Imperium entgingen?«

»Das glaube ich nicht. Ich weiß nicht, woher sie kamen. Ich weiß nur, daß sie die Berge zur uneinnehmbaren Festung ausbauten und von dort aus operieren. So viele Strafexpeditionen auch gegen sie ausgeschickt wurden, keine einzige kehrte je zurück. Sie rotten ganze Völker aus – bis zum letzten Neugeborenen; plündern Dörfer, Städte, Länder. In dieser Beziehung sind sie eher wie Banditen, denn eine organisierte Armee mit einem Endziel. Es hat jedenfalls den Anschein, daß sie die Länder lediglich des Beuteguts wegen überfallen. Ihr Aktionsradius wird immer weiter, aber alles bringen sie in ihre Bergfestung, die Wertsachen, die gestohlenen Nahrungsmittel und hin und wieder auch Frauen.«

»Wer ist ihr Anführer?«

»Ich weiß es nicht, obgleich ich gegen sie gekämpft habe, als sie die Ukraine überfielen. Entweder führen mehr als einer sie an, oder überhaupt keiner. Es gibt keinen, mit dem man verhandeln könnte. Sie scheinen nur von Raub- und Mordgier getrieben zu werden. Sie sind wie die Heuschrecken – ja, eine bessere Beschreibung für sie gibt es nicht. Selbst das Dunkle Imperium ließ Überlebende zurück, denn es plante, die ganze Welt zu beherrschen, und brauchte Untertanen. Aber diese – was immer sie auch sind – sind viel schlimmer.«

»Es fällt mir schwer, mir einen Angreifer vorzustellen, der schrecklicher ist als das Dunkle Imperium«, sagte Falkenmond.

»Aber«, fügte er hastig hinzu, »ich glaube Euch selbstverständlich, Katinka van Bak.«

»Jemand anderem könnt Ihr auch keinen Glauben schenken, denn ich bin die einzige Überlebende. Und das verdanke ich nur meiner Erfahrung, die mir sagt, wann eine Situation hoffnungslos ist und wie man noch einigermaßen ungeschoren davonkommt. Niemand lebt mehr in der Ukrania, auch in vielen anderen Landen jenseits der Bulgarberge nicht.«

»Ihr seid also geflohen, um die Länder diesseits der Berge zu warnen? Vielleicht, um eine Armee gegen dieses mächtige Lumpenpack aufzustellen?«

»Ich floh, belassen wir es dabei. Ich habe meine Geschichte allen erzählt, die mir geneigt ihr Ohr liehen, aber ich glaube nicht, daß es viel fruchten wird. Die wenigsten interessiert es, was den Menschen so fern von hier zustieß, selbst wenn man mir überhaupt glaubte, was ich noch bezweifle. Eine Armee aufstellen zu wollen, ist deshalb aussichtslos. Und ich sollte wohl auch hinzufügen, daß jegliche Armee aus normalen Sterblichen, die sich gegen sie wendete, bis zum letzten Mann vernichtet würde.«

»Wollt Ihr weiter nach Londra? Graf Brass dürfte inzwischen dort angekommen sein.«

Katinka van Bak seufzte und gähnte. »Nicht sofort, jedenfalls, wenn überhaupt. Ich bin müde. Seit ich die Ukrania verließ, kam ich kaum mehr aus dem Sattel. Wenn Ihr nichts dagegen habt, würde ich gern auf Burg Brass bleiben, bis mein alter Freund zurückkehrt, außer es überkommt mich doch noch, nach Londra weiterzureisen. Im Augenblick jedoch hege ich keinen größeren Wunsch, als mich in diesen Mauern auszuruhen.«

»Ihr seid selbstverständlich herzlich willkommen«, versicherte ihr Falkenmond eifrig. »Es ist mir eine große Ehre. Ihr müßt mir noch viel mehr von den alten Tagen erzählen – und über Eure Theorie, was diese Vagabundenarmee betrifft – von woher sie kommen mag und so weiter.

»Was das betrifft, habe ich nicht die geringste Ahnung«, gestand Katinka van Bak. »Es gibt keine logische Erklärung. Sie tauchten über Nacht auf, und seither sind sie hier. Eine

Unterhaltung mit ihnen ist absolut unmöglich. Genausogut könnte man versuchen, mit einem Orkan reden zu wollen. Irgendwie haftet ihnen etwas wie Verzweiflung an, eine wilde Verachtung für das Leben, auch ihres eigenen. Und die Kleidung und das Aussehen dieser Krieger, wie ich schon sagte, sind kunterbunt. Keiner ist wie der andere. Und doch war mir, als hätte ich zwei oder drei der Gesichter in dieser wilden Menge erkannt – Soldaten, von denen ich sicher war, daß sie schon vor vielen Jahren ins Reich der Toten eingingen. Und ich möchte schwören, daß auch Graf Brass' alter Freund Bowgentle mit ihnen ritt. Doch war ich überzeugt, gehört zu haben, daß er in Londra fiel . . .«

»Das stimmt auch. Ich sah seine sterblichen Überreste.« Falkenmond, dessen Interesse bisher nicht allzu groß gewesen war, wollte nun immer mehr erfahren. Ihm war, als wäre er jetzt ganz dicht an der Lösung des Rätsels, mit dem er sich die ganze lange Zeit vergebens beschäftigt hatte. Vielleicht war er doch nicht wahnsinnig gewesen? »Bowgentle, sagt Ihr? Und andere, die Ihr kanntet und von denen Ihr doch wißt, daß sie tot sind?«

»So ist es.«

»Gehören auch Frauen dieser Armee an?«

»Ja. Ein paar.«

»Habt Ihr eine oder auch mehr von ihnen erkannt?« Falkenmond lehnte sich über den Tisch und fixierte Katinka van Bak atemlos.

Sie runzelte die Stirn, dann schüttelte sie so energisch den Kopf, daß ihre grauen Zöpfe auf die Brust schwangen. »Nein.«

»Nicht vielleicht Yisselda? Yisselda von Brass?«

»Die ebenfalls in Londra fiel?«

»So heißt es.«

»Nein. Außerdem würde ich sie kaum erkannt haben. Sie war noch ein Kind, als ich sie das letzte Mal sah.«

Falkenmond ließ sich wieder auf seinen Stuhl fallen. »Ja, daran dachte ich nicht.«

»Das heißt natürlich nicht, daß sie nicht vielleicht doch dieser Armee angehört«, fuhr die Kriegerin fort. »Es gab ja so viele.

Ich habe nicht die Hälfte von denen gesehen, die uns überfielen.«

»Aber Ihr habt Bowgentle erkannt! Wer weiß, vielleicht waren alle dabei, die in Londra starben?«

»Ich sagte, ich glaubte einen Mann zu sehen, der Ähnlichkeit mit Bowgentle hatte. Aber weshalb sollte der Philosoph, oder überhaupt einer Eurer alten Freunde sich einer solchen Armee anschließen?«

»Hm.« Falkenmond zog nachdenklich die Brauen zusammen. Seine Augen wirkten absolut nicht mehr stumpf, und seine Bewegungen waren nun sogar energisch. »Nehmen wir an, er und die anderen befinden sich in einer Art Trance? Wurden irgendwie beeinflußt? Gezwungen, jemandem zu Willen zu sein? Das Dunkle Imperium verfügte durchaus über Kräfte, so etwas zu ermöglichen.«

»Es klingt ein wenig phantastisch, Herzog Dorian . . .«

»Nicht mehr als die Geschichte des Runenstabs, von der wir mit Sicherheit wissen, daß sie auf Wahrheit beruht.«

»Da mögt Ihr recht haben, aber . . .«

»Ein Gedanke, der mich schon seit langem bewegt«, gestand Falkenmond, »sagt mir, daß Yisselda nicht in Londra fiel, auch wenn es noch so viele Zeugen ihres Todes und ihrer Bestattung gab. Es ist auch möglich, daß keiner unserer alten Freunde sein Leben in Londra ließ – daß sie alle die Opfer eines Gegenplans des Dunklen Imperiums wurden. Könnte es nicht sein, daß man für Yisselda und die anderen Leichen unterschob, während die echten, lebenden Menschen zu den Bulgarbergen – mit vielen weiteren Gefangenen – gebracht wurden? Wäre es nicht möglich, daß Ihr gegen eine Armee von Sklaven des Dunklen Imperiums gekämpft habt, die unter der Kontrolle jener stand, die unserer Rache entgingen?«

»Aber nur wenige von ihnen entkamen. Und keiner der Lords des Dunklen Imperiums überlebte die Schlacht von Londra. Wer also hätte solche Pläne aufarbeiten und durchführen können, wenn sie überhaupt vorstellbar wären, was sie meines Erachtens nicht sind, Herzog Dorian.« Katinka van Bak verzog den Mund. »Ich hielt Euch für einen Mann von scharfem Verstand und für eine Kriegernatur, wie ich es bin.«

»Dafür hielt ich mich ebenfalls – bis sich mir diese Idee unüberwindbar aufdrängte, daß Yisselda noch lebt. Irgendwo.«

»Es kam mir zu Ohren, daß Ihr nicht mehr Euer altes Selbst seid . . .«

»Ihr wollt damit sagen, Ihr habt gehört, daß ich verrückt bin! Nun, Madam, das glaube ich selbst durchaus auch. Vielleicht habe ich mich in letzter Zeit mit verrückten Gedanken beschäftigt. Aber nur, weil die Vorstellungen Wahrheit in sich tragen.«

»Ich akzeptiere Eure Worte«, erklärte Katinka van Bak ruhig. »Aber ich brauche echte Beweise für eine solche Theorie. *Mir* sagt kein Instinkt, daß die Toten leben . . .«

»Ich glaube, Graf Brass ahnt es, auch wenn er es sich nicht eingestehen will. Ich glaube, es ist etwas, das er nicht einmal in Betracht zu ziehen wagt, aus Angst, der Wahnsinn würde nach ihm greifen, wie er es von mir vermutet.«

»Das könnte es sein«, pflichtete Katinka van Bak ihm bei. Aber ich habe auch keine Beweise, daß Graf Brass so denkt, wie Ihr meint.«

Falkenmond nickte. Er überlegte kurz, dann sagte er. »Angenommen, ich wüßte einen Weg, diese Eure Armee zu schlagen – was würdet Ihr dann sagen? Wenn meine Theorien mich zur Wahrheit über den Ursprung dieser Armee führten und mir so helfen, ihre Schwächen zu erkennen?«

»Dann wären Eure Theorien von praktischem Wert«, gestand ihm Katinka van Bak zu. »Aber unglücklicherweise gibt es nur eine Weise, sie zu erproben, und die kann das Leben kosten, wenn man sich getäuscht hat. Habe ich recht?«

»Ich würde dieses Risiko ohne Bedenken eingehen. Als ich gegen das Dunkle Imperium kämpfte, erkannte ich nur zu bald, daß es unmöglich war, durch direkte Konfrontation etwas zu errreichen. Suchte man jedoch nach den Schwächen seiner Führer und machte man sie sich zu Nutzen, konnte es durchaus geschlagen werden. Das lernte ich im Dienst des Runenstabs.«

»Ihr glaubt, Ihr wißt, wie man dieses Gesindels Herr wird?« fragte Katinka van Bak bereits ein wenig hoffnungsvoll.

»Natürlich ist mir die genaue Art der Schwäche dieser Armee

noch nicht bekannt. Aber ich bin überzeugt, daß ich sie leichter als sonst irgend jemand ergründen könnte.«

»Ja, ich glaube, da habt Ihr recht!« Katinka van Bak grinste. »Ich fürchte nur, daß es bereits zu spät ist, nach Schwächen zu forschen.«

»Ich müßte sie beobachten können! Wenn ich ein Versteck finden könnte, vielleicht in den Bergen selbst, und dort ein Auge auf sie haben könnte, würde mir vermutlich ein Weg einfallen, sie zu schlagen.« Falkenmond dachte an noch etwas anderes, das er durch eine solche Beobachtung gewinnen könnte, aber das behielt er für sich. »Ihr habt Euch in jenen Bergen eine lange Zeit verborgen, Katinka van Bak, deshalb könntet Ihr mir besser als irgend jemand anderer, Oladahn vielleicht ausgenommen, einen Schlupfwinkel zeigen, von dem aus ich diese Bande überwachen könnte.«

»Das wäre mir vermutlich möglich, aber ich bin gerade erst von dort geflohen. Ich lege keinen Wert darauf, mein Leben zu verlieren. Ich glaube, das erwähnte ich. Weshalb sollte ich Euch in die Bulgarberge, in den Stützpunkt des Feindes, bringen?«

»Habt Ihr denn nicht zumindest eine Spur von Hoffnung gehegt, Eure Ukrania rächen zu können? Habt Ihr nicht vielleicht ganz heimlich gedacht, daß Ihr die Hilfe Graf Brass' und seiner Kamarganer gegen Eure Feinde gewinnen könntet?«

Katinka van Bak lächelte. »Nun, ich wußte, daß diese Hoffnung dumm war, aber . . .«

»Und nun biete ich Euch eine Chance für diese Rache. Ihr braucht nichts anderes zu tun, als mich in die Bulgarberge, in einen einigermaßen sicheren Schlupfwinkel zu bringen, dann könnt Ihr Euch ohne weiteres wieder zurückziehen, wenn Ihr es wollt.«

»Sind Eure Motive selbstlos, Herzog Dorian?«

Falkenmond zögerte. »Vielleicht ncht völlig«, gestand er. »Ich möchte meine Theorie erproben und erfahren, ob Yisselda noch lebt, und ob ich sie retten kann.«

»Dann bringe ich Euch in die Bulgarberge.« Katinka van Bak lächelte trocken. »Ich traue niemandem, der behauptet, völlig selbstlos zu handeln, aber das ist ja bei Euch nicht der Fall.«

»Ja, ich glaube, Ihr könnt mir ruhig vertrauen«, murmelte Falkenmond.

»Ich sehe allerdings ein Problem«, fuhr die Kriegerin offen fort. »Ich bin mir nicht sicher, ob Ihr bei Eurem gegenwärtigen Gesundheitszustand die Reise überstehen werdet.« Sie griff nach ihm und befingerte seinen Arm wie eine Bäuerin, die auf dem Markt eine Gans kaufen will. »Ihr müßt erst wieder ein bißchen Fleisch auf die Knochen bekommen. Vor einer Woche breche ich keinesfalls mit Euch auf. Seht zu, daß Ihr etwas Ordentliches in den Magen kriegt. Macht Ertüchtigungsübungen. Reitet. Und wir werden ein paar Probekämpfe miteinander versuchen . . .«

Falkenmond lächelte. »Ich bin froh, daß Ihr mir wohlgesinnt seid, meine Lady, sonst würde ich es mir gründlich überlegen, ehe ich auf Euren letzten Vorschlag einginge.«

Da warf Katinka van Bak ihren Kopf zurück und lachte herzhaft.

5. Ein zwiespältiger Ritt

Jeder Knochen schmerzte Falkenmond. Er gab kein gerade imposantes Bild ab, als er in den Hof hinausstolperte, wo Katinka van Bak bereits auf einem feurigen Hengst wartete, dessen Atem in der kalten Morgenluft weiße Wölkchen bildete. Falkenmonds Pferd war ein gesetzteres Tier und bekannt für seine Ausdauer und Verläßlichkeit. Trotzdem sah Falkenmond diesem Ritt nicht gerade voll Erwartung entgegen. Sein Magen hatte sich verkrampft, er fühlte sich schwindelig, seine Beine waren weich wie Gummi. Und das, obwohl er eine Woche fleißiger Körperübungen und kräftigenden Essens hinter sich hatte. Er sah ein wenig besser aus und sauberer auch, aber er war lange nicht wieder jener Runenstabheld, der vor sieben Jahren Londra erobert hatte. Er fröstelte, denn der Winter zog in die Kamarg ein. Enger wickelte er sich in den festen Lederumhang, der dick gefüttert und fast zu warm war, wenn er ihn schloß. Und schwer war, so schwer, daß er ihn beim Gehen schier zu Boden drückte. Er trug keine Waffen. Sein Schwert und seine Flammenlanze steckten bereits in ihren Hüllen am Sattel. Unter dem Umhang war er in ein dickes, gestepptes rotes Wams gekleidet, eine weiche Hirschlederhose, die Yisselda einst für ihn bestickt hatte, und kniehohe Stiefel aus festem, glänzendem Leder. Den Kopf schützte ein einfacher Helm, aber auf den Rest der Rüstung hatte er verzichtet, denn er fühlte sich noch zu schwach, sie zu tragen.Falkenmond war immer noch nicht gesund, weder physisch noch psychisch. Nicht sein Ekel über das, was aus ihm geworden war, hatte ihn dazu getrieben, in dieser einen Woche etwas für seine Gesundheit zu tun – sondern sein irrer Glaube, er würde Yisselda lebendig in den Bulgarbergen finden.

Mühsam gelang es ihm, aufs Pferd zu steigen. Dann verabschiedete er sich von der Dienerschaft, ohne daran zu denken, daß Graf Brass ihm die Verantwortung über Burg und Provinz während seiner Abwesenheit übertragen hatte. Er folgte Katinka van Bak aus dem Tor und hinunter durch die leeren Straßen von Aigues-Mortes. Niemand stand am Straßenrand, um ihm Glück zu wünschen, denn niemand, außer dem Gesinde auf der Burg, wußte, daß er die Kamarg verließ, um in den Osten zu ziehen.

Gegen Mittag hatten die beiden Reiter das sich im Wind neigende Rohr, die Marschen und Lagunen hinter sich. Sie folgten einer breiten weißen Straße, vorbei an den gewaltigen steinernen Türmen an den Grenzen des Landes, dessen Lordhüter Graf Brass war.

Bereits jetzt bedauerte Falkenmond, mitgekommen zu sein, denn obwohl sie durchaus noch keine große Strecke hinter sich gelegt hatten, war er erschöpft vom Reiten. Seine Arme, mit denen er sich am Sattelknauf festhielt, schmerzten kaum weniger als seine Schenkel, und seine Beine waren völlig gefühllos. Katinka van Bak dagegen schien frisch wie am Morgen zu sein. Hin und wieder hielt sie ihren Hengst an, damit Falkenmond aufholen möge, aber seinen Vorschlägen, eine Rast zu machen, verschloß sie die Ohren. Falkenmond fragte sich, ob er diese Reise durchhalten konnte oder ob er nicht bereits auf dem Weg zu den Bulgarbergen sterben würde. Immer öfter dachte er darüber nach, wie es überhaupt dazu gekommen war, daß er diese wilde, herzlose Frau je sympathisch finden konnte.

Einer der Hüter winkte ihnen oben vom Turm zu. Sein Reitflamingo stand neben ihm, und sein roter Mantel flatterte im Wind, daß Falkenmond Mann und Tier flüchtig ein Wesen zu sein schienen. Der Hüter hob salutierend seine lange Flammenlanze, als er den Herzog beim Näherkommen erkannte, während Falkenmond es nur mühsam fertig brachte, zurückzuwinken.

Dann blieb der Turm zurück, und sie erreichten die Straße nach Lyonesse, von der aus sie einen Blick auf die Schweizerberge hatten, von denen man behauptete, das Gift des Tragischen Jahrtausends hafte ihnen immer noch an. Diese Berge waren unpassierbar, aber ganz abgesehen davon, wollte Katinka van Bak ohnehin nach Lyonesse. Sie hatte dort Bekannte, die ihr die nötige Ausrüstung und ausreichend Proviant für den Rest der Reise besorgen konnten.

Ihr Nachtlager schlugen sie am Straßenrand auf, und als sie am frühen Morgen erwachten, war Falkenmond von seinem nahen Tod überzeugt. Die Schmerzen des vergangenen Tages waren nichts gegen die unerträglichen Qualen, unter denen er nun litt. Katinka van Bak zeigte jedoch auch jetzt kein Erbarmen mit ihm. Sie half ihm auf sein geduldiges Pferd, ehe sie sich selbst auf ihren Hengst schwang. Dann griff sie nach dem Zügel des seinen und führte Pferd und schwankenden Reiter hinter sich her.

So ritten sie drei Tage mit kaum einer Rast, bis Falkenmond die Kräfte völlig verließen und er ohnmächtig aus dem Sattel glitt. Es war ihm jetzt völlig gleichgültig, ob er Yisselda finden würde oder nicht. Er war auch Katinka van Bak ihres herzlosen Benehmens wegen nicht mehr böse, denn selbst dazu wäre er zu schwach gewesen. Sein ganzer Körper war ein einziger Schmerz. Wenn das Pferd sich bewegte, ließ er sich dahintragen, hielt es an, rutschte er auf den Boden. Er aß, was Katinka van Bak ihm hin und wieder zuschob. Und er schlief die paar Stunden, die sie ihm gestattete. Und dann verlor er die Besinnung.

Er erwachte einmal flüchtig, und als er die Augen öffnete, sah er seine Beine auf der anderen Seite des Pferdebauchs herunterbaumeln. Da wurde ihm klar, daß die Frau die Reise fortgesetzt und ihn über dem Sattel festgebunden hatte.

Und auf diese Weise hielt Dorian Falkenmond, Herzog von Köln, Diener des Runenstabs und Held von Londra, Einzug in das uralte Lyon, die Hauptstadt von Lyonesse.

Als er das nächste Mal erwachte, lag er in einem weichen Bett. Junge Mädchen beugten sich lächelnd über ihn und boten ihm zu essen an. Sein Verstand weigerte sich eine Weile, ihre Wirklichkeit anzuerkennen. Aber sie waren tatsächlich echt, das Essen schmeckte, und die Rast tat ihm gut.

Zwei Tage später verließ Falkenmond unwillig, aber in bedeutend besserer Verfassung, mit Katinka van Bak die Stadt, um sich weiter auf den Weg zu den Bulgarbergen und dem Geheimnis der Vagabundenarmee zu machen.

»Langsam setzt Ihr wieder ein wenig Fleisch an, Freund«, brummte Katinka van Bak eines Morgens, als sie durch ein sanftes Hügelland ritten, das die strahlende Sonne in ein leuchtendes Grün tauchte. Sie ritt nun neben ihm, da es nicht länger nötig war, sein Pferd am Zügel zu führen. Sie schlug ihm kräftig auf die Schulter. »Ihr habt stabile Knochen. Euch fehlte nichts, was nicht wieder aufgepäppelt werden konnte, wie Ihr zugeben müßt.«

»Die Gesundheit durch solche Torturen wiederzuerlangen, Madam«, sagte Falkenmond stöhnend, »ist nicht sehr erstrebenswert.«

»Ihr werdet mir noch dankbar sein.«

»Ich muß Euch ehrlich gestehen, Katinka van Bak, daß ich mir da nicht so sicher bin.«

Da erschallte Katinka van Baks herzhaftes Lachen, und sie gab ihrem Hengst die Sporen, damit er sich auf dem schmalen Feldweg ein bißchen beeile.

Aber Falkenmond mußte insgeheim selbst zugeben, daß

seine Knochen bei weitem nicht mehr so schmerzten, und daß er bereits die ausgedehntesten Tagesritte ohne größere Schwierigkeiten durchstand. Hin und wieder machte sein Magen ihm noch zu schaffen, und er war bei weitem nicht so kräftig und ausdauernd wie früher, aber er begann bereits, Freude an seiner Umgebung, ihrer Schönheit, dem würzigen Duft und dem Gesang der Vögel zu empfinden. Er staunte, wie wenig Schlaf Katinka van Bak zu brauchen schien. Sie ritt gewöhnlich bis in die tiefe Nacht hinein, bis sie sich endlich entschloß, ihr Nachtlager aufzuschlagen. Sie kamen infolgedessen zwar schnell voran, aber Falkenmond überwand nie ganz seine Müdigkeit.

Der zweite, größere Abschnitt ihrer Reise begann, als sie das Territorium des Herzogs Mikael von Bazhel erreichten. Herzog Mikael war ein entfernter Verwandter von Falkenmond, und Katinka van Bak hatte während einer Auseinandersetzung seinerseits mit einem anderen Verwandten, dem jetzt lange toten Thronschleicher von Straßburg, für ihn gekämpft. Während der Besetzung seiner Gebiete durch das Dunkle Imperium war Herzog Mikael den schlimmsten Demütigungen ausgesetzt gewesen, von denen er sich bis jetzt noch nicht erholt hatte. Er war dadurch ausgesprochen menschenfeindlich geworden, so daß jetzt seine Frau die Regierungsobliegenheiten für ihn übernommen hatte. Sie hieß Julia von Padova und war die Tochter des Verräters von Italien, Enric, der einen Pakt mit dem Dunklen Imperium gegen seine Landsleute geschlossen hatte und trotzdem von den Tierlords niedergemetzelt worden war. Vielleicht gerade weil ihr der gemeine Verrat ihres Vaters bewußt war, herrschte Julia von Padova gut und mit relativer Gerechtigkeit über die Provinz. Falkenmond machte zu Katinka van Bak einige Bemerkungen über die offensichtliche Wohlhabenheit des Landes. Gut ernährte Rinder grasten auf den saftigen Weiden. Die Bauernhäuser waren sauber und weiß getüncht und hatten die in diesem Landstrich üblichen holzverkleideten Giebel, die zum Teil kunstvoll geschnitzt waren.

Aber als sie nach Bazhel, der Hauptstadt, kamen, empfing Julia von Padova sie nur mit mäßiger Freundlichkeit, und ihre

Gastlichkeit hielt sich in Maßen. Sie schien offensichtlich nicht gern an die alten finsteren Tage erinnert zu werden, als das Dunkle Imperium über ganz Europa geherrscht hatte. Deshalb war sie nicht erfreut, Falkenmond zu sehen, denn gerade er hatte ja eine so bedeutende Rolle als Feind des Imperiums gespielt, daß seine Anwesenheit unvermeidbar böse Erinnerungen heraufbeschwor – an die Demütigung ihres Gatten und den Verrat ihres Vaters.

Deshalb blieben Katinka van Bak und Falkenmond auch nicht lange in Bazhel, sondern ritten weiter nach Munchein, wo der alte Prinz sie mit Geschenken schier überschüttete und sie anflehte, ein wenig länger zu bleiben und ihm von ihren Abenteuern zu erzählen. Abgesehen von ihrer Warnung vor der Vagabundenarmee und einem Bericht der Greuel, die von den Bulgarbergen ausgingen (den der Prinz mit Skepsis aufnahm), erwähnten sie nichts von ihren Absichten. Jedenfalls trennten sie sich nur ungern von ihm. Mit besseren Waffen als ihren alten und auch besserer Kleidung zogen sie weiter. Falkenmond hatte allerdings seinen schweren Lederumhang behalten, denn der nahende Winter machte sich immer bemerkbarer.

Als Dorian Falkenmond und Katinka van Bak in Linz ankamen, das jetzt eine Republik war, sanken bereits die ersten Schneeflocken auf die Straßen der kleinen hölzernen Stadt herab, die statt der alten, völlig von den Armeen Granbretaniens vernichteten aufgebaut worden war.

»Wir müssen unbedingt schneller vorankommen«, mahnte Katinka van Bak, während sie in der Wirtsstube eines sauberen Gasthauses nahe des Hauptplatzes ein Mahl zu sich nahmen. »Sonst kommen wir nicht mehr über die Pässe, und unsere ganze Reise war umsonst.«

»Ich weiß nicht, ob sie nicht ohnehin umsonst war«, murmelte Falkenmond und nippte genußvoll an seinem dampfenden Glühwein. Er erinnerte nun in nichts mehr an jene Kreatur, die er auf Burg Brass geworden war, und sah nun wieder so aus wie vor dieser Zeit, so daß alle seine alten Freunde ihn sofort erkannt hätten. Sein Gesicht war stark und fest. Die Muskeln zeichneten sich unter seinem Seidenhemd ab. Seine Augen glänzten nicht weniger als sein langes helles Haar.

»Ihr meint, Ihr zweifelt jetzt daran, daß Ihr Yisselda finden werdet?«

»Das auch. Aber ich frage mich, ob diese Vagabundenarmee wirklich so stark ist, wie Ihr glaubt. Vielleicht war es reines Glück und purer Zufall, daß sie Eure Truppen so schnell und vollkommen niedermachen konnten.«

»Wie kommt Ihr plötzlich darauf?«

»Weil wir überhaupt nichts davon gehört haben, nicht einmal einen Hauch von Gerüchten, daß eine solche Armee von den Bulgarbergen aus operiert.«

»Ich habe sie gesehen«, erinnerte ihn Katinka van Bak. »Sie ist gewaltig! Das müßt Ihr mir glauben! Und sie ist mächtig – unaufhaltbar, fürchte ich, wenn sie es vorhaben sollte, die ganze Welt zu erobern. Auch das dürft Ihr mir glauben.«

Falkenmond zuckte die Schultern. »Ich glaube Euch ja, Katinka van Bak. Aber ich finde es merkwürdig, daß man nicht das geringste über sie hört. Wenn wir von ihr berichten, findet sich nie irgend jemand, der unsere Geschichte bestätigt. Es ist also kein Wunder, daß man uns offenbar nicht sehr ernst nimmt.«

»Euer Verstand wird wieder schärfer«, lobte Katinka van Bak, »aber das bewirkt gleichzeitig, daß es Euch schwerer fällt, an das Phantastische zu glauben.« Sie lächelte ihn an. »Ist das nicht häufig der Fall?«

»Sehr oft, ja.«

»Möchtet Ihr umkehren?«

Falkenmond betrachtete den heißen Wein in seinem Glas. »Es ist ein langer Weg zurück nach Hause. Aber ich habe ein schlechtes Gewissen, weil ich einfach meine Pflichten vergaß, als ich mich auf dieses Abenteuer einließ.«

Ihr Lächeln wurde noch breiter. »Ihr habt diese Pflichten nicht sehr gut erfüllt, denn Ihr wart dazu gar nicht in der Lage – weder psychisch noch physisch.«

»Das stimmt«, erwiderte Falkenmond grimmig. »Diese Reise hat mir ungemein geholfen. Doch das ändert nichts an der

Tatsache, daß ich verantwortlich für die Kamarg bin, auch wenn ich das in meinem Zustand nicht beachtet hatte.«

»Es ist viel weiter zurück zur Kamarg als zu den Bulgarbergen«, gab sie zu bedenken.

»Ihr wart anfangs diejenige, die gezögert hat«, meinte Falkenmond. »Doch jetzt seid Ihr ganz offensichtlich sehr erpicht darauf, weiterzumachen.«

Sie zuckte die Schultern. »Was ich beginne, führe ich gern zu Ende. Ist das so ungewöhnlich?«

»Ich würde sagen, für Euch ist es typisch, Katinka van Bak.« Falkenmond seufzte. »Also gut, reiten wir weiter zu den Bulgarbergen, so schnell unsere Pferde uns tragen. Und dann wollen wir sofort zur Kamarg zurückeilen, wenn wir herausgefunden haben, was wir wollten. Und mit Hilfe der kamarganischen Streitmacht werden wir schon einen Weg finden, jene zu vernichten, die Euer Land verwüsteten. Wir werden uns mit Graf Brass besprechen, der ganz sicherlich bis dahin auch zurück sein wird.«

»Ein sehr vernünftiger Vorschlag, Falkenmond«, lobte Katinka van Bak sichtlich erleichtert. »Und jetzt ziehe ich mich ins Bett zurück.«

»Ich trinke noch meinen Wein aus, dann werde ich Eurem Beispiel folgen.« Falkenmond lachte. »Ihr schafft es immer noch, mich hundemüde zu machen.«

»Lassen wir noch einen Monat vergehen, dann dürfte es umgekehrt sein. Gute Nacht, Falkenmond.«

Am nächsten Morgen galoppierten ihre Pferde über eine dünne Schneedecke, und weitere Flocken fielen aus dem tiefhängenden Himmel. Doch gegen Nachmittag verzogen sich die dichten Wolken, die Sonne wagte sich hervor, und bald war der Schnee geschmolzen. Auch wenn dieser erste Schneefall kaum von Bedeutung gewesen war, gab es ihnen doch einen Vorgeschmack auf das, was sie zweifellos in stärkerem Maße erwarten würde, wenn sie sich den Bulgarbergen näherten.

Sie ritten durch hügeliges Land, das einst zum Königreich Vien gehört hatte, doch so verwüstet worden war dieses

Königreich, daß von seiner Bevölkerung kaum etwas geblieben war. Nun wuchs Gras auf dem verbrannten Boden, und die zahllosen Ruinen waren von Grün überwuchert und wirkten ungemein malerisch. Später einmal würden Reisende sicher diese hübschen Relikte bewundern und vielleicht sogar deshalb hierherkommen. Aber Falkenmond dachte, er selbst könnte nie vergessen, daß sie der Grausamkeit und dem Machthunger des Dunklen Imperiums zuzuschreiben waren.

Als sie am Fuß eines niedrigen Berges vorbeikamen, auf dem noch die Überreste einer Burg zu sehen waren, glaubte Falkenmond, von dort etwas zu hören.

»Habt Ihr es auch gehört?« rief er leise Katinka van Bak zu, die vor ihm ritt.

»Eine Stimme? Ja. Aber ich verstand die Worte nicht. Ihr?« Sie drehte sich im Sattel und blickte zu ihm zurück.

Er schüttelte den Kopf. »Nein. Sollen wir nachsehen?«

»Wir haben wenig Zeit.« Sie deutete auf den Himmel, wo sich neue Wolken bildeten.

Aber inzwischen hatten beide ihre Pferde angehalten und blickten zu der Burgruine hoch.

»Guten Tag!«

Die Stimme klang fröhlich, hatte jedoch zweifellos einen merkwürdigen Akzent.

»Ich war mir ziemlich sicher, daß Ihr diesen Weg kommen würdet, Held.«

Ein schlanker junger Mann trat aus der Ruine. Ein breiter Hut, dessen Krempe auf einer Seite nach oben gestülpt war, saß verwegen auf seinem Kopf, und eine Feder wippte aus dem Hutband. Er trug ein staubiges Samtwams und blaue Samtbeinkleider. Seine Füße steckten in weichen Hirschlederstiefeln. Über den Rücken hatte er einen kleinen Sack geschlungen. Und von seiner Seite hing ein einfaches, schmales Schwert.

Falkenmond starrte ihn an. Grauen zeichnete sich in seiner Miene ab, als er ihn erkannte.

Unwillkürlich griff er nach dem Schwert, obwohl der Fremde keinerlei Feindseligkeit bewies.

»O?« rief der junge Mann lächelnd. »Ihr haltet mich doch

nicht etwa gar für einen Feind? Laßt Euch versichern, daß ich das keineswegs bin.«

»Ihr kennt ihn, Falkenmond?« erkundigte sich Katinka van Bak scharf. »Wer ist er?«

Er war der Bursche, den Falkenmond als Vision über seinem Bett gesehen hatte, kurz bevor die Kriegerin nach Burg Brass gekommen war, und den er im ersten Augenblick für Oladahn gehalten hatte.

»Ich weiß nicht«, erwiderte Falkenmond schwer. »Das Ganze riecht mir allzu sehr nach Zauberei – das Werk des Dunklen Imperiums, möglicherweise. Er sieht – er ähnelt einem guten alten Freund. Und doch gleichen sie sich eigentlich gar nicht . . .«

»Einem guten alten Freund?« echote der Fremde. »Nun, Held, das bin ich auch. Wie nennt man Euch auf dieser Welt?«

»Ich verstehe Euch nicht.« Fast unwillig steckte Falkenmond das Schwert in die Hülle zurück.

»Ich bin Jhary-a-Conel, und ich sollte von Rechts wegen gar nicht hier sein. Aber merkwürdige Risse ergeben sich in letzter Zeit im Multiversum! Aus vier verschiedenen Inkarnationen wurde ich in ebenso vielen Minuten gezerrt! Also, wie nennt man Euch?«

»Ich verstehe immer noch nicht«, brummte Falkenmond. »Wie man mich nennt? Ihr meint, wer ich bin? Ich bin der Herzog von Köln, Dorian Falkenmond von Namen.«

»So seid nochmals gegrüßt, Herzog Dorian. Ich bin Euer Gefährte. Obwohl ich natürlich nicht sagen kann, wie lange ich bei Euch bleiben darf. Wie ich schon bemerkte, seltsame Risse . . .«

»Ihr redet wirres Zeug daher, Sir Jhary«, warf Katinka van Bak ein. »Wie kommt Ihr in dieses menschenleere Land?«

»Ohne mein Dazutun wurde ich in diese Öde befördert, Madam.«

Plötzlich bewegte sich der Sack auf des jungen Mannes Rücken. Er hüpfte und wand sich. Jhary-a-Conel setzte ihn vorsichtig ab und holte eine kleine geflügelte schwarz-weiße Katze heraus. Auch sie hatte Falkenmond in seiner Vision gesehen.

Falkenmond erschauderte. Obgleich er durchaus nichts Unsympathisches an dem jungen Mann finden konnte, hatte er doch die schreckliche Vorahnung, daß Jhary-a-Conels Erscheinen Unerfreuliches für ihn nach sich ziehen würde. Genauso wenig, wie er nicht begriff, weshalb er fand, daß der Bursche Oladahn ähnelte, entschlüpfte es ihm immer wieder, weshalb so viele andere Dinge ihm vertraut zu sein schienen. Es war wie unerklärbare Echos; wie jene, die ihn überzeugt hatten, daß Yisselda noch lebte . . .

»Kennt Ihr Yisselda?« fragte er schließlich. »Yisselda von Brass?«

Jhary-a-Conel runzelte überlegend die Stirn. »Ich glaube nicht. Aber andererseits kenne ich so viele Menschen und vergesse die meisten, genau wie ich möglicherweise eines Tages auch Euch vergessen werde. Das ist mein Schicksal. Genau wie Eures auch.«

»Ihr sprecht, als wäre Euch mein Geschick nicht fremd. Weshalb solltet Ihr mehr davon wissen als ich selbst?«

»Weil ich es in diesem Fall eben weiß. Ein andermal erkennt vielleicht keiner von uns den anderen. Held, was ruft Euch jetzt?«

Als Diener des Runenstabs wunderte Falkenmond sich nicht einmal allzu sehr über diese sicher merkwürdig klingende Frage, die nicht so leicht ein anderer stellen mochte. Aber wovon der Bursche sonst noch gesprochen hatte, blieb ihm unverständlich.

»Nichts ruft mich. Ich bin mit dieser Dame auf einer dringenden Mission.«

»Dann dürfen wir nicht säumen. Einen Moment.«

Jhary-a-Conel rannte den Hügel eilig wieder hoch und verschwand in der Burgruine. Einen Augenblick später tauchte er mit einem alten gelben Pferd wieder auf. Es war der häßlichste Gaul, den Falkenmond je gesehen hatte.

»Ich glaube nicht, daß Ihr mit diesem Tier unser Tempo werdet einhalten können«, bezweifelte Falkenmond. »Außerdem war überhaupt keine Rede davon, daß Ihr uns begleitet.«

»Dazu bedarf es keiner Worte.« Jhary-a-Conel steckte den Fuß in den Steigbügel und schwang sich auf den Klepper, der unter seinem Gewicht fast zusammenzusacken schien. »Schließlich ist es unser Los, miteinander zu reiten.«

»Das ist vielleicht Eure Ansicht, mein Freund«, sagte Falkenmond grimmig. »Aber ich glaube nicht daran.« Und doch war ihm insgeheim bewußt, daß er es doch tat. Irgendwie war es das Natürlichste auf der Welt für ihn, daß Jhary mitkommen sollte. Gleichzeitig ärgerte er sich über die Anmaßung des anderen und seine eigene innere Überzeugung, daß er tatsächlich recht hatte.

Falkenmond warf einen schnellen Blick auf Katinka van Bak, um festzustellen, was sie davon hielt. Sie hob lediglich die Schultern. »Ich habe nichts dagegen, wenn wir noch eine gute Klinge bei uns haben.«

Eines mißfälligen Kopfschüttelns konnte sie sich jedoch nicht enthalten, als sie das gelbe Pferd näher betrachtete. »Allerdings fürchte ich, daß wir uns Eurer Gegenwart nicht sehr lange erfreuen können.«

»Das wird sich noch herausstellen«, sagte Jhary-a-Conel grinsend. »Wohin gedenkt Ihr zu reiten?«

»Weshalb fragt Ihr?« erkundigte er sich barsch.

Jhary zuckte die Schultern. »Mir fiel gerade ein, daß ich Unerfreuliches über eine wilde Bande in den Bergen östlich von hier gehört habe. Sie überfallen und vernichten alles in einem Blitzangriff und kehren dann in ihren Schlupfwinkel zurück.«

»Mir kam Ähnliches zu Ohren«, gestand Falkenmond vorsichtig. »Wie erfuhrt Ihr davon?«

»Durch einen Reisenden, den ich unterwegs traf.«

Endlich fand Falkenmond Katinka van Baks Geschichte durch einen anderen bestätigt. Er war äußerst erleichtert, daß sie ihm keine Lügenmär aufgetischt hatte. »Wir reiten ungefähr in diese Richtung«, erklärte er. »Vielleicht werden wir selbst etwas von diesen Banditen sehen.«

»Das wäre sehr leicht möglich«, warf Katinka van Bak mit grimmigem Lächeln ein.

Und nun waren sie zu dritt unterwegs zu den Bulgarbergen – ein seltsames Trio, wahrhaftig. Mehrere Tage ritten sie schon gemeinsam dahin, aber Jharys Gaul schien keine Schwierigkeiten zu haben, mit den beiden anderen Pferden Schritt zu halten.

Eines Tages wandte Falkenmond sich an ihren neuen Gefährten und fragte ihn: »Seid Ihr je einem Mann namens Oladahn begegnet? Er war ziemlich klein, und am ganzen Leib mit pelzähnlichem, rotem Haar bedeckt. Er behauptete, von den Riesen der Bulgarberge abzustammen (die, meines Wissens, noch nie jemandem untergekommen sind). Ein ausgezeichneter Bogenschütze war er.«

»Ich lernte viele ausgezeichnete Bogenschützen kennen, unter ihnen Rackhir, den Roten, der vielleicht der beste Bogenschütze des ganzen Multiversums ist, doch nie einen namens Oladahn. War er ein guter Freund von Euch?«

»Lange Zeit mein engster.«

»Vielleicht trug ich diesen Namen?« murmelte Jhary-a-Conel überlegend mit zusammengezogenen Brauen. »Ich nannte natürlich viele Namen mein eigen. Irgendwie ist mir, als müsse ich ihn kennen. Genau wie Euch zweifellos die Namen Corum oder Urlik vertraut sind.«

»Urlik?« Falkenmond spürte, wie er erblaßte. »Was wißt Ihr über diesen Namen?«

»Es ist Eurer. Das heißt, einer zumindest, genau wie Corum. Obgleich Corum der Rasse nach kein Mensch war und Ihr Euch deshalb vermutlich nicht so leicht an ihn erinnern könnt.«

»Ihr sprecht so selbstverständlich von Inkarnationen! Wollt Ihr wahrhaftig behaupten, Ihr könnt Euch an vergangene Leben so leicht wie an vergangene Abenteuer erinnern?«

»An manche, doch durchaus nicht an alle. Und das ist auch gut so. In einer anderen Inkarnation entsinne ich mich möglicherweise gerade an diese nicht mehr. Obwohl, wie ich bemerke, sich in diesem Fall mein Name nicht geändert hat.« Er nickte und lachte. »Meine Erinnerungen kommen und gehen – nicht anders als Eure. Das ist unser Glück.«

»Ihr sprecht in Rätseln, Freund Jhary.«

»Das sagt Ihr oft.« Wieder zuckte Jhary die Schultern. »Doch dieses gegenwärtige Abenteuer erscheint mir ein wenig anders zu sein, das muß ich zugeben. Ich befinde mich zur Zeit in einer recht ungewöhnlichen Lage. Ständig werde ich, scheinbar aufs Geratewohl, durch die Dimensionen gewirbelt. Das ist Rissen und Verzerrungen des Kontinuums zuzuschreiben, zweifellos herbeigeführt durch irgendeinen unüberlegten oder ungeschickten Zauber. Und dann kommt natürlich das Interesse ins Spiel, das die Chaoslords immer sofort zeigen, wenn sich ihnen solche Gelegenheiten bieten. Ich bin ziemlich überzeugt, daß sie auch hier mitmischen.«

»Die Chaoslords? Wer sind sie?«

»Oh – das ist etwas, das Ihr selbst feststellen müßt, wenn Ihr es noch nicht wißt. Manche meinen, sie leben am Ende der Zeit, und ihre Versuche, das Universum nach ihren Vorstellungen zu manipulieren, seien der Tatsache zuzuschreiben, daß ihre eigene Welt dem Untergang nahe ist. Aber das ist, meines Erachtens, eine zu engstirnige Ansicht. Andere glauben, daß sie in Wirklichkeit eigentlich gar nicht existieren, sondern periodisch durch die Überzeugung der Menschen heraufbeschworen werden.«

»Seid Ihr selbst ein Zauberer, Master Jhary?« fragte Katinka van Bak und zügelte ihr Pferd ein wenig, um neben den beiden herzureiten.

»Nein, das würde ich nicht sagen.«

»Dann zumindest ein Philosoph.«

»Nur meine Erfahrung macht mich vielleicht dazu.«

Aber Jhary hatte jetzt genug von diesem Gesprächsthema und weigerte sich, weiter darüber zu sprechen.

»Meine einzige Erfahrung der Art, die Ihr angedeutet habt«, murmelte Falkenmond, »war mit dem Runenstab. Könnte er vielleicht etwas mit den Geschehnissen in den Bulgarbergen zu tun haben?«

»Der Runenstab? Vielleicht.«

Die große Stadt Pescht lag unter einer schweren Schneedecke. Ihre Häuser aus stabilem, weißem, zum Teil kunstvoll gehauenem Stein, hatten den Belagerungen und der Eroberung durch das Dunkle Imperium getrotzt. Und so sah die Stadt auch jetzt nicht viel anders aus als vor der Zeit, da Granbretanien Mord und Krieg durch Europa trug. Der Schein des Vollmonds ließ die Schneekristalle glitzern, als sie des Nachts in Pescht einritten, und so sah es aus, als brenne die ganze Stadt in einem weißen Feuer.

Sie kamen erst nach Mitternacht am Stadttor an. Es kostete sie große Mühe, den Wächter aufzuwecken, der sie erst, nachdem sie ausführlich erklärt hatten, was sie in der Stadt wollten, mürrisch und brummelnd einließ. Durch breite, verlassene Straßen ritten sie auf dem Weg zum Palast Prinz Karls von Pescht. Der Prinz hatte Katinka van Bak einst den Hof gemacht und sie gebeten, seine Frau zu werden. Obwohl sie drei Jahre liiert gewesen waren, hatte die Kriegerin sich doch nicht entschließen können, zu heiraten. So jedenfalls erzählte Katinka van Bak es Falkenmond. Jetzt hatte der Prinz eine Prinzessin aus Zagredien geehelicht und war glücklich mit ihr. Katinka und er waren jedoch auch jetzt noch gute Freunde. Auf ihrer Flucht aus der Ukraine war sie eine Zeitlang als Gast bei ihm geblieben. Er würde zweifellos erstaunt sein, sie nun wiederzusehen.

Prinz Karl von Pescht war wahrhaftig überrascht. In seinem kostbaren Morgenmantel aus Brokat kam er mit schlafverschwollenen Augen in die große Prunkhalle. Aber obwohl man ihn aus dem Schlummer gerissen hatte, war er sichtlich erfreut über das Wiedersehen.

»Katinka! Ich dachte, du wolltest den Winter in der Kamarg verbringen!«

»Das war auch meine ursprüngliche Absicht.« Sie trat auf ihn zu, faßte den hochgewachsenen Mann an den Schultern und küßte ihn auf beide Wangen. Es schien, als zeichne sie einen verdienstvollen Soldaten mit einem Orden aus, und nicht, als begrüße sie einen ehemaligen Liebsten. »Aber Herzog Dorian überredete mich, ihn zu den Bulgarbergen zu bringen.«

»Dorian? Der Herzog von Köln? Ich habe viel von Euch gehört, junger Mann. Es ist mir eine Ehre, euch unter meinem Dach aufnehmen zu dürfen.« Prinz Karl lächelte ehrlich erfreut, als er Falkenmond kräftig die Hand schüttelte. »Und dies?«

»Ein Weggefährte«, erklärte Falkenmond. »Sein Name ist etwas ungewöhnlich. Er heißt Jhary-a-Conel.

Jhary schwang höflich in weitem Bogen seinen Hut und verbeugte sich. »Es ist mir eine große Ehre, den Prinzen von Pescht kennenzulernen.«

Prinz Karl lachte. »Und mir eine Freude, einem Begleiter des großen Helden von Londra Gastfreundschaft zu gewähren. Ich finde es großartig, daß Ihr hier seid. Ihr werdet doch eine Zeitlang bleiben?«

»Ich fürchte, nur eine Nacht«, erwiderte Falkenmond. »Unsere Mission in den Bulgarbergen ist dringend.«

»Welch wichtiger Grund könnte euch dorthin führen? Selbst die legendären Bergriesen sollen inzwischen alle ausgestorben sein.«

»Ihr habt es dem Prinzen nicht erzählt?« wandte Falkenmond sich erstaunt an Katinka van Bak. »Ich meine, von den Plünderern? Ich dachte . . .«

»Ich wollte ihn nicht beunruhigen«, erwiderte sie.

»Aber diese Stadt liegt doch gar nicht so weit von den Bulgarbergen entfernt und könnte sich leicht in Gefahr befinden, bald angegriffen zu werden!« rief Falkenmond verwirrt.

»In Gefahr? Angriff? Ein Feind von jenseits der Berge?« Prinz Karl sah sie verblüfft an.

»Banditen«, erklärte Katinka van Bak und warf Falkenmond einen warnenden Blick zu. »Eine Stadt von der Größe Peschts hat nichts zu befürchten. Und für ein Land in so gutem Verteidigungszustand wie deines besteht wohl kaum Gefahr.«

»Aber . . .« Falkenmond biß sich auf die Lippen. Zweifellos hatte Katinka van Bak guten Grund, dem Prinzen zu verschweigen, was sie wußte. Aber was mochte dieser Grund sein? Argwöhnte sie möglicherweise, daß Prinz Karl mit den Banditen gemeinsame Sache machte? Aber in diesem Fall hätte sie doch ihn, Falkenmond, warnen können, ehe sie hier ankamen. Außerdem war es unvorstellbar, daß dieser sympathische ältere Mann sich mit einem solchen Lumpenpack verbünden würde. Prinz Karl hatte tapfer und geschickt gegen das Dunkle Imperium gekämpft, ehe er von den Tierlords interniert worden war. Aber selbst dann hatte man ihn keinen

Demütigungen unterworfen, wie das Imperium es normalerweise mit gefangenen Aristokraten getan hatte.

»Ihr werdet müde von dem langen Ritt sein«, meinte Prinz Karl taktvoll. Er hatte seine Dienerschaft bereits beauftragt, Gemächer für seine Gäste zu bereiten. »Bestimmt wollt ihr euch schlafen legen. Ich war zu selbstsüchtig in meiner Freude, dich wiederzusehen, Katinka, und diesen großen Helden hier kennenzulernen.« Er lächelte und legte einen Arm um Falkenmonds Schulter. »Aber beim Frühstück können wir uns doch noch ein wenig unterhalten? Ehe ihr aufbrecht?«

»Mit größtem Vergnügen, Sire«, versicherte ihm Falkenmond.

Als Falkenmond in einem breiten, bequemen Bett in einem freundlichen Zimmer lag, in dessen Kamin ein wohliges Feuer prasselte, beobachtete er die über die schweren Vorhänge und Wandteppiche huschenden Schatten und grübelte darüber nach, weshalb Katinka van Bak dem Prinzen wohl nichts über die Vagabundenarmee erzählt hatte. Doch schon bald fiel er in einen tiefen, traumlosen Schlummer.

Der große Schlitten hätte ein Dutzend schwerbewaffneter Männer befördern und sich leicht für ein Vermögen verkaufen lassen können, denn er war mit Gold und Platin, Elfenbein und Ebenholz eingelegt und mit kostbaren Steinen besteckt. Die Schnitzereien seines Holzrahmens waren die Arbeit eines begnadeten Künstlers. Falkenmond und Katinka van Bak hatten sich gewehrt, dieses kostbare Geschenk anzunehmen, aber Prinz Karl hatte darauf bestanden. »Der Schlitten ist genau das Richtige für dieses Wetter«, erklärte er. »Eure Pferde können nebenhertraben und werden frisch sein, wenn ihr sie braucht.« Acht schwarze Wallache zogen ihn mit Geschirren aus schwarzem Leder mit Silberbeschlägen. Silberglöckchen hingen daran, aber aus Gründen, die keiner Erklärung bedurften, hatte man ihre Klöppel umwickelt.

Der Schnee fiel in dichten Flocken, und die Straßen, die aus Pescht hinausführten, waren eisigglatt. Unter diesen Umständen schien es wirklich das beste, den Schlitten zu benutzen. Er war vollbeladen mit Proviant, warmen Pelzen und einem Zelt, das selbst bei stürmischem Wetter schnell aufgebaut werden konnte. Dann hatte der Prinz ihnen noch schon fast antike Gerätschaften mitgegeben, die in etwa nach dem Prinzip der Flammenlanzen funktionierten. Auf diesen Geräten konnten sie ihr Essen wärmen, ja sogar bereiten – und der auswahlreiche Proviant, mit denen der Prinz sie versorgt hatte, hätte eine kleine Armee sattgemacht. Es war wahrhaftig nicht nur Höflichkeit gewesen, als Prinz Karl ihnen versichert hatte, daß er sich über ihren Besuch freue.

Jhary-a-Conel hatte keine Hemmungen, den Schlitten anzunehmen. Er freute sich wie ein Kind, als er hineinkletterte und es sich zwischen Haufen weicher Pelze bequem machte. »Erinnert Ihr Euch, als Ihr Urlik wart?« fragte er Falkenmond. »Urlik Skarsol, Prinz des Südeises? Damals zogen Bären Euren Schlitten.«

»Ich entsinne mich an nichts dergleichen«, erwiderte Falkenmond scharf. »Ich wollte, ich verstünde Eure Motive, auf diesen Behauptungen zu bestehen.«

»Nun ja«, Jhary-a-Conel seufzte und fuhr philosophisch fort: »Vielleicht werdet Ihr es später verstehen.«

Prinz Karl verabschiedete sie persönlich und winkte ihnen noch lange von der trutzigen Stadtmauer aus nach.

Der große Schlitten flog nur so dahin. Falkenmond fragte sich erstaunt, weshalb diese Art von Fortbewegung und ihre Geschwindigkeit ein solches Glücksgefühl und doch gleichzeitig Besorgnis in ihm auslösten. Wieder hatte Jhary etwas erwähnt, das den Hauch eines Echos der Erinnerung in ihm weckte. Und doch war es offenbar, daß er nie dieser »Urlik« gewesen sein konnte – auch wenn er von dem Namen geträumt hatte.

Das Wetter war ideal für eine Schlittenfahrt. Es hatte aufgehört zu schneien, und der Schnee war gefroren. Die acht schwarzen Wallache schienen unermüdlich im Geschirr, als sie den Schlitten immer näher zu den Bulgarbergen zogen.

Und immer noch schien Falkenmond etwas schrecklich vertraut zu sein. Er sah vor seinem inneren Auge einen silbernen Wagen, dessen vier Räder an Schiern befestigt waren und der über ein weites Eisland dahinschoß. Und er sah auch ein Schiff – aber ein Schiff, das über eine andere Eisfläche flog. Es handelte sich bei diesen beiden Bildern nicht um die gleichen Welten, dessen war er erstaunlicherweise sicher. Und keine dieser beiden Welten war diese, seine, Falkenmonds, Welt. Verärgert schob er diese unsinnigen Gedanken von sich, so gut er nur konnte. Aber sie waren hartnäckig.

Vielleicht sollte er sich mit seinen Fragen an Katinka van Bak und Jhary-a-Conel wenden, aber er brachte sie einfach nicht über die Lippen. Er fürchtete, daß ihm die Antworten nicht gefallen würden.

Und so fuhren sie weiter, durch den jetzt wirbelnden Schnee, während das Terrain immer mehr anstieg und ihre Geschwindigkeit sich ein wenig verringerte.

Nach dem Aussehen der Gegend zu schließen, durch die sie jetzt kamen, hatten in letzter Zeit sicherlich keine Überfälle stattgefunden. Mit den Händen an den Zügeln der schwarzen Wallache machte Falkenmond Katinka van Bak darauf aufmerksam.

»Weshalb erwartet Ihr hier Zeichen von Mord und Brandschatzen?« erwiderte sie kurz. »Ich sagte Euch doch, daß sie sich mit ihren Überfällen auf die Lande jenseits der Berge beschränkten.«

»Dann muß es dafür eine Erklärung geben«, meinte Falkenmond. »Und wenn wir sie finden, entdecken wir damit möglicherweise auch ihre Schwäche.«

Die Straße wurde schließlich so steil, daß die Hufe der Pferde auf dem Eis ausglitten, als sie sich plagten, den Schlitten zu ziehen. Es hatte nachgelassen zu schneien und war inzwischen später Nachmittag geworden. Falkenmond deutete auf eine Bergwiese unterhalb des Weges. »Die Pferde könnten dort noch Gras unter dem Schnee finden – und seht! Da ist auch eine Höhle, wo sie vor dem Wetter geschützt wären. Ich fürchte, sie dorthin zu bringen, ist das einzige, was wir noch für sie tun können.«

»Ihr habt recht«, pflichtete ihm Katinka van Bak bei.

Sie hatten ziemliche Schwierigkeiten, den Schlitten den steilen Hang hinunterzubekommen und die Wiese mit dem

Schneepolster zu erreichen. Falkenmond schaufelte das kalte Weiß mit den Stiefeln ein wenig zur Seite, aber die Wallache brauchten seine Hilfe gar nicht. Sie waren solches Wetter und das Leben im Freien gewöhnt und benutzten von selbst ihre Hufe, um den Schnee wegzuscharren, damit sie grasen konnten. Da der Sonnenuntergang nicht mehr fern war, beschlossen die drei, die Nacht mit den Pferden in der Höhle zu verbringen, ehe sie sich früh am Morgen weiter auf den Weg machten.

»Die Umstände hier sind durchaus günstig für uns«, meinte Falkenmond. »Denn unsere Feinde haben wenig Chancen, auf uns aufmerksam zu werden.«

»Stimmt«, murmelte Katinka van Bak.

»Andererseits«, fuhr Falkenmond fort, »müssen wir jedoch doppelt vorsichtig sein, denn auch wir werden sie nicht entdecken, ehe sie uns nicht unmittelbar gegenüberstehen. Kennt Ihr Euch hier ein wenig aus, Katinka van Bak?«

»O ja, ziemlich gut sogar«, versicherte sie ihm. Sie machte ein kleines Feuer in der Höhle, denn die Kochgeräte des Prinzen vermochten die Höhle nicht zu wärmen.

»Das ist ja richtig gemütlich«, seufzte Jhary-a-Conel zufrieden. »Ich hätte nichts dagegen, den Winter hier zu verbringen und erst weiterzureisen, wenn der Frühling kommt.«

Katinka warf ihm einen verächtlichen Blick zu. Er grinste nur und schwieg.

Der Himmel hing kalt und tief über ihnen, als sie die Pferde am Zügel weiterzogen. Von ein wenig ausgetrocknetem Moos und ein paar verkrüppelten grauen und braunen Birken abgesehen, wuchs hier nichts in diesen Bergen. Ein schneidender Wind pfiff. Ein paar Aasgeier hoben sich kreisend zwischen den schroffen Felsspitzen. Ihr eigener schwerer Atem und das Scharren der Hufe auf dem eisbedeckten Stein, wenn sie Halt suchten, waren die einzigen Geräusche. Der Ausblick von diesen hohen Bergpfaden war über alle Maßen schön, aber auch mörderisch. Ja, hier war der Tod überall, denn die Berge waren erbarmungslos, ja grausam im Winter, und so mancher Reisende hatte hier in Schnee und Eis sein Leben gelassen.

Falkenmond trug nun noch einen dicken Pelz über seinem Lederumhang. Obgleich er schwitzte, wagte er es nicht, sich auch nur von einem Kleidungsstück zu befreien, denn er befürchtete, er würde an der Stelle anfrieren, wenn er anhielt. Auch die anderen trugen warme Pelze mit Kapuzen, Pelzhandschuhen und pelzgefütterten Stiefeln. Der Pfad, dem sie folgten, führte fast ständig steil hoch. Nur hin und wieder kreuzte ihn ein anderer, der in Serpentinen ins Tal führte.

Die Berge erschienen trotz ihrer tödlichen Schönheit friedlich. Eine wohltuende Ruhe herrschte in den Tälern. Falkenmond konnte sich kaum vorstellen, daß eine riesige Armee hier in diesen Bergen ihren Stützpunkt hatte. Nichts deutete darauf hin, daß dieses Gebirge mit den schroffen Gipfeln und den malerischen Tälern je bezwungen worden war. Ihm schien, als käme er hier in jungfräuliches Land. Obgleich der Weg beschwerlich war und ermüdend, fühlte er sich hier entspannter und wohler als seit langer Zeit. Er hatte nun kaum Verpflichtungen. Die einzige im Augenblick war eigentlich nur, am Leben zu bleiben.

Schließlich erreichten sie einen etwas breiteren Pfad, auf den Falkenmond, hätte er Verlangen danach gehegt, sich hätte ohne weiteres quer legen können. Dieser Pfad endete plötzlich an einem riesigen dunklen Höhleneingang.

»Was ist das?« erkundigte sich Falkenmond bei Katinka van Bak. »Es sieht aus, als ginge es hier nicht weiter. Ist es vielleicht gar ein Tunnel?«

»Stimmt«, versicherte ihm Katinka van Bak. »Es ist ein Tunnel.«

»Wieviel weiter müssen wir noch, wenn wir sein Ende erreicht haben?« Falkenmond stützte sich gegen die Felswand direkt am Tunneleingang.

»Das kommt darauf an«, erwiderte Katinka van Bak rätselhaft.

Falkenmond war zu müde, sie zu fragen, was sie damit meinte. Er beugte den Oberkörper vor und trat in den Tunnel. Sein Pferd zog er hinter sich her. Er war erleichtert, daß seine

Stiefel nicht länger im Schnee kleben blieben. Es war warm hier im Berg, und es roch recht ungewöhnlich, nach Frühling, wie ihm schien. Er erwähnte es auch, aber da die anderen diesen Geruch nicht bemerkten, fragte er sich, ob nicht vielleicht seinem dicken Pelz Parfümduft anhaftete. Der Boden der Höhle wurde ebener, und das Gehen fiel viel leichter. »Es ist schwer zu glauben, daß dieser Tunnel natürlichen Ursprungs sein soll. Er scheint mir wie eines der Weltwunder«, meinte er.

Sie schritten nun schon eine Stunde dahin, ohne daß sich das Ende des Tunnels abzeichnete. Falkenmond wurde sichtlich nervös.

»Er kann nicht natürlich sein«, wiederholte er. Mit seinen behandschuhten Fingern betastete er die Wand, aber sie fühlte sich nicht an und sah auch nicht so aus, als hätten Werkzeuge sie bearbeitet. Er drehte sich zu den beiden anderen um und bemerkte ihren eigenartigen Gesichtsausdruck. Oder täuschte er sich in der Düsternis? »Was meint Ihr, Katinka van Bak?« fragte er. »Ihr kennt doch diese Höhle, diesen Tunnel. Wird er irgendwo in der Geschichte erwähnt? In Legenden vielleicht?«

»Ja«, erwiderte sie kurz. »Aber geht weiter, Falkenmond. Wir werden die andere Seite bald erreicht haben.«

»Wohin führt er denn?« Er drehte sich nun ganz zu ihnen um, daß er ihnen unmittelbar gegenüberstand. Die Lichtkugel in seiner Hand brannte stumpf und färbte in sein Gesicht ein dämonisches Rot. »Vielleicht geradewegs ins Lager des Dunklen Imperiums? Arbeitet ihr beide etwa für meine alten Feinde? Ist das eine Falle? Keiner von euch beiden hat mir wirklich genug erzählt.«

»Wir stehen nicht im Sold Eurer Feinde«, versicherte ihm Katinka van Bak. »Geht weiter, Falkenmond, ich bitte Euch. Oder ist es Euch lieber, wenn ich vorausgehe?« Sie machte einen Schritt an ihm vorbei.

Unwillkürlich legte Falkenmond die Rechte an den Schwertgriff und schob dabei den Pelzumhang zur Seite. »Nein, Katinka van Bak, ich traue Euch, aber trotzdem warnt etwas in mir mich vor einer Falle. Weshalb ist das so?«

»Ihr müßt weitergehen, Held!« sagte Jhary-a-Conel ruhig, während er das Fell seiner kleinen schwarzweißen Katze streichelte, die aus seinem Wams herausgekrochen war. *»Ihr müßt!«*

»Held? Warum wiederholt Ihr es immer wieder?« Noch fester umklammerte Falkenmonds Hand den Schwertgriff. »Welche Art von Held bin ich denn?«

»Der Ewige Held«, erwiderte Jhary auch jetzt ruhig. »Der Krieger des Schicksals . . .«

»Nein!« Obgleich die Worte für ihn keinen Sinn ergaben, konnte Falkenmond nicht ertragen, sie zu hören. »Nein!«

Seine Hände flogen zu den Ohren.

In diesem Augenblick stürzten seine beiden Freunde sich auf ihn.

Er war noch immer nicht so kräftig wie vor Beginn seines Wahnsinns, und dazu hatte der anstrengende Aufstieg ihn ermüdet. Er wehrte sich gegen die zwei, bis er Katinka van Baks Dolch an seiner Kehle spürte und ihre beschwörende Stimme hörte.

»Euch zu töten wäre die einfachste Weise, unser Ziel zu erreichen, Falkenmond. Aber sie wäre nicht sehr angenehm. Außerdem möchte ich Euch nicht gern aus diesem Körper reißen, denn es könnte sein, daß Ihr in ihn zurückkehren möchtet. Also werde ich Euch nur töten, wenn Ihr mich dazu zwingt. Versteht Ihr?«

»Ich verstehe Verrat!« erwiderte er wild und wehrte sich noch heftiger, aber genauso erfolglos gegen den Griff der beiden. »Da dachte ich, ich rieche den Frühling, dabei roch ich Verrat – Verräter, die sich als Freunde ausgaben.«

Einer der beiden löschte die Lichtkugel.

»Wo sind wir hier?« fragte er. Wieder spürte er die Dolchspitze am Hals. »Was habt Ihr mit mir vor?«

»Es ging nicht anders, Held«, murmelte Katinka van Bak betrübt. »Es war nicht anders zu machen, Held.«

Es war das erste Mal, daß sie ihn Held nannte – vielleicht, weil Jhary-a-Conel dieses Wort so oft benutzt hatte?

»Wo sind wir hier?« fragte er erneut. *»Wo?«*

»Ich wollte, ich wüßte es«, erwiderte Katinka van Bak, und ihre Stimme klang fast noch betrübter.

Dann schlug sie ihn offenbar mit dem Panzerhandschuh auf

den Kopf. Er spürte den Schlag und erriet, was es gewesen war. Einen Augenblick glaubte er sogar, daß er seinen Zweck, ihn besinnungslos zu machen, nicht erreicht hatte. Doch inzwischen war er bereits in die Knie gesackt, und es schien, als löse sein Körper sich von ihm und verlöre sich in der Schwärze der Höhle.

Und dann wußte er, daß ihr Schlag doch den von ihr beabsichtigen Zweck erfüllt hatte.

ZWEITES BUCH

Eine Heimkehr

1. Ilian von Garathorm

Falkenmond lauschte den Geistern.

Jeder sprach mit seiner eigenen Stimme zu ihm.

Mit Falkenmonds Stimme . . .

. . . da war ich Erekose, und ich kämpfte gegen die Rasse der Menschen. Und Urlik Skarsol war ich, Prinz des Südeises, der die Silberkönigin vom Mond tötete. Ich war es, der das Schwarze Schwert trug. Jetzt hänge ich in der Leere des Nichts und warte auf meine nächste Aufgabe. Durch sie wird mir vielleicht eine Möglichkeit gegeben, zu Ermizhdad, meiner verlorenen Liebsten, zurückzukehren. Vielleicht finde ich Tanelorn.

(Ich war Elric.)

Soldat des Schicksals . . . Werkzeug der Zeit . . . Der Ewige Held . . . Verdammt zu nie endendem Kampf.

(Ich war Corum. In mehr als einem Leben war ich Corum.)

Ich weiß, wie es begann. Vielleicht endet es in Tanelorn.

Rhalina, Yisselda, Cymoril, Zarozina . . .

So viele Frauen.

(Ich war Arflane. Asquiol. Aubec.)

Alle sterben, nur ich nicht.

(Ich war Falkenmond . . .)

»Nein! Ich BIN Falkenmond!«

(Wir alle sind Falkenmond. Falkenmond ist wir.)

Alle leben, nur ich nicht.

John Daker? War er der erste?

Oder der letzte?

Ich habe so viele verraten, und so viele verrieten mich.

Gesichter schwammen vor seinen Augen. Jedes Gesicht war anders. Jedes Gesicht war sein Gesicht. Er schrie und versuchte sie fortzuschieben.

Aber er hatte keine Hände.

Er versuchte, zu sich zu kommen. Lieber durch Katinka van

Baks Dolch zu sterben, als diese Qualen zu erdulden! Das war es, wovor er sich gefürchtet, was er zu entgehen versucht hatte. Das war der Grund, weshalb er sein Gespräch mit Jhary-a-Conel nicht weitergeführt hatte. Aber jetzt stand er trotzdem allein gegen tausend Manifestationen seines Selbst.

Der Kampf ist ewig. Der Krieg ist endlos.

Und nun müssen wir Ilian werden. Ilian, deren Seele vertrieben wurde. Ist das nicht eine seltsame Aufgabe?

»Ich bin Falkenmond! Nur Falkenmond!«

Und ich bin Falkenmond – und Urlik Skarsol – und Ilian von Garathorm. Vielleicht finde ich hier Tanelorn? Lebe wohl Südeis und sterbende Sonne. Lebe wohl. Silberkönig und Schreiender Kelch. Lebe wohl, Graf Brass. Lebe wohl, Urlik. Lebe wohl, Falkenmond . . .

Flüchtig fühlte Falkenmond, wie seine Erinnerungen schwanden. Statt ihrer drängten sich Millionen anderer auf. Erinnerungen an bizarre Welten und exotische Landschaften, an sowohl menschliche als auch nichtmenschliche Geschöpfe. Erinnerungen, die ganz einfach nicht die eines einzelnen Mannes sein konnten – und doch waren sie wie die Träume, die sich ihm auf Burg Brass aufgedrängt hatten. War das überhaupt auf Burg Brass gewesen? Vielleicht doch anderswo? In Melniboné? In der Burg Erorn an der See? An Bord des seltsamen Schiffes, das jenseits der Erde dahinsegelte? Wo? Wo hatte er diese Träume gehabt?

Plötzlich wußte er, daß er sie an all diesen Orten geträumt hatte und sie an allen diesen Orten wieder träumen würde.

Er wußte, daß es so etwas wie die Zeit nicht gab.

Vergangenheit, Gegenwart und Zukunft waren dasselbe. Sie existierten alle im gleichen Augenblick – und es gab sie zu keinem.

Er war Urlik Skarsol, Prinz des Südeises, und seinen Schlitten zogen Bären über die gewaltige Eisfläche unter einer sterbenden Sonne. Seinem Ziel sollten sie ihn entgegenbringen. Wie Falkenmond Yisselda gesucht hatte, so suchte auch er nach einer Frau, die er nicht erreichen konnte. Ermizhdad hieß sie. Doch Ermizhdad hatte nicht Urlik Skarsol geliebt, sondern Erekose. Aber Erekose war auch Urlik Skarsol.

Tanelorn – das war Urliks Ziel!

Tanelorn – sollte es auch Falkenmonds sein?

Der Name war so vertraut. Viele Male hatte er Tanelorn gefunden, und einmal sogar dort gelebt, doch jedesmal war Tanelorn anders.

Und es gab da ein Schwert. Ein Schwert, das viele Manifestationen hatte. Ein schwarzes Schwert. Doch oft zeigte es sich auch anders. Ein Schwert . . .

Ilian von Garathorm nannte ein gutes Schwert ihr eigen. Ilian griff danach, aber es hing nicht an ihrer Seite. Ilians Finger tasteten über das Kettenhemd, über Seide, über Fleisch. Ilians Hände berührten saftiges Gras, und Ilians Nase nahm den würzigen Duft des Frühlings auf. Ilians Augen öffneten sich. Zwei Fremde standen vor ihr: ein junger Mann und eine Frau mittleren Alters. Doch ihre Gesichter waren ihr vertraut.

Falkenmond sagte: »Katinka van . . .« Und dann vergaß Ilian den Rest des Namens. Falkenmond fühlte seinen Körper und war verwirrt. »Was habt Ihr aus mir gemacht?« Und Ilian wunderte sich über diese Worte, obgleich sie aus ihrem eigenen Mund kamen.

»Seid gegrüßt, Ilian von Garathorm, Ewiger Held«, sagte der junge Mann lächelnd. Eine kleine schwarzweiße Katze saß auf seiner Schulter. Die Katze hatte ein Flügelpaar auf dem Rücken gefaltet.

»Und Falkenmond, lebt wohl – für den Augenblick zumindest«, sagte die Frau mittleren Alters, die in einer ziemlich mitgenommenen Panzerrüstung steckte.

»Falkenmond?« fragte Ilian nachdenklich. »Der Name ist mir vertraut. Doch einen Augenblick dachte ich, ich würde auch Urlik Skarsol genannt. Wer seid Ihr?«

Der junge Mann verbeugte sich, doch an ihm wirkte es nicht herablassend spöttisch oder mitleidig, wie Ilian es selbst am Hof gewöhnt war.

»Ich bin Jhary-a-Conel. Und diese Dame ist Katinka van Bak, an die Ihr Euch vielleicht erinnert.«

Ilian runzelte überlegend die Stirn. »Ja . . . Katinka van Bak! Ihr wart es doch, die mich rettete, als Ymryls Meute mich verfolgte . . .«

Und dann schwand einen Augenblick Ilians Erinnerung.

Falkenmond knurrte durch Ilians Lippen: »Was habt Ihr mir angetan, Katinka van Bak?« Entsetzt betastete er seinen Körper. Die Haut war weicher, die Form anders. Er war kleiner. »Ihr habt eine Frau aus mir gemacht!«

Jhary-a-Conel beugte sich vor. Seine Augen leuchteten in abnormaler Eindringlichkeit. »Es mußte sein. Ihr seid Ilian von Garathorm. Diese Welt braucht Ilian. Vertraut uns. Es wird auch Falkenmond von Nutzen sein.«

»Ihr habt dieses Komplott gemeinsam geschmiedet! Es gab gar keine Armee in den Bulgarbergen! Dieser Tunnel . . .«

»Führte hierher, nach Garathorm«, beendete Katinka van Bak den Satz für ihn. »Ich entdeckte diesen Weg zwischen den Dimensionen, als ich mich vor dem Dunklen Imperium versteckte. Ich war hier, als Ymryl und die anderen ankamen. Ich rettete Euer Leben, Ilian, aber sie waren mit ihrer Zauberei imstande, Euren Geist aus Eurem Körper zu vertreiben. Ich war voll Angst und Verzweiflung für Garathorm. Da traf ich Jhary. Er hatte einen Einfall. Falkenmond war dem Tode nahe. Als eine Manifestation des Ewigen Helden konnte sein Geist Ilians ersetzen – denn sie ist eine weitere Manifestation dieses Helden, müßt Ihr wissen. Die Geschichte, die ich Euch erzählte, war dazu bestimmt, Euch hierher, durch den Tunnel zu bringen. Die Armee gibt es wirklich. Sie treibt ihr Unwesen jenseits der Bulgarberge, wie ich sagte – nämlich hier in Garathorm!«

Falkenmonds Gedanken überschlugen sich. »Ich verstehe nicht«, murmelte er. »Ich befinde mich also im Körper eines – einer anderen? Das wolltet Ihr doch sagen. Das *kann* nur das Werk des Dunklen Imperiums sein!«

»Glaubt mir, das ist es nicht!« versicherte ihm Katinka van Bak ernst.

»Obgleich das Dunkle Imperium zweifellos etwas damit zu tun hatte, daß es überhaupt zu dieser Katastrophe kam«, warf Jhary-a-Conel ein. »Genau wie und inwieweit muß sich noch herausstellen. Doch nur als Ilian könnt Ihr hoffen, etwas gegen jene zu erreichen, die nun diese Welt beherrschen. Es ist Ilians Geschick, wißt Ihr? Nur Ilians. Falkenmond hätte hier nichts erreicht . . .«

»Also habt ihr mich in den Körper dieser Frau verbannt . . . Aber wie? Welche Zauberei steckt dahinter?«

Jhary blickte in das dichte Gras. »Ich habe ein wenig Geschick in dieser Beziehung. Aber Ihr müßt vergessen, daß Ihr Falkenmond seid. Falkenmond hat keinen Platz in Garathorm. Ihr *müßt* zu Ilian werden, wenn unsere Bemühungen nicht umsonst sein sollen. Ilian – von Ymryl begehrt. Und da er sie nicht besitzen konnte, vertrieb er ihre Seele aus ihrem Leib. Selbst Ymryl erkannte nicht, was er tat – wußte nicht, daß es Ilians Los ist, ihn zu bekämpfen. Ymryl sieht in Euch, Ilian, lediglich eine begehrenswerte Frau, auch wenn sie sein erbittertster Feind ist, der den Rest der Armee ihres Vaters gegen ihn einsetzte.

»Ymryl . . .« Falkenmond bemühte sich, an seiner eigenen Identität festzuhalten, aber schon wieder entschlüpfte sie ihm. »Ymryl, der dem Chaos dient. Ymryl mit dem gelben Horn. Sie kamen aus dem Nirgendwo und eroberten Garathorm. Ah, ich entsinne mich der Feuer. Ich erinnere mich an meinen Vater, den gütigen Pyran. Trotz all seiner Abneigung vor Gewalttätigkeiten verteidigte er das Land doch lange . . .«

»Und dann übernahmt Ihr Pyrans flammendes Banner. Erinnert Ihr Euch, Ilian? Ihr nahmt die brennende Flagge, das Zeichen der Freiheit Garathorms, und seid gegen Ymryls Streitmacht gezogen . . .«, sagte Katinka van Bak sanft. »Ich hatte Euch gelehrt, mit Schwert, Schild und Axt umzugehen, als man mich gastlich auf Pyrans Hof aufnahm, nachdem ich vor dem Dunklen Imperium geflohen war. Und Ihr setztet das Gelernte wirkungsvoll in die Tat um, bis von unserer Seite nur Ihr und ich allein auf dem Feld überlebten.«

»Ich entsinne mich«, murmelte Ilian. »Und man verschonte uns nur, weil man sich über uns amüsierte, nachdem man unser Geschlecht entdeckt hatte. Ah, diese Demütigung, als Ymryl mir den Helm vom Kopf riß. ›Du wirst an meiner Seite herrschen‹, sagte er. Dann griff er mit einer Hand, die noch vom Blut meiner Leute besudelt war, nach mir und betätschelte mich. O ja, ich erinnere mich!« Ilians Stimme wurde hart und wild. »Und ich erinnere mich, daß ich in diesem Augenblick schwor, ihn zu töten. Doch dazu war mir nur ein Weg offen, und dem konnte ich nicht folgen. Nein, ich konnte es nicht. Und weil ich mich ihm widersetzte, warf er mich in das Verlies . . .«

»Und ich hatte Glück, daß ich Euch befreien konnte. Wir flohen. Seine Meute verfolgte uns. Wir kämpften gegen sie und vernichteten sie. Aber Ymryls Zauberer fand uns. In seinem Grimm befahl Ymryl ihm, Euren Geist zu vertreiben.«

»Ja, so war es. Sie griffen an. An mehr entsinne ich mich nicht.«

»Wir hatten uns in der Höhle versteckt. Es war meine Absicht, Euch in meine eigene Welt mitzunehmen, wo ich Euch sicher glaubte. Doch als Eure Seele Euch verließ, war es sinnlos geworden. Ich traf Jhary-a-Conel, der von den gleichen Kräften nach Garathorm gezogen worden war wie Ymryl. Wir überlegten, was wir tun konnten. Eure Erinnerungen befanden sich noch in Eurem Kopf. Es fehlte nur eine – eine *Essenz*. Also mußten wir eine neue Seele finden. Und Falkenmonds lag damals brach, während er in seinem Turm auf Burg Brass dahinsiechte. So entschlossen wir uns, wenn auch mit ehrlichem Bedenken, zu tun, was getan werden mußte. Und jetzt habt Ihr wieder eine Seele.«

»Und Ymryl?«

»Er hält Euch für erledigt. Zweifellos hat er Euch bereits vergessen und bildet sich ein, ganz Garathorm zu beherrschen, ohne etwas befürchten zu müssen. Seine Vagabundenarmee schändet Land und Leute. Und trotzdem haben diese Kreaturen kaum vermocht, die Schönheit Garathorms zu mindern.«

»Ja, Garathorm ist von sanftem Zauber«, bestätigte Ilian. Sie blickte sich um, von wo sie hier am Hang des Berges standen, mit der Höhlenöffnung hinter ihnen. Sie schien ihre Welt aus neuen Augen, wie zum erstenmal, zu sehen.

Unweit war der Rand des riesigen Waldes – des Waldes, der dieser Welt einzigen Kontinent bedeckte. Von Garathorm abgesehen, war alles Meer mit vereinzelten winzigen Inseln. Die Bäume waren hoch. Manche wuchsen hundert Meter und mehr in die Höhe. Der Himmel war weit und blau, und eine große goldene Sonne schien von ihm herab. Ihre Strahlen kosten Blumen, deren Köpfe bestimmt zwölf Fuß im Durchmesser betrugen. Ihre Farben blendeten schier in ihrer Intensität. Rot-, Blau- und Gelbtöne herrschten hier vor. Schmetterlinge, die in der Größe zu den Blumen paßten, flatterten von einer Blüte zur anderen, und ihre Flügelpracht übertraf sogar noch die der Blumen. Ein besonders schöner Falter mit einer Flügelspannweite von zwei Fuß ließ sich gerade auf eine nahe Blume herab. Und zwischen den rankenumschlungenen Baumstämmen flogen große Vögel mit schillerndem Gefieder. Ilian wußte, daß es kaum ein Tier in diesem Wald gab, vor dem die Menschen sich fürchten mußten. Sie atmete genußvoll die würzige Luft ein und lächelte.

»Ja«, sagte sie glücklich. »Ich bin Ilian von Garathorm. Wer könnte auch nur den Wunsch hegen, jemand anderer zu sein? Wer möchte anderswo als in Garathorm leben, selbst in diesen Zeiten?«

»Ihr habt ja so recht«, pflichtete Jhary-a-Conel ihr erleichtert bei.

Katinka van Bak wickelte einen großen Pelzumhang aus, der Ilian zuvor nicht aufgefallen war. Mehrere Tontöpfe kamen zum Vorschein. Ihre Deckel waren mit Wachs versiegelt.

»Eingewecktes«, erklärte Katinka van Bak. »Fleisch, Obst und Gemüse. Sie werden uns eine Weile satt machen. Laßt uns jetzt essen.«

Und während sie aßen, erinnerte sich Ilian des Grauens der vergangenen Monate.

Garathorm war vor etwa zwei Jahrhunderten zu einem geeinigten Land geworden, dank der Diplomatie (nicht zu verschweigen dem Machthunger) von Ilians Vorfahren. Und seit dieser Zeit herrschten Frieden und Wohlstand für die Bürger dieses großen bewaldeten Kontinents. Wissenschaft und Künste gediehen. Garathorms Hauptstadt, das herrliche Virinthorm, fast ganz aus Ebenholz erbaut, war zu gewaltiger Größe angewachsen. Seine Randgebiete dehnten sich mehrere Meilen von der Altstadt unter den Ästen der titanischen Bäume aus. Sie schützten Garathorm vor den schweren Regenfällen, die einen Monat jedes Jahr diesen Inselkontinent heimsuchten.

Früher einmal, sagte man, hatte es noch andere Kontinente gegeben, und Garathorm war zu der Zeit eine Wüste gewesen. Dann war es zu Kataklysmen gekommen, die vermutlich das Polareis zum Schmelzen gebracht hatten. Als die Erde sich wieder beruhigt hatte, war von allen Kontinenten nur Garathorm übriggeblieben. Und Garathorm verwandelte sich. Es wurde zu einem Land, wo die Pflanzen sich zu gigantischer Größe entwickelten. Die Ursache dafür war nicht bekannt. Garathorms Gelehrte suchten immer noch nach der Antwort. Vielleicht lag sie unter dem Meer, auf den versunkenen Ländern?

Vor zwanzig Jahren hatte Pyran, Ilians Vater, den Thron nach dem Tod seines Onkels bestiegen. Nur zwei Jahre früher, auf den Tag fast, war Ilian geboren. Mit Pyrans Regentschaft begann für Garathorm, was viele als das Goldene Zeitalter bezeichneten. Ilian war in einer Atmosphäre von echter Menschlichkeit, Glück und Zufriedenheit aufgewachsen. Als immer schon lebhaftes Mädchen hatte sie viel Zeit damit verbracht, auf den Straußen ähnelnden Vayna durch die Wälder zu reiten. Der Vayna kam auf dem Boden unvorstellbar schnell voran und war auch nicht viel langsamer, wenn er die dicken Äste entlanglief und von Zweig zu Zweig sprang, während sein Reiter sich auf seinem Rücken festklammerte. Vaynareiten war einer der beliebtesten Zeitvertreibe in Garathorm. Als Katinka van Bak vor mehreren Jahren plötzlich auf dem Hof von König Pyran aufgetaucht war, völlig erschöpft, verwirrt und dem Tode nahe durch die unzähligen Wunden, hatte Ilian sich sofort von ihr angezogen gefühlt. Katinkas Geschichte war sehr seltsam gewesen. Irgendwie war die Kriegerin durch die Zeit versetzt worden – ob in die Zukunft oder die Vergangenheit, das wußte sie nicht –, nachdem sie vor ihren Feinden geflohen war, von denen sie in einer großen Schlacht besiegt worden war. Die Einzelheiten ihrer Reise durch die Zeit waren sehr vage gewesen, da sie sich ihrer selbst nicht klar war. Jedenfalls wurde sie schnell zu einem beliebten Gast auf dem Hof. Um sich selbst zu beschäftigen und gleichzeitig Ilian zu helfen, hatte sie sich einverstanden erklärt, die Königstochter die Kriegskünste zu lehren. In Garathorm gab es keine Soldaten. Das Königreich hatte lediglich die Palastwachen und kleinere Trupps von Hütern, deren Aufgabe es war, die abgelegeneren Siedler vor den Angriffen der glücklicherweise nur sehr wenigen Raubtiere zu schützen, die noch auf Garathorm lebten. Trotzdem schien Ilian ein angeborenes Talent für den Umgang mit Waffen zu haben. Sie beherrschte Schwert- und Axtkampf bald so, als hätte sie zeit ihres Lebens nichts anderes geübt. Es erfüllte sie mit tiefer Befriedigung, alles zu lernen, was Katinka van Bak sie lehren konnte. So glücklich ihre Kindheit gewesen war, schien ihr doch irgend etwas gefehlt zu haben – das sie nun, in ihren Mädchenjahren, errungen hatte.

Ihr Vater amüsierte sich über ihre Begeisterung für diese archaische Beschäftigung, die sich als ansteckend für viele der jungen Leute am Hof erwies. Schließlich gab es mehrere hundert Mädchen und Burschen, die mit Schwert und Schild umzugehen wußten, und bei keiner Feierlichkeit fehlte nun ein ritterliches Turnier.

Vielleicht war es gar kein Zufall gewesen, sondern der Eingriff des Schicksals, das für eine kleine, aber ungemein waffengewandte Armee gesorgt hatte, die sich gegen Ymryl bei dessen Erscheinen stellen konnte.

Ymryl war plötzlich aufgetaucht. Nur ein paar Gerüchte kamen vor ihm auf dem Hof an. König Pyran hatte sofort Späher ausgeschickt, um sich zu vergewissern, inwieweit die beunruhigenden Berichte aus den fernen Gebieten des Kontinents auf Wahrheit beruhten. Aber noch ehe die Kundschafter zurückkehrten, war Ymryl bereits angerückt. Es stellte sich später heraus, daß sein Trupp nur Teil einer größeren Armee war, die über ganz Garathorm dahingefegt war und alle der Provinzstädte innerhalb von wenigen Wochen eingenommen hatte. Anfangs dachte man, er stammte von einem bisher unbekannten Land jenseits des Meeres, aber es gab keinerlei Beweise dafür. Daraufhin schloß man, daß Ymryl und seine Kumpane genau wie Katinka van Bak auf geheimnisvolle, unerklärliche Weise nach Garathorm gekommen waren, um so mehr, da sie offenbar selbst nicht wußten, wie sie hierhergeraten waren. Aber die Überlegungen, was sie hierhergebracht hatte, wurden unwichtig. Man mußte sich völlig darauf konzentrieren, sich gegen sie zur Wehr zu setzen. Die Wissenschaftler wurden beauftragt, neue Waffen zu erfinden, und die Techniker, sie zu entwickeln und selbst wirkungsvolle Methoden zur Vernichtung des Feindes zu ersinnen. Doch sie waren es nicht gewöhnt, sich mit kriegerischen Dingen zu befassen, und deshalb war die Produktion von Waffen nicht ausreichend. Katinka van Bak, Ilian und etwa zweihundert weitere trafen sich gegen Ymryls bunt zusammengewürfelte Armee und erzielten auch einige Siege in kleineren Scharmützeln. Aber als Ymryl soweit war, die baumgeschützte Stadt Virinthorm anzugreifen, tat er es, ohne daß es gelang, ihn aufzuhalten. Zu zwei Schlachten kam es auf einer großen Lichtung außerhalb der Stadt. Bei der ersten Schlacht holte König Pyran die alte Kriegsflagge seiner Ahnen hervor – die brennende Fahne, die in einem seltsamen Feuer flammte und aus unvernichtbarem Stoff gefertigt war. Mit diesem Banner in seiner eigenen Hand ritt er Ymryl an der Spitze eines Heeres von armselig bewaffneten und unausgebildeten Bürgern entgegen. König Pyran wurde mit seinen Leuten niedergemetzelt. Ilian gelang es noch, die flammende Standarte aus der toten Hand zu ziehen, ehe sie mit dem Rest ihrer eigenen, im Kampf geübten Krieger flüchtete – jener Mädchen und Burschen, die sich wie sie für die Kriegskunst begeistert und sie für sich zum Sport gemacht hatten.

Dann kam es zur zweiten und letzten Schlacht, in der Ilian und Katinka van Bak ein paar hundert Überlebende gegen Ymryl führten. Sie hatten sich großartig gehalten, und viele der Invasoren waren unter ihren Klingen gefallen, aber schließlich war die Übermacht der Ymrylarmee doch zu erdrückend. Ilian war nicht sicher, ob überhaupt jemandem aus ihren Reihen die Flucht geglückt war. So wie es aussah, waren sie und Katinka van Bak die einzigen Überlebenden gewesen.

Man hatte sie beide gefangengenommen. Ymryl hatte nicht nur ein wildes Verlangen nach ihr empfunden, sondern auch sofort erkannt, daß er, mit ihr an seiner Seite, keine Schwierigkeiten haben würde, über jene Bürger zu herrschen, die sich immer noch in den Wäldern jenseits von Virinthorm versteckten und des Nachts hervorkamen, um seine Männer im Schlaf zu töten.

Als sie sich weigerte, ihm zu Willen zu sein, hatte er den Befehl erteilt, sie in den Kerker zu werfen, sie wachzuhalten und ihr nur so viel zu essen zu geben, daß sie am Leben blieb. Er hatte gewußt, daß sie sich schließlich einverstanden erklären würden, zu tun, was er verlangte.

Und nun, als sie aß, erinnerte Ilian sich plötzlich, was sie getan hatte – etwas, das Katinka van Bak nicht erwähnte. Da konnte sie kaum noch den Bissen in ihrem Mund hinunterschlucken. Sie drehte sich um, um Katinka van Bak anzusehen.

»Weshalb habt Ihr mich nicht daran erinnert?« fragte sie kalt. »An meinen Bruder . . .«

»Dafür ist nicht Euch die Schuld zu geben«, versicherte ihr Katinka van Bak. Die Ältere senkte den Blick. »Ich hätte dasselbe wie Ihr getan. Jeder hätte es. Sie folterten Euch.«

»Ich verriet ihnen, wo er sich versteckt hielt. Und sie fanden und mordeten ihn.«

»Sie folterten Euch«, wiederholte Katinka van Bak rauh. »Sie marterten Euren Körper. Sie ließen Euch nicht schlafen. Sie gaben Euch nichts zu essen. Sie wollten zweierlei von Euch. Ihr gabt ihnen nur eines. Das war schon ein Sieg!«

»Ihr wollt damit sagen, ich gab ihnen meinen Bruder, statt mich selbst? Und das nennt Ihr Sieg?«

»Unter diesen Umständen, ja. Vergeßt es, Ilian. Es gelingt uns vielleicht noch, Euren Bruder – und die anderen zu rächen.«

»Ich habe viel gutzumachen«, murmelte Ilian. Sie spürte die Tränen in ihren Augen und versuchte, sie zurückzuhalten.

»Es gibt sehr viel zu tun«, erklärte Jhary-a-Conel.

2. Ausgestoßene aus tausend Welten

Die kleine schwarz-weiße Katze segelte hoch über dem Wald in einer warmen Luftströmung. Die Sonne machte sich daran, am Horizont zu versinken. Die Katze wartete geduldig, denn sie zog es vor, des Nachts den Dingen nachzugehen, die sie beschäftigte. Vom Boden aus, wenn man sie überhaupt entdeckte, mochte man sie für einen Falken halten. Sie schwebte, indem sie ihre Position durch geringe Bewegungen ihrer schwarzen Flügel mit den weißen Spitzen hielt. Sie befand sich ganz in der Nähe der Stadt, die von einer großen grausamen Armee eingenommen worden war.

Katinka van Bak hatte nicht gelogen, als sie die Armee beschrieb, der sie unterlegen war. Die Unwahrheit hatte sie lediglich gesagt, was den Ort des Kampfes betraf und die Absichten dieser Armee. In gewisser Hinsicht befand sie sich tatsächlich in den Bulgarbergen, denn existierte dieses Land nicht auf mysteriöse Weise in diesem Gebiet?

Als die Sonne immer tiefer sank, ließ auch die Katze sich langsam herab, bis sie es sich schließlich auf einem Ast nahe des Wipfels eines der höchsten Bäume bequem machte. Eine sanfte Brise strich durch den Wald. Die Blätter raschelten, und die Bäume wogten leicht, so daß sie vom Standpunkt der Katze wie die grünen Wellen eines Meeres aussahen.

Jetzt sprang die Katze auf einen tieferliegenden Ast, und dann auf einen weiteren, ehe sie die Flügel ausbreitete und ein paar Fuß flog, bevor sie wieder festen Halt fand.

Langsam tauchte sie immer tiefer zu der Stadt hinab, deren Lichter noch weit unter ihr zu sehen waren. Es war nicht das erste Mal, daß Schnurri, denn so nannte ihr menschlicher Freund sie, für Jhary-a-Conel auf Kundschaft ging, daß sie dort Späherdienste leistete, wo er oder seine Freunde es nicht selbst tun konnten.

Schließlich streckte sich Schnurri auf einem Zweig unmittelbar über der Stadtmitte aus. Virinthorm hatte keine Stadtmauern, denn eine Befestigung war seit langer Zeit nicht mehr nötig gewesen. Alle vornehmeren Häuser waren aus kunstvoll geschnitztem und poliertem Ebenholz errichtet und mit Elfenbein eingelegt, das von den Menschen an der Küste im Süden erstanden worden war. Diese Leute hatten früher einmal Wale gejagt, doch die wenigen Überlebenden wurden nun selbst gejagt. Die anderen Häuser waren aus Hartholz, denn Stein war in Garathorm eine Seltenheit. Sie alle wirkten freundlich und wohnlich – alle, die vom Feuer verschont geblieben waren, das die Invasoren gelegt hatten.

Noch tiefer tauchte die Katze herab, bis sie ihre Krallen in das glatte Dach eines hohen Gebäudes stieß und am First entlangkletterte.

Ein grauenvoller Gestank stieg von dieser Stadt zu ihr empor – der Gestank von Tod und Verwesung. Schnurri fand ihn gleichzeitig unangenehm und interessant, aber sie gestattete ihren Instinkten nicht, seinem Ursprung nachzugehen, um eigene Nachforschungen zu betreiben. Statt dessen breitete sie erneut die Flügel aus, flog von dem Gebäude fort und wieder zurück, ehe sie steil in die Tiefe tauchte und schließlich sanft durch ein offenes Fenster glitt.

Der ungewöhnliche sechste Sinn hatte die Katze nicht getäuscht. Sie befand sich in einem Schlafzimmer. Kostbare Brokat- und Seidengewänder lagen herum und auch Umhänge aus wertvollsten Federn. Das Bett war nicht gemacht und wirkte, genau wie der Rest des Gemachs, schrecklich unordentlich. Leere Trinkbecher waren überall verstreut, und es war nicht zu übersehen, daß im Lauf der vergangenen Wochen oder Monate viel Wein in diesem Zimmer verschüttet worden war. Auf dem Bett ruhte ein nackter Mann, und an seiner Seite schliefen aneinandergekauert zwei junge Mädchen, deren Leiber unzählige kleinere Verletzungen und Blutergüsse aufwiesen. Beide hatten schwarzes Haar und helle Haut. Das Haar des Mannes war von so grellem Gelb, daß es gefärbt zu sein schien, zumal, da sein Körperhaar nicht vom gleichen Ton war, sondern von einem rötlichen Braun. Sein Körper selbst war ungewöhnlich muskulös und maß gewiß gut sieben Fuß. Der Kopf war groß und lief von den breiten Backenknochen zum Kinn fast spitz zu. Ein barbarischer Schädel war es, aber doch verriet er eine Spur von Schwäche. Etwas an diesem spitzen

Kinn und dem grausamen Mund verwischte den Eindruck, daß er gutaussehend war (obwohl zweifellos einige ihn dafür halten mochten), und ließen das Gesicht im Gegenteil merkwürdig abstoßend erscheinen.

Dieser Mann war Ymryl.

An einem Band um seinen Hals hing ein silberverziertes Horn aus Bernstein.

Das war Ymryl mit dem Gelben Horn!

Dieses Horn war meilenweit zu hören, wenn er hineinblies, um seine Mannen herbeizurufen. Man munkelte, daß der Ton dieses Hornes auch noch anderswo vernommen werden konnte. Ja, man raunte sich zu, daß es in der Hölle zu hören war, wo Ymryl Kumpane hatte.

Ymryl rührte sich, als spüre er die Anwesenheit der Katze. Schnell flog Schnurri zu einem Sims an der entferntesten Wand. Einmal hatten hier Siegestrophäen gestanden. Aber der goldene Schild, den einer von Ilians Vorfahren errungen hatte, war schon vor Monaten heruntergezerrt worden. Ymryl hustete und ächzte, dann öffnete er seine Lider einen schmalen Spalt. Er rollte sich auf die andere Seite, stützte den Ellbogen auf den Rücken eines der Mädchen, und goß sich Wein aus dem Krug ein, der neben dem Bett auf einem Tischchen stand. Er leerte den Kelch in einem Zug, sog die Luft ein und setzte sich abrupt höher in dem Bett auf.

»Garko!« brüllte er. »Garko! Komm her!«

Aus einem anderen Zimmer schoß ein seltsames Geschöpf herein. Es hatte vier kurze Beine, einen runden Körper mit Gesicht, doch ohne das, was man normalerweise Kopf nennt, und lange spinnendürre Arme, die in riesigen Pranken ausliefen.

»Herr?« flüsterte Garko.

»Wie spät ist es?«

»Kurz nach Sonnenuntergang, Herr.«

»Also habe ich den ganzen Tag verschlafen, hm?« Ymryl stellte die Füße auf den Boden und schlüpfte in einen Mantel aus des Königs Garderobe. »Zweifellos war es wieder ein ereignisloser Tag gewesen. Nichts Neues aus dem Westen?«

»Nichts. Wenn sie einen Angriff planten, müßten wir es inzwischen wissen, Herr.«

»Das ist anzunehmen. Bei Arioch! Ich langweile mich immer mehr. Allmählich befürchte ich, daß wir alle irgendwie zur Strafe an diesen verdammten Ort verbannt wurden. Ich wollte nur, ich wüßte, in welcher Weise ich die Chaosherrscher beleidigt habe, wenn dem so ist. Anfangs waren wir alle überzeugt, man habe uns hier ein Paradies zum Plündern vorgesetzt. Wenige der Menschen hier verstanden etwas vom Kämpfen. Es war so einfach, ihre Städte zu erobern. Und jetzt gibt es nichts mehr für uns zu tun. Wie steht es mit den Experimenten des Zauberers?«

»Er versucht immer noch verzweifelt, mit seiner Dimensionsreisemaschine zurechtzukommen. Ich habe wenig Vertrauen in ihn, Herr.«

Ymryl zog die Nase hoch. »Nun, er hat das Mädchen für mich getötet – oder zumindest etwas Gleichwertiges mit ihr getan. Und noch dazu aus der Entfernung. Das war sehr geschickt. Vielleicht findet er doch noch einen Weg hindurch für uns.«

»Vielleicht, Herr.«

»Ich verstehe einfach nicht, weshalb selbst die Mächtigsten unter uns einfach nicht in der Lage sind, sich mit den Chaoslords in Verbindung zu setzen. Wenn ich nicht Ymryl mit dem Gelben Horn wäre, würde ich mich jetzt verlassen fühlen. Ich herrschte über ein großes Reich in meiner eigenen Welt, Garko. Ich regierte es im Namen des Chaos. Ich brachte Arioch viele Opfer dar, Garko. Sehr viele.«

»Das habt Ihr mir erzählt, Herr.«

»Und es sind noch andere hier, die Könige in ihren eigenen Welten waren. Manche herrschten über gewaltige Reiche. Und kaum einer von uns lebte zur gleichen Zeit, ja nicht einmal auf der gleichen Ebene. Das ist es, was mich so verwirrt. Jedes Geschöpf, ob nun menschlich oder nichtmenschlich, wie du, kam zu genau dem gleichen Zeitpunkt hier an und aus einer anderen Welt. Es kann nur das Werk Ariochs sein oder irgendeines anderen mächtigen Chaoslords, denn wir alle – oder nahezu alle – sind Diener dieser Herrscher der Entropie.

Und trotzdem unterrichtet uns Arioch nicht von seinen Gründen, uns hierherzubringen.«

»Es könnte doch sein, daß er gar keine hat, Herr.«

Ymryl schnaubte abfällig. Ohne es wirklich böse zu meinen, gab er Garko einen Klaps. »Arioch tut nichts grundlos. Aber er ist gut zu jenen, die ihm dienen, ohne Fragen zu stellen – so wie ich ihm viele Jahre in meiner eigenen Welt diente. Ich dachte zuerst, meine Versetzung hierher wäre eine Belohnung . . .«

Ymryl nahm seinen Kelch, füllte ihn erneut und trat damit ans Fenster, durch das er auf die eroberte Stadt blickte. Dann legte er den gelbhaarigen Kopf ein wenig zurück und trank den Wein in einem Schluck. »Mir ist entsetzlich langweilig. Ich dachte, jene, die die westlichen Provinzen besetzten, würden bald Lust nach mehr Macht und Plündergut verspüren und versuchen, uns anzugreifen. Doch nun scheint mir, als seien sie nicht weniger vorsichtig als ich. Sie möchten nicht Ariochs Grimm auf sich lenken, indem sie über die anderen herfallen. Ich ändere langsam meine Meinung, was das betrifft. Ich glaube allmählich, daß Arioch eben gerade erwartet, daß wir gegeneinander kämpfen. Er möchte feststellen, wer der Stärkste ist. Das mag der Grund sein, weshalb er uns alle hierherversetzte. Eine Probe, verstehst du, Garko?«

»Eine Probe. Ja, ich verstehe, Herr.«

Ymryl schnüffelte. »Ruf den Zauberer. Ich möchte mich mit ihm beraten. Vielleicht kann er mir helfen, zu verstehen, was zu tun ist.«

Garko watschelte rückwärts aus dem Gemach. »Ich werde ihn rufen, Herr.«

Die kleine schwarz-weiße Katze beobachtete Ymryl, der mit zusammengezogenen Brauen überlegend im Zimmer hin- und herschritt. Eine ungeheure Kraft schien von diesem Mann auszuströmen, und doch war eine Unentschlossenheit an ihm zu spüren, die möglicherweise neu an ihm war. Vielleicht war er noch stärker gewesen, ehe er sich dem Chaos verschrieb. Man sagte, daß das Chaos jene verkrüppelte, die ihm dienten – und nicht immer nur physisch.

Wieder hielt Ymryl abrupt an und starrte um sich, als spüre

er die Anwesenheit der Katze. Doch dann hob er nur den Kopf und murmelte fast flehend:

»Arioch! Weshalb zeigt Ihr Euch nicht? Weshalb schickt Ihr uns keine Botschaft?«

Ein paar Augenblicke blieb Ymryl erwartungsvoll stehen, doch dann setzte er sein Hin- und Hergerenne fort.

Wenig später kehrte Garko zurück.

»Der Zauberer ist hier, Herr.«

»Führe ihn herein.«

Eine gekrümmte Gestalt in langem, grünem Umhang, der mit schwarzen Schlangen bestickt war, kam herein. Über dem Kopf trug er eine Maske, die nach einem zustoßenden Schlangenschädel geformt war. Diese Maske war aus ziseliertem Platin geschmiedet und mit kostbaren Edelsteinen verziert.

»Weshalb habt Ihr mich gerufen?« Die Stimme des Zauberers klang durch die Maske leicht gedämpft und trotz ihrer hörbaren Unterwürfigkeit ein wenig quengelnd. »Ich war mit einem wichtigen Experiment beschäftigt.«

»Wenn dieses Experiment genauso erfolgreich ist wie die bisherigen, dann kann es ruhig ein wenig warten, Baron Kalan.«

»Ich nehme an, Ihr habt recht.« Die Schlangenmaske drehte sich nach links und nach rechts, als ihr Besitzer sich in dem hell beleuchteten Gemach umsah. »Was wolltet Ihr mit mir besprechen, Ymryl?«

»Ich wollte Eure Meinung über unsere Lage erfahren. Meine eigene kennt Ihr ja – daß wir aufgrund eines Planes der Chaosherrscher hier sind . . .«

»Ja. Und wie Ihr wißt, habe ich keinerlei Erfahrung mit diesen übernatürlichen Wesen. Ich bin Wissenschaftler. Wenn es solche Wesen gibt, dann scheinen sie mir unüberlegt, ja geradezu dumm zu handeln . . .«

»Schweigt!« Ymryl hob die Hand. »Ich dulde Eure Lästerungen, Baron Kalan, weil ich Eure Fähigkeiten respektiere. Ich habe Euch versichert, daß Herzog Arioch vom Chaos und die anderen nicht nur existieren, sondern ein großes Interesse an den Belangen der Menschheit zeigen, und zwar in jeder Beziehung.«

»Also gut, wenn ich diese Eure Ansicht akzeptieren muß, dann verstehe ich genauso wenig wie Ihr, weshalb sie sich nicht zeigen. Meine Theorie hängt mit meiner persönlichen Erfahrung zusammen. Durch meine Experimente im Bereich der Zeitmanipulation verursachte ich einen gewaltigen Riß im Raumzeitgefüge, der unter anderem auch zu diesem Phänomen führte. Wie Ihr habe ich das Gefühl, hier gestrandet zu sein. Jedenfalls zeitigten keine meiner Bemühungen, meine Pyramide durch die Dimensionen zu schicken, den geringsten Erfolg. Das an sich ist schon ein Problem, auf das ich schwer eine Antwort finde. Es kam zweifellos zu einigen Verbindungen der Ebenen – aber weshalb so viele verschiedene Menschen und andere Kreaturen aus so unzähligen verschiedenen Ebenen sich so urplötzlich in dieser Welt fanden, genau wie wir, weiß ich nicht.«

Ymryl gähnte und spielte mit dem Gelben Horn. »Genau das gleiche hörte ich schon oft von Euch – daß Ihr es nicht wißt!«

»Ich versichere Euch, Ymryl, daß ich an dem Problem arbeite. Aber ich muß es auf meine eigene Weise tun . . .«

»Oh, ich gebe Euch keine Schuld. Zauberer. Mir scheint es nur eines der ironischsten Dinge zu sein, daß von so vielen klugen Menschen hier keiner das Problem lösen kann. Die Sprachen, mit denen wir uns untereinander verständigen, klingen alle gleich, doch sind sie auf grundlegende Weise verschieden. Unsere Begriffe sind nicht dieselben. Was ich Zauberei nenne, bezeichnet Ihr als ›Wissenschaft‹. Ich spreche von Göttern und Ihr von den Gesetzmäßigkeiten der Wissenschaft. Es ist im Grunde genommen alles das gleiche. Nur die Worte als solche verwirren uns.«

»Ihr seid ein intelligenter Mann, Ymryl«, sagte Kalan, »daran besteht kein Zweifel. Ich frage mich nur, weshalb Ihr Eure Zeit so vergeudet. Ihr scheint wenig Befriedigung aus Euren Handlungen zu gewinnen, nicht einmal aus Eurem Blutvergießen, Huren und Saufen . . .«

»Ihr fangt an, zu weit zu gehen, selbst für meine Langmut«, sagte Ymryl gefährlich sanft. »Ich muß meine Zeit irgendwie verbringen. Und ich habe wenig Respekt vor Gelehrsamkeit, außer wenn sie Nutzen bringt. Euer Wissen kam mir einmal zustatten. Ich hege nun geduldig die Hoffnung, daß es sich ein zweites Mal als brauchbar erweisen wird. Ich bin verdammt, Baron Kalan, das müßt Ihr verstehen. Ich weiß es. Verflucht, seit ich dieses Gelbe Horn, das um meinen Hals hängt, als Geschenk annahm. Dieses Horn half mir, vom Anführer einer Bande von Viehdieben zum Herrscher von Hythiak aufzusteigen – Hythiak ist das mächtigste Reich meiner Welt!« Ymril lächelte düster. »Herzog Arioch persönlich gab mir das Horn. Ich brauchte nur hineinzublasen, um Hilfe aus der Hölle herbeizuholen, wann immer ich sie benötigte. Es machte mich groß. Doch gleichzeitig machte es mich auch zum Sklaven der Chaosherrscher. Nie kann ich dieses Geschenk zurückgeben oder mich sonstwie von ihm befreien, genauso wenig wie ich mich weigern kann, den Chaoslords zu dienen. Und da ich verdammt bin, habe ich keine Freuden am Leben. Ich hatte großen Ehrzgeiz, als ich noch ein Viehdieb war. Nun empfinde ich nur noch Sehnsucht nach dieser glücklichen Zeit, als ich meine Tage mit Saufen, Morden und Huren zubrachte.« Ymryls finsteres Lächeln weitete sich zu einer Grimasse. »Ich fürchte, ich habe sehr wenig durch diesen Handel gewonnen.«

Er legte einen Arm um die gebeugten Schultern des Zauberers und führte ihn aus dem Zimmer.

»Kommt. Zeigt mir, welche Fortschritte Ihr mit Euren Experimenten gemacht habt.«

Die kleine Katze kroch ein wenig näher an den Rand des Simses und blickte hinunter. Die beiden jungen Mädchen schliefen noch fest verschlungen.

Schnurri hörte das Echo von Ymryls Gelächter aus dem Korridor. Sie setzte vom Sims ab, flog über das Bett, zum Fenster hinaus und zurück zu Jhary-a-Conel.

3. Eine Zusammenkunft im Wald

»Also können wir bald mit Streitigkeiten unter den Invasoren rechnen«, sagte Jhary-a-Conel. Auf irgendwelche rätselhafte Weise hatte die Katze ihm alles mitgeteilt, was sie gesehen und gehört hatte. Er kraulte ihr rundes Köpfchen, und sie schnurrte.

Der Morgen dämmerte bereits. Katinka van Bak führte drei Pferde aus dem Tunnel heraus. Zwei davon waren edle Tiere, Hengste, beide. Das dritte war Jharys gelber Gaul. Ilian hatte sich inzwischen daran gewöhnt, Dinge als vertraut zu empfinden, die sie sicher war, nie zuvor gesehen zu haben. Sie kletterte auf einen der beiden Hengste und machte es sich im Sattel bequem, ehe sie die Waffen begutachtete, die in eigenen Hüllen davon hinunterhingen – das Schwert und die Lanze mit dem merkwürdigen rubinähnlichen Stein, wo normalerweise die eiserne Spitze sein sollte.

Ohne darüber nachzudenken, suchte sie nach dem Edelsteinknopf etwa in Schaftmitte. Sie wußte, daß, wenn sie ihn drückte, eine Flamme aus dem Rubinende der Lanze schösse. Philosophisch zuckte sie die Schultern. Sie war froh, eine Waffe zu haben, die ebenso wirkungsvoll zu sein schien wie so manche, über die Ymryls Krieger verfügten. Sie bemerkte, daß Katinka van Bak eine gleiche Waffe hatte, während Jhary-a-Conels mehr üblicher Art waren, nämlich eine ganz normale Lanze, ein Schild und ein Schwert.

»Was ist mit diesen Göttern, in die Ymryl offenbar sein ganzes Vertrauen setzt?« fragte Katinka van Bak Jhary, als sie in den gigantischen Wald ritten. »Gibt es sie wirklich?«

»Es gab sie einst – oder wird sie geben. Ich nehme an, daß sie ins Dasein gerufen werden, wenn die Menschen fest genug an sie glauben. Aber ich kann mich natürlich auch täuschen. Doch seid versichert, Katinka van Bak, daß sie, wenn sie existieren, ungemein mächtig sind.«

Katinka van Bak nickte. »Aber weshalb helfen sie dann Ymryl nicht?«

»Es wäre möglich, daß sie es tun, ohne daß Ymryl es merkt«,

gab Jhary zu bedenken. Er atmete tief die frische, süßliche Luft ein. Bewundernd betrachtete er die riesigen Blüten, die verschiedenen Grün- und Brauntöne der Bäume. »Doch oft sind diese Götter nicht in der Lage, persönlich menschliche Welten zu betreten. Sie müssen deshalb durch Mittelsmänner wie Ymryl handeln. Nur ein mächtiger Zauberer könnte Arioch eine Tür öffnen, glaube ich.«

»Und dieser Lord des Dunklen Imperiums – dieser Baron Kalan – hat nicht die nötigen Fähigkeiten dazu?«

»Seine Fähigkeiten wären zweifellos ausreichend – in seiner eigenen Dimension. Aber wenn er nicht an Arioch glaubt, kann er Ymryl nicht helfen. Zum Glück für uns.«

»Der Gedanke an noch mächtigere Kreaturen als Ymryl und seine Meute, mit der er Garathorm eroberte, ist nicht sehr angenehm«, murmelte Ilian. Obgleich die merkwürdigen Halberinnerungen, die ihr von Zeit zu Zeit durch den Kopf huschten, sie nicht störten, war ihre Stimmung doch immer düsterer geworden, seit sie sich an ihren Verrat an ihrem Bruder Bradne erinnert hatte. Sie hatte seine Leiche selbst nicht gesehen, aber gehört, daß nicht viel davon übrig war, als Ymryls Schlächter sie zur Stadt zurückbrachten. Denn kurz zuvor, noch ehe Ymryl sich an Ilians Grauen erfreuen konnte, hatte Katinka van Bak sie aus dem Kerker geholt.

Ymryl hatte sich ausgemalt, was folgen würde. Sie wäre so voll Abscheu vor sich selbst gewesen, daß sie alles getan hätte, was er von ihr verlangte. Sie wußte, sie hätte sich ihm schon fast voll Dankbarkeit ergeben, nur um ihre schreckliche Schuld zu sühnen. Sie stieß peifend den Atem aus, als sie sich ihrer Gefühle erinnerte. Nun, zumindest hatte sie Ymryl diese Genugtuung versagt.

Geringer Trost, dachte sie zynisch. Aber sie hätte sich keineswegs besser gefühlt, wenn sie mit Ymryl das Bett hätte teilen müssen. Es hätte ihr Schuldgefühl nicht gemindert, sondern lediglich ihre Hysterie zu diesem Zeitpunkt noch erhöht. Nie würde sie ihr eigenes Gewissen beruhigen können, auch wenn keiner ihrer Freunde ihr die Schuld für das Geschehene gab. Aber zumindest konnte sie aus ihrem Haß das Beste machen. Sie war entschlossen, Ymryl und alle seine

Kumpane zu vernichten, obgleich sie sicher war, daß das zu ihrem eigenen Untergang führen würde. Aber genau das war es, was sie bezweckte. Keinesfalls würde sie sterben, ehe nicht Ymryl geschlagen oder tot war!

»Wir müssen mit der Möglichkeit rechnen, daß Eure Landsleute sich uns nicht zeigen werden«, gab Katinka van Bak zu bedenken. »Die, die Ymryl nicht bekämpfen, sind vorsichtig geworden, und befürchten Verrat von jeder Seite.«

»Und vor allem von mir«, murmelte Ilian bitter.

»Sie wissen vielleicht gar nichts von Eures Bruders Gefangennahme und Ermordung«, meinte Jhary. »Oder zumindest nicht von den Umständen, die dazu führten . . .«

»Ymryl wird dafür gesorgt haben, daß jeder Eures Volkes erfuhr, was Ihr getan habt«, widersprach Katinka van Bak Jhary. »Das würde jedenfalls ich an seiner Stelle tun. Und Ihr könnt Euch darauf verlassen, daß er die Tatsachen so auslegte, wie es am besten in seinen Kram paßte. Nachdem die letzte Angehörige des Königshauses sich als Verräterin erwiesen hat, wird der Widerstand des Volkes geringer werden, und Ymryl hat dadurch leichtes Spiel. Ich habe selbst viele Städte erobert und weiß, was man tun muß. Und ganz sicher war auch Virinthorm nicht Ymryls erste Stadt. Wenn er Euch nicht auf eine Weise benutzen konnte, Ilian, tat er es eben auf eine andere.«

»Keine Auslegung meines Verrats kann schlimmer sein als die Wahrheit«, sagte Ilian leise.

Die ältere Frau schwieg. Sie preßte die Lippen aufeinander, stieß dem Pferd die Absätze in die Seite, und ritt voraus.

Fast den ganzen Tag brachen sie sich einen Weg durch den verschlungenen Wald. Je tiefer sie kamen, desto dunkler wurde es – aber es war eine beruhigende Dunkelheit von tiefem Grün und voll des würzigen Duftes. Sie befanden sich nordöstlich von Virinthorm und entfernten sich von der Stadt. Katinka glaubte zu ahnen, wo sie einige der überlebenden Garathormer finden mochten.

Endlich kamen sie auf eine warme, sonnenbeschienene Lichtung, an deren Helligkeit ihre Augen sich erst gewöhnen mußten. Katinka van Bak deutete auf die andere Seite dieser Lichtung.

Ilian sah dunkle Formen unter den Bäumen, unebene, ausgezackte Formen. Da erinnerte sie sich.

»Ja, natürlich!« rief sie. »Tikaxil! Ymryl weiß nichts von dieser alten Stadt!«

Tikaxil hatte es lange vor Virinthorm gegeben. Es war einst eine blühende, wohlhabende Handelsstadt gewesen, die Wiege von Ilians Vorfahren. Eine befestigte Stadt war es, mit Mauern aus starken Hartholzblöcken, von denen einer auf den anderen gesetzt war. Die meisten dieser Blöcke waren inzwischen verschwunden, aber ein paar Bruchstücke der Brustwehr waren doch zurückgeblieben. Und es gab noch ein paar Ebenholzhäuser, die, obwohl sie hinter den dichten Ranken und niedrigen Zweigen kaum noch als solche zu erkennen waren, doch noch fast so bewohnbar waren wie zu der Zeit, als man sie neu errichtet hatte.

In der Mitte der Lichtung hielten die drei an. Sie blieben jedoch auf ihren Tieren sitzen und sahen sich vorsichtig um. Riesige Äste bewegten sich über ihnen im Wind, und fleckige Schatten huschten über das Gras.

Ilian sah diese Schatten als jene von Menschen. Es war leicht möglich, daß Ymryls Männer sich hier einquartiert hatten und nicht ihre eigenen Leute – falls überhaupt jemand sich hier befand. Ihre Hand lag um den Schaft der so merkwürdig vertrauten Flammenlanze, jederzeit bereit, einen Angriff abzuwehren.

Katinka van Bak hob die Stimme und sprach deutlich betont:

»Wenn ihr unsere Freunde seid, werdet ihr uns erkennen. Ihr werdet wissen, daß wir hier sind, um uns mit euch gegen Ymryl zu verbünden.«

»Es scheint niemand hier zu sein«, meinte Jhary-a-Conel. Er stieg vom Pferd und sah sich weiterhin wachsam um. »Aber jedenfalls ist es ein guter Platz, um die Nacht zu verbringen.«

»Seht! Das ist eure Königin Ilian, Pyrans Tochter! Erinnert ihr euch, wie sie das flammende Banner gegen Ymryls Armee in die Schlacht trug? Und ich bin Katinka van Bak und euch gewiß ebenfalls als Ymryls Feindin bekannt. Das hier ist Jhary-a-Conel. Ohne seine Hilfe stünde eure Königin heute nicht hier.«

»Ihr haltet nur den Vögeln und Eichhörnchen eine Ansprache, Katinka van Bak«, brummte Jhary-a-Conel. »Es sind keine Garathormer hier.«

Er hatte seinen Satz kaum beendet, als die Netze auch schon über ihre Köpfe flogen. Dank ihrer Erfahrung wehrten die drei sich nicht dagegen, sondern versuchten völlig ruhig, ihre Schwerter aus den Scheiden zu ziehen, um sich freizuschneiden. Aber Katinka und Ilian saßen immer noch auf ihren Pferden. Ilian wäre es schon fast geglückt, sich aus den Maschen zu befreien, aber ihr Hengst wieherte vor Angst und bäumte sich ständig auf. Nur Jhary, der bereits im Gras gestanden hatte, konnte unter dem Netzrand hindurchschlüpfen und stand mit der Klinge in der Hand bereit, als etwa zwanzig Männer und Frauen von hinter den Brustwehrruinen hervorstürmten.

Ilians Arme verfingen sich in den teilweise zerschlitzten Maschen des Netzes, und als sie versuchte, wenigstens davon freizukommen, rutschte sie von dem unruhigen Pferd und landete unsanft auf dem Boden.

Jemand stieß sie heftig in den Bauch. Sie zog vor Schmerz die Luft ein und hörte verschiedene Stimmen sie mit Beleidigungen überschütten, obgleich sie die einzelnen Worte nicht verstand.

Katinka van Bak hatte ganz offensichtlich die Situation falsch eingeschätzt. Diese Menschen waren zweifellos keine Freunde.

4. Ein Pakt wird geschlossen

»Ihr seid Dummköpfe!« sagte Katinka van Bak geringschätzig. »Ihr verdient die Chance nicht, die wir euch bieten. Eure Handlung paßt wunderbar in Ymryls Pläne. Seht ihr denn nicht ein, daß ihr genau das tut, was er sich von euch erhofft?«

»Schweigt!« Der junge Mann mit der Narbe quer über dem Kinn funkelte sie böse an.

Ilian hob den Kopf und schüttelte schwach den Kopf, um ihr Gesicht von den schweißnassen Haarsträhnen zu befreien. »Weshalb versucht Ihr es denn immer wieder, Katinka? Aus ihrer Sicht gesehen, haben sie schließlich recht.«

Seit drei Tagen hingen sie schon an den Armen von einem Baum. Sie wurden nur heruntergelassen, um etwas Essen zu sich zu nehmen und sich erleichtern zu können. Doch trotz des damit verbundenen Schmerzes war es nichts, verglichen mit dem, was Ilian in Ymryls Kerker erduldet hatte. Am ersten Tag hatte sie noch mehrere Tritte in den Magen bekommen. Man hatte sie angespuckt, sie geschlagen, sie gedemütigt. Aber es machte ihr nichts aus. Sie hatte es verdient, weshalb also dagegen aufbegehren?

»Sie vernichten sich selbst, wenn sie uns vernichten«, sagte Jhary-a-Conel ruhig. Auch er schien die Schmerzen kaum zu empfinden. Es hatte den Anschein, als habe er während ihrer Folter die meiste Zeit geschlafen. Seine schwarz-weiße Katze war verschwunden.

Der junge Mann blickte von Ilian zu Katinka und Jhary. »Wir sind ohnehin zum Untergang verdammt«, brummte er. »Es wird nicht mehr lange dauern, bis Ymryls Bluthunde uns aufstöbern.«

»Genau das wollte ich damit andeuten«, warf Katinka van Bak ein.

Ilian blickte über die Ruinen der alten Stadt. Von den Stimmen angelockt, kamen die anderen zu dem Baum, an dem die drei Gefangenen hingen. Ilian erkannte viele der Gesichter. Es waren junge Menschen, mit denen sie in den guten alten Tagen viel zusammen gewesen war. Sie gehörten zu den von Katinka van Bak ausgebildeten Kämpfern, die Ymryl am längsten widerstanden hatten, und dazu kamen noch ein paar Bürger, denen es entweder geglückt war, aus Virinthorm zu fliehen, oder die sich zur Zeit der Eroberung nicht in der Stadt aufgehalten hatten. Es gab keinen einzigen unter ihnen, der sie nicht haßte, wie man nur jemanden hassen kann, den man einmal aus tiefster Seele bewundert und verehrt hatte und dann feststellen muß, wie verachtenswert er war.

»Kein einziger – weder unter euch noch uns –, ist hier, der

Ymryl nicht die Information gegeben hätte, die er aus ihr herausfolterte«, sagte Katinka van Bak hart. »Ihr kennt das Leben schlecht, wenn ihr das nicht versteht. Ihr seid immer noch weich, auch wenn ihr als Kämpfer euren Mann steht. Ihr seid ganz einfach nicht realistisch. Wir sind die einzige Chance für euch, gegen Ymryl zu kämpfen und diesen Kampf zu gewinnen. Uns zu mißhandeln bedeutet, euch ins eigene Fleisch zu schneiden. Vergeßt euren Haß auf Ilian – zumindest bis wir Ymryl besiegt haben. Ihr habt zu wenige Hilfsmittel, meine Freunde, als daß ihr die besten mißachten dürftet!«

Der junge Mann mit der Narbe hieß Mysenal von Hinn. Er war ein entfernter Verwandter Ilians. Früher einmal, dessen war Ilian sicher, hatte er sie glühend verehrt, wie so viele junge Männer des Hofes. Mysenal runzelte die Stirn. »Eure Worte klingen durchaus vernünftig, Katinka van Bak«, gestand er. »Und Ihr wart uns früher auch ein guter Ratgeber. Aber wie sollen wir jetzt wissen, daß diese sinnvoll klingenden Worte nicht benutzt werden, um uns hereinzulegen? Aus allem, was uns bekannt ist, könnte es doch ohne weiteres sein, daß Ihr einen Pakt mit Ymryl abgeschlossen habt, um uns in seine Hände zu spielen.«

»Ihr dürft nicht vergessen, daß ich Katinka van Bak bin. Etwas Derartiges würde ich nie tun.«

»Königin Ilian verriet ihren eigenen Bruder«, gab Mysenal zu bedenken.

»Unter unerträglichen Martern«, erinnerte Katinka ungeduldig. »Ich hätte sicher unter den gleichen Umständen auch dasselbe getan. Habt ihr denn überhaupt eine Ahnung, wie geschickt Ymryl in dieser Beziehung ist?«

»Ein wenig«, gestand Mysenal. »Doch . . .«

»Und weshalb, glaubt ihr, würden wir hierherkommen, wenn wir mit Ymryl im Bunde stehen? Da wir ohnehin wußten, wo ihr euch versteckt hieltet, hätten wir es ihm doch nur zu berichten brauchen. Er hätte einen starken Trupp geschickt, der euch überrascht und vernichtet hätte . . .«

»Nicht überrascht. Wir haben Wachen auf den höchsten Ästen in einem Umkreis von mehr als einer Meile. Wir wären sofort darauf aufmerksam geworden und hätten uns in

Sicherheit gebracht. Wir wußten schließlich auch, daß ihr kamt, und hatten uns darauf vorbereitet oder vielleicht nicht?«

»Allerdings. Aber trotzdem solltet ihr meine Worte bedenken.«

Mysenal von Hinn seufzte. »Einigen von uns ist es ein größeres Bedürfnis, sich an dieser Verräterin zu rächen, als gegen Ymryl zu kämpfen. Manche von uns sind der Ansicht, daß wir hier ein neues Leben beginnen sollten, in der Hoffnung, daß Ymryl uns vergißt.«

»Das wird er nicht. Er langweilt sich und wird bald auf die Idee kommen, euch höchstpersönlich zu jagen. Er duldet euch hier lediglich, weil er annahm, daß jene, die den Westen eroberten, sich bereits daranmachten, Virinthorm anzugreifen. Nur deshalb hielt er den größten Teil der Streitkräfte in der Stadt. Aber jetzt weiß er, daß der Westen in nächster Zeit keinen Angriff auf ihn beabsichtigt. Und so wird er Zeit haben, sich an euch zu erinnern.«

»Die Invasoren sind sich uneinig?« Mysenal klang interessiert. »Sie kämpfen gegeneinander?«

»Noch nicht. Aber es ist unausbleiblich. Ich sehe, Ihr erkennt die Bedeutung. Das war eines der Dinge, derentwegen wir zu euch kamen.«

»Wenn sie übereinander herfallen, haben wir eine größere Chance, die zu schlagen, die Virinthorm einnahmen!« Mysenal rieb sich die Narbe. »Ja.« Dann runzelte er erneut die Stirn. »Aber diese Information könnte auch zu eurer List gehören, uns hereinzulegen.«

»Es ist schwierig, die Wahrheit zu erkennen«, warf Jhary-a-Conel müde ein. »Weshalb akzeptiert ihr nicht ganz einfach die Tatsache, daß wir kamen, um uns mit euch gegen Ymryl zu verbünden? Es ist die logischste Erklärung.«

»Ich glaube ihnen.« Ein Mädchen rief es. Es war Lyfeth, Ilians älteste Freundin, die ihren Bruder geliebt hatte.

Lyfeths Worte hatten Gewicht, denn schließlich hatte das Mädchen am meisten Grund, Ilian zu hassen.

»Ich bin dafür, daß wir sie herunterholen, für eine Weile zumindest. Wir sollten uns alles in Ruhe anhören, was sie zu sagen haben. Katinka van Bak verdanken wir es schließlich, daß wir Ymryl wenigstens einen gewissen Widerstand bieten konnten, das solltet ihr nicht vergessen. Und gegen diesen Jhary-a-Conel haben wir überhaupt nichts. Was – was Ilian betrifft«, ganz offenbar fiel es Lyfeth schwer, diesen Namen auch nur auszusprechen, »könnte es doch sein, daß sie tatsächlich Abbuße für ihren Verrat leisten will. Ich will nicht behaupten, daß ich Bradne nicht verraten hätte, wenn man mich all diesen Foltern ausgesetzt hätte, wie Katinka van Bak sie beschrieb. Ilian war meine Freundin, und ich hielt sehr viel von ihr – wie wir alle! Sie kämpfte tapfer im Namen ihres gefallenen Vaters, unseres geliebten Königs. Ja, ich bin bereit, ihr zu trauen – mit einer Spur Vorsicht, zugegeben.«

Lyfeth trat unter Ilian.

Ilian senkte den Kopf und schloß die Augen. Sie konnte Lyfeth nicht ins Gesicht sehen.

Aber Lyfeth streckte eine Hand aus, faßte Ilian am Kinn und zwang ihr Gesicht hoch.

Ilian öffnete die Augen und bemühte sich, Lyfeths Blick standzuhalten. Lyfeths Miene verriet eine Mischung aus Haß und Mitgefühl.

»Hasse mich, Lyfeth von Ghant«, murmelte Ilian so, daß nur ihre ehemalige Freundin sie hören konnte. »Ich verlange gar nicht, daß du noch Sympathie für mich empfindest. Aber höre mich auch an, denn ich bin wirklich nicht gekommen, um euch zu verraten.«

Lyfeth biß sich auf die Unterlippe. Sie war einmal bezaubernd schön gewesen – schöner noch als Ilian –, aber nun wirkte ihr Gesicht hart, und ihre Haut war rauh und bleich. Ihr früher langes seidiges Haar war jetzt kurz geschnitten und stumpf. Sie trug keinen Schmuck, wie sie ihn vorher so geliebt hatte. Ihr geflickter Kittel war grün, um sich nicht vom Laubwerk des Waldes abzuheben, und an der Taille mit einem breiten, handgewebten Gürtel zusammengehalten, von dem ein Schwert und ein Jagdmesser hingen. Ihre nackten Füße steckten in Sandalen mit dicker Sohle. Ihre Kleidung war genau wie die der anderen hier auch. Mit ihrem Kettenhemd und den geschmeidig weichen Beinkleidern fühlte Ilian sich hier fehl am Platz.

»Ob du gekommen bist, uns zu verraten oder nicht, ist nicht von großer Bedeutung«, erwiderte Lyfeth, »denn wir haben nach wie vor jeden Grund, dich für deinen Verrat an Bradne zu bestrafen. Eine sehr unzivilisierte Einstellung, Ilian, das ist mir klar, aber ich fürchte, keiner von uns kann dagegen an. Wir sind jedoch bereit, auf dich zu hören, wenn du wahrhaftig einen Weg weißt, Ymryl zu schlagen. Katinka van Bak hat uns mit ihren Vernunftgründen so gut wie überzeugt.« Lyfeth nahm ihre Hand von Ilians Kinn und wandte sich um. »Schneidet sie herunter.«

»Ymryl mit dem Gelben Horn beschäftigt sich bereits mit Plänen, den Westen anzugreifen«, erklärte Jhary-a-Conel. Schnurri war zurückgekehrt und hatte sich auf ihrem Lieblingsplatz auf seiner Schulter niedergelassen. Abwesend streichelte Jhary sie, während er Mysenal und den anderen berichtete, was er durch ihre Hilfe erfahren hatte. »Wißt ihr, wer jetzt über den Westen herrscht?«

»Ein Kagat namens Bärenpranke hat die Städte Bekthorm und Rivensz eingenommen«, erwiderte Lyfeth. »Aber wir erfuhren vor kurzem, daß er von einem Rivalen getötet worden sein soll und daß nun an seiner Statt zwei oder drei andere ihr blutiges Zepter schwingen, unter ihnen ein Arnald von Grovent, der wenig Ähnlichkeit mit einem Menschen hat. Sein Körper ist der eines Löwen, und der Kopf der eines Affen, aber er geht aufrecht auf zwei Beinen.«

»Eine Chaos-Kreatur«, sagte Jhary-a-Conel nachdenklich. »Es sind sehr viele davon hier. Es sieht ganz so aus, als hätte man alle, die dem Chaos dienen, hierher nach Garathorm verbannt! Ein sehr unangenehmer Gedanke.«

»Was ist mit Poytarn und Masgha?« fragte Ilian. Das waren zwei weitere größere Städte im Westen.

Mysenal blickte sie erstaunt an. »Ihr habt nicht davon gehört? Eine riesige Explosion zerstörte Masgha – und alle, die sich in der Stadt aufhielten. Die Explosion hatte nichts mit einem Widerstand gegen die Eroberer zu tun, sondern war offenbar dem Experiment eines Zauberers zuzuschreiben.«

»Und Poytarn?«

»Gebrandschatzt und leer. Die Plünderer zogen weiter,

offenbar in der Hoffnung, anderswo noch reichere Beute zu machen. Sie werden sehr enttäuscht worden sein, denn die Städtchen an der Küste sind längst verlassen. Die Küstenbewohner hatten von uns allen noch das meiste Glück, denn sie konnten sich rechtzeitig über das Meer absetzen und zu fernen Inseln flüchten. Die Invasoren haben keine Schiffe und waren deshalb nicht in der Lage, sie zu verfolgen. Ich hoffe, es geht ihnen gut. Wir hätten es ihnen gern nachgemacht, aber bedauerlicherweise verfügen auch wir nicht über Schiffe.«

»Sie haben keine Gegenangriffe versucht?«

»Noch nicht«, erwiderte Lyfeth. »Aber wir hoffen, sie werden es bald tun.«

»Oder überhaupt nicht«, warf jemand ein. »Sie haben vermutlich genug Verstand, die richtige Zeit abzuwarten – oder werden die Probleme auf dem Festland überhaupt vergessen.«

»Trotzdem sind sie potentielle Verbündete«, sagte Katinka van Bak erfreut. »Ich hatte keine Ahnung, daß so viele entkommen konnten.«

»Aber wir haben keine Möglichkeit, uns mit ihnen in Verbindung zu setzen«, gab Lyfeth zu bedenken. »Wie schon gesagt, uns sind keine Schiffe geblieben.«

»Wir finden vielleicht andere Mittel. Doch damit beschäftigen wir uns später.«

»Ich glaube, Ymryl setzt sehr viel Vertrauen in das Gelbe Horn, das er um den Hals trägt«, sagte Ilian nachdenklich. »Wenn man es stehlen oder vernichten könnte, würde das vielleicht sein Selbstvertrauen erschüttern. Vielleicht gewinnt er sogar tatsächlich seine Kraft aus diesem Horn, wie er selbst fest glaubt. Ist das wirklich der Fall, wäre es um so mehr Grund, ihn davon zu trennen.«

»Ein guter Gedanke«, gab Mysenal zu, »aber wohl nicht so leicht in die Tat umzusetzen. Was meint Ihr, Katinka van Bak?«

Katinka nickte. »Aber es ist ein wichtiger Faktor, und wir müssen sehen, ob sich in dieser Beziehung nicht etwas tun läßt.« Sie rieb sich die Nase. »Als erstes brauchen wir jedenfalls bessere Waffen, als ihr hier habt. Etwas Moderneres. Wenn jeder von uns mit einer Flammenlanze bewaffnet wäre, könnten wir unsere Schlagkraft verdreifachen. Wie viele seid ihr hier, Lyfeth?«

»Dreiundfünfzig.«

»Also brauchen wir vierundfünfzig gute Waffen – die zusätzliche für Jhary-a-Conel, dessen Waffen so primitiv wie eure sind. Energiewaffen sollten es sein . . .«

»Ich sehe, worauf Ihr hinaus wollt«, murmelte Jhary. »Ymryl und die anderen verfügen über solche Waffen und werden sie natürlich in ihrem unvermeidlichen Kampf gegeneinander einsetzen. Wenn wir zu diesem Zeitpunkt ebenfalls im Besitz von, sagen wir, Flammenlanzen sind, haben wir eine bedeutend größere Chance als mit unseren Schwertern und Äxten allein.«

»Richtig. Das Problem ist jedoch, wie an eine solche Menge derartiger Waffen heranzukommen?«

»Dazu müßten wir nach Virinthorm hineingelangen«, murmelte Ilian. Sie erhob sich, streckte, vor Schmerz leicht zusammenzuckend, ihre mit Blutergrüssen überzogenen Glieder aus. Sie hatte ihren Kettenpanzer gegen einen grünen Kittel ausgetauscht, wie ihn die anderen trugen. Sie hatte alles getan, um ihren früheren Freunden zu zeigen, daß sie nichts mehr begehrte, denn als eine von ihnen anerkannt zu werden. »Dort können wir solche Waffen finden.«

»Und den Tod!« warf Lyfeth ein. »Zweifellos wartet dort der Tod auf uns.«

»Wir müßten natürlich alles tun, daß man uns nicht entdeckt!« Katinka van Bak strich sich über die Lippen.

»Besser noch«, meinte Jhary-a-Conel, »wir schaffen die Waffen zu uns.«

»Was soll das heißen?« fragte ihn Ilian erstaunt.

5. Einbruch in Virinthorm

Sie waren acht.

Ilian schritt den anderen voraus. Sie trug nun wieder ihren glänzenden Kettenpanzer und den Helm über dem goldenen Haar, dazu das schmale Schwert in den behandschuhten Fingern.

Über die breiten Äste der hohen Bäume führte sie die sieben, als befände sie sich auf festem Boden, denn die Baumwege waren ihr von Kindheit an vertraut.

Virinthorm lag vor ihnen.

Über den Rücken hatte sie sich eine der beiden Flammenlanzen geschlungen. Die andere war mit Katinka van Bak im Lager zurückgeblieben.

Ilian hielt an, als sie den Außenbezirk von Virinthorm erreichten und sie die Eroberer auf den Straßen der Stadt sehen konnten.

Virinthorm war seit der Übernahme durch Ymryls Armee in verschiedene Lager aufgegliedert, und in jedem Lager hatte sich eine bestimmte Gruppe von Menschen und anderen Kreaturen aus ähnlichen Ären oder Welten, oder solche Wesen, die sich körperlich ähnlich waren, zusammengefunden.

Das Lager, das Ilian und ihre kleine Gruppe jetzt auskundschafteten, war von ihr extra dafür ausgewählt worden. In ihm hausten Krieger, die in vielerlei Hinsicht den Menschen ähnlich, aber doch keine Menschen waren.

Die Züge dieser Geschöpfe – die aus verschiedenen Raumzeitgefügen gerissen und hierher versetzt worden waren – waren Ilian vertraut. Und nun, da sie sie näher betrachtete und beobachtete, fiel es ihr schwer, ihren Plan in die Tat umzusetzen. Sie waren alle groß und schlank und gut gewachsen, hatten schillernde, mandelförmige Augen mit gelber oder blauer Pupille und purpurner oder silberner Iris, breite, volle Lippen, und eine intensiv rosige, seltsame goldgesprenkelte Haut. Sie bewegten sich mit einer Grazie, die den menschlichen Gang wie das Watscheln einer Ente erscheinen ließ. Zweifellos entstammten sie einer stolzen und intelligenten Rasse, und es war offenkundig, daß sie nichts mit den anderen zu tun haben wollten. Ilian wußte aber auch, daß gerade sie von allen Invasoren am grausamsten vorgehen konnten.

»Nennt sie die Älteren, oder Vadhagh, oder Melnibonéaner«, hatte Jhary-a-Conel zu ihr gesagt, »aber vergeßt nicht, daß sie alle von Grund auf verderbt sind, sonst hätten sie sich nicht mit Ymryl zusammengetan, und daß sie dem Chaos aus freiem Willen dienen, genau wie Ymryl. Gestattet Euch kein Bedauern für sie.«

Ilian zog die Flammenlanze von ihrem Rücken und bahnte sich einen Weg zur gegenüberliegenden Seite der Enklave dieser Nichtmenschen. Auf dieser Seite hatte sich nämlich ein Trupp von Kriegern zusammengetan, die alle gegen Ende des Tragischen Jahrtausends oder unmittelbar danach geboren waren. Als Gruppe waren sie eine der bestbewaffneten. Jeder von ihnen hatte zumindest eine Flammenlanze.

Bis zur Abenddämmerung war noch etwa eine Stunde. Ilian hatte die Zeit richtig ausgesucht. Aufs Geratewohl richtete sie ihre Flammenlanze auf einen der nichtmenschlichen Krieger mit einer Sicherheit und Geschicklichkeit, die sie eigentlich gar nicht haben durfte, und drückte auf den Juwelenknopf. Sofort schoß ein Strahl roten Lichts aus der Rubinspitze und brannte ein Loch durch Harnisch, Brust und Rücken des Getroffenen. Dann nahm Ilian den Finger vom Knopf und zog sich zwischen das dichtere Laubwerk zurück, um zu beobachten, was nun geschehen würde.

Schon hatte sich eine große Menge der Krieger um den Toten versammelt. Viele der fremdartigen Männer deuteten auf das anschließende Lager. Schwerter glitten aus ihren Hüllen. Ilian hörte Flüche, ein wütendes Durcheinanderrufen. Bis jetzt ging alles nach Plan. Die Nichtmenschlichen waren offenbar zu dem Schluß gekommen, daß einer von den Flammenlanzenträgern den hinterhältigen Mord begangen hatte.

Etwa dreißig der nichtmenschlichen Krieger, deren Rüstung und Kleidung verschiedenster Art waren und von denen jeder sich ein wenig vom anderen unterschied, ließen den Toten liegen und machten sich mit finsteren Gesichtern auf den Weg zum Lager nebenan.

Ilian lächelte, während sie sie beobachtete. Ihre alte Freude an Kampf, Taktik und Strategie kehrte zurück.

Sie sah die Nichtmenschen gestikulieren, als sie das nächste Lager erreichten. Menschliche Krieger kamen aus den Häusern gerannt und schnallten sich im Laufen die Schwertgürtel um. Ilian wußte, daß Ymryl innerhalb der Lager die Benutzung von Energiewaffen verboten hatte, und daß gerade deshalb dieses Verbrechen besonders schwerwiegend war. Aber sie erwartete nicht, daß es deswegen nun gleich zu einem regelrechten Kampf kommen würde. Sie hatte bemerkt, daß die Disziplin in den Lagern strikt genug war, um Streitigkeiten zwischen den verschiedenen Gruppen zu verhindern.

Schwerter aus dem Tragischen Jahrtausend blitzten im Licht der untergehenden Sonne, aber noch wurden sie nicht benutzt. Ein Mann, der ganz offensichtlich der Führer der Nichtmenschlichen war, redete erregt auf den menschlichen Führer des anschließenden Lagers ein. Dann kehrten die Nichtmenschen, begleitet von einer Gruppe der Menschen, in ihr Lager zurück, und alle betrachteten die Leiche. Nun wehrte der Führer des Trupps aus dem Tragischen Jahrtausend sich lautstark gegen die Anschuldigung, einer seiner Männer sei für den Tod des Nichtmenschen verantwortlich. Er erklärte, daß sie, wie ja zu sehen war, alle nur mit Schwertern und Dolchen bewaffnet waren. Aber der Führer der Nichtmenschen ließ sich nicht so leicht beruhigen. Er hegte keinen Zweifel daran, woher der Strahl aus der Flammenlanze gekommen war. Dann deutete der menschliche Führer in die Richtung seines eigenen Lagers, und nun brachen alle nach dorthin auf. Hier wies der Mensch auf ein stabil gebautes Haus, dessen Türen und Fenster mit Vorhängeschlössern gesichert waren. Er schickte einen seiner Leute weg. Als der Mann zurückkam, übergab er seinem Führer einen Ring mit vielen Schlüsseln. Mit einem der Schlüssel öffnete der Führer die Vordertür. Ilian mußte ihre Augen sehr anstrengen, um ins Innere sehen zu können. Wie sie gehofft hatte, war dies tatsächlich das Haus, in dem die Flammenlanzen aufbewahrt wurden. Sich dessen zu vergewissern, war eines der Dinge gewesen, die sie unbedingt hatte tun müssen, ehe sie einen weiteren Schritt ihres Planes unternehmen konnte. Als die beiden Gruppen sich trennten, nicht ohne sich noch mit finsteren Blicken zu bedenken, machten Ilian und ihre kleine Gruppe es sich auf den Zweigen bequem, um die Nacht abzuwarten.

Sie lagen auf den Ästen über dem Lager der Menschen aus dem Tragischen Jahrtausend, fast unmittelbar über dem Haus mit den Flammenlanzen.

Ilian gab einem ihrer Begleiter einen Wink. Er nickte und zog einen kostbaren Dolch aus seinem Kittel. Dieser in der Schlacht erbeutete Dolch hatte einem der hochgewachsenen Nichtmenschen gehört. Leise schwang sich der junge Mann durch die Zweige, bis er in ihrem Schatten auf der Straße landete. Er mußte fast eine halbe Stunde warten, ehe einer der Menschenkrieger vorbei kam. Er sprang ihn von hinten an, drückte ihm einen Arm um den Hals und hob den Dolch. Dann stieß er ihn seinem Gefangenen ins Fleisch. Der Krieger schrie. Erneut stach der Dolch zu. Der junge Mann wollte nicht sofort töten, sondern einstweilen nur dafür sorgen, daß der Mann schrie – was er auch tat.

Erst mit dem dritten Stich löschte er sein Leben aus. Noch während der Tote auf den Boden fiel, kletterte der junge Mann bereits ein Haus hoch und sprang von seinem Dach auf die unteren Äste eines der Bäume, und von dort aus zu seinen Kameraden zurück.

Diesmal kamen die Krieger aus dem Tragischen Jahrtausend herbeigerannt und sammelten sich um den Toten, aus dessen Hals der Dolch eines Nichtmenschlichen ragte.

Es bestand für sie gar kein Zweifel, wie es geschehen war. Trotz ihrer Unschuld, trotz ihrer Beteuerungen und der Inaugenscheinnahme der gut verschlossenen Energiewaffen, hatten die Nichtmenschlichen sich auf gemeine Weise für ein Verbrechen an ihnen gerächt, das sie gar nicht hatten verüben können.

Gemeinsam rannten die menschlichen Krieger ins Lager der Nichtmenschlichen.

Darauf hatte Ilian gewartet. Sie ließ sich auf das Dach des

Waffenhauses herabfallen, schwang schnell ihre Flammenlanze vom Rücken und schnitt mit ihrem Strahl eine kreisrunde Öffnung ins Dach, die gerade groß genug war, daß sie hindurchschlüpfen konnte. Inzwischen waren auch die anderen ihr gefolgt. Einer nahm ihr die Flammenlanze ab, während sie ins Hausinnere sprang.

Sie befand sich auf dem Speicher, die Lanzen aber waren in den Räumen darunter aufbewahrt. Glücklicherweise fand sie schnell die Falltür und schwang sich von ihr in die dunklere Tiefe. Langsam gewöhnten ihre Augen sich an die Düsternis. Ein wenig Licht drang durch die Ritzen der Fensterläden. Ah, hier war zumindest ein Teil der Lanzen. Sie kehrte den Weg zurück, den sie gekommen war, und bedeutete ihren Begleitern, ausgenommen einem, der als Wache zurückblieb, ihr zu folgen. Während sie eine Kette bildeten, um die Lanzen aus der Kammer zum Dach zu befördern, sah sie sich in den anderen Zimmern um. Hier fand sie nicht nur weitere Lanzen, sondern auch Schwerter und Wurfbeile. Aber es war unmöglich, sich davon ebenfalls etwas mitzunehmen, denn mehr als sechzig Lanzen konnten sie kaum tragen, und die Energiewaffen waren wichtiger. Als sie sich umdrehte, um zu ihren Leuten zurückzukehren, kam ihr plötzlich ein Gedanke. Aber woher wußte sie überhaupt, daß die Rubinspitzen der Lanzen sich von den Schäften abschrauben ließen? Sie nahm sich jedoch keine Zeit, sich darüber den Kopf zu zerbrechen, sondern machte sich sofort an die Arbeit. Mit flinken Fingern schraubte sie die Rubinspitzen ab und legte sie in die Zimmermitte. Dann nahm sie eine der Äxte und zerschmetterte damit das Gewinde unterhalb der Spitze, denn die Rubine selbst waren unzerbrechlich. Die Krieger würden Schwierigkeiten haben, die Lanzen zu reparieren, wenn das überhaupt noch möglich war. Jedenfalls war das das Beste, was sie tun konnte.

Sie hörte heftige Stimmen im Freien. Leise schlich sie zum nächsten Fenster und spähte durch einen Spalt im Laden hinaus.

Andere Soldaten waren nun auf der Straße zu sehen. Ihrem Äußeren nach gehörten sie zu jenen, die Ymryl zu seiner Leibwache auserkoren hatte. Zweifellos hatte er sie geschickt, um die Unruhe im Keim zu ersticken. Ilian mußte Ymryl gegen ihren Willen bewundern. Er schien sich nicht viel um diese Dinge zu kümmern, und trotzdem handelte er immer sofort, wenn Gefahr für die Einigkeit in seinem Lager drohte. Die Soldaten brüllten auf die bereits gegeneinander kämpfenden Menschen und Nichtmenschen ein und zwangen sie dazu, ihre Waffen niederzulegen.

Ilian kletterte zum Speicher hoch, wo ihr Trupp gerade die letzte Lanze durch die Öffnung im Dach schob.

»Verschwindet jetzt, schnell!« flüsterte sie.

»Und Ihr, Königin Ilian?« fragte der junge Mann, der den Krieger getötet hatte.

»Ich komme nach. Ich muß erst noch versuchen, hier etwas zu Ende zu bringen.«

Sie sah ihnen nach, bis auch der letzte durch die Öffnung verschwunden war, dann kehrte sie ins Erdgeschoß zurück und machte sich daran, die Spitzen der übrigen Flammenlanzen abzuschrauben. Als sie das Gewinde der letzten zerschmetterte, hörte sie aufgeregte Schreie. Wieder spähte sie durch den Spalt im Fensterladen.

Mehrere der Männer auf der Straße deuteten auf das Dach des Waffenhauses. Ilian schaute sich nach ihrer eigenen Waffenlanze um, bis ihr klar wurde, daß die anderen auch sie mitgenommen hatten. Ihr war nur ihr Schwert geblieben. Hastig kletterte sie durch die Falltür auf den Speicher und schwang sich durch die selbstgeschaffene Öffnung im Dach.

Und schon hatte man sie entdeckt!

Ein Pfeil schwirrte so dicht an ihrer Schulter vorbei, daß sie sich unwillkürlich duckte und dabei ihren Halt auf dem First verlor. Sie rollte das Dach auf der anderen Hausseite herunter. Doch schon kam auch hier eine ganze Meute angerannt. Es gelang ihr gerade noch, sich am Dachrand festzuhalten, als sie darüber rutschte. Ihre Arme wurden ihr fast aus den Schultern gerissen, während sie daran hing. Von links und rechts und hinter ihr pfiffen Pfeile auf sie zu. Ein paar prallten gegen ihren Helm und den Kettenpanzer, drangen jedoch glücklicherweise nicht hindurch. Irgendwie fand sie einen Fußhalt und konnte sich wieder aufs Dach stemmen. Sie kletterte geduckt am Rand entlang und hielt verzweifelt Ausschau nach einem tiefhängenden Zweig, zu dem sie hochspringen könnte. Aber keiner befand sich in erreichbarer Nähe. Und nun tauchten am First die ersten Krieger auf. Sie hatten also inzwischen festgestellt, was mit ihren Waffen geschehen war und wie die Diebe ins Haus gelangt waren. Sie hörte ihre wütenden Schreie und war froh, daß sie noch einmal umgekehrt war, um die restlichen Flammenlanzen unschädlich zu machen. Hätten sie sie jetzt noch, wäre sie bereits tot.

Endlich hatte sie den hinteren Giebel erreicht und machte sich daran, zum Nachbarhaus zu springen. Es war die einzige Möglichkeit, noch zu entkommen.

Sie stieß sich mit aller Kraft ab und sprang ins Leere, die Hände nach der Giebelverzierung des nächsten Hauses ausgestreckt. Und tatsächlich gelang es ihr, die Finger um das kunstvolle Schnitzwerk zu klammern. Doch es gab unter ihrem Gewicht nach. Sie hörte, wie es sich knarrend löste. Sie sah sich schon in die Tiefe stürzen, aber dann hielt die Giebelzier doch noch, und sie konnte sich hochziehen. Aber inzwischen hatte man sie wieder entdeckt. Erneut schwirrten die Pfeile auf sie zu. Hastig sprang sie auf das nächste, etwas nähere Haus. Mit Entsetzen wurde sie sich bewußt, daß sie so immer tiefer in die Stadt geriet. Wie sehr sie hoffte, ein Ast würde doch endlich weit genug herabhängen, daß sie ihn erreichen könnte. In den Bäumen hätte sie viel eher eine Chance zu entkommen. Doch inzwischen war es ihr ein Trost, daß ihre Kameraden sich in die entgegengesetzte Richtung mit den Flammenlanzen in Sicherheit bringen konnten.

Nach drei weiteren Dächern hatten ihre Verfolger sie zumindest für den Augenblick verloren. Aber es war ihr klar, daß ihre Gnadenfrist nicht lange währen würde.

Wenn sie ins Innere eines der Häuser gelangen und sich dort verstecken könnte, würde man annehmen, die Flucht wäre ihr geglückt. Gab man dann die Verfolgung auf, würde es nicht mehr so schwer sein, sich unbemerkt zu entfernen.

Sie sah ein unbeleuchtetes Haus ganz in der Nähe.

Sie sprang auf das andere Dach, kletterte über den Dachrand und von dort auf ein Fenstersims. Mit dem Jagdmesser öffnete sie die Fensterläden, kletterte ins Innere und zog die Läden hinter sich wieder zu.

Sie war müde. Der Kettenpanzer war schwer und drückte sie schier nieder. Sie wollte, sie hätte Zeit, ihn auszuziehen. Ohne ihn konnte sie höher springen und schneller klettern. Aber es war wohl zu spät, sich darüber Gedanken zu machen.

Das Zimmer, in dem sie nun stand, roch muffig, als wären die Fenster seit langem nicht mehr geöffnet worden. Als sie es durchqueren wollte, stieß sie ihr Knie gegen etwas Hartes. Eine Truhe? Ein Bett?

Und nun hörte sie ein würgendes Stöhnen.

Ilian spähte durch die Düsternis.

Jemand lag auf einem Bett – eine Frau! Und sie war geknebelt und gefesselt!

War sie eine Garathormerin, die von einem der Invasoren gefangengehalten wurde? Ilian beugte sich über sie, um das Tuch, das als Knebel diente und straff um den Mund gespannt war, zu lösen.

»Wer seid Ihr?« flüsterte sie. »Habt keine Angst vor mir. Ich rette Euch, wenn es möglich ist, obgleich ich mich selbst in größter Gefahr befinde.«

Ilian holte erschrocken Luft, als das Tuch ab war.

Sie erkannte das Gesicht.

Es war das Gesicht eines Geistes!

Grauen schüttelte sie. Ein Grauen, das sie sich nicht erklären konnte. Ein Grauen, wie sie es nie zuvor erlebt hatte. Denn obgleich sie das Gesicht kannte, wußte sie nicht, wem es gehörte.

Und genauso wenig konnte sie sich erinnern, wo sie es je zuvor gesehen hatte.

Sie kämpfte gegen den Impuls an, die gefesselte Frau ihrem Schicksal zu überlassen und einfach davonzulaufen.

»Wer seid Ihr?« fragte die Fremde.

6. Der falsche Held

Ilian gewann ihre Selbstbeherrschung zurück. Sie fand eine Lampe, Feuerstein und Zunder und zündete die Lampe an, während sie tief atmete und zu begreifen versuchte, was in ihr vorgegangen war. Der Schock, als sie die Gefangene erkannt hatte, war groß gewesen – und doch könnte sie schwören, daß sie diese Frau noch nie gesehen hatte.

Ilian drehte sich wieder zu ihr um. Die Fremde trug ein schmutziges, einst weißes Gewand. Ganz offensichtlich hielt man sie schon seit längerer Zeit hier gefangen. Sie versuchte, sich aufzusetzen. Ihre Hände waren in einem komplizierten Lederharnisch auf die Brust gefesselt, der auch ihre Beine und den Hals band.

Ilian fragte sich, ob sie vielleicht eine Irre war, die man in diesen Zwangsharnisch hatte stecken müssen. Vielleicht war es sehr unüberlegt von ihr gewesen, sie einfach von dem Knebel zu befreien. Die Frau hatte einen wahrhaft wilden Ausdruck an sich, aber das konnte natürlich auch daran liegen, daß sie so lange schon gefangengehalten wurde.

»Seid Ihr von Garathorm?« fragte Ilian sie. Sie hob die Lampe, um sich das bleiche Gesicht der Fremden näher anzusehen.

»Garathorm? Dieser Ort hier? Nein!«

»Ihr kommt mir bekannt vor.«

»Ihr mir ebenfalls. Aber . . .«

»Ja«, sagte Ilian tief seufzend. »Es geht Euch also wie mir. Ihr habt mich nie zuvor gesehen.«

»Doch, ich glaube schon.« Die Frau sah sie überlegend an, doch dann sagte sie: »Ich heiße Yisselda von Brass. Ich bin Baron Kalans Gefangene, und war es auch schon, ehe wir hierherkamen.«

»Weshalb hält er Euch denn gefangen?«

»Er fürchtet, ich könnte entkommen und gesehen werden. Er will mich für sich selbst. Offenbar sieht er eine Art Talisman in mir. Er hat mir körperlich kein großes Leid zugefügt. Glaubt Ihr, Ihr könntet diesen Harnisch aufschneiden?«

Durch die vernünftig klingende Stimme beruhigt, beugte Ilian sich über Yisselda von Brass und durchtrennte die Lederriemen. Yisselda stöhnte, als sie ihre Glieder wieder zu spüren begann. »Oh, ich danke Euch!«

»Ich bin Ilian von Garathorm. Königin Ilian.«

»König Pyrans Tochter!« Yisselda war sichtlich überrascht. »Aber Kalan hat Euch doch die Seele herausgezogen, oder nicht?«

»So sagte man es mir. Aber ich habe jetzt eine neue Seele.«

»Wirklich?«

Ilian lächelte. »Verlangt nicht, daß ich es Euch erkläre. Also sind nicht alle, die so plötzlich auf unsere Welt kamen, schlecht.«

»Die meisten von ihnen sind es. Fast alle dienen dem Chaos, erzählte mir Kalan, und sie bilden sich ein, daß sie nicht getötet werden können. Aber er selbst glaubt nicht, daß das stimmt.«

Ilian zitterte. Sie fragte sich, weshalb sie dieses schreckliche Verlangen empfand, diese Frau in mehr als kameradschaftlicher Weise in ihre Arme zu schließen. Nie hatte sie etwas Ähnliches empfunden. Ihre Knie waren weich. Ohne zu überlegen, setzte sie sich auf das Bett.

»Schicksal«, murmelte sie. »Sie sagten mir, ich diene dem Schicksal. Wißt Ihr etwas davon, Yisselda von Brass? Ich kenne Euren Namen so gut – und auch Baron Kalans. Mir deucht, ich habe Euch gesucht – mein ganzes Leben nach Euch gesucht – und doch bin nicht ich es, der es tat. Oh . . .« Ilian fühlte sich einer Ohnmacht nahe. Sie preßte die Hände aufs Gesicht. »Es ist schrecklich!«

»Ich verstehe Euch. Kalan ist der Meinung, daß seine Experimente mit den Krümmungen der Zeit diese Situation herbeigeführt haben. Unsere Leben sind irgendwie verwirrt. Eine Wahrscheinlichkeit schneidet sich mit der anderen. Unter diesen Umständen ist es vielleicht sogar möglich, sich selbst zu begegnen.«

»Kalan ist dafür verantwortlich, daß Ymryl und die anderen hierherkamen?«

»Das nimmt er jedenfalls an. Er verbringt seine ganze Zeit damit, das von ihm zerstörte Gleichgewicht wiederherzustellen. Und ich bin ihm für seine Experimente sehr wichtig. Er hat kein Bedürfnis danach, morgen mit Ymryl in den Kampf zu ziehen.«

»Morgen? Kampf gegen wen?«

»Gegen Arnald von Grovent im Westen, wenn ich es richtig verstanden habe.«

»Ah, dann ist es also soweit!« Ilian vergaß im Augenblick alles andere. Sie war begeistert. Ihre Chance kam schneller, als sie zu hoffen gewagt hatte.

»Baron Kalan ist Ymryls Maskotte, sozusagen.« Yisselda hatte von irgendwo einen Kamm zum Vorschein gebracht und versuchte, ihr verfilztes Haar in Ordnung zu bringen. »Genau wie ich seine bin. Ich verdanke mein Leben nur einer Kette von Aberglauben.«

»Und wo ist Kalan jetzt?«

»Zweifellos in Ymryls Palast – Eures Vaters Palast, nicht wahr?«

»Unser Haus, ja. Was macht er dort?«

»Er experimentiert. Ymryl hat ihm dort ein Laboratorium eingerichtet, obgleich Kalan es vorzieht, hier zu arbeiten. Er setzt mich dann neben sich und spricht zu mir, als wäre ich ein Schoßhündchen. Ansonsten kümmert er sich kaum um mich. Es ist wohl unnötig, zu erwähnen, daß ich nicht viel von dem verstehe, was er erzählt. Ich war jedoch dabei, als er Eure Seele stahl. Es war grauenvoll! Wie habt Ihr sie nur zurückgewonnen?«

Ilian antwortete nicht darauf. »Wie hat er es getan? Wie hat er sie – gestohlen?«

»Mit einem Juwel, ähnlich dem, das Falkenmonds Geist zu verzehren drohte, als es in seine Stirn gebettet war. Nun, jedenfalls ein Edelstein mit ähnlichen Eigenschaften . . .«

»Falkenmond? Der Name . . .«

»Ja? Kennt Ihr ihn? Wie geht es ihm? Aber er ist doch gewiß nicht in dieser Welt? Oder doch?«

»Nein – nein. Ich kenne ihn nicht. Ich wüßte auch nicht woher. Und doch klingt dieser Name so vertraut.«

»Ihr fühlt Euch nicht wohl, Ilian von Garathorm?«

»Ich – ich weiß nicht.« Ilian war, als würde sie nun doch in

Ohnmacht fallen. Zweifellos hatten die Anstrengungen und Aufregungen, Ymryls Soldaten zu entkommen, sie doch mehr mitgenommen, als ihr zuerst bewußt gewesen war. Sie bemühte sich, nicht einfach umzukippen. »Dieses Juwel«, fragte sie. »Hat Kalan es? Und er glaubt, meine Seele befände sich in ihm?«

»Ja. Aber er täuscht sich ganz offensichtlich. Irgendwie wurde sie daraus befreit.«

»Offensichtlich.« Ilian lächelte grimmig. »Auf jeden Fall müssen wir uns nun einen Fluchtweg überlegen. Ihr seht mir nicht kräftig genug aus, von Dach zu Dach mit mir zu springen und durch die Bäume zu klettern.«

»Ich könnte es versuchen«, meinte Yisselda. »Ich bin stärker, als ich aussehe.«

»Gut, dann wollen wir es versuchen. Wann rechnet Ihr mit Kalans Rückkehr?«

»Er hat das Haus erst vor kurzem verlassen.«

»Dann haben wir also Zeit. Ich werde sie nutzen, mich ein wenig auszuruhen. Mein Kopf tut so weh.«

Yisselda streckte die Hände aus, um Ilians Schläfen zu massieren, aber Ilian wich zurück. »Nein!« Sie benetzte die trockenen Lippen. »Nein. Aber ich danke Euch für Euren guten Willen.«

Yisselda trat an das geschlossene Fenster und öffnete vorsichtig den Laden einen Spalt. In tiefen Zügen atmete sie die kühle Nachtluft.

»Kalan soll Ymryl helfen, sich mit seinem finsteren Gott, diesem Arioch, in Verbindung zu setzen.«

»Den Ymryl für seine Versetzung hierher verantwortlich hält?«

»Ja. Ymryl wird in sein Gelbes Horn blasen, und Kalan will versuchen, irgendeine Formel zusammenzusetzen. Kalan glaubt jedoch nicht an einen Erfolg.«

»Das Horn ist Ymryl teuer, nicht wahr? Nimmt er es je ab?«

»Nie«, sagte Yisselda. »Der einzige, der Ymryl dazu bewegen könnte, es abzulegen, ist Arioch selbst.«

Die Zeit verging mit qualvoller Langsamkeit. Während Ilian sich auszuruhen versuchte, blies Yisselda die Lampe aus und beobachtete die Straßen. Sie stellte fest, daß immer noch Patrouillen nach Ilian suchten. Einige entdeckte sie sogar auf den Dächern. Aber endlich schienen sie die Suche aufzugeben, und Yisselda weckte Ilian, die inzwischen doch in unruhigen Schlummer gefallen war.

Yisselda schüttelte sie sanft an der Schulter. Ilian erwachte sofort, offenbar aus einem bösen Traum.

»Sie sind fort«, sagte Yisselda. »Ich glaube, wir können es nun wagen. Wollen wir durch die Tür auf die Straße hinausgehen?«

»Nein. Ein Seil würde uns gute Dienste leisten. Glaubt Ihr, im Haus ist irgendwo eines zu finden?«

»Ich werde nachsehen.«

Yisselda kehrte schon nach wenigen Minuten mit einem längeren Seil zurück, das sie sich um die Schultern geschlungen hatte. »Es war das längste, das ich finden konnte«, erklärte sie. »Meint Ihr, es ist genug?«

»Das wird sich herausstellen.« Ilian lächelte. Sie öffnete das Fenster ganz und blickte hoch. Der nächste stärkere Ast befand sich etwa zehn Fuß darüber. Ilian nahm das Seil, band eine Schlinge an einem Ende und rollte es so auf, daß es den gleichen Durchmesser wie die Schleife hatte. Dann schwang sie das Seil mehrmals über den Kopf, ehe sie es hochwarf.

Die Schleife schlang sich über den Ast und hielt, auch als Ilian fest daran zog.

»Ihr müßt auf meinen Rücken klettern«, wies Ilian Yisselda an. »Eure Beine um meine Mitte klammern und Euch an mir festhalten. Glaubt Ihr, Ihr schafft es?«

»Ich muß«, erwiderte Yisselda leise. Sie tat wie aufgefordert. Dann stieg Ilian mit ihrer Last auf das Fenstersims. Sie griff nach dem Seilende, wickelte es sich zweimal um das Handgelenk, umklammerte es mit beiden Händen, dann schwang sie sich hinaus über die Hausdächer. Fast hätte sie dabei das Türmchen der alten Handelshalle gestreift. Ihre Füße fanden einen Ast, während sie gleichzeitig mit ihrer ganzen Kraft mit den Händen versuchte, Halt am Ast darüber zu finden. Da begannen ihre Füße zu rutschen. Yisselda griff nach dem oberen Ast, zog sich daran hoch, legte sich mit dem Bauch darüber und half Ilian herauf. Keuchend lagen sie nebeneinander auf dem mächtigen Ast.

Als sie wieder zu Atem gekommen waren, sprang Ilian hoch. »Folgt mir«, bat sie. »Streckt die Arme seitwärts aus, damit Ihr Euer Gleichgewicht besser halten könnt, und schaut nicht in die Tiefe.«

Sie rannte den Ast entlang.

Mit zitternden Knien folgte Yisselda ihr.

Am frühen Morgen hatten sie das Lager erreicht.

Katinka van Bak eilte aus der Hütte, die sie sich selbst aus alten Brettern gebaut hatte, und strahlte über das ganze Gesicht. »Wir hatten Angst um Euch«, sagte sie. »Selbst die, die behaupten, Euch so sehr zu hassen. Die anderen, die mit Euch ausgezogen waren, kamen ungehindert mit den Flammenlanzen zurück. Das war eine gute Beute.«

»Wunderbar. Und ich habe einiges erfahren, das uns von Nutzen sein wird.«

»Gut. Sehr gut! Doch jetzt möchtet Ihr sicher zuerst ein ordentliches Frühstück, und zweifellos wollt Ihr Euch ausruhen. Aber wer ist das?« Jetzt erst schien Katinka van Bak die junge Frau im schmutzigen weißen Kleid zu bemerken.

»Sie heißt Yisselda von Brass. Genau wie Ihr ist sie nicht von Garathorm . . .«

Ilian sah, wie ungeheures Erstaunen über Katinka van Baks Züge flog. »Yisselda? Graf Brass' Tochter?«

»Ja«, rief Yisselda erfreut, daß man sie kannte. »Leider jedoch ist Vater tot. Er fiel in der Schlacht von Londra.«

»Nein, nein! Er ist zu Hause auf Burg Brass! So hatte Falkenmond also doch recht! Ihr lebt! Das ist das Seltsamste, das ich je auch nur gehört habe – aber auch das Erfreulichste!«

»Ihr habt Dorian gesehen? Wie geht es ihm?«

»Oh . . .« Katinka van Bak schien offensichtlich verlegen. »Es geht ihm gut. Er war krank, aber alles spricht dafür, daß er sich wieder völlig erholen wird.«

»Ich möchte so schnell wie möglich zu ihm. Er befindet sich nicht auf dieser Ebene?«

»Das ist bedauerlicherweise nicht möglich.«

»Wie kamt Ihr hierher? Auf die gleiche Weise wie ich?«

»Ja, in etwa.« Katinka van Bak drehte sich um, als sie Schritte hörte. Jhary-a-Conel war aus einem der noch stehenden Ebenholzhäuser getreten. Er rieb sich mit beiden Händen den Schlaf aus den Augen und wirkte durchaus noch nicht völlig wach. »Jhary!« rief Katinka van Bak. »Jhary! Das ist Yisselda von Brass. Falkenmond hatte recht!«

»Sie lebt!« Jhary klatschte sich auf die Schenkel und blickte nicht ganz ohne Ironie von Ilian auf Yisselda und dann wieder zurück. »Ha! Das ist der beste Witz überhaupt! Es ist nicht zu glauben!« Er brach in ein für Ilian und Yisselda unverständliches Gelächter aus.

Ärger stieg in Ilian auf. »Ich habe genug von Euren Rätseln und merkwürdigen Andeutungen, Sir Jhary!«

»Ich verstehe, Madam!« Jhary lachte weiter. »Aber ich halte es für das Beste, die Sache mit Humor zu sehen.«

DRITTES BUCH

Ein Abschied

1. Triumphale Schlacht, süße Rache

Sie zählten nun schon fast hundert, und der Großteil war mit Flammenlanzen bewaffnet. In aller Eile hatte Katinka van Bak sie in deren Benutzung eingewiesen. Manche der Waffen funktionierten nicht mehr ganz einwandfrei, denn sie waren schon sehr alt, aber trotzdem gaben sie allen, die sie trugen, großes Selbstvertrauen.

Ilian drehte sich im Sattel und blickte zu ihrer Streitmacht zurück. Jeder der Männer und Frauen war beritten, die meisten auf den flinken Vayna. Jeder salutierte das flammende Banner in ihrer Hand. Diese feurige Flagge, die brannte, ohne daß dadurch ihr Stoff beschädigt wurde, flatterte über ihrem Kopf. Die Standarte war ihrer aller Stolz und würde sie nach Virinthorm begleiten.

Unter den titanischen grünen Bäumen ritten sie dahin: Ilian, Katinka van Bak, Jhary-a-Conel, Yisselda von Brass, Lyfeth von Ghant, Mysenal von Hinn und der Rest. Und sie alle, außer Katinka van Bak, waren noch sehr jung.

Ilian hatte das Gefühl, wenn auch jene, die sie führte, ihr Verbrechen nicht vergessen hatten, sie doch wieder ganz zu ihnen gehörte. Aber viel würde davon abhängen, wie die bevorstehende Schlacht ausging.

Sie ritten durch den Morgen, und gegen Nachmittag sahen sie Virinthorm in der Ferne vor sich liegen.

Späher hatten bereits Kunde gebracht, daß Ymryl mit seiner Hauptmacht aufgebrochen war. Er hatte weniger als ein Viertel seiner Leute zur Verteidigung der Stadt zurückgelassen, von denen keiner mit einem massiven Angriff rechnete. Allerdings waren diese Verteidiger fünfhundert Mann stark und hätten mehr als genügt, Ilians Trupp zu schlagen, wäre dieser nicht mit Flammenlanzen bewaffnet gewesen.

Doch selbst die Flammenlanzen vergrößerten nur die Chance der Garathormer. Eine Sicherheit war noch lange nicht gegeben, daß es ihnen gelingen würde, Ymryls Krieger zu besiegen. Hier jedoch war die einzige Chance, die sie hatten, und sie mußten sie nutzen.

Sie sangen, während sie immer näher an die Stadt heranritten. Sie sangen die alten Lieder ihres Landes. Fröhliche Weisen waren es, die ihre Liebe für ihre schöne grüne Welt ausdrückten. Sie verstummten auch nicht, als sie die Außenbezirke Virinthorms erreichten und ausfächerten.

Ymryls Männer hatten sich der Stadtmitte zu eingenistet. In der Nähe des großen Bauwerks, das einst das Heim von Ilians Familie gewesen war und nun zu Ymryls Palast geworden war.

Ilian bedauerte, daß Ymril selbst sich nicht in der Stadt befand. Sie konnte es nicht erwarten, sich an ihm zu rächen, wenn ihre Pläne den gewünschten Erfolg brachten.

Die hundert jungen Garathormer, nun dünn verteilt, hatten ihre Reittiere zurückgelassen und in einem Kreis um die Stadtmitte ihre Posten bezogen. Manche lagen hinter schnell errichteten Barrikaden, andere auf Dächern, während wieder andere in Eingängen kauerten. Fast hundert Flammenlanzen waren auf die Stadt gerichtet, als Ilian auf die breite Hauptstraße hinausritt und rief:

»Ergebt Euch im Namen Königin Ilians!«

Ihre Stimme klang laut und stolz.

»Ergebt Euch, Krieger Ymryls! Wir sind zurückgekehrt, um unsere Stadt zu befreien.«

Die paar Invasoren auf den Straßen drehten sich überrascht um und griffen nach ihren Waffen. Männer waren es in verschiedenartigster Kleidung, in allen Arten von Rüstungen; Männer der unterschiedlichsten Gestalten; Männer, deren ganzer Körper mit Haaren bedeckt war; Männer, die völlig haarlos waren; Männer mit vier Armen oder vier Beinen; Männer mit Tierschädeln; Männer mit buschigen Schweifen, oder Hörnern, oder behaarten Ohren; Männer mit Hufen statt Füßen; Männer mit grüner, blauer, roter oder schwarzer Haut; Männer mit bizarren Waffen; Männer, die mißgestaltet waren; Männer, so klein wie Zwerge, und andere, so groß wie Riesen;

Hermaphroditen; Männer mit Flügeln oder durchsichtiger Haut. Sie alle eilten auf die Straße, sahen Königin Ilian von Garathorm – und lachten.

Ein Krieger mit orangefarbigem Bart, der bis zum Gürtel reichte, rief laut:

»Ilian ist tot! Und das wirst auch du sein, noch ehe die nächste Minute um ist.«

Als Antwort hob Ilian ihre Flammenlanze, drückte auf den Juwelenknopf, und der rote Strahl brannte ein Loch in die Stirn des Höhnenden. Sofort warf ein hundeköpfiger Soldat eine heulende Scheibe, die Ilian im letzten Augenblick mit dem kleinen Schild an ihrem rechten Arm abwehren konnte. Sie wirbelte ihr Pferd herum und nahm Deckung. Auch die Verteidiger hinter ihr suchten Deckung, als die roten Strahlen aus allen Richtungen auf sie zuschossen.

Rund eine Stunde wütete der Kampf. Beide Seiten benutzten Energiewaffen, während Katinka van Bak von Garathormer zu Garathormer ritt und Anweisungen erteilte, den Ring enger zu schließen, damit die Verteidiger auf ein möglichst kleines Gebiet konzentriert waren. Sie befolgten ihren Rat, wenn auch nicht ohne Schwierigkeiten, denn obgleich der Feind über weniger Energiewaffen verfügte, hatte er doch größere Erfahrung in ihrem Einsatz.

Ilian kletterte auf ein Dach, um einen Überblick über die Schlacht zu gewinnen. Sie hatte schon zehn ihrer Leute verloren, der Feind hingegen viel mehr. Sie zählte mindestens vierzig Tote. Aber offenbar formierten die Fremden sich nun zu einem Gegenangriff. Viele hatten sich auf ihre verschiedenartigen Reittiere, darunter ein paar eroberte Vayna geschwungen.

Ilian kletterte wieder hinunter und suchte nach Katinka van Bak.

»Sie planen offenbar einen Durchbruch, Katinka!« erklärte sie.

»Dann müssen wir sie aufhalten!«

Ilian stieg auf ihren Vayna. Der langbeinige Vogel krächzte, als sie ihn herumschwang, und rannte zu dem Haus, in dem Jhary hinter einem zum Hauptplatz führenden Fenster Stellung bezogen hatte.

»Jhary! Sie greifen an!« rief sie.

Und schon kam ein Trupp Kavalleristen mit lautem Schlachtgeheul die Straße entlang. Einen Augenblick schien es Ilian, als müsse sie sich ihnen allein stellen. Sie hob ihre Flammenlanze und drückte auf den Knopf. Rubinrote Strahlen schossen heraus und schnitten durch die Leiber der vordersten Reiter. Sie stürzten leblos von ihren Tieren und behinderten so die Nachfolgenden, wodurch der Sturm an Wucht verlor.

Aber Ilians Lanze war nun so gut wie nutzlos. Der Strahl flackerte und war so kraftlos, daß er kaum die Haut der Krieger versengte.

Ilian warf die Lanze von sich, zog ihr schmales Schwert und nahm ihr Jagdmesser in die Hand, die die Zügel hielt, dann trieb sie ihr Vayna vorwärts. Die flammende Standarte hinter ihr im Sattel knisterte und prasselte, als sie mit zunehmender Schnelligkeit dahinritt.

»Für Garathorm!« rief sie.

Ein Jubel erfüllte sie – ein düsterer, schrecklicher Jubel.

»Für Pyran und Bradne!«

Ihr Schwert stach in das durchsichtige Fleisch einer gespenstischen Kreatur, die mit stählernen Klauen nach ihr zu greifen versuchte.

»Für die Rache!«

O wie süß sie war, diese Rache! Wie befriedigend! So nahe war Ilian dem Tod, und doch fühlte sie sich lebendiger als je zuvor. Ja, das war ihr Los – das Schwert in der Schlacht zu schwingen, zu kämpfen, zu töten!

Und während sie kämpfte, war ihr, als focht sie nicht allein diese Schlacht, sondern Tausende andere Schlachten gleichzeitig. Und in jeder hatte sie einen anderen Namen, aber die wilde, grimmige Begeisterung war in allen die gleiche.

Um sie herum brüllte und heulte der Feind. Rüstungen klirrten, und ein Dutzend Schwerter suchte sie gleichzeitig, aber sie lachte nur.

Und ihr Gelächter war eine mächtige Waffe. Es ließ das Blut ihrer Gegner stocken. Es erfüllte sie mit lähmendem Grauen.

»Für den Krieger des Schicksals!« hörte sie sich selbst schreien. »Für den Ewigen Helden! Für den Kampf ohne

Ende!« Die Bedeutung dieser Worte war ihr nicht klar, obgleich sie wußte, daß sie sie schon oft zuvor gerufen hatte und sie immer wieder rufen würde, ob sie nun diese Schlacht überlebte oder nicht.

Nun kamen auch ihre eigenen Leute von überall herbei. Sie sah Jhary-a-Conels gelben Gaul mit den Hufen um sich schlagen und feindliche Krieger niedertrampeln. Das Pferd schien übernatürlich intelligent. Was es tat, war nicht aus Panik geboren, kein wildes Aufbäumen und Umsichstoßen. Das Tier kämpfte gezielt mit seinem Herrn. Und es grinste! Es hatte die mächtigen gelben Zähne gefletscht, und seine gelben Augen funkelten, während sein Reiter grinsend um sich hieb.

Und da war Katinka van Bak. Kühl, methodisch und unerschütterlich ging sie ihrem selbsterkorenen Handwerk nach. Mit einer Hand schwang sie eine doppelschneidige Streitaxt, mit der anderen eine eisendorngespickte Keule, die sie in diesem Handgemenge für wirkungsvoller hielt als das Schwert. Sie trieb ihr kräftiges Roß tief in das Schlachtgewühl und tat, was zu tun war. Im Gegensatz zu Ilian und Jhary lächelte Katinka nicht, denn der Kampf erweckte keine besonderen Gefühle in ihr. Er gehörte für sie zu ihrer Arbeit.

Ilian staunte selbst über die Begeisterung, die sie erfüllte. Ihr ganzer Körper prickelte davon. Sie hätte eigentlich müde sein müssen, aber statt dessen fühlte sie sich munterer als je zuvor.

»Für Garathorm! Für Pyran! Für Bradne!«

»Für Bradne!« echote eine Stimme hinter ihr. »Und für Ilian!«

Lyfeth von Ghant, die jetzt unmittelbar hinter ihr ritt, schwang ihr Schwert mit einer Mischung aus sorgfältiger Berechnung und wilder Begeisterung, die Ilians nahe kam. Und ganz in der Nähe kämpfte Yisselda von Brass und erwies sich als geschickte Kriegerin, die den Eisendorn ihres Schildes fast genauso wirkungsvoll einsetzte wie ihre Schwertklinge.

»Was sind wir doch für Frauen!« rief Ilian. »Was sind wir für Kriegerinnen!«

Sie bemerkte, wie sehr es den Feind verwirrte, als er entdeckte, wie viele Frauen gegen ihn kämpften. Es gab offenbar nur wenige Welten, wo Frauen wie Männer fochten.

Auf Garathorm hatte man es nicht gekannt, ehe nicht Katinka van Bak erschienen war.

Ilian sah, daß Mysenal von Hinn ihr kurz zulächelte, als er mit leuchtenden Augen an ihr vorbei zu einer Gruppe feindlicher Soldaten ritt, deren Rückzug durch Flammenlanzenstrahlen von den Dächern abgeschnitten war.

Zwei oder drei Häuser hatten durch Treffer der Energiewaffen Feuer gefangen, und Rauch qualmte durch die Straßen. Ilians Augen brannten, als sie hustend und würgend hindurchritt, doch dann hatte sie ihn hinter sich und schloß sich Mysenal im Angriff auf den abgeschnittenen Feind an.

Obgleich sie nun aus Dutzend kleineren Verletzungen blutete, war Ilian doch unermüdlich. Mit dem Schild stürzte sie einen Reiter vom Pferd, während sie gleichzeitig mit dem Schwert einem grünbepelzten Zwerg ein Ende machte. Als der Zwerg fiel, zog sie eilig die Klinge aus seinem Leib, um eine Axt abzuwehren, die ein Krieger in purpurner Rüstung auf sie geschleudert hatte. Seine spitzen Stahlzähne knirschten, als er mit der Lanze in seiner anderen Hand ausholte. Ilian beugte sich aus ihrem Sattel und trennte die Hand vom Gelenk. Faust und Lanze fielen auf den Boden. Der Stumpf, aus dem das Blut floß, führte die Wurfbewegung fort. Erst jetzt wurde dem Krieger mit den Stahlzähnen bewußt, was geschehen war, und er wimmerte. Ilian kümmerte sich nicht mehr um ihn. Sie ritt einer Kämpferin zu Hilfe, die neben ihrem toten Vayna stand und verzweifelt versuchte, die Schwerthiebe von drei Männern mit Schuppenhaut (die jedoch völlig unterschiedlich gekleidet waren) abzuwehren. Ilian trennte den Schädel eines der Reptilmänner vom Rumpf, stürzte den zweiten vom Pferd und stach dem dritten die Klinge ins Herz. Das Mädchen lächelte ihr dankbar zu, ehe sie die ihr entfallene Flammenlanze aufhob und auf eine offene Tür zurannte.

Und dann hatte Ilian mit etwa zwanzig ihrer Leute den Stadtplatz erreicht.

»Wir sind durch!« rief sie triumphierend.

Doch nun kamen die Chaoskrieger, die sich nicht am Reiterangriff beteiligt hatten, aus allen Häusern gestürzt, und schon war Ilian von Feinden bedrängt.

Und wieder lachte sie jubelnd, als ihr blitzendes Schwert Leben um Leben nahm.

Die Sonne machte sich daran, hinter den Wäldern unterzugehen.

»Beeilt euch!« rief Ilian ihren Gefährten zu. »Laßt uns die Entscheidung herbeiführen, ehe die Nacht anbricht und die Dunkelheit uns die Arbeit erschwert.«

Die restlichen gegnerischen Kavalleristen waren zurück auf den Platz gedrängt worden. Die übrigen feindlichen Krieger begannen sich zu dem großen Gebäude zurückzuziehen, in dem Ilian geboren war und das Ymryl seinen »Palast« nannte. In diesem Haus war es auch gewesen, wo Ilian unter unerträglichen Folterqualen das Versteck ihres Bruders preisgegeben hatte.

Einen Augenblick verdrängte finsterste Verzweiflung Ilians Hochgefühl, und sie hielt an. Die Schlachtgeräusche um sie schienen zu verstummen, alles vor ihren Augen schien zu verschwimmen. Sie sah nur Ymryls Gesicht vor sich, fast jungenhaft in seinem Ernst, als er sich über sie beugte und fragte: »Wo ist er? Wo ist Bradne?«

Und sie hatte es ihm verraten!

Ilian zitterte. Sie senkte das Schwert, ohne auf die Feinde rings um sie zu achten. Fünf gräßlich mißgestaltete Kreaturen, deren Gesichter und sichtbare Haut mit riesigen Warzen bedeckt waren, versuchten, sie anzuspringen, griffen nach ihr. Sie spürte ihre scharfen Krallen, die durch die Glieder ihres Kettenhemdes drangen. Sie blickte über sie hinweg.

»Bradne . . .«, murmelte sie.

»Seid Ihr verwundet, Mädchen?« Katinka van Bak eilte herbei. Ihre Axt landete auf einem Schädel, die Keule zerschmetterte eine Schulter. Die warzigen Gegner quiekten. »Was ist mit Euch?«

Ilian riß sich aus ihren düsteren Erinnerungen und hieb mit dem Schwert hinab auf einen warzenbedeckten Leib. »Alles wieder in Ordnung«, versicherte sie Katinka.

»Es sind noch etwa hundert übrig!« rief Katinka van Bak ihr zu. »Sie haben sich im Haus Eures Vaters verbarrikadiert. Ich bezweifle, daß es uns gelingt, sie noch vor Anbruch der Dunkelheit herauszuholen.«

»Dann müssen wir Feuer an das Haus legen«, sagte Ilian kalt. »Und sie ausräuchern.«

Katinka runzelte die Stirn. »Das gefällt mir nicht. Selbst ihnen sollte man die Gelegenheit bieten, sich zu ergeben . . .«

»Verbrennt sie und verbrennt das Haus! Verbrennt es!« Ilian wirbelte ihren Vayna herum und sah sich auf dem Platz um. Er war mit Leichen bedeckt. Von ihren eigenen Leuten waren noch etwa fünfzig übrig. »Das wird uns weiteren Kampf ersparen. Oder nicht, Katinka van Bak?«

»Das wohl, aber . . .«

»Und die Leben unserer Leute, die uns noch geblieben sind?«

»Ja . . .« Katinka sah Ilian an, aber das Mädchen wandte das Gesicht ab. »Ja. Aber was ist mit dem Haus selbst? Eure Familie hat seit Generationen darin gelebt. Es ist das prächtigste Gebäude von Virinthorm, ja selbst in ganz Garathorm ist kaum ein schöneres zu finden. Sein Holz ist kostbar. Viele der Baumarten, aus deren Holz es errichtet ist, gibt es nicht mehr . . .«

»Verbrennt es! Ich könnte dort nicht mehr leben!«

Katinka seufzte. »Ich werde den Befehl geben, obgleich es mir nicht behagt. Wollt Ihr mir nicht gestatten, unseren Feinden eine Chance zu geben, mit leeren Händen herauszukommen?«

»Sie kannten kein Erbarmen mit uns.«

»Aber wir sind nicht sie. Moralisch . . .«

»Ich will im Augenblick nichts von Moral hören!«

Katinka van Bak übermittelte Königin Ilians Befehl.

2. Ein unmöglicher Tod

Die Gesichter der jungen Männer und Frauen wirkten grimmig, als sie ins Feuer starrten und zusahen, wie Pyrans prachtvolles Haus niederbrannte und die Nacht erhellte. Der Geruch dieses gewaltigen Scheiterhaufens reizte ihre Nasen, und sie hörten die grauenvollen Schreie, die aus dem dicken schwarzen Rauch drangen.

»Es ist nur gerecht«, sagte Ilian von Garathorm.

»Aber es gibt andere Formen von Gerechtigkeit«, erwiderte Katinka van Bak leise. »Ihr könnt die Schuld, die Euch quält, nicht ausbrennen.«

»Kann ich das nicht, Madam?« Ilian lachte rauh. »Wie erklärt Ihr Euch dann die Befriedigung, die mich dabei erfüllt?«

»Ich bin Derartiges nicht gewöhnt«, murmelte Katinka van Bak. Ihre Worte galten allein Ilians Ohren. Nur zögernd fuhr sie fort: »Ich bin nicht zum erstenmal Zeuge solcher Racheakte, aber mir gefällt dieses Gefühl der Unruhe nicht, das ich dabei empfinde. Ihr seid grausam geworden, Ilian.«

»Das ist das Schicksal des Ewigen Helden«, warf Jhary ein, dem die leisen Worte nicht entgangen waren. »Es ist stets so. Laßt es Euch nicht betrüben, Katinka van Bak. Der Held muß immer versuchen, sich von einer quälenden Bürde zu befreien. Eines der Mittel dazu ist die gewollte Grausamkeit – eine Handlung, die dem Gewissen des Helden entgegenwirkt. Ilian glaubt, sie trägt nur die Schuld des Verrats an ihrem Bruder. Aber das ist nicht so. Es ist eine Schuld, wie Ihr, Katinka van Bak, und ich, sie nie kennen werden. Und dafür sollten wir unseren Göttern danken!«

Ilian schauderte. Sie hatte Jharys Worte nur halb verstanden, aber ihre Bedeutung beunruhigte sie.

Schulterzuckend wandte Katinka van Bak sich um. »Wie Ihr glaubt, Jhary. Ihr wißt mehr von solchen Dingen als ich. Und es gäbe ohne Euer Wissen überhaupt keine Ilian, die gegen Ymryl kämpfen könnte.« Schweren Herzens stapfte sie davon und verschwand in den Schatten des dichten Rauches. Jhary blieb eine Weile neben Ilian stehen, dann verließ auch er sie und starrte abseits in die flammenden Ruinen ihres früheren Zuhauses.

Die Schreie erstarben, und der Gestank verkohlenden Fleisches wurde von dem würzigen Duft reifen Holzes überlagert. Ilian fühlte sich völlig ausgelaugt, als steckte kein eigenes Leben mehr in ihr. Und als die Flammen langsam niederbrannten, trat sie näher heran, als suche sie ihre Wärme, denn sie empfand eine ungeheure Kälte, obgleich die Nacht lau war.

Als Jhary sie fand, war es schon fast Morgen. Sie stapfte durch die geschwärzten Gebeine, die noch glühenden Holzreste und die heiße Asche, und hin und wieder stieß sie einen verkohlten Schädel oder ein paar Knochen zur Seite.

»Neuigkeiten!« rief Jhary.

Sie blickte aus stumpfen Augen zu ihm hoch.

»Ymryl hat seinen Feldzug siegreich beendet. Er hat Arnald getötet und erfahren, was hier geschehen ist. Er befindet sich bereits auf dem Rückmarsch.«

Ilian zog tief die beißend rauchige Luft ein. »Dann müssen wir unsere Vorbereitungen treffen.«

»Mit nur noch der Hälfte unserer ohnehin kleinen Streitmacht dürften wir einen harten Stand gegen Ymryls Armee haben. Er verfügt nun auch noch über Arnalds Truppen, beziehungsweise über das, was davon übriggeblieben ist. Wir werden zumindest tausend Mann gegen uns haben! Vielleicht wäre es besser, wir kehrten auf die Bäume zurück und führten einen Partisanenkrieg gegen sie.«

»Wir werden nach unserem ursprünglichen Plan vorgehen«, sagte Ilian hart.

Jhary-a-Conel zuckte die Schultern. »Wie Ihr meint.«

»Wurden Ymryls Flammenkanonen gefunden?«

»Ja. Sie waren in dem Keller einer Kelterei westlich von hier untergebracht. Katinka van Bak sorgte dafür, daß sie noch während der Nacht in einem Verteidigungsring in Stellung gebracht wurden. Weitere sind so postiert, daß sie alle Straßen zum Stadtplatz unter Beschuß nehmen können. Es ist gut, daß wir sofort handelten. Ich persönlich rechnete nicht so schnell mit Ymryls Rückkehr.«

Ilian watete durch die Asche. »Katinka van Bak ist ein erfahrener Heerführer.«

»Das ist unser Glück«, brummte Jhary.

Kurz nach Mittag berichteten die Kundschafter, daß Ymryl eine ähnliche Taktik anwandte, wie Ilian sie benutzt hatte. Er schloß einen Ring um die ganze Stadt. Ilian hoffte, daß Ymryls Späher die hastig getarnten Flammenkanonen nicht entdeckt hatten. Die Hälfte ihrer kleinen Streitmacht hatte sie an diese Kanonen abkommandiert, nachdem Katinka ihnen ihre Bedienung beigebracht hatte.

Etwa eine Stunde später donnerte bereits die erste Welle der Kavallerie, alle in glänzender Rüstung und mit flatternden Bannern, die vier Hauptstraßen zum Stadtplatz entlang.

Der Platz selbst schien verlassen, abgesehen von den Toten, die man dort liegengelassen hatte.

Das Tempo der Reiterei verringerte sich, als die ersten sahen, was vor ihnen lag.

Von irgendwo aus der Höhe war der Ton eines silberhellen Hornes zu vernehmen.

Und schon heulten die Flammenkanonen.

Wo die Kavallerie sich befunden hatte – am Ende aller vier Straßen –, lag nur noch brennender Staub, Funken, die der Wind davontrug, und Asche, die auf den Boden herabsank.

Ilian lächelte in ihrem Versteck auf einem der Bäume. Sie erinnerte sich, wie diese gleichen Flammenkanonen ihr eigenes Volk niedergebrannt hatten.

Die Übermacht des Feindes war nun um einige hundert Krieger geringer. Aber die Flammenkanonen konnten jetzt nicht mehr benutzt werden, da ihre Ladung erschöpft war. Es gehörten ausgebildete Fachleute dazu, sie mit einer genau berechneten Substanz zu füllen, die nur tropfenweise in die einzelnen Kammern gegeben werden durfte. Ilian sah nun ihre Leute, die die Kanonen bedient hatten, zum Stadtplatz laufen und in den Häusern verschwinden.

Schweigen senkte sich auf Virinthorm herab.

Und dann erdröhnte aus dem Westen das Klappern von Hufen. Das durch das Laubwerk gefilterte Sonnenlicht spiegelte sich auf edelsteinbesetzten Masken und glänzenden Pferdepanzern.

Aus ihrem Baum, etwa dreihundert Fuß entfernt, rief Katinka van Bak:

»Es ist Kalan und ein Trupp Krieger des Dunkeln Imperiums. Sie haben ebenfalls Flammenlanzen.«

Baron Kalans Schlangenmaske glitzerte, als er in halsbrecherischem Galopp die breite Straße entlangdonnerte. Aus den Häusern zischten die dünnen roten Strahlen aus Ilians restlichen Flammenlanzen. Mehrere der Strahlen schienen durch Kalan zu dringen, ohne ihm etwas anzuhaben. Da glaubte Ilian, daß ihre Augen sie täuschten, denn nicht einmal der Zauberer konnte gegen diese tödlichen Flammen gefeit sein.

Andere jedoch fielen, noch ehe ihre Kameraden dazu kamen, das Feuer zu erwidern. Sie richteten ihre eigenen Waffen auf gut Glück auf die Häuser, aus denen sie angegriffen wurden, bis die Luft ein Gitter aus rubinroten Strahlen zu sein schien.

Doch immer noch ritt der Baron geradewegs auf den Platz zu. Sein Pferd keuchte, und Blut rann aus den Wunden, die Kalans Sporen ihm gerissen hatten.

Kalan lachte. Es war Ilian ein vertrautes Gelächter, obgleich sie sich anfangs nicht entsinnen konnte, woher sie es kannte, bis ihr bewußt wurde, daß ihr eigenes während der Schlacht am Vortag nicht anders geklungen hatte.

Kalan ritt, bis er zum Stadtplatz kam. Abrupt wich sein Gelächter einem wütenden Aufheulen, als er die Ruinen des abgebrannten Palasts sah.

»Mein Labor!« rief er erstickt.

Er sprang vom Pferd und wanderte durch die Trümmer. Er sah sich mit verzweifeltem Blick suchend um, ohne auf irgendwelche Gefahren zu achten, während hinter ihm seine Männer eine wilde Schlacht mit Ilians Kriegern ausfochten, die aus den Häusern herausgeeilt waren.

Ilian beobachtete ihn fasziniert. Was suchte er?

Zwei von ihren Männern lösten sich aus dem Handgemenge und rannten auf Kalan zu. Er drehte sich um, als er sie hörte, und wieder lachte er, während er sein Schwert zog.

»Laßt mich in Ruhe«, rief er den beiden Kriegern zu. »Ihr könnt mir nichts anhaben.«

Und nun riß Ilian unwillkürlich den Mund auf. Sie sah, wie einer der Männer sein Schwert in Kalans Brust stieß und die

Spitze am Rücken wieder herausdrang. Sie sah Kalan zurückweichen und mit seinem eigenen Schwert eine tiefe Wunde in die Schulter seines Angreifers schlagen. Der Krieger ächzte. Kalan stieß nun die Klinge in den Hals des Mannes und sah zu, wie er in die Asche der Ruine sank. Der andere Krieger zögerte, ehe er mit dem Schwert ausholte, um zu versuchen, dem Lord des Dunklen Imperiums den ungeschützten Unterarm abzuhacken. Die Gewalt des Hiebes war stark genug dazu, aber wieder blieb Kalan unverletzt. Entsetzt sprang der Krieger zurück. Kalan kümmerte sich nicht um ihn, sondern setzte seine verzweifelte Suche unter den verkohlten Leichen und der Asche fort. Nur flüchtig blickte er zu dem Garathormer hoch und brummte:

»Ich kann nicht getötet werden. Also vergeudet nicht meine Zeit, und ich werde auch Euch nichts antun. Ich muß hier etwas suchen. Welcher Narr hat eine so sinnlose Zerstörung angerichtet?« Als der Krieger blieb, wo er war, hob sich der Schlangenhelm erneut, und Kalan sagte, als erkläre er es einem unwissenden Kind: »Ich kann nicht getötet werden. Im ganzen unendlichen Kosmos gibt es nur einen Mann, der mich töten könnte. Aber ich sehe ihn hier nicht. Hebt Euch hinweg!«

Ilian fühlte mit ihrem verwirrten Krieger, als er wie benommen davonstolperte.

Und da kicherte Kalan plötzlich. »Ich habe es!« rief er triumphierend. Er bückte sich und zog etwas aus der Asche.

Ilian schwang sich aus den Bäumen und sprang auf den Stadtplatz herab. Über ein Meer von Leichen hinweg rief sie ihm zu.

»Baron Kalan!«

Er blickte auf. »Ich habe es . . .« Es sah aus, als wollte er es, was immer es auch war, zeigen, doch dann zögerte er. »Aber – das kann nicht sein! Haben mich denn alle meine Kräfte verlassen?«

»Ihr dachtet wohl, Ihr hättet mich getötet?« Ilian schritt über die Toten auf ihn zu. Sie hatte gesehen, daß er unverletzbar war, aber sie mußte ihn stellen. Etwas tief in ihr, etwas, das sie sich nicht erklären konnte, zwang sie dazu.

»Getötet? Unsinn! Es war viel raffinierter. Das Juwel

verzehrte Eure Seele. Es war meine vollendetste Erfindung dieser Art, viel besser als alles, was mir bisher gelungen war. Ich hatte sie eigentlich für jemand anderen bestimmt, aber die Umstände erforderten, daß ich sie einsetzte, wenn ich nicht unter Ymryls Händen sterben wollte.«

Aus der Ferne klang nun Schlachtenlärm. Ilian wußte, daß ihre Leute jetzt gegen Ymryls Armee kämpften. Aber ohne zu zögern, schritt sie weiter auf Kalan zu.

»Ich habe mehr als einen Grund, mich an Euch zu rächen, Baron Kalan«, erklärte sie.

»Ihr könnt mich nicht töten, Madam, wenn Ihr das beabsichtigt«, sagte er. »*Ihr* könnt es nicht.«

»Aber ich muß es versuchen.«

Der Schlangenlord zuckte gleichgültig die Schultern. »Wenn Ihr wollt. Es würde mich viel mehr interessieren, wie es Eurer Seele gelang, aus meinem Juwel zu entfliehen. Alles wies darauf hin, daß sie dort eine Ewigkeit gefangensäße. Mit einem solchen Juwel hätte ich noch viel kompliziertere Experimente anstellen können. Wie entkam sie? Sagt es mir!«

Jemand rief von der anderen Seite des Platzes: »Sie entkam nicht, Baron Kalan! Sie entkam gar nicht!« Es war Jhary-a-Conels Stimme.

Die Schlangenmaske drehte sich in seine Richtung. »Was wollt Ihr damit sagen?«

»Erkanntet Ihr denn nicht das Wesen dieser Seele, die Ihr in Eurem Edelstein einzusperren versuchtet?«

»Wesen? Was . . .?«

»Kennt Ihr die Legende vom Ewigen Helden?«

»Ich habe etwas darüber gelesen, ja . . .« Die Schlangenmaske wandte sich von Jhary Ilian zu, und dann wieder zurück. Und immer näher kam Ilian dem Baron.

»Dann entsinnt Euch doch, was Ihr darüber gelesen habt.«

Da stand Ilian vor Baron Kalan von Vitall. Mit einem Hieb ihres Schwertes schlug sie den Schlangenhelm von seinen Schultern und legte so ein bleiches Gesicht mittleren Alters bloß, mit spärlichem, weißem Bart und noch spärlicherem Haupthaar. Kalan blinzelte und versuchte, sein Gesicht zu bedecken, doch dann ließ er die Hände an die Seiten fallen.

Sein Schwert hing an einer Schlaufe von einem Handgelenk, eine Faust umklammerte das Ding, das er in der Ruine gesucht hatte.

»Trotzdem könnt Ihr mich nicht töten, Ilian von Garathorm«, sagte er ruhig. »Und selbst wenn Ihr es könntet, würde es furchtbare Folgen nach sich ziehen. Laßt mich gehen, oder nehmt mich gefangen, wie es Euch beliebt. Ich habe wichtigere Dinge zu bedenken . . .«

»Nehmt Euer Schwert, Baron Kalan, und verteidigt Euch!«

»Ich würde es bedauern, Euch das Leben nehmen zu müssen«, sagte Kalan, und seine Stimme klang nun hart, »denn Ihr stellt für einen Wissenschaftler wie mich ein Rätsel dar, das mich sehr fesselt. Aber ich *werde* Euch töten, Ilian, wenn Ihr mich weiterhin belästigt.«

»Und ich werde Euch töten, wenn ich kann.«

»Ich erwähnte bereits, daß ich nur von einer Kreatur im ganzen Multiversum getötet werden kann«, sagte Kalan ruhig. »Und das seid nicht Ihr. Außerdem hängt mehr davon ab, als Ihr Euch vorstellen könnt, daß ich am Leben bleibe . . .«

»Verteidigt Euch!«

Kalan zuckte die Schultern und hob sein Schwert.

Ilian holte aus, stach zu. Kalan parierte sorglos. Ihre Klinge, nur halb abgewehrt, setzte ihren Stoß fort, und die Spitze drang in sein Fleisch. Kalans Augen weiteten sich.

»Es schmerzt!« stieß er erstaunt hervor.

Ilian war kaum weniger erstaunt, als sie das Blut fließen sah. Kalan stolperte rückwärts und blickte auf seine Wunde. »Das gibt es nicht«, flüsterte er.

Und wieder stach Ilian zu, diesmal, um das Herz zu treffen, gerade, als Kalan sagte: »Nur Falkenmond kann mich töten. Es ist unmöglich . . .«

Da fiel er rückwärts in die Asche, daß eine kleine graue Wolke um ihn aufstieg. Selbst seine toten Züge verrieten noch sein Erstaunen.

»Nun sind wir beide gerächt, Baron Kalan«, sagte Ilian in einer Stimme, die nicht wie ihre eigene klang.

Sie beugte sich über den Toten, um zu sehen, was Kalan so

Kostbares gesucht und gefunden hatte, und nahm es ihm aus den Fingern.

Es war etwas, das wie polierte Kohle aussah – ein ungleichmäßig geschliffener Stein. Sie ahnte, was es war.

Als sie sich wieder aufrichtete, bemerkte sie, daß das Licht um sie herum sich irgendwie verändert hatte. Es sah aus, als hätten Wolken sich vor die Sonne geschoben, dabei war der Regen erst in zwei Monaten fällig.

Jhary-a-Conel kam auf sie zugerannt. »Ihr habt ihn also getötet!« rief er. »Aber ich fürchte, Eure Tat wird uns noch mehr Unannehmlichkeiten bringen.« Er blickte auf das Juwel in ihrer Hand. »Paßt gut darauf auf!« rief er ihr zu. »Wenn wir beide überleben sollten, werde ich Euch zeigen, was Ihr damit tun müßt.«

Aus dem verdunkelten Himmel, durch die obersten Zweige von Garathorms titanischen Bäumen, kam ein seltsames Geräusch. Es hörte sich an wie das Flügelschlagen eines gigantischen Vogels. Und gleichzeitig drang ein Gestank herab, der den der Verwesung ringsum wie einen süßen Duft erscheinen ließ.

»Was geschieht, Jhary?« Eine ungeheure Angst erfüllte Ilian. Sie wollte vor dem schrecklichen Ding fliehen, das sich offensichtlich auf Virinthorm herabsenkte.

»Kalan warnte Euch, daß es Folgen haben würde, wenn man ihn hier tötete. Ihr müßt wissen, daß seine Experimente das Gleichgewicht des gesamten Multiversums ins Schwanken brachten. Dadurch, daß Ihr ihn getötet habt, ermöglicht Ihr dem Multiversum, sich selbst zu heilen, aber das wird zu weiteren Störungen führen.«

»Aber was verursacht dieses Geräusch? Diesen Gestank?«

»Horcht!« sagte Jhary-a-Conel. »Dann vernehmt Ihr noch etwas anderes.«

Ilian lauschte, und nun konnte sie in der Ferne das Auf- und Abschwellen des Kriegshornes hören. Ymryls Horn.

»Er hat Arioch, den Herrn des Chaos, gerufen«, erklärte Jhary. »Kalans Tod ermöglichte es ihm endlich, hierher zukommen. Ymryl hat einen neuen Verbündeten, Ilian.«

3. Das schwankende Gleichgewicht

Jhary lachte wild und voll Verzweiflung, als er auf sein gelbes Pferd stieg und immer wieder aufs neue einen Blick zum Himmel warf. Es war noch dunkel, aber das gräßliche Geräusch flatternder Titanenflügel war, genau wie der grauenvolle Gestank, vergangen.

»Nur Ihr, Jhary, wißt, wogegen wir nun kämpfen müssen«, sagte Katinka van Bak ernst. Mit dem Ärmel wischte sie sich den Schweiß aus dem Gesicht. Das Schwert, das sie gegen Axt und Keule ausgetauscht hatte, hielt sie in der Hand.

Yisselda von Brass ritt auf sie zu. Am Arm hatte sie eine lange, aber glücklicherweise nicht sehr tiefe Schnittwunde, auf der das Blut bereits verkrustete.

»Ymryl hat seinen Angriff abgebrochen.« rief sie. »Ich kann mir nicht vorstellen, welche Strategie er jetzt verfolgt . . .« Sie verstummte, als sie Kalan tot in der Asche liegen sah. »Aha«, murmelte sie. »Dann ist er also doch getötet worden. Gut! Wißt ihr, er glaubte nämlich fest, daß nur mein Gatte, Falkenmond, ihn töten könnte.«

Katinka van Bak lächelte. »Ja«, sagte sie. »Ich wußte es.«

»Habt Ihr eine Ahnung, wie Ymryls nächste Schritte aussehen?« wandte Yisselda sich an sie.

»Er braucht sich jetzt wenig um Strategie zu sorgen, nach dem, was Jhary uns berichtete«, erwiderte die Kriegerin müde. »Er hat nun die Hilfe von Dämonen.«

»Ihr benutzt die Bezeichnung, die Eurer Einstellung am besten zusagt«, murmelte Jhary. »Wenn ich Arioch als Wesen von beachtlicher geistiger und physischer Macht bezeichnete, würdet Ihr seine Existenz zweifellos ohne Einschränkung akzeptieren.«

»Ich akzeptiere sie ohnehin!« schnaubte Katinka van Bak. »Ich habe ihn gehört – und gerochen!«

»Nun«, warf Ilian mit leiser Stimme ein. »Wir müssen unseren Kampf gegen Ymryl fortführen, selbst wenn er hoffnungslos ist. Sollten wir unsere defensive Strategie beibehalten oder lieber angreifen?«

»Es macht sicher keinen großen Unterschied mehr«, meinte Jhary-a-Conel. »Aber ist es nicht glorreicher, im Angriff zu fallen?« Er lächelte leicht und murmelte, mehr zu sich selbst als zu den anderen: »Merkwürdig, daß der Tod immer unwillkommen ist, obgleich ich doch mein Los verstehe.«

Sie hatten ihre Reittiere zurückgelassen und schlichen nun durch die Bäume, so leise sie konnten. Den toten Kriegern des Dunklen Imperiums, die Baron Kalan geführt hatte, hatten sie die Flammenlanzen abgenommen und sich damit bewaffnet.

Jhary kletterte voraus. Er blieb stehen und hob Vorsicht heischend die Hand, als er durch das Laub in die Tiefe blickte und seine Nase rümpfte.

Sie sahen Ymryls Lager unter sich. Er hatte es unmittelbar am Rand der Stadt aufgeschlagen. Sie sahen auch Ymryl selbst und das Gelbe Horn, das bei jeder Bewegung auf seiner nackten Brust hüpfte. Er trug nur seidene Beinkleider über nackten Füßen. Seine Arme bedeckten Lederbänder, dicht mit Juwelen besetzt, und um die Mitte hatte er einen breiten Gürtel geschlungen, in dem sein schweres Schwert, ein breiter Dolch und eine Waffe steckten, mit der man winzige Pfeile über weite Entfernungen schießen konnte. Sein dichtes, wirres Haar hing ihm ins Gesicht, und seine unregelmäßigen Zähne blitzten, als er seinen neuen Verbündeten mit einem nervösen Grinsen bedachte.

Dieser neue Verbündete war gut neun Fuß hoch, sechs Fuß breit und hatte dunkle Schuppenhaut. Er war nackt, ein Hermaphrodit, und aus seinem Rücken wuchs ein Paar ledriger Flügel, die er gefaltet hatte. Er schien Schmerzen zu haben, wenn er sich bewegte, wie jetzt, um nach den weiteren Überresten eines Kriegers zu greifen, an denen er hungrig kaute.

Das Beunruhigendste an ihm war sein Gesicht. Es veränderte sich ständig. Einen Augenblick wirkte es abstoßend brutal und häßlich, im nächsten war es das eines makellos schönen Jünglings. Nur die Augen, die schmerzerfüllten Augen, veränderten sich nicht. Hin und wieder funkelten sie vor Intelligenz, doch gewöhnlich wirkten sie grausam, wild, primitiv.

Ymryls Stimme zitterte, aber sie klang auch triumphierend. »Ihr werdet mir nun beistehen, nicht wahr, Lord Arioch? So vereinbarten wir es in unserem Pakt . . .«

»Ah, der Pakt«, brummte der Dämon. »Ich habe so viele abgeschlossen. Und so viele haben ihn in letzter Zeit gebrochen . . .«

»Ich bin nach wie vor Euer treuer Diener, mein Lord.«

»Ich stehe selbst unter Druck. Gewaltige Kräfte werfen sich gegen mich auf vielen Ebenen und in vielen Zeiten. Menschen griffen störend in das Multiversum ein. Es gibt kein Gleichgewicht mehr. Das Chaos zerfällt, und die Ordnung ist nicht mehr . . .«

Arioch schien mehr zu sich als zu Ymryl zu sprechen.

Zögernd fragte Ymryl: »Aber Eure Macht? Ihr habt doch Eure Macht noch?«

»Ja, einen großen Teil davon. Sicher, ich kann Euch hier in Eurer Situation helfen, Ymryl, solange sie anhalten wird.«

»Anhalten? Was meint Ihr damit, Lord Arioch?«

Aber der Chaoslord nagte stumm das Fleisch vom letzten Knochen und warf ihn von sich. Dann schleppte er sich schwerfällig durchs Lager und starrte auf die Stadt.

Ilian lief ein kalter Schauder über den Rücken, als sie sah, wie das Gesicht sich erneut veränderte und sich nun in eine feiste Wüstlingsvisage mit faulenden Zähnen verwandelte. Die Lippen bewegten sich, als Arioch vor sich hin murmelte: *»Es ist reine Ansichtssache, Corum. Wir folgen unseren Launen . . .«* Arioch runzelte nun finster die Stirn. *»Ah, Elric, teuerster meiner Sklaven – alles dreht sich – alles dreht sich. Was bedeutet es?«* Und wieder wandelte sich das Gesicht und wurde zum Antlitz eines schönen Jünglings. *»Die Ebenen überschneiden sich. Die Waagschalen kippen. Die alten Schlachten geraten in Vergessenheit. Alles ändert sich. Sterben die Götter wahrhaftig? Können die Götter sterben?«*

So sehr ihr auch vor diesem Ungeheuer ekelte, empfand Ilian unwillkürlich eine merkwürdige Sympathie für Arioch, als sie seine Überlegungen mitanhörte.

»Wie sollen wir zuschlagen, großer Arioch?« Ymryl trat zu seinem übernatürlichen Herrn. »Werdet Ihr uns führen?«

»Euch führen? Es ist nicht meine Art, Sterbliche in die

Schlacht zu führen. Ah!« Arioch stieß einen Schmerzensschrei aus. »Ich kann nicht hierbleiben!«

»Ihr müßt, Herzog Arioch! Unser Pakt!«

»Ja, Ymryl, unser Pakt. Ich gab Euch das Horn, das Bruder des Schicksalshorns ist. Und es gibt nur noch wenige, die den Chaosherrschern ergeben sind, nur noch wenige Welten, wo wir überleben können . . .«

»Dann gebt Ihr uns die Macht?«

Wieder änderte sich Ariochs Gesicht, nahm seine primitive, dämonische Form an. Und Arioch knurrte. Jede Spur von Intelligenz schwand aus seinen Zügen. Schnaubend holte er Luft. Sein Körper wechselte die Farbe, und während er gleichzeitig anschwoll, leuchete er in Rot- und Gelbtönen, als brenne ein mächtiges Feuer in ihm.

»Er sammelt seine Kräfte«, flüsterte Jhary-a-Conel in Ilians Ohr. »Wir müssen jetzt zuschlagen. Jetzt! Ilian.«

Er sprang und drückte gleichzeitig auf seine Flammenlanze. Mitten hinein in die Reihen der gewaltigen Armee rannte er, und vier der Krieger hatten bereits den Tod gefunden, ehe auch nur einem bewußt wurde, daß der Feind sich zwischen ihnen befand. Nun sprangen weitere von Ilians Kämpfern, Jharys Beispiel folgend, aus den Bäumen. Katinka van Bak, Yisselda von Brass, Lyfeth von Ghant, Mysenal von Hinn, sie alle sprangen hinunter ins Gefecht, in den sicheren Tod. Und Ilian fragte sich, weshalb sie noch zögerte.

Sie sah Ymryl drängend Arioch zurufen, sah wie Arioch nach Ymryl griff. Da begann auch Ymryls Körper zu glühen, in dem gleichen Feuer zu brennen wie Ariochs.

Und Ymryl brüllte, zog sein Schwert und stürmte gegen Ilians Handvoll Krieger.

Jetzt sprang Ilian – genau zwischen Ymryl und ihre Getreuen.

Ymryl war besessen. Eine ungeheure Kraft ging von ihm aus, als hätte Arioch persönlich von ihm Besitz ergriffen. Selbst seine sterblichen Augen waren jetzt die Ariochs. Er fletschte die Zähne. Mit erhobenem Schwert rannte er auf das Mädchen zu. »Ah, Ilian!« rief er. »Diesmal wirst du sterben!«

Ilian versuchte, seinen Hieb zu parieren, aber so groß war

Ymryls Kraft jetzt, daß ihr eigenes Schwert zurückgeschlagen wurde, daß es gegen ihren eigenen Körper drückte. Sie stolperte rückwärts und war kaum imstande, Ymryls nächsten Schlag abzuwehren. Sie kämpfte mit hoffnungsloser Wildheit und wußte, daß sie jeden Augenblick unter Ymryls Klinge fallen würde.

Hinter Ymryl war Arioch zu ungeheurer Größe angeschwollen. Sein Körper wuchs weiter und immer weiter, doch er schien dabei mehr und mehr an Substanz zu verlieren. Sein Gesicht veränderte sich jede Sekunde, und sie hörte seine Stimme schwach rufen:

»Das Gleichgewicht! Das Gleichgewicht! Es schwankt! Es krümmt sich. Es zerrinnt! Es ist der Untergang der Götter! O diese nichtswürdigen Kreaturen – diese Menschen . . .«

Und dann war Arioch verschwunden. Doch Ymryl war geblieben, ein Ymryl voll von Ariochs schrecklicher Macht.

Ilian zog sich unter dem Hagel von Hieben immer weiter zurück. Ihre Arme schmerzten. Ihre Beine und ihr Rücken schmerzten. Sie hatte Angst. Sie wollte nicht von Ymryl getötet werden.

Von irgendwoher hörte sie einen anderen Laut. War es ein Triumphgeschrei? Bedeutete es, daß alle ihre Kameraden tot waren? Daß Ymryls Soldaten jeden einzelnen von ihnen getötet hatten?

War sie die letzte von Garathorm?

Sie fiel zurück, als Ymryl ihr mit einem mächtigen Hieb das Schwert aus der Hand schlug. Und mit einem weiteren zerschmetterte er ihren Schild. Und nun zog Ymryl den Arm zurück für den Todesstoß.

4. Das Seelenjuwel

Ilian versuchte, Ymryl in die Augen zu blicken, als sie starb – in jene Augen, die nicht länger seine eigenen, sondern Ariochs waren.

Doch da erlosch das Licht in ihnen, und Ymryl schaute sich verwundert um. Sie hörte, wie er sagte:

»Dann ist es also vorbei? Wir dürfen heim?«

Er schien etwas zu sehen, das sich nicht auf Garathorm befand. Und er lächelte.

Ilian griff nach ihrem Schwert am Boden. Mit aller Kraft stieß sie es hoch. Sie sah das Blut aus Ymryls Wunde schießen, und noch erstaunter, während er allmählich im Nichts verschwand, genau wie Arioch vor ihm.

Verwirrt taumelte sie nun hoch. Sie wußte nicht, ob sie Ymryl getötet hatte oder nicht. Sie würde es auch nie erfahren.

Katinka van Bak lag ganz in der Nähe. Sie hatte eine große blutende Wunde in der Brust. Ihr Gesicht war weiß, als befände sich kein Tropfen Blut mehr in ihrem Körper. Sie röchelte. Als sie Ilian erkannte, sagte sie keuchend:

»Ich hörte die Geschichte von Falkenmonds Schwert. Schwert der Morgenröte wurde es genannt. Es konnte Krieger aus einer anderen Ebene, einer anderen Zeit herbeirufen. Wäre es nicht möglich, daß ein anderes Schwert Ymryl zu sich geholt hat?« Sie wußte wohl kaum selbst, was sie sagte.

Jhary-a-Conel, gestützt von Yisselda von Brass, hinkte aus dem Schlachtenstaub. Sein Bein war aufgeschlitzt, doch glücklicherweise schien es keine sehr ernste Wunde.

»So habt Ihr uns also doch gerettet, Ilian«, sagte er. »Wie es der Ewige Held auch sollte und doch nicht immer tut.« Er grinste.

»Ich euch – uns – gerettet? Nein, ich kann es mir selbst nicht erklären. Ymryl verschwand einfach!«

»Ihr habt Kalan getötet. Kalan war es, der die Umstände schuf, die es Ymryl und den anderen ermöglichten, nach Garathorm zu kommen. Mit Kalans Tod begann der Riß im Multiversum sich wieder zu schließen. Und indem es sich selbst heilte, mußten Ymryl und alle, die ihm dienten, in ihre eigenen Welten zurückkehren. Ich bin sicher, daß es so geschah. Die Zeiten sind sehr ungewöhnlich, Ilian von Garathorm, fast so unverständlich für mich, wie sie es für Euch sind. Ich bin daran gewöhnt, daß die Götter ihren Willen durchsetzen – aber Arioch, ich glaube, hat sein Ende gefunden. Ich frage mich, ob die Götter auf allen Ebenen sterben?«

»Auf Garathorm hat es nie Götter gegeben«, versicherte ihm Ilian. Sie bückte sich über Katinka van Bak, um ihre Wunde zu versorgen. Sie hoffte nur, daß sie nicht wirklich so schlimm war, wie sie aussah. Aber ihre Hoffnung schien sich nicht erfüllen zu wollen. Katinka lag zweifellos im Sterben.

»Dann sind sie also alle fort?« fragte Yisselda, ohne daß ihr offenbar bewußt wurde, wie schwer verletzt Katinka van Bak war.

»Alle – einschließlich der Leichen«, erwiderte Jhary. Er suchte nach etwas in dem Beutel, der von seinem Gürtel hing. Dann brachte er ein Fläschchen zum Vorschein. »Es wird ihr helfen«, sagte er zu Ilian. »Es ist ein schmerzstillender Trank.«

Ilian drückte die Flasche an Katinka van Baks Lippen, aber die Kriegerin schüttelte den Kopf. »Nein«, murmelte sie. »Ich würde darauf einschlafen. Aber ich möchte das Weilchen, das mir vom Leben noch bleibt, wachbleiben. Und ich muß nach Hause zurück.«

»Nach Hause? Nach Virinthorm?« fragte Ilian sanft.

»Nein, mein eigenes Zuhause. Zurück durch die Bulgarberge.« Katinkas Augen suchten Jhary-a-Conel. »Werdet Ihr mich dorthin bringen, Jhary?«

»Wir brauchen eine Bahre.« Er drehte sich um und fragte Lyfeth, die gerade herbei kam. »Kann jemand von euch eine Bahre anfertigen?«

»Ihr lebt noch?« fragte Ilian erfreut. »Wie ist das möglich? Ich dachte, der Tod sei uns allen sicher . . .«

»Das Seevolk half uns!« erklärte Lyfeth, ehe sie sich umdrehte, um für eine Bahre zu sorgen. »Hast du sie denn nicht gesehen?«

»Die Seemenschen? Ich war so mit dem Dämon beschäftigt . . .«

»Gerade als Jhary in das Lager hinuntersprang, sahen wir ihre Banner. Deshalb wählten wir diesen Augenblick für den Angriff. Schau!«

Während sie bereits auf die Bäume zuschritt, um Zweige zu schneiden, deutete Lyfeth.

Ilian lächelte vor Freude, als sie die Krieger sah, von denen jeder mit einer großen Harpune bewaffnet war und auf einer kräftigen Kreatur saß, die einem Seelöwen ähnelte. Nur wenige Male hatte sie Gelegenheit gehabt, einen des Seevolks zu sehen, aber sie wußte, daß sie stolze und starke Menschen waren, die auf ihren amphibischen Reittieren Wale jagten.

Während Yisselda Katinka van Baks Wunde verband, dankte Ilian König Treshon, dem Führer des Seevolks, für seine Hilfe.

Er stieg von seinem Reittier und verneigte sich. »Meine Lady«, sagte er, »meine Königin.« Obgleich er den Jahren nach schon ein alter Mann sein müßte, war seine bronzefarbige Haut glatt und straff, und die Muskeln spielten geschmeidig darunter. Er trug ein ärmelloses Kettenhemd und ein Lederwams wie alle seine Krieger auch. »Nun kann Garathorm wieder in Frieden leben.«

»Wußtet Ihr von unserer Schlacht?« fragte ihn Ilian.

»Nein. Aber unsere Spione beobachteten Arnald von Grovent – der schließlich der Anführer derer wurde, die unsere Städte eroberten. Als er sich auf den Marsch machte, um gegen Ymryl zu kämpfen, beschlossen wir, selbst anzugreifen. Es war die beste Zeit, während ihre Kräfte geteilt waren und sie sich auf einen Angriff von anderer Seite konzentrierten . . .«

»Wir machten es nicht anders!« rief Ilian. »Wie gut, daß wir uns beide für die gleiche Strategie entschieden.«

»Wir hatten einen klugen Ratgeber«, sagte König Treshon lächelnd.

»Einen Ratgeber? Wen?«

»Den jungen Mann dort . . .« König Treshon deutete auf Jhary-a-Conel, der neben Katinka van Bak auf dem Boden saß und sich leise mit ihr unterhielt. »Er besuchte uns vor etwa einem Monat und schlug den Plan vor, dem wir folgten.«

Nun lächelte auch Ilian. »Er weiß viel, dieser junge Mann.«

»Ja, meine Lady.»

Ilian tastete in ihren Gürtelbeutel und spürte die harten Kanten des Schwarzen Juwels. Sie hing ihren Gedanken nach, während sie zu den anderen zurückkehrte, nachdem sie sich von König Treshon verabschiedet hatte.

»Ihr gabt mir den Rat, gut auf dieses Juwel aufzupassen«,

wandte sie sich an Jhary und hielt den Stein hoch, daß er ihn sehen konnte.

»Ich bin sehr froh, daß er noch hier ist«, versicherte ihr Jhary. »Ich befürchtete schon, er wäre dorthin zurückgeholt worden, wo Baron Kalans Leiche jetzt liegt.«

»Ihr habt viel von dem geplant, was hier geschehen ist, Jhary-a-Conel, nicht wahr?«

»Geplant? Nein! Ich diene, das ist alles. Ich tue, was getan werden muß.« Jhary war bleich. Ilian bemerkte, daß er zitterte.

»Was ist mit Euch? Seid Ihr schlimmer verletzt, als wir dachten?«

»Nein. Aber die Kräfte, die Arioch und Ymryl aus Eurer Welt zogen, greifen auch nach mir. Wir müssen uns beeilen, um zur Höhle zurückzukommen.«

»Zur Höhle?«

»Wo wir uns das erste Mal begegneten.« Jhary sprang auf und rannte zu seinem gelben Gaul. »Setzt Euch auf welches Reittier Ihr auch finden könnt. Und sorgt dafür, daß zwei Eurer Krieger Katinkas Bahre tragen. Bringt Yisselda von Brass mit Euch. Schnell! Eilt zur Höhle!« Und schon ritt er davon.

Ilian stellte fest, daß die Bahre schon fast fertig war. Sie berichtete Yisselda, was Jhary ihr aufgetragen hatte. Dann sahen beide sich nach Reittieren um.

»Aber weshalb bin ich dann noch in dieser Welt?« fragte Yisselda verwundert. »Hätte ich nicht in die zurückkehren müssen, wo Kalan mich gefangen gehalten hatte?«

»Ihr spürt nichts? Nichts, das Euch von hier wegzuziehen versucht?«

»Nein, nichts, gar nichts.«

Impulsiv küßte Ilian Yisselda leicht auf die Wange. »Lebt wohl«, murmelte sie.

Yisselda sah sie überrascht an. »Kommt Ihr denn nicht mit uns in die Höhle?«

»Doch, ich komme mit. Aber ich mußte ganz einfach jetzt Lebewohl sagen. Ich weiß selbst nicht, weshalb.«

Ilian spürte ein wunderbares Gefühl inneren Friedens. Sie

berührte das Schwarze Juwel in ihrem Gürtelbeutel und lächelte.

Jhary erwartete sie am Höhleneingang. Er schien noch schwächer zu sein als zuvor. Seine kleine schwarz-weiße Katze hielt er an seine Brust gedrückt.

»Ah!« murmelte er erleichtert. »Ich hatte schon Angst, ich würde bei eurer Ankunft nicht mehr hier sein.«

Lyfeth von Ghant und Mysenal von Hinn hatten darauf bestanden, Katinka van Baks Bahre selbst zu tragen. Sie wollten damit gerade die Höhle betreten, als Jhary sie aufhielt. »Es tut mir leid«, sagte er, »aber ich muß euch jetzt bitten, hier zu warten. Sollte Ilian nicht zurückkehren, müßt Ihr einen neuen Herrscher wählen.«

»Einen neuen Herrscher? Was beabsichtigt Ihr mit ihr zu tun?« Mysenal legte die Hand um den Schwertgriff. »Wer kann ihr in der Höhle etwas tun?«

»Niemand wird ihr etwas antun. Aber Kalans Juwel hält immer noch ihre Seele gefangen . . .« Jhary lief der Schweiß in Strömen über das Gesicht. Er keuchte und schüttelte den Kopf. »Ich kann es euch jetzt nicht erklären. Aber seid versichert, daß ich eure Königin beschützen werde . . .«

Er folgte Yisselda und Ilian, die jetzt Katinka van Baks Bahre trugen.

Ilian war erstaunt, wie tief die Höhle war. Endlos schien sie in den Berg hineinzuführen, und je weiter sie kamen, desto kälter wurde es. Aber sie sagte nichts, denn sie vertraute Jhary-a-Conel.

Sie drehte sich nur einmal um, als sie Mysenals Stimme ihr aufgeregt nachrufen hörte: »Wir wissen nun, daß Ihr keine Schuld habt, Ilian. Ihr konntet nicht anders . . .«

Und sie wunderte sich über den Ton seiner Stimme, und weshalb er es plötzlich so eilig hatte, ihr das zu sagen. Nicht, daß es ihr viel bedeutete, denn sie kannte ihre Schuld, war sich ihrer nur zu sehr bewußt, gleichgültig, was die anderen dachten.

Katinka van Bak fragte mit schwacher Stimme: »War es nicht hier, Jhary-a-Conel?«

Jhary nickte. Als es immer dunkler geworden war, je tiefer sie in den Berg eindrangen, hatte er von irgendwoher plötzlich eine merkwürdige Kugel zum Vorschein gebracht – eine Kugel, die von innen heraus glühte. Er setzte sie jetzt auf dem Boden ab. Ilian holte erschrocken Luft. Neben der Kugel lag die Leiche eines hochgewachsenen, gutaussehenden Mannes, der dick in Pelz gehüllt war. Soweit sie sehen konnte, wies sein Körper keine Wunde auf, auch sonst gab es keine Anzeichen, woran er gestorben sein mochte. Und sein Gesicht erinnerte sie an jemanden. Sie schloß die Augen. »Falkenmond . . .«, murmelte sie. »Mein Name . . .«

Yisselda schluchzte, als sie sich neben die Leiche kniete.

»Dorian! Mein Liebster! Mein Liebster!« Sie blickte Jhary-a-Conel an. »Weshalb habt Ihr mich nicht darauf vorbereitet?«

Jhary kümmerte sich nicht um sie, sondern drehte sich zu Ilian zu, die benommen an der Wand lehnte. »Gebt mir das Juwel«, bat er sie. »Das Schwarze Juwel, Ilian. Gebt es mir, schnell!«

Als Ilian in ihrem Gürtelbeutel danach tastete, berührten ihre Finger erstaunlicherweise etwas Warmes, Vibrierendes.

»Der Stein – lebt!« rief sie. »Er lebt!«

»Ja. Beeilt Euch!« drängte Jhary mit kaum noch verständlicher Stimme. »Kniet Euch neben ihn . . .«

»Neben die Leiche?« Ilian wich ekelerfüllt zurück.

»Tut, worum ich Euch bitte!« Jhary sammelte seine letzten Kräfte und zerrte Yisselda von Falkenmonds Körper weg, und befahl Ilian, sich daneben zu knien. Voll Abscheu gehorchte sie.

»Jetzt drückt das Juwel auf die Stirn – genau dort, wo Ihr die Narbe seht!«

Mit zitternden Fingern tat sie es.

»Und nun legt Eure eigene Stirn auf den Stein!«

Sie biß die Zähne zusammen und beugte sich über die Leiche, bis ihre Stirn das pulsierende Juwel berührte. Und plötzlich fiel sie *in* diesen Stein und durch ihn hindurch. Und während dieses Sturzes fiel ihr jemand entgegen. Es war, als eile sie auf ihr Spiegelbild zu. Sie schrie auf.

Sie hörte Jharys schwaches Lebewohl und versuchte zu

antworten, aber sie konnte es nicht. Immer tiefer fiel sie, durch Korridore endloser Gefühle, Erinnerungen, der Schuld und Wiedergutmachung . . .

Sie war Asquiol und Arflane und Alaric. Sie war John Daker, Erekose und Urlik. Sie war Corum und Elric und Falkenmond . . .

»Falkenmond!« Sie rief den Namen mit ihren eigenen Lippen, und es war ein Schlachtruf! Sie kämpfte gegen Baron Meliadus und Asrovaak Mikosevaar in der Schlacht um die Kamarg. Sie kämpfte erneut gegen Meliadus in Londra, und Yisselda war an ihrer Seite. Sie und Yisselda blickten auf das Schlachtfeld, als alles vorüber war, und sie stellten fest, daß von ihren Kameraden nur sie beide überlebt hatten . . .

»Yisselda!«

»Ich bin hier, Dorian! Ich bin hier!«

Er öffnete die Augen und murmelte: »Also hat Katinka van Bak mich doch nicht betrogen! Aber welch ausgefallene Art und Weise, mich zu dir zu bringen. Weshalb ein so komplizierter Weg?«

»Vielleicht werdet Ihr es eines Tages herausfinden«, flüsterte Katinka van Bak kaum noch verständlich von ihrer Bahre. »Ich kann es Euch nicht mehr sagen, ich muß meinen Atem sparen. Ich brauche euch beide, mich aus diesem Berg herauszuschaffen und zur Ukrania zu bringen, wo ich sterben möchte.«

Falkenmond erhob sich. Er fühlte sich entsetzlich steif, als hätte er monatelang am gleichen Fleck gelegen. Er sah das Blut auf ihrem Verband. »Ihr seid verwundet! Aber so stark kann ich Euch doch gar nicht verletzt haben! Zumindest erinnere ich mich nicht . . .« Er legte die Hand auf seine Stirn. Etwas Warmes, wie Blut, befand sich dort. Aber als er seine Finger zurückzog, flackerte nur flüchtig etwas dunkel Leuchtendes auf, ehe es wieder verschwand. »Wie – konnte es dann geschehen – Jherek? Sicher nicht . . .«

Katinka van Bak lächelte. »Nein. Yisselda wird Euch erzählen, wo ich mir meine Verwundung holte.«

Eine fremde Frau sagte mit sanfter, wohlklingender Stimme hinter Falkenmond. »Sie erlitt sie, als sie ein Land retten half, das nicht einmal ihr eigenes war.«

»Das wäre nicht das erste Mal«, erklärte Falkenmond und drehte sich um. Er blickte in ein Gesicht von bezaubernder Schönheit, von dem eine gewisse Traurigkeit ausging. Er müßte eigentlich den Grund dieser Traurigkeit kennen, dachte er, wenn er sich Zeit zum Überlegen nähme. »Wir kennen uns?« fragte er.

»Ihr kennt euch«, versicherte ihm Katinka. »Aber nun müßt ihr euch schnell trennen, sonst wird es noch weitere Störungen im Gleichgewicht des Multiversums geben, wenn ihr beide euch am selben Ort befindet. Glaubt mir, Ilian von Garathorm, und hört auf meine Warnung. Kehrt zurück! Eilt zu Mysenal und Lyfeth. Sie werden Euch helfen, Euer Land wieder aufzubauen . . .«

»Aber . . .« Ilian zögerte. »Ich möchte mich gerne noch mit Yisselda und Falkenmond unterhalten.«

»Dazu habt Ihr kein Recht. Ihr seid zwei Aspekte ein und desselben. Nur unter bestimmten Umständen könnt ihr euch begegnen. Das weiß ich von Jhary-a-Conel. Geht jetzt! Beeilt Euch!«

Immer noch zögernd drehte das schöne Mädchen sich um. Das goldene Haar schwang auf die Schultern, ihr Kettenhemd klirrte. Sie schritt hinein in die Dunkelheit und war bald verschwunden.

»Wohin führt dieser Tunnel, Katinka van Bak?« erkundigte sich Falkenmond. »Zur Ukraine?«

»Nicht zur Ukraine. Und bald wird er nirgendwo mehr hinführen. Ich hoffe, sie wird ein wenig Glück haben, diese junge Königin. Es gibt viel für sie zu tun. Und ich habe das Gefühl, daß sie Ymryl wieder begegnen wird.«

»Ymryl?«

Katinka van Bak seufzte. »Ich sagte Euch, daß ich meinen Atem nicht verschwenden möchte. Ich brauche ihn, um am Leben zu bleiben, bis wir die Ukraine erreicht haben. Hoffen wir, daß der Schlitten noch auf uns wartet.«

Falkenmond zuckte die Schultern. Er wandte sich zu Yisselda um und blickte sie voll Liebe an. »Ich wußte, daß du lebst«, sagte er. »Sie hielten mich für wahnsinnig. Aber ich wußte, daß du lebst!«

Sie umarmten sich. »O Dorian!« flüsterte Yisselda. »Wenn du wüßtest, was ich alles erlebt habe.«

»Erzähl es ihm später«, brummte die sterbende Katinka van Bak. »Hebt lieber jetzt die Bahre auf und bringt mich zum Schlitten.«

Als die beiden sich bückten, um die Bahre zu tragen, fragte Yisselda: »Wie geht es den Kindern, Dorian?«

Und sie wunderte sich, weshalb Falkenmond den Rest des Weges durch den Tunnel in Schweigen verharrte.

DAMIT ENDET DIE ZWEITE CHRONIK
VON BURG BRASS

Die Chronik von Burg Brass

Dritter Band
Die Suche nach Tanelorn

ERSTES BUCH

Welt im Wahnsinn – Ein Held der Träume

1. Ein alter Freund auf Burg Brass

»Verloren?«

»Ja.«

»Aber nur Träume, Falkenmond. Verlorene Träume?« Der Ton war fast pathetisch.

»Ich fürchte, nein.«

Die kräftige Gestalt des Grafen Brass trat vom Fenster zurück, so daß plötzlich Licht auf Falkenmonds hageres Gesicht fiel. »Ich wollte, ich *hätte* zwei Enkel! Wie sehr ich mir das wünschte! Vielleicht, eines Tages . . .«

Es war ein bereits so oft wiederholtes Gespräch, daß es schon fast zum Ritual geworden war. Graf Brass mochte keine Rätsel und Unklarheiten. Sie waren seinem offenen Charakter zuwider.

»Es waren ein Junge und ein Mädchen.« Falkenmond war noch immer müde, aber es steckte kein Wahnsinn mehr in ihm. »Manfred und Yarmila. Der Junge war dir sehr ähnlich.«

»Wir haben es dir gesagt, Vater.« Yisellda trat mit den Händen unter der Brust verschränkt aus dem Schatten am Kamin. Ihr grünes Gewand war am Hals und an den Ärmeln mit Hermelin besetzt. Seit ihrer Rückkehr mit Falkenmond vor einem Monat war sie sehr blaß. »Wir sagten es dir – und wir müssen sie finden.«

Graf Brass fuhr sich durch das graumelierte rote Haar und zog die roten Brauen zusammen. »Ich glaubte Falkenmond nicht – aber euch beiden glaube ich jetzt, wider meinen Willen.«

»Deshalb auch dein ständiges Argumentieren, Vater.« Yisselda legte ihre Hand auf seinen Brokatärmel.

»Bowgentle könnte möglicherweise diese Paradoxa erklären«, murmelte Graf Brass. »Doch einen anderen gibt es nicht, der die richtigen Worte fände, damit ein einfach denkender Krieger wie ich sie versteht. Ihr seid der Meinung, ich wäre aus dem Tod zurückgeholt worden, aber ich habe keine Erinnerung an das Sterben. Und Yisselda wurde aus dem Nichts befreit, dabei war ich überzeugt, daß sie in der Schlacht von Londra fiel. Nun sprecht ihr von Kindern, die auch irgendwo im Nichts sein sollen. Ein grauenvoller Gedanke! Kinder, die solche Schrecken erdulden müssen! Nein, diese Möglichkeit will ich nicht in Betracht ziehen.«

»Aber wir müssen es.« Falkenmond sprach mit der Entschlossenheit eines Mannes, der viele einsame Stunden mit seinen düstersten Gedanken gekämpft hat. »Nichts wird uns daran hindern, alles zu tun, um sie zu finden. Deshalb brechen wir heute nach Londra auf, in der Hoffnung, daß vielleicht Königin Flanas Wissenschaftler imstande sind, uns zu helfen.«

Graf Brass zupfte an seinem dicken roten Schnurrbart. Die Erwähnung Londras weckte andere Gedanken in ihm. Eine Spur von Verlegenheit zeichnete sich auf seinem Gesicht ab. Er räusperte sich.

Yisselda lächelte voll gütigen Humors. »Hast du eine Botschaft an Königin Flana?«

Ihr Vater zuckte die Schultern. »Die üblichen freundschaftlichen Wünsche und Grüße. Ich habe vor, ihr zu schreiben. Vielleicht reicht mir die Zeit für einen Brief, ehe ihr abreist.«

»Sie würde sich bestimmt mehr freuen, wenn du selbst mitkämst.« Sie warf Falkenmond, der sich den Nacken rieb, einen verschwörerischen Blick zu. »In ihrem letzten Brief an mich schrieb sie, wie glücklich sie über deinen Besuch gewesen ist. Sie erwähnte deine weisen Ratschläge und deinen gesunden Menschenverstand in Staatsangelegenheiten. Sie ließ durchblicken, daß sie dir eine hohe Stellung auf dem Hof von Londra anbieten möchte.«

Graf Brass' ohnedies dunkles Gesicht färbte sich noch tiefer rot. »Sie erwähnte etwas Ähnliches. Aber sie braucht mich nicht in Londra.«

»Vielleicht nicht der Ratschläge wegen«, meinte Yisselda. »Aber möglicherweise deine Freundschaft. Sie war den Männern früher nicht abgeneigt. Aber seit d'Avercs schrecklichem

Ende . . . Ich habe gehört, daß sie keine Gedanken an eine Heirat hegt, doch hörte ich auch, daß sie Überlegungen wegen der Erbfolge anstellt. Nun gibt es ihrer Meinung nach lediglich einen einzigen Mann, der ihr vielleicht soviel bedeuten könnte wie Huillam d'Averc. Ich fürchte, ich drücke mich ein wenig unbeholfen aus . . .«

»Das tust du allerdings, Tochter. Aber es ist verständlich, denn andere Gedanken beschäftigen dich. Ich bin jedoch gerührt von deiner Bereitschaft, dich mit meinen so unbedeutenden Angelegenheiten zu befassen.« Graf Brass lächelte und legte einen Arm um Yisselda. Der Brokatärmel fiel zurück und offenbarte seinen bronzefarbigen muskulösen Unterarm. »Aber ich bin zu alt, mich noch einmal zu verehelichen. Dächte ich an eine zweite Heirat, wüßte ich wahrhaftig keine bessere Gattin als Flana. Aber an meinem schon vor vielen Jahren gefaßten Entschluß, zurückgezogen in der Kamarg zu leben, hat sich nichts geändert. Außerdem habe ich die Verantwortung für die Menschen hier. Dürfte ich mich meiner Pflichten denn einfach entledigen?«

»Wir könnten sie übernehmen, wie wir es bereits einmal taten, als du . . .« Sie verstummte.

»Als ich tot war?« Graf Brass runzelte die Stirn. »Ich bin dankbar, daß ich keine solchen Erinnerungen an dich habe, Yisselda. Als ich aus Londra zurückkehrte und dich hier fand, war ich überglücklich. Ich suchte nach keiner Erklärung. Mir genügte es, daß du lebst. Aber andererseits hatte ich dich vor einigen Jahren in der Schlacht von Londra selbst fallen gesehen. Doch das war eine Erinnerung, die ich nur zu gern bezweifelte. Eine Erinnerung an Kinder wiederum – von solchen Gedanken heimgesucht zu werden, zu wissen, daß sie irgendwo voll Angst leben –, nein das ist zu grauenvoll!«

»Es ist ein uns bereits vertrautes Gefühl«, sagte Falkenmond. »Wir können nur hoffen, daß wir sie finden; hoffen, daß sie nichts von all dem wissen; hoffen, daß sie glücklich sind, auf welcher Ebene sie sich jetzt auch befinden.«

Es klopfte an der Tür. »Herein« rief Graf Brass mit rauher Stimme.

Hauptmann Josef Vedla trat ein. Er schloß die Tür hinter sich und blieb einen Augenblick stumm stehen. Der alte Recke trug, was er sein »Zivil« nannte – Hirschlederhemd, Wildlederwams und -beinkleider und Stiefel aus altem, schwarzem Leder. Ein langer Dolch steckte im Gürtel. »Der Ornithopter ist gleich bereit«, meldete er. »Er wird euch nach Karlye bringen. Die Silberbrücke ist in ihrer alten Schönheit wiederaufgebaut. Wenn Ihr möchtet, Herzog Dorian, könnt ihr sie nach Deau-Vere überqueren.«

»Danke, Hauptmann Vedla. Es wird mir ein Vergnügen sein, die gleiche Route zu nehmen wie damals, als ich zum erstenmal in die Kamarg kam.«

Yisseldas Hand lag noch in der ihres Vaters. Sie streckte die andere nach Falkenmond aus. Ihre klaren Augen musterten kurz sein Gesicht, und sie drückte seine Hand. Er atmete tief. »Dann müssen wir aufbrechen.«

»Da ist noch etwas . . .« Josef Vleda zögerte.

»Noch etwas?«

»Ein Reiter, Herzog Dorian. Unsere Hüter sahen ihn. Ihre Heliographmeldung kam vor wenigen Minuten an. Er nähert sich der Stadt.«

»Wo hat er die Grenze überschritten?« erkundigte sich Graf Brass.

»Das ist ja das Sonderbare. Man hat ihn an der Grenze nirgends gesehen. Er war schon den halben Weg in der Kamarg, ehe man ihn entdeckte.«

»Das ist allerdings ungewöhnlich. Unsere Hüter sind normalerweise äußerst wachsam.«

»Das waren und sind sie auch heute. Er kam nicht auf einer der üblichen Straßen.«

»Nun, zweifellos werden wir die Möglichkeit haben, ihn zu fragen, wie er es fertigbrachte, nicht gesehen zu werden«, sagte Yisselda ruhig. »Schließlich ist er nur ein Reiter, keine ganze Armee.«

Falkenmond lachte. Einen Augenblick waren sie alle übermäßig besorgt gewesen. »Laßt ihm entgegenreiten, Hauptmann Vedla. Ladet ihn auf die Burg ein.«

Vedla salutierte und verließ den Raum.

Falkenmond schritt ans Fenster und blickte über die Dächer

von Aigues-Mortes auf die Felder und Lagunen jenseits der alten Stadt. Der Himmel war von einem klaren, kräftigen Blau, das das ferne Wasser widerspiegelte. Ein schwacher Winterwind neigte das Schilfrohr. Er bemerkte eine Bewegung auf der breiten weißen Straße, die durch die Marschen zur Stadt führte. Er sah den Reiter. Er kam rasch in einem gleichmäßigen Galopp daher. Aufrecht und stolz saß er im Sattel. Und seine Haltung erschien Falkenmond vertraut. Doch aus dieser Entfernung war noch zu wenig zu erkennen. Falkenmond mußte sich gedulden, bis er näher war. »Er erinnert mich an jemanden, aber ich bin mir nicht klar, an wen.«

»Er hat sich nicht angemeldet.« Graf Brass zuckte die Schultern. »Aber es ist ja nicht mehr wie früher. Die Zeiten sind friedlicher.«

»Für manche«, murmelte Falkenmond und ärgerte sich sogleich über das Selbstmitleid, das aus diesen Worten klang. Zu lange hatte er sich ihm hingegeben, und nun, da er es endlich überwunden glaubte, war er überempfindlich, wenn sich doch immer wieder Nachwehen bemerkbar machten. Denn hatte er sich früher von diesem Gefühl völlig überwältigen lassen, so lehnte er es nun ab und zeigte eine absolute Gleichmütigkeit – eine Erleichterung für alle, außer jenen, die ihn wirklich gut kannten und ihm die größte Zuneigung entgegenbrachten. Yisselda ahnte seine Gedanken. Sanft strich sie ihm mit einem Finger über Lippen und Wange. Er lächelte sie dankbar an, zog sie an sich und küßte sie auf die Stirn.

»Aber jetzt muß ich mich für unsere Reise fertigmachen«, entschuldigte sie sich.

»Bleibst du hier bei Vater, um den Besucher zu empfangen?« fragte sie.

Falkenmond nickte. »Ja, es könnte schließlich sein . . .«

»Du darfst dir keine falschen Hoffnungen machen«, mahnte sie ihn liebevoll. »Die Chance, daß er etwas über Manfred und Yarmila weiß, ist mehr als gering.«

»Du hast recht.«

Yisselda lächelte ihrem Vater zu und verließ den Raum.

Graf Brass trat an einen polierten Eichentisch, auf dem ein

Tablett stand. Er hob einen Zinnkrug. »Trinkst du noch ein Glas Wein mit mir, ehe ihr aufbrecht?«

»Ja, gern.«

Falkenmond setzte sich zu Graf Brass an den Tisch und nahm den kunstvoll geschnitzten Holzkelch, den der alte Recke ihm reichte. Er trank den Wein und unterdrückte die Versuchung, ans Fenster zurückzukehren, um festzustellen, ob er den Besucher jetzt erkennen würde.

»Mehr denn je bedaure ich, daß Bowgentle nicht mehr unter uns weilt. Er könnte uns gut beraten«, sagte Graf Brass. »All diesem Gerede von weiteren Existenzebenen, an deren Wahrscheinlichkeitswelten, und über die Möglichkeit, daß tote Freunde doch noch leben könnten, haftet ein bedrückender Okkultismus an. Mein ganzes Leben lang habe ich den Aberglauben verabscheut und pseudophilosophische Theorien verachtet. Ich habe eben nicht den Verstand, um ohne weiteres den Unterschied zwischen Scharlatanerie und den wahren metaphysischen Dingen zu erkennen.«

»Bitte betrachte es nicht als morbide Wunschträume, wenn ich sage, ich habe Grund zur Annahme, daß uns Bowgentle eines Tages wiedergegeben wird.«

»Der Unterschied zwischen uns, nehme ich an«, sagte Graf Brass, »ist, daß du dir trotz aller wiedergewonnenen geistigen Stabilität gestattest, gewissen Hoffnungen nachzuhängen, während ich, zumindest aus meinen bewußten Gedanken, schon seit langer Zeit den Glauben an Wunder verbannte. Dein Glaube daran erwacht offenbar immer wieder aufs neue.«

»Ja – durch viele Leben hindurch.«

»Wie meinst du das?«

»Ich denke an meine Träume. An die seltsamen Träume, in denen ich mich in den verschiedensten Körpern sehe. Ich dachte, diese Träume entsprängen meinem Wahnsinn, aber nun bin ich mir nicht mehr so sicher. Sie wiederholen sich auch jetzt noch regelmäßig.«

»Seit du mit Yisselda zurückgekehrt bist, erwähntest du sie nicht mehr.«

»Sie quälen mich nicht wie früher, aber ich erlebe sie jede Nacht aufs neue. Ich bin Elric und Erekose und Corum, ja, hauptsächlich diese drei, aber auch noch viele andere. Manchmal sehe ich den Runenstab, manchmal ein schwarzes Schwert. Und alles erscheint mir von großer Bedeutung. Ja, hin und wieder, wenn ich allein bin, vor allem, wenn ich durch die Marschen reite, werden die gleichen Träume auch am Tag in mir wach. Vertraute und fremde Gesichter schieben sich vor mein inneres Auge. Ich höre Wortfetzen, und am häufigsten diese so schreckliche Phrase: ›Ewiger Held‹. Früher hätte ich geglaubt, nur ein Wahnsinniger könne von sich selbst als einem Halbgott denken . . .«

»Genau wie ich«, versicherte ihm Graf Brass und schenkte Falkenmond Wein nach. »Aber es sind die anderen, die ihre Helden zu Halbgöttern erheben. Wie sehr ich wünschte, die Welt brauchte keine Helden.«

»Eine gesunde Welt bedarf ihrer auch nicht.«

»Aber vielleicht könnte nur eine Welt ohne Menschen gesund sein.« Graf Brass' Lächeln wirkte düster. »Vielleicht sind wir es, die die Welt zu dem machen, was sie ist?«

»Wenn ein Mensch gesunden kann, dann kann unsere Rasse es ebenfalls.« Falkenmond blickte Graf Brass fest an. »Darauf beruht mein Glaube.«

»Ich wollte, ich könnte ihn mit dir teilen. Wie ich es sehe, wird der Mensch sich dereinst selbst vernichten. Meine einzige Hoffnung besteht darin, daß dieses Geschick sich möglichst lange hinausschieben läßt, daß die unheilvollsten Taten gezügelt werden können, daß sich ein wenig Gleichgewicht aufrechterhalten läßt.«

»Gleichgewicht! Die Vorstellung, wie das kosmische Gleichgewicht und der Runenstab sie symbolisieren. Habe ich schon erwähnt, daß ich an dieser Philosophie zweifle? Daß ich zur Schlußfolgerung gelangte, das Gleichgewicht genüge nicht – jedenfalls nicht in dem Sinn, wie du es meinst. Ausgeglichenheit in einem Menschen ist gut – sie stellt das Gleichgewicht zwischen den Bedürfnissen des Geistes und des Körpers her. Wir sollen sie erstreben. Aber wie sieht es mit der Welt aus? Würden wir sie durch ein Gleichgewicht nicht zu sehr lähmen?«

»Ich fürchte, ich kann dir nicht mehr ganz folgen.« Graf Brass lachte. »Ich war nie ein sehr bedachter Mann im eigentlichen Sinne des Wortes, aber jetzt bin ich hauptsächlich ein müder Mann. Vielleicht ist es die Müdigkeit, die deine Gedanken beherrscht?«

»Es ist der Grimm«, sagte Falkenmond. »Wir dienten dem Runenstab. Das kam uns teuer zu stehen. Viele starben. Viele erlitten furchtbare Qualen. In uns ist immer noch eine schreckliche Verzweiflung. Und versprach man uns nicht, daß wir mit seiner Hilfe rechnen könnten, wenn wir ihrer bedurften? Brauchen wir sie denn vielleicht jetzt nicht?«

»Möglicherweise nicht wirklich.«

Falkenmond lachte bitter. »Wenn du recht hast, möchte ich keine Zukunft erleben, in der wir sie *wirklich* brauchen.«

Plötzlich wurde ihm etwas klar. Er rannte ans Fenster. Der Reiter hatte inzwischen längst die Marschstraße verlassen und die Stadt erreicht. Er konnte von diesem Fenster aus nicht mehr gesehen werden. »Ich weiß jetzt, wer er ist!« rief Falkenmond.

In diesem Augenblick klopfte es auch bereits an der Tür. Mit langen Schritten beeilte sich Falkenmond, sie zu öffnen.

Und da stand er, hochgewachsen, keck und stolz, eine Hand an der Hüfte, die andere am Knauf seines einfachen Schwertes, ein zusammengefalteter Umhang über der rechten Schulter, die Mütze schief auf dem Kopf und das rote Gesicht zu einem Lächeln verzogen. Es war der Orkneymann, der Bruder des Ritters in Schwarz und Gold – Orland Fank, Diener des Runenstabs.

»Einen schönen Tag, Euch, Herzog von Köln«, begrüßte er Falkenmond.

Falkenmond runzelte die Stirn, sein Lächeln war düster. »Auch Euch einen schönen Tag, Meister Fank. Seid Ihr gekommen, einen Gefallen zu erbitten?«

»Die Orkneyer erbitten nichts um nichts, Herzog Dorian.«

»Und der Runenstab – was erbittet er?«

Orland Fank trat nun in das Zimmer, mit Hauptmann Vedla hinter ihm. Er stellte sich an den Kamin und wärmte sich die Hände, während er sich umsah. Er amüsierte sich sichtlich über ihre Verwirrung.

»Ich danke Euch, daß Ihr mir durch diesen Herrn hier Eure

Einladung übermittelt habt.« Sein lächelnder Blick richtete sich kurz auf den Hauptmann. »Ich war mir über Euren Empfang nicht klar.«

»Ihr hattet Grund, Euch darüber Gedanken zu machen, Meister Fank.« Falkenmonds Gesichtsausdruck ähnelte nun sehr dem des Mannes von den Orkneyinseln. »Mir ist, als entsinne ich mich eines Schwures, Eures Schwures, als wir uns verabschiedeten. Seither überstanden wir Kämpfe, die nicht geringer als jene waren, die wir im Dienst des Runenstabs fochten – und nie griff der Runenstab hilfreich ein.«

Fank zog die Brauen zusammen. »Das stimmt. Doch gebt die Schuld dafür weder mir noch dem Runenstab. Jene Kräfte, die in Euer Leben und das Eurer Lieben eingriffen, wirkten auch auf den Runenstab ein. Er ist von dieser Welt verschwunden, Falkenmond von Köln. Ich suchte ihn in Amarekh, in Asiakommunista, in allen Ländern der Erde. Dann hörte ich von Eurem angeblichen Wahnsinn, von seltsamen Geschehnissen in der Kamarg – und machte mich sofort vom Hof von Muskovia auf den Weg hierher, um Euch zu fragen, ob Ihr eine Erklärung für die ungewöhnlichen Ereignisse des vergangenen Jahres habt.«

»Ihr – das Orakel des Runenstabs – kommt Auskunft suchend zu uns?« Graf Brass lachte dröhnend und schlug sich klatschend auf die Schenkel. »Die Welt scheint wahrhaftig auf dem Kopf zu stehen!«

»Ich komme auch selbst nicht ohne Neuigkeiten, die Euch interessieren dürften!« Fank straffte die Schultern und drehte den Rücken zum Feuer. Nicht länger wirkte seine Miene amüsiert. Falkenmond bemerkte jetzt, wie angespannt, wie müde er war.

Falkenmond schenkte Wein in einen der Kelche und reichte ihn Fank, der ihn mit einem dankbaren Blick entgegennahm.

Graf Brass bedauerte seinen unpassenden Heiterkeitsausbruch. Ein tiefer Ernst zog über sein Gesicht. »Verzeiht mir, Meister Fank. Ich bin ein schlechter Gastgeber.«

»Und ich ein ungelegener Gast, Graf. Aus den Vorbereitungen auf Eurem Innenhof schließe ich, daß jemand heute die Burg zu verlassen gedenkt.«

»Yisselda und ich reisen nach Londra«, erklärte ihm Falkenmond.

»Yisselda? Dann stimmt es also. Ich hörte die widersprüchlichsten Geschichten – daß Yisselda tot sei und Graf Brass – und ich konnte es weder bestätigen noch widerlegen, denn ich mußte feststellen, daß meine Erinnerung mir die seltsamsten Streiche spielt. Ich verlor das Vertrauen zu meinem eigenen Gedächtnis . . .«

»Uns ergeht es nicht besser«, versicherte ihm Falkenmond. Er berichtete Fank alles, woran er sich entsinnen konnte (es war ziemlich wirr, und es gab verschiedenes, dessen er sich nur teilweise oder sehr vage erinnerte), was seine kürzlichen Abenteuer betraf, die ihm bereits jetzt unwirklich erschienen. Er erzählte ihm auch von seinen Träumen, die ihm wiederum nun viel wirklicher vorkamen. Fank blieb vor dem Kamin stehen. Er hatte die Hände am Rücken verschränkt, sein Kopf hing bis fast zur Brust herab, er lauschte mit absoluter Konzentration. Hin und wieder nickte er, manchmal stieß er einen eigenartigen Grunzton aus, und ganz selten bat er um eine nähere Erklärung. Während er zuhörte, betrat Yisselda im Reisekostüm – ein festes Lederwams und Lederbeinkleider – den Raum und setzte sich schweigend ans Fenster. Erst gegen Ende von Falkenmonds Bericht fügte auch sie ein paar Worte hinzu.

»Es stimmt«, sagte sie, als Falkenmond geendet hatte. »Die Träume erscheinen einem wie die Wirklichkeit, und die Wirklichkeit wie Träume. Wißt Ihr eine Erklärung dafür, Meister Fank?«

Fank rieb sich die Nase. »Es gibt viele Versionen der Wirklichkeit, meine Dame. Manche würden vielleicht sagen, unsere Träume spiegeln die Wirklichkeit auf anderen Ebenen wider. Eine große Spaltung findet statt, aber ich glaube nicht, daß sie durch Kalans und Taragorms Experimente verursacht wurde. Soweit es deren Eingriff betrifft, dürfte der Schaden zum größten Teil behoben sein. Ich glaube, daß die beiden lediglich diese größere Spaltung ausnutzten. Möglicherweise verschlimmerten sie den Zustand auch, aber das ist alles. Ihre Anstrengungen hatten keine besonderen Auswirkungen.

Unmöglich können sie all diesen Aufruhr herbeigeführt haben. Ich vermute, daß eine gewaltige Auseinandersetzung stattfindet. Ja, ich bin fast sicher, daß schreckliche und titanische Kräfte am Werk sind, und daß der Runenstab aus dieser Ebene zu einem Krieg abberufen wurde, den wir nur ahnen können – ein ungeheuerlicher Krieg, in dem das Geschick der Ebenen für eine so lange Zeit bestimmt werden wird, welche die meisten als Ewigkeit bezeichnen würden. Ich spreche von etwas, über das ich wenig weiß, meine Freunde. Ich habe lediglich den Begriff ›die Konjunktion der Millionen Sphären‹ von einem im Sterben liegenden Philosophen in Asiakommunista gehört. Sagt Euch dieser Begriff etwas?«

Der Begriff war Falkenmond vertraut, und doch war er sicher, daß er ihn noch nie, auch nicht in seinen ungewöhnlichen Träumen, gehört hatte. Das sagte er Fank.

»Ich hatte gehofft, Ihr wüßtest mehr, Herzog Dorian. Aber ich glaube, dieser Begriff ist von allergrößter Bedeutung für uns. Nun habe ich durch Euch erfahren, daß Ihr Eure verlorenen Kinder sucht, während meine Suche dem Runenstab gilt. Was ist mit dem Wort ›Tanelorn‹? Sagt Euch das etwas?«

»Eine Stadt«, murmelte Falkenmond. »Es ist der Name einer Stadt.«

»Ja, das habe auch ich gehört. Und doch gibt es keine Stadt dieses Namens auf dieser Welt. Sie muß in einer anderen liegen. Ob wir dort den Runenstab finden würden? Und Eure Kinder?«

»In Tanelorn?«

»In Tanelorn.«

2. Auf der Silberbrücke

Fank hatte vorgezogen, auf Burg Brass zu bleiben. Er sah zu, als Falkenmond und Yisselda in die weich gepolsterte Kabine des großen Ornithopters stiegen. In seiner kleinen, offenen Kanzel hantierte der Pilot bereits an den Kontrollen.

Graf Brass stand neben Fank am Burgtor. Beider Blicke waren auf die Flugmaschine gerichtet. Ihre schweren Metallflügel fingen an zu schlagen, und der seltsame Motor des uralten technischen Wunders begann zu murmeln und zu flüstern. Emaillierte Silberfedern sträubten sich, die Maschine ruckte an, und ein Windstoß wehte Graf Brass' rote Haarfülle zurück, während Fank mit beiden Händen die Mütze festhielt. Und dann setzte der Ornithopter sich in Bewegung.

Graf Brass winkte. Die Maschine legte sich ein wenig schräg, als sie sich über die roten und gelben Dächer der Stadt erhob, dann machte sie einen plötzlichen Bogen, um einem Schwarm der wilden, riesigen Flamingos auszuweichen, die plötzlich aus einer Lagune im Westen aufgestiegen waren, und gewann mit jedem Schlag ihrer klirrenden Schwingen an Höhe und Geschwindigkeit. Bald schien es Falkenmond und Yisselda, als gäbe es nur noch das kalte, klare Blau des Winterhimmels rings um sie.

Seit ihrer Unterhaltung mit Orland Fank hatte Falkenmond seinen Gedanken nachgehangen, und Yisselda wollte ihn dabei nicht stören. Doch jetzt wandte er sich mit einem leichten Lächeln an sie.

»Es gibt immer noch weise Männer in Londra. Königin Flanas Hof hat viele Gelehrte, viele Philosophen angelockt. Vielleicht ist jemand unter ihnen, der uns helfen kann.«

»Du weißt etwas über Tanelorn?« fragte Yisselda.

»Mir ist lediglich der Name vertraut, obgleich ich das Gefühl habe, als *müßte* ich mehr darüber wissen, als sei ich schon dort gewesen, ja möglicherweise schon öfter als einmal. Und doch wissen wir beide, daß das nicht der Fall sein kann.«

»In deinen Träumen, vielleicht, Dorian?«

Er zuckte die Schultern. »Manchmal scheint mir, als wäre ich in meinen Träumen schon überall gewesen – in jedem Zeitalter der Erde, ja sogar auf anderen Welten, jenseits der Erde. Von einem bin ich fest überzeugt: Es gibt tausend andere Erden, ja selbst tausend andere Galaxien – und die Ereignisse auf unserer Erde spiegeln sich auf allen anderen wider, die gleichen Schicksale finden auch dort auf leicht veränderte Weise ihre Erfüllung. Aber ob diese Schicksale von uns selbst abhängen oder von anderen, übernatürlichen Gewalten gelenkt werden, das weiß ich nicht. Gibt es so etwas wie die Götter, Yisselda?«

»Die Menschen machen die Götter. Bowgentle sagte einmal, der Geist des Menschen sei so mächtig, daß er alles zur ›Wirklichkeit‹ werden lassen kann, wenn er dieser ›Wirklichkeit‹ tatsächlich bedarf.«

»Vielleicht sind diese anderen Welten wirklich, weil sie zu dem einen oder anderen Zeitpunkt unserer Geschichte von genügend Menschen gebraucht wurden. Könnte es sein, daß alternative Welten auf diese Weise geschaffen werden?«

Nun zuckte sie die Schultern. »Das zu beweisen, dürfte wohl weder dir noch mir gelingen, und wenn wir noch soviel Information darüber zusammentragen können.«

Ohne weitere Worte gaben sie diesen Gedankengang auf und bewunderten die herrliche Aussicht, die ihnen durch die Fenster der Kabine geboten wurde. Mit gleichmäßigem Flügelschlag verfolgte der Ornithopter sein nördliches Ziel an der Küste. Er überflog die klingelnden Türme der Kristallstadt Parye, die nun in ihrer vollen Pracht neuerstanden war. Das Sonnenlicht brach sich in den unzähligen Prismen der Türme, die die zeitlose, geheimnisvolle Technik der Stadt hervorgebracht hatte, und verwandelte sich in funkelnde Regenbogentöne. Staunend sahen sie ganze Gebäude, vergoldet und uralt, in ungeheuerliche, offenbar feste, acht-, zehn- und zwölfflächige Kristallstrukturen gehüllt.

Geblendet von all dem Glanz, wandten sie sich von den Fenstern ab, doch auch zurückgelehnt in den weichen Sitzen konnten sie noch den Himmel in seinen sanften, pulsierenden Farben über Parye sehen und das einschmeichelnde, musikalische Klingeln der Glasornamente hören, mit denen die Bürger von Parye ihre mit Quarz gepflasterten Straßen schmückten.

Selbst jene vom Wahnsinn besessenen, blutdurstigen Zerstörer hatten Ehrfurcht vor dieser Kristallstadt empfunden – und nun war sie schöner und prächtiger denn je. Man sagte, die Kinder in Parye würden blind geboren, und es dauere manchmal bis zu drei Jahren, ehe ihre Augen fähig waren, den Glanz aufzunehmen, der für die Bewohner Paryes alltäglich war.

Als die Stadt zurücklag, gerieten sie in eine graue Wolkenwand. Der Pilot, den eine Heizung in seiner Kanzel und die dicke Fliegerkleidung warmhielten, suchte nach freiem Himmel über der Wolkenwand, ohne ihn zu finden. Daraufhin flog er tiefer, bis sie sich kaum mehr als zweihundert Fuß über dem flachen, schneebedeckten Ackerland vor Karlye befanden. Ein Nieselregen setzte ein, und während er allmählich immer heftiger wurde, ging die Sonne unter, so daß sie Karlye in der Dämmerung erreichten. Die freundlichen gelben Lichter hinter den Fensterscheiben der steinernen Häuser schienen sie willkommen zu heißen. Der Ornithopter kreiste über den malerisch geformten Dächern aus dunkelrotem und grauem Schiefer, bis er sich langsam auf die Mulde des kreisrunden, grasbedeckten Landefelds niederließ, um das sich die Stadt ausbreitete. Für einen Ornithopter setzte das Transportmittel ziemlich sanft auf. Trotzdem hielten Falkenmond und Yisselda sich an den Hängegriffen fest, bis die Maschine über die schlimmsten Unebenheiten hinweggerollt war und der Pilot, von dessen transparentem Gesichtsschutz das Wasser herabrann, ihnen bedeutete, daß sie aussteigen durften.

Der Regen peitschte jetzt gegen das Kabinendach. Falkenmond und Yisselda schlüpften in dicke Umhänge, die ihnen bis zu den Füßen reichten. Männer kamen über das Landefeld auf sie zugelaufen, geduckt im stürmischen Wind zogen sie eine Droschke. Falkenmond wartete, bis sie dicht neben dem Ornithopter anhielt, dann öffnete er dessen Tür und half Yisselda über den aufgeweichten Boden zu dem handgezogenen Gefährt. Sie stiegen ein, und schlingernd rollte die Droschke auf die Gebäude am fernen Ende des Flugplatzes zu.

»Wir übernachten in Karlye«, sagte Falkenmond, »und brechen früh am Morgen zur Silberbrücke auf.«

Graf Brass' Beauftragte in Karlye hatten Zimmer für Falkenmond und Yisselda ganz in der Nähe des Flughafens in einem kleinen, aber gemütlichen Gasthaus besorgt, offenbar eines der wenigen, die die Eroberung durch das Dunkle Imperium unbeschädigt überstanden hatten. Yisselda erinnerte sich, daß sie bereits als kleines Mädchen mit ihrem Vater hier abgestiegen war, und sie empfand eine große Freude darüber, bis ihre Gedanken an ihre Kindheit sie an ihre verlorene Yarmila erinnerten. Als Falkenmond den Schatten bemerkte, der ihr Gesicht verdunkelte, und ahnte, was in ihr vorging, legte er tröstend den Arm um ihre Schultern, nachdem sie sich nach einem guten Abendessen auf ihre Zimmer zurückzogen. Der Tag war anstrengend gewesen, und sie fühlten sich beide zu müde, aufzubleiben und sich noch zu unterhalten.

Falkenmonds Schlaf wurde fast unmittelbar von den nur allzu vertrauten Träumen heimgesucht. Gesichter und Bilder heischten um seine Aufmerksamkeit. Augen richteten sich beschwörend auf ihn. Hände streckten sich bittend nach ihm aus. Es war, als flehe eine ganze Welt, ja vielleicht sogar ein ganzes Universum ihn um seine Hilfe an.

Er war Corum – Corum von der nichtmenschlichen Rasse der Vadhagh – und ritt gegen die grauenerregenden Fhoi Myore, das Kalte Volk aus dem Nichts . . .

Er war Elric – der letzte Prinz von Melnibone – eine brüllende Klinge in der Rechten, seine Linke am Knauf eines ungewöhnlich geformten Sattels, auf dem Rücken eines riesigen Reptils, dessen Geifer zu Feuer wurde, wo er die Erde berührte . . .

Er war Erekose – bedauernswerter Erekose –, der die Älteren in den Sieg über sein eigenes, menschliches Volk führte. Und er war Urlik Skarsol, Prinz des Südeises, der seine Verzweiflung über sein Geschick, das Schwarze Schwert tragen zu müssen, hinausschrie . . .

TANELORN . . .

Oh, wo war Tanelorn . . .?

War er nicht zumindest einmal schon dort gewesen? Entsann er sich nicht des wundersamen Gefühls absoluten Seelenfriedens, einer wohltuenden Einheit des Geistes, wie nur jene sie empfinden können, die zutiefst gelitten hatten?

TANELORN . . .

»Zu lange trug ich meine Last – zu lange bezahlte ich für Erekosës

große Schuld . . .« Seine Stimme sprach es, doch nicht seine Lippen formten diese Worte – andere Lippen waren es, nichtmenschliche Lippen . . . »Ich brauche Ruhe – ich muß Ruhe haben . . .«

Und nun zeigte sich ein neues Gesicht – ein Gesicht geprägt von unbeschreiblichem Bösen, doch es verriet keine Selbstsicherheit – ein dunkles Gesicht war es –, wirkte es verzweifelt? War es sein Gesicht? War auch das sein Gesicht?

AHHHH, ICH LEIDE!

Hierhin und dorthin marschierten die wohlbekannten Armeen. Bekannte Schwerter hieben und stachen. Bekannte Gesichter schrien und gingen zugrunde. Blut strömte aus den Leibern – ein bekanntes Blutvergießen . . .

TANELORN – habe ich den Frieden Tanelorns denn nicht verdient?

Noch nicht, Held. Noch nicht . . .

Es ist ungerecht, daß ich, ich allein, so leiden soll.

Nicht du allein leidest. Die Menschheit leidet mit dir.

Es ist ungerecht!

Dann sorge für Gerechtigkeit!

Ich kann es nicht. Ich bin nur ein Mensch.

Du bist der Held! Du bist der Ewige Held!

Ich bin ein Mensch!

Du bist ein Mann! Du bist der Held der Ewigkeit!

Ich bin nur ein Mensch!

Du bist der Held!

Ich bin Elric! Ich bin Urlik! Ich bin Erekose! Ich bin Corum! Zu viele bin ich! Viel zu viele!

Du bist eins!

Und nun empfand Falkenmond in seinen Träumen (wenn es Träume waren) für einen flüchtigen Moment den Frieden – ein Gefühl, das zu groß für Worte war. Er war eins. Er war eins . . .

Doch schon war es vorbei und wieder war er viele. Und er schrie in seinem Bett und flehte um Frieden.

Yisselda klammerte sich an ihn, als er um sich schlug und sich aufbäumte. Und Yisselda weinte. Da fiel Licht durch das Fenster auf sein Gesicht. Der Morgen graute.

»Dorian! Dorian!«

»Yisselda!«

Tief atmete er ein. »O Yisselda!« Er war zutiefst dankbar, daß zumindest sie ihm nicht genommen worden war, denn außer ihr hatte er keinen Trost auf der ganzen Welt, auf all den Welten, die sich ihm während des Schlafens offenbarten. Und so hielt er sie in seinen starken Armen an sich gedrückt und weinte ein wenig, und sie weinte mit ihm. Dann standen sie auf, kleideten sich schweigend an und verließen in aller Stille, ohne zu frühstücken, das Gasthaus. Sie stiegen auf die Pferde, die für sie bereitstanden, und ritten aus Karlye, die Küste entlang, durch den dichten Regen, den die graue, aufgewühlte See ihnen entgegenzuschicken schien, bis sie die Silberbrücke erreichten, die sich über die dreißig Meilen Wasser zwischen dem Festland und der Insel von Granbretanien erstreckte.

Die Silberbrücke war nicht mehr, wie Falkenmond sie in den vergangenen Jahren gekannt hatte. Ihre hohen Pfeiler, im Augenblick von Nebel, Regen und hoch oben auch von Wolken verborgen, trugen nicht länger kriegerische Reliefs, die vom Ruhm des Dunklen Imperiums zeugen sollten. Statt dessen schmückten neue Bilder sie, eines zum Andenken an jede Stadt den Kontinents, die die granbretanischen Kriegsherren dereinst geplündert und geschändet hatten. Eine große Anzahl von Bildern war es, die alle harmonisch die Natur priesen. Die gewaltige Brücke war auch jetzt noch eine Viertelmeile breit, doch keine Kriegsmaschinen wurden jetzt darüber geschleppt; keine der Tierkrieger des Dunklen Imperiums überquerten sie mehr. Prächtige Handelskarawanen zogen in jede der beiden Richtungen, und Reisende aus Normandien, Italien, Slavien, Polanz, Skandien, den Bulgarbergen, den großen deutschen Stadtstaaten, Pescht, Ulm, Vien und Krahkov, ja selbst dem fernen, geheimnisumwitterten Moskovia. Fuhrwerke rollten über sie, gezogen von Pferden, von Ochsen, sogar von Elefanten. Kamele und Maultiere und Esel wurden darüber getrieben. Seltsame uralte Wagen, die mechanisch bewegt wurden, waren zu sehen. Nicht immer funktionierten sie noch einwandfrei, und wenn sie stehenblieben, war es schwierig, sie wieder in Gang zu bringen, denn das Prinzip ihres Antriebs war vielleicht lediglich noch einer Handvoll kluger Männer und Frauen bekannt. Reiter trabten über die Silberbrücke, und Männer, die Hunderte von Meilen zu Fuß zurückgelegt hatten, nur um dieses Wunderwerk zu sehen, schritten ehrfurchtsvoll darüber. Die unterschiedliche Kleidung, die zu sehen war, zeugte zuweilen von fremden Landen, so manche war unansehnlich, geflickt, staubig, manche protzig in ihrem übertriebenen Prunk. Pelze, Leder, Seide, Wolle, die Häute fremder Tiere, die Federn seltener Vögel schmückten Kopf und Rücken der Reisenden. Jene in den kostbarsten Gewändern litten am meisten unter dem kalten Regen, denn er drang durch kunstvoll gefärbte Stoffe und fand die nackte, frierende Haut darunter. Falkenmond und Yisselda trugen ihre einfache warme Reisekleidung ohne jegliche Verzierung, und ihre Pferde waren gute, kräftige Tiere, die unermüdlich dahintrabten. Bald schon hatten sie sich der Menge angeschlossen, die westwärts zog, dem dereinst gefürchteten Land entgegen, das jetzt von Königin Flana in ein Zentrum der Kultur und des Handels verwandelt worden war und von einer gerechten Regierung verwaltet wurde. Es hätte schnellere Möglichkeiten gegeben, Londra zu erreichen, aber Falkenmond trieb das Verlangen, die Stadt auf jenem Wege zu erreichen, auf dem er sie zum erstenmal verlassen hatte.

Seine Laune wurde besser, als er auf die zitternden Trossen schaute, die die Hängebrücke hielten, auf die kunstvolle Silberverzierung der mächtigen Stahlpfeiler, die nicht nur erbaut waren, um Millionen Tonnen zu tragen, sondern auch, um dem stetigen Schlagen der Wellen und dem Druck der Strömung weit unterhalb der Oberfläche zu widerstehen. Die Brücke war ein Monument der Leistung des Menschen, sowohl von Nutzen als auch großer Schönheit, und ohne jegliche übernatürliche Hilfe errichtet. Sein Leben lang hatte Falkenmond die Philosophie abgelehnt, daß der Mensch allein nicht fähig war, Wunderwerke zu schaffen, daß er von höheren Wesen Unterstützung haben müßte (von Göttern, von fremden Intelligenzen von außerhalb des Sonnensystems), um das erreicht zu haben, was er bisher schuf. Nur jene, die Angst vor der Kraft in sich selbst hatten, brauchten einen solchen Glauben, dachte Falkenmond. Er bemerkte, daß der Himmel sich aufhellte und ein paar zaghafte Sonnenstrahlen die silberbezogenen Trossen umschmeichelten und sie noch heller als zuvor glitzern ließen. Er holte einen tiefen Atemzug der ozonreichen Luft und blickte lächelnd zu den kreischenden Möwen hoch, die ein Schiff begleiteten, dessen Segel gerade unter der Brücke hinwegtauchten. Dann machte er Yisselda auf die Schönheit und Zartheit eines Reliefs aufmerksam, das ihm besonders gefiel, und auf die feine Silberfiligranarbeit an einer Strebe. Sowohl er als auch Yisselda fanden ein wenig innere Ruhe, während sie sich für dieses Meisterwerk einer Brücke interessierten, und für die Aussicht, die sie von hier hatten, und sie waren der gleichen Meinung, daß alle Schönheit, die sie in Londra erwartete, ganz sicher nicht mit der dieser neuerschaffenen Brücke vergleichbar sein konnte.

Doch plötzlich schien es Falkenmond, als senke sich ein Schweigen auf die Brücke herab. Das Knarren der Wagen und das Dröhnen der Hufe verstummte, genau wie das Kreischen der Möwen und das Donnern der Brandung. Er wollte sein Erstaunen darüber Yisselda mitteilen, aber sie war verschwunden. Erschrocken blickte er sich um und stellte mit wachsendem Entsetzen fest, daß er völlig allein auf der Brücke war.

Ein dünner Schrei, wie aus weiter Ferne – vielleicht war es Yisselda, die ihn rief –, drang an sein Ohr, dann erstarb auch er.

Falkenmond wollte sein Pferd herumwirbeln, um zurückzureiten, in der Hoffnung, wenn er es schnell genug tat, wieder zu Yisselda zu gelangen.

Aber sein Pferd weigerte sich. Es schnaubte, es stampfte auf das Metall der Brücke. Es wieherte.

Und Falkenmond schrie in seiner unbeschreibbaren Verzweiflung ein qualvolles: »NEIN!«

3. Im Nebel

»Nein!«

Eine andere Stimme war es – eine dröhnende, schmerzerfüllte Stimme, viel lauter als Falkenmonds, lauter als ein Donner.

Die Brücke schwankte, das Pferd bäumte sich auf, und Falkenmond stürzte schwer auf den Metallboden. Er versuchte vergebens, sich zu erheben, wollte zurückkriechen, dorthin, wo er sicher war, Yisselda wiederzufinden.

»Yisselda!« rief er.

»Yisselda!«

Ein boshaftes Lachen erschallte hinter ihm.

Mit gespreizten Armen und Beinen lag er noch auf dem Bauch, aber es gelang ihm zumindest, den Kopf zu drehen. Er sah sein Pferd stürzen und an den Brückenrand rutschen, wo es mit zappelnden Beinen und rollenden Augen gegen das Geländer gepreßt wurde.

Nun versuchte Falkenmond, sein Schwert von unter dem Umhang hervorzuholen, aber er lag darauf, und es ließ sich nicht herausziehen.

Wieder erschallte das Gelächter, aber seine Lautstärke und -höhe hatten sich verändert. Es klang weniger selbstsicher. Und dann dröhnte die Stimme erneut:

»Nein!«

Falkenmond empfand eine grauenvolle Angst, eine Furcht, bei weitem größer als jede, die er bisher gekannt hatte. Er hatte nur einen Wunsch, fortzukriechen von der Quelle dieser Angst, aber er zwang sich, noch einmal seinen Kopf zu drehen und dieses Gesicht, das er aus dem Augenwinkel bemerkt hatte, anzusehen.

Das Gesicht füllte den gesamten Horizont aus, es starrte aus dem Nebel, der um die schwankende Brücke wirbelte. Es war das dunkle Gesicht seiner Träume. Die Augen wirkten drohend und waren doch von einem eigenen Grauen erfüllt, und die riesigen Lippen formten erneut das Wort, das gleichzeitig eine Herausforderung, ein Befehl und eine Bitte war:

»Nein!«

Endlich glückte es Falkenmond auf die Füße zu kommen. Mit gespreizten Beinen hielt er sein Gleichgewicht und erwiderte mit aller Willenskraft, einem Willen, der ihn selbst erstaunte, den starrenden Blick.

»Wer bist du?« rief Falkenmond. Seine Stimme war dünn, der Nebel schien die Worte zu verschlucken. »Wer bist du?«

Das Gesicht hatte offenbar keinen Körper. Es war schön und finster und von einem dunklen, unbeschreibbaren Ton. Die Lippen glühten in einem ungesunden Rot; die Augen waren möglicherweise schwarz, vielleicht aber auch blau oder braun, und in den Pupillen glitzerte ein wenig Gold.

Falkenmond erkannte, daß die Kreatur sich in Qualen wand, aber auch, daß sie ihn bedrohte, daß sie ihn vernichten würde, gäbe man ihr die Möglichkeit dazu. Seine Hand tastete nach dem Schwert, doch er ließ sie sinken, als ihm klar wurde, welch nutzlose Geste es wäre, die Klinge zu ziehen.

»SCHWERT . . .«, sagte das Wesen. *»SCHWERT . . .«* Das Wort hatte eine beachtliche Bedeutung. *»SCHWERT . . .«* Wieder wechselte die Stimme den Tonfall und klang nun wie die eines hoffnungslos Schmachtenden, der um die Erwiderung seiner Liebe flehte und sich selbst dafür haßte, aber auch das, was er liebt. Eine Drohung klang aus seiner Stimme, und der Tod.

»ELRIC? URLIK? ICH . . . ICH WAR TAUSEND – ELRIC? ICH . . .?«

War dies eine schreckliche Manifestation des Ewigen Helden – seiner, Falkenmond, selbst? Blickte er auf seine eigene Seele?

»ICH – DIE ZEIT – DIE KONJUNKTUR – ICH KANN HELFEN . . .«

Falkenmond schob den Gedanken von sich. Es war möglich, daß dieses Wesen etwas von ihm darstellte, aber es war nicht ganz er. Er wußte, daß es eine getrennte Identität hatte, und er wußte auch, daß es Fleisch, daß es eine Form brauchte – und das war es, was er ihm geben konnte. Nicht sein eigenes Fleisch, aber etwas, das sein war.

»Wer bist du?« Falkenmond spürte die Kraft in seiner

Stimme, als er sich zwang, auf dieses dunkle, finster starrende Gesicht zu blicken.

»ICH . . .«

Die Augen konzentrierten sich auf Falkenmond. Haß funkelte aus ihnen. Instinktiv wollte Falkenmond zurückweichen, aber er blieb scheinbar ungerührt stehen und erwiderte den durchdringenden Blick dieser boshaften Riesenaugen. Die Lippen verzogen sich zu einem Fletschen und offenbarten gekerbte, flammende Zähne. Falkenmond schauderte.

Wie von selbst drängten sich Worte über seine Lippen. Er sprach sie mit fester Stimme, obgleich er weder ihren Ursprung, noch ihre Bedeutung kannte. Er wußte nur, daß es die richtigen Worte waren.

»Du mußt gehen«, sagte er. »Du bist hier fehl am Platz.«

»ICH MUSS ÜBERLEBEN – DIE KONJUNKTUR – DU WIRST MIR ÜBERLEBEN HELFEN, ELRIC . . .«

»Ich bin nicht Elric.«

»DU BIST ELRIC!«

»Ich bin Falkenmond!«

»UND WENN SCHON? ES IST NUR EIN ANDERER NAME. ALS ELRIC LIEBE ICH DICH AM STÄRKSTEN. ICH HABE DIR SO SEHR GEHOLFEN . . .«

»Du willst mich vernichten«, sagte Falkenmond, »das zumindest weiß ich. Ich lasse mir nicht von dir helfen. Deiner Hilfe verdanke ich meine Ketten durch all die Jahrhunderte. Es wird die letzte Tat des Ewigen Helden sein, zu deiner Vernichtung beizutragen!«

»DU KENNST MICH?«

»Noch nicht. Doch hüte dich vor dem Tag, da ich dich erkenne!«

»ICH . . .«

»Du mußt weg! Ich beginne, dich zu erkennen!«

»NEIN!«

»Du mußt fort!« Falkenmond spürte, wie seine Stimme zu zittern anfing, und er bezweifelte, daß er auch nur noch einen weiteren Augenblick in dieses schreckliche Gesicht sehen konnte.

»*Ich . . .*« Die Stimme klang schwächer, weniger drohend, dafür fast flehend.

»Du mußt weg!«

»*Ich . . .*«

Da nahm Falkenmond alle ihm noch verbliebene Willenskraft zusammen und lachte das Wesen aus.

»Fort mit dir!«

Falkenmond breitete die Arme aus, als er zu fallen begann, denn Gesicht und Brücke verschwanden im gleichen Moment.

Er fiel Hals über Kopf durch den kalten Nebel. Sein Umhang flatterte um ihn und verfing sich zwischen den Beinen. Und dann tauchte Falkenmond in eisiges Wasser. Er schnappte nach Luft. Meerwasser drang in seinen Mund. Er hustete, und Eissplitter glitten in seinen Hals. Er würgte das Wasser hoch, versuchte aufzutauchen, aber er begann zu ertrinken.

Sein Körper quälte sich, während er sich bemühte, Luft zu holen und das Wasser auszuspucken, aber es gab keine Luft, nur Wasser war um ihn. Einmal öffnete er die Augen, und sein Blick fiel auf seine Hände, da sah er, daß sie knochenweiß waren – die Hände eines Toten. Weißes Haar strömte um sein Gesicht. Er wußte, daß er nicht länger Falkenmond hieß. Er begehrte dagegen auf, drückte die Lider zusammen und stieß seinen alten Schlachtruf aus, den Schlachtruf seiner Vorfahren, den er Hunderte von Malen in seinem Kampf gegen das Dunkle Imperium gebrüllt hatte.

Falkenmond! Falkenmond! Falkenmond!

»Falkenmond!«

Das war nicht sein eigener Schrei. Er kam von über ihm aus dem Nebel. Er zwang seinen Körper aufzutauchen, preßte das Wasser aus seiner Lunge und keuchte in der frostigen Luft.

»Falkenmond?«

Eine dunkle Silhouette hob sich von der Meeresoberfläche ab. Er hörte ein gleichmäßiges platschendes Geräusch.

»Hier!« rief Falkenmond.

Ein kleines Ruderboot näherte sich ihm. Eine nicht übermäßig große Gestalt saß darin. Sie war in einen wasserdichten Umhang gehüllt, trug einen breitkrempigen, triefenden Hut, der den größten Teil ihres Gesichts verbarg. Aber die grinsenden Lippen waren unverkennbar, kaum weniger unverkennbar als die Begleiterin des Näherkommenden, die am Bug saß und deren gelbe Augen Falkenmond mit offensichtlicher Besorgnis anstarrten. Sie war ein sehr nasses kleines Geschöpf, die schwarz-weiße Katze Schnurri. Nun breitete sie die Flügel aus, um das Wasser abzuschütteln, und miaute.

Falkenmond klammerte sich an den hölzernen Bootsrand, und Jhary-a-Conel holte erst die Ruder ein, ehe er dem Herzog von Köln ins Boot half.

»Es ist klug, für einen wie mich, seinen Instinkten zu vertrauen«, sagte Jhary-a-Conel und streckte Falkenmond eine Flasche entgegen. »Wißt Ihr, wo wir sind, Dorian Falkenmond?«

Falkenmond konnte nicht antworten, denn Lunge und Magen waren noch voll Wasser. Er legte sich ins Boot und übergab sich, während Jhary-a-Conel, selbsterkorener Begleiter von Helden, wieder zu rudern begann.

»Ich glaubte mich zuerst auf einem Fluß, denn in einem See«, erklärte Jhary, »doch jetzt bin ich der Ansicht, daß wir uns auf einem Meer befinden. Ihr habt eine Menge davon verschluckt. Was meint Ihr?«

Falkenmond spuckte das letzte Wasser über Bord. Er wunderte sich über seinen Impuls zu lachen. »Ein Meer«, erwiderte er. »Wie kommt Ihr dazu, hier herumzurudern?«

»Eine Ahnung.« Erst jetzt schien Jhary die kleine schwarz-weiße, geflügelte Katze zu bemerken und blickte auf. »Aha! Dann bin ich also Jhary-a-Conel, oder?«

»Wart Ihr Euch dessen nicht bewußt?«

»Mir ist, als hätte ich einen anderen Namen gehabt, als ich zu rudern begann. Dann kam der Nebel.« Jhary zuckte die Schultern. »Ist egal. Es ist für mich nichts Neues. Aber Ihr, Falkenmond, wie kamt Ihr dazu, in diesem Meer zu *schwimmen*?«

»Ich stürzte von einer Brücke«, sagte Falkenmond kurz. Er wollte jetzt nicht über seine Erlebnisse sprechen und fragte Jhary auch nicht, ob sie näher an Frankreich oder Granbretanien waren, um so weniger, als ihm gerade bewußt wurde, daß er keine Veranlassung hatte, eine so enge Vertrautheit diesem

Jhary-a-Conel gegenüber zu empfinden. »Ich lernte Euch auf dem Weg zu den Bulgarbergen kennen, nicht wahr? Mit Katinka van Bak?«

»Ich entsinne mich vage. Ihr wart eine Weile Ilian von Garathorm, und dann erneut Falkenmond. Wie schnell in dieser Zeit Eure Namen wechseln! Ihr verwirrt mich, Herzog Dorian.«

»Ihr sagt, meine Namen wechseln. Habt Ihr mich in anderer Gestalt gekannt?«

»Gewiß. Gut genug, daß mir unsere jetzige Unterhaltung eine ermüdende Wiederholung zu sein scheint.« Jhary-a-Conel grinste.

»Nennt mir einige dieser Namen.«

Jhary runzelte die Stirn. »Mein Gedächtnis ist in dieser Hinsicht nicht besonders gut. Manchmal, deucht mir, erinnere ich mich an vieles meiner vergangenen (und zukünftigen) Inkarnationen. Doch des öfteren, wie diesmal, weigert mein Verstand sich, sich mit anderem, als den dringlichsten Problemen zu beschäftigen.«

»Das finde ich sehr unbequem«, murmelte Falkenmond. Er blickte auf, als versuche er, die Brücke zu sehen, aber immer noch umgab sie dichter Nebel. Er wünschte aus tiefstem Herzen, daß Yisselda in Sicherheit und auf ihrem Weg nach Londra war.

»Genau wie ich, Herzog Dorian. Ich frage mich, ob ich hier überhaupt etwas verloren habe, wißt Ihr!« Jhary-a-Conel legte sich fest in die Ruder.

»Was ist mit der *Konjunktur der Millionen Sphären?* Verrät Euer mangelhaftes Gedächtnis Euch darüber etwas?«

Jhary-a-Conel zog die Brauen zusammen. »Irgendwie scheint mir der Begriff vertraut zu sein. Offenbar ein Ereignis von großer Bedeutung. Erzählt mir mehr davon.«

»Das kann ich nicht. Ich hatte gehofft . . .«

»Sollte ich mich an etwas darüber erinnern, lasse ich es Euch wissen.«

Die Katze miaute. Jhary drehte den Kopf. »Aha! Land in Sicht! Hoffen wir, daß es uns freundlich ist.«

»So habt Ihr keine Ahnung, wo wir sind?«

»Nicht die geringste, Herzog Dorian.« Der Bootskiel scharrte über Kies. »Irgendwo auf einer der fünfzehn Ebenen, nehme ich an.«

4. Die Zusammenkunft der Weisen

Fünf Meilen waren sie schon über Kreideberge gekommen, ohne Anzeichen zu finden, daß das Land bewohnt war. Falkenmond hatte Jhary-a-Conel alles erzählt, was ihm widerfahren war und was ihm Rätsel aufgab. Er entsann sich kaum der Abenteuer in Garathorm, doch Jhary erinnerte sich an mehr. Er sprach von den Göttern des Chaos und dem ewigen Kampf zwischen den Göttern. Doch ihre Unterhaltung, wie das bei Gesprächen häufig der Fall ist, verursachte nur neue Verwirrung, so beschlossen sie, ihren verschiedenen Mutmaßungen nicht weiter nachzugehen.

»Eines weiß ich ganz bestimmt«, versicherte Jhary-a-Conel. »Falkenmond, Ihr braucht Euch keine Sorgen um Eure Yisselda zu machen. Obgleich ich natürlich zugeben muß, daß ich von Natur aus optimistisch bin – entgegen so manchem widersprüchlichen Anschein –, und mir ist auch durchaus klar, daß wir viel zu gewinnen oder alles zu verlieren haben. Diese Kreatur, der Ihr Euch auf der Brücke gegenübersaht, muß über ungeheuerliche Kräfte verfügen, wenn sie Euch aus Eurer eigenen Welt reißen konnte. Es dürfte auch kein Zweifel bestehen, daß sie Euch nicht wohlgesinnt ist. Aber ich habe nicht die geringste Ahnung, wer sie sein könnte, noch wann und ob sie uns wiederfinden wird. Mir erscheint Euer Vorhaben, Tanelorn zu suchen, von größter Bedeutung.«

»Ja.« Falkenmond schaute sich um. Sie standen auf der Kuppe eines der vielen niedrigen Hügel. Der Himmel klärte sich auf, der Nebel war fast ganz verschwunden. Eine gespenstische Stille herrschte. Es gab offenbar keine andere Art von Leben hier als das Gras, keine Vögel, keine wilden Tiere, die doch gerade hier, wo es anscheinend keine Menschen gab, gedeihen müßten. »Unsere Chancen, Tanelorn zu finden, sind zumindest jetzt nicht gerade sehr groß, Jhary-a-Conel.«

Jhary streichelte die schwarz-weiße Katze, die seit Beginn ihres Marsches geduldig auf seiner Schulter saß. »Ich fürchte, ich muß Euch recht geben. Trotzdem glaube ich, daß es kein Zufall war, der uns in dieses schweigende Land führte. Wir dürften nicht nur Feinde, sondern auch Freunde haben.«

»Manchmal zweifle ich an dem Wert der Art von Freunden, die Ihr meint«, sagte Falkenmond bitter, und dachte dabei an Orland Fank und den Runenstab. »Freunde oder Feinde – wir sind Figuren auf ihrem Spielbrett.«

»Gewiß keine einfachen Figuren.« Jhary grinste. »Ihr solltet Euch Eures Wertes besser bewußt sein. Ich zumindest halte mich für etwas Besseres.«

»Gleichgültig, welchen Rang ich auch einnehme, allein die Idee, mich auf dem Spielbrett herumschieben zu lassen, mißfällt mir.«

»Dann liegt es an Euch, Euch davon zu lösen«, war Jharys mysteriöse Antwort. »Selbst wenn es die Vernichtung des Spielbretts bedeuten sollte.« Er weigerte sich, diese Bemerkung näher zu erklären. Er behauptete, es sei reine Intuition, nicht Logik gewesen, die sie ihn hatte aussprechen lassen. Aber sie machte einen starken Eindruck auf Falkenmond und verbesserte seine Laune beachtlich. Voll neuer Energie machte er sich auf den Weg, und mit so großen Schritten, daß Jhary bald zu stöhnen anfing und Falkenmond bat, sich doch ein wenig Zeit zu lassen.

»Schließlich wissen wir ja gar nicht, wohin der Weg uns führt«, gab er zu bedenken.

Falkenmond lachte. »Wie recht Ihr habt. Doch im Augenblick ist es mir völlig gleichgültig, selbst wenn er direkt in der Hölle endet.«

Die niedrigen Hügel erstreckten sich in allen Richtungen, und als der Abend hereinbrach, schmerzten ihre Beine, und ihre leeren Mägen grollten vor Hunger, doch noch gab es nirgendwo ein Anzeichen, daß außer ihnen in diesem Land etwas Lebendes zu finden war.

»Wir sollten wohl dankbar sein«, brummte Falkenmond,

»daß zumindest das Wetter hier verhältnismäßig angenehm ist.«

»Aber langweilig«, klagte Jhary. »Befinden wir uns hier vielleicht nur in einem angenehmeren Teil des Nichts?«

Falkenmond achtete nicht länger auf seinen Begleiter. Er hatte die Augen halb zusammengekniffen und spähte durch die zunehmende Düsternis. »Jhary, schaut! Seht Ihr dort etwas?«

Jhary folgte Falkenmonds deutendem Arm. »Auf dem Kamm?«

»Ja. Ist es nicht ein Mensch?«

»Ich glaube schon.« Impulsiv formte Jhary die Hände zu einem Trichter und brüllte: »Hallo! Seht Ihr uns? Seid Ihr von hier, mein Herr?«

Plötzlich war die Gestalt viel näher. Es sah aus, als flackere schwarzes Feuer um ihre Konturen. Sie war ganz in glänzendes Material gehüllt, das jedoch nicht Metall sein konnte. Ihr dunkles Gesicht war fast völlig durch einen hohen Kragen verborgen, trotzdem genügte Falkenmond das, was davon noch zu sehen war, die Gestalt zu erkennen.

»Schwert . . .«, murmelte die Gestalt. *»Ich«*, sagte sie. *»Elric.«*

»Wer seid Ihr?« fragte Jhary-a-Conel. Falkenmond hätte keinen Laut herausgebracht. Seine Kehle war verkrampft, seine Lippen gelähmt.

Tiefer Schmerz und wilder Haß brannten in den Augen des Fremden. Er machte eine Bewegung. Es sah aus, als hätte er die Absicht, Jhary zu zerreißen – aber dann hielt etwas ihn davon ab. Er zog sich zurück und starrte erneut auf Falkenmond. Mit gefletschten Zähnen knurrte er: *»Liebe!«* Und noch einmal *»Liebe«*. Es schien, als wäre ihm dieses Wort neu, als versuche er, es zu lernen. Die schwarzen Flammen um seinen Körper flackerten und verlöschten wie eine Kerze, die ein Windstoß ausbläst. Er keuchte. Er deutete auf Falkenmond. Dann hob er die Hand, als wolle er Falkenmond den Weg versperren. *»Geh nicht. Zu lange waren wir zusammen. Wir dürfen uns nicht trennen. Einst befahl ich. Jetzt flehe ich dich an. Was habe ich dir getan? Ich habe dir in all meinen Manifestationen immer nur geholfen. Jetzt* *nahmen sie mir meine Form. Du mußt sie finden, Elric. Deshalb lebst du wieder.«*

»Ich bin nicht Elric. Ich bin Falkenmond!«

»Ach, ja. Ich entsinne mich jetzt. Das Juwel. Es geht auch mit dem Juwel. Aber das Schwert ist besser.« Die gutgeschnittenen Züge verzerrten sich vor Qual. Die schrecklichen Augen stierten vor sich hin. Unvorstellbare Pein sprach aus ihnen. Es war ganz offensichtlich, daß sie Falkenmond momentan nicht sehen konnten.

»Wer bist du?« Diesmal stellte Falkenmond ihm diese Frage.

»Ich habe keinen Namen, außer du gibst mir einen. Ich habe keine Form, außer du findest sie für mich. Ich habe nur Macht. Ah! Und Schmerzen!« Wieder verzerrten sich die Züge vor Qual. *»Ich brauche . . . Ich brauche . . .«*

Jharys Hand fuhr ungeduldig an die Hüfte, aber Falkenmond hielt seinen Gefährten zurück. »Nein, zieh es nicht!«

»Das Schwert!« rief die Kreatur jetzt eifrig.

»Nein«, sagte Falkenmond ruhig, ohne überhaupt zu wissen, was er dem seltsamen Wesen verweigerte. Es war jetzt finster, doch die dunklere Aura der Gestalt drang durch die normale Schwärze der Nacht.

»Ein Schwert!« Es war ein Befehl! Ein Schrei! *»Das Schwert!«*

Nun erst wurde Falkenmond bewußt, daß die Kreatur keine eigenen Waffen hatte. »Such dir ein Schwert, wenn du so versessen darauf bist«, sagte er. »Von uns wirst du keines bekommen.«

Blitze schossen plötzlich aus dem Boden rings um die Füße der Gestalt. Sie keuchte. Sie zischte. Sie kreischte: *»Du wirst zu mir kommen! Du wirst mich noch brauchen! Törichter Elric! Uneinsichtiger Falkenmond! Dummer Erekose! Pathetischer Corum! Du wirst mich brauchen!«*

Das Kreischen hallte noch nach, als die Gestalt bereits verschwunden war.

»Er kennt alle Eure Namen«, sagte Jhary. »Wißt Ihr, wie man ihn nennt?«

Falkenmond schüttelte den Kopf. »Nicht einmal in meinen Träumen.«

»Ich glaube nicht, daß ich ihm auch nur in einem meiner vielen Leben je begegnet bin. Mein Gedächtnis ist zwar nie sehr gut, aber ich bin sicher, ich würde es wissen, wenn ich ihn schon einmal gesehen hätte. Wir sind in ein merkwürdiges Abenteuer verwickelt, in ein Abenteuer von ungewöhnlicher Bedeutung«, meinte Jhary nachdenklich.

Falkenmond unterbrach die Überlegungen seines Gefährten. Er deutete hinab ins Tal. »Was meint Ihr, Jhary? Haltet auch Ihr das für ein Feuer? Ein Lagerfeuer? Vielleicht stoßen wir doch endlich auf Bewohner dieses Landes.«

Ohne sich Gedanken darüber zu machen, ob eine direkte Annäherung klug sei, stiegen sie in der Dunkelheit mühsam den Hügel hinab und erreichten schließlich die Talsohle. Das Feuer war nicht mehr weit entfernt.

Als sie näherkamen, stellte Falkenmond fest, daß eine Gruppe von Männern das Feuer umgab, doch das Seltsame war, daß jeder der Männer auf einem Pferd saß und die Pferde die Köpfe direkt auf die Flammen gerichtet hatten, so daß die Gruppe einen exakten, stummen Kreis bildete. So ruhig verhielten sich die Pferde, so unbewegt saßen die Reiter in den Sätteln, daß Falkenmond sie für Statuen gehalten hätte, wären nicht die Atemwölkchen um ihre Lippen gewesen.

»Guten Abend«, grüßte er kühn. Doch keiner antwortete. »Wir sind Reisende, wir haben uns verirrt und wären euch dankbar, wenn ihr uns den Weg weisen könntet.«

Der Reiter, der Falkenmond am nächsten war, drehte den langen Kopf. »Deshalb sind wir hier, Herr Held. Deshalb haben wir uns hier zusammengefunden. Willkommen! Wir haben Euch erwartet.«

Nun, da Falkenmond dicht heran war, erkannte er, daß das Feuer nicht normaler Art war, sondern ein Strahlenkranz, der von einer Kugel, etwa von der Größe einer Faust, ausging. Die Kugel schwebte einen Fuß über dem Boden. In ihr vermeinte Falkenmond, weitere kreisende Kugeln zu sehen. Er wandte seine Aufmerksamkeit jedoch wieder den Berittenen zu. Er kannte den Mann nicht, der gesprochen hatte. Er war hochgewachsen, schwarz, sein Körper halb nackt, seine Schultern in ein Cape aus weißem Fuchspelz gehüllt. Falkenmond verbeugte sich knapp, doch höflich. »Ihr wißt, wer ich bin, doch ich bedauerlicherweise nicht, wer Ihr seid.«

»Ihr kennt mich«, versicherte ihm der Schwarze. »Zumindest in einer Eurer parallelen Existenzen. Man nennt mich Sepiriz, den letzten der Zehn.«

»Und das hier ist Eure Welt?«

Sepiriz schüttelte den Kopf. »Es ist niemandes Welt. Diese Welt wartet noch darauf, besiedelt zu werden.« Er blickte an Falkenmond vorbei auf Jhary-a-Conel. »Seid gegrüßt, Meister Moonglum von Elwher.«

»Mein gegenwärtiger Name ist Jhary-a-Conel.«

»Richtig«, murmelte Sepiriz. »Euer Gesicht ist anders. Auch Eure Gestalt, wenn ich sie näher betrachte. Wie auch immer, Ihr tatet gut daran, den Helden zu uns zu bringen.«

Falkenmond starrte Jhary an. »Ihr kanntet also unseren Weg?«

Jhary breitete hilflos die Hände aus. »Nur irgendwie ganz tief in meinem Kopf. Ich hätte es Euch nicht sagen können, wärt Ihr auf den Gedanken gekommen, mich zu fragen.« Er betrachtete interessiert den Kreis der Reiter. »Ihr seid also alle hier.«

»Ihr kennt sie alle?« fragte Falkenmond.

»Ich glaube ja. Mein Lord Sepiriz – aus der Kluft von Nihrain, wenn ich mich nicht irre, nicht wahr? Und Abaris, der Magier.« Er blickte auf einen alten Mann in prachtvollem Gewand, das mit seltsamen Symbolen bestickt war. Der Greis bestätigte seinen Namen mit einem stillen Lächeln. »Und Ihr seid Lamsar, der Eremit«, wandte Jhary-a-Conel sich an den nächsten Reiter, der sogar noch älter als Abaris zu sein schien. Er trug geöltes Leder, an dem stellenweise Sand klebte, auch sein Bart war nicht frei von Sand. »Ich grüße Euch«, murmelte er.

Erstaunt erkannte Falkenmond einen weiteren der Reiter. »Ihr seid doch tot!« rief er. »Ihr seid bei der Verteidigung des Runenstabs in Dnark gefallen!«

Ein Lachen schallte aus dem geheimnisvollen Helm, als der Ritter in Schwarz und Gold, Orland Fanks Bruder, den gerüsteten Kopf zurückwarf. »Manche Tode sind von größerer Dauer als andere, Herzog Dorian.«

»Ihr seid Aleryon vom Tempel der Ordnung«, sagte Jhary zu

einem weiteren alten Mann mit bartlosem, bleichem Gesicht. »Lord Arkyns Diener. Und Ihr seid Amergin, der Erzdruide. Auch Euch kenne ich.«

Amergin, ein gutaussehender Mann, in losem, weißem Gewand und mit goldenem Schmuck gehaltenem Haar, neigte ernst den Kopf.

Der letzte Reiter war eine Frau. Ihr Gesicht war zur Gänze hinter einem goldenen Schleier verborgen, und sie trug ein Gewand aus einem hauchdünnen Silbergewebe. »Euer Name, meine Dame, ist mir unbekannt, obgleich mir deucht, als müsse ich Euch aus einer anderen Welt kennen.«

Wie von selbst sprachen Falkenmonds Lippen: »Ihr wurdet auf dem Südeis getötet, o Lady des Kelches, Silberkönigin. Getötet von . . .«

»Dem Schwarzen Schwert? Graf Urlik! Ich hätte Euch nicht erkannt!« Ihre Stimme war sanft und traurig, und plötzlich sah Falkenmond sich in Rüstung und dicke Pelze gehüllt auf einer gewaltigen, eisglitzernden Ebene, mit einem riesigen, schrecklichen Schwert in der Hand. Er schloß die Augen und stöhnte. »Nein . . .«

»Es ist vorbei«, versicherte sie ihm. »Es ist vorbei. Ich handelte gegen Euch, edler Held. Nun möchte ich Euch helfen.«

Wie auf einen unhörbaren Befehl hin stiegen die sieben Reiter von ihren Pferden und drängten sich dichter an die kleine Kugel.

»Was ist diese Kugel?« erkundigte sich Jhary-a-Conel nervös. »Sie ist magisch, nicht wahr?«

»Sie gestattet, daß wir sieben uns hier gemeinsam auf dieser Ebene aufhalten können«, erklärte Sepiriz. »Wie Ihr wißt, werden wir in unseren Welten als Weise erachtet. Die Zusammenkunft wurde einberufen, damit wir über die Ereignisse debattieren können, denn wir alle hatten ähnliche Erlebnisse. Unsere Weisheit verdanken wir Wesen, die bedeutend größer sind als wir selbst. Sie vermitteln uns das Wissen, wenn wir es von ihnen erbeten. Doch in letzter Zeit war es unmöglich, mit ihnen in Verbindung zu treten. Sie alle sind mit so bedeutenden Dingen beschäftigt, daß sie keine Zeit für uns haben. Manche von uns kennen diese Wesen als Lords der Ordnung, und wir dienen ihnen als Vermittler – dafür schenken sie uns die Erleuchtung. Doch wie gesagt, hörten wir schon längere Zeit nichts mehr von diesen großen Lords und befürchten nun, daß sie unter dem Angriff größerer Mächte stehen, als je zuvor in diesem Multiversum bekannt waren.«

»Des Chaos?« fragte Jhary.

»Möglich. Aber wir haben auch gehört, daß die Chaos-Lords ebenfalls unter Angriff stehen, und nicht durch die Ordnung. Das kosmische Gleichgewicht selbst ist bedroht, wie es scheint.«

»Das ist der Grund, weshalb der Runenstab aus meiner Welt gerufen wurde«, sagte Falkenmond.

»So ist es«, bestätigte der Ritter in Schwarz und Gold.

»Und habt Ihr eine Ahnung, welcher Art diese Bedrohung ist?« erkundigte sich Jhary.

»Nein. Nur, daß sie etwas mit der Konjunktur der Millionen Sphären zu tun hat. Aber das wißt Ihr ja, Herr Held.« Sepiriz wollte fortfahren, als Jhary eine Hand hob.

»Ich kenne diesen Begriff, doch nichts weiter. Mein schwaches Gedächtnis – das mir schon viel Kummer erspart hat – spielt mir wieder einmal einen Streich . . .«

»Ah«, murmelte Sepiriz mit gerunzelter Stirn. »Dann sollten wir vielleicht nicht davon sprechen . . .«

»Doch, bitte tut es«, bat Falkenmond, »denn dieser Begriff bedeutet viel für mich.«

»Ordnung und Chaos befinden sich in einem großen Krieg miteinander. Es ist ein Krieg, der auf allen Ebenen der Erde ausgetragen wird, ein Krieg, in den die Menschheit unwissentlich verwickelt ist. Ihr, als der Held der Menschheit, kämpft in jeder Eurer Manifestation vorgeblich auf der Seite der Ordnung.« Sepiriz seufzte. »Aber Ordnung und Chaos schwächen einander. Manche glauben, sie verlieren die Kraft, das kosmische Gleichgewicht aufrechtzuerhalten, und sie sind auch der Meinung, daß alle Existenz endet, wenn das Gleichgewicht schwindet. Andere sind der Ansicht, daß sowohl das Gleichgewicht als auch die Götter zum Untergang verdammt sind, daß die Zeit der Konjunktur der Millionen Sphären gekommen ist.

Ich habe nichts davon in meiner Welt Elric gegenüber erwähnt, denn er ist bereits verwirrt genug. Ich weiß nicht, wieviel ich Euch sagen soll, Falkenmond. Die Moralität solch monumentaler Probleme auch nur zu erahnen, beunruhigt mich. Doch wenn Elric das Schicksalshorn blasen . . .«

». . . und Corum Kwll freigeben . . .«, warf Aleryon ein.

». . . und Erekose nach Tanelorn kommen soll«, fügte die Lady des Kelches hinzu.

». . . kann es nur in einer kosmischen Spaltung von unvorstellbarem Ausmaß enden. All unsere Weisheit hat uns hier verlassen. Wir haben Angst davor, etwas zu unternehmen. Es gibt nichts und niemanden, der uns raten könnte, der uns sagt, wie wir am besten vorgehen sollen . . .«

»Niemand, außer dem Kapitän.« Abaris, der Magier, seufzte.

»Und wie wollen wir wissen, daß er nicht seine eigenen Ziele verfolgt? Wer gibt uns die Gewißheit, daß er so selbstlos ist, wie er uns glauben machen möchte?« Zweifel und Sorge sprachen aus Lamsar, dem Eremiten. »Wir wissen nichts über ihn. Er ist erst kürzlich in den fünfzehn Ebenen aufgetaucht.«

»Der Kapitän?« fragte Falkenmond aufgeregt. »Ist er das Wesen, das Dunkelheit ausstrahlt?« Er beschrieb die Kreatur, die er auf der Brücke und später auf dieser Welt gesehen hatte.

Sepiriz schüttelte den Kopf. »Auch der, den Ihr schildert, ist uns unbekannt, obgleich einige von uns ihn ebenfalls gesehen haben. Deshalb sind wir so ratlos. Diese verschiedenen Wesen erscheinen plötzlich im Multiversum, und wir wissen nichts über sie. Unsere Weisheit läßt uns im Stich . . .«

»Nur der Kapitän ist verläßlich«, warf Amergin ein. »Wir müssen ihn aufsuchen. Wir selbst können nicht helfen.« Er starrte auf die leuchtende Kugel in ihrer Mitte. »Erlöscht ihr Licht?«

Falkenmond blickte auf die Kugel. Auch er bemerkte, daß ihr Leuchten schwächer wurde. »Ist es wichtig?« erkundigte er sich.

»Es bedeutet, daß uns nur noch wenig Zeit hier bleibt«, erklärte Sepiriz. »Wir werden in Bälde auf unsere eigenen Welten, in unsere eigene Zeit, zurückgeholt werden. Nie wieder werden wir auf diese Weise zusammenkommen können.«

»Erzählt mir mehr von der Konjunktion der Millionen Sphären«, drängte Falkenmond.

»Sucht Tanelorn«, riet ihm die Silberkönigin.

»Meidet das Schwarze Schwert!« mahnte Lamsar, der Eremit.

»Kehrt aufs Meer zurück«, war der Rat des Ritters in Schwarz und Gold. »Geht an Bord des Dunklen Schiffes.«

»Was ist mit dem Runenstab?« fragte Falkenmond. »Muß ich ihm weiterhin dienen?«

»Nur, wenn er auch Euch dient«, versicherte ihm der Ritter in Schwarz und Gold.

Das Licht der Kugel war nahezu erloschen. Die sieben stiegen auf ihre Pferde. Sie waren nur noch als Schatten zu erkennen.

»Und meine Kinder?« rief Falkenmond drängend. »Wo sind sie?«

»In Tanelorn«, flüsterte die Silberkönigin. »Sie warten auf ihre Wiedergeburt.«

»Bitte, erklärt es mir!« flehte Falkenmond sie an.

Aber ihr Schatten schwand als erster mit dem letzten Funken der Kugel. Bald war nur der schwarze Riese Sepiriz zu sehen, doch auch seine Stimme klang schon sehr schwach.

»Ich beneide Euch um Eure Größe, Ewiger Held, doch nicht um Euren Seelenkampf.«

Da schrie Falkenmond hinein in die Schwärze:

»Es genügt nicht! Es genügt nicht! Ich muß mehr wissen!«

Jhary legte mitfühlend eine Hand auf Falkenmonds Arm. »Kommt, Herzog Dorian. Nur indem wir tun, was man uns riet, werden wir mehr erfahren. Laßt uns ans Meer zurückkehren.«

Doch da war auch Jhary-a-Conel verschwunden, und Falkenmond war ganz allein.

»Jhary? Jhary-a-Conel?«

Falkenmond rannte durch die Nacht, durch das Schweigen. Sein Mund öffnete sich zu einem Schrei, der nicht kam, seine Augen brannten von Tränen, die nicht flossen, und in seinen

Ohren hörte er nichts als das Schlagen seines eigenen Herzens, das wie eine Klagetrommel klang.

5. An der Küste

Jetzt war es dunkel. Nebel hing über dem Meer und kroch auf das steinige Land. Silbergraue Lichter schwebten im Nebel, und die Felsen hinter Falkenmond wirkten unheimlich. Er hatte nicht geschlafen. Er kam sich wie ein Gespenst in einer Geisterwelt vor. Er war von allen verlassen. Er starrte in den Nebel, seine kalte Hand umklammerte den Schwertknauf, sein Atem setzte sich in weißen Wölkchen von Lippen und Nasenöffnungen ab. Er wartete, wie ein Jäger am frühen Morgen auf das Wild wartet, und gestattete sich nicht den geringsten Laut, um nicht das kleinste Geräusch zu überhören, das ihm die Anwesenheit des erwarteten Wildes, oder was immer, verraten würde. Da er keine andere Alternative hatte, als den Rat der sieben Weisen zu befolgen, wartete er auf das Schiff, das sie ihm vorhergesagt hatten. Er wartete ohne wirkliches Interesse, ob es kommen würde oder nicht, aber er wußte, es würde kommen.

Ein roter Punkt schimmerte über seinen Kopf. Zuerst hielt er ihn für die Sonne, doch die Farbe stimmte nicht. Der Punkt war rubinrot. Ein Stern an diesem fremden Firmament, dachte er. Das rote Licht tönte den Nebel nun rosig. Gleichzeitig vernahm er ein rhythmisches Knarren im Wasser und wußte, daß ein Schiff anlegte. Er hörte das Platschen eines Ankers. Stimmengemurmel, das Klirren einer Talje und ein leichteres Platschen, als ein kleines Boot zu Wasser gelassen wurde. Er wandte seine Aufmerksamkeit wieder dem roten Stern zu, aber er war verschwunden, nur sein rotes Licht war geblieben. Der Nebel löste sich auf. Er sah die Umrisse eines hohen Schiffes. Seine Vorder- und Achterdecks waren bedeutend höher als das Hauptdeck. Je eine Laterne hing am Bug und am Heck, die sich mit dem Wellengang hoben und senkten. Die Segel waren vertäut, Mast und Reling geschnitzt. Die handwerkliche Arbeit war Falkenmond fremd.

»*Bitte . . .*«

Falkenmond blickte nach links. Die Kreatur stand dort. Ihre dunkelflammende Aura flackerte um sie, ihre brennenden Augen flehten ihn an.

»Du störst mich«, sagte Falkenmond. »Ich habe keine Zeit für dich.«

»*Schwert . . .*«

»Such dir selbst ein Schwert – dann werde ich mit Vergnügen gegen dich kämpfen, wenn das dein Wunsch sein sollte.« Seine Stimme klang fest und selbstsicher, obgleich die Angst in ihm wuchs. Er wollte die Gestalt nicht ansehen.

»*Das Schiff . . .*«, sagte die Kreatur. »*Ich . . .*

»Was?« Falkenmond drehte sich um und sah, daß die Augen ihn verschlagen ansahen.

»*Nimm mich mit. Ich kann dir dort helfen. Du wirst Hilfe brauchen.*«

»Nicht deine«, wehrte Falkenmond ab. Er blickte auf das Wasser und das Boot, das ihn abholen sollte.

Ein Mann stand aufrecht darin. Seine Rüstung war offenbar mehr nach Regeln der Geometrie angefertigt, denn zu dem Zweck, als Schutz gegen Feindwaffen zu dienen. Sein großer Schnabelhelm verbarg den größten Teil des Gesichts, aber blaue Augen und ein lockiger blonder Bart waren zu erkennen.

»Sir Falkenmond?« Die Stimme des Mannes klang leicht und freundlich. »Ich bin Brut, ein Ritter aus Lashmar. Ich glaube, wir haben dasselbe Ziel.«

»Ziel?« Falkenmond bemerkte, daß die dunkle Gestalt verschwunden war.

»Tanelorn.«

»Stimmt. Ich suche Tanelorn.«

»Dann findet Ihr Gleichgesinnte auf dem Schiff.«

»Was ist das für ein Schiff? Wohin fährt es?«

»Nur jene an Bord wissen es.«

»Ist einer an Bord, der sich Kapitän nennt?«

»Gewiß, unser Kapitän.« Brut kletterte aus dem Boot und hielt es in den Wellen fest. Die Ruderer drehten den Kopf, um

Falkenmond zu mustern. Nach den Gesichtern zu schließen, waren es alle erfahrene Krieger, die mehr als eine Schlacht hinter sich hatten. Der Recke Falkenmond erkannte andere Recken, wenn er sie sah.

»Und wer sind diese Männer?«

»Unsere Kameraden.«

»Was macht uns zu Kameraden?«

»Nun«, Bruts humorvolles Lachen minderte durchaus nicht die Bedeutung seiner Worte. »Wir sind alle verdammt, Sir.«

Aus einem ihm selbst nicht erklärlichen Grund beunruhigte diese Erklärung Falkenmond nicht, sondern erleichterte ihn sogar. Er lachte ebenfalls und ließ sich von Brut in das Boot helfen. »Suchen nur die Verdammten Tanelorn?«

»Ich habe noch nie von anderen gehört.« Brut legte eine Hand auf Falkenmonds Schulter, als er sich neben ihn stellte. Die Wellen erfaßten das Boot, die Krieger krümmten ihre Rücken und ruderten dem Schiff entgegen, dessen dunkle, polierte Hülle ein wenig des rubinfarbigen Lichtes von oben widerspiegelte. Falkenmond bewunderte seinen Bau und den hohen geschwungenen Bug.

»Ich kenne keine Flotte, die über ein solches Schiff verfügt«, sagte er.

»Es gehört auch zu keiner Flotte, Sir Falkenmond.«

Falkenmond blickte zurück. Das Land war verschwunden, verschlungen vom dichten Nebel.

»Wie kamt Ihr an jene Küste?« fragte Brut ihn.

»Das wißt Ihr nicht? Ich dachte, es sei Euch bekannt. Ich hatte Antworten auf meine Fragen erhofft. Man sagte mir, ich solle dort auf das Schiff warten. Ich verirrte mich – ich wurde von einer Kreatur, die mich haßt, aber vortäuscht, mich zu lieben, aus meiner Welt gerissen.«

»Von einem Gott?«

»Von einem Gott ohne die üblichen Attribute, falls es sich um einen Gott handelt«, erwiderte Falkenmond trocken.

»Ich hörte, daß die Götter ihre beeindruckendsten Attribute verlieren«, sagte Brut von Lashmar. »So sehr geschwächt ist ihre Macht.«

»Auf dieser Welt?«

»Das hier ist keine ›Welt‹«, erklärte ihm Brut erstaunt.

Das Boot erreichte das Schiff. Falkenmond bemerkte, daß eine stabile Strickleiter für sie herabgelassen worden war. Brut hielt sie am Fußende fest und bedeutete ihm, hochzuklettern. Falkenmond unterdrückte seine Vorsicht, die ihm riet, sich seine nächsten Schritte erst zu überlegen, ehe er an Bord stieg, und erklomm die Leiter.

Ein Befehl erschallte. Davits wurden ausgeschwenkt, um das Boot an Bord zu hieven. Eine Woge erfaßte das Schiff, ächzend schwankte es. Langsam kletterte Falkenmond höher. Er hörte das Schlagen eines Segels und das Knarren des Gangspills. Er hob die Augen. Ein unerwarteter Strahl des roten Sterns, der aus einem Riß in der Wolkendecke lugte, blendete ihn.

»Dieser Stern«, rief er. »Was ist er, Brut von Lashmar? Folgt ihr ihm?«

»Nein«, erwiderte der blonde Krieger, und seine Stimme klang plötzlich düster. »Er folgt uns.«

ZWEITES BUCH

Zwischen den Welten – Unterwegs nach Tanelorn

1. Die wartenden Krieger

Falkenmond sah sich um, als Brut von Lashmar sich ihm an Deck anschloß. Ein Wind war aufgekommen und füllte das große schwarze Segel. Ein vertrauter Wind war es. Falkenmond hatte ihn zumindest schon einmal selbst erlebt, als er und Graf Brass in den Höhlen unterhalb Londras gegen Kalan, Taragorm und ihre Anhänger gekämpft hatten. Das war damals gewesen, als die Manipulationen der zwei größten Zauberwissenschaftler des Dunklen Imperiums die Substanz des Raumes und der Zeit angegriffen hatten. Aber auch wenn der Wind ihm vertraut war, legte Falkenmond keinen Wert darauf, seinen schneidenden Atem auf seiner Haut zu spüren. Er war Brut deshalb dankbar, als er ihn das Deck entlangführte und die Tür der Heckkajüte aufriß. Eine große Laterne schaukelte an vier Silberketten von der Decke. Ihr durch rotes Glas gedämpftes Licht verteilte sich durch die verhältnismäßig geräumige Kabine. In der Mitte der Kajüte stand ein schwerer, mit den Beinen am Boden befestigter Tisch, und um ihn herum befanden sich mehrere geschnitzte Stühle, von denen einige besetzt waren. Die meisten der Anwesenden standen jedoch herum. Alle blickten Falkenmond neugierig entgegen.

»Das ist Dorian Falkenmond, Herzog von Köln«, stellte Brut ihn den anderen vor. Dann wandte er sich an Falkenmond. »Ich ziehe mich einstweilen zu meinen Kameraden in meiner eigenen Kabine zurück, werde Euch jedoch bald wieder abholen, damit Ihr dem Kapitän Eure Aufwartung machen könnt.«

»Weiß er, wer ich bin? Daß ich mich an Bord befinde?«

»Natürlich. Er sucht sich seine Passagiere sehr sorgfältig aus, unser Kapitän.« Brut lachte, und die grimmigen, harten Männer in der Kajüte stimmten in sein Lachen ein.

Falkenmonds Blick fiel auf einen der stehenden Männer – einen Recken mit ungewöhnlichen Zügen, der eine Rüstung von so feiner Handarbeit trug, daß sie fast ätherisch wirkte. Eine Brokatklappe bedeckte sein rechtes Auge, und ein Handschuh, den Falkenmond für versilberten Stahl hielt (obgleich er tief im Herzen wußte, daß es mehr als ein Handschuh war), seine Linke. Das schmale, lange, spitz zulaufende Gesicht des Kriegers, die mandelförmigen Augen mit goldener Pupille und purpurner Iris und das fast spinnwebfeine Haar verrieten, daß der Fremde einer nur fern mit den Menschen verwandten Rasse angehörte. Trotzdem empfand Falkenmond eine Vertrautheit mit ihm, die ihn magnetisch anzog und beunruhigte.

»Ich bin Corum, der Prinz im scharlachroten Mantel«, sagte der hochgewachsene Krieger und kam auf Falkenmond zu. »Ihr seid Falkenmond vom Runenstab, nicht wahr?«

»Ihr kennt mich?«

»Ich habe Euch oft gesehen. In Visionen, Sir – in Träumen. Kennt Ihr mich denn nicht?«

»Nein . . .« Aber Falkenmond kannte Prinz Corum. Auch er hatte ihn in Visionen gesehen. »Doch. Ich muß zugeben, daß ich Euch ebenfalls kenne . . .«

Prinz Corum lächelte ein wenig traurig, ein wenig grimmig.

»Wie lange seid Ihr schon an Bord dieses Schiffes?« fragte Falkenmond ihn. Er ließ sich auf einem der freien Stühle nieder und griff nach dem Weinbecher, den einer der anderen Krieger ihm anbot.

»Wer kann das schon sagen?« murmelte Corum. »Einen Tag oder ein Jahrhundert. Es ist ein Traumschiff. Ich ging an Bord in der Hoffnung, die Vergangenheit zu erreichen. Das letzte, woran ich mich erinnere, ehe ich hier ankam, war, daß ich ermordet wurde – verraten von jemandem, den ich zu lieben glaubte. Dann befand ich mich an einer nebligen Küste und war überzeugt, daß meine Seele im Limbus angekommen war, und da nahm dieses Schiff mich auf, und ich wehrte mich nicht dagegen, denn ich hatte nichts anderes zu tun. Seither füllten andere die Kabinen. Es fehlt nur noch einer, hörte ich, dann sind wir vollzählig. Ich nehme an, wir sind nun unterwegs, um diesen letzten Passagier abzuholen.«

»Und unser Bestimmungshafen?«

Corum nahm einen Schluck aus seinem Weinkelch. »Oft vernahm ich den Namen Tanelorn, doch der Kapitän selbst erwähnte ihn mir gegenüber nie. Vielleicht spricht nur die Hoffnung ihn aus. Ich weiß nichts von einem bestimmten Ziel.«

»Dann hat Brut von Lashmar mich getäuscht.«

»Wohl eher sich selbst«, meinte Corum. »Aber möglicherweise fahren wir wirklich nach Tanelorn. Ich erinnere mich schwach, daß ich schon einmal dort gewesen bin.«

»Und habt Ihr dort Frieden gefunden?«

»Für eine kurze Zeit, glaube ich.«

»Dann ist Euer Gedächtnis wohl auch nicht das beste?«

»Es ist nicht schlechter als das der meisten von uns, die auf dem Dunklen Schiff reisen«, erwiderte Corum.

»Habt Ihr schon einmal von der Konjunktion der Millionen Sphären gehört?«

»Ja, irgendwie erweckt es eine vage Erinnerung. Es ist eine Zeit großer Veränderungen auf allen Ebenen, nicht wahr? Ein Zeitpunkt, da die Ebenen sich an bestimmten Punkten ihrer Geschichte überschneiden. Wenn die normale Wahrnehmung von Zeit und Raum bedeutungslos wird und umstürzende Veränderungen der Wirklichkeit selbst möglich werden. Wenn alte Götter sterben . . .«

»Und neue geboren werden?«

»Vielleicht. Falls sie gebraucht werden.«

»Könnt Ihr mir das näher erklären, Sir?«

»Wenn ich meinem Gedächtnis nachhelfen könnte, Dorian Falkenmond, wäre ich dazu gewiß in der Lage. Es ist so viel in meinem Kopf, das ich irgendwie nicht heraus bekomme. Wissen ist dort, Erkenntnis, aber auch Schmerz – vielleicht sind Wissen und Schmerz so eng miteinander verbunden, daß eines mit dem anderen vergraben ist. Ich glaube, ich war vom Wahnsinn besessen.«

»Genau wie ich«, versicherte ihm Falkenmond. »Aber mein Geist war auch gesund. Jetzt scheine ich mich in einem

Zwischenstadium zu befinden. Es ist ein sehr merkwürdiges Gefühl.«

»Wie gut ich es kenne«, murmelte Corum. Er drehte sich um und deutete mit seinem Becher auf die anderen Anwesenden. »Laßt mich Euch mit unseren Kameraden bekanntmachen. Das hier ist Emshon von Ariso . . .«

Ein Mann mit wildem Blick und buschigem Schnurrbart blickte vom Tisch auf und brummte etwas. Er hatte eine dünne Röhre in der Hand, die er in regelmäßigen Abständen an die Lippen hob. In der Röhre schwelten Kräuter einer bestimmten Art. Ihren Rauch atmete der zwergwüchsige Krieger ein. »Seid gegrüßt, Falkenmond. Ich hoffe, Ihr seid ein besserer Seemann als ich, denn dieses verdammte Schiff hat die Angewohnheit, sich des öfteren wie eine unwillige Jungfrau aufzubäumen.«

»Emshon ist von etwas düsterem Gemüt«, sagte Corum lächelnd, »und seine Worte sind hin und wieder ein wenig grob. Aber er ist, die meiste Zeit zumindest, recht angenehme Gesellschaft. Und das hier ist Keeth Leidträger. Er ist davon überzeugt, allen, die mit ihm reisen, Unglück zu bringen . . .«

Keeth blickte verlegen zur Seite und murmelte etwas, das keiner verstehen konnte. Zum Gruß zog er eine kräftige Pranke aus seinem Bärenfellumhang, doch das einzige, was Falkenmond von seinen Worten verstehen konnte, war: »Es stimmt. Es stimmt!« Keeth Leidträger war ein großer, schwerfälliger Kämpfer mit einer Pelzmütze, der unter seinem Umhang Lederflickwerk und Wollwams trug.

»John ap-Rhyss.« Corum deutete auf einen hochgewachsenen, hageren Mann, dessen Haar weit über die Schultern fiel und dessen herabhängender Schnurrbart sein melancholisches Aussehen noch erhöhte. Er war ganz in gebleichtes Schwarz gekleidet, nur ein helles Symbol war über dem Herzen auf sein Hemd gestickt. Er trug einen dunklen, breitkrempigen Hut, und sein begrüßendes Grinsen wirkte ein wenig spöttisch.

»Heil Euch, Herzog Dorian. Wir haben von Euren Abenteuern im Lande Yel gehört. Ihr kämpft gegen das Dunkle Imperium, nicht wahr?«

»Ich tat es«, erwiderte Falkenmond. »Aber der Kampf ist längst gewonnen.«

»Bin ich schon so lange fort?« John ap-Rhyss runzelte die Stirn.

»Es ist sinnlos, die Zeit auf normale Weise messen zu wollen«, warnte Corum. »Findet Euch damit ab, daß in Falkenmonds unmittelbarer Vergangenheit das Dunkle Imperium besiegt ist, während es in Eurer noch mächtig ist.«

»Man nennt mich Überläufer Nikhe«, machte John ap-Rhyss' Nebenmann sich selbst bekannt. Er hatte einen Bart, rotes Haar und eine ruhige, trockene Art. Seine Kleidung bildete einen auffallenden Gegensatz zu der düsteren von ap-Rhyss'. Überall bedeckten sie klingelnde Talismane, Glasperlen, verzierte Lederstücke, Stickereien und Glückbringer aus Gold, Silber und Messing. Seine Schwerthülle war mit Halbedelsteinen in der Form von winzigen Falken, Sternen und Pfeilen geschmückt. »Ehe Ihr es von anderen erfahrt, möchte ich Euch gleich darauf hinweisen, daß man mich in bestimmten Gegenden meiner eigenen Welt als Verräter betrachtet, da ich während einer Schlacht einmal aus gutem Grund die Seiten wechselte. Ich bin kein Infanterist oder Kavallerist wie die meisten von euch, sondern ein Seemann. Mein Schiff wurde von einem Zerstörer der Flotte König Fesfatons gerammt. Ich war am Ertrinken, als man mich an Bord dieses Schiffes zog. Ich glaubte, man würde mich zur Unterstützung der Mannschaft benötigen, aber man behandelt mich als Passagier.«

»Wer ist dann die Mannschaft des Schiffes?« erkundigte sich Falkenmond, denn außer diesen Kriegern hatte er niemanden gesehen.

Überläufer Nikhe lachte in seinen roten Bart. »Verzeiht«, entschuldigte er sich. »Aber es sind keine Seeleute an Bord, wenn Ihr vom Kapitän abseht.«

»Das Schiff benötigt keine Mannschaft«, erklärte Corum ruhig. »Wir haben uns schon gefragt, ob der Kapitän es kommandiert, oder es ihn.«

»Es ist ein magisches Schiff, und ich wollte, ich hätte nichts damit zu tun«, sagte einer, der bisher geschwiegen hatte. Er war feist und steckte in einem stählernen Brustharnisch, der mit nackten Frauen in allen möglichen Posen graviert war. Darunter trug er ein rotes Seidenhemd, und um seinen Hals ein schwarzes Tuch. Goldene Ringe baumelten von seinen großen Ohrläppchen, und sein schwarzes Haar fiel in Ringellocken bis zu den Schultern. Sein schwarzer Spitzbart war gestutzt, und sein Schnurrbart über den Wangen bis fast zu den harten, braunen Augen hochgezwirbelt. »Ich bin Baron Gotterin von Nimplaset-in-Khorg, und ich kenne das Ziel dieses Schiffes.«

»Und das wäre, mein Herr?«

»Die Hölle, Sir. Ich bin tot, wie alle anderen auch, nur sind einige zu feige, es zuzugeben. Auf der Erde sündigte ich voll Eifer und mit viel Phantasie, und ich habe keinen Zweifel an meinem Schicksal.«

»Eure Phantasie läßt Euch offenbar jetzt im Stich, Baron Gotterin«, sagte Corum trocken.

Baron Gotterin zuckte die Schultern und beschäftigte sich mit dem Inhalt seines Bechers.

Ein alter Mann trat aus den Schatten. Er war dünn, aber kräftig und trug fleckige, gelbe Lederkleidung, die seine Blässe noch betonte. Auf dem Kopf saß ein verbeulter Schlachthelm aus Holz und Eisen, die Holzteile mit Messingnägeln beschlagen. Seine Augen waren blutunterlaufen, er wirkte launenhaft, und seine Mundwinkel hingen mürrisch nach unten. Er kratzte sich am Nacken und brummte: »Ich wäre lieber in der Hölle als auf diesem verdammten Schiff gefangen. Wie wir alle hier bin ich ein Soldat, und ich habe keinen anderen Wunsch, als meinem Beruf wieder nachgehen zu können. Im Augenblick kenne ich nur Langeweile.« Er nickte Falkenmond zu. »Ich bin Chaz von Elaquol und habe die zweifelhafte Ehre, nie einer siegreichen Armee angehört zu haben. Ich floh, geschlagen wie üblich, als meine Verfolger mich in die See hetzten. Ich habe kein Glück in der Schlacht, doch nie wurde ich je gefangengenommen. Das hier aber war meine ungewöhnlichste Rettung, wenn man es so nennen kann.«

»Thereod von den Höhlen.« Einer, der noch bleicher als Chaz war, verbeugte sich knapp. »Ich grüße Euch, Falkenmond. Dies hier ist meine erste Seereise, deshalb finde ich alles daran interessant.« Er war der Jüngste der Anwesenden und schien ein wenig ungeschickt in seiner Bewegung. Seine Kleidung war aus den leicht schillernden Häuten irgendwelcher Reptilien, genau wie die Mütze auf seinem Kopf. Sein Schwert war so lang, daß es noch einen guten Fuß über seinen Rücken herausragte (über den er es geschlungen hatte) und fast den Boden berührte.

Der letzte, den Falkenmond kennenlernen sollte, mußte von Corum erst wachgerüttelt werden. Er saß am Tischende, einen leeren Becher in den behandschuhten Fingern, und sein Gesicht unter dem blonden, herabhängenden Haar verborgen. Er rülpste, grinste verlegen und blickte Falkenmond gutmütig, aber ein wenig töricht an. Dann füllte er seinen Becher nach, goß den Wein in einem Zug hinunter und öffnete schließlich die Lippen, um zu sprechen, aber es gelang ihm nicht. Die Augen fielen ihm wieder zu, und er begann zu schnarchen.

»Das ist Reingir«, sagte Corum, »mit dem Spitznamen ›Fels‹, doch wie er dazu kam, konnte er uns nicht erzählen, da er dazu noch nie lange genug nüchtern war. Er war betrunken, als er an Bord kam, und er hält diesen Zustand seither aufrecht. Er wird jedoch nie ausfallend und singt manchmal sogar sehr unterhaltend für uns.«

»Und Ihr wißt nicht, weshalb wir alle mehr oder weniger hier eingesammelt wurden? Wir haben offenbar nicht viel mehr gemeinsam, als daß wir alle Krieger sind.«

»Wir wurden ausgewählt, um gegen irgendeinen Feind des Kapitäns zu kämpfen«, behauptete Emshon. »Aber was geht dieser Kampf mich an? Ich hätte es vorgezogen, daß man mich nach meiner Meinung fragte, ehe man mich in engere Wahl zog. Ich hatte einen Plan, des Kapitäns Kajüte zu stürmen und das Kommando über das Schiff zu übernehmen, um zu freundlicheren Gestaden zu segeln, aber diese ›Helden‹ wollen nichts davon wissen. Viel Mut hat keiner. Der Kapitän brauchte nur zu furzen, und sie würden sich in die Hosen machen!«

Die anderen schienen sich über Emshons Wortwahl zu amüsieren. Offenbar waren sie sie hinlänglich gewöhnt.

»Wißt Ihr, weshalb wir hier sind, Prinz Corum?« fragte Falkenmond. »Habt Ihr mit dem Kapitän darüber gesprochen?«

»Gesprochen – ja, und nicht zu kurz. Aber ich werde nichts sagen, ehe Ihr ihn nicht selbst gesehen habt.«

»Und wann wird das sein?«

»Sehr bald, nehme ich an. Jeder von uns wurde kurz nach seiner Ankunft zu ihm beordert.«

»Und erfuhr so gut wie nichts!« beklagte sich Chaz von Elaquol. »Mich interessiert einzig und allein, wann der Kampf beginnt. Und ich wünsche mir, daß wir ihn gewinnen. Ich möchte wenigstens einmal auf der Seite des Siegers sein, ehe ich sterbe!«

John ap-Rhyss lächelte, daß seine Zähne glitzerten. »Ihr macht uns keinen großen Mut mit den vielen Geschichten Eurer Niederlagen.«

Chaz erklärte mit ernster Stimme: »Es ist mir gleichgültig, ob ich die bevorstehende Schlacht überlebe oder nicht, aber ich habe das starke Gefühl, daß sie für einige von uns den Sieg bringen wird.«

»Nur für einige?« Emshon von Ariso schnaubte und machte eine abfällige Geste. »Für den Kapitän, höchstwahrscheinlich.«

»Ich bin der Meinung, daß wir für etwas Großes bestimmt sind«, sagte Überläufer Nikhe ruhig. »Es ist keiner unter uns, der dem Tod nicht nahe war, ehe das Dunkle Schiff uns aufnahm. Wenn wir sterben müssen, ist es sicherlich für eine gute Sache.«

»Ihr seid romantisch veranlagt, Sir«, brummte Baron Gotterin. »Ich bin Realist. Ich glaube nichts von dem, was der Kapitän uns erzählte. Ich weiß ganz sicher, daß wir unserer Strafe entgegensehen.«

»Was immer Ihr auch sagt, Sir, beweist nur eines – Eure stumpfsinnige, primitive Einstellung.« Emshon fand seine Bemerkung sichtlich gelungen. Er grinste.

Baron Gotterin drehte sich wortlos um und sah sich den melancholischen Augen Keeth Leidträgers gegenüber, der sofort verlegen hüstelte und zu Boden blickte.

»Diese Sticheleien verdrießen mich«, sagte Thereod von den Höhlen. »Hätte jemand Lust, eine Partie Schach mit mir zu spielen?« Er deutete auf ein großes Spielbrett, das mit Lederriemen an einer Wand befestigt war.

»Ich«, rief Emshon. »Obgleich ich es eintönig finde, daß ich Euch immer schlage.«

»Mir ist das Spiel noch neu«, erwiderte Thereod sanft. »Aber ich lerne, das müßt Ihr doch zugeben, Emshon.«

Emshon erhob sich und half Thereod das Brett loszubinden. Gemeinsam trugen sie es zum Tisch. Thereod holte aus einer Truhe eine Schachtel mit Figuren und stellte sie auf. Einige der anderen sahen den beiden beim Spiel zu.

Falkenmond wandte sich an Corum. »Sind alle hier unsere Gegenstücke?«

»Gegenstücke oder andere Inkarnationen, meint Ihr das?«

»Andere Manifestationen des sogenannten Ewigen Helden«, sagte Falkenmond. »Ihr kennt die Theorie. Sie erklärt, weshalb wir einander erkennen, weshalb wir uns in Visionen gesehen haben.«

»Natürlich kenne ich die Theorie«, versicherte ihm Corum. »Aber die wenigsten der Krieger hier dürften unsere Gegenstücke sein, wie Ihr es nanntet. Einige kommen von den gleichen Welten. John ap-Rhyss, beispielsweise, ist aus Eurer und aus fast derselben Zeit. Nein, unter all den Anwesenden hier teilen nur Ihr und ich – wie soll ich es sagen? – eine Seele miteinander.«

Falkenmond blickte Corum durchdringend an. Dann erschauderte er.

2. Der blinde Kapitän

Falkenmond hatte keine Vorstellung, wieviel Zeit vergangen war, als Brut in die Kajüte zurückkehrte. Aber Emshon und Thereod hatten inzwischen schon zwei Partien Schach beendet und ein neues Spiel begonnen.

»Der Kapitän ist bereit, Euch jetzt zu empfangen, Falkenmond.« Brut sah müde aus. Nebel drang durch die geöffnete Tür, ehe er sie hastig schloß.

Falkenmond erhob sich von seinem Stuhl. Sein Schwert verfing sich unter dem Tisch. Er mußte sich bücken, um es freizubekommen. Dann hüllte er sich in seinen Umhang und hakte ihn zu.

»Tanzt doch nicht gleich, wenn er pfeift«, brummte Emshon mißmutig und sah vom Spielbrett auf. »Schließlich brauchen nicht wir ihn, sondern er braucht uns, für was immer er auch vorhat.«

Falkenmond lächelte. »Es ist meine Neugier, die mich eilen läßt, Emshon von Ariso.«

Er folgte Brut aus der Kajüte und das eisige Deck entlang. Ihm war, als hätte er ein großes Rad am Bug gesehen, als er an Bord gekommen war, und jetzt bemerkte er eines am Heck. Er machte Brut darauf aufmerksam.

Brut nickte. »Es gibt zwei, aber nur einen Steuermann. Vom Kapitän abgesehen, ist er die einzige Besatzung an Bord.« Brut deutete auf den dichten, weißen Nebel, und jetzt erst fielen Falkenmond die Umrisse eines Mannes mit beiden Händen am Ruder auf. Er schien ihm fast reglos zu sein, als wäre er ein Teil des Steuerrads und des Decks, und einen Augenblick hegte Falkenmond Zweifel, daß der Mann überhaupt lebte. Er trug ein dickes, gestepptes Wams und ebensolche Beinkleider. Aus der Bewegung des Schiffes erkannte Falkenmond, daß es mit höherer als normaler Geschwindigkeit durch die Wellen brauste, und als er zum Segel hochblickte, sah er, daß es prall gefüllt war, obgleich kein Wind wehte, nicht einmal dieser unirdische, mit dem er bereits Bekanntschaft geschlossen hatte.

Sie kamen an einer Kajüte vorbei, ähnlich der, die sie verlassen hatten, und erreichten das höher gelegene Vorderdeck. Unter ihm befand sich eine Tür, die nicht aus dem gleichen dunklen Holz war wie der Rest des Schiffes, sondern aus Metall, aber aus einem Metall von irgendwie vibrierenden, organischen Eigenschaften und einem rötlichen Ton, der Falkenmond an einen Fuchspelz erinnerte.

»Das ist die Kajüte des Kapitäns«, sagte Brut. »Ich verlasse Euch hier. Ich hoffe, Ihr erhaltet zumindest auf einige Eurer Fragen Antwort.«

Brut kehrte zu seiner eigenen Kabine zurück und überließ Falkenmond seinen Betrachtungen der sonderbaren Tür. Schließlich streckte er prüfend eine Hand danach aus, um das

Metall zu betasten. Es war warm. Falkenmond hatte das Gefühl, als hätte ihn ein leichter Schlag getroffen.

»Tretet ein, Falkenmond«, forderte ihn eine Stimme aus dem Innern auf. Es war eine tiefe, melodische Stimme, aber sie klang, als käme sie aus weiter Ferne.

Falkenmond suchte nach der Klinke oder einem anderen Öffnungsmechanismus, fand jedoch nichts Derartiges. Er drückte gegen die Tür, da sprang sie bereits auf. Helles, rubinrotes Licht schlug gegen die inzwischen an die Düsternis der Heckkabine gewöhnten Augen. Falkenmond blinzelte, aber er bewegte sich auf das Licht zu, während die Tür sich hinter ihm schloß. Die Luft war warm und süßlich. Messing, Gold und Silber glitzerte, Glas spiegelte. Falkenmond sah kostbare Wandbehänge, einen weichen, vielfarbigen Teppich, rote Lampen, kunstvolle Schnitzereien, sanftes Purpur, Dunkelgrün und Gelb; einen hochpolierten Schreibtisch mit gedrechselter, funkelnder Goldumrandung. Verschiedene Instrumente lagen darauf, Karten, ein Buch. Truhen standen an den Wänden und eine verhängte Koje. Hinter dem Schreibtisch hatte ein Mann sich aufgerichtet, der nach Gesicht und Gestalt ein Verwandter Corums sein mochte. Er hatte den gleichen schmalen, spitzzulaufenden Kopf, das gleiche feine rotgoldene Haar, die großen mandelförmigen Augen. Sein loses Gewand war gelblich-braun, seine Sandalen waren silberfarbig und mit Silbersenkel über die Waden gebunden. Ein Reif aus blauem Jade hielt sein Haar zusammen. Aber es waren die Augen, die Falkenmonds Blick sofort auf sich zogen. Sie waren von einem milchigen Weiß mit blauen Pünktchen. Der Kapitän war blind.

»Seid gegrüßt, Falkenmond«, sagte er lächelnd. »Hat man Euch schon mit unserem Wein willkommen geheißen?«

»Ja, ich hatte bereits etwas Wein.« Falkenmond beobachtete den Mann, als er zielsicher auf eine Truhe zuschritt, auf der auf einem Tablett eine Silberkanne und Silberbecher standen.

»Trinkt Ihr noch einen Schluck mit mir?«

»Sehr gern, Sir.«

Der Kapitän schenkte ein, und Falkenmond griff nach einem der Becher. Er nippte am Wein, und großes Wohlbehagen erfüllte ihn.

»Einen Wein dieser Art habe ich noch nicht gekostet«, erklärte er.

»Er hat eine belebende Wirkung, und Ihr braucht seinen Genuß nicht zu bereuen, das versichere ich Euch«, sagte der Kapitän und nahm einen Schluck aus seinem Becher.

»Ich hörte ein Gerücht, Sir, daß Euer Schiff nach Tanelorn unterwegs ist.«

»Viele unter denen, die mit uns fahren, sehnen sich nach Tanelorn«, erwiderte der Kapitän und wandte die blinden Augen Falkenmond zu. Einen Moment hatte Falkenmond das Gefühl, als hätte der andere ihm zutiefst in die Seele geschaut. Er durchquerte die Kabine und starrte durch eines der Bullaugen auf den weißen, wirbelnden Nebel. Das stetige Auf und Ab des durch die Wellen tauchenden Schiffes schien noch ausgeprägter zu werden.

»Eure Antwort ist nicht sehr vielsagend.« Falkenmond drehte sich wieder um. »Ich hatte gehofft, Ihr wärt offener zu mir.«

»Ich bin so offen, wie ich nur sein kann, Herzog Dorian, seid dessen versichert.«

»Versicherungen . . .«, begann Falkenmond, doch dann schluckte er den Rest des Satzes.

»Ich weiß«, murmelte der Kapitän. »Einem gequälten Geist wie Eurem nutzen sie wenig. Aber ich glaube, mein Schiff bringt Euch Tanelorn und Euren Kindern näher.«

»Es ist Euch bekannt, daß ich meine Kinder suche?«

»Ja, ich weiß, daß Ihr ein Opfer der Risse seid, die sich durch die Konjunktur der Millionen Sphären ergeben.«

»Könnt Ihr mir mehr darüber verraten, Sir?«

»Ihr wißt bereits, daß viele Welten in Verbindung mit Eurer existieren, jedoch Barrieren Wahrnehmung und Kontakt verhindern. Ihr wißt, daß ihre Geschichte häufig der Eurer Welt ähnelt. Ihr wißt auch, daß die Wesen, die von manchen die Lords der Ordnung und die Lords des Chaos genannt werden, ständig um die Oberherrschaft über diese Welten Krieg gegeneinander führen, und daß die Bestimmung gewisser Männer und Frauen ist, an diesen Kriegen aktiv teilzunehmen.«

»Ihr sprecht von dem Ewigen Helden?«

»Von ihm und jenen, die sein Los teilen.«

»Jhary-a-Conel?«

»Das ist einer seiner Namen. Und Yisselda ist ein anderer. Auch sie hat viele Gegenstücke.«

»Und was ist mit dem kosmischen Gleichgewicht?«

»Von ihm und dem Runenstab ist nur wenig bekannt.«

»Ihr dient weder dem einen noch dem anderen?«

»Ich glaube nicht.«

»Das zumindest empfinde ich als Erleichterung«, versicherte ihm Falkenmond und stellte seinen leeren Becher auf das Tablett zurück. »Ich bin des Geredes über große Bestimmungen müde.«

»Ich werde von nichts weiter als unserer Sache des Überlebens sprechen«, beruhigte ihn der Kapitän. »Mein Schiff ist schon immer *zwischen* den Welten gefahren – und beschützt so vielleicht die vielen Grenzen, wo sie am gefährdetsten sind. Ich glaube, mein Steuermann und ich haben nie ein anderes Leben gekannt. Ich beneide Euch, Held – ich beneide Euch um die Vielfalt Eurer Erlebnisse.«

»Ich hätte nichts dagegen, mit Euch zu tauschen.«

Der Blinde lachte leise. »Ich fürchte, das ist nicht möglich.«

»Meine Anwesenheit auf Eurem Schiff hängt also irgendwie mit der Konjunktur der Millionen Sphären zusammen?«

»Allerdings. Wie Ihr wißt, ist diese Konjunktur sehr selten. Und diesmal kämpfen die Lords der Ordnung und des Chaos und ihre unzähligen Anhänger mit besonderer Heftigkeit, um eine Entscheidung herbeizuführen, wer über die Welten herrschen wird, sobald die Konjunktur vorüber ist. Ihr seid dabei in allen Euren Gestalten einbezogen, denn Ihr seid von größter Wichtigkeit für sie, dessen müßt Ihr Euch bewußt sein. Als Corum habt Ihr ein besonderes Problem für sie aufgeworfen.«

»Corum und ich sind demnach der gleiche?«

»Verschiedene Manifestationen des gleichen Helden, aus verschiedenen Welten zu verschiedenen Zeiten geholt. Eine gefährliche Sache – normalerweise sind zwei Erscheinungen des Helden in derselben Welt zur selben Zeit alarmierend. Und diesmal haben wir gleich vier solcher Erscheinungen. Ihr habt Erekosë noch nicht getroffen?«

»Nein.«

»Er ist in der Vorderkajüte untergebracht mit acht weiteren Kriegern. Sie warten nur noch auf Elric. Wir sind zu ihm unterwegs. Er muß aus einer Zeit geholt werden, die Eure Vergangenheit wäre. Genau wie Corum aus einer Zeit gezogen wurde, die Eure Zukunft wäre, würdet Ihr die gleiche Welt teilen. Derart sind die Kräfte gegenwärtig am Werk, die uns zu so ungeheuerlichen Einsätzen und Risiken veranlassen. Ich hoffe, sie erweisen sich als erfolgreich.«

»Und was sind diese Kräfte?«

»Ich sage Euch, was ich den beiden anderen bereits berichtet habe und was ich auch Elric erzählen werde. Zu mehr bin ich nicht in der Lage, also stellt keine weiteren Fragen, wenn ich geendet habe. Erklärt Ihr Euch damit einverstanden?«

»Es bleibt mir wohl keine andere Wahl«, sagte Falkenmond.

»Wenn die Zeit gekommen ist, werde ich Euch berichten, was ungesagt blieb.«

»Fahrt fort, Sir«, bat Falkenmond höflich.

»Unser Ziel ist eine Insel, die gleichzeitig im Nichts oder Limbus, wenn Ihr es lieber so nennen wollt, und auf allen Welten ist, auf denen die Menschheit lebt. Diese Insel – oder vielmehr die Stadt auf dieser Insel – wurde viele Male angegriffen. Und sowohl Ordnung als auch Chaos möchten über sie herrschen, doch nie ist das der einen oder anderen Seite geglückt. Früher einmal stand sie unter dem Schutz von Wesen, die als Graue Lords bekannt waren, aber diese sind längst verschwunden – niemand weiß wohin. Dann kamen Feinde von ungeheurer Macht – Wesen, die alle Welten für immer vernichten möchten. Die Konjunktur erst ermöglichte ihr Eindringen in unser Multiversum. Und nun, da sie diesen Stützpunkt an unseren Grenzen übernommen haben, werden sie ihn nicht verlassen, bis sie alles Leben vernichtet haben.«

»Dann müssen sie wahrhaftig sehr mächtig sein. Und dieses Schiff hat die Aufgabe, einen Trupp von Kriegern zu sammeln und aufzunehmen, um sich mit jenen zusammenzutun, die diesen Feind bekämpfen?«

»Das Schiff ist unterwegs, um gegen den Feind zu kämpfen, ja.«

»Aber gewiß werden wir geschlagen?«

»Nein. Allein, in irgendeiner Eurer Manifestationen, hättet Ihr allerdings nicht die Macht, diesen Feind zu besiegen. Deshalb wurden auch die anderen gerufen. Später erzähle ich Euch mehr.« Der Kapitän hielt inne, als lausche er auf etwas außerhalb des Schiffes. »Ah, ich glaube, es ist soweit. Wir werden nun auch unseren letzten Passagier finden. Geht jetzt, Falkenmond. Verzeiht meine Manieren, aber Ihr müßt mich nun verlassen.«

»Wann werde ich mehr erfahren, Sir?«

»Bald.« Der Kapitän deutete auf die Tür, die sich geöffnet hatte. »Bald.«

Mit dem Kopf voll von allem, was er erfahren hatte, stolperte Falkenmond zurück in den Nebel.

Weit in der Ferne hörte er das Donnern einer Brandung. Da wußte er, daß das Schiff sich Land näherte. Einen Augenblick nahm er sich vor, an Deck zu bleiben und sich das Land anzusehen, wenn das möglich war, aber dann änderte etwas seinen Entschluß, und er eilte zur Heckkajüte, nachdem er einen letzten Blick auf den reglosen, geheimnisvollen Steuermann geworfen hatte, der immer noch wie erstarrt am Vorderruder stand.

3. Die Insel der Schatten

»Hat der Kapitän Euch aufgeklärt, Sir Falkenmond?« Emshon griff nach der schwarzen Dame, als Falkenmond zurück in die Kajüte kam.

»Ein wenig. Allerdings gab er mir dadurch noch mehr Rätsel auf«, gestand Falkenmond. »Weshalb, eigentlich, scheint unsere Zahl von Bedeutung zu sein? Zehn Mann in einer Kajüte?«

»Vermutlich finden gerade zehn bequem Platz in einer Kabine«, meinte Thereod, der offenbar am gewinnen war.

»Auf dem Zwischendeck müßte genügend Raum sein«, überlegte Corum laut. »Platzmangel dürfte also nicht der Grund sein.«

»Was ist mit Schlafmöglichkeiten?« fragte Falkenmond. »Ihr seid alle länger an Bord als ich. Wo schlaft ihr?«

»Wir schlafen nicht«, brummte Baron Gotterin. Der feiste Mann deutete mit einem Daumen auf den schnarchenden Reingir. »Außer ihm. Und er schlummert die ganze Zeit.« Er befingerte seinen öligen Bart. »Wer schläft schon in der Hölle?«

»Ihr stimmt immer die gleiche Leier an, seit Ihr an Bord kamt«, wies John ap-Rhyss ihn zurecht. »Ein taktvoller Mann würde schweigen oder sich etwas Neues einfallen lassen.«

Gotterin lachte höhnisch und wandte ap-Rhyss den Rücken zu.

Der hochgewachsene, langhaarige Mann aus Yel seufzte und nahm einen tiefen Schluck aus seinem Becher.

»Der letzte wird bald an Bord geholt werden«, sagte Falkenmond. Er sah Corum an. »Er heißt Elric. Ist Euch der Name bekannt?«

»Das ist er. Euch nicht?«

»Doch.«

»Elric, Erekose und ich kämpften zu einer Zeit der Krise Seite an Seite. Der Runenstab rettete uns damals aus dem einstürzenden Turm von Voilodion Ghagnasdiak.«

»Was wißt Ihr vom Runenstab? Hat er etwas mit dem kosmischen Gleichgewicht zu tun, von dem ich in letzter Zeit so viel hörte?«

»Möglich«, erwiderte Corum. »Aber erwartet keine Aufklärung von mir, Freund Falkenmond. Ich bin genauso verwirrt wie Ihr.«

»Beide scheinen auf das Gleichgewicht der Kräfte bedacht zu sein.«

»So ist es.«

»Gleichgewicht der Kräfte bedeutet in diesem Fall die Erhaltung der Macht der Götter. Weshalb kämpfen wir dafür, ihre Macht zu erhalten?«

Corums Gedanken verirrten sich in die Vergangenheit. »Tun wir das denn?«

»Tun wir es vielleicht nicht?«

»Gewöhnlich schon, nehme ich an«, antwortete Corum.

»Ihr werdet so rätselhaft wie der Kapitän.« Falkenmond lachte. »Was meint Ihr eigentlich?«

Corum schüttelte verwirrt den Kopf. »Ich bin mir selbst nicht sicher.«

Falkenmond wurde bewußt, daß er sich wohler fühlte als seit langem. Er erwähnte es.

»Ihr habt des Kapitäns Wein getrunken«, sagte Corum. »Er, glaube ich, ist es, der uns bei Kräften hält. Es ist mehr davon hier. Ich bot Euch lediglich den normalen an, aber wenn Ihr möchtet . . .«

»Nicht jetzt, danke. Aber er schärft den Verstand.«

»Oh, wirklich?« warf Keeth Leidträger ein. »Ich fürchte, er stumpft meinen ab. Ich bin völlig durcheinander.«

»Das sind wir alle«, brummte Chaz von Elaquol abweisend. Er zog sein Schwert ein Stück aus der Scheide, dann schob er es zurück. »Ich habe nur dann einen klaren Kopf, wenn ich kämpfe.«

»Ich nehme an, daß es bald zum Kampf kommen wird«, sagte Falkenmond.

Das lenkte die Aufmerksamkeit aller auf ihn, und Falkenmond berichtete, was er vom Kapitän erfahren hatte. Aufgeregt gaben die Männer sich allen möglichen Vermutungen hin, und selbst Baron Gotterin schien aufzuleben und sprach nicht mehr von der Hölle und der Bestrafung für seine Sünden.

Falkenmond neigte dazu, Prinz Corums Nähe zu meiden, nicht weil er ihm unsympathisch war (im Gegenteil, er fühlte sich ihm sehr zugetan), sondern weil allein der Gedanke, eine Kabine mit einer seiner Inkarnationen zu teilen, ihm die Ruhe raubte. Corum schien es ähnlich zu ergehen.

So verlief die Zeit.

Später schwang die Tür auf, und zwei hochgewachsene Männer traten ein. Einer war dunkel, kräftig und breitschultrig, mit einem von Sorgen und unzähligen Narben gezeichneten Gesicht, das trotzdem ungemein gutaussehend war. Es fiel schwer, sein Alter zu schätzen, vermutlich war er etwa vierzig. Sein dunkles Haar war mit Silber durchzogen. Seine tiefliegenden Augen wirkten intelligent und verrieten einen tiefen Kummer. Er trug feste Lederkleidung, die an Schultern, Ellbogen und Handgelenken mit verbeulten Eisenplättchen verstärkt war. Er erkannte Falkenmond und nickte Corum zu, als sähe er ihn nicht zum erstenmal. Sein Begleiter war schlank und hatte der Figur nach viel mit Corum und dem Kapitän gemein. Seine Augen waren rot und glühten wie die Kohlen eines übernatürlichen Feuers aus einem kreideweißen, blutlosen Gesicht – das Gesicht eines Leichnams. Auch sein langes Haar war weiß. Er war in einen schweren Lederumhang gehüllt, dessen Kapuze er zurückgestreift hatte. Aus dem Umhang hoben sich die Umrisse eines großen Breitschwerts ab. Falkenmond fragte sich, weshalb bei ihrem Anblick etwas kalt nach seinem Herzen zu greifen schien.

Corum erkannte den Albino. »Elric von Melniboné!« rief er. »Meine Überlegungen scheinen sich zu bewahrheiten!« Er blickte Falkenmond auffordernd an, aber dieser hielt sich zurück. Er war sich nicht sicher, ob er sich über das Erscheinen des weißen Schwertkämpfers freuen sollte. »Seht, Falkenmond, er ist derjenige, von dem ich Euch erzählte.«

Der Albino blickte ihn verwirrt an. »Ihr kennt mich, Sir?«

Corum lächelte. »Auch Ihr müßt mich kennen, Elric. Erinnert Euch doch! Der Turm von Voilodion Ghagnasdiak! Wir waren gemeinsam dort, mit Erekose – wenngleich einem etwas anderen Erekose.«

»Ich kenne keinen solchen Turm, keinen ähnlichen Namen. Und Erekose sehe ich heute zum erstenmal.« Elric sah seinen Begleiter fast hilfesuchend an. »Ihr kennt mich und meinen Namen, Sir, aber ich kenne Euch nicht. Ich muß gestehen, das bringt mich ein wenig aus der Fassung.«

Jetzt erst öffnete der andere die Lippen. Seine Stimme war tief, wohlklingend und melancholisch. »Auch ich hatte Prinz Corum, ehe ich an Bord kam, nicht persönlich kennengelernt«, erklärte Erekose. »Doch er besteht darauf, daß wir bereits einmal gemeinsam kämpften, und ich glaube ihm. Die Zeit verläuft auf den verschiedenen Ebenen nicht immer gleich. Prinz Corum könnte sehr wohl in Tagen leben, die wir der Zukunft zurechnen.«

Falkenmonds Kopf schwirrte. Er wollte nichts mehr hören. Er sehnte sich nur noch nach der verhältnismäßigen Unkompliziertheit seiner eigenen Welt. »Ich hatte mir eine Erholung von derartigen Paradoxa erhofft«, gestand er. Er rieb sich die Augen und die Stirn und betastete flüchtig die Narbe, wo einst das Schwarze Juwel eingebettet gewesen war. »Aber ich fürchte, sie ist gegenwärtig auf keiner der Ebenen zu finden. Alles ist in Bewegung, ja selbst unsere Manifestationen können sich jeden Augenblick verändern.«

Corum war hartnäckig, er redete immer noch auf Elric ein. »Wir waren drei! Entsinnt Ihr Euch denn wirklich nicht, Elric? Die drei, die eins sind?«

Offenbar hatte Elric keine Ahnung, wovon Corum sprach.

»Nun ja.« Corum zuckte die Schultern. »Jetzt sind wir vier. Sagte der Kapitän etwas von einer Insel, die wir stürmen sollen?«

»Das hat er.« Der Neuangekommene blickte von Gesicht zu Gesicht. »Wißt Ihr, wer diese Feinde sein könnten?«

Falkenmond empfand jetzt fast ein freundschaftliches Gefühl für den Albino. »Wir wissen nicht mehr und nicht weniger als Ihr, Elric. Ich suche eine Stadt namens Tanelorn und zwei Kinder. Vielleicht suche ich auch den Runenstab, doch dessen bin ich mir nicht ganz sicher.«

Corum, der sich immer noch bemühte, Elrics Gedächtnis aufzufrischen, warf ein: »Wir fanden ihn einmal. Wir drei! In Voilodion Ghagnasdiaks Turm. Er war uns von großer Hilfe.«

Falkenmond fragte sich, ob Corum ganz bei Sinnen war. »So wie er vielleicht mir von Hilfe sein könnte. Ich diente ihm dereinst. Ich nahm viel für ihn auf mich.« Er starrte Elric verblüfft an, denn das weiße Gesicht wurde ihm mit jedem Augenblick vertrauter. Da erkannte er auch, daß es nicht Elric war, den er fürchtete, sondern das mächtige Schwert des Albinos.

»Wir haben viel gemeinsam, wie ich bereits erwähnte, Elric.«

Erekose bemühte sich sichtlich, die Atmosphäre zu entspannen. »Vielleicht haben wir auch die gleichen Herren?«

Elrics Schulterzucken wirkte arrogant. »Ich diene keinem Herrn außer mir selbst.«

Unwillkürlich mußte Falkenmond lächeln. Er stellte fest, daß auch die beiden anderen lächelten.

Und als Erekose murmelte: »Von Abenteuern wie diesen vergißt man vieles – wie von Träumen.« Fast gegen seinen Willen sagte Falkenmond voll Überzeugung: »Dies *ist* ein Traum! Seit kurzem habe ich viele wie ihn.«

Corum, der nun für sich selbst sprach, flüsterte: »Es ist alles ein Traum, wenn man es so nimmt. Das ganze Leben.«

Elric machte eine abfällige Geste, die Falkenmond ein wenig ärgerte. »Traum oder Wirklichkeit, es läuft beides auf das gleiche hinaus, oder nicht?«

»Wie recht Ihr habt.« Erekoses Augen wirkten noch melancholischer.

»In meiner eigenen Welt«, sagte Falkenmond scharf, »kannten wir den genauen Unterschied zwischen Traum und Wirklichkeit. Erregt eine solche Unsicherheit nicht eine seltsame Form von Lethargie in uns?«

»Dürfen wir es uns denn erlauben zu denken?« fragte Erekose fast heftig. »Können wir uns denn eine gründliche Analyse leisten? Was meint Ihr ehrlich, Sir Falkenmond?«

Da erkannte auch Falkenmond plötzlich Erekoses Schicksal. Und er wußte, daß es auch seines war. Beschämt schwieg er.

»Ich erinnere mich jetzt«, sagte Erekose sanfter. »Ich war, bin oder werde Dorian Falkenmond sein. Ja, ich erinnere mich!«

»Und das ist unser groteskes und erschreckendes Los«, erklärte Corum. »Wir alle sind ein und derselbe – doch nur Ihr, Erekose könnt Euch aller Inkarnationen entsinnen.«

»Ich wollte, mein Erinnerungsvermögen wäre weniger gut«, flüsterte der kräftige Mann. »So lange schon suche ich Tanelorn und meine Ermizhdad. Und nun kommt die Konjunktion der Millionen Sphären, wenn alle Welten sich überschneiden und es Wege von allen zu allen gibt. Finde ich den Weg, werde ich Ermizhdad wiedersehen – sie und alles, was mir teuer ist. Und der Ewige Held findet seine Ruhe. Wir alle werden unsere

Ruhe finden, denn unser Schicksal ist so eng miteinander verknüpft. Die Zeit ist wieder einmal für mich gekommen. Ich weiß jetzt, daß ich die zweite Konjunktion erlebe. Die erste riß mich aus einer Welt und stürzte mich in endlose Kämpfe. Gelingt es mir nicht, diese zweite zu nutzen, werde ich nie Frieden kennen. Jetzt ist meine einzige Chance. Ich hoffe aus tiefstem Herzen, daß wir nach Tanelorn kommen.«

»Das hoffe ich mit Euch«, murmelte Falkenmond.

Als die anderen beiden die Kajüte wieder verlassen hatten, erklärte Falkenmond sich zu einer Partie Schach mit Corum einverstanden (obgleich er immer noch davor zurückscheute, zuviel Zeit in der Gesellschaft des anderen zu verbringen). Es wurde ein merkwürdiges Spiel – jeder ahnte des anderen Zug genau voraus. Corum fand sich lachend damit ab. Er lehnte sich in seinem Stuhl zurück. »Es hat wohl wenig Sinn weiterzumachen, was meint Ihr?«

Falkenmond pflichtete ihm erleichtert bei. In diesem Augenblick trat Brut von Lashmar mit einer Kanne Glühwein in einer Hand ein.

»Mit besten Empfehlungen des Kapitäns«, sagte er und stellte die Kanne in eine dafür bestimmte Mulde in der Mitte des Tisches. »Habt Ihr gut geschlafen?«

»Geschlafen?« echote Falkenmond erstaunt. »Habt Ihr geschlafen? Wo schlaft Ihr denn?«

Brut runzelte die Stirn. »Man machte Euch demnach nicht auf die Kojen im Zwischendeck aufmerksam. Wie habt Ihr es fertiggebracht, so lange wach zu bleiben?«

Hastig warf Corum ein: »Vergessen wir die Frage.«

»Trinkt den Wein«, forderte Brut sie ruhig auf. »Er wird euch stärken.«

»Uns stärken?« Eine wilde Bitterkeit stieg in Falkenmond auf. »Oder uns die gleichen Träume aufdrängen?«

Corum schenkte für sie beide ein und zwang Falkenmond den Becher fast auf. Er wirkte beunruhigt.

Falkenmond machte Anstalten, den Wein auszuschütten, aber Corum legte seine Silberhand auf Falkenmonds Arm.

»Nein, Falkenmond. Bitte trink. Wenn der Wein uns allen den Traum verständlich macht, um so besser.«

Falkenmond zögerte, überlegte einen Augenblick, und als ihm sein Gedankengang mißfiel, goß er den Wein in sich hinein. Es war ein guter Wein, und er hatte dieselbe Wirkung wie der, den er in Gesellschaft des Kapitäns genossen hatte. Seine Stimmung wurde sofort besser. »Ihr habt recht«, wandte er sich an Corum.

»Der Kapitän möchte gern, daß die vier zu ihm kommen«, sagte Brut ernst.

»Hat er uns etwas Neues zu berichten?« fragte Falkenmond. Er bemerkte, daß die anderen in der Kajüte aufmerksam lauschten. Einer nach dem anderen kamen sie an den Tisch und bedienten sich aus der Kanne. Wortlos tranken sie.

Falkenmond und Corum erhoben sich und folgten Brut aus der Kabine. Auf dem Deck versuchte Falkenmond über die Reling hinauszusehen, aber der Nebel war zu dicht. Ihm fiel jedoch ein Mann auf, der in nachdenklicher Haltung ganz in der Nähe stand. Er erkannte Elric und rief in freundlicherem Ton als bisher:

»Der Kapitän bittet uns vier, ihn in seiner Kabine aufzusuchen.«

Und nun sah er Erekose aus seiner Kabine kommen und ihnen zunicken. Elric trennte sich von der Reling und schritt voraus zum Vorderdeck und zur rotbraunen Tür. Er klopfte, und sie traten in die wohlige Wärme und den Luxus der Kapitänskajüte.

Der Blinde begrüßte sie. Er deutete auf die Truhe mit der silbernen Weinkanne und den silbernen Bechern und bat sie, sich zu bedienen.

Erstaunt stellte Falkenmond fest, daß er ein ungewöhnliches Verlangen nach dem Wein verspürte und es seinen Gefährten offenbar nicht besser erging.

»Wir nähern uns unserem Ziel«, erklärte der Kapitän. »Es wird nicht mehr lange dauern, bis wir von Bord gehen. Ich glaube nicht, daß unsere Feinde uns erwarten, trotzdem dürfte es ein schwerer Kampf gegen die beiden werden.«

Falkenmond hatte zuvor den Eindruck gewonnen, daß sie gegen viele kämpfen müßten. »Zwei?« fragte er. »Nur zwei?«

»Nur zwei.«

Falkenmond schaute auf die anderen, aber sie erwiderten seinen Blick nicht. Sie sahen den Kapitän an.

»Ein Bruder und seine Schwester«, sagte der Blinde. »Zauberer aus einem dem unseren völlig unähnlichen Universum. Aufgrund kürzlicher Risse in unseren Welten – über die Ihr, Falkenmond, und auch Ihr, Corum, Bescheid wißt –, gewannen diese Wesen Kräfte, über die sie normalerweise nicht verfügen. Und da sie jetzt große Macht haben, dürsten sie nach mehr – nach aller Macht in unserem Universum. Diese Wesen sind amoralisch auf eine andere Art als die Lords der Ordnung und des Chaos. Sie kämpfen nicht um die Herrschaft über die Erde wie diese Götter. Ihr einziges Bestreben ist, die wesentliche Energie unseres Universums für ihre Bedürfnisse umzuwandeln. Ich glaube, sie verfolgen ein bestimmtes Ziel in ihrem eigenen Universum, das sie, wenn ihnen der Entzug und die Umwandlung der Energie aus dem unseren gelänge, rascher erreichen würden. Bis jetzt haben sie trotz günstiger Umstände ihre volle Macht noch nicht erlangt. Aber die Zeit liegt nicht mehr fern, da sie sie sich aneignen werden. Agak und Gagak, so werden ihre Namen mit menschlicher Zunge ausgesprochen, stehen außerhalb der Macht unserer Götter, und so riefen wir eine mächtigere Gruppe zusammen – euch!«

Falkenmond wollte fragen, wieso sie mächtiger als die Götter sein konnten, aber er unterließ es, obwohl er bereits die Lippen geöffnet hatte.

»Genauer gesagt, den Ewigen Helden«, fuhr der Kapitän fort, »in vier seiner Inkarnationen (mehr als vier können wir nicht riskieren, wollen wir nicht weitere unwillkommene Spaltungen zwischen den Ebenen der Erde herbeiführen): Erekose, Elric, Corum und Falkenmond. Jeder von euch wird vier weitere Mächte befehligen, gute Krieger auf ihre Weise, deren Geschicke eng mit den euren verbunden sind, auch wenn sie euer Los nicht in jeder Beziehung teilen. Jeder von euch kann sich die vier selbst aussuchen, die er am liebsten als

Kampfgefährten hat. Ich glaube, die Wahl wird euch nicht schwerfallen. Wir werden jetzt in Kürze unser Ziel anlaufen.«

Falkenmond überlegte, ob er den Kapitän mochte oder nicht. Er hatte das Gefühl, ihn herauszufordern, als er sagte: »Und Ihr werdet uns führen?«

Der Kapitän schien es ehrlich zu bedauern, als er sagen mußte: »Das kann ich leider nicht. Ich darf euch nur zur Insel bringen und dann auf die Überlebenden warten – wenn es Überlebende gibt.«

Elric runzelte die Stirn und kleidete Falkenmonds Bedenken in Worte. »Ich glaube nicht, daß dieser Kampf mich etwas angeht.«

Aber der Kapitän antwortete bestimmt und voll Überzeugung. »Es ist Euer Kampf – und meiner ebenfalls. Wie gern würde ich mit euch an Land gehen, wenn es mir gestattet wäre. Doch das ist es nicht.«

»Und weshalb nicht?« fragte Corum.

»Ihr wedet es eines Tages erfahren.« Ein Schatten huschte über die Züge des Blinden. »Mir fehlt der Mut, es euch zu sagen. Meine besten Wünsche begleiten euch. Seid dessen versichert.«

Falkenmond stellte fest, daß er wieder einmal zynisch über den Wert von Versicherungen dachte.

»Nun«, sagte Erekose, »da es mein Los ist zu kämpfen, und da ich, genau wie Falkenmond, weiterhin die Absicht habe, Tanelorn zu suchen, und ich Grund zur Annahme habe, es finden zu können, wenn ich im Kampf mein Bestes gebe und Erfolg verzeichnen kann, erkläre zumindest ich mich einverstanden, gegen diese beiden, Agak und Gagak, vorzugehen.«

Falkenmond zuckte die Schultern und nickte. »Ich gehe mit Erekose – aus ähnlichen Gründen.«

Corum seufzte. »Ich ebenfalls.«

Elric blickte von einem zum anderen der drei. »Es ist noch nicht lange her, da glaubte ich, nicht einen Kameraden zu haben. Und jetzt habe ich viele. Allein schon aus diesem Grund werde ich mit ihnen kämpfen.«

Erekose sagte erfreut: »Das ist vielleicht der beste der Gründe.«

Wieder sprach der Kapitän. Seine blinden Augen schienen auf etwas weit hinter ihnen zu starren. »Es gibt keine Belohnung für eure Taten, außer meiner Versicherung, daß euer Sieg der Welt viel Leid erspart. Und Ihr, Elric, habt noch weniger zu erwarten, als die anderen sich erhoffen mögen.«

Elric schien ihm nicht zu glauben, aber Falkenmond konnte nichts aus des Albinos Zügen entnehmen, als er sagte: »Vielleicht nicht.«

»Möglich.« Der Kapitän wirkte plötzlich entspannt, sein Ton klang leichter. »Noch ein wenig Wein, meine Freunde?«

Sie tranken den Wein, den er ihnen nun einschenkte, und warteten, bis er fortfuhr. Sein Gesicht war jetzt erhoben, der Decke zugewandt, und seine Stimme schien aus der Ferne zu kommen.

»Auf dieser Insel liegen Ruinen – vielleicht waren sie einst die Stadt Tanelorn –, und in der Mitte der Ruinen steht ein einziges intaktes Gebäude. In ihm hausen Agak und seine Schwester. Dieses Gebäude müßt ihr angreifen. Ihr werdet es, wie ich hoffe, sofort erkennen.«

»Und wir müssen dieses Geschwisterpaar töten?« Erekoses Stimme klang gleichgültig.

»Wenn ihr es fertigbringt. Auch sie haben Diener, die ihnen beistehen. Sie müssen genauso getötet werden. Dann müßt ihr dieses Gebäude in Brand stecken. Das ist sehr wichtig.« Der Kapitän hielt kurz inne. »Ja, es muß verbrannt werden. Auf andere Weise ist es nicht zu vernichten.«

Falkenmond bemerkte, daß Elric lächelte. »Es gibt wenig andere Möglichkeiten, Gebäude zu vernichten, Sir Kapitän.«

Es schien Falkenmond eine unnötige Bemerkung zu sein, und er rechnete es dem Kapitän hoch an, als er sich verbeugte und mit großer Höflichkeit sagte: »Ja, das stimmt. Trotzdem sind meine Worte es wert, nicht vergessen zu werden.«

»Habt Ihr eine Ahnung, wie diese beiden aussehen, dieser Agak und diese Gagak?« erkundigte sich Corum.

Der Kapitän schüttelte den Kopf. »Nein. Es wäre möglich, daß sie Wesen unserer eigenen Welten ähnlich sehen. Genausogut kann es aber auch sein, daß dies nicht der Fall ist. Nur wenige haben sie gesehen. Vor kurzem gelang es ihnen überhaupt erst, Gestalt anzunehmen.«

»Und wie kann man sie am besten überwältigen?« fragte Falkenmond fast herausfordernd.

»Durch Mut und List«, erwiderte der Kapitän.

»Ihr drückt Euch nicht sehr klar aus, Sir«, sagte Elric in einem Ton, der Falkenmonds glich.

»Ich drücke mich so klar aus, wie ich es nur kann. Doch jetzt, meine Freunde, rate ich euch, euch auszuruhen und eure Waffen bereitzuhalten.«

Sie traten hinaus in den wirbelnden Nebel. Seine Ruhelosigkeit wirkte wie eine Drohung.

Erekoses Stimmung hatte umgeschlagen. »Wir haben wenig freien Willen«, murmelte er dumpf, »so sehr wir uns auch das Gegenteil einzureden versuchen. Ob wir nun fallen oder diesen Kampf überleben, hat keine große Bedeutung für die anderen.«

»Ich finde, Ihr habt eine allzu düstere Einstellung, Freund«, sagte Falkenmond spöttisch. Er hätte sich noch weiter darüber ausgelassen, doch Corum unterbrach ihn.

»Eine sehr realistische Einstellung, würde ich sagen.«

Sie erreichten die Kajüte, in der Erekose und Elric untergebracht waren. Corum und Falkenmond verabschiedeten sich von ihnen und tasteten sich weiter, durch das dichte, fast an ihnen klebende Weiß, zu ihrer eigenen Kabine, um dort ihre vier Kampfgefährten auszuwählen.

»Wir sind die vier, die eins sind«, sagte Corum. »Wir haben große Macht. Ich weiß, daß wir über große Macht verfügen.«

Aber Falkenmond war es müde, sich über Dinge zu unterhalten, die für seine praktische Lebenseinstellung zu mysteriös waren.

Er hob das Schwert, dessen Klinge er gerade schärfte.

»Das hier ist die verläßlichste Kraft«, erklärte er. »Der blanke Stahl.«

Viele der anderen Krieger pflichteten ihm bei.

»Wir werden sehen«, meinte Corum.

Während er die Klinge polierte, dachte Falkenmond unwillkürlich an die Umrisse jenes anderen Schwertes, die sich aus Elrics Umhang abgehoben hatten. Er wußte, daß er es erkennen würde, wenn er es sah. Es war ihm jedoch unerklärlich, weshalb er es so fürchtete, und das störte ihn. Dann wanderten seine Gedanken zu Yisselda, Yarmila und Manfred, zu Graf Brass und den Helden der Kamarg. Zu diesem Abenteuer war es teils deshalb gekommen, weil er gehofft hatte, alle seine alten Kameraden wiederzufinden und jene, die ihm am teuersten waren. Und nun bestand die Gefahr, daß er keinen einzigen von ihnen je wiedersehen würde. Und doch erschien es ihm wert, für des Kapitäns Sache zu kämpfen, wenn ihn das Tanelorn und damit seinen Kindern näherbrachte. Doch wo war Yisselda? Würde er auch sie in Tanelorn wiederfinden?

Schon bald waren sie bereit. Falkenmond hatte John ap-Rhyss, Emshon von Ariso, Keeth Leidträger und Überläufer Nikhe um sich geschart, während Baron Gotterin, Thereod von den Höhlen, Chaz von Elaquol und Reingir, der Fels – letzterer aus seinem trunkenen Schnarchen gerissen und benommen auf die Füße taumelnd –, die Kampfgefährten Corums sein würden. Auch wenn er es nicht offen aussprach, Falkenmond war überzeugt, daß er sich die besseren Männer ausgesucht hatte.

Im Gleichschritt marschierten sie hinaus in den Nebel und an die Reling. Die Ankerkette klirrte, das Schiff hatte bereits angehalten. Sie sahen felsiges Land vor sich – eine alles andere als einladend aussehende Insel, dachte Falkenmond. Konnte es wirklich möglich sein, daß sie Tanelorn, die ersehnte Stadt der Ruhe und des Friedens, beherbergte?

John ap-Rhyss rümpfte die Nase. Er wischte sich die Nässe des Nebels aus dem Schnurrbart, während die andere Hand den Schwertgriff umklammerte. »Ich habe selten einen unfreundlicheren Ort gesehen«, brummte er.

Der Kapitän hatte seine Kajüte verlassen. Sein Steuermann stand jetzt neben ihm. Jeder hatte einen Arm voll Fackeln.

Falkenmond schluckte, als er sah, daß der Steuermann ein Zwillingsbruder des Kapitäns sein konnte – nur waren seine Augen gesund und wirkten scharf und wissend. Falkenmond fiel es schwer, ihm ins Gesicht zu schauen, als der Steuermann ihm eine Fackel entgegenstreckte. Er nahm sie wortlos und schob sie durch seinen Gürtel.

»Nur Feuer kann diesen Feind für immer vernichten.« Der Kapitän reichte Falkenmond jetzt eine Zunderschachtel, damit sie die Fackeln anzünden konnten, wenn die Zeit dafür gekommen war. »Ich wünsche euch Erfolg, ihr Krieger.«

Inzwischen hatte jeder seine Fackel und Zunderschachtel bekommen. Erekose war der erste, der sich über die Reling schwang und die Strickleiter hinunterkletterte. Er nahm sein Schwert aus der Scheide, damit es nicht ins Wasser hing, als er bis zur Mitte in die milchige See tauchte. Die anderen folgten ihm und wateten durch das seichte Küstenwasser, bis sie alle an den Strand gelangten und hinüber aufs Schiff zurücksahen.

Falkenmond fiel auf, daß der Nebel nicht bis ans Land reichte, das nun ein wenig freundlicher wirkte. Normalerweise hätte er die Gegend hier als monoton erachtet, aber verglichen mit dem Schiff war sie farbenfroh mit ihren roten Felsen, die mit Flechten in verschiedenen Gelbtönen überzogen waren. Und hoch über dem Kopf hing eine große Scheibe, blutrot und unbewegt – die Sonne. Sie warf viele Schatten, fand Falkenmond.

Doch es dauerte eine Weile, ehe ihm bewußt wurde, wie viele Schatten sie wirklich warf – Schatten, die nicht allein von den Felsen stammen konnten –, Schatten aller Größen und aller Formen.

Manche davon, das sah er, waren die Schatten von Menschen.

4. Eine Gespensterstadt

Der Himmel war wie eine schwärende Wunde, voll von ekligen, ungesunden Blau-, Braun-, dunklen Rot- und Gelbtönen. Und Schatten waren zu sehen, die sich im Gegensatz zu denen auf dem Boden manchmal bewegten.

Ein Krieger namens Hown Schlangenbeschwörer, einer von Elrics Kampfgefährten, dessen Rüstung seegrün schillerte, sagte: »Ich war selten an Land, das muß ich zugeben, aber die

Art dieses Landes hier ist ungewöhnlicher als jegliche, die ich je kannte. Das Land schimmert, es verzerrt sich!«

»Stimmt«, murmelte Falkenmond. Auch ihm war inzwischen aufgefallen, daß ein Streifen flackernden Lichtes von Zeit zu Zeit über die Insel fiel und die Umrisse der anschließenden Felsen verschwimmen ließ.

Ein barbarischer Krieger mit Zöpfen und funkelnden Augen, man nannte ihn Ashnar, den Luchs, fühlte sich offenbar hier nicht sehr wohl. »Woher kommen alle diese Schatten?« knurrte er. »Weshalb können wir nicht sehen, wer oder was sie wirft?«

Sie machten sich auf den Weg ins Innere der Insel, obgleich alle nur ungern die Küste und das Schiff hinter sich ließen. Corum wirkte am wenigsten beunruhigt. Er sprach in einem Ton philosophischer Neugier.

»Es könnte sein, daß diese Schatten von Dingen geworfen werden, die in einer anderen Dimension der Erde existieren. Wenn alle Ebenen hier zusammentreffen, wie erwähnt wurde, wäre das eine wahrscheinliche Erklärung. Es ist keinesfalls das Merkwürdigste, das ich bei einer solchen Konjunktur erlebt habe.«

Ein Schwarzer, dessen Gesicht eine v-förmige Narbe aufwies, und der Otto Blendker hieß, fuhr über den quer über seine Brust verlaufenden Schulterriemen und brummte: »Eine *wahrscheinliche?* Dann kann ich nur hoffen, daß niemand mit einer *unwahrscheinlichen* Erklärung kommt.«

»In der tiefsten Höhle meines eigenen Landes habe ich eine ähnliche Merkwürdigkeit erlebt«, erzählte Thereod von den Höhlen, »aber bei weitem nicht in diesem Ausmaß. Dort überschnitten sich die Dimensionen, wie man behauptete. Corum dürfte demnach recht haben.« Er schob das lange, schmale Schwert auf seinem Rücken ein wenig zur Seite. Dann wandte er sich nicht mehr an die Allgemeinheit, sondern unterhielt sich mit dem zwergenhaften Emshon von Ariso, der wie üblich etwas auszusetzen hatte.

Falkenmond dachte immer noch darüber nach, ob der Kapitän sie nicht doch betrogen hatte. Sie hatten schließlich keinen Beweis, daß der Blinde wohlmeinend war. Wie leicht wäre es möglich, daß der Kapitän selbst irgend etwas mit den

Welten beabsichtigte und ihn und seine Mitstreiter für seine eigenen Zwecke ausnutzte. Aber er schwieg darüber, denn die anderen waren ganz offensichtlich bereit, dem Wunsch des Kapitäns zu willfahren, ohne seine Lauterkeit in Frage zu stellen.

Wie von selbst hafteten seine Augen wieder an der Form des Schwertes unter Elrics Umhang, und er fragte sich, weshalb es ein so ungutes Gefühl in ihm weckte. Dann verlor er sich jedoch in anderen Gedanken und achtete kaum auf die beunruhigende Gegend. Er ließ alles, was ihn hierhergebracht hatte, noch einmal an seinem geistigen Auge vorbeiziehen. Erst Corums Stimme riß ihn aus seinen Überlegungen.

»Vielleicht ist das hier Tanelorn – oder vielmehr all die verschiedenen Varianten, die es von dieser Stadt je gegeben hat. Denn Tanelorn existierte in vielen Formen, und jede davon war von den Wünschen jener abhängig, deren Sehnsucht nach ihr am größten war.«

Falkenmond blickte auf und sah die Stadt. Es war eine verrückte Anordnung von Ruinen, die auch jetzt noch jede nur mögliche Art von Bauweise verrieten, als hätte ein Gott Muster von Häusern aus jeder Welt des Multiversums geholt und sie planlos hier aufgestellt. Alle waren zerfallen, und die Ruinen erstreckten sich bis an den Horizont, doch immer noch war zu erkennen, was sie einst gewesen waren – trutzige Türme, schlanke Minarette, phantasievolle Burgen, und alle warfen sie ihre Schatten. Außerdem gab es auch in der Stadt unzählige Schatten, die scheinbar keinen Ursprung hatten – zweifellos Schatten von Gebäuden, die für ihre Augen unsichtbar blieben.

Falkenmond war zutiefst enttäuscht. »Das ist nicht das Tanelorn, das ich zu finden erwartete«, erklärte er.

»So geht es Euch wie mir.« Auch Erekoses Stimme verriet seine bittere Enttäuschung.

»Vielleicht ist es gar nicht Tanelorn.« Elric blieb abrupt stehen. Seine roten Augen studierten die Ruinen. »Vielleicht nicht.«

»Es könnte eine Grabstätte sein.« Corum zog die Brauen zusammen. »Eine Grabstätte all der vergessenen Varianten dieser seltsamen Stadt.«

Falkenmond blieb nicht wie sie stehen. Er stapfte weiter, bis er die Ruinen erreicht hatte. Die anderen folgten ihm und kletterten schließlich wie er über die Trümmer, betrachteten hier ein Relief, dort eine gestürzte Statue. Falkenmond hörte, wie Erekose hinter ihm leise zu Elric sagte:

»Habt Ihr bemerkt, daß die Schatten jetzt alle eine bestimmte Form haben?«

Und dann vernahm Falkenmond Elrics Erwiderung: »Ja, es sind die Schatten der Bauwerke hier, als sie noch ganz waren. Aus den Ruinen läßt sich erkennen, wie sie früher ausgesehen haben müssen, und die Schatten beweisen es.«

Falkenmond sah sich um und stellte fest, daß Elric recht hatte. Es war eine Stadt voll von Gespenstern der Vergangenheit.

»So ist es«, pflichtete Erekose Elric bei.

Falkenmond drehte sich zu ihnen um. »Man versprach uns Tanelorn! Doch Tanelorn ist tot!«

»Möglich«, sagte Corum nachdenklich. »Aber zieht keine voreiligen Schlüsse, Falkenmond.«

»Das dort, etwas links von uns, dürfte das Zentrum sein«, meinte John ap-Rhyss. »Sollten wir nicht vielleicht gleich dort nach jenen zu suchen beginnen, gegen die wir kämpfen müssen?«

Die anderen pflichteten ihm bei. Sie änderten ihre Marschrichtung ein wenig, um zu einem geräumten Platz zwischen den Ruinen zu kommen, wo ein Gebäude zu erkennen war, dessen Konturen im Gegensatz zu allen anderen scharf waren. Auch seine Farben waren leuchtender und vielfach von gebogenen Metallstreben überlagert, die in allen nur denkbaren Winkeln verliefen und durch pulsierende, glühende Rohre verbunden waren, die aus Kristall sein mochten.

»Es sieht mehr einer Maschine als einem Gebäude ähnlich.« Falkenmonds Neugier war erwacht.

»Eher noch einem Musikinstrument als einer Maschine.« Corum betrachtete das Bauwerk.

Die vier Helden hielten an, und ihre Männer mit ihnen.

»Das muß die Behausung der Zauberer sein«, meinte Emshon von Ariso. »Sie geben sich offenbar mit nichts

Geringerem zufrieden. Und seht doch – es sind in Wirklichkeit zwei völlig gleiche Gebäude, die durch die Rohre verbunden sind.«

»Ein Haus für den Bruder, das andere für die Schwester«, brummte Reingir, der Fels.

»Zwei Gebäude«, murmelte Erekose. »Darauf waren wir nicht vorbereitet. Sollen wir uns teilen und beide angreifen?«

Elric schüttelte den Kopf. »Ich schlage vor, wir greifen erst eines gemeinsam an, um unsere Kräfte nicht zu schwächen.«

»Er hat recht«, stimmte Falkenmond ihm zu und fragte sich insgeheim, weshalb er ein ungutes Gefühl hatte, wenn er daran dachte, daß er Elric in das Gebäude folgen sollte.

»Wohlan, dann wollen wir nicht zaudern«, sagte Baron Gotterin. »Laßt uns die Hölle betreten, wenn wir uns nicht bereits in ihr befinden.«

Corum warf dem Baron einen amüsierten Blick zu. »Ihr seid offenbar entschlossen, Eure Theorie zu beweisen.«

Wieder ergriff Falkenmond die Initiative und machte sich über den ebenen Platz auf den Weg zu dem, was er für die Türöffnung des nächsten Gebäudes hielt – ein dunkler, asymmetrischer Spalt.

Als die zwanzig Krieger sich ihm vorsichtig näherten, begann das Gebäude heller zu glühen und mit gleichmäßigem Schlag zu pulsieren. Ein fast unhörbares Wispern ging von ihm aus. Obwohl er die Zaubertechnologie des Dunklen Imperiums gewöhnt war, stellte Falkenmond fest, daß dieses merkwürdige Gebäude immer noch Furcht in ihm erregte, und so hielt er sich zurück und überließ Elric die Führung. Der Albino und seine vier Auserwählten schritten durch das schwarze Portal, dann erst folgten Falkenmond und seine Mannen. Sie befanden sich nun in einem Gang, der fast unmittelbar nach dem Eingang abbog. Feuchtwarme Luft herrschte hier, daß ihnen schon bald dicke Schweißtropfen über die Gesichter perlten. Sie blieben stehen, blickten einander fragend an, ehe sie weiterschlichen, bereit, sich den Verteidigern zu stellen, wer immer diese auch sein mochten.

Sie waren schon eine Weile den Korridor entlanggeschritten, als mit einemmal die Wände und der Boden so heftig zu beben begannen, daß Hown Schlangenbeschwörer stürzte und schwer auf Gesicht und Bauch landete, was ihn zu einem wilden Fluch veranlaßte. Den anderen gelang es mit Mühe, sich auf den Beinen zu halten. Gleichzeitig erschallte von irgendwo voraus eine dröhnende, aber noch ferne Stimme, aus der nörgelnd Entrüstung klang.

»Wer? Wer? Wer?« Von unpassendem Humor bewegt, dachte Falkenmond, daß diese Stimme eher das Bild eines Tieres als eines intelligenten Wesens in ihm wachrief.

»Wer? Wer? Wer dringt hier ein?«

Mit Hilfe der anderen war Hown wieder auf die Beine gekommen. Sie torkelten weiter. Offenbar war das Beben geringer geworden, oder sie paßten sich ihm besser an, denn sie kamen bald wieder schneller voran. Die Stimme fuhr fort zu murmeln, zu sich selbst, wie es schien.

»Ein Angriff? Wer? Was?«

Niemand fand eine Erklärung für diese Stimme. Sie verwirrte nur alle. Stumm folgten sie Elric in einen verhältnismäßig großen Raum. Hier war die Luft noch wärmer, noch drückender. Klebrige Flüssigkeit tropfte von der Decke und schob sich wie Harz an den Wänden hinab. Falkenmond fühlte Ekel in sich aufsteigen und mußte dagegen ankämpfen, sich nicht einfach umzudrehen und davonzulaufen. Da schrie Ashnar, der Luchs, plötzlich auf und deutete auf die Ungeheuer, die durch die Wände drangen und mit klaffenden Rachen auf sie zuglitten. Schlangenähnliche Kreaturen waren es, deren Anblick in Falkenmond noch größere Übelkeit erregte.

»Angreifen!« donnerte die Stimme *»Zerstören! Vernichten!«*

Irgendwie erschien Falkenmond diese Stimme, dieser Befehl geistlos.

Instinktiv scharten die Krieger sich zu vier Trupps und stellten sich Rücken an Rücken, um den Angriff abzuwehren.

Statt Zähne hatten die Bestien scharfe Kiefer wie Scherenklingen, die sie schleifend öffneten und schlossen, während sie ihre formlosen, abscheulichen Leiber durch den schleimigen Schlamm auf dem Boden wanden.

Elric zog als erster das Schwert. Wie gebannt starrte Falkenmond einen Moment auf die gewaltige schwarze Klinge, die der Albino über den Kopf hob. Er hätte schwören mögen, daß ein Stöhnen von diesem Schwert ausgegangen war, das nun aus sich heraus glühte, als besäße es ein eigenes Leben. Doch dann ließ er seine Klinge durch die Luft sausen und hieb auf die schleimigen Ungeheuer überall um sie herum ein. Leicht wie Butter ließen die formlosen Leiber sich durchtrennen, und ein grauenvoller Gestank stieg von ihnen auf, der den Männern fast den Atem raubte. Die Luft wurde dicker, der Schleim auf dem Boden tiefer. Elric brüllte auf seine Gefährten ein: »Schlagt euch einen Weg durch sie hindurch! Wir müssen zu der Öffnung dort drüben!«

Falkenmond sah die Öffnung. Einen besseren Plan als Elrics gab es nicht. Er stieß vorwärts, mit seinen Männern an der Seite. Mit jedem Schritt vernichteten sie zahllose der grauenvollen Kreaturen, wodurch der Gestank immer unerträglicher wurde.

»Diese Untiere sind nicht schwer zu bekämpfen.« Hown Schlangenbeschwörer keuchte. »Doch jedes, das wir töten, raubt uns durch seinen Gestank ein wenig mehr unserer Überlebenschance.«

»Sehr geschickt von unseren Feinden geplant«, krächzte Elric.

Der Albino erreichte als erster die Öffnung. Er winkte den anderen zu, sich zu beeilen.

Hauend, stoßend, schneidend erreichte auch der Rest den Durchgang. Die Bestien zögerten sichtlich, ihnen zu folgen. Die Luft in dem Korridor war ein wenig atembarer. Falkenmond lehnte sich schnaufend an die Wand des Ganges und hörte zu, wie die anderen debattierten, war jedoch unfähig, selbst ein Wort einzuwerfen.

»Angreifen! Angreifen!« befahl die ferne Stimme. Doch kein weiterer Angriff kam.

»Mir gefällt die Burg hier gar nicht.« Brut von Lashmar begutachtete einen Riß in seinem Umhang. »Große Zauberei ist hier am Werk.«

»Das war uns schon zuvor bekannt«, brummte Ashnar, der Luchs, und ließ seinen Blick wachsam umherschweifen.

Otto Blendker, ein weiterer von Elrics Männern, wischte sich den Schweiß von der Stirn. »Sie sind Memmen, diese Zauberer. Sie sind zu feige, sich selbst zu zeigen.« Er brüllte jetzt fast: »Sind sie von so abscheulichem Aussehen, daß sie es nicht wagen, sich sehen zu lassen?« Falkenmond war klar, daß Blendker beabsichtigte, die beiden Zauberer, Agak und Gagak, herauszufordern. Aber selbst sein Hohn lockte sie nicht hervor.

Schließlich schlichen sie weiter durch die weichen, fast fleischartigen Gänge, die häufig die Richtung änderten und an manchen Stellen so eng waren, daß sie sich kaum hindurchzwängen konnten. Auch das Licht wechselte ständig, manchmal war es blendend hell, manchmal erlosch es völlig, so daß sie sich durch absolute Finsternis tasten mußten, und vorsichtshalber eine Kette bildeten, um nicht getrennt zu werden.

»Der Schräge des Bodens nach zu schließen, kommen wir immer höher«, bemerkte Falkenmond zu John ap-Rhyss, der neben ihm schritt. »Wir dürften das obere Ende des Bauwerks bald erreicht haben.«

Ap-Rhyss antwortete nicht. Er hatte die Zähne zusammengepreßt, als bemühe er sich, seine Angst nicht zu verraten.

»Der Kapitän meinte, daß die Zauberer vermutlich ihre Gestalt wechseln würden«, sagte Emshon von Ariso. »Sie ändern sie offenbar sehr häufig, denn diese Korridore sind nicht für Wesen einer bestimmten Größe geschaffen.«

Elric, der an der Spitze der zwanzig schritt, rief über die Schulter. »Ich kann es nicht erwarten, diesen Gestaltwandlern endlich zu begegnen.«

Ashnar, der Luchs, neben ihm, brummte: »Man sagte mir, es gäbe Schätze hier. Ich war bereit, mein Leben für einen lohnenden Gegenwert einzusetzen. Aber hier ist nichts, was mir zusagen würde.« Er berührte die Wand. »Nicht einmal Stein oder Ziegel. Woraus sind diese Wände? Was meint Ihr, Elric?«

Falkenmond hatte sich bereits die gleiche Frage gestellt und hoffte jetzt, daß der Albino eine Antwort wüßte. Aber Elric schüttelte den Kopf. »Es ist auch mir ein Rätsel, Ashnar.«

Falkenmond hörte Elric überrascht Luft holen und sah ihn sein seltsames, schweres Schwert heben – und da kamen ihnen neue Angreifer entgegen. Es waren Kreaturen mit roten, gefletschten Rachen, und ihr stacheliges Fell war orange. Geifer troff von gelben Stoßzähnen. Elric als vorderster war als erster bedroht. Doch sein Schwert drang tief in den Leib des ersten Angreifers, dessen Klauen sich bereits um ihn legten. Das Ungeheuer glich einem riesigen Pavian, und es lebte noch, trotz der Klinge im Bauch.

Doch schon war auch Falkenmond von einem der Affen bedroht. Die Bestie wich geschickt seinen Hieben aus und griff selbst an. Falkenmond wurde sich bewußt, daß er allein gegen dieses Untier kaum eine Chance hatte. Er sah Keeth Leidträger ihm zur Hilfe kommen, ohne auf seine eigene Sicherheit zu achten. Seine Miene verriet Resignation, als er das Schwert schwang. Der Affe wandte seine Aufmerksamkeit von Falkenmond ab und warf sein ganzes Gewicht auf ihn. Keeths Klinge stieß in die Brust des Ungeheuers, aber dessen Zähne bohrten sich in die Kehle des großen Mannes, und Blut spritzte aus der Halsschlagader.

Falkenmond stieß sein Schwert zwischen die Rippen des Affen, aber er wußte, daß es zu spät war, Keeth Leidträger zu retten, der bereits auf den feuchten Boden sackte. Corum kam herbei und stach von der anderen Seite auf das Ungeheuer ein. Es taumelte, seine Augen wurden glasig, und es stürzte rückwärts auf die Leiche Leidträgers.

Falkenmond wartete nicht auf einen neuen Angriff, sondern sprang über die Toten, um Baron Gotterin zu Hilfe zu eilen, den ein weiterer der orangen Affen umklammerte. Zähne schnappten und rissen das feiste Gesicht vom Schädel. Gotterin brüllte einmal auf, triumphierend fast, als fände er seine Theorie zu guter Letzt bestätigt. Dann starb er. Ashnar, der Luchs, benutzte sein Schwert wie eine Axt und köpfte Gotterins Gegner. Er stand auf dem Kadaver eines anderen toten Affen. Wie durch ein Wunder war es ihm gelungen, zwei der Bestien ohne Hilfe zu töten. Er brüllte einen monotonen Schlachtgesang und war von wilder Kampfeslust erfüllt.

Falkenmond grinste dem Barbaren zu und eilte Corum zu Hilfe. Er hieb die Klinge tief in Hals und Rücken des Pavians. Blut spritzte in seine Augen, daß er nichts mehr sehen konnte und einen Moment glaubte, er sei verloren. Aber das Untier war erledigt. Es zuckte nur noch kurz. Corum stieß es mit dem Schwertknauf von sich.

Falkenmond bemerkte, daß Chaz von Elaquol ebenfalls gefallen war, aber daß Überläufer Nikhe noch lebte und trotz der klaffenden Wunde in seiner Wange über das ganze Gesicht grinste, während John ap-Rhyss, Emshon von Ariso und Thereod von den Höhlen nur geringfügige Verletzungen davongetragen hatten. Erekoses Männer hatten weniger Glück gehabt. Einem hing ein Arm herab, nur noch von ein paar Muskelsträngen gehalten, ein anderer hatte ein Auge verloren, und einem dritten war die Hand abgebissen worden. Die anderen versorgten sie, so gut es möglich war. Brut von Lashmar, Hown Schlangenbeschwörer, Ashnar, der Luchs, und Otto Blendker waren so gut wie gar nicht verwundet.

Ashnar blickte triumphierend auf die Kadaver der beiden Affen. »Ich fürchte, dieses Abenteuer bringt uns nicht viel Gewinn ein.« Er hechelte wie ein Hund nach einer erfolgreichen Jagd. »Je weniger Zeit wir damit verschwenden, desto besser. Was meint Ihr, Elric?«

»Ich pflichte Euch bei.« Elric schüttelte Blut von seinem furchterregenden Schwert. »Kommt!«

Ohne auf die anderen zu warten, eilte er auf den Raum vor ihnen zu. Dieser Raum, nicht mehr als eine große Kammer, glühte in einem merkwürdigen rosigen Licht. Falkenmond und die anderen folgten ihm hinein.

Elrics Augen weiteten sich vor Grauen. Er bückte sich und zerrte an etwas. Jetzt spürte Falkenmond, daß sich etwas um seine Beine legte. Auch er blickte hinab. Es waren Schlangen. Der ganze Boden war mit Schlangen bedeckt – lange, dünne Reptile, fleischfarbig und augenlos. Er hackte auf die ein, die sich immer enger um seine Fußgelenke wanden. Es gelang ihm auch, zwei oder drei der Köpfe abzutrennen, aber ihre Leiber lockerten sich nicht. Seine Kameraden um ihn heulten vor Ekel und Furcht und versuchten sich zu befreien.

Da plötzlich begann Hown Schlangenbeschwörer, der Krieger in der schillernden seegrünen Rüstung, zu singen.

Seine Stimme klang wie das Rauschen eines Wasserfalls im stillen Gebirge. Trotz seines angespannten Gesichts sang er ruhig und ohne Aufregung. Und bald schon gaben die Schlangen die Beine der Männer frei und sanken auf den Boden zurück. Sie rührten sich nicht mehr, es schien, als schliefen sie.

»Jetzt verstehe ich, wie Ihr zu Eurem Beinamen kamt«, sagte Elric erleichtert.

»Ich war mir nicht sicher, ob mein Lied auch auf sie wirken würde«, sagte der Schlangenbeschwörer, »denn diese hier sind so ganz anders als alle Schlangen in den Meeren meiner eigenen Welt.«

Sie ließen die Reptilien zurück. Der Weg führte nun noch steiler aufwärts, und es war nicht leicht, sich auf dem nachgiebigen, schleimigen Boden zu halten. Die Hitze wurde immer unerträglicher. Falkenmond fürchtete, daß er umkippen würde, wenn er nicht bald frischere Luft zu atmen bekäme. Er fand sich jedoch damit ab, daß er auf dem Bauch kriechen mußte, um sich durch so manche winzige, gummiartige Spalte zu zwängen; oder sich mit den Armen gegen die engen Wände stemmen mußte, um nicht den Halt zu verlieren, wenn die hohen Gänge wie schmale Klüfte erbebten und klebrige Flüssigkeit auf ihn herabregnete; und daß er die winzigen Kreaturen abwehren mußte, die sie hin und wieder wie Mücken umschwärmten. Und immer wieder hörte er die Stimme wimmern:

»Wo? Wo? Ohh, diese Qualen!«

Die kleinen, insektenähnlichen Quälgeister umgaben sie in dichten Wolken. Sie stachen sie in die Gesichter und Hände. Sie waren zwar kaum zu sehen, aber nur allzu wirklich.

»Wo?«

Halb blind kämpfte Falkenmond sich weiter. Verzweifelt unterdrückte er den Drang, sich zu übergeben. Er keuchte nach Luft. Er sah die Krieger torkeln und fallen und war kaum noch fähig, ihnen wieder hochzuhelfen. Immer steiler führte der Gang aufwärts, er wand sich in alle Richtungen. Und Hown Schlangenbeschwörer sang pausenlos, denn immer noch war der Boden nicht frei von Schlangen.

Ashnars Triumphgefühl war erstorben. »Viel länger können wir es nicht durchhalten«, unkte er. »Und wenn wir schließlich auf den Zauberer und seine Schwester stoßen, werden wir nicht mehr in der Lage sein, etwas gegen sie zu unternehmen.«

»Das ist auch meine Überlegung«, gestand Elric. »Aber was können wir denn sonst tun, als uns weiterzuschleppen?«

»Nichts«, hörte Falkenmond Ashnar brummen. »Nichts.«

Und immer aufs neue vernahmen sie die Stimme, manchmal lauter, manchmal leiser:

»*Wo?*« fragte sie.

»*Wo?*« drängte sie.

»*Wo? Wo? Wo?*«

Und bald wurde sie zu einem Brüllen. Sie gellte in Falkenmonds Ohren. Sie rieb an seinen Nerven.

»Hier!« murmelte er. »Hier sind wir, Zauberer!«

Und dann hatten sie das Ende des Ganges erreicht und sahen einen Torbogen von normalen Ausmaßen vor sich, und dahinter einen hellbeleuchteten Raum.

»Zweifellos Agaks Gemach«, meinte Ashnar, der Luchs.

Sie traten in einen achteckigen Raum.

5. Agak und Gagak

Jede der acht sich nach innen neigenden Wände des Gemachs leuchtete in einer anderen milchigen Farbe. Und jede dieser Farben veränderte sich im Einklang mit den anderen. Hin und wieder wurde eine Seite fast völlig durchsichtig, und man konnte durch sie die Ruinen der unter ihr liegenden Stadt sehen und das andere Gebäude, das mit diesem durch ein Netzwerk von Rohren und Strängen verbunden war.

Seltsame Geräusche waren zu hören – ein Seufzen, Flüstern, Blubbern. Sie kamen aus einem großen, in der Mitte des Raumes eingelassenen Teich.

Zögernd traten sie an diesen Teich und betrachteten ihn. Sie sahen, daß die Substanz in ihm vielleicht der Lebensstoff selbst sein mochte, denn sie bewegte sich unaufhörlich, bildete Formen – Gesichter, Rümpfe, Gliedmaßen aller Arten von

Menschen und Tieren; Strukturen, die in ihrer architektonischen Vielfalt jenen der Stadt Konkurrenz machten; ganze Landschaften in Miniaturform; fremdartige Firmamente, Sonnen und Planeten; Geschöpfe von unglaublicher Schönheit, und solche von abgrundtiefer Häßlichkeit; Bilder von Schlachten, häuslichem Frieden, Ernten, Zeremonien, Prunkszenen; Schiffe von sowohl bekannten als auch grotesken Formen, von denen manche durch die Luft flogen oder durch die Schwärze des Alls oder tief unterhalb der Meeresoberfläche dahinbrausten, und sie schienen aus Material zu bestehen, für das sie keine Namen wußten, aus ungewöhnlichen Holzarten und merkwürdigen Metallen.

Fasziniert starrte Falkenmond in diesen Teich, bis eine Stimme, *die* Stimme, aus der bewegten Substanz schallte.

»WAS? WAS? WER IST EINGEDRUNGEN?«

Falkenmond sah Elrics Gesicht im Becken, er sah auch Corum und Erekose. Und als er sein eigenes erkannte, wandte er sich ab.

»WER IST EINGEDRUNGEN? ACH, ICH BIN ZU SCHWACH!«

Elric antwortete als erster:

»Wir sind die, die du vernichten möchtest! Wir sind die, die du zu deiner Stärkung zu verschlingen begehrst.«

»ACH! AGAK! ICH BIN KRANK! AGAK, WO BIST DU?«

Falkenmond tauschte einen verwirrten Blick mit Corum und Erekose. Keiner konnte sich des Zauberers unerwartete Reaktion erklären.

Gestalten hoben sich aus der wallenden Substanz und tauchten wieder unter.

Falkenmond sah Yisselda und andere Frauen, die ihn an sie erinnerten, obgleich sie ihr nicht ähnlich waren. Er schrie auf und wollte sich über das Becken beugen, aber Erekosë hielt ihn zurück. Die Gestalten der Frauen lösten sich auf, und an ihrer Stelle erhoben sich die gewundenen Türme einer fremdartigen Stadt.

»MEINE KRAFT VERLÄSST MICH, AGAK . . . ICH BENÖTIGE NEUE ENERGIEQUELLEN . . . WIR MÜSSEN JETZT BEGINNEN, AGAK . . . WIR BRAUCHTEN SO LANGE, HIER-

HERZUKOMMEN. ICH DACHTE, ICH KÖNNTE MICH AUSRUHEN. ABER DIE KRANKHEIT HÄNGT HIER IN DER LUFT. SIE HAT MEINEN KÖRPER VERSEUCHT. AGAK, WACH AUF! WACH AUF!«

Falkenmond kämpfte gegen den Schauder an, der ihn schütteln wollte.

Elric starrte konzentriert in den Teich. Sein weißes Gesicht verriet, daß er zu verstehen begann.

»Ein Diener Agaks, der mit der Verteidigung dieses Raumes betraut wurde?« fragte Hown Schlangenbeschwörer.

»Wird Agak aufwachen?« Bruts Blick wanderte hastig durch das achtseitige Zimmer. »Wird er kommen?«

»Agak!« Ashnar, der Luchs, warf seinen Kopf zurück, daß die Zöpfe über den Rücken baumelten, und brüllte herausfordernd: »Feigling!«

»Agak!« schrie John ap-Rhyss und zog sein Schwert.

»Agak!« gellte Emshon von Ariso.

Und nun stimmten auch alle anderen, von den vier Helden abgesehen, in den Ruf ein.

Falkenmond begann zu verstehen, was die Worte bedeutet hatten. Und etwas erwachte in seinem Gehirn und verriet ihm, wie die Zauberer vernichtet werden konnten. Seine Lippen formten das Wort »nein«, aber er konnte ihm keine Stimme verleihen. Er blickte die anderen drei Manifestationen des Ewigen Helden an und las auch in ihren Gesichtern die Furcht.

»Wir sind die vier, die eins sind.« Erekosës Stimme klang zittrig.

»Nein . . .«, begehrte Elric auf. Er wollte offenbar sein schwarzes Schwert in die Hülle zurückschieben, aber ganz offensichtlich widersetzte es sich ihm. Panik und Entsetzen leuchteten aus den roten Augen des Albinos.

Falkenmond machte einen kurzen Schritt zurück, voll Haß auf die Bilder, die sich vor sein inneres Auge schoben, und auf den Zwang, der sich seines Willens bemächtigt hatte.

»*AGAK! SCHNELL.*«

Die Substanz im Teich brodelte.

Falkenmond hörte Erekose.

»Wenn wir es nicht tun, werden sie alle unsere Welten verschlingen. Nichts wird übrigbleiben.«

Falkenmond war es gleichgültig.

Elric, der dem Teich am nächsten stand, preßte die Hände an den kreideweißen Kopf. Er schwankte und drohte zu fallen. Falkenmond machte eine Bewegung, um ihn zu stützen. Er hörte das Stöhnen des Albinos, und Corums drängende, echoende Stimme hinter ihm und empfand eine verzweifelte, aber rückhaltlose Kameradschaft für seine drei Gegenstücke.

»Dann müssen wir es wohl tun«, sagte Corum.

Elric keuchte. »Ich nicht! Ich bin ich!«

»Wie ich!« Falkenmond streckte eine Hand aus, aber Elric sah sie nicht.

»Es ist unsere einzige Chance«, erklärte Corum. »Das einzige, was wir tun können. Seht ihr das denn nicht ein? Wir sind die einzigen Geschöpfe unserer Welten, die über die Möglichkeit verfügen, die Zauberer zu vernichten – auf die einzige Weise, in der sie vernichtet werden können!«

Falkenmonds Augen trafen sich mit Elrics, ihrer beider mit Corums, und die der drei mit Erekoses. Das Wissen war in Falkenmond, und die Persönlichkeit, die Falkenmond war, schreckte davor zurück.

»Wir sind die vier, die eins sind!« Erekoses Stimme klang fest. »Unsere vereinte Kraft ist größer als nur die Summe. Wir müssen uns vereinen, Brüder. Wir müssen erst hier siegen, ehe wir hoffen können, Agak zu schlagen.«

»Nein . . .«, weigerte sich Elric und sprach nur aus, was auch Falkenmond empfand.

Aber etwas, das größer war als er, übernahm in seinem Innern. Falkenmond trat an eine Ecke des Teiches und stellte fest, daß die anderen bereits an den restlichen drei Seiten standen.

»*AGAK!*« rief die Stimme. »*AGAK!*« Das Wallen und Brodeln im Teich wurde noch stärker.

Falkenmond konnte nicht sprechen. Er sah, daß die Gesichter seiner drei Gegenstücke so erstarrt wie sein eigenes waren. Er war sich kaum der Krieger bewußt, die ihnen hierher gefolgt waren. Sie zogen sich jetzt von dem Teich zurück, um den

Eingang zu bewachen. Sie sahen sich wachsam nach Zeichen von Bedrohung um und beschützten die vier. Aber ihre Augen verrieten Grauen.

Falkenmond sah das schwarze Schwert sich aufrichten, aber seine Furcht davor verließ ihn, als auch sein eigenes Schwert sich dem anderen entgegenhob. Dann berührten alle vier Klingen sich. Ihre Spitzen trafen sich genau über der Mitte des Teiches.

Im gleichen Augenblick, als die Schwertspitzen sich berührten, keuchte Falkenmond auf. Er spürte eine ungeheure Macht seine Seele füllen. Er hörte Elrics Schrei und wußte, daß der Albino das gleiche erlebte. Falkenmond haßte diese Macht. Sie raubte ihm den eigenen Willen. Selbst jetzt wünschte er sich, ihr zu entfliehen.

»Ich verstehe.« Es war Corums Stimme, aber es waren Falkenmonds Lippen, die sich bewegten. *»Es ist die einzige Chance!«*

»O nein, nein!« Und nun drang Falkenmonds Stimme aus Elrics Kehle.

Falkenmond spürte sein Ich schwinden.

»AGAK! AGAK!« Die Substanz im Teich brodelte, wallte, warf sich in aufgeregten Wellen noch. *»SCHNELL! WACH AUF!«*

Falkenmond wußte, daß seine Persönlichkeit verblich. Er war Elric. Er war Erekose. Er war Corum. Aber er war auch Falkenmond. Ein bißchen von ihm war noch Falkenmond. Und er war tausend andere – Urlik, Jherek, Asquiol . . . Er war Teil eines gigantischen, eines edlen Geschöpfs . . .

Sein Körper hatte sich verwandelt. Er schwebte über dem Teich.

Das Rudiment Falkenmonds konnte es sehen, ehe auch es sich dem Hauptwesen anschloß.

An jeder Seite des Kopfes war ein Gesicht, und jedes dieser Gesichter gehörte zu einem seiner Gefährten. Die Augen waren ernst und erschreckend, sie bewegten sich nicht. Es hatte acht Arme, die sich nicht regten. Es kauerte auf acht Beinen über dem Teich, und seine Rüstung überschnitt sich, und die verschiedenen Farben verschwammen ineinander, und doch war alles irgendwie scharf getrennt.

Das Wesen umklammerte mit allen acht Händen ein einziges gewaltiges Schwert, und sowohl es selbst auch das Schwert leuchtete in einem gespenstischen goldenen Licht.

»Ah!« dachte er. *»Jetzt bin ich ganz.«*

Die vier, die eins waren, drehten das monströse Schwert, daß die Spitze auf die verzweifelt wallende Masse im Teich deutete. Die Substanz fürchtete das Schwert. Sie wimmerte.

»Agak, Agak . . .«

Das Wesen, von dem Falkenmond ein Teil war, sammelte seine Kraft und begann das Schwert in die Tiefe zu stoßen.

Formlose Wellen wogten über die Oberfläche des Teiches. Die Farbe der Substanz wechselte von einem kränklichen Gelb zu einem fahlen Grün.

»Agak, ich sterbe . . .«

Unaufhaltsam stieß das Schwert in die Tiefe. Seine Spitze berührte die Oberfläche.

Die Substanz wich nach allen Seiten zurück. Sie versuchte, sich über die Seiten und auf den Boden zu heben. Das Schwert drang tiefer, und nun spürten die vier, die eins waren, neue Kraft durch die Klinge hochströmen. Ein Röcheln war zu hören, und die Bewegung der Substanz ließ nach. Sie wurde still. Sie wurde grau.

Und dann sanken die vier, die eins waren, hinunter in den Teich, um sich von der Substanz aufnehmen zu lassen.

Falkenmond ritt nach Londra, und in seiner Begleitung befanden sich Huillam d'Averc, Yisselda von Brass, Oladahn von den Bulgarbergen, Bowgentle, der Philosoph, und Graf Brass. Jeder von ihnen trug einen Spiegelhelm, der die Strahlen der Sonne reflektierte.

Falkenmond hielt das Schicksalshorn in der Hand. Er hob es an die Lippen. Er stieß hinein, um die Nacht der neuen Erde anzukünden – die Nacht, die dem neuen Morgen vorhergeht. Und obgleich Triumph aus dem Hornschall klang, empfand Falkenmond dieses Gefühl nicht. Voll unendlicher Einsamkeit und unendlichem Leid stand Falkenmond mit dem Horn an den Lippen.

Falkenmond erlebte die Qualen erneut, die er im Wald erlitten hatte, als Glandyth ihm die Hand abgeschlagen hatte. Er schrie, als der Schmerz erneut in das Handgelenk zurückkehrte und er das Feuer in seinem Gesicht spürte, und da wußte er, daß Kwll ihm das Juwelenauge seines Bruders aus dem Schädel gerissen hatte, nun da seine Macht wiedererstanden war. Rote Dunkelheit schwamm in seinem Gehirn. Rotes Feuer raubte ihm die Kraft. Roter Schmerz löste sein Fleisch auf.

Und Falkenmond rief mit einer Stimme, aus der die tiefsten Qualen sprachen:

»Welchen Namen werde ich tragen, wenn ihr mich das nächste Mal ruft?«

»Jetzt herrscht Frieden auf der Erde. Die stille Luft verbreitet nur weiches Lachen, das Murmeln freundlicher Unterhaltung, und die sanften Laute kleiner Tiere. Wir und die Erde befinden uns im Frieden.«

»Aber wie lange wird das währen?«

»Oh, wie lange kann es währen?«

Das Geschöpf, das der Ewige Held war, sah jetzt alles ganz klar. Es prüfte seinen Körper, alle Gliedmaßen, jegliche Funktion. Es hatte die Tat vollbracht. Es hatte dem Teich die Lebenskraft zurückgegeben.

Durch sein achtseitiges Auge blickte es in alle Richtungen gleichzeitig über die ausgedehnten Ruinen der Stadt, dann wandte es seine Aufmerksamkeit den Zwillingen zu.

Agak war schließlich doch, aber zu spät aus dem Schlaf gerissen worden, nämlich durch die Schreie seiner sterbenden Schwester Gagak, in deren Körper die Sterblichen eingedrungen waren. Sie hatten ihre Intelligenz überwältigt und benutzten nun ihr Auge. Bald würden sie auch versuchen, ihre Macht anzuwenden.

Agak brauchte seinen Kopf nicht zu drehen, um das Wesen zu sehen, das er noch für seine Schwester hielt. Wie ihre, so war auch seine Intelligenz in dem riesigen achteckigen Auge enthalten.

»Hast du mich gerufen, Schwester?«

»Ich sprach nur deinen Namen, Bruder, das war alles.« Es steckte noch genügend der rudimentären Lebenskraft Gagaks in den vieren, die eins waren, um es ihnen zu ermöglichen, ihre Stimme und Ausdrucksweise nachzuahmen.

»Du hast geschrien?«

»Ein Traum.« Die vier hielten inne und fuhren nach einer Weile fort. *»Eine Krankheit. Ich träumte, etwas auf dieser Insel raube mir mein Wohlbefinden.«*

»Ist das möglich? Wir wissen nicht genug über diese Dimensionen, noch über die Kreaturen, die sie bewohnen. Doch keine kann so mächtig wie Agak und Gagak sein. Fürchte dich nicht, Schwester. Wir müssen bald mit unserer Arbeit beginnen.«

»Es war nur ein Traum. Jetzt bin ich wach.«

Agak war verwundert. *»Du sprichst so seltsam.«*

»Der Traum . . .«, antwortete das Wesen, das in Gagaks Körper eingedrungen war und sie vernichtet hatte.

»Wir müssen anfangen«, sagte Agak. *»Die Dimensionen verändern sich, und die Zeit ist gekommen. Ah! Ich spüre es! Es wartet darauf, daß wir es übernehmen. So viel Energie! Wir werden alles erobern, wenn wir nach Hause zurückkehren.«*

»Ich spüre es ebenfalls«, erwiderten die vier, und es stimmte.

Das Wesen, das eins aus vieren war, fühlte das ganze Universum, Dimension um Dimension, um sich wirbeln. Sterne und Planeten und Monde auf allen Ebenen, und alle voll der Energie, die Agak und Gagak in sich aufzunehmen beabsichtigt hatten. Und es steckte noch soviel von Gagak in den vieren, um sie den tiefen, erwartungsvollen Hunger spüren zu lassen, der nun, da die Dimensionen ihre Konjunktur erreicht hatten, bald gestillt werden konnte.

Die vier waren versucht, sich Agak bei diesem Festschmaus anzuschließen, obgleich sie wußten, daß sie dadurch ihrem eigenen Universum das letzte Fünkchen Energie rauben würden. Sterne würden erblassen, Welten untergehen. Selbst die Lords der Ordnung und des Chaos würden sterben, denn die waren Teil des gleichen Universums. Doch die Erlangung einer so ungeheuren Macht war vielleicht ein so schreckliches Verbrechen wert . . .

Das Wesen unterdrückte sein Verlangen und sammelte seine Kräfte zum Angriff, ehe Agak Argwohn schöpfte.

»Wollen wir uns jetzt stärken, Schwester?«

Da wurde den vieren, die eins waren, bewußt, daß das Schiff sie gerade im richtigen Augenblick auf der Insel abgesetzt hatte; ja fast wären sie zu spät gekommen.

»Schwester!« Wieder klang Agak verwundert. *»Was . . .?«*

Das Wesen wußte, daß es sich nun von Agak trennen mußte. Die Rohre und Streben lösten sich von ihm und wurden in Gagak gezogen.

»Was soll das?« Agaks ungewöhnlicher Körper erzitterte kurz. *»Schwester?«*

Die vier bereiteten sich vor. Obgleich sie Gagaks Gedächtnis und ihre Erinnerungen übernommen hatten, waren sie doch nicht sicher, daß sie Agak in Gagaks erkorener Gestalt angreifen konnten. Und da die Zauberin über die Fähigkeit verfügt hatte, ihre Form zu verwandeln, veränderte sich nun auch das Wesen, das eins aus vieren war. Es ächzte und stöhnte grauenvoll, denn der Schmerz war fast unerträglich, als es alle der von Gagak gestohlenen Stoffe zusammenzog, bis das, was zuvor wie ein Gebäude ausgesehen hatte, nun zu gallertigem, formlosem Fleisch wurde. Und Agak sah wie erstarrt dabei zu.

»Schwester? Was ist mit dir . . .?«

Das Gebäude, die Kreatur, die Gagak war, hieb um sich, schmolz und schien sich gleichzeitig aufzublähen.

Sie kreischte vor Schmerz.

Sie nahm ihre Gestalt an.

6. Die Schlacht um alles

Vier Gesichter lachten von einem gigantischen Kopf. Acht Arme winkten triumphierend, acht Beine setzten sich in Bewegung. Und über dem Kopf schwenkte das Wesen ein gewaltiges Schwert.

Es rannte.

Es stürzte sich auf Agak, solange der fremdartige Zauberer sich noch in seiner starren Form befand. Sein Schwert wirbelte und sprühte gespenstische goldene Funken. Das eine, das vier war, war so groß wie Agak. Und in diesem Augenblick war es stark.

Aber Agak, der die Gefahr erkannte, begann zu saugen. Nun brauchte er dieses so angenehme Ritual nicht mehr mit seiner Schwester zu teilen. Und er mußte sich die Energie dieses Universums einverleiben, wollte er die Kraft erlangen, die er benötigte, um seinen Angreifer zu besiegen, der seine Schwester ermordet hatte.

Welten starben, als Agak saugte.

Aber es war nicht genug.

Agak versuchte es mit List.

»Das hier ist das Zentrum eures Universums. Alle seine Dimensionen überschneiden sich. Komm, ich gestatte dir, meine Macht mit mir zu teilen. Meine Schwester ist tot. Ich finde mich damit ab. Nun sollst du mein Gefährte werden. Mit dieser Macht können wir ein viel reicheres Universum als dieses hier erobern!«

»Nein!« sagte das Wesen und kam näher.

»Auch gut. Ich gab dir eine Chance. Nun wird nichts mehr deine Vernichtung aufhalten.«

Das Vierwesen schwang das Schwert. Es sauste herab auf das Facettenauge, in dem Agaks Intelligenzteich blubberte, genau wie es zuvor Gagaks getan hatte. Aber Agak war bereits stärker und heilte sich sofort.

Und nun schossen Agaks Tentakel heran und peitschten auf das Vierwesen ein. Doch dessen Schwert durchtrennten sie, noch ehe sie seinen Leib erreicht hatten. Und Agak saugte noch mehr Energie auf. Sein Körper, den die Sterblichen irrtümlich für ein Gebäude gehalten hatten, begann rot zu glühen und strahlte eine unvorstellbare Hitze aus.

Das Schwert donnerte und strahlte auf. Schwarzes Licht vermischte sich mit goldenem und strömte gegen das Rot.

Und währenddessen spürte das Vierwesen, wie sein Universum schrumpfte und starb.

»Gib zurück, was du gestohlen hast, Agak!« befahl es.

Flächen und Winkel und Bogen, Drähte und Rohre flackerten in tiefroter Hitze. Agak seufzte. Das Universum wimmerte.

»Ich bin stärker als du!« rief Agak. *»Jetzt!«*

Und wieder saugte er.

Das Vierwesen wußte, daß Agaks Aufmerksamkeit nur abgelenkt war, solange er sich mit neuer Energie füllte. Und dem Wesen wurde auch klar, daß es ebenfalls Energie aus seinem eigenen Universum ziehen mußte, um Agak vernichten zu können. Und so hob es das Schwert.

Die Klinge schnitt durch Tausende von Dimensionen und nahm ihre Energie in sich auf.

Dann schwang es sich zurück, und schwarzes Licht schoß heraus.

Sie sauste herab, und nun wurde Agak sich ihrer bewußt. Seine Gestalt begann sich zu wandeln.

Herab auf des Zauberers riesiges Auge, herab auf Agaks Intelligenzteich glitt die schwarze Klinge.

Agaks zahllose Tentakel schnellten sich ihr entgegen, um den Zauberer zu schützen, aber das Schwert schnitt durch sie hindurch, als wären sie überhaupt nicht vorhanden. Und es drang in die achtseitige Kammer, die Agaks Auge war, und sie sank in Agaks Intelligenzteich, tief in des Zauberers Sinneszentrum, und sog Agaks Energie in sich und leitete sie weiter an seinen Herrn, dem einen, der vier war.

Und etwas gellte durch das Universum.

Und etwas sandte ein Beben durch das Universum.

Und das Universum war tot, als Agak starb.

Das Vierwesen nahm sich nicht die Zeit, sich zu vergewissern, daß Agak wirklich vernichtet war.

Er riß das Schwert herum und zurück durch die Dimensionen. Und in alles, was die Klinge berührte, kehrte die geraubte Energie zurück.

Das Schwert schwang in weitem Bogen.

Rundum schwang es und strömte die zurückgewonnene Energie aus.

Und das Schwert heulte in einem Triumphgesang.

Und winzige Fünkchen schwarzen und goldenen Lichtes huschten davon und wurden wieder aufgenommen.

Falkenmond kannte nur das Wesen des Ewigen Helden. Er kannte die Natur des Schwarzen Schwertes. Er kannte den Charakter Tanelorns. Denn in diesem Augenblick hatte jener Teil, der Falkenmond war, Einblick in das ganze Multiversum. Es steckte in ihm. Er enthielt es. In diesem Moment gab es keine Rätsel für ihn.

Er entsann sich, was eine seiner Erscheinungen in der CHRONIK DES SCHWARZEN SCHWERTES, die über die Taten des Ewigen Helden berichtete, gelesen hatte: »Denn allein der menschliche Geist ist frei, die gewaltige Weite der kosmischen Unendlichkeit zu erforschen, das normale Bewußtsein zu überschreiten oder durch die verborgenen Gänge des menschlichen Gehirns in seinen grenzenlosen Dimensionen zu streifen. Universum und Individuum sind miteinander verbunden, eines spiegelt sich im anderen, und jedes enthält das andere . . .«

»Ha!« schrie das Individuum, das Falkenmond war. Und er frohlockte, er triumphierte. Das war das Ende der Verdammnis des Ewigen Helden!

Einen Augenblick war das Universum tot gewesen. Nun lebte es wieder, und es verfügte zusätzlich zu seiner eigenen Energie auch noch über die Agaks.

Agak lebte, aber er war erstarrt. Er hatte versucht, seine Gestalt zu verändern. Nun sah er zur Hälfte noch so aus, wie Falkenmond ihn gesehen hatte, als er auf die Insel kam, zur anderen aber wie ein Teil des Vierwesens. Hier war Corums Gesicht, dort ein Bein, da ein Stück der Schwertklinge. Man konnte glauben, Agak habe angenommen, daß das Vierwesen nur geschlagen werden könnte, wenn er seine Gestalt annahm, genau wie das Wesen Gagaks Form übernommen hatte.

»Wir hatten so lange darauf gewartet . . .«, seufzte Agak, und dann war er tot.

Und das Vierwesen steckte das Schwert in die Scheide zurück.

Falkenmond dachte . . .

Ein Heulen erschallte durch die Ruinen der Vielstadt, und ein starker Wind toste gegen den Körper des Vierwesens, so daß es sich gezwungen sah, sich auf seine acht Beine zu knien und seinen viergesichtigen Kopf vor dem Sturm zu schützen.

Falkenmond fühlte . . .

Dann nahm das Wesen allmählich wieder die Gestalt Gagaks, der Zauberin, an, und dann lag es in Gagaks reglosem Intelligenzteich . . .

Falkenmond wußte . . .

. . . und dann hob es sich darüber, schwebte einen Moment in der Luft und zog das Schwert aus dem Teich heraus.

Falkenmond war Falkenmond. Falkenmond war der Ewige Held auf seinem letzten Abenteuer.

Dann trennten sich die vier Wesen voneinander, und Elric und Falkenmond und Erekose und Corum standen am Rande des Teiches, und ihre Schwertspitzen berührten sich über ihm in der Mitte des toten Gehirns.

Falkenmond seufzte. Staunen erfüllte ihn – und Furcht. Und dann schwand die Furcht, als eine ungeheuerliche Erschöpfung sie ablöste, die jedoch voll Erleichterung und Zufriedenheit war.

»Nun habe ich wieder Fleisch! Nun habe ich wieder Fleisch!« sagte eine pathetische Stimme.

Sie kam aus dem Barbaren Ashnar, dessen Gesicht blutig war und aus dessen Augen der Wahnsinn sprach. Er hatte sein Schwert fallen gelassen, ohne es zu bemerken. Mit den Nägeln beider Hände riß er an seinem Gesicht. Und er kicherte.

John ap-Rhyss hob den Kopf vom Boden. Haßerfüllt starrte er auf Falkenmond, doch dann wandte er den Blick ab. Emshon von Ariso, der sein Schwert ebenfalls vergessen hatte, kroch zu John ap-Rhyss und half ihm auf die Beine. Ein kalter Haß strömte von den beiden Männern aus.

Andere waren tot oder wahnsinnig. Elric half Brut von Lashmar hoch.

»Was habt Ihr gesehen?« fragte der Albino.

»Mehr als ich trotz all meiner Sünden verdient hatte. Wir waren gefangen – gefangen in diesem Schädel . . .« Der Ritter von Lashmar brach zusammen. Er schluchzte wie ein kleines

Kind. Elric legte stützend den Arm um Brut und strich über sein blondes Haar. Er fand keine Worte des Trostes.

Erekose murmelte fast nur zu sich selbst: »Wir müssen gehen.« Als er auf die Tür zuschritt, drohten seine Füße unter ihm davonzugleiten.

»Es war nicht fair«, sagte Falkenmond zu John ap-Rhyss und Emshon von Ariso, »daß ihr mit uns leiden mußtet. Es war nicht fair.«

John ap-Rhyss spuckte auf den Boden.

7. Die Helden trennen sich

Sie standen im Freien zwischen den Schatten der Gebäude, die es nicht gab oder von denen nur noch Ruinen existierten, unter einer blutroten Sonne, die sich nicht um das geringste bewegt hatte, seit sie auf der Insel gelandet waren. Falkenmond sah zu, wie die Leichen der Zauberer verbrannten.

Prasselnd und heulend verschlangen die Fammen Agak und Gagak, und der aufsteigende Rauch war weißer als Elrics Gesicht, und röter als die Sonne, und er begann den Himmel zu verbergen.

Falkenmond konnte sich kaum an das erinnern, was er in Gagaks Schädel erlebt hatte, aber im Augenblick empfand er eine tiefe Bitterkeit.

»Ich frage mich, ob der Kapitän wußte, weshalb er uns hierherschickte«, wandte Corum sich an Falkenmond.

»Oder ob er ahnte, was geschehen würde«, überlegte Falkenmond laut und fuhr sich mit der Hand über den Mund.

»Nur wir – nur dieses Wesen – konnte gegen Agak und Gagak etwas erreichen, und nur, weil es sie auf ihre eigene Weise bekämpfte.« Ein tiefes Wissen leuchtete aus Erekoses Augen. »Alles andere wäre vergebens gewesen. Kein anderes Geschöpf hätte die benötigten Eigenschaften, die ungeheuren Kräfte besessen, die unbedingt erforderlich waren, um diese fremdartigen Zauberer zu besiegen.«

»Ja, so sieht es aus«, murmelte Elric. Der Albino war schweigsam, als lausche er in sich hinein.

Corum versuchte ihn zu trösten. »Ihr werdet vermutlich dieses Erlebnis vergessen, wie Ihr die anderen vergessen habt – oder vergessen werdet.«

Düster erwiderte Elric: »Vielleicht, Bruder, vielleicht.«

Nun bemühte Erekose sich, sie in eine bessere Stimmung zu bringen. Er lachte. »Wer könnte sich schon an so etwas erinnern?«

Falkenmond mußte ihm beipflichten. Bereits jetzt verblaßte die Erinnerung an das Geschehene und schien nicht mehr als ein ungewöhnlich realistischer Traum. Sein Blick wanderte über die Krieger, die mit ihm gekämpft hatten. Auch jetzt wichen sie ihm noch aus. Ganz offensichtlich gaben sie ihm und seinen anderen Erscheinungen die Schuld an dem Grauen, das sich ihnen offenbart hatte. Ashnar, der Luchs, der Mann ohne Nerven, hatte Zeuge ihrer Gefühle sein müssen, die sie gezwungen gewesen waren, zu unterdrücken und zu beherrschen. Und nun stieß er einen schrillen Schrei aus und rannte auf das Feuer zu. Er lief, bis er es fast erreicht hatte, und Falkenmond befürchtete schon, er würde sich hineinstürzen, doch da änderte er im letzten Moment die Richtung. Er rannte in die Ruinen, und die Schatten verschlangen ihn.

»Es hat keinen Sinn, ihm zu folgen«, flüsterte Elric. »Was könnten wir schon für ihn tun?« Seine roten Augen waren schmerzerfüllt, als er die Leiche Hown Schlangenbeschwörers betrachtete. Aber es war keineswegs eine Geste der Gleichgültigkeit, sondern die eines Mannes, der versuchte, eine schwere Last auf den Schultern zurechtzurücken.

John ap-Rhyss und Emshon von Ariso stützten den benommenen Brut von Lashmar, als sie das Feuer hinter sich ließen, um zum Strand zurückzukehren, wo das Schiff wartete.

Während sie dahinstapften, wandte Falkenmond sich an Elric. »Euer Schwert – es deucht mir bekannt. Es ist keine gewöhnliche Klinge, nicht wahr?«

»Nein, es ist keine gewöhnliche Klinge, Herzog Dorian«, bestätigte ihm der Albino. »Sie ist uralt, zeitlos, sagen manche. Manche glauben, sie wäre für eine Schlacht gegen die Götter geschmiedet worden. Es gab eine zweite wie sie, aber sie ging verloren.«

»Ich fürchte mich vor ihr«, murmelte Falkenmond. »Doch ich weiß nicht, weshalb.«

»Es ist klug, sie zu fürchten«, versicherte ihm Elric. »Sie ist mehr als ein Schwert.«

»Ein Dämon?«

»Wenn Ihr es so nennen wollt.« Mehr wollte Elric nicht sagen.

»Es ist das Schicksal des Ewigen Helden, diese Klinge in Zeiten der Entscheidung auf Erden zu tragen«, sagte Erekose. »Ich trug sie, doch ich möchte sie nie wieder halten, wenn man mir die Wahl läßt.«

»Selten hat der Held die Wahl«, warf Corum mit einem tiefen Seufzer ein.

Sie hatten den Strand erreicht und hielten an. Sie blickten hinaus auf den weißen Nebel, der über dem Wasser wallte. Die dunklen Umrisse des Schiffes waren deutlich zu erkennen.

Corum, Elric und einige der anderen schritten auf den Nebel zu, aber Falkenmond, Erekose und Brut von Lashmar zögerten gleichzeitig. Falkenmond war zu einem Entschluß gekommen.

»Ich werde nicht auf das Schiff zurückkehren«, erklärte er. »Ich glaube, ich habe meine Passage bezahlt. Wenn Tanelorn überhaupt zu finden ist, sollte ich es wohl hier suchen.«

»Ganz meine Meinung«, pflichtete ihm Erekose bei. Er drehte sich halb um und blickte auf die Ruinen.

Elric blickte Corum fragend an. Der Vadhag lächelte. »Ich habe Tanelorn bereits gefunden. Ich kehre auf das Schiff zurück, in der Hoffnung, daß es mich an einer bekannten Küste absetzt.«

»Das hoffe ich auch.« Nun richtete Elrics fragender Blick sich auf Brut, den er stützte.

Brut flüsterte etwas. Falkenmond verstand ein paar der Worte: »Was war es? Was ist mit uns geschehen?«

»Nichts.« Elric drückte Bruts Schulter, dann gab er sie frei.

Brut wich vor Elric zurück. »Ich bleibe. Es tut mir leid.«

»Brut?« Elric runzelte die Stirn.

»Ich kann nichts dafür, aber ich fürchte mich vor Euch. Und

ich fürchte mich vor dem Schiff.« Brut stolperte rückwärts, dann drehte er sich um und rannte landeinwärts.

»Kamerad«, sagte Corum und legte eine Hand auf Elrics Schulter. »Laßt uns weggehen. Was auf dieser Insel liegt, fürchte ich viel mehr als das Schiff.«

Mit einem letzten düsteren Blick auf die Ruinen murmelte der Albino. »So wie ich.«

»Wenn das Tanelorn sein soll, ist es gewiß nicht der Ort, den ich suchte«, sagte Otto Blendker.

Falkenmond erwartete, daß John ap-Rhyss und Emshon von Ariso sich Blendker anschließen würden.

»Wollt ihr denn bei mir bleiben?« fragte Falkenmond sie erstaunt.

Der hochgewachsene, langhaarige aus Yel und der stämmige, rauhe Krieger von Ariso nickten gleichzeitig.

»Wir bleiben«, brummte John ap-Rhyss.

»Aber ihr empfindet keine Zuneigung für mich, dachte ich.«

»Ihr sagtet, daß wir eine Ungerechtigkeit erdulden mußten.« John ap-Rhyss blickte Falkenmond fest an. »Nun, das stimmt. Und nicht Ihr seid es, den wir hassen, Falkenmond, sondern jene Mächte, die uns alle lenken. Ich bin froh, daß ich nicht Falkenmond bin, und doch beneide ich Euch irgendwie.«

»Beneiden?«

»Auch ich beneide Euch«, gestand Emshon ernst. »Ich würde viel geben, eine solche Rolle spielen zu dürfen.«

»Selbst Eure Seele?« fragte Erekose.

»Was ist das?« John ap-Rhyss wich dem forschenden Blick des großen kräftigen Mannes aus. »Eine Fracht, die wir vielleicht schon viel zu früh auf unserer Reise abladen. Und dann versuchen wir, uns den Rest unseres Lebens zu erinnern, wo wir sie verloren haben, um sie wiederfinden zu können.«

»Ist es das, was Ihr sucht?« fragte Emshon ihn.

John ap-Rhyss grinste ihn an. »Glaubt, was Ihr wollt.«

»Dann sagen wir euch Lebewohl.« Corum grüßte sie. »Wir setzen unsere Reise mit dem Schiff fort.«

»Ich ebenfalls.« Elric hüllte sich enger in den Umhang und zog die Kapuze tief ins Gesicht. »Ich wünsche euch Erfolg bei eurer Suche, Brüder.«

»Und wir Euch mit Eurer«, sagte Erekose. »Das Horn muß geblasen werden.«

»Ich verstehe Euch nicht.« Elrics Stimme klang kalt. Er drehte sich um und watete ins Wasser, ohne eine Erklärung abzuwarten.

»Aus unserer Zeit gerissen, von Paradoxa gequält, von Wesen herumgeschoben, die sich weigern, uns zu erleuchten – das ist ermüdend, nicht wahr?« Corum lächelte.

»Ermüdend«, wiederholte Erekose lakonisch. »Ja, das ist es.«

»Mein Kampf ist zu Ende«, erklärte Corum. »Ich glaube, es wird mir bald gestattet sein zu sterben. Ich habe meine Zeit als Ewiger Held abgedient. Nun kehre ich zu Rhalina, meiner sterblichen Gefährtin, zurück.«

»Und mir bleibt die Suche nach meiner unsterblichen Ermizhdad«, sagte Erekose.

»Meine Yisselda lebt, versicherte man mir«, sprach nun Falkenmond. »Aber ich suche meine Kinder.«

»Alle Teile des Wesens, das der Ewige Held ist, kommen zusammen.« Corum blickte sie der Reihe nach an. »Wer weiß, vielleicht ist dies das letzte Abenteuer von uns allen.«

»Werden wir danach den Frieden finden?« fragte Erekose.

»Der Frieden kommt erst dann zu einem Menschen, wenn er ihn nach einem harten Kampf mit sich selbst in seinem Innern findet. Gewiß ist euch das inzwischen ebenfalls klar geworden.« Wieder sah Corum sie alle an.

»Gerade dieser Kampf ist so schwer«, murmelte Falkenmond.

Corum schwieg. Er folgte Elric und Otto Blendker in das Wasser. Kurz darauf hatte der Nebel sie verschlungen. Bald danach hörten sie gedämpfte Rufe und eine Weile später das Rasseln der Ankerkette. Das Schiff verschwand.

Erleichtert drehte Falkenmond sich um, obgleich der Gedanke an das Bevorstehende seine Stimmung nicht hob.

Die schwarze Gestalt war zurückgekehrt. Sie grinste ihn an. Es war ein böses, aufdringliches Grinsen.

»Schwert«, sagte sie. Und sie deutete aufs Meer, wo das Schiff verschwunden war. *»Schwert. Du wirst mich brauchen, Held. Bald!«*

Erekose verriet zum erstenmal Angst. Wie Falkenmond bei der ersten Begegnung mit dieser Erscheinung wollte auch er instinktiv das Schwert ziehen. Aber etwas hielt ihn zurück. John ap-Rhyss und Emshon von Ariso schrien erstaunt auf und griffen ebenfalls nach der Klinge. »Laßt sie in der Scheide«, befahl Falkenmond.

Brut von Lashmar starrte die Gestalt nur benommen an.

»Schwert«, wiederholte die Kreatur. Ihr schwarzer Strahlenkranz erweckte den Anschein, als tanze sie. Aber ihr Körper stand absolut ruhig. *»Elric? Corum? Falkenmond? Erekose? Urlik . . .?«*

»Ah!« rief Erekose. »Jetzt erkenne ich dich. Geh! Geh!«

Die schwarze Erscheinung lachte. *»Ich kann nicht, ich kann nie. Nicht, solange der Held mich benötigt.«*

»Er braucht dich nicht mehr«, erklärte ihr Falkenmond fest, ohne zu wissen, was er mit seinen Worten meinte.

»O doch! O doch!«

»Geh!«

Die Erscheinung grinste böse.

»Wir sind jetzt zwei«, sagte Erekose. »Zwei sind stärker.«

»Aber das ist nicht gestattet!« protestierte die Gestalt. *»Das war nie erlaubt!«*

»Wir haben eine andere Zeit, die Zeit der Konjunktur.«

»Nein!« schrie die Erscheinung entsetzt.

Erekose lächelte verächtlich.

Die schwarze Gestalt schoß vorwärts, wuchs zu gewaltigen Ausmaßen; wich zurück, wurde winzig. Dann nahm sie ihre vorherige Größe wieder an und floh über die Ruinen. Ihr Schatten hüpfte hinter ihr her, nicht immer im Einklang mit ihren Bewegungen. Die ungeheuren, schweren Schatten dieser Ansammlung von Städten schienen sich auf die Gestalt zu werfen. Mit Bocksprüngen wich sie ihnen aus.

»Nein!« hörten sie sie brüllen. *»Nein!«*

John ap-Rhyss fragte: »War das, was von dem Zauberer übriggeblieben ist?«

»Nein, sondern das, was von unserer Nemesis übriggeblieben ist«, antwortete Erekose.

»So kennt Ihr diese Erscheinung?« Falkenmond sah ihn an.

»Ich glaube es zumindst.«

»Erzählt mir von ihr. Sie verfolgt mich, seit mein jetziges Abenteuer begann. Ich nehme an, sie ist für meine Trennung von Yisselda verantwortlich, und auch für die von meiner Welt.«

»Dazu hat sie gewiß nicht die Macht«, versicherte ihm Erekose. »Aber zweifellos ist sie erfreut, diese Chance zu nutzen. Ich habe sie nur einmal zuvor und nur ganz flüchtig in dieser Manifestation gesehen.«

»Wie wird sie genannt?«

»Sie hat viele Namen«, erwiderte Erekose nachdenklich.

Sie machten sich auf den Weg zurück zu den Ruinen. Die Erscheinung war verschwunden. Aber sie fanden zwei neue Schatten vor, zwei riesige Schatten – die von Agak und Gagak, wie sie ausgesehen hatten, als die Helden beim erstenmal hier angekommen waren. Die Körper der beiden Zauberer waren inzwischen verbrannt, aber ihre Schatten waren geblieben.

»Sagt Ihr mir einen?« bat Falkenmond.

Erekose biß sich auf die Lippe, ehe er antwortete, dann ruhte sein Blick kurz direkt auf Falkenmonds Augen. »Ich glaube, ich verstehe jetzt, weshalb der Kapitän zögerte, seine Vermutung zu offenbaren, von etwas zu sprechen, dessen er sich nicht absolut sicher sein konnte. Es ist äußerst gefährlich, in dieser Situation Schlüsse zu ziehen. Es könnte schließlich leicht sein, daß ich mich irre.«

»Oh!« rief Falkenmond enttäuscht. »So verratet mir wenigstens, was Ihr vermutet, auch wenn Ihr Euch nicht sicher seid, Erekose.«

»Ich glaube, einer ihrer Namen ist ›Sturmbringer‹«, murmelte der Mann mit dem narbigen Gesicht.

»Jetzt weiß ich, weshalb ich mich vor Elrics Schwert fürchtete«, flüsterte Falkenmond.

Sie erwähnten dieses Thema nicht mehr.

DRITTES BUCH

In dem vieles Verschiedene sich als das gleiche herausstellt

1. In Schatten gestrandet

»Wir sind wie Geister, nicht wahr?«

Erekose lag auf einem Trümmerhaufen und starrte zu der unbewegten roten Sonne empor. »Ein Gespräch zwischen Geistern . . .« Er lächelte, um anzudeuten, daß er seinen Gedanken nur Ausdruck gab, um die Zeit zu vertreiben.

»Ich bin hungrig«, erklärte Falkenmond. »Das beweist mir zweierlei – daß ich einen normalen Körper besitze, und daß eine ziemliche Zeit verstrichen sein muß, seit unsere Kameraden auf das Schiff zurückkehrten.«

Erekose atmete tief die kühle Luft ein. »Stimmt. Ich frage mich jetzt, weshalb ich hiergeblieben bin. Vielleicht ist es unser Schicksal, hier gestrandet zu sein – eine Ironie, findet Ihr nicht auch? Da wir Tanelorn suchen, ist es uns gestattet, in *allen* Tanelorns zu existieren. Könnte das alles sein, was uns bleibt?«

»Das glaube ich nicht«, widersprach Falkenmond. »Irgendwo finden wir eine Tür in den Welten, die wir suchen.«

Falkenmond saß auf der Schulter einer zerfallenen Statue und schaute, ob unter den unzähligen Schatten nicht einige waren, die er kennen müßte.

In ihrer Nähe wühlten John ap-Rhyss und Emshon von Ariso in dem Schutt nach einer Truhe, die Emshon vor ihrem Kampf gegen die Zauberbestien hier gesehen haben wollte. Er war sicher, daß sie etwas Wertvolles enthielt. Brut von Lashmar, der sich inzwischen ein wenig erholt hatte, stand ein Stück abseits von ihnen, ohne sich an ihrer Suche zu beteiligen.

Brut war es auch, der eine Weile später bemerkte, daß eine Zahl von Schatten, die bisher starr gewesen waren, sich jetzt bewegten. »Falkenmond!« rief er. »Schaut! Erwacht die Stadt zum Leben?«

Der Rest der Stadt blieb wie zuvor, aber in einem kleinen Teil davon, am Rand, wo die Silhouette eines mit Reliefs verzierten Hauses sich gegen die fleckige weiße Wand eines eingestürzten Tempels abhob, bewegten sich drei oder vier Schatten von Menschen. Aber es waren nur Schatten – die Männer, die sie warfen, blieben unsichtbar. Es war wie ein Spiel, das Falkenmond einst gesehen hatte, bei dem Marionetten hinter einem Schirm bewegt worden waren.

Erekose war aufgesprungen. Er stapfte durch den Schutt auf die sich bewegenden Schatten zu, mit Falkenmond dicht hinter ihm, während die anderen ein wenig zögernd folgten.

Und nun vernahmen sie auch noch gedämpfte Geräusche: das Klirren von Schwertern, Schreie, das Knarren von schweren Stiefeln.

Erekose hielt an, als er einen Schatten von etwa seiner eigenen Größe fast erreicht hatte. Vorsichtig streckte er die Hand aus, um ihn zu berühren und trat dabei noch einen Schritt näher an ihn heran.

Da verschwand Erekose!

Nur sein Schatten war zurückgeblieben und hatte sich den anderen angeschlossen. Falkenmond sah Erekoses Schatten das Schwert ziehen und sich neben einen anderen stellen, der ihm bekannt vorkam. Es war der Schatten eines Mannes, kaum größer als Emshon von Ariso, der dem Schattenspiel mit offenem Mund und fast glasigen Augen zusah.

Allmählich wurden die Bewegungen der kämpfenden Schatten langsamer. Falkenmond überlegte, wie er Erekose zurückholen könnte, als der breitschultrige Held bereits erschien und jemanden mit sich zog. Die anderen Schatten waren wieder erstarrt.

Erekose keuchte. Der Mann, den er bei sich hatte, war mit einer Unzahl kleinerer Wunden übersät, aber er schien nicht ernsthaft verletzt zu sein. Er grinste erleichtert und klopfte sich den weißen Staub von dem orangeroten Pelz, der seinen ganzen Körper bedeckte, dann steckte er sein Schwert in die Scheide und strich die Barthaare mit einer prankengleichen Hand glatt. Es war Oladahn! Oladahn von den Bulgarbergen, der von den Bergriesen abstammte – und Falkenmonds bester

Freund und Gefährte während vieler seiner größten Abenteuer; Oladahn, der in der Schlacht von Londra gefallen war, und den Falkenmond danach als Geist mit glasigen Augen in den Marschen der Kamarg gesehen hatte, und schließlich an Bord der *Rumänischen Königin,* wo er mutig Baron Kalans Kristallpyramide angegriffen hatte und deshalb verschwunden war.

»Falkenmond!« Oladahns Freude über das Wiedersehen mit seinem alten Kameraden ließ ihn alles andere vergessen. Er lief dem Herzog von Köln entgegen und umarmte ihn.

Falkenmond lachte mit Tränen in den Augen. Er blickte zu Erekose hoch. »Ich weiß nicht, wie Ihr ihn gerettet habt, aber ich bin Euch sehr dankbar!«

Erekose wurde von ihrer Freude angesteckt. Auch er lachte. »Ich weiß es selbst nicht, wie ich ihn gerettet habe!« Er warf einen schnellen Blick auf die starren Schatten. »Ich fand mich plötzlich in einer Welt, die kaum wirklicher als diese war, und half jene zurückdrängen, die Euren Freund hier bedrängten – ich kämpfte voll Verzweiflung, als unsere Bewegungen immer schwerfälliger wurden. Dann fiel ich zurück – und hier waren wir!«

»Wie gelangtest du an diesen Ort, Oladahn?« fragte Falkenmond.

»Mein Leben war ziemlich verwirrend, und meine Abenteuer recht ungewöhnlich, seit ich Euch zuletzt an Bord des Schiffes sah, Freund Falkenmond«, erwiderte Oladahn. »Eine Weile war ich Gefangener des Barons Kalan. Ich war wie zu Stein erstarrt, konnte mich nicht bewegen, aber mein Gehirn funktionierte normal. Das war gar nicht angenehm. Doch plötzlich war ich frei und fand mich auf einer Welt, mitten in einer Schlacht zwischen vier oder fünf verschiedenen Gegnern. Einmal kämpfte ich auf dieser, dann auf einer anderen Seite, ohne je zu verstehen, worum es eigentlich ging. Dann war ich mit einemmal zurück in den Bulgarbergen und rang gegen einen Bären, was mir nicht sehr gut bekam. Und auf einmal befand ich mich auf einer Metallwelt, wo ich das einzige Wesen aus Fleisch und Blut zwischen Maschinen verschiedenster Art war. Als mich gerade eine dieser Maschinen zerstückeln wollte, rettete mich Orland Fank – Ihr erinnert Euch doch an ihn? Er brachte mich auf die Welt, von der Euer Freund hier mich soeben holte. Fank und ich suchten dort den Runenstab. Es war eine Welt voller Städte und Kriege. Ein Auftrag Fanks führte mich in ein besonders arges Viertel einer dieser Städte. Mehr Gegner, als ich meistern konnte, warfen sich dort auf mich. Als ich den Todesstoß schon kommen sah, erstarrte ich plötzlich. Diese Starre hielt Stunden oder auch Jahre an, bis Euer Kamerad hier mich rettete. Verratet mir, Falkenmond, was wurde aus unseren anderen Freunden?«

»Das ist eine lange Geschichte, und es wäre sinnlos, sie dir jetzt erzählen zu wollen, da ich wenige der Ereignisse erklären kann«, erwiderte Falkenmond. Er berichtete jedoch von einigen seiner eigenen Erlebnisse, von Graf Brass, Yisselda und seinen verlorenen Kindern, von Taragorms und Kalans Niederlage, von den Wirren, die ihre aus dem Wahnsinn geborenen Rachepläne dem Multiversum gebracht hatten, und schloß: »Aber von d'Averc und Bowgentle weiß ich gar nichts. Sie verschwanden auf die gleiche Art wie du. Ich nehme an, daß ihre Abenteuer sehr den deinen ähneln dürften. Es ist ungemein bedeutungsvoll – oder findest du nicht? –, daß du dem Tod entrissen wurdest.«

»Ganz meine Meinung«, versicherte ihm Oladahn. »Ich dachte, ich hätte vielleicht einen übernatürlichen Beschützer – obgleich ich es müde wurde, vom Regen in die Traufe zu kommen. Und wo sind wir hier?« Er strich sich über die Barthaare und blickte sich um. Brut, John und Emshon, die ihn mit kaum unterdrücktem Staunen anstarrten, nickte er freundlich zu. »Es scheint mir auch von Bedeutung zu sein, daß man mir gestattete, mich Euch wieder anzuschließen. Aber wo ist Fank?«

»Ich ließ ihn auf Burg Brass zurück. Er erwähnte jedoch nichts von einer Begegnung mit dir. Zweifellos nahm er seine Suche nach dem Runenstab wieder auf und fand dich während dieses Abenteuers.« Falkenmond erzählte ihm nun, was er wußte, über die Art der Insel, auf der sie sich befanden.

Oladahn hörte ihm zu, ohne ihn zu unterbrechen. Er kratzte sich nur nachdenklich den roten Pelz auf seinem Kopf und zuckte die Schultern. Noch ehe Falkenmond ganz geendet hatte, begutachtete er die vielen Risse und Löcher in seinem Wams und dem zweiteiligen Kilt und zupfte am verkrusteten Blut über seinen zahllosen Verletzungen.

»Nun, Freund Falkenmond«, sagte er ein wenig abwesend. »Mir genügt es, wieder an Eurer Seite zu sein. Gibt es etwas zu essen hier?«

»Nichts«, seufzte John ap-Rhyss mitfühlend. »Wir werden verhungern, wenn wir kein Wild auf dieser Insel finden. Aber ich fürchte, außer uns gibt es nichts Lebendes hier.«

Wie als Antwort zu dieser Behauptung kam ein Heulen vom jenseitigen Stadtrand. Sie hoben die Köpfe und blickten in diese Richtung.

»Ein Wolf?« fragte Oladahn.

»Ein Mensch, glaube ich«, erwiderte Erekose. Er hatte sein Schwert noch nicht zurückgesteckt und benutzte es jetzt, um zu deuten.

Ashnar, der Luchs, rannte auf sie zu. Er sprang über Trümmer und schoß um zerbröckelte Turmruinen. Er schwenkte sein Schwert über dem Kopf, die kleinen eingeflochtenen Knochen in seinen Zöpfen tanzten um seinen Schädel, und seine Augen stierten fast gläsern. Falkenmond dachte, er beabsichtigte, sie anzugreifen, da erst wurde er aufmerksam auf einen hageren, großen Mann mit rotem Gesicht, einer Mütze, einem Kilt und einem karierten Schal, dessen Enden hinter ihm herflogen, und einem in seiner Scheide an seiner Seite hüpfenden Schwert. Der Mann verfolgte Ashnar.

»Orland Fank!« rief Oladahn. »Warum jagt er diesen Barbaren?«

Falkenmond konnte jetzt Fanks Rufe verstehen. »Bleib stehen, Mann!« brüllte er. »Ich tu dir doch nichts!«

Und dann stolperte Ashnar und fiel. Wimmernd versuchte er sich aufzurichten, als Fank ihn erreichte und ihm das Schwert aus der Hand schlug. Dann packte er die Zöpfe und riß den Kopf des Kriegers zurück.

»Behandelt ihn ein wenig sanfter, Fank!« rief Falkenmond. »Sein Geist ist verwirrt.«

Fank blickte hoch. »Ah, Ihr seid es, Sir Falkenmond. Und

Oladahn! Ich wunderte mich schon, wo du abgeblieben bist – hast mich einfach im Stich gelassen, eh?«

»Fast«, erwiderte Oladahn. »Und mich dem Bruder Tod ergeben, in dessen Arme Ihr mich geschickt habt, Meister Fank.«

Fank grinste und ließ Ashnars Zöpfe los.

Der Barbar machte keine Anstalten, sich zu erheben. Er blieb wimmernd im Staub liegen.

»Was hat Euch dieser Mann getan?« fragte Erekose Fank streng.

»Nichts. Ich konnte nur keinen anderen Lebenden in dieser trostlosen Gegend entdecken. Ich wollte ihm lediglich ein paar Fragen stellen. Als ich mich ihm näherte, stieß er ein wildes Geheul aus und ergriff die Flucht.«

»Wie seid Ihr hierhergelangt?« erkundigte sich Erekose jetzt.

»Durch Zufall. Meine Suche nach einem bestimmten Artefakt führte mich durch mehrere der vielen Ebenen der Erde. Ich hatte gehört, daß der Runenstab möglicherweise in einer gewissen Stadt zu finden sei – einer Stadt, die manche Tanelorn nennen. Also machte ich mich auf die Suche nach ihr. Meine Nachforschungen brachten mich zu einem Zauberer in einer Stadt auf einer Welt, wo ich Oladahn fand. Der Zauberer war ein Mann ganz aus Metall. Er war in der Lage, mir den Weg zu der nächsten Ebene zu weisen, wo Oladahn und ich uns aus den Augen verloren. Ich entdeckte ein Tor, trat hindurch, und hier bin ich.«

»Dann laßt uns sofort zu diesem Tor eilen«, rief Falkenmond.

Orland Fank schüttelte den Kopf. »Nutzlos. Es schloß sich hinter mir. Außerdem habe ich kein Verlangen danach, auf diese kriegerische Welt zurückzukehren. Ist das hier nicht Tanelorn?«

»Das hier sind alle Tanelorns«, erwiderte Erekose. »Das jedenfalls vermuten wir, Meister Fank. Zumindest, was von ihnen übriggeblieben ist. Hieß denn die Stadt, in der Ihr gewesen seid, nicht auch Tanelorn?«

»Früher einmal«, brummte Fank. »Der Legende nach, jedenfalls. Aber dann kamen Menschen, die sich ihrer wundersamen Eigenschaften für eigennützige Zwecke bedienten, und da starb Tanelorn, und sein absolutes Gegenteil entstand an seiner Stelle.«

»So kann Tanelorn also sterben?« fragte Brut von Lashmar zutiefst enttäuscht. »Es ist nicht ewig?«

»Jede andere Stadt wäre diesem Trümmerhaufen verlorener Ideale vorzuziehen«, brummte Emshon von Ariso und bekundete damit, daß er Orland Fanks Worte zwar richtig verstanden hatte, sie ihn aber nicht sonderlich beeindruckten. Der zwergwüchsige Krieger zupfte an seinem Schnurrbart und brummelte etwas Unverständliches.

»Das hier wären demnach all die ›Fehlschläge‹«, murmelte Erekose. »Das bedeutet, daß wir zwischen den Ruinen der Hoffnung stehen. Eine Öde verlorenen Glaubens und gebrochener Treue.«

»So sehe zumindest ich es«, versicherte ihm Fank. »Aber trotzdem müßte von hier aus ein Weg zu einem Tanelorn zu finden sein, das keiner Versuchung zum Opfer fiel. Nach ihm müssen wir suchen.«

»Aber wie sollen wir wissen, was wir genau suchen?« fragte John ap-Rhyss völlig logisch.

»Die Antwort liegt in uns selbst«, erwiderte Brut mit einer Stimme, die nicht wirklich seine war. »So sagte man es einmal zu mir. ›Such nach Tanelorn in dir selbst‹, riet mir eine alte Frau, als ich sie fragte, wo ich die legendäre Stadt finden könnte, um meinen Frieden zu erlangen. Ich erachtete diesen Rat als ohne echte Bedeutung, als philosophische Spitzfindigkeit. Doch jetzt wird mir klar, daß er wörtlich gemeint war. Wir haben die Hoffnung verloren, meine Herren. Tanelorn aber öffnet seine Tore nur jenen, die hoffen. Wir können nicht mehr glauben, aber den Glauben, das Vertrauen brauchen wir, ehe wir jenes Tanelorn sehen können, das uns helfen kann.«

»Eure Worte scheinen mir wohldurchdacht, Brut von Lashmar«, sagte Erekose. »Wenn ich mir auch im Lauf der Zeit den Zynismus des Kriegers angeeignet habe, verstehe ich Euch sehr wohl. Aber wie kann ein Sterblicher hoffen und Vertrauen haben, wenn er in einer Welt lebt, die von einander ständig bekriegenden Göttern beherrscht wird, wenn gerade jene, zu denen er sich aufzusehen ersehnt, so unzuverlässig sind?«

»Wenn Götter sterben, blüht die Selbstachtung«, murmelte Orland Fank. »Jene, die Achtung vor sich selbst und deshalb auch Achtung vor anderen haben können, brauchen keine Götter und ihresgleichen. Götter sind für Kinder und die Ängstlichen, die keine Verantwortung, weder für sich selbst noch für andere auf sich zu nehmen wagen.«

»Richtig!« applaudierte John ap-Rhyss, dessen sonst so melancholische Züge jetzt geradezu fröhlich wirkten.

Und plötzlich erfüllte sie alle eine innere Freude. Sie lachten glücklich, als sie einander ansahen.

Falkenmond zog sein Schwert aus der Scheide, hob es der starren Sonne entgegen und rief:

»Tod den Göttern und Leben für die Menschen! Mögen die Lords des Chaos und der Ordnung einander in sinnlosem Hader vernichten. Möge das kosmische Gleichgewicht seine Waagschalen heben oder senken, wie es mag, es soll unser Geschick nicht länger bestimmen!«

»Nie wieder!« schrie Erekose, und auch er hob sein Schwert. »Das ist vorbei!«

Und John ap-Rhyss und Emshon von Ariso und Brut von Lashmar, sie alle hoben ebenfalls ihre Schwerter und stimmten in den Ruf mit ein.

Nur Orland Fank zauderte. Er zupfte an seinem Kilt, fuhr sich über das Gesicht.

Als sie ihre ungestüme Kundgebung beendet hatten, fragte er:

»Dann wird mir wohl keiner mehr helfen, den Runenstab zu suchen?«

»Vater, du mußt nicht länger suchen.«

Das Kind, das Falkenmond in Dnark gesehen und das sich in pure Energie verwandelt hatte, um in den Runenstab zu dringen, als Shenegar Trott, der Graf von Sussex, ihn stehlen wollte, saß auf einer Marmortreppe. Ja, es war das Wesen, das man den Geist des Runenstabs genannt hatte und dessen Namen Jehamiah Cohnahlias war. Das Lächeln des Jungen war strahlend. Freundlich sagte er:

»Seid gegrüßt, ihr alle. Ihr habt den Runenstab gerufen.«

»Wir riefen ihn nicht«, widersprach Falkenmond.

»Eure Herzen riefen ihn. Und hier habt ihr euer Tanelorn!«

Der Junge breitete die Arme aus, und während er es tat, verwandelte sich die Stadt. Licht in allen Regenbogenfarben leuchtete vom Himmel. Die Sonne erschauderte und brannte nun golden. Türme, spitz wie Nadeln, hoben sich in die flimmernde Luft, reine, durchscheinende Farben verbreiteten sich, und eine große Ruhe beherrschte die Stadt – die Stille des Friedens.

»Hier ist euer Tanelorn!«

2. In Tanelorn

»Kommt, ich zeige euch ein wenig seiner Geschichte«, forderte das Kind sie auf.

Es führte sie durch stille Straßen, wo die Menschen sie mit ruhigem, freundlichem Lächeln grüßten.

Wenn die Stadt leuchtete, dann jetzt mit Licht von einer Art, dessen Quelle nicht erkennbar war. Wenn sie eine Farbe hatte, dann eine Art von Weiß, wie bestimmte Jadesteine sie haben. Aber als Weiß enthielt sie alle Farben, ja die Stadt war von allen Farben. Sie blühte, sie war glücklich, sie war von Frieden erfüllt. Familien lebten hier; Künstler und Handwerker arbeiteten hier; Bücher entstanden. Sie lebte. Ihre Harmonie war nicht blutlos – es war nicht der falsche Frieden, jener, die dem Körper die Freude, dem Geist die Anregung versagen. Das hier war Tanelorn!

Ja, das hier war endlich *das* Tanelorn, vielleicht das Urbild für so viele andere Tanelorns.

»Wir befinden uns im Zentrum«, sagte das Kind, »im ewigen Zentrum des Multiversums.«

»Welche Götter verehrt man hier?« fragte Brut von Lashmar, dessen Stimme und Miene entspannt waren.

»Keine«, erwiderte das Kind. »Sie werden nicht gebraucht.«

»Ist das der Grund, weshalb sie, wie man sagt, Tanelorn hassen?« Falkenmond trat zur Seite, um eine sehr alte Frau vorbeizulassen.

»Das könnte sein«, erwiderte das Kind. »Denn die Stolzen ertragen es nicht, übersehen zu werden. Hier in Tanelorn ist der Stolz anderer Art, er zieht es vor, in Frieden gelassen zu werden.«

Der Junge führte sie vorbei an hohen Türmen und malerischen Zinnen und durch Parks, in denen fröhliche Kinder spielten.

»Sie spielen Krieg! Sogar hier spielen sie Krieg!« rief John ap-Rhyss erschüttert.

»Auf diese Weise lernen die Kinder«, versicherte ihm Jehamiah Cohnahlias. »Und wenn sie das Kriegsspiel von Grund auf lernen, werden sie den Krieg ablehnen, wenn sie erwachsen sind.«

»Aber die Götter führen Krieg!« gab Oladahn zu bedenken.

»Dann sind sie Kinder«, sagte der Junge.

Falkenmond bemerkte, daß Orland Fank weinte. Aber er schien durchaus nicht unglücklich zu sein.

Sie kamen zu einem freien Platz, einer Art Amphitheater, aber seine Seiten bestanden aus drei Reihen von Statuen, alle etwas überlebensgroß. Die Statuen waren von derselben Farbe wie die Stadt, erfüllt von einem Glühen, als trügen sie inneres Leben. Die ganze vorderste Reihe bestand nur aus Kriegern, die zweite Reihe hauptsächlich aus Kriegern, und die dritte nur aus Frauen. Tausende dieser Statuen schien es hier zu geben, aufgestellt in einem gewaltigen Kreis unter einer Sonne, die genau in der Mitte hing. Sie war rot und still wie auf der Insel – aber das Rot war sanft, der Himmel ein warmes, helles Blau. Es sah aus, als wäre es hier immer Abend.

»Seht!« sagte das Kind. »Seht, Falkenmond und Erekose. Diese hier seid ihr.« Es hob einen Arm in dem schweren goldenen Ärmel und deutete auf die erste Reihe der Statuen. In seiner Hand hielt es einen stumpf-schwarzen Stab, den Falkenmond als den Runenstab erkannte. Und jetzt fiel ihm zum erstenmal auf, daß Runen in den Stab geprägt waren, die jenen auf Elrics Schwert ähnelten – dem Schwarzen Schwert, genannt Sturmbringer.

»Seht euch ihre Gesichter an!« forderte Jehamiah Cohnahlias sie auf. »Seht, Erekose! Seht, Falkenmond! Seht, Ewiger Held!«

Und nun erblickte Falkenmond an den Statuen Gesichter, die er erkannte. Er sah Corum, er sah Elric, und gleichzeitig hörte er Erekose flüstern: »John Daker, Urlik Skarsol, Asquiol, Aubec, Arflane, Valadek . . . Sie sind alle hier – alle, außer Erekose . . .«

»Und außer Falkenmond«, murmelte der Herzog von Köln.

»Es sind Lücken in den Reihen, leere Podeste«, stellte Orland Fank fest. »Weshalb?«

»Sie werden erst noch gefüllt«, versicherte ihm das Kind.

Falkenmond erschauderte.

»Sie sind alle Manifestationen des Ewigen Helden«, sagte Orland Fank. »Ihre Kameraden, ihre Gefährten. Alle an einem Ort. Weshalb sind wir hier, Jehamiah?«

»Weil der Runenstab uns gerufen hat.«

»Ich diene ihm nicht länger!« erklärte Falkenmond. »Ich verdanke ihm viel Leid.«

»Ihr braucht ihm nicht zu dienen, außer auf eine Weise«, sagte das Kind sanft. »Er dient Euch. Ihr habt ihn gerufen.«

»Wir haben ihn nicht gerufen, das erwähnten wir bereits!«

»Und ich erklärte euch, daß eure Herzen ihn riefen. Ihr habt das Tor nach Tanelorn gefunden, ihr habt es geöffnet, ihr habt mir gestattet, euch zu finden.«

»Das ist mystische Faselei unverschämtester Art!« rief Emshon von Ariso empört. Er wollte sich umdrehen.

»Es ist jedoch die Wahrheit«, versicherte ihm das Kind. »Der Glaube blühte in euch auf, als ihr in jenen Ruinen standet. Nicht der Glaube an ein Ideal oder an Götter oder das Schicksal der Welt – sondern der Glaube an euch selbst. Es ist eine Kraft, die jeden Feind besiegt. Es ist die einzige Kraft, die den Freund, der ich euch bin, herbeirufen konnte.«

»Aber das ist eine Sache, die die Helden betrifft«, warf Brut von Lashmar ein. »Ich bin kein Held, Junge, nicht wie diese beiden, jedenfalls.«

»Das müßt Ihr natürlich selbst wissen.«

»Ich bin ein einfacher Soldat, ein Mann mit vielen Fehlern . . .« John ap-Rhyss seufzte. »Ich suchte nur Ruhe.«

»Und Ihr habt sie gefunden. Ihr habt Tanelorn gefunden. Interessiert Euch denn der Ausgang eures Abenteuers auf dieser Insel nicht?«

John ap-Rhyss blickte das Kind mit erhobenen Brauen an. Dann zupfte er an seiner Nase. »Nun . . .«

»Es ist das wenigste, das Ihr Euch verdient habt. Es wird Euch kein Leid geschehen, Krieger.«

John ap-Rhyss zuckte die Schultern, und Emshon und Brut taten es ihm schließlich gleich.

»Jenes Abenteuer, wie du es nanntest, hatte es denn mit unserer Sache zu tun?« fragte Falkenmond eifrig. »Oder steckte noch etwas anderes dahinter?«

»Es war des Ewigen Helden letzte große Tat für die Menschheit. Der Kreis hat sich geschlossen. Ihr versteht, was ich meine, Erekose?«

Erekose neigte den Kopf. »Ich verstehe es.«

»Die Zeit bricht an für die allerletzte Tat«, erklärte das Kind. »Die Tat, die euch von dem Fluch befreien wird.«

»Frei von dem Fluch?«

»Freiheit, Erekose! Freiheit für den Ewigen Helden und für alle, denen er in all der langen Zeit gedient hat.«

Hoffnung leuchtete in Erekoses Augen auf.

»Aber sie muß erst noch verdient werden«, mahnte der Geist des Runenstabs.

»Wie kann ich sie mir verdienen?«

»Ihr werdet es erfahren. Jetzt – seht!«

Das Kind deutete mit dem Stab auf die Statue Elrics.

Und ihre Blicke folgten ihm.

3. Die Tode der Nichtsterbenden

Sie beobachteten, wie eine der Statuen mit leerem Gesicht und steifen Beinen von ihrem Podest stieg; und wie ihr Gesicht allmählich lebendig wurde (obgleich seine Farbe kreideweiß blieb); wie ihre Rüstung sich schwarz färbte; und schließlich ein echter Mensch vor ihnen stand, der sie jedoch nicht sah.

Die Szenerie um ihn hatte sich völlig verwandelt. Falkenmond spürte, daß etwas in ihm ihn immer näher zu jenem zog, der eine Statue gewesen war. Es war, als berührten sich ihre Gesichter. Doch auch jetzt war der andere sich Falkenmonds Gegenwart nicht bewußt.

Und dann blickte Falkenmond aus Elrics Augen. Falkenmond war Elric. Erekose war Elric.

Er zerrte das Schwarze Schwert aus der Brust seines besten Freundes. Er schluchzte, als er es herausholte. Und endlich hatte er es frei und schleuderte es von sich. Es landete mit einem seltsam gedämpften Laut. Er sah, wie das Schwert sich bewegte, wie es auf ihn zukam. Und dann hielt es an. Aber es beobachtete ihn.

Er setzte ein großes Horn an seine Lippen und holte tief Atem. Er hatte jetzt die Kraft, das Horn zu blasen, während er zuvor zu schwach dazu gewesen war. Die Kraft eines anderen erfüllte ihn.

Er blies einen Ton auf dem Horn, es war ein gewaltiger schmetternder Laut. Und dann herrschte Schweigen auf der steinernen Ebene. Schweigen wartete auf den hohen und fernen Bergen.

Ein Schatten bildete sich am Himmel. Ein riesiger Schatten war es, und nun kein Schatten mehr, sondern Umrisse, die sich bald ausfüllten – und zur Titanenhand wurden, die eine Waage hielt – eine Waage, deren Schalen heftig schwankten. Doch allmählich beruhigte sich ihre Bewegung, bis die beiden Schalen ihr Gleichgewicht hielten. Dieser Anblick erleichterte seinen Kummer ein wenig. Er ließ das Horn fallen.

»Das ist schon etwas«, hörte er sich selbst sagen. »Und wenn es nur eine Illusion ist, ist sie zumindest beruhigend.«

Doch nun, als er sich umdrehte, bemerkte er, daß das Schwert sich von selbst in die Luft gehoben hatte. Es bedrohte ihn.

»STURMBRINGER!«

Die Klinge schnellte in seine Brust, drang in sein Herz – und trank seine Seele. Tränen strömten aus seinen Augen, während das Schwert saugte. Er wußte, daß ein Teil seines Selbst nun nie mehr Frieden finden würde.

Er starb.

Er löste sich aus dem gefallenen Leib und war wieder Falkenmond. Er war wieder Erekose . . .

Die beiden Aspekte des gleichen Wesens sahen zu, wie das Schwert sich aus dem Leichnam des letzten der Strahlenden Kaiser zurückzog. Sie sahen zu, wie das Schwert seine Form veränderte (obgleich ein Hauch der Klinge blieb und menschliche Proportionen annahm, während sie über dem Besiegten stand).

Das neugeformte Wesen war das gleiche, das Falkenmond auf der Silberbrücke und auf der Insel gesehen hatte. Es lächelte.

»Lebe wohl, Freund!« rief es. »Ich war tausendmal schlechter als du!«

Und dann tauchte es in den Himmel. Mit einem boshaften Lachen, das keine Spur von Güte kannte, verhöhnte es das kosmische Gleichgewicht, seinen Erzfeind.

Dann war es verschwunden, das Bild war verschwunden, und die Statue des Prinzen von Melnibone stand wieder auf ihrem Podest.

Falkenmond keuchte, als wäre er am Ertrinken gewesen. Sein Herz klopfte wild.

Er sah Oladahns Gesicht zucken, und er sah den Schock in seinen Augen. Er sah Erekoses Stirnrunzeln, und er sah Orland Fank sich das Kinn reiben. Er sah das friedliche Gesicht des Kindes. Er sah John ap-Rhyss, Emshon von Ariso und Brut von Lashmar, und als er sie näher betrachtete, stellte er fest, daß sie an dem, was er soeben miterlebt hatte – wenn es ihnen überhaupt bewußt geworden war – nichts Beunruhigendes gefunden hatten.

»Dann stimmt es also«, sagte Erekose mit seiner tiefen Stimme. »Dieses – Wesen und das Schwert sind ein und dasselbe.«

»Oft«, sagte das Kind. »Aber manchmal ergreift nicht sein ganzer Geist Besitz von dem Schwert. Kanajana war nicht das ganze Schwert.«

Es deutete. »Schaut zu.«

»Nein!« weigerte sich Falkenmond.

»Gebt acht!« mahnte Jehamiah Cohnahlias.

Eine weitere der großen Statuen stieg von ihrem Podest.

Es war ein gutaussehender Mann mit nur einem Auge und nur einer Hand. Er hatte die Liebe kennengelernt und das Leid. Und die Liebe hatte ihm geholfen, das Leid zu ertragen. Seine Züge waren ruhig. Irgendwo schlugen die Wellen gegen den Strand. Er war heimgekehrt.

Wieder spürte Falkenmond, wie er in dem anderen aufgenommen wurde, und er wußte, daß es Erekose genauso erging. Er war Corum Jhaelen Irsei, der Prinz im Scharlachroten Mantel, der Letzte der Vadhagh, der sich geweigert hatte, die Schönheit zu fürchten, und dem sie zugefallen war; der sich geweigert hatte, einen Bruder zu fürchten, und der verraten worden war; der sich geweigert hatte, eine Harfe zu fürchten, und von ihr erschlagen worden war. Corum, der von einem Ort verbannt worden war, an den er nicht gehörte, war heimgekehrt.

Er trat aus einem Wald und kam zu einem Strand. Bald würde Ebbe sein und die Landbrücke freilegen, die zum Mordelberg führte, wo er glücklich mit einer Frau der kurzlebigen Mabden-Rasse gewesen war. Doch die Frau war gestorben und hatte ihn allein zurückgelassen (denn Kinder gibt es selten aus einer solchen Vereinigung).

Die Erinnerung an Medhbh war schwach, aber die an Rhalina, die Markgräfin aus dem Osten, konnte nicht schwinden.

Die Landbrücke erschien, und er schritt darüber. Die Burg auf dem Mordelberg war verlassen, das sah man an ihrem Zustand. Der Wind wisperte durch die Türme, ein freundlicher Wind, der ihn willkommen hieß.

Am fernen Ende der Landbrücke, am Tor zum Burghof, stand einer, den er erkannte. Ein Alptraumwesen war es, von grünlichem Blau, mit vier plumpen Beinen, vier muskulösen Armen, einem barbarischen Kopf ohne Nase, mit den Atemöffnungen in der Gesichtsmitte, einem breiten, grinsenden Mund voll scharfer Zähne, und Facettenaugen, wie die einer Fliege. Schwerter von ungewöhnlichem Aussehen hingen von seinem Gürtel. Es war der Verlorene Gott Kwll.

»Sei gegrüßt, Corum.«

»Sei gegrüßt, Bezwinger der Götter. Wo ist dein Bruder?« Corum

war erfreut, seinen alten widerstrebenden Verbündeten wiederzusehen.

»Er geht seine eigenen Wege. Es ist langweilig hier, und wir sind bereit, das Multiversum zu verlassen. Es bietet uns nichts mehr, und es hat auch keinen Platz mehr für dich.«

»So sagte man es mir.«

»Wir werden auf eine unserer Reisen gehen, zumindest bis zur nächsten Konjunktion.« Kwll deutete auf den Himmel. »Wir müssen uns beeilen.«

»Wohin wollt ihr?«

»Es gibt einen anderen Ort – ein Ort, den jene verließen, die ihr vernichtet habt – ein Ort, wo man noch Götter brauchen kann. Würde Corum mit uns kommen? Der Held muß bleiben, aber Corum könnte uns begleiten.«

»Ist das nicht ein und dasselbe?«

»Sie sind ein und dasselbe. Aber jenes, das nicht dasselbe ist, das, was Corum ist, kann mit uns kommen. Es ist ein Abenteuer.«

»Ich bin der Abenteuer müde, Kwll.«

Der Verlorene Gott grinste. »Überlege es dir. Wir brauchen ein Maskottchen. Wir brauchen deine Kraft.«

»Welche Kraft sollte das denn sein?«

»Die Kraft des Menschen.«

»Das ist etwas, das alle Götter brauchen, nicht wahr?«

»So ist es wohl«, gab Kwll ein wenig widerstrebend zu. »Aber manche benötigen sie mehr als andere. Rhynn und Kwll haben Kwll und Rhynn, doch es würde ihnen Spaß machen, wenn du mit ihnen kämst.«

Corum schüttelte den Kopf.

»Es ist dir doch klar, daß du nach der Konjunktion nicht mehr leben kannst.«

»Es ist mir klar, Kwll.«

»Und du weißt, daß nicht ich es war, der tatsächlich die Lords des Chaos und der Ordnung vernichtete.«

»Ich glaube, ich weiß es.«

»Ich beendete lediglich, was du begonnen hattest, Corum.«

»Du bist sehr gütig.«

»Ich spreche die Wahrheit. Ich bin ein prahlerischer Gott, und ich kenne keine Treue, außer der zu Rhynn. Aber im großen und ganzen

bin ich ein ehrlicher Gott, deshalb wollte ich, daß du die Wahrheit kennst, nun, da wir Abschied nehmen.«

»Ich danke dir, Kwll.«

»Lebe wohl.« Die barbarische Gestalt verschwand.

Corum schritt durch den Hof und die staubigen Hallen und Säle und Gänge der Burg, bis hinauf zu dem hohen Turm, von wo aus er über das Land sehen konnte. Und er wußte, daß Lwym-an-Esh, jenes liebliche Land, nun versunken war und nur noch ein paar Streifen aus den Wellen ragten. Da seufzte er, aber er war nicht unglücklich.

Und während er hinausblickte, sah er eine schwarze Gestalt über die Wellen springen und sich ihm nähern. Es war eine grinsende Gestalt mit beschwörendem Blick.

»Corum? Corum?«

»Ich kenne dich«, sagte Corum.

»Nehmt Ihr mich bei Euch auf, Corum? Ich kann viel für Euch tun. Ich werde Euer Diener sein, Corum.«

»Ich brauche keinen Diener.«

Die Gestalt stand mit der Bewegung der Wellen schaukelnd auf dem Wasser.

»Laßt mich in Eure Burg, Corum.«

»Mir ist nicht der Sinn nach Gästen.«

»Ich kann jene, die Ihr liebt, zu Euch bringen.«

»Sie sind bereits bei mir.« Corum stellte sich auf die Zinnen und lachte hinunter auf die schwarze Gestalt, die ihn böse anfunkelte. Und Corum sprang so, daß sein Körper auf den Felsen am Fuß von Mordelberg aufschlagen und sein Geist von ihm befreien würde.

Da heulte die schwarze Gestalt vor Wut und Hilflosigkeit, und schließlich voll Angst . . .

»Das war die letzte Chaoskreatur, nicht wahr?« fragte Erekose, als auch die Szene schwand und die Statue Corums ihren Platz wieder einnahm.

»In dieser Gestalt, ja«, erwiderte das Kind. »Das arme Ding.«

»Ich hatte so oft mit ihr zu tun«, sagte Erekose. »Sie hat auch manchmal Gutes getan . . .«

»Das Chaos ist nicht durch und durch schlecht«, erklärte Jehamiah Cohnahlias. »Genausowenig wie die Ordnung von

Grund auf gut ist. Sie sind beide primitive Unterteilungen, die den menschlichen Charakter beeinflussen wollten. Es gibt andere Elemente . . .«

»Du meinst das kosmische Gleichgewicht?« fragte Falkenmond. »Und den Runenstab?«

»Ihr könnt beide das Gewissen nennen. Aber was ist mit der Toleranz?« fragte Orland Fank.

»Sie alle sind primitiv«, versicherte ihnen das Kind.

»Ihr gebt das zu?« Oladahn war sichtlich erstaunt. »Aber wäre denn das, was sie ablöst, besser?«

Jehamiah Cohnahlias lächelte, doch er antwortete nicht darauf.

»Möchtet ihr mehr sehen?« fragte er Falkenmond und Erekose.

Beide schüttelten den Kopf.

»Die schwarze Gestalt will uns einschüchtern«, sagte Falkenmond. »Sie ist auf unsere Vernichtung aus.«

»Sie braucht eure Seelen«, erklärte das Kind.

John ap-Rhyss sagte ruhig. »In Yel, in den Dörfern, gibt es eine Legende über eine solche Kreatur. Saytunn nennt man sie dort. Ist das ihr Name?«

Der Junge zuckte die Schultern. »Gebt ihr irgendeinen Namen, und ihre Macht wächst. Verweigert ihn ihr, und ihr schwächt sie. Ich nenne sie Furcht. Der schlimmste Feind der Menschheit.«

»Aber ein guter Freund für jene, die sie zu benutzen wissen«, warf Emshon von Ariso ein.

»Vielleicht für eine Weile«, brummte Oladahn.

»Ein falscher, verräterischer Freund selbst jenen, denen sie am meisten hilft«, versicherte ihnen das Kind. »O wie sehr sie begehrt, in Tanelorn eingelassen zu werden.«

»Sie kann nicht herein?«

»Nur jetzt, denn sie kommt, um zu schachern.«

»Womit handelt sie denn?« erkundigte sich Falkenmond.

»Mit Seelen, wie ich bereits erwähnte. Ja, mit Seelen. Seht, ich gewähre ihr nun Einlaß.« Jehamiah Cohnahlias wirkte ein wenig besorgt, als er den Stab ausstreckte. »Sie eilt aus dem Limbus herbei.«

4. Gefangene des Schwertes

»Ich bin das Schwert«, sagte die schwarze Gestalt. Sie machte eine gleichgültige Geste, die alle Statuen einschloß. »Sie waren mein. Mir gehörte das Multiversum.«

»Du wurdest enteignet«, erklärte das Kind.

»Von dir?« Die schwarze Gestalt lächelte.

»Nein«, erwiderte Jehamiah Cohnahlias. »Wir teilen ein Geschick, das weißt du doch.«

»Du kannst mir nicht zurückgeben, was ich haben muß«, murmelte die Gestalt. »Wo ist es?« Er blickte sich um. »Wo?«

»Ich habe es noch nicht gerufen. Wo sind . . .«

»Oh, meine Tauschwaren? Sie werde ich rufen, sobald ich weiß, daß du hast, was ich brauche.« Er grinste Falkenmond und Erekose grüßend zu und sagte gleichgültig, zu niemandem im besonderen: »Ich nehme an, daß die Götter alle tot sind.«

»Zwei sind geflohen«, erwiderte das Kind. »Die restlichen sind tot, das stimmt.«

»Dann bleiben also nur noch wir.«

»Ja«, murmelte Jehamiah Cohnahlias. »Das Schwert und der Stab.«

»Erschaffen am Anfang«, sagte Orland Fank leise. »Nach der letzten Konjunktion.«

»Nur wenige Sterbliche wußten es«, brummte die schwarze Gestalt. »Mein Körper wurde gemacht, um dem Chaos zu dienen, seiner für das Gleichgewicht, andere für die Ordnung, aber sie alle sind jetzt nicht mehr.«

»Was wird ihren Platz einnehmen?« fragte Erekose.

»Das muß erst noch entschieden werden«, erwiderte die schwarze Gestalt. »Ich bin hier, um mir meinen Körper einzuhandeln. Es ist mir egal, welche Manifestation. Meinetwegen beide.«

»Du bist das Schwarze Schwert?«

Das Kind deutete erneut mit dem Stab. Jhary-a-Conel stand vor ihnen, den Hut schief auf dem Kopf, seine Katze auf der Schulter. Er betrachtete Oladahn mit amüsiertem Blick. »Dürfen wir denn beide hier sein?«

Oladahn sah ihn erstaunt an. »Ich kenne Euch nicht, mein Herr.«

»Dann kennt Ihr Euch selbst nicht, Sir.« Jhary verbeugte sich vor Falkenmond. »Seid gegrüßt, Herzog von Köln. Ich glaube, das gehört Euch.« Er hatte etwas in der Hand und näherte sich ihm, um es ihm zu geben, als das Kind ihn aufhielt.

»Bleib stehen. Zeig es ihm.«

Jhary-a-Conel machte eine theatralische Geste und beäugte die schwarze Gestalt. »Ihm zeigen? Muß ich das? Dem Winsler?«

»Zeig es mir«, flüsterte die schwarze Gestalt. »Bitte, Jhary-a-Conel.«

Jhary strich dem Kind über die Haare, wie ein Onkel seinen Lieblingsneffen begrüßen mochte. »Wie geht es dir, Vetter?«

»Zeig es ihm«, wiederholte Jehamiah Cohnahlias.

Jhary legte eine Hand auf den Knauf seines Schwertes, streckte erst ein Bein, dann seinen Ellbogen aus, dann blickte er nachdenklich auf die schwarze Gestalt, und plötzlich, mit der Flexigkeit eines Bühnenzauberers, wies er vor, was seine Finger bisher verborgen hatten.

Die schwarze Gestalt atmete heftig.

»Das Schwarze Juwel!« keuchte Falkenmond. »Ihr habt das Schwarze Juwel!«

»Ich gebe mich mit dem Juwel zufrieden«, erklärte das schwarze Wesen eifrig. »Hier . . .«

Zwei Männer, zwei Frauen und zwei Kinder erschienen. Goldene Ketten banden sie – Stränge aus goldener Seide.

»Ich behandelte sie gut«, versicherte das Wesen, das sich selbst Schwert nannte.

Einer der beiden Männer, er war groß, schlank, von übertriebener Eleganz und langsamen Bewegungen, hob müde seine gefesselten Handgelenke. »Oh«, murmelte er. »Diese luxuriösen Ketten.«

Falkenmond erkannte alle, außer einer. Kalter Grimm erfüllte ihn.

»Yisselda! Yarmila und Manfred! D'Averc! Bowgentle! Wie kommt es, daß ihr Gefange dieser Kreatur seid?«

»Es ist eine lange Geschichte . . .«, begann Huillam d'Averc mit gelangweilter Stimme, doch Erekoses überdröhnte sie. Seine Stimme überschlug sich schier vor Freude.

»Ermizhdad! Meine Ermizhdad!«

Die Frau, die Falkenmond nicht gekannt hatte, entstammte einer Rasse, die Elrics und Corums glich. Auf ihre Weise war sie schön wie Yisselda. Es gab viel in den völlig verschiedenen Gesichtern der beiden Frauen, das sie einander ähnlich machte.

Bowgentle drehte sich offenbar völlig ruhigen Gesichts in diese, dann eine andere Richtung, und murmelte: »Dann sind wir also endlich in Tanelorn.«

Die Frau namens Ermizhdad zerrte an ihren Ketten, um Erekose zu erreichen.

»Ich dachte, du bist Kalans Gefangener«, wandte Falkenmond sich in der allgemeinen Verwirrung an d'Averc.

»Das glaubte ich ebenfalls. Aber dieser wohl etwas verrückte Herr hier unterbrach unsere Reise durch den Limbus . . .« D'Averc verzog sein Gesicht, als Erekose die schwarze Gestalt anfunkelte.

»Du mußt sie freilassen!«

Das Wesen lächelte. »Ich will zuerst das Juwel haben. Sie und die anderen für das Juwel. So hatten wir es abgemacht.«

Jhary-a-Conel krampfte die Finger um den schwarzen Edelstein. »Warum entreißt du es mir nicht einfach? Du behauptest doch, du hättest Macht.«

»Nur ein Held darf es ihm geben«, erklärte das Kind.

»Das weiß er.«

»Dann gebe ich es ihm!« schrie Erekose.

»Nein«, wehrte Falkenmond ab. »Wenn jemand das Recht dazu hat, dann ich. Durch das Schwarze Juwel machte man mich zum Sklaven. Nun kann ich es benutzen, um jene zu befreien, die ich liebe.«

Das schwarze Gesicht blickte ihn aufgeregt an.

»Noch nicht«, wehrte das Kind ab.

Falkenmond achtete nicht darauf. »Gebt mir das Schwarze Juwel, Jhary.«

Jhary-a-Conel sah erst den einen an, den er »Vetter« genannt hatte, dann Falkenmond. Er zögerte.

»Dieses Juwel«, erklärte Jehamiah Cohnahlias ruhig, »ist ein

Aspekt eines der zwei mächtigsten Dinge, die gegenwärtig im Multiversum existieren.«

»Und was ist das zweite?« fragte Erekose und blickte sehnsüchtig die Frau an, die er durch eine Ewigkeit gesucht hatte.

»Das andere ist der Runenstab.«

»Wenn das Schwarze Juwel die Furcht ist, was ist dann der Runenstab?« erkundigte sich Falkenmond.

»Die Gerechtigkeit«, erwiderte der Junge. »Der Feind der Furcht.«

»Wenn ihr beide über soviel Macht verfügt, warum habt ihr dann uns in diese Sache verwickelt?« fragte Oladahn.

»Weil weder das eine noch das andere ohne den Menschen existieren kann«, erklärte Orland Fank. »Sie begleiten den Menschen, wohin immer er auch geht.«

»Deshalb seid ihr hier«, sagte das Kind. »Wir sind eure Schöpfungen.«

»Und doch lenkt ihr unser Geschick.« Erekoses Blick wich nicht von Ermizhdad. »Wie?«

»Weil ihr es gestattet«, erwiderte Jehamiah Cohnahlias.

»Also dann, ›Gerechtigkeit‹, beweise, daß du dein Wort hältst«, brummte die Schwert genannte Kreatur.

»Ich gab mein Wort, dich in Tanelorn einzulassen. Mehr kann ich nicht tun«, sagte das Kind. »Der Handel selbst muß mit Falkenmond und Erekose abgeschlossen werden.«

»Das Schwarze Juwel für deine Gefangenen? Ist das der Handel?« erkundigte sich Falkenmond. »Was gewinnst du aus dem Schwarzen Juwel?«

»Es wird ihm etwas der Macht zurückgeben, die er während des Krieges zwischen den Göttern verlor«, erklärte das Kind. »Und diese Macht wird es ihm ermöglichen, sich weitere Macht zu verschaffen, mit deren Hilfe er ohne Schwierigkeiten in das neue Multiversum gelangen kann, das nach der Konjunktur existieren wird.«

»Macht, die dir gut dienen wird«, versprach die schwarze Gestalt Falkenmond.

»Macht, die wir nie begehrten«, brummte Erekose.

»Was verlieren *wir,* wenn wir dem Handel zustimmen?« erkundigte sich Falkenmond.

»Ihr verliert fast sicher meine Hilfe«, sagte der Geist des Runenstabs.

»Weshalb?«

»Das sage ich nicht.«

»Rätsel, immer wieder Rätsel!« brummte Falkenmond. »Eine Verschwiegenheit, die meines Erachtens fehl am Platz ist, Jehamiah Cohnahlias.«

»Ich sage nichts, weil ich euch achte«, erwiderte das Kind. »Aber wenn sich die Gelegenheit ergeben sollte, dann benutzt den Stab, um das Juwel zu zerschlagen.«

Falkenmond nahm Jhary das Schwarze Juwel aus der Hand. Es war leblos, ohne das vertraute Pulsieren, und er wußte, daß es leblos war, weil seine Essenz in einer anderen Gestalt vor ihm stand.

»So«, sagte Falkenmond. »Das ist dein Zuhause.«

Mit dem Juwel auf der Handfläche streckte er der schwarzen Gestalt den Arm entgegen.

Die Ketten aus goldener Seide lösten sich von den Gliedmaßen der sechs Gefangenen.

Mit einem triumphierenden, bösen Lachen nahm die Kreatur Falkenmond das Juwel aus der Hand.

Falkenmond umarmte seine Kinder. Er küßte seine Tochter. Er küßte seinen Sohn.

Erekose nahm Ermizhdad in die Arme, aber er konnte nicht sprechen.

Der Geist des Schwarzen Juwels hob den Stein an die Lippen.

Und er verschlang ihn.

»Nehmt das!« sagte das Kind drängend zu Falkenmond. »Schnell!« Er gab ihm den Runenstab.

Die schwarze Gestalt triumphierte. »Ich bin wieder ganz! Ich bin mehr als ganz!«

Falkenmond küßte Yisselda von Brass.

»Ich bin wieder ganz!«

Als Falkenmond hochblickte, war der Geist des Schwarzen Juwels verschwunden.

Falkenmond drehte sich mit einem Lächeln um, um das Kind darauf aufmerksam zu machen. Es hatte ihm den Rücken zugewandt, drehte jedoch in diesem Augenblick den Kopf.

»Ich habe gewonnen!« triumphierte das Kind.

Sein Gesicht war jetzt voll zu sehen. Falkenmond glaubte, sein Herz müsse stillstehen. Übelkeit würgte ihn.

Das Gesicht des Kindes war noch sein eigenes, aber es hatte sich verändert. Es glühte in einem düsteren Licht. Und nun grinste es voll teuflischer Freude – und war die Fratze der Kreatur, die das Schwarze Juwel verschlungen hatte. Es war das Gesicht des Schwarzen Schwerts.

»Ich habe gesiegt!«

Und das Kind begann zu kichern.

Es wuchs.

Es wuchs, bis es die Größe einer der Statuen rings um die Gruppe hatte. Sein Gewand löste sich in Fetzen auf und fiel von ihm ab. Und dann war es ein Mann, dunkel und nackt, mit einem roten Rachen voll langer, spitzer Zähne und einem glühenden gelben Auge. Und es strahlte eine spürbare, erschreckende Macht aus.

»ICH HABE GESIEGT!«

Er blickte sich suchend um, ohne auf die Menschen zu achten.

»Schwert?« sagte der Schwarze. »Schwert, wo bist du denn?«

»Es ist hier«, erwiderte eine neue Stimme. »Ich habe es hier. Kannst du mich sehen?«

5. Der Kapitän und der Steuermann

»Es wurde auf dem Südeis gefunden, bei Sonnenaufgang, kurz nachdem Ihr jene Welt verlassen hattet, Erekose. Es hatte etwas getan, was für die Menschheit nicht gerade von Vorteil war, und so wurde sein Geist ausgetrieben.«

Der Kapitän stand vor ihnen, und seine blinden Augen starrten durch sie hindurch. Und neben ihm hatte sich sein Zwillingsbruder, der Steuermann, eingefunden. Seine Arme waren ausgestreckt, und auf seinen Handflächen ruhte das große schwarze Runenschwert.

»Es war die Manifestation dieses Schwertes, die wir suchten«, fuhr der Kapitän fort. »Es war eine sehr lange Suche, und wir verloren unser Schiff dabei.«

»Aber es ist doch kaum Zeit vergangen, seit wir uns von Euch verabschiedeten«, sagte Erekose überrascht.

Der Kapitän lächelte ironisch. »Etwas wie die Zeit gibt es nicht«, erklärte er. »Vor allem nicht in Tanelorn und schon gar nicht, während der Konjunktion der Millionen Sphären. Wenn die Zeit existierte, wie die Menschen glauben, wie könntet Ihr und Falkenmond dann gemeinsam hier sein?«

Erekose schwieg, aber er drückte seine Prinzessin noch enger an sich.

Das Wesen donnerte: » GIB MIR DAS SCHWERT!«

»Ich kann nicht«, sagte der Kapitän. »Das weißt du genau. Und du kannst es dir nicht nehmen. Du kannst nur eine der zwei Manifestationen, das Schwert oder das Juwel, übernehmen (oder von ihr übernommen werden). Nie beide!«

Die schwarze Gestalt fletschte die Zähne, aber sie machte keine Anstalten, nach dem Schwert zu greifen.

Falkenmond blickte auf den Stab, den das Kind ihm gegeben hatte, und er sah, daß er sich nicht getäuscht hatte: Die Runen im Stab glichen jenen auf der schwarzen Klinge. Er wandte sich an den Kapitän.

»Wer hat diese Artefakte hergestellt?«

»Die Schmiede, die dieses Schwert am Anfang des großen Kreislaufs machten, benötigten einen Geist, der ihm innewohne, um ihm Macht über alle anderen Waffen zu geben. Sie schlossen einen Handel mit diesem Geist (dessen Namen wir nicht nennen wollen).« Der Kapitän drehte sein blindes Gesicht der schwarzen Kreatur zu. »Du warst damals sehr erfreut über diesen Handel. Zwei Schwerter wurden geschmiedet, und in jedes davon schlüpfte ein Teil von mir. Aber eines der Schwerter wurde zerstört, und so übernahmst du das andere ganz. Die Schmiede, die diese Schwerter gehämmert hatten, waren keine Menschen, aber sie arbeiteten für die Menschheit. Sie versuchten zu jener Zeit, gegen das Chaos zu kämpfen, denn sie waren treue Diener der Lords der Ordnung. Sie glaubten, sie könnten Chaos mit Chaos besiegen. Sie erkannten ihren Irrtum jedoch allzu bald . . .«

»Das taten sie allerdings!« Die schwarze Kreatur grinste.

»Also schufen sie den Runenstab, und sie suchten die Hilfe deines Bruders, der der Ordnung diente. Es war ihnen jedoch nicht bewußt, daß du und er nicht wirklich Brüder seid, sondern Aspekte des gleichen Wesens, die nun wieder vereint sind – aber durchdrungen von der Macht des Schwarzen Juwels, das deine eigene dunkle Macht vervielfältigt. Ein Paradoxon.«

»Ein Paradoxon, das ich sehr nützlich finde«, erklärte die schwarze Gestalt.

Der Kapitän ignorierte sie und fuhr fort. »Sie stellten das Juwel als Falle für dich her, in der sie dich gefangenhielten. Das gab dem Juwel große Macht. Es hielt nicht nur die Seelen anderer, und deine Seele ebenfalls, genau wie das Schwert, aber es war auch möglich, dich aus dem Juwel zu entlassen, so wie du manchmal aus dem Schwert entlassen werden konntest . . .«

»›Verbannt‹ ist ein besseres Wort«, warf die Kreatur ein, »denn ich liebe meinen Körper, das Schwert. Es wird immer Männer geben, die mich als Schwert tragen werden.«

»Nicht immer«, widersprach der Kapitän. »Eine Waage war das letzte große Artefakt, das diese Schmiede herstellten, ehe sie in ihre eigenen Welten zurückkehrten – es war ein Symbol des Gleichgewichts zwischen Ordnung und Chaos, mit einer eigenen Macht, die es auf den Runenstab übertrug – um eben das Gleichgewicht zwischen Ordnung und Chaos herzustellen. Und das ist, was dich im Augenblick in Schach hält.«

»Nicht, wenn ich das Schwarze Schwert habe!«

»Du hast so lange versucht, die völlige Herrschaft über die Menschheit zu erlangen, und hin und wieder ist es dir für eine Weile auch geglückt. Die Konjunktion findet auf vielen verschiedenen Welten statt, in vielen verschiedenen Zeitaltern, und die Manifestationen des Ewigen Helden vollbringen ihre großen Taten, um das Multiversum von den Göttern zu befreien, die ihre Vorväter erschufen. Und in einer Welt, die frei von Göttern ist, wäre die Macht dein, nach der du immer verlangtest. Du erschlugst Elric auf einer Welt, und die Silberkönigin auf einer anderen. Du versuchtest, Corum zu morden, und du brachtest viele andere um, die glaubten, du dientest ihnen. Aber Elrics Tod setzte dich frei; und der Tod der Silberkönigin brachte der sterbenden Erde Leben (das war zwar in deinem Interesse, aber der Menschheit war dadurch noch viel mehr gedient). Nach deiner Loslösung konntest du deinen ›Körper‹ nicht zurückbekommen. Du spürtest, wie deine Macht schwand. Da führten die Experimente zweier wahnsinniger Zauberer auf Falkenmonds Welt eine Situation herbei, die du nutzen konntest. Du brauchst den Ewigen Helden, das ist dein Schicksal, aber er braucht dich nicht mehr. Also mußtest du Gefangene machen, um sie dem Helden als Tauschobjekte anbieten zu können. Jetzt hast du die Macht des Juwels, und du hast den Körper deines Bruders übernommen, der einst Orland Fanks Sohn war. Nun möchtest du das kosmische Gleichgewicht zerstören, aber es ist dir klar, daß du dann gleichzeitig dich selbst zerstören würdest – außer du kannst Zuflucht in einem neuen Körper finden.«

Der Kapitän drehte sich, so daß seine blinden Augen sich auf Falkenmond und Erekose richteten.

»Außerdem«, sagte er, »muß das Schwert von einer Manifestation des Helden geführt werden. Wie willst du sie dazu bringen, oder vielmehr einen von ihnen, daß sie tut, was du begehrst?«

Falkenmond sah Erekose an. »Meine Loyalität gehörte immer dem Runenstab, wenngleich ich sie ihm manchmal widerstrebend gab.«

»Und wenn ich etwas wie Loyalität kannte, dann empfand ich sie für das Schwarze Schwert«, erklärte Erekose.

»Wer von euch wird dann das Schwarze Schwert tragen?« fragte die Kreatur eifrig.

»Keiner braucht es zu tragen«, warf der Kapitän schnell ein.

»Aber ich habe jetzt die Macht, alle hier zu vernichten!«

»Alle außer den beiden Aspekten des Ewigen Helden«, erinnerte ihn der Kapitän. »Und meinem Bruder und mir kannst du auch nichts anhaben.«

»Ich werde Ermizhdad, Yisselda, die Kinder und die anderen hier vernichten. Ich werde sie verschlingen. Ich werde mir ihre Seelen nehmen.« Das schwarze Wesen öffnete den roten Rachen und griff mit einer Hand in schwarzem Strahlenlicht nach Yarmila. Das Kind zuckte mit keiner Wimper, aber es wich vor ihm zurück.

»Und was geschieht mit uns, nachdem du das kosmische Gleichgewicht zerstört hast?« fragte Falkenmond.

»Nichts«, erwiderte die schwarze Gestalt. »Ihr könnt den Rest eures Lebens in Tanelorn verbringen. Nicht einmal ich vermag Tanelorn zu zerstören, obgleich der Rest des Multiversums mein sein wird.«

»Es stimmt, was er sagt«, erklärte der Kapitän. »Und er wird sein Wort halten.«

»Aber die ganze Menschheit, mit Ausnahme der wenigen in Tanelorn, wird leiden.«

»Stimmt.« Der Kapitän nickte. »Wir alle werden leiden, außer euch.«

»Dann darf er das Schwert nicht bekommen«, sagte Falkenmond fest. Aber er senkte die Augen, um dem Blick jener, die er liebte, nicht begegnen zu müssen.

»Die Menschheit leidet in jedem Fall«, sagte Erekose. »Ich habe Ermizhdad durch eine ganze Ewigkeit gesucht. Jetzt habe ich sie endlich gefunden. Zu lange diente ich der Menschheit, außer einem Mal. Zu lange habe ich gelitten.«

»Wollt Ihr eine Übeltat wiederholen?« fragte der Kapitän ruhig.

Erekose ignorierte ihn und blickte Falkenmond eindringlich an. »Die Macht des Schwarzen Schwertes und die Macht des Gleichgewichts sind im Augenblick gleich stark, Kapitän? Sagtet Ihr das?« erkundigte er sich.

»So ist es.«

»Und dieses Wesen kann entweder in das Schwert oder das Juwel schlüpfen, aber keinesfalls in beide, richtig?«

Da verstand Falkenmond, was Erekose mit diesen Worten

bezweckte, aber seinem ausdruckslosen Gesicht war nichts anzumerken.

»Schnell«, drängte die schwarze Gestalt hinter ihnen. »Beeilt Euch! Das Gleichgewicht materialisiert!«

Einen Augenblick empfand Falkenmond etwas Ähnliches, wie zu dem Zeitpunkt, als sie zusammen gegen Agak und Gagak gekämpft hatten – ein Einssein mit Erekose, bei dem er dessen Gedanken und Gefühle teilte.

»Beeile dich, Erekose!« rief das Wesen. »Nimm das Schwert!«

Erekose drehte Falkenmond den Rücken und starrte zum Himmel empor.

Das kosmische Gleichgewicht – eine Waage mit beiden Schalen, unbewegt und ausgeglichen – hing glänzend am Himmel über dem gewaltigen Platz der Statuen, über jeder Manifestation des Ewigen Helden, die es je gegeben hatte, über jeder Frau, die er je liebte, über jedem Gefährten, den er je hatte. Und in diesem Augenblick schienen die Waagschalen sie alle zu bedrohen.

Erekose machte drei Schritte, bis er vor dem Steuermann stand. Auch sein Gesicht, genau wie das des Kapitäns, war ausdruckslos.

»Gebt mir das Schwarze Schwert!« verlangte der Ewige Held.

6. Das Schwert und der Stab

Erekose legte eine große Hand auf den Griff des Schwarzen Schwertes, und die andere unter die Klinge. So hob er es aus den Händen des Steuermanns.

»Ah!« rief die Kreatur. »Wir sind vereint!«

Und sie floß in das Schwert und lachte, während sie sich mit ihm verband. Und das Schwert begann zu pulsieren und zu singen. Es strahlte schwarzes Feuer aus – und die Gestalt war verschwunden.

Aber das Schwarze Juwel war zurückgekehrt. Falkenmond sah Jhary-a-Conel sich danach bücken und es aufheben.

Und jetzt glühte Erekoses Gesicht in einem eigenen Licht – ein Licht der Wildheit, der Schlachtenlust. Seine Stimme war ein vibrierendes Donnern. Seine Augen funkelten, als er das Schwert mit beiden Händen über dem Kopf hielt und zu der Klinge hochsah.

»Endlich!« brüllte er. »Endlich kann Erekose sich an dem rächen, das so lange sein Schicksal manipuliert hat! Ich werde das kosmische Gleichgewicht zerstören! Mit dem Schwarzen Schwert werde ich all das Leid zurückzahlen, das ich durch all die Zeitalter des Multiversums erdulden mußte. Nicht länger diene ich der Menschheit. Jetzt diene ich nur dem Schwert. Und so befreie ich mich aus den Ketten der Äonen!«

Und das Schwert stöhnte und zuckte ungeduldig, und sein schwarzes Leuchten fiel auf Erekoses Heldengesicht und spiegelte sich in den schlachtendurstigen Augen.

»Jetzt vernichte ich das Gleichgewicht!«

Das Schwert schien Erekose vom Boden zu reißen, ihn hinauf in den Himmel zu ziehen, wo das Symbol des Gleichgewichts, die Waage, still und friedlich hing. Und Erekose, der Ewige Held, war zu gewaltiger Größe gewachsen, und das Schwert warf finster seinen Schatten auf das Land.

Falkenmond ließ die Augen nicht vom Himmel, aber er flüsterte Jhary-a-Conel zu: »Jhary – das Juwel! Legt es vor mir auf den Boden!«

Und Erekose holte mit beiden Armen zum Schlag aus – und ließ das Schwert herniedersinken.

Ein Laut erklang, als läuteten zehn Millionen Glocken auf einmal, und dann ein Schmettern, als spalte sich der Kosmos. Das Schwarze Schwert schnitt durch die Ketten, die eine der Waagschalen hielten. Sie fiel.

Mit aller Kraft schlug er den Runenstab auf das pulsierende Juwel.

Das Juwel zersplitterte. Es schrie vor Wut und stöhnte und ächzte. Auch der Stab in Falkenmonds Hand zersplitterte. Und das dunkle Licht, das aus dem zerschmetterten Juwel drang, vermischte sich mit dem goldenen Licht aus den Überresten des Stabes. Ein Heulen, ein Wimmern, ein Winseln erhob sich und erstarb allmählich, und eine Kugel aus rötlicher Substanz hing vor ihnen. Sie glühte nur schwach, denn die Macht des Runenstabs hatte die Macht des Schwarzen Schwertes aufgehoben. Dann schwebte die rote Kugel himmelwärts, höher, immer höher, bis sie hoch über ihren Köpfen anhielt.

Da erinnerte sich Falkenmond an den Stern, der dem Dunklen Schiff auf seiner Reise durch die Meere des Limbus gefolgt war. Und dann nahm das warme Rot der Sonne die rote Kugel auf.

Das Schwarze Juwel war nicht mehr. Der Runenstab war nicht mehr. Vernichtet waren auch das Schwarze Schwert und das kosmische Gleichgewicht. Einen flüchtigen Augenblick hatte ihr Geist gleichzeitig Zuflucht im Juwel und im Stab gesucht. Und in diesem Moment, als das eine das andere vernichtete, konnte Falkenmond das eine benutzen, um das andere zu zerstören. Das hatte Erekose mit ihm vereinbart, ehe er das Schwarze Schwert nahm.

Und nun fiel etwas vor Falkenmonds Füße.

Weinend kniete Ermizhdad sich neben den Leichnam. »Erekose! Erekose!«

»Er hat alles wiedergutgemacht«, sagte Orland Fank. »Und nun ruht er in Frieden. Er fand Tanelorn, und er fand Euch, Ermizhdad – und er starb für das, was er fand.«

Aber Ermizhdad hörte Orland Fank nicht, denn sie schluchzte. Sie empfand nur Verlorenheit.

Die andere Schale schnellte hoch, und der Waagebalken schwang heftig auf seiner Achse.

Und die Welt erzitterte.

Der gewaltige Kreis der Statuen bebte, und sie drohten einzustürzen. Und alle, die es sahen, hielten erschrocken den Atem an.

Und irgendwo fiel etwas und zerbrach in unsichtbare Scherben.

Sie hörten Gelächter vom Himmel, aber es war unmöglich zu sagen, wer hohnlachte – der Mann oder das Schwert.

Erekose, gigantisch und erschreckend, zog die Arme zum zweiten Hieb zurück.

Das Schwert schwang durch den Himmel. Blitze zuckten, Donner grollte. Es durchschnitt die Ketten der anderen Waagschale, und auch sie fiel.

Und wieder erzitterte die Welt.

»Ihr habt die Welt von den Göttern befreit, doch nun nehmt ihr ihr auch die Ordnung.«

»Nur die Macht!« erklärte Falkenmond.

Der Steuermann sah ihn verstehend an.

Falkenmond blickte auf den Boden, wo das Schwarze Juwel stumpf und leblos vor ihm lag. Dann schaute er zum Himmel auf, als Erekose das Schwert zum dritten- und letztenmal herabsausen ließ und nun auch das mittlere Waagestück zerstörte.

Ein grelles Licht zuckte aus den zerschmetterten Überresten, und ein seltsames, fast menschliches Heulen hallte gellend durch die Welt. Da waren sie geblendet und nahezu taub.

Aber Falkenmond hörte trotzdem das eine Wort, auf das er gewartet hatte. Er vernahm Erekoses Titanenstimme:

»JETZT!«

Und plötzlich vibrierte der Runenstab voll Leben in Falkenmonds rechter Hand, und das Schwarze Juwel pulsierte. Da hob Falkenmond den Arm zu einem mächtigen Hieb, dem einzigen, der ihm vergönnt sein würde.

7. Zurück zur Burg Brass

»Die Zeit der Konjunktur ist fast vorbei«, sagte der Kapitän. »Das Multiversum beginnt einen neuen Zyklus – frei von Göttern, frei von dem, was Ihr, Falkenmond, vielleicht ›kosmische Gerichtsbarkeit‹ nennen würdet. Vielleicht wird es nie wieder Helden brauchen.«

»Nur Vorbilder«, murmelte Jhary-a-Conel. Er schlurfte zu den Statuen, zu einem leeren Podest. »Lebt wohl ihr alle. Lebt wohl, Held, der nicht länger Held zu sein braucht, und vor allen Dingen, Ihr, Oladahn, lebt wohl.«

»Wohin geht Ihr, Freund?« erkundigte sich der kleine Mann aus den Bulgarbergen und kratzte den roten Pelz seines Kopfes.

Jhary hielt an und hob die kleine schwarz-weiße Katze von seiner Schulter. Er deutete auf das leere Podest zwischen den Statuen. »Ich nehme meinen für mich freigehaltenen Platz ein. Ihr lebt, ich lebe. Mein letztes Lebewohl für Euch.«

Er stieg auf das Podest und war augenblicklich eine Statue mit verwegenem, selbstzufriedenem Lächeln.

»Ist hier auch Platz für mich?« fragte Falkenmond und dreht sich zu Orland Fank um.

»Nicht jetzt«, erwiderte der Orkneymann. Er nahm Jhary-a-Conels geflügelte Katze auf den Arm und streichelte sie. Sie schnurrte.

Ermizhdad stand auf. Sie weinte nicht länger. Stumm, ohne ein Wort zu den anderen, trat sie auf die Statuenreihe zu und fand ebenfalls ein leeres Podest. Sie hob die Hand zu einem letzten Gruß und stieg auf das Podest, wo sie den gleichen blassen, aus innen heraus leuchtenden Ton der anderen Statuen annahm. Falkenmond sah, daß die Statue neben ihr Erekose war, der sein Leben opferte, als er das Schwarze Schwert nahm.

»Möchtet Ihr und Eure Lieben in Tanelorn bleiben, Falkenmond?« fragte der Kapitän. »Ihr habt Euch das Recht dazu verdient.«

Falkenmond legte die Arme um die Schultern seiner Kinder. Er sah ihre strahlenden Augen, und Glück erfüllte ihn. Yisselda legte zärtlich eine Hand auf seine Wange und lächelte ihn an.

»Nein«, erwiderte Falkenmond. »Wir möchten nach Burg Brass zurückkehren. Es genügt mir zu wissen, daß es Tanelorn gibt. Was ist mit dir, Huillam? Oladahn? Und Ihr, Sir Bowgentle?«

»Ich habe so viel zu erzählen, und ich täte es am liebsten an einem prasselnden Feuer, mit einem Kelch des lieblichen Weines der Kamarg in der Hand und mit guten alten Freunden um mich«, sagte d'Averc. »Bestimmt würden meine Geschichten, die auf Burg Brass viel Interesse fänden, die Leute hier in Tanelorn nur langweilen. Ich begleite euch.«

»Ich ebenfalls!« rief Oladahn.

Bowgentle zauderte als einziger. Er blickte nachdenklich auf die Statuen und dann auf die Türme Tanelorns. »Ein ungemein interessanter Ort. Ich frage mich, wer ihn geschaffen hat.«

»Wir«, erwiderte der Kapitän. »Mein Bruder und ich.«

»Ihr?« Bowgentle lächelte. »Ich verstehe.«

»Und was ist euer Name?« erkundigte sich Falkenmond. »Ich meine, wie nennt man Euch und Euren Bruder?«

»Wir haben nur einen Namen«, sagte der Kapitän.

Und der Steuermann erklärte: »Wir werden Mensch genannt.« Er nahm seinen Bruder am Arm und führte ihn fort von den Statuenreihen, hinein in die Stadt.

Stumm blickten Falkenmond, seine Familie und seine Freunde ihnen nach.

Orland Fank brach mit einem Räuspern das Schweigen. »Ich glaube, ich werde bleiben. Alle meine Aufgaben sind erfüllt. Meine Suche ist zu Ende. Ich habe gesehen, daß mein Sohn Frieden gefunden hat. Ich bleibe in Tanelorn.«

»Gibt es denn keine Götter mehr, denen Ihr dienen könnt?« erkundigte sich Brut von Lashmar.

»Götter sind nur Metaphern«, sagte Orland Fank. »Als Metaphern sind sie durchaus brauchbar – aber man sollte ihnen nie die Möglichkeit geben, selbständige Wesen zu werden.« Wieder räusperte er sich, offenbar verlegen über seine nächsten Worte. »Der Wein der Poesie wird zu Gift, wenn er mit Politik in Berührung kommt.«

»Ihr drei seid herzlich eingeladen, mit uns nach Burg Brass zu kommen«, sagte Falkenmond zu den Kriegern.

Emshon von Ariso zupfte an seinem Schnurrbart und blickte fragend auf John ap-Rhyss, der sich wiederum an Brut von Lashmar wandte.

»Unsere Reise ist vorüber«, erklärte Brut. »Wir sind nur einfache Soldaten«, sagte John ap-Rhyss. »Die Geschichte wird uns nicht als Helden betrachten. Ich bleibe in Tanelorn.«

»Ich begann als Lehrer in einer Schule«, sagte Emshon von Ariso. »Nie dachte ich daran, in den Krieg zu ziehen. Doch da lernte ich Demütigungen, Ungerechtigkeiten und Mißstände kennen, und ich war überzeugt, daß nur ein Schwert dergleichen beheben könnte. Ich glaube, ich tat in dieser Hinsicht mein Bestes, und bilde mir ein, mir den Frieden verdient zu haben. Auch ich bleibe in Tanelorn.«

Falkenmond neigte, ihren Entschluß ehrend, den Kopf. »Ich danke euch für eure Hilfe, meine Freunde.«

»Wollt Ihr denn nicht hierbleiben?« fragte John ap-Rhyss. »Habt denn nicht auch Ihr Euch das Recht verdient, hier glücklich zu sein?«

»Möglich. Aber ich hänge sehr an Burg Brass, und ich habe dort einen guten Freund zurückgelassen. Vielleicht können wir alles, was wir wissen, weitergeben und die Menschen lehren, Tanelorn in sich selbst zu finden.«

»Sie brauchen nur eine Chance, dann finden die meisten es. Nur die Verehrung von falschen Idolen und auch die Furcht vor ihrer eigenen Menschlichkeit blockieren ihren Weg nach Tanelorn.«

»Oh, ich fürchte um meine sorgfältig entwickelte Persönlichkeit«, lachte Huillam d'Averc. »Gibt es denn etwas Langweiligeres als einen bekehrten Zyniker?«

»Überlaß die Entscheidung Königin Flana«, riet ihm Falkenmond grinsend. »Nun, Orland Fank, wir möchten uns verabschieden, aber wie können wir zurückkehren, nun, da keine übernatürlichen Wesen unsere Geschicke mehr lenken und der Ewige Held endlich seinen Frieden hat?«

»Mir ist immerhin noch ein wenig meiner alten Macht verblieben«, erklärte Orland Fank fast gekränkt. »Und es ist nicht schwierig, sie zu benutzen, solange die Sphären in Konjunktion sind. Da zum Teil ich für eure Anwesenheit hier verantwortlich bin und zu einem anderen jene sieben, die Ihr Falkenmond, in der noch ungeformten Welt im Limbus traft, ist es nur recht, daß ich euch zu eurer ursprünglichen Reise zurückschaffe.« Sein rotes Gesicht verzog sich zu einem fast fröhlichen Grinsen. »Ihr Helden der Kamarg, lebt wohl. Ihr kehrt heim in eine Welt frei von Macht. Seht zu, daß die einzige Macht, die Ihr fürderhin sucht, die stille Macht ist, die der Selbstachtung entspringt.«

»Ihr wart immer ein Moralist, Orland Fank!« Bowgentle legte die Hand auf die Schulter des Orkneymanns. »Aber es ist eine

Kunst, eine so einfache Moralität in einer so komplizierten Welt zur Wirkung zu bringen.«

»Es ist nur die Dunkelheit in unseren Seelen, die Komplikationen schafft«, versicherte ihm Orland Fank. »Viel Glück euch allen!« Er lachte jetzt über das ganze Gesicht, und die Mütze hüpfte auf seinem Kopf. »Laßt uns hoffen, daß der Tragödie ein Ende gesetzt ist.«

»Und vielleicht die Zeit der Komödie gekommen ist.« Huillam d'Averc lächelte und schüttelte den Kopf. »Kommt – Graf Brass erwartet uns.«

Und sie standen auf der Silberbrücke zwischen den anderen Reisenden, die sich in beiden Richtungen über diese hohe Straße bewegten. Die strahlende Wintersonne schien herab auf sie und ließ das Meer silbrig funkeln.

»Die Welt!« rief Huillam d'Averc. Er rollte die Worte voll Genuß auf der Zunge. »Endlich, endlich wieder die Welt!«

D'Avercs Begeisterung steckte Falkenmond an. »Wohin gehst du?« fragte er den Freund. »Nach Londra oder zur Kamarg?«

»Nach Londra, selbstverständlich. Und zwar sofort!« erklärte d'Averc. »Erwartet mich denn nicht ein Königreich?«

»Ihr wart nie ein Zyniker.« Yisselda lächelte. »Und Ihr könnt uns auch jetzt nicht glauben machen, daß Ihr einer seid. Überbringt Königin Flana unsere herzlichen Grüße. Sagt ihr, wir werden sie bald besuchen.«

Huillam d'Averc schwenkte den Arm in einer höfischen Verbeugung. »Und meine Grüße an Euren Vater, Graf Brass. Sagt ihm, es wird nicht lange dauern, dann sitze ich an seinem Kamin und trinke seinen Wein. Ist die Burg noch so zugig, wie sie immer war?«

»Wir werden ein Zimmer extra für einen von Eurer zarten Gesundheit vorbereiten«, versicherte ihm Yisselda. Sie nahm die Hand ihres Sohnes Manfred und die Hand ihrer Tochter Yarmila. Jetzt erst bemerkte sie, daß Yarmila etwas im Arm hielt. Es war Jhary-a-Conels kleine schwarz-weiße Katze Schnurri.

»Meister Fank gab sie mir, Mutter«, sagte das Kind.

»Dann behandle sie gut«, riet ihr Vater. »Denn ein Tier wie sie ist ein sehr großer Schatz.«

»Dann lebt wohl einstweilen, Huillam d'Averc«, verabschiedete sich Bowgentle. »Die Zeit, die wir miteinander im Limbus verbrachten, fand ich besonders interessant.«

»Genau wie ich, Meister Bowgentle. Obwohl ich wünschte, wir hätten das Kartenspiel noch.« Wieder verbeugte der übertrieben elegant Gekleidete sich. »Auch dir Lebewohl, Oladahn, kleinster aller Riesen. Ich wollte, ich könnte deinen Prahlereien lauschen, wenn du erst zurück in der Kamarg bist.«

»Ich fürchte, ich kann Euch in dieser Beziehung nicht das Wasser reichen, Sir Huillam.« Oladahn grinste über seine schlagfertige Antwort und strich die Barthaare glatt. »Ich freue mich schon, wenn auch Ihr auf die Burg kommt.«

Falkenmond machte sich bereits auf den Weg zurück über die glänzende Brückenstraße, denn er konnte es kaum noch erwarten, wieder auf Burg Brass zu sein, um seine Kinder zu ihrem Großvater zu bringen.

»Wir kaufen uns in Karlye Pferde«, erklärte er. »Wir haben Kredit dort.« Er wandte sich an seinen Sohn. »Sag mir, Manfred, erinnerst du dich an alles, was du während deiner Abwesenheit von zu Hause erlebt hast?« Er bemühte sich, seine Besorgnis aus der Stimme fernzuhalten.

»Nein, Vater«, beruhigte ihn Manfred. »Ich erinnere mich nur an sehr wenig.« Er zog seinen Vater an der Hand und rannte zum Festlandende der Brücke.

DAMIT ENDET DIE DRITTE CHRONIK
VON BURG BRASS

UND DAMIT ENDET AUCH DIE LANGE GESCHICHTE
DES EWIGEN HELDEN